Illisibilité partielle

Couverture supérieure manquante

VALABLE POUR TOUT OU PARTIE
DU DOCUMENT REPRODUIT

LA CASE

DE L'ONCLE TOM

4644-78 — CORBEIL. — IMPRIMERIE DE CRÉTÉ.

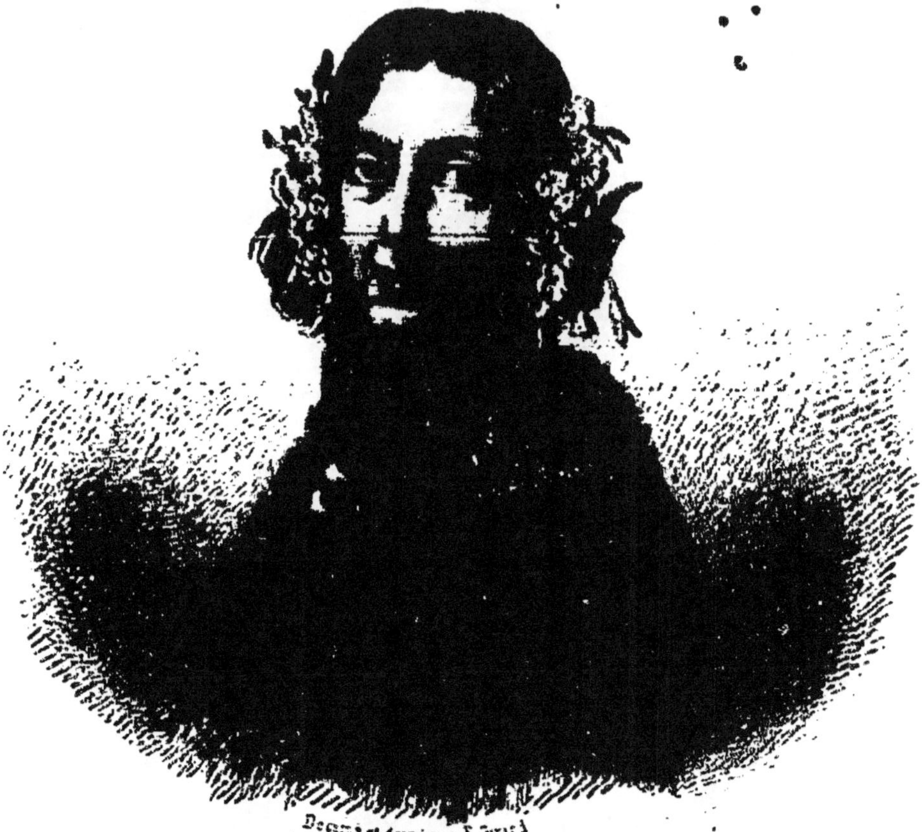

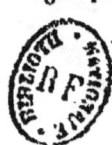

Dessiné et gravé par F. Girard

HENRIETTE BEECHER STOWE.

Imprimé par Alfred Chardon Jeune
[illegible]

LA CASE

DE

L'ONCLE TOM

PAR

MADAME H. BEECHER STOWE

TRADUCTION FAITE A LA DEMANDE DE L'AUTEUR

PAR MADAME L. SW. BELLOC

AVEC UNE PRÉFACE DE MADAME BEECHER STOWE

Écrite par elle pour cette traduction

PRÉCÉDÉE D'UNE NOTICE SUR SA VIE PAR Mme L. SW. BELLOC

ET ORNÉE DE SON PORTRAIT

GRAVÉ PAR M. FR. GIRARD

NOUVELLE ÉDITION

PARIS

G. CHARPENTIER, ÉDITEUR

13, RUE DE GRENELLE-SAINT-GERMAIN, 13

1878

AVANT-PROPOS DE L'ÉDITEUR

Madame Weston Chapman, qui embrassa des premières aux États-Unis la cause de l'abolition, et qui l'a si activement servie de sa fortune, de son cœur et de son talent d'écrivain, avait engagé madame L. Sw. Belloc, au nom de madame Beecher Stowe, à traduire *la Case de l'oncle Tom*, lorsque nous eûmes la même pensée. Cette double circonstance décida madame L. Sw. Belloc à entreprendre cette traduction de concert avec mademoiselle Adélaïde de Montgolfier, qui, depuis vingt ans, a partagé ses travaux sur la littérature anglaise.

En apprenant cette détermination, madame Beecher Stowe a adressé à ces deux dames une lettre de laquelle nous transcrivons le passage suivant :

« Je suis très-flattée, mesdames, que mon humble ami, *Oncle Tom*, ait des interprètes tels que vous pour le présenter aux lecteurs français. J'ai lu une traduction de mon livre en votre langue, et quoique assez peu familiarisée avec le français, j'ai pu voir qu'elle laissait beaucoup à désirer; mais j'ai remarqué aussi dans la gracieuse et sociable flexibilité de la langue française une aptitude toute particulière à exprimer

a

les sentiments variés de l'ouvrage, et je suis de plus convaincue qu'un esprit féminin prendra plus aisément l'empreinte du mien. »

Ces quelques lignes expliquent cette nouvelle traduction de *la Case de l'Oncle Tom*. Les gens de goût ont depuis longtemps apprécié le mérite des différentes traductions de mesdames L. Sw. Belloc et A. de Montgolfier. Nous espérons que la scrupuleuse fidélité de celle-ci, et le bonheur avec lequel les nuances les plus délicates de l'original y ont été rendues, seront appréciés des lecteurs.

Nous avons ajouté à cette traduction un portrait de madame Beecher Stowe, gravé par M. Fr. Girard, d'après un original très-ressemblant.

NOTICE

sur

MADAME H. BEECHER STOWE

La Case de l'Oncle Tom est moins un livre qu'un acte de foi, d'amour, d'ardente charité. Comme l'apôtre, l'auteur a dit à l'âme atrophiée : « Au nom de Jésus le Nazaréen, lève-toi et marche! » Et l'âme engourdie s'est redressée, a secoué sa torpeur, et s'est sentie revivre. Tout ce qu'il y a en nous d'instincts nobles, bons, généreux, s'est réveillé à cette voix. Tous nous avons pleuré, aimé, admiré avec madame Beecher Stowe. C'est un des magnifiques attributs de notre nature que cette communion d'émotions pures et saintes, et c'est le plus glorieux privilége du vrai génie, du génie du bien, que d'éveiller cette sympathie universelle et féconde. Honneur donc à la femme forte qui, malgré la pression d'un égoïsme effréné, au milieu de l'ardent conflit d'intérêts passionnés et aveugles, a obéi à l'élan instinctif et irrésistible de son cœur : honneur aussi aux multitudes qui ont adopté son œuvre, et qui en ont fait le succès!

Ce qui distingue madame Beecher Stowe entre tous les écrivains, c'est qu'elle est appelée, et qu'elle a sa mission. « Lorsque Dieu commande de prendre la trompette, dit Milton, et d'envoyer un souffle au loin, il n'est pas donné à la volonté de l'homme de choisir ce qui se doit dire, ce qui se doit taire. »

Profondément pénétrée de l'esprit du christianisme, le regardant comme la source de toute vérité, de toute liberté, de toute justice, l'auteur de l'*Oncle Tom* ne s'est pas crue libre de « cacher la lumière sous le boisseau, » et de garder plus longtemps le silence sur les souffrances des opprimés, et l'iniquité des oppresseurs.

« Jésus-Christ, nous écrivait madame Beecher Stowe en son langage biblique, réunissant en une même personne Dieu et l'homme, a relevé l'humanité de la poussière, et l'a faite vénérable : quiconque pêche contre l'homme, pêche donc aussi contre Dieu. »

Son livre est d'un bout à l'autre le saisissant commentaire de cette pensée et de l'admirable précepte évangélique : « Vous aimerez le Seigneur votre Dieu de tout votre cœur, de toute votre âme, de toutes vos forces et de tout votre esprit, et votre prochain comme vous-même. »

Juger cette œuvre au point de vue littéraire serait, selon nous, une sorte de profanation. C'est le souffle d'une âme pieuse, « porté sur le courant puissant de l'inspiration divine [1]; » c'est le sanglot d'une immense pitié pleurant sur les douleurs d'une race asservie; c'est un cri d'amour, de régénération, d'espérance, retentissant du nouveau monde à l'ancien, et y éveillant des millions d'échos. Devant des accents d'une telle portée la question de talent prend de bien petites proportions.

Mais sous quelles influences se sont développés les sentiments de cette âme généreuse? par quelles épreuves ce cœur a-t-il passé pour être à la fois si tendre et si vaillant? où cette observation profonde et vraie a-t-elle recueilli les faits dramatiques et la couleur pittoresque de tant d'émouvants récits? Voilà ce qu'il importe au public de savoir, et ce que nous apprendront quelques particularités de la vie de madame Stowe, d'ailleurs si pure, si chaste, si bien remplie.

Harriet Beecher naquit en 1812, à Litchfield, dans le Connecticut, au milieu d'une famille nombreuse, vouée presque toute à l'active propagation des saintes Écritures. Élevée à Boston où son père était ministre presbytérien, elle y reçut une de ces excellentes éducations, dont la conscience est l'inébranlable

[1] Paroles de madame Stowe dans sa lettre au docteur Wardlaw.

base, et le devoir, l'inflexible pivot autour duquel s'accomplissent les obligations de chaque jour. Des talents variés, joints à une instruction solide beaucoup plus étendue que celle que reçoivent d'ordinaire les femmes, lui permirent d'aider de bonne heure sa sœur aînée, Catherine Beecher, à diriger une maison d'éducation de jeunes filles. Là, sans doute, commencèrent à son insu ses études sur les grâces mystérieuses de l'enfance, sur les généreux élans de jeunes âmes, à peine échappées du sein de Dieu et qui aspirent à y rentrer.

L'institution prospérait, lorsqu'en 1832 le docteur Beecher fut appelé à la direction d'un collége de théologie et de littérature, fondé dans l'Ouest par ses coreligionnaires, et où l'instruction devait marcher de pair avec l'apprentissage de métiers, qui permettraient plus tard aux étudiants de gagner le pain du corps, en même temps qu'ils distribueraient le pain de l'âme; car c'était dans cette espèce de séminaire que devaient se recruter les missions domestiques et étrangères. On comptait aussi sur le produit des travaux des élèves pour couvrir une partie des frais. L'acceptation du docteur entraîna pour toute sa famille une émigration complète de l'Est à l'Ouest. Il fallut quitter la haute civilisation de Boston pour aller s'enterrer dans l'Ohio, aux environs de Cincinnati; cette ville, peuplée aujourd'hui de cent vingt mille âmes, n'avait alors que quarante mille habitants à peine; située sur l'extrême limite des États à esclaves, elle pouvait, d'un moment à l'autre, devenir le théâtre de la lutte, déjà engagée par l'éloquent Garrisson entre les partisans de l'abolition et les défenseurs de l'esclavage : lutte toute morale et toute pacifique de la part des premiers, mais que l'inique violence des seconds ne tarda pas à rendre agressive.

Cincinnati est assise sur la rive nord de l'Ohio, dans une vallée demi-circulaire; les collines, qui semblent s'être reculées pour lui faire place, s'avancent de nouveau au bord du fleuve, se recourbent au-dessus et forment le croissant. Sur la plus haute, dominant la ville, était bâti *Lane Seminary*. De modestes habitations, semées alentour, et à demi enfouies sous des bouquets d'acacias, de chèvrefeuille, de clématite, étaient destinées au docteur Beecher et à sa famille, ainsi qu'aux professeurs du nouveau collége. Elles faisaient partie d'un joli village nommé Walnut-Hills.

A peine installées dans leur nouvelle résidence, les deux sœurs y reprirent leur tâche d'institutrices, et la poursuivirent de concert jusqu'au mariage de la plus jeune, Harriet Beecher, avec le révérend E. Stowe, professeur de littérature biblique à Lane Seminary. Riche de science, et classé parmi les théologiens les plus distingués de l'Amérique, M. Stowe n'avait pour patrimoine que ses livres, et pour revenu que les émoluments de sa place, rendus précaires par les circonstances. En effet, le collége si prospère au début, et qui avait compté des centaines d'élèves adultes accourus de tous les points de l'Union, se trouva tout à coup presque désert, par un concours fortuit d'événements. La crise commerciale qui, en 1833, atteignit l'Amérique, y détermina la faillite d'un grand nombre de banques publiques et particulières. Les fonds destinés à l'entretien du séminaire furent gravement compromis. Le docteur Beecher, trouvant aussi que les travaux manuels entravaient la marche des études théologiques, résolut de les réformer tout à fait; enfin une cause, encore plus active, concourut à l'amoindrissement du collége. La Convention abolitionniste, d'où est sortie la Société pour l'abolition de l'esclavage en Amérique qui a pris depuis une si grande extension, s'assembla en 1833, à Philadelphie, et fit un appel, qui devait surtout retentir dans les cœurs jeunes et généreux. Bien que plusieurs des étudiants fussent fils de propriétaires d'esclaves, que quelques-uns eussent toute leur fortune engagée dans cette denrée humaine, tous prirent parti contre l'esclavage. Ceux qui possédaient des esclaves les affranchirent. L'idée des missions étrangères fut abandonnée, comme absurde, quand on avait à ses portes, au centre du pays, des païens qui languissaient dans les ténèbres de l'ignorance et les horreurs de la servitude. La libre discussion, d'abord encouragée par le directeur et les professeurs du séminaire, devint orageuse, et absorba le temps et les facultés des élèves. Désertant les classes, ils assemblèrent la population de couleur de Cincinnati, lui firent des prédications, ouvrirent des écoles aux enfants, des asiles aux orphelins, aidèrent les fugitifs à gagner le Canada : bref, ce fut une sorte de croisade de la jeunesse en faveur de la justice et de l'humanité.

D'autre part, la réaction s'annonçait terrible. Le commerce avait pris l'alarme. Des propriétaires d'esclaves, venus du Kentucky, ameutaient la population. Pendant plusieurs semaines le bâtiment principal et les maisons du docteur Beecher et du professeur Stowe furent en danger d'être démolis. Dans cette extrémité on essaya de rétablir le calme en interdisant, au sein du séminaire, toute discussion sur ce sujet brûlant; mais presque tous les élèves, hommes faits, et enrôlés sous la bannière de l'abolition, se retirèrent en masse, et les efforts persévérants du directeur, pendant dix-huit années, ne parvinrent point à rendre à l'institution sa prospérité première.

La gêne qui en résulta pour son ménage fut certainement la moindre des épreuves de madame Stowe durant ce douloureux conflit, prolongé de 1834 à 1847. En ce long espace de treize années, il ne se passa pas un mois qui ne fût marqué à Cincinnati par quelque terrible épisode : tantôt la destruction d'une presse libérale, le pillage d'une maison, l'enlèvement d'un nègre libre, un jugement inique devant les tribunaux, l'évasion d'une troupe d'esclaves, l'attaque à main armée du quartier des noirs, la démolition d'une école ouverte aux nègres, un esclave jeté en prison, tuant sa femme et ses enfants pour les empêcher d'être vendus dans le Sud. Toutes ces iniquités se passaient au grand jour, et souvent avec la sanction des principales autorités de la ville. Une fois, entre autres, le maire, congédiant à minuit les émeutiers qui venaient d'abattre les maisons de gens de couleur, leur dit : « Allons, mes enfants, rentrons chez nous! je crois que nous en avons fait assez. »

En 1840, les traqueurs d'esclaves, soutenus par la lie de la population, et lancés par certains hommes politiques, assaillirent les quartiers des noirs libres, les pillèrent, et en firent le sac. Les malheureux nègres qui essayèrent de défendre leurs propriétés furent tués; on jeta dans les rues leurs corps mutilés: il y eut des femmes violées, et quelques-unes moururent par suite des outrages auxquels elles furent en butte. Pendant plusieurs jours la ville fut livrée au plus affreux désordre, et au milieu de la confusion générale, des hommes, des femmes, des enfants de couleur, furent enlevés et vendus au Sud, quoique affranchis.

Du haut de la colline qu'elle habitait, madame Stowe pouvait entendre les cris des victimes, les clameurs de la populace, le bruit de la fusillade; elle pouvait voir les lueurs de l'incendie. Plus d'un fugitif tremblant fut accueilli et caché par elle. Quand la fureur de l'émeute s'apaisa d'elle-même, car il n'y avait e , hélas! ni répression, ni résistance, beaucoup de gens de couleur réunirent le peu qui leur restait et partirent pour le Canada. Ils passèrent par centaines devant la maison de madame Stowe, à pied, chargés de leurs ustensiles de ménage, tenant leurs enfants par la main; des mères allaitaient leurs nourrissons tout en marchant, et pleuraient leurs maris morts ou repris par fraude, et ramenés en esclavage.

La route qui traversait Walnut-Hills, et passait à quelques pas de la demeure de madame Stowe, était précisément une de ces « voies souterraines, » auxquelles il est si souvent fait allusion dans l'*Oncle Tom*. On donne ce nom à une ligue de quakers et autres abolitionnistes, qui, habitant à des intervalles de dix, quinze, ou vingt milles, entre la rivière Ohio et les lacs du Nord, avaient formé entre eux une association pour aider les esclaves en fuite à gagner le Canada. Tout fugitif était conduit, de nuit, à cheval, ou en chariot fermé, de station en station, jusqu'à ce qu'il touchât le sol libre, et fût à l'abri sous le drapeau de l'Angleterre.

La première station au nord de Cincinnati, en haut de la

Crique du Moulin, était la maison du pieux John Vanzandt, « au cœur de lion, » qui figure sous le nom de John Van Trompe dans le chapitre X de la *Case de l'oncle Tom*. Plus d'une fois madame Stowe fut réveillée en sursaut par le roulement rapide des chariots couverts, et le galop des chevaux lancés à leur poursuite sous l'éperon des constables et des traqueurs d'esclaves. « L'honnête John » était prêt à toute heure, lui et son attelage, et les chasseurs d'hommes étaient rarement assez alertes pour l'atteindre. Obscur martyr, il dort maintenant dans sa tombe. Le corps du « géant » s'est usé dans les veilles, dans l'anxiété, à braver les intempéries des plus rudes hivers; son esprit, fortement trempé, s'est affaissé sous le poids des persécutions. Des propriétaires d'esclaves l'ont accusé d'avoir favorisé la fuite de leurs vivants immeubles, et des cours de *justice* l'ont condamné à d'énormes dommages et intérêts. De jugement en jugement il s'est vu dépouillé de sa ferme et de tout ce qu'il possédait. Madame Stowe a donc fait une bonne et courageuse action en assurant au dévouement du brave John une part de sa popularité.

Tant que ces tristes scènes se succédèrent au dehors, madame Stowe ne jouit qu'imparfaitement de l'affectueuse sérénité de son intérieur. Le contraste était trop pénible pour un esprit aussi juste, pour un cœur aussi aimant. Il existait aux environs de Walnut-Hills un petit hameau peuplé d'esclaves affranchis. C'est là que s'exerçait son active sollicitude pour les pauvres parias : elle les visitait souvent; elle écoutait les naïfs récits de leurs souffrances passées, de leurs longues luttes. A défaut d'école où les enfants de couleur fussent admis, elle leur ouvrait sa maison et les appelait à prendre leur part des instructions qu'elle faisait chaque jour à sa famille. C'est là aussi qu'elle trouvait des aides fidèles, serviables, dévouées pour aider aux soins de son ménage : leur affection lui allégea un peu l'une des plus grandes douleurs qu'elle ait ressenties.

Le choléra sévissait avec une effroyable intensité; plus de neuf mille personnes avaient succombé en quelques jours dans le voisinage de Cincinnati. La panique était si grande que tous fuyaient devant le redoutable fléau. D'une santé délicate, restée seule avec six enfants, par suite d'une absence momentanée de son mari, qu'elle avait supplié de ne pas revenir, le médecin assurant qu'il y allait de sa vie s'il rentrait dans cette atmosphère viciée, madame Stowe eut l'inexprimable angoisse de voir un de ses bien-aimés pris de l'horrible mal. Elle assista, impuissante, à la cruelle agonie du cher petit être qu'elle eût voulu sauver au prix de tout son sang.

A cette heure suprême une pauvre négresse, qui, elle, n'avait pas songé à fuir, souffrit, pleura et pria avec elle. La même bonne et fidèle créature la soigna pendant l'accablement qui suivit cette perte. Elle put apprécier toute la profondeur de dévouement de cette race sympathique, et sa propre douleur lui révéla ce que ressentent ces milliers de pauvres mères, auxquelles on arrache leurs enfants comme on ôte aux brebis leurs agneaux.

En 1850, lorsqu'un acte impie de la législation américaine commanda à tous les citoyens des États libres, sous peine d'amendes ruineuses, de livrer les esclaves fugitifs, madame Beecher Stowe, de retour à la Nouvelle-Angleterre, sentit bouillonner dans son sein une indignation trop longtemps contenue. Elle se dit que pour discuter, même l'application d'une semblable loi, des chrétiens devaient ignorer les horreurs de l'esclavage. Elle ne les connaissait que trop bien. Pendant son séjour sur les limites des États à esclaves, elle avait fait de fréquentes excursions au Kentucky, à la Virginie, au Maryland, dans une partie de l'extrême Sud ; elle y avait vu fonctionner ce mécanisme impitoyable qui broie les cœurs et les corps pour en extraire plus d'efforts et de labeurs. Elle avait rencontré, il est vrai, quelques propriétaires humains, nobles, généreux, tels qu'elle s'est plu à les peindre dans le manufacturier Wilson, Saint-Clair, madame Shelby et son fils George ; mais elle n'en avait pas moins rapporté l'intime conviction que « la chose en elle-même était haïssable, » et le système légal qui la sanctionnait, odieux. Son désir de faire

passer cette conviction dans les âmes lui inspira le pathétique récit de « la mort de l'oncle Tom. » Elle l'écrivit tout
d'abord ; le plan de l'ouvrage ne fut conçu qu'après. Publié
par chapitre dans « l'Ère nationale, » à Washington, au commencement de l'été de 1851, il parut en volume le 20 mars 1852,
à Boston. Plus de cinq mille exemplaires se vendirent la première semaine, et cent cinquante mille étaient écoulés en
novembre dernier. Aujourd'hui on ne saurait assigner de
limites à une popularité qui, des États-Unis, a gagné le monde
entier. [1].

Ce livre est, nous l'espérons, le précurseur de l'abolition
complète de l'esclavage. L'humanité tout entière ne se sera
pas émue en vain. L'Europe n'aura pas en vain compati aux
tortures, assisté au martyre de l'humble Tom. Cités à la barre
des nations, les États du Sud rougiraient de mettre plus longtemps leur or dans la balance comme contre-poids aux larmes,
aux gémissements, au sang de tout un peuple.

Mais pour cette œuvre de régénération si délicate et si compliquée, nous avons foi en une influence, qu'à notre grand
regret madame Beecher Stowe a trop laissée dans l'ombre,
celle du clergé catholique ; le seul qui, aux États-Unis, admette dans l'enceinte de ses églises tous les fidèles, sans distinction de couleurs ni de rangs ; le seul qui, en présence de
l'antagonisme des sectes, de la virulence des partis, ose con-
sacrer et bénir les unions entre la race noire et la race
blanche. Exposé aux attaques brutales d'une population furieuse qui, en 1833, démolit une église à New-York, et incendia
un couvent à une lieue de Boston, le clergé catholique américain a toujours maintenu intactes les hautes doctrines d'é-
galité, de justice, de charité, qui sont la force et la vie du

---

[1] Avant la publication de l'Oncle Tom, madame Stowe avait fait paraître
dans différents journaux des esquisses de mœurs, fort remarquables par la
pureté et la fraîcheur des impressions. Réunies en un volume intitulé : *Fleurs
de Mai*, elles ont été traduites en français et éditées par M. Charpentier sous le
titre de *Nouvelles Américaines*.

christianisme. En secondant le grand mouvement de l'émancipation, il s'efforcera certainement de le rendre pacifique :
nul n'a plus d'autorité pour prêcher à l'esclave l'oubli, le
pardon des injures, pour imposer au maître réparation et
repentir.

LOUISE SW. BELLOC.

PRÉFACE DE L'AUTEUR

Les scènes de cette histoire se passent, ainsi que son titre l'annonce, au milieu d'une race que le monde civilisé et poli ne connait point ; dont les ancêtres, nés sous le soleil des tropiques, apportèrent de leur patrie, et ont perpétué chez leurs descendants, un caractère essentiellement opposé à la nature altière et ferme des peuples Anglo-Saxons. Aussi, depuis de longues années, cette race exotique, qui n'a pu se faire comprendre de ses oppresseurs, reste prosternée sous le poids de leur mépris.

Mais d'autres temps s'annoncent : un meilleur jour va poindre, et toutes les influences de la littérature, de la poésie et de l'art, cherchent, de plus en plus, à se mettre à l'unisson avec cette grande voix du christianisme qui crie : « Bonne volonté envers les hommes ! »

Le peintre, le poëte, l'artiste s'efforcent maintenant d'embellir les plus modestes, les plus humbles conditions de la vie humaine, et le souffle vivifiant, qui circule au travers des plus attrayantes fictions, développe et mûrit les grands principes de la fraternité chrétienne.

La main de la bienveillance s'étend sur tout : elle sonde les abus, redresse les torts, allége les misères, et

signale à la connaissance et aux sympathies du monde,
l'humble, l'opprimé, le délaissé.

Dans ce mouvement général, on s'est enfin rappelé
la malheureuse Afrique, elle qui, la première, ouvrit aux
clartés douteuses et grisâtres du crépuscule la carrière
de la civilisation et du progrès; elle qui, après des siècles
entiers, enchaînée et saignante aux pieds de l'humanité
chrétienne et civilisée, implore en vain la compassion.

Mais la race dominatrice s'est laissé fléchir; le cœur
des maîtres, des conquérants s'est amolli; on a senti qu'il
est plus noble aux nations de protéger le faible que de
l'opprimer : loué soit Dieu, le monde a vu la traite des
noirs abolie!

Le but de ces esquisses est d'éveiller les sympathies en
faveur de la race africaine, telle qu'elle existe au milieu
de nous. Elles ne dévoilent encore qu'une bien faible
partie des douleurs, des outrages que les malheureux
noirs endurent sous l'oppression d'un système qui rend
funestes pour eux jusqu'aux efforts tentés en leur faveur
par leurs meilleurs amis.

C'est bien sincèrement, c'est du fond de l'âme que
l'auteur désavoue toute irritation contre ceux que les
circonstances ont jetés, souvent malgré eux, dans les
tribulations qu'entraînent les relations légales de maître
à esclave.

Des esprits élevés, des âmes nobles, l'auteur le sait par
expérience, ont été soumis à cette épreuve, et nul ne
connaît mieux qu'eux les maux qu'accumule l'esclavage.
Les propriétaires d'esclaves savent que ces faibles aperçus
ne contiennent qu'une bien petite part de l'inexprimable
tout.

Si dans les États du Nord on soupçonne ces récits de
quelque exagération; il se trouve dans les États du Sud

assez de témoins qui pourraient en attester la fidélité. Ce que l'auteur a vu et su par elle-même des événements racontés paraîtra en son temps.

C'est une consolation d'espérer que, comme les douleurs et les crimes du monde s'allégent et s'effacent de siècle en siècle, le jour viendra où des esquisses de ce genre n'auront d'autre valeur que d'enregistrer, pour mémoire, des maux depuis longtemps évanouis.

Quand une nation éclairée et chrétienne aura, sur les rivages d'Afrique, des lois, une langue, une littérature, les scènes des temps qu'elle a passés dans la terre de servitude ne seront plus pour elle, que ce qu'étaient pour les Hébreux les souvenirs de l'Égypte, un motif de plus d'élever un cœur reconnaissant vers celui qui l'aura racheté.

Car, tandis que les politiques discutent, et que les hommes s'égarent entraînés par le flux et reflux des intérêts et des passions, la grande cause de la liberté humaine est dans les mains de celui duquel il est dit :

« Il ne se trompera point ni ne se précipitera point jusqu'à ce qu'il ait établi sa justice sur la terre[1].

« Car il délivrera le misérable qui criera à lui, et l'affligé et celui qui n'a personne qui l'aide[2].

« Il garantira leur âme de la fraude et de la violence, et leur sang sera précieux devant ses yeux[3]. »

HARRIET BEECHER STOWE.

[1] Isaïe xxxii, verset 4.
[2] Psaume lxii, verset 12.
[3] Psaume lxii, verset 14.

PRÉFACE

DE MADAME BEECHER STOWE

POUR CETTE NOUVELLE TRADUCTION DE SON LIVRE

Au moment de mettre sous presse la dernière feuille de ce volume, nous recevons cette préface que l'auteur de *la Case de l'Oncle Tom* a bien voulu écrire à notre demande, tout exprès pour cette traduction.

L'ÉDITEUR.

L'auteur de *la Case de l'Oncle Tom* est profondément touchée de l'enthousiaste sympathie avec laquelle le beau pays de France répond au cri de fraternité et d'émancipation poussé par l'esclave américain. C'est l'honneur de la France d'avoir aboli l'esclavage dans toutes ses colonies; c'est sa gloire que pas une goutte du sang de l'esclave ne souille son manteau d'hermine.

La France, l'Angleterre, jadis ennemies acharnées, se sont unies de nos jours pour donner un grand exemple au monde : elles ont ouvert les cachots, brisé les chaînes, délivré les opprimés. Avec quel calme, avec quelle tranquillité cette œuvre d'amour s'est accomplie! Les insurrections, les tumultes, l'affreux désordre, l'effusion de sang dont on nous menaçait, — où sont-ils? — Le soleil de la liberté s'est levé radieux dans une aube sans nuages, tandis que les chants, les prières des esclaves affranchis montaient, encens précieux, jusqu'aux pieds de celui pour qui la liberté de l'homme est d'un prix infini.

Faut-il, hélas! que l'Amérique, incrédule et sans foi, tarde encore, et refuse d'entrer dans la noble carrière que l'Angleterre et la France ont si glorieusement ouverte? Oh! que les cœurs bienveillants et pleins d'ardeur de la nation française unissent leurs prières aux nôtres, afin que, digne d'elle-même, ma patrie délivrée rejette cette liane parasite, qui s'enlace à l'arbre vigoureux de l'indépendance, et dont l'étreinte est mortelle.

L'auteur s'est proposé, dans ce livre, un but encore plus élevé que celui de l'émancipation; elle a voulu porter nos regards vers la source de toute liberté, vers le Sauveur Jésus. — De faux prophètes, des ministres menteurs, venus, disent-ils, en son nom, mais qu'il n'a point envoyés, diront vainement que le Christ autorise l'oppression et sanctionne l'esclavage, l'apôtre saint Paul répond à tous par ces paroles : « Là où est l'esprit du Seigneur, là est la liberté [1]. »

L'Église chrétienne, dès l'origine, enseigna que Dieu et l'homme sont inséparablement unis dans la personne de Jésus-Christ. Ne nous apprit-elle pas ainsi, avec une égale certitude, que la cause de Dieu et la cause de l'homme sont identiques, et qu'il ne peut y avoir di-

---

[1] Deuxième épître aux Corinthiens, ch. 111, verset 17.

vorce entre la vraie religion et la véritable humanité?

Oh! combien cette pensée d'un Rédempteur, homme et Dieu tout ensemble, exalte et rehausse la race humaine! De quelle confiance ne remplit-elle pas tous ceux qui prient pour le progrès de l'humanité! De quelle terreur ne doit-elle pas frapper ceux qui oppriment leurs frères! Si chaque être humain est frère du Seigneur; l'injustice envers l'homme n'est plus seulement cruauté, barbarie, c'est impiété et sacrilége.

« Nous voyons se lever l'aurore du grand jour, du jour du Christ. Comme le son d'eaux vives entendu au premier crépuscule de l'aube, les prières des justes montent et environnent son trône.

« Cependant encore un peu de temps, et sa présence rayonnera encore plus sur le monde.

« Alors paraîtra ce royaume où habite la justice, alors viendra ce roi qui règne par le joyeux suffrage de tous les cœurs.

« Il délivrera le misérable qui criera à *lui*, et l'affligé, et celui qui n'a personne qui l'aide.

« Il aura compassion du pauvre et du misérable, et il sauvera les âmes des malheureux.

« Il garantira leur âme de la fraude et de la _.olence, et leur sang sera précieux devant ses yeux.

« Il vivra donc, et on lui donnera de l'or de Schéba; on priera pour lui continuellement, et on le bénira chaque jour.

« Sa renommée durera à toujours; son nom ira de

père en fils, tant que le soleil durera, et on sera béni en lui ; toutes les nations le publieront heureux.

« Béni soit éternellement son nom, et que toute la terre soit remplie de sa gloire [1]. »

Amen, amen.

H. Beecher Stowe.

[1] Ps. 72, versets 12, 13, 14, 16, 17, 19.

LA CASE
DE L'ONCLE TOM

CHAPITRE PREMIER

Dans lequel on présente au lecteur un homme qui se pique d'humanité.

A une heure avancée d'une glaciale après-midi de février, deux gentilshommes étaient assis, en tiers avec une bouteille, dans une comfortable salle à manger de la ville de P***, au Kentucky. Pas un domestique n'était présent; et les chaises rapprochées indiquaient que le sujet en question était chaudement débattu.

Pour les convenances nous disons deux *gentilshommes;* mais, envisagé au point de vue critique, l'un n'avait nul droit à ce titre. C'était un homme gros, épais, carré, dont les traits communs, l'allure fanfaronne et prétentieuse, trahissaient un individu de bas étage, qui cherche, avec ses coudes, à se frayer une route en haut. Sa mise, d'une recherche de mauvais goût, son gilet bariolé de couleurs voyantes, sa cravate bleue parsemée de points jaunes, s'étalant avec impudence en un large nœud, complétaient l'aspect général du personnage. Une quantité de bagues alourdissaient encore ses grosses et larges mains. Il portait une massive chaîne de montre en or, à laquelle pendait un énorme faisceau de breloques et de cachets que, dans la chaleur de l'entretien, il maniait et faisait résonner avec une évidente satisfaction. Sa conversation était un continuel défi porté à la grammaire, entrelardé, à courts intervalles, d'expressions profanes que, malgré notre respect pour la vérité, nous nous dispenserons de transcrire.

Son compagnon, M. Shelby, avait, lui, la tenue et l'apparence d'un gentilhomme. Le luxe de l'ameublement, les détails intérieurs, annonçaient l'aisance et même la fortune. Tous deux paraissaient engagés dans une vive discussion.

« C'est ainsi que je réglerais, dit M. Shelby.

— Impossible! je ne peux pas traiter à ce taux. Je ne le peux vraiment pas, monsieur Shelby, répliqua l'autre, en élevant son verre entre son œil et le jour.

— Le fait est, Haley, que Tom est un sujet hors ligne. Il vaut cette somme-là, n'importe où. Rangé, honnête, capable, régissant toute ma ferme comme une horloge.

— Vous voulez dire honnête, à la façon des nègres, reprit Haley, en se versant un verre d'eau-de-vie.

— Non; Tom est réellement un excellent sujet, sobre, sensé, pieux. Il a gagné de la religion, il y a quatre ans, à un de leurs campements [1], et je crois qu'il l'a gagnée tout de bon. Depuis lors je lui ai confié sans réserve argent, maison, chevaux; je l'ai laissé aller et venir dans le pays, et je l'ai toujours trouvé fidèle et sûr.

— Il y a des gens qui ne croient pas aux nègres pieux, Shelby, dit Haley, mais moi j'y crois. J'avais un homme, dans le dernier lot que j'ai mené à la Nouvelle-Orléans — rien que d'entendre prier cette créature, ça valait un sermon. Un véritable agneau pour la douceur et la tranquillité! J'en ai tiré aussi une bonne somme ronde. Je l'avais acheté au rabais d'un maître qui était forcé de vendre; j'ai réalisé sur lui six cents louis de bénéfice. Oh! je

[1] Assemblées religieuses qui se tiennent au milieu des bois, et auxquelles accourent de toutes parts les nègres des plantations voisines pour prier, chanter, et entendre prêcher.

considère la religion comme une denrée de prix, pourvu qu'elle soit de bon aloi, et sans tare.

— Eh bien! Tom a la vraie et la bonne, si jamais il en fut. A la dernière chute des feuilles je l'envoyai seul à Cincinnati pour affaires de négoce; au retour, il me rapporta cinq cents dollars. « Tom, lui avais-je dit, je me fie à vous parce que je vous crois chrétien; je sais que vous ne voudriez pas me tromper. » Il n'eut garde vraiment. J'étais sûr qu'il me reviendrait; et pourtant là-bas il ne manquait pas de drôles pour lui dire: « Tom, que ne prenez-vous le chemin du Canada? » — « Oh! moi, pas pouvoir: maître s'être fié à Tom! » Je l'ai eu par d'autres. Je suis fâché de me séparer de Tom, je l'avoue. Allons! il faut qu'il couvre la différence, et solde ma dette; vous diriez oui, Haley, si vous aviez un peu de conscience.

— J'en ai autant qu'il en faut dans les affaires — tout juste assez pour jurer dessus, dit le marchand d'un ton badin; et je ne demande pas mieux que de faire ce qui est raisonnable pour obliger des amis, mais c'est par trop exiger d'un pauvre homme — vrai, c'est trop dur! »

Le marchand soupira d'un air de componction, et se versa une nouvelle rasade.

« Eh bien! donc, Haley, comment vous plaît-il de traiter?

— N'avez-vous pas quelque chose, garçon ou fille, à jeter dans la balance avec Tom?

— Hem!... personne dont je puisse me passer. A dire vrai, il faut une nécessité absolue pour me décider à vendre. Je n'aime pas à me défaire de mes mains — c'est un fait. »

Ici, la porte s'ouvrit, et un petit quarteron, de quatre à cinq ans, fit son entrée dans la salle. Il était remarquablement beau et attrayant. Ses cheveux, aussi fins que de la soie grège, tombaient en boucles autour de ses joues rondes, à riantes fossettes, tandis que deux grands yeux noirs, pleins de feu et de douceur, lançaient de dessous ses longs cils des regards curieux. Une jaquette à raies écarlates et jaunes serrait sa taille bien prise et faisait ressortir son opulente et sombre beauté. A un certain mélange de timidité et d'assurance comique, on devinait un petit favori du maître, accoutumé à être remarqué et caressé par lui.

« Hola ! Jim Crow[1], dit M. Shelby en sifflant, et lui tendant une grappe de raisin : happe-moi cela ! »

L'enfant rassembla ses petites forces, et sauta pour atteindre l'appât, aux éclats de rire du maître.

« Ici, Jim ! ici, petit corbeau ! »

L'enfant s'avança : le maître passa la main sur sa tête et lui prit le menton.

« A présent, Jim, montre à ce monsieur comment tu sais danser et chanter. »

Le petit garçon entonna, d'une voix claire et sonore, un de ces chants grotesques qu'affectionnent les nègres, et qu'il accompagna d'évolutions comiques des mains, des pieds, de tout le corps, à l'unisson de la musique.

« Bravo ! s'écria Haley, lui jetant un quartier d'orange.

— A présent, Jim, reprit le maître, marche comme le vieil oncle Cudjoe quand il a son rhumatisme. »

A l'instant les membres flexibles de l'enfant se contournèrent, tandis que, le dos courbé en deux, la canne du maître à la main, il faisait en boitant le tour de la chambre, grimant de rides son visage enfantin, et crachant de droite à gauche, à l'imitation du vieillard.

Les deux spectateurs riaient à gorge déployée.

« Maintenant montre-nous comment le vieux Robbins entonne la psalmodie. »

L'enfant allongea démesurément sa mine de chérubin, et nasilla l'air du psaume avec une imperturbable gravité.

---

[1] Épithète qui correspond à celle de paillasse, de clown.

« Hourra! bravo! dit Haley, voilà un curieux petit singe! Ce gaillard-là promet. Tenez, ajouta-t-il, frappant tout à coup sur l'épaule de Shelby, mettez ce petit drôle pour appoint, et je règle l'affaire. — Vrai! — voyons, c'est ce qui s'appelle être raisonnable. »

A ce moment, la porte, doucement entr'ouverte, laissa passer une jeune quarteronne d'environ vingt-cinq ans.

Il suffisait de comparer l'enfant à la femme pour reconnaître la mère; mêmes yeux profonds et noirs, mêmes longs cils, mêmes ondes de cheveux soyeux. A travers la teinte brune de sa peau on voyait rougir ses joues sous le regard hardi que l'étranger fixait sur elle avec une impudente admiration. Ses vêtements propres et soignés faisaient ressortir l'élégance de sa taille. Une main délicate, un pied petit et bien fait, une cheville moulée, étaient des valeurs de prix qui n'échappèrent pas à l'examen scrutateur du marchand, accoutumé à juger d'un coup d'œil les points capitaux de l'article femelle.

« Que veux-tu, Éliza? dit son maître en la voyant s'arrêter sur le seuil avec hésitation.

— Je venais chercher Henri, s'il vous plaît, monsieur.»

L'enfant bondit vers elle, et lui montra le butin qu'il avait rassemblé dans un pli de sa robe.

« Eh bien! emmène-le, dit M. Shelby.»

Elle prit l'enfant dans ses bras et sortit précipitamment.

« Par Jupiter! s'écria le marchand, voilà un fameux article! A la Nouvelle-Orléans vous pourriez, ma foi, faire votre fortune rien qu'avec cette fille. J'ai vu payer un millier de dollars des créatures qui n'étaient pas moitié si belles.

— Je ne compte pas sur elle pour m'enrichir, » dit sèchement M. Shelby; et afin de donner un autre tour à la conversation, il déboucha une nouvelle bouteille, et pria son hôte de lui en dire son avis.

« Capital monsieur ! — du premier cru! » Puis, frappant encore familièrement sur l'épaule de Shelby, il ajouta : Voyons, traitons de cette fille. Que vous en offrirai-je?... Combien en voulez-vous?

— Monsieur Haley, elle n'est pas à vendre, dit Shelby; ma femme ne s'en déferait pas pour son pesant d'or.

— Bah ! c'est ce que disent toujours les femmes, parce qu'elles n'entendent rien au calcul ; mais montrez-leur seulement ce qu'on peut acheter de bijoux, de plumes, de babioles, avec le poids en or de leur négresse favorite, et cela change la thèse.

— Je vous dis une fois pour toutes qu'il n'y a pas à en parler, Haley; j'ai dit non, et c'est non, reprit Shelby d'un ton décidé.

— Vous me donnerez au moins l'enfant. Convenez qu'à cause de lui j'ai joliment rabattu de mes prétentions

— Et que pourriez-vous faire de l'enfant?

— Oh ! j'ai un ami qui exploite cette branche de commerce. Il lui faut de beaux garçons à élever pour le marché. Article de fantaisie—ça se vend aux riches, qui ont de quoi payer la beauté, pour le service de la table et de l'antichambre. Un joli garçon qui ouvre la porte, qui vient au premier coup de sonnette, donne du relief à une grande maison. L'article est en hausse, et ce petit lutin est si comique, si bon chanteur, qu'il ira à mon ami comme un gant.

— J'aimerais mieux ne pas le vendre, dit M. Shelby d'un ton soucieux. Le fait est que je suis un homme humain, et qu'il me répugne d'enlever l'enfant à sa mère.

— Ah ! ça vous répugne?—oui— c'est assez naturel. Je comprends. Il est horriblement désagréable quelquefois d'avoir affaire aux femmes. Je hais toutes ces criailleries, toutes ces pleurnicheries ! mais j'ai ma façon d'arranger les choses. Il n'y a qu'à envoyer la mère un peu loin, pour un jour ou deux, pour une semaine, c'est

selon; alors tout se fait tranquillement — c'est fini
quand elle revient. Votre femme pourrait lui donner une
paire de pendants d'oreilles, une robe neuve, ou quelque
autre bagatelle, pour l'indemniser.

— Je craindrais que cela ne suffît pas.

— Oh! que si, Dieu vous bénisse! Ces créatures-là ne
sont pas comme les blanches, voyez-vous : elles passent
vite là-dessus, pour peu qu'on sache s'y prendre. Il y en
a qui prétendent, ajouta le marchand d'un air candide
et confidentiel, que notre genre de commerce endurcit
le cœur. Eh bien, je ne m'en suis jamais aperçu. Il est
vrai que je n'opère pas comme certaines gens. J'en ai vu
arracher l'enfant des bras de la mère, et le mettre en
vente, la femme criant tout le temps comme une folle.
— C'est une détestable méthode! — l'article s'endom-
mage, et devient quelquefois tout à fait impropre au service. J'ai connu, à Orléans [1], une superbe fille que ce procédé a complétement perdue. L'homme qui la marchan-
dait ne voulait pas de son marmot. C'était une de ces
femmes de race, qui ne sont pas commodes quand le
sang leur monte à la tête. Elle serrait l'enfant dans ses
bras, elle s'y cramponnait; elle parlait!... C'était terrible
à voir et à entendre! Rien que d'y songer, mon sang se
fige! Quand, après lui avoir enlevé l'enfant de force, ils
l'enfermèrent, elle tourna folle furieuse, et mourut au
bout d'une semaine. Un déficit net de mille dollars,
monsieur! et cela faute de s'y bien prendre. Il vaut toujours mieux faire les choses humainement : c'est mon
principe. »

Le marchand se renversa sur sa chaise, et croisa les
bras d'un air de vertueux contentement, se croyant
pour le moins un second Wilberforce.

Il semblait avoir ce sujet fort à cœur; car tandis que
M. Shelby, tout pensif, pelait une orange, il reprit avec

une certaine modestie, et comme poussé par la force
de ses convictions :

« Il ne convient guère de se louer soi-même ; mais
je le dis parce que c'est la pure vérité. Je passe pour
amener au marché les plus beaux troupeaux de nègres,
— du moins on me l'a dit, non pas une fois, mais cent,
— tous articles en bon état — gras, dispos ! je perds
aussi peu d'hommes que n'importe lequel de mes confrères, — et cela, grâce à ma manière de procéder. Je
m'en vante, monsieur, l'humanité est mon fort, la clef
de voûte de mes opérations.

M. Shelby, ne sachant que dire, murmura : « En vérité !

— Eh bien ! on s'est moqué de mes principes, monsieur ; on m'en raille : ils ne sont pas populaires ; mais
j'y ai tenu, j'y tiens, et j'y tiendrai ; d'autant plus que
j'ai réalisé par eux d'assez beaux bénéfices ; ils ont payé
leur fret, intérêt et capital, monsieur ! » Le marchand
se mit à rire de sa plaisanterie.

Il y avait quelque chose de si piquant, de si original
dans ces commentaires sur l'humanité, que M. Shelby
ne put s'empêcher de rire de compagnie. Peut-être riez-
vous aussi, ami lecteur ? mais vous savez que l'humanité
revêt de nos jours des formes si étranges et si diverses,
qu'il n'y a point de terme aux *étrangetés* que se permettent de dire et de faire ceux qui se prétendent humains.

Le rire de M. Shelby encouragea le marchand d'hommes.

« C'est singulier, poursuivit-il, je n'ai jamais pu faire
entrer mes idées dans la tête des gens. Par exemple,
Tom Loker, mon ancien associé, là-bas, à Natchez.
C'était un habile homme, mais un vrai démon avec les
nègres. Affaire de principe, voyez-vous ! car jamais un
meilleur garçon ne mangea le pain du bon Dieu... C'était
son *système*, monsieur. Je lui disais souvent : « Tom,
quand les filles se mettent à pleurer, à quoi sert de les
frapper si fort sur la tête, de les assommer à coups de poing

les unes après les autres? C'est ridicule; et qu'en résulte-t-il de bon? Je ne vois pas de mal à ce qu'elles pleurent : je dis que c'est la nature, et si la nature ne peut pas se dégonfler d'un côté, il faut bien qu'elle se dégonfle de l'autre. D'ailleurs, ça vous les gâte, vos filles; elles deviennent maladives; leur bouche pend : il y en a qui tournent tout à fait laides — particulièrement les jeunes, et alors c'est le diable pour s'en défaire. » Je lui disais aussi : « Ne pourriez-vous les cajoler un peu, leur lâcher de temps en temps quelque bonne parole? Comptez-y, Tom, un brin d'humanité jeté par-ci, par-là, va plus loin que tous vos coups de fouet et de bâton, et il y a plus de bénéfice, soyez-en sûr. » Mais Tom Loker n'y avait pas la main : et il m'en a tant éreinté que je me suis vu forcé de rompre avec lui, quoique ce fût un bon cœur et un homme d'affaires fini.

— Et votre méthode donne-t-elle réellement de meilleurs résultats?

— Oui, certes, monsieur. Pour peu que la chose se puisse, je prends mes précautions, comme d'éloigner les mères lors de la vente des petits — loin des yeux, loin du cœur, vous savez. Quand c'est fait, et qu'on n'y peut plus rien, il faut bien prendre son parti. Ce n'est pas comme les blancs, qui sont élevés dans l'idée qu'ils pourront garder leurs femmes, leurs enfants, et tout le reste. Des nègres, bien dressés, ne doivent s'attendre à rien de pareil, et les choses ne s'en passent que mieux.

— Alors, j'ai peur que les miens ne soient pas bien dressés, dit M. Shelby.

— Je me doute que non. Vous autres gens du Kentucky, vous gâtez vos nègres. A bonne intention; mais c'est leur rendre un fichu service, après tout. Un beau cadeau à faire à un nègre, qui est destiné à être ballotté, fouetté, ébréché, vendu à Pierre, à Paul, à Dieu sait qui; beau cadeau que de lui donner des idées et des espérances! S'il a été dorloté au début, il n'en sera que plus mal préparé aux chutes et aux chocs de la route. Tenez, je parierais que vos nègres auraient la mine terriblement allongée, là où les nègres des plantations ne font que chanter et sauter comme des possédés. Chacun, monsieur Shelby, a naturellement bonne opinion de sa méthode. Moi, je crois que je traite les nègres précisément comme il faut les traiter.

— On est heureux d'être content de soi, dit M. Shelby, avec un léger haussement d'épaules et en laissant percer une nuance de dégoût.

— Eh bien, reprit Haley, après que tous deux eurent épluché leurs noix en silence pendant quelque temps, qu'en dites-vous?

— J'y réfléchirai, et j'en causerai avec ma femme. En attendant, Haley, si vous voulez opérer d'une façon tranquille, veillez à ce que votre genre de trafic ne s'ébruite pas dans le voisinage. Pour peu qu'il en transpire quelque chose, vous n'aurez pas bon marché de mes hommes, je vous en avertis.

— Oh! c'est entendu : motus. Mais, je suis diablement pressé, et je voudrais savoir le plus tôt possible à quoi m'en tenir. » Tout en parlant, il se leva, et passa son surtout.

« En ce cas, revenez ce soir, de six à sept, vous aurez ma réponse. » Le marchand salua et sortit. « Que j'aurais eu plaisir à lancer le drôle d'un coup de pied au bas des marches, lui et son impudence! murmura M. Shelby, quand la porte fut bien refermée. Mais il m'a en son pouvoir. Si quelqu'un m'eût jamais dit que je vendrais Tom à l'un de ces misérables trafiquants du Sud, j'aurais répondu : « Ton serviteur est-il un chien que tu le juges capable d'une telle chose? » Et maintenant, il en faut venir là. Et l'enfant d'Éliza donc! Je sais que j'aurai maille à partir avec ma femme à ce propos, et aussi pour l'affaire de Tom. Voilà où aboutissent les dettes!... Ah! le drôle connaît ses avantages et en profite. »

Il n'est peut-être pas d'État où le système de l'esclavage revête une forme plus douce que dans le Kentucky. Là, les travaux des champs, calmes et gradués, n'amenant pas ces retours périodiques d'activité fébrile, d'efforts surhumains qu'exige le genre de culture et de commerce du Sud, rendent la tâche du nègre plus saine et plus équitable : tandis que, de son côté, le maître, satisfait d'accroître peu à peu son bien, n'est point exposé aux tentations d'endurcissement qui prennent si vite le dessus de notre frêle humanité, quand la perspective d'un gain soudain et rapide n'a d'autre contre-poids que les intérêts de pauvres travailleurs, sans appui et sans protection.

Quiconque visite quelques-unes des habitations du Kentucky, quiconque voit l'affectueuse indulgence de certains maîtres, de certaines maîtresses, la fidélité dévouée de quelques esclaves, peut rêver la fabuleuse et poétique légende des institutions patriarcales, et tout ce qui s'en suit; mais autour et au-dessus du riant tableau plane une ombre funeste — l'ombre de la *loi*. Tant que la loi classera tous ces êtres humains, aux cœurs palpitants, aux affections vivaces, comme *choses* appartenant au maître; — tant que la ruine, le malheur, l'imprévoyance ou la mort du meilleur propriétaire d'esclaves, pourront, en un jour, faire passer ceux-ci d'une vie calme et douce à des travaux forcés, à une misère sans espoir, il sera impossible de tirer rien de bon ou de beau du système d'esclavage le mieux régularisé.

M. Shelby était, en moyenne, un brave homme. Doux, affectueux, disposé à l'indulgence pour ceux qui l'approchaient, il n'avait jamais lésiné sur ce qui pouvait contribuer au bien-être matériel de ses noirs. Seulement, entraîné à spéculer sur grande échelle, il s'était endetté, et ses billets, pour une somme considérable, étaient tombés aux mains de Haley. C'est ce qui explique la conversation précédente.

Or, il advint qu'en approchant de la porte, Eliza en entendit assez pour comprendre qu'un trafiquant d'esclaves faisait à son maître des propositions.

Elle eût bien voulu s'arrêter en sortant pour en savoir davantage, mais sa maîtresse l'appelait.

Elle croyait avoir entendu qu'il s'agissait de son garçon.—Sans doute elle se trompait. Le cœur gros et serré, elle pressa instinctivement l'enfant contre son sein avec une telle force, qu'il la regarda tout étonné.

« Éliza, ma fille, qu'as-tu donc aujourd'hui? » demanda sa maîtresse, lorsqu'après avoir renversé la cruche à eau et fait tomber la table à ouvrage, elle apporta un peignoir du matin, au lieu de la robe de soie qu'on l'avait envoyé chercher.

Éliza tressaillit. « Oh! maîtresse! dit-elle, en levant les yeux; puis fondant en larmes, elle s'assit et se mit à sangloter.

— Éliza, enfant! qu'as-tu? qu'y a-t-il?

— Oh! maîtresse! maîtresse! il y avait dans la salle à manger un marchand d'esclaves qui parlait au maître. Je l'ai entendu.

— Eh bien, folle! supposons que cela soit.

— Oh! maîtresse, croyez-vous que le maître voulût vendre mon Henri? et la pauvre créature sanglota de plus belle.

— Le vendre! Eh non, enfant que tu es! ne sais-tu pas que ton maître n'a jamais eu affaire à ces trafiquants du Sud, et qu'il n'a jamais songé à vendre aucun de ses esclaves, tant qu'ils se conduisent bien? Folle tête! aller s'imaginer que quelqu'un voudrait acheter son Henri! Crois-tu que tout le monde en raffole comme toi?—Allons, sèche tes larmes, et agrafe ma robe. Là, maintenant, relève mes cheveux; fais-moi cette jolie tresse que tu as apprise l'autre jour, et ne t'avise plus d'écouter aux portes.

— Bien sûr, maîtresse, *vous* ne donneriez pas votre consentement à... à...

— Certes non. Mais c'est absurde. Pourquoi même en parler? Je songerais tout aussi bien à vendre un de mes propres enfants ! Réellement, Éliza, tu deviens par trop fière de ce marmot. Un homme ne peut mettre le nez dans la maison que tu ne te figures qu'il vient tout exprès pour acheter ton Henri !

Rassurée par l'air de sincérité de sa maîtresse, Éliza put vaquer avec adresse à ses devoirs de femme de chambre, et finit par rire elle-même de ses terreurs.

Madame Shelby était une femme d'une haute distinction, comme intelligence et comme moralité. Elle joignait à la grandeur d'âme qui caractérise souvent les femmes du Kentucky, une sensibilité vraie, et des principes religieux qu'elle appliquait avec énergie et tenue dans la pratique journalière de la vie. Son mari, quoiqu'il ne se rattachât à aucune Église en particulier [1], respectait la fermeté des croyances de sa femme, et redoutait peut-être un peu son opinion. Du moins, laissait-il libre cours à tous ses bienveillants efforts pour l'instruction, le bien-être et l'amélioration de ses esclaves, tout en s'abstenant d'y prendre une part active. De fait, sans avoir une foi complète dans l'efficacité pour autrui des bonnes œuvres des saints, M. Shelby semblait penser que sa digne moitié avait de la bienveillance et de la piété pour deux ; — peut-être même nourrissait-il un vague espoir de gagner le ciel, grâce à un surplus de qualités dont il se dispensait pour son compte.

Ce qui lui pesait surtout après sa conversation avec le marchand d'hommes, c'était la nécessité de s'en ouvrir à sa femme et d'avoir à combattre les objections qu'il prévoyait.

[1] La liberté religieuse complète aux États-Unis et la multiplicité des sectes protestantes rendent le choix difficile à faire; il arrive souvent que sans être irréligieux, un homme ne se rattache pas à telle ou telle forme de culte. Il suit les diverses prédications, et attend d'être convaincu pour faire sa profession de foi et se ranger parmi les disciples d'une *Église*, ou société religieuse particulière.

De son côté, madame Shelby, ne soupçonnant pas la gêne de son mari, et connaissant la douceur générale de son caractère, était de bonne foi incrédule aux soupçons d'Éliza. Elle ne s'y arrêta qu'un moment, et tout entière aux préparatifs d'une visite qu'elle devait faire le soir même, elle n'y pensa plus.

CHAPITRE II

La mère.

Dès sa plus tendre enfance, Éliza avait été élevée et choyée en enfant gâté par sa maîtresse. Le voyageur qui a parcouru les États du sud a dû souvent y remarquer l'élégance singulière, la douceur de manières et de voix, qui semblent des dons particuliers aux quarteronnes et aux mulâtresses. Chez les premières, ces grâces naturelles s'allient souvent à une éclatante beauté, et presque toujours à un extérieur agréable et avenant. Éliza, telle que nous l'avons dépeinte, n'est point une figure de fantaisie, mais un portrait d'après nature, fait de souvenir, et dont nous avons vu l'original au Kentucky. Elle avait grandi sous la protection de sa maîtresse, à l'abri des tentations qui font de la beauté un si fatal héritage pour l'esclave. Plus tard elle épousa un mulâtre, Georges Harris, d'une habitation voisine.

Le jeune homme avait été loué par son maître à une fabrique de toile à sac, et son adresse, son intelligence, en avaient fait le meilleur ouvrier. Il avait inventé une machine à teiller le chanvre [1] qui, si l'on considère l'éducation et les précédents de l'inventeur, témoignait d'au-

---

[1] Une machine de ce genre a été réellement inventée dans le Kentucky par un jeune homme de couleur.

tant de génie pour la mécanique, qu'en a pu déployer Whitney dans sa machine à épurer le coton.

Beau, bien fait, doué de manières agréables, Georges avait su se faire aimer de toute la fabrique. Néanmoins, comme ce n'était pas un homme, mais une *chose*, toutes ces qualités étaient soumises au contrôle d'un maître despotique, vulgaire et borné. Ledit gentilhomme, ayant ouï parler avec éloge de l'invention de Georges, monta à cheval un beau matin et se rendit à la fabrique pour voir ce qu'y faisait son *immeuble*.

Il fut reçu avec enthousiasme par le fabricant, qui le félicita d'avoir un esclave d'un tel prix. Il visita la manufacture, la machine lui fut expliquée et montrée par Georges qui, dans sa joie, parlait si couramment, se tenait si droit, avait la mine si haute et si mâle, qu'une inquiète conscience de son infériorité s'empara peu à peu du maître. Qu'avait à faire *son* esclave de parcourir le pays, d'inventer des machines, d'oser lever la tête parmi des gentilshommes? Il y couperait court; il le ramènerait au sillon; il le mettrait à creuser la terre et à bêcher, « pour voir s'il aurait toujours l'allure aussi fringante. » En conséquence, à la grande stupéfaction du fabricant et de ses ouvriers, il réclama tout à coup le loyer de Georges, et annonça son intention de le ramener chez lui.

« Mais, monsieur Harris, lui remontra le fabricant, c'est bien subit!

— Qu'importe? Est-ce que l'homme n'est pas à *moi*?

— Nous serions disposés, monsieur, à hausser le prix de compensation.

— Du tout. Je n'ai nul besoin de louer une de mes mains, si cela ne me convient pas.

— Mais, monsieur, il semble particulièrement propre à ce genre de travail.

— C'est possible. Il n'a jamais été propre à rien de ce que j'ai voulu lui faire faire.

— Songez qu'il a inventé cette machine, dit assez maladroitement un des ouvriers.

— Oui! — une machine à épargner le travail! Il en inventera de reste, j'en réponds. Fiez-vous aux nègres pour cela! Que sont-ils autre chose que des machines à épargner le travail? Non, non, il marchera! »

Georges était resté pétrifié sous le coup de cette sentence, prononcée par un pouvoir qu'il savait irrésistible. Les bras croisés, les lèvres serrées, tout un volcan de sentiments amers brûlait dans son sein, et envoyait des flots de feu dans ses veines. Sa respiration était courte, et ses grands yeux noirs, pareils à deux charbons ardents, dardaient des étincelles. Il y avait à craindre quelque dangereuse explosion, si le fabricant ne lui eût touché le bras, et dit tout bas :

« Cédez, Georges, suivez-le pour l'instant : nous tâcherons de vous venir en aide. »

Le tyran observa l'aparté, et en devina le sens, qui le confirma encore dans sa détermination.

Georges, ramené chez le maître, eut en partage les travaux les plus vils et les plus pénibles. Il avait pu retenir toute parole offensante; mais l'éclair de son œil, le pli de son front assombri, disaient assez clairement et assez haut que l'homme ne pouvait pas devenir une chose.

C'était pendant l'heureux temps passé à la manufacture qu'il avait connu et épousé Éliza. Jouissant de l'estime et de la confiance de son chef, il pouvait aller et venir en toute liberté. Le mariage avait été approuvé par madame Shelby, qui, avec un peu de la tendance qu'ont les femmes à se mêler de ces sortes d'affaires, était charmée d'unir sa belle favorite à un homme de la même classe, et qui paraissait si bien lui convenir. La cérémonie s'était faite dans le grand salon, et la maîtresse avait de ses propres mains mêlé les fleurs d'oranger aux beaux cheveux de la fiancée, et recouvert sa tête charmante du voile nuptial. Il y avait eu à profusion des gants blancs, des gâteaux, du vin, et des convives empressés de louer la beauté de la jeune fille et la générosité de la maîtresse.

Pendant un an ou deux Eliza put voir fréquemment son mari, et le bonheur du jeune ménage ne fut troublé que par la perte de deux petits enfants, passionnément aimés de leur mère, et qu'elle pleura avec un désespoir qui lui attira les douces remontrances de madame Shelby, anxieuse de ramener ces sentiments trop fougueux dans les limites de la raison et de la religion.

Après la naissance du petit Henri, la jeune femme s'était peu à peu calmée. Chaque lien saignant, chaque nerf ébranlé, enlacé de nouveau à cette frêle existence, se raffermissait et se fortifiait avec elle. Eliza avait été une heureuse femme jusqu'au jour où son mari, brutalement arraché à un chef bienveillant, était retombé sous la verge de fer de son propriétaire légal.

Fidèle à sa parole, le fabricant alla voir M. Harris une semaine ou deux après l'enlèvement de Georges, et mit en avant tout ce qui devait décider le maître à rendre à l'esclave son premier emploi.

« Vous pouvez vous épargner la peine d'en dire plus long, répliqua sournoisement le propriétaire : je suis juge de mes propres affaires.

— Je ne prétends pas non plus m'en mêler, monsieur; seulement je pensais que dans votre intérêt vous pourriez consentir à nous louer votre homme aux termes proposés.

— Oh! je comprends de reste. Je vous ai vu cligner de l'œil et chuchoter le jour où je l'ai repris. Mais vous avez affaire à aussi fin que vous! Nous sommes dans un pays libre, monsieur. Cet homme est *à moi*, et j'en fais ce qu'il me plaît. — Voilà! »

Ainsi s'évanouit le dernier espoir de Georges. — Rien, plus rien qu'une vie d'abjects et pénibles travaux, rendue plus amère encore par toutes les indignités; toutes les cuisantes vexations de détail que la tyrannie est si habile à inventer.

Un jurisconsulte des plus humains disait une fois : « Le pire usage qu'on puisse faire d'un homme, c'est de le pendre. » Non ; il y a une manière d'en *user* qui est encore PIRE !

CHAPITRE III

Mari et père.

Madame Shelby venait de partir pour sa visite : Éliza, debout dans la véranda[1], suivait tristement de l'œil la voiture qui s'éloignait, lorsqu'une main se posa sur son épaule. Elle se retourna, et un brillant sourire illumina ses beaux yeux.

« Oh ! Georges, est-ce toi ? Tu m'as fait peur ! que je suis contente que tu sois venu ! Maîtresse est sortie pour toute l'après-midi : viens dans ma chambrette, nous aurons tout le temps de causer. »

En parlant elle l'introduisit dans une jolie petite pièce, ouvrant sur la galerie, où elle cousait d'ordinaire, à portée de la voix de sa maîtresse.

« Que je suis donc contente ! — Mais pourquoi ne me souris-tu pas ? — Regarde notre Henri ! — comme le voilà grand ! » L'enfant, pendu à la robe de sa mère, considérait timidement son père à travers sa longue chevelure bouclée. « N'est-ce pas qu'il est beau ? » dit Éliza. Elle écarta ses cheveux et l'embrassa.

« Je voudrais qu'il ne fût pas né ! s'écria Georges avec amertume. Je voudrais n'être pas né moi-même ! »

---

[1] Galerie couverte qui fait avant-corps sur la façade de l'habitation, et règne quelquefois tout autour.

Surprise, effrayée, Éliza s'assit, pencha sa tête sur l'épaule de son mari, et fondit en larmes.

« Là, maintenant... c'est mal à moi de te faire toute cette peine, pauvre femme, c'est très-mal! Oh! pourquoi m'as-tu jamais vu—tu pouvais être si heureuse!

— Georges! Georges! comment peux-tu dire cela?... Qu'est-il donc arrivé de si terrible? N'étions-nous pas heureux, très-heureux, encore dernièrement?

— Oui, nous l'étions, chère! » dit Georges. Il attira l'enfant sur ses genoux, regarda attentivement ses brillants yeux noirs, et passa ses doigts dans les anneaux soyeux de sa chevelure.

« Tout juste ton portrait, Lizie, et tu es bien la plus belle femme que j'aie jamais vue, et la meilleure que je souhaite jamais voir, et pourtant il vaudrait mieux ne nous être jamais rencontrés.

— Oh! Georges. Comment peux-tu...

— Oui, Éliza, souffrir, toujours souffrir, rien que souffrir! Ma vie est plus amère que l'absinthe : elle s'use et se consume de minute en minute. Je suis un pauvre misérable souffre-douleur, abandonné à son mauvais sort. Je t'entraînerai dans la fange avec moi, voilà tout! A quoi bon essayer de faire quelque chose, de savoir quelque chose, d'être quelqu'un? A quoi bon vivre? Je voudrais être mort!

— Oh! Georges, voilà qui est vraiment mal! Je sais tout ce que tu as souffert en perdant ta place à la fabrique : tu as un dur maître; mais prends patience, et peut-être...

— Patience! dit-il en l'interrompant. N'ai-je pas été patient? Ai-je dit un seul mot quand, sans aucun prétexte raisonnable, il est venu m'arracher du lieu où j'étais bien, où tout le monde m'aimait! Je lui rendais fidèlement jusqu'au dernier liard de mon gain, et tous disent que je travaillais comme deux.

—C'est vrai que c'est terrible, dit Éliza. Mais après tout, c'est ton maître, vois-tu.

—Mon maître! Qui l'a fait mon maître? c'est là ce que je me demande.—Quel droit a-t-il sur moi? Je suis un homme comme lui—un meilleur homme que lui! Je me connais mieux en affaires. Je suis plus habile régisseur qu'il ne l'est. Je lis plus couramment; j'ai une plus belle écriture, et j'ai tout appris seul; — je ne lui dois rien. J'ai appris malgré lui! — Et quel droit a-t-il de faire de moi une bête de somme? —de m'enlever aux occupations dont je suis capable, plus capable que lui, pour me mettre à la place d'un cheval? C'est là ce qu'il veut: il dit qu'il me rompra, qu'il me rendra humble, et il me donne exprès les tâches les plus rudes, les plus viles, les plus sales!

—Oh! Georges, Georges... tu m'épouvantes! jamais je ne t'avais entendu parler ainsi: j'ai peur que tu ne fasses quelque mauvais coup. Je sais tout ce que tu souffres; mais sois prudent—Oh! je t'en supplie pour l'amour de moi—pour notre Henri!

—J'ai été prudent, j'ai été patient; mais les choses empirent d'heure en heure.—La chair et le sang n'y peuvent plus tenir. Il n'y a pas une occasion de m'insulter, de me tourmenter, qu'il ne saisisse! Je croyais pouvoir m'acquitter de mon travail, me tenir tranquille, et ma tâche finie, trouver encore du temps pour lire et pour apprendre. Mais plus j'en fais, plus il me surcharge; il dit que j'ai beau me taire, qu'il voit bien qu'un démon habite en moi, et qu'il l'en fera sortir! Et un de ces jours le démon sortira, mais d'une façon qui ne lui plaira pas, ou je me trompe fort.

—Oh! cher, que ferons-nous? dit Éliza tristement.

—Pas plus tard qu'hier, poursuivit Georges, je chargeais des pierres dans une charrette; le jeune maître Tommy était là, faisant claquer son fouet si près du cheval, que la bête prit peur. Je lui demandai tout doucement de cesser : il continua plus fort ; je le priai de nouveau, il se retourna et me frappa. Je retins sa main, alors il poussa les hauts cris, me lança des coups de pied, et courut dire à son père que je m'étais battu avec lui. Le père vint en fureur, jurant qu'il m'apprendrait à connaître mon maître. Il m'attacha à un arbre, coupa des branches pour son fils, et lui dit qu'il eût à me fouetter jusqu'à ce qu'il fût las ; — et il fut long à se lasser !... Si je ne le lui rappelle un jour ! »

Le front du mulâtre s'obscurcit, et dans ses yeux s'alluma un feu sombre qui fit trembler la jeune femme. « Qui a fait de cet homme mon maître ?—c'est là ce que je veux savoir.

— J'avais toujours pensé que je devais obéissance au maître et à la maîtresse, ou que je ne serais pas chrétienne, dit Éliza.

— Oh ! toi, c'est différent : ils t'ont élevée toute petite ; ils t'ont nourrie, vêtue, enseignée ; ce sont là des espèces de droits. Mais moi, qu'ai-je reçu ?—des coups de pied, des coups de poing, des jurons, trop heureux d'être quelquefois oublié dans un coin. Et que dois-je ? J'ai payé au centuple ce que j'ai coûté. Je ne l'endurerai pas davantage, — non, je ne le *veux pas !* dit-il le poing fermé et l'air menaçant. »

Éliza, tremblante, se taisait. Jamais elle n'avait vu son mari aussi exaspéré. Sa douce nature fléchissait comme un roseau sous le choc impétueux de cet ouragan.

« Tu sais, le pauvre petit Carlo que tu m'avais donné, poursuivit Georges ; c'était ma seule consolation : il couchait avec moi la nuit, me suivait au travail, et me regardait souvent comme s'il eût compris ce que je souffrais. Eh bien ! l'autre jour, je lui donnais quelques os de rebut que j'avais ramassés à la porte de la cuisine, quand le maître a passé ; il s'est plaint que je le nourrissais à ses dépens : il n'avait pas le moyen, a-t-il dit,

d'entretenir le chien de chaque nègre, et il m'a ordonné
d'attacher une pierre au cou de Carlo, et de le jeter dans
la mare.

— Ah ! Georges, tu ne l'as pas fait !

— Non — pas moi, mais lui. Le maître et son fils Tommy
l'ont noyé et assommé à coups de pierres. Pauvre animal !
il me regardait si tristement comme s'il en eût appelé à
moi pour le sauver. Puis, j'ai été fouetté pour n'avoir
pas voulu tuer mon chien. Mais que m'importe ? Le maître verra que je ne suis pas de ceux qu'on mate avec le
fouet. Mon jour viendra ; qu'il y prenne garde !

— Que vas-tu faire, Georges ? Oh ! je t'en conjure, ne
fais rien de mal. Si tu voulais seulement t'en fier à Dieu
et patienter, il te délivrerait.

— Je ne suis pas chrétien comme toi, Éliza ; mon
cœur est plein de fiel : je ne peux pas m'en fier à Dieu !
Pourquoi laisse-t-il aller les choses de cette façon funeste ?

— Oh ! Georges, ayons de la foi ! Maîtresse dit que quand
bien même tout irait mal, nous devons croire que Dieu
fait pour le mieux.

— C'est facile à dire à ceux qui sont assis sur des
sofas, traînés dans des carrosses ; — qu'ils changent
de place avec moi, et ils changeront de langage. Je voudrais pouvoir être bon ; mais le cœur me brûle, et ne
peut pas se résigner. Tu ne le pourrais pas non plus —
tu ne le pourras pas, — quand je t'aurai dit ce que j'ai à
te dire. Tu ne sais pas tout encore.

— Que peut-il y avoir de plus ?

— Le maître a déclaré récemment qu'il se repentait
de m'avoir laissé prendre femme hors du domaine, qu'il
détestait M. Shelby et toute sa race, parce que ce sont
des orgueilleux qui lèvent la tête plus haut que lui ; il a
dit que c'était de toi que je tenais mes idées d'indépendance, qu'il ne me permettrait plus de venir ici, et que
j'aurais à prendre une autre femme, et à faire ménage sur

la plantation. D'abord, il grommelait et menaçait sourdement; mais hier il m'a commandé de prendre Mina et de m'établir dans une case avec elle, sinon il me vendra pour la basse rivière.

— Mais tu as été marié avec moi par le ministre, ni plus ni moins que si tu avais été un blanc, dit ingénument Éliza.

— Ne sais-tu pas qu'un esclave ne peut se marier? La loi n'en tient pas compte. Je ne saurais te garder pour ma femme, s'il lui plaît de nous séparer. C'est pourquoi je souhaiterais ne t'avoir jamais vue, — pourquoi je m'en veux d'être né! Mieux vaudrait pour tous deux, mieux vaudrait pour ce pauvre enfant n'être pas au monde. Tout cela peut lui arriver aussi.

— Oh! notre maître, à nous, est si bon!

— Oui, mais qui sait? il peut mourir, et alors l'enfant sera vendu, Dieu sait à qui? Est-ce un plaisir de le voir beau, alerte, intelligent? Non; je te dis, Éliza, qu'il n'y a pas en lui une qualité, une beauté qui ne te perce un jour le cœur comme un glaive; — il vaudra trop d'argent pour que tu puisses le garder, pauvre femme!»

Ces paroles frappèrent Éliza de stupeur. La vision du marchand d'esclaves lui revint; elle pâlit, la respiration lui manqua comme si elle eût reçu un coup mortel. Elle chercha des yeux son Henri qui, las du ton grave de la conversation, était allé sous la véranda, où il galopait triomphant sur la canne de M. Shelby. Elle eut envie de parler à son mari de ses craintes, mais elle se retint.

« Non, non, il en a déjà bien assez, pauvre homme! pensa-t-elle, je ne lui dirai rien. D'ailleurs, ce n'est pas vrai; maîtresse ne m'a jamais trompée.

— Ainsi, Éliza, ma fille, dit son mari, courage et adieu, car je pars.

— Tu pars, et pour où, Georges?

— Pour le Canada. — Il se redressa de toute sa hauteur; — et une fois là-bas je te rachèterai. Nous n'avons

plus d'autre espoir. Tu as un bon maître qui ne refusera.
pas de te vendre. Je rachèterai toi et le garçon. — Avec
l'aide de Dieu j'en viendrai à bout !

— Ah ! malheur !... si tu allais être pris ?

— Je ne serai pas pris, Éliza, — je *mourrai* auparavant. Je serai libre ou mort.

— Tu ne te tueras pas, au moins ?

— Je n'aurai pas cette peine. Ils me tueront assez
vite : jamais ils ne m'emmèneront à la basse rivière
vivant.

— Georges, pour l'amour de moi, prends garde ! ne
commets de violence ni sur toi, ni sur personne !... la
tentation est trop forte, je le sais. Pars, puisqu'il le faut,
mais sois prudent, prie Dieu de t'aider.

— Écoute mon plan, Éliza. Le maître s'est mis en
tête de m'envoyer ici proche porter un billet à M. Symmes.
Il a compté, je crois, que je m'arrêterais en passant
pour te dire ce que j'ai sur le cœur; il serait ravi que la
chose vexât les Shelby, « cette race ! » comme il les
nomme. Je vais rentrer au logis résigné, tu comprends,
comme si tout était fini. J'ai fait mes préparatifs, et
il y a des gens qui m'aideront. Dans le cours d'une
semaine ou deux, un certain jour, je manquerai à l'appel.
Prie pour moi, Éliza — le bon Dieu t'écoutera peut-
être.

— Prie-le aussi, Georges : aie confiance en lui, et tu
ne feras rien de mal.

— Maintenant, *au revoir*, dit Georges. »

Il prit les mains d'Éliza entre les siennes, et la regarda
fixement dans les yeux sans bouger. Tous deux se tai-
saient. Puis vinrent les dernières paroles, les pleurs
amers — tout le déchirement de la séparation, quand
l'espérance de se revoir repose sur une toile d'araignée.
Enfin le mari et la femme se quittèrent.

CHAPITRE IV

Une soirée dans la case de l'oncle Tom [1].

La case de l'oncle Tom, faite de troncs d'arbres à peine dégrossis, était à peu de distance de « la maison; » le nègre désigne ainsi *par excellence* la demeure du maître. Sur le devant s'étendait un gentil jardinet, où des soins assidus faisaient croître, chaque été, des fraises, des framboises, et une diversité merveilleuse, vu l'espace, de fruits et de légumes. Toute la façade était tapissée d'un grand bignonia écarlate, et d'un beau rosier multiflore, dont les branches, se croisant et s'enlaçant, laissaient à peine voir la rustique construction. D'éclatantes plantes annuelles, des œillets d'Inde, des pétunias, des belles de jour, orgueil et délices de la tante Chloé, trouvaient aussi un petit coin où déployer leur splendeur.

Mais ne nous arrêtons pas au dehors. Le repas du soir est fini dans la grande maison, et tante Chloé, après avoir présidé aux préparatifs comme « chef, » laissant aux employés subalternes le soin de remettre les choses en ordre et de laver la vaisselle, a regagné son cher petit domaine, pour apprêter le souper de son « vieux [2]. » C'est elle en personne qui là, devant le feu, surveille, avec un intérêt plein d'anxiété, les progrès d'une friture qui frissonne dans la poêle. De temps en temps, elle soulève d'un air réfléchi le couvercle d'un four de campagne, d'où s'échappent des émanations de bon présage. Sa grosse face ronde est si reluisante, qu'on serait tenté de

[1] Les titres affectueux d'*oncle* et de *tante* se donnent aux noirs qui vivent dans la familiarité de la maison, et qui ont vu grandir les enfants. Leurs camarades les leur donnent aussi par esprit d'imitation.

[2] Cette épithète n'implique pas que Tom soit vieux. C'est, comme en France, une façon de dire amicale.

croire qu'elle l'a passée au blanc d'œuf comme ses biscuits. Sous son turban, bigarré et empesé, rayonne une
physionomie joviale, trahissant, il faut l'avouer, un peu
de cette suffisance naturelle à une cuisinière, réputée et
reconnue « chef » dans tous les environs.

Il est vrai que tante Chloé était cuisinière dans l'âme,
jusqu'à la moelle des os. Pas un poulet, pas un dindon,
pas un canard de la basse-cour, qui ne devînt grave à
son approche, et de fait sa constante préoccupation, de
trousser, farcir, rôtir, était bien de nature à éveiller les
terreurs de toute volaille réfléchie. Ses gâteaux de maïs,
dans toutes leurs variétés de noms et de formes, demeu-
raient d'impénétrables mystères pour de moins habiles
artistes, et elle riait à se tenir les côtes, en racontant,
avec un naïf orgueil, les vains efforts qu'avaient fait telle
ou telle de ses compagnes pour atteindre à sa hauteur.

L'attente de convives à la grande maison, le menu des
dîners, des soupers, servis dans « le grand genre, » éveil-
laient toute son énergie; et rien ne pouvait lui être plus
agréable que de voir décharger une pile de malles sous
la véranda : c'étaient les précurseurs de nouveaux efforts, de nouveaux triomphes.

Pour le moment, la tante Chloé est absorbée dans sa
poêle à frire; nous l'y laisserons, et achèverons de peindre
l'intérieur de la case.

Un lit, recouvert d'une courte-pointe d'un blanc de
neige, occupe l'un des coins; tout auprès s'étend un
grand lambeau de tapis, sur lequel trône d'ordinaire tante
Chloé, comme dans une région supérieure. Traité avec
une considération particulière, et autant que possible
interdit aux excursions des petits maraudeurs du logis,
ce coin fait *salon*. A l'autre angle, en face, une couchette
plus humble est destinée à l'*usage* journalier. Sur le
manteau de la cheminée des images enluminées repré-
sentent des sujets tirés de la Bible; au milieu brille un
portrait de Washington, dessiné et colorié, de manière à

étonner ce grand homme, s'il lui eût été donné de se voir ainsi reproduit.

Dans un troisième coin, sur un banc grossier, deux petits garçons, aux cheveux crépus, aux yeux noirs étincelants, aux joues rebondies, surveillent les premières tentatives d'une petite sœur; tentatives qui consistent, comme toujours, à se dresser laborieusement sur ses petits pieds, à chanceler une seconde, et à retomber à terre; chaque échec successif étant salué d'éclats de rire, et proclamé un étonnant succès.

Une table, tant soit peu boiteuse, placée en face du feu, recouverte d'une serviette, et garnie de tasses et de soucoupes des plus éclatantes couleurs, annonce qu'on attend compagnie. A cette table est assis l'oncle Tom, la main droite de M. Shelby, et notre héros, dont nous allons essayer de donner un daguerréotype au lecteur.

C'est un homme grand, robuste, bien découplé, à large poitrine, d'un noir de jais, et dont les traits, fortement africains, expriment un grave et ferme bon sens, uni à beaucoup de bienveillance et de bonté. Tout en lui respire le respect de soi-même, et une grande dignité naturelle, qui n'exclut pas une simplicité humble et confiante.

L'oncle Tom est en ce moment tout appliqué à une ardoise sur laquelle il essaie, avec soin et lenteur, de reproduire les lettres de l'alphabet, sous l'inspection du jeune maître Georgie, beau garçon de treize ans, qui semble pénétré de ses graves devoirs d'instituteur.

« Non;—pas comme cela, oncle Tom;—pas comme cela! dit-il avec vivacité, tandis que l'oncle Tom trace laborieusement la queue de son *g* à l'envers; cela fait un *q*, voyez-vous?

— Ah! vrai! répond l'oncle Tom, suivant de l'œil avec une admiration respectueuse les innombrables *q* et *g* que griffonne, pour son édification, son jeune professeur. Prenant à son tour le crayon entre ses doigts, gros et lourds, il recommence patiemment.

« Comme petit blanc faire tout bien! » dit tante Chloé, qui, un morceau de lard au bout de sa fourchette et en train de graisser son gril, s'arrête pour contempler avec orgueil le jeune maître. « C'est lui qui sait écrire! et lire, donc! quand il vient ici le soir nous réciter ses leçons, c'est ça qu'est amusant!

— Mais, tante Chloé, j'ai grand faim, dit Georgie; est-ce que ton gâteau n'est pas bientôt cuit?

— Presque, massa¹ Georgie; elle souleva le couvercle et jeta un coup d'œil furtif à son œuvre. Le voilà qui tourne brun!—d'un beau brun doré! Ah! laissez-moi faire, allez —je m'y entends! Maîtresse a commandé à Sally l'autre jour de faire un gâteau, rien que pour *apprendre*. Oh! maîtresse, que je dis, ça n'ira pas! c'est péché de gâter de bonnes choses! un gâteau qui lève tout d'un côté—pas plus de forme que ma savate! —Allez, marchez! »

Et avec cette exclamation de profond dédain pour l'inexpérience de Sally, la tante Chloé enleva d'une main preste le four de campagne, et exposa aux yeux des regardants un gâteau cuit à point, et que n'eût pas désavoué un maître pâtissier. Une fois ce morceau capital arrivé à bon port, la tante Chloé s'occupa de la partie plus substantielle du souper.

« Allons, Moïse, Pierrot, tirez-vous du chemin, moricauds! Sauvez-vous aussi, petite Polly, mon bijou; maman donnera tout à l'heure du bonbon à la petite.—Et vous, massa Georgie, ôtez les livres, et asseyez-vous près de mon vieux, pendant que je dresse les saucisses et que je retourne les beignets. En un clin d'œil vous allez en avoir une bonne assiettée.

— On voulait que je revinsse souper à la maison, dit Georgie; mais je me doutais de ce qui se brassait par ici, tante Chloé.

— Vous vous en doutiez?.. vrai, bijou? » Et elle en-

---

¹ Diminutif de monsieur, et plus familier que maître.

tassa les beignets sur son assiette. « Vous saviez bien que votre bonne tantine vous garderait le meilleur. Ah! il n'y a pas besoin de vous en dire long, à vous, rusé! »

Elle accompagna ce discours facétieux d'un coup de coude pour en aiguiser la pointe, et revint au gril avec une nouvelle ardeur.

Quand l'activité dévorante de l'appétit de Georgie fut un peu calmée, il s'écria, en brandissant un large coutelas : « Au tour du gâteau, maintenant!

— Dieu vous bénisse! massa Georgie, dit la tante Chloé, en lui arrêtant le bras; vous n'auriez pas le cœur de le couper avec ce grand couteau, pour le massacrer tout en miettes, et gâter sa bonne mine! Tenez, voilà une vieille lame mince que j'ai repassée tout exprès. Parlez-moi de ça! Se coupe-t-il net et bien!—Une pâte levée, légère comme une plume.—A présent, régalez-vous, mon mignon, vous n'en mangerez pas souvent de meilleur.

— Tom Lincoln dit pourtant, reprit Georgie, la bouche pleine, que leur Jinny est meilleure cuisinière que toi, tante Chloé.

— C'est pas grand'chose que ces Lincoln, répliqua tante Chloé, d'un ton méprisant. Je veux dire par comparaison avec notre monde.—De petites gens, assez respectables dans leur genre; mais pour ce qui est de savoir vivre, ils ne s'en doutent pas. Mettez seulement maître Lincoln à côté de maître Shelby, seigneur bon Dieu! Et maîtresse Lincoln—c'est pas elle qui entrerait dans un salon comme maîtresse Shelby—avec un grand air, faut voir! Allez, allez! ne me parlez pas de vos Lincoln! » Et la tante Chloé releva la tête, de l'air d'une personne qui sait son monde.

« Je croyais, reprit Georgie, t'avoir entendu dire que Jinny était assez bonne cuisinière?

— Peut-être bien, pour un petit ordinaire; pas dit qu'elle ne s'en tire. Elle saura vous faire une bonne fournée de pain, bouillir des pommes de terre à point; mais, par exemple, ses galettes ne sont pas fameuses! pas du tout fameuses! et, quant à la fine pâtisserie, elle n'y entend goutte. Elle fait des pâtés, c'est vrai; mais quelle croûte! Je la défie de faire la vraie pâte feuilletée qui lève en montagne au four, et qui fond comme *suc'* dans la bouche. Je suis allée là-bas pour le mariage de miss Mary; Jinny m'a montré ses pâtés et ses gâteaux de noce. Comme nous sommes amies, je n'ai rien voulu dire; mais vous pouvez m'en croire, massa Georgie, je fermerais pas l'œil d'une semaine, si j'avais fait pareille fournée. Pas plus de mine que rien du tout, quoi!

— Je suppose que Jinny les croyait exquis? demanda Georgie.

— Ça ne m'étonnerait pas. Elle les montrait bien, pauvre innocente! et, voyez-vous, c'est que justement elle n'en sait pas plus long. Où aurait-elle appris, dans une maison pareille? c'est pas de sa faute. Ah! massa Georgie, vous ne connaissez pas moitié des priviléges de votre famille et de votre *inducation*, soupira la tante Chloé, en roulant des yeux.

— Je t'assure, tante Chloé, que je connais à fond mes priviléges de tourtes, de tartes et de pouding. Demande plutôt à Tom Lincoln si je ne chante pas victoire chaque fois que je le rencontre. »

Tante Chloé se rejeta en arrière dans sa chaise, et ravie de l'esprit de son jeune maître, elle rit jusqu'à ce que les larmes coulassent le long de ses joues noires et luisantes. De temps à autre elle détachait à massa Georgie force coups de poing et de coude, s'écriant qu'il eût à s'en aller, qu'il la ferait crever de rire, qu'il la tuerait infailliblement un jour; chacune de ces sanguinaires prédictions étant accompagnée d'éclats de plus en plus prolongés, Georgie commença réellement à s'alarmer des conséquences de sa verve, et se promit de mettre un frein à ces saillies exorbitantes.

« Vous avez dit ça à Tom, vrai?—De quoi s'avisent pas

ces jeunesses! Vous lui avez chanté victoire aux oreilles?
Seigneur bon Dieu, massa Georgie, vous feriez rire un
hanneton!

— Oui, reprit Georgie, je lui ai dit : « Tom, si vous
voyiez seulement les pâtés de tante Chloé! ce sont là des
pâtés ! »

— C'est grand'pitié qu'il n'en voie pas! reprit tante
Chloé, émue de compassion à l'idée des ténèbres où était
plongé Tom Lincoln. Vous devriez l'inviter à dîner un
de ces jours, mon bijou. Ce serait gentil de vot'part. Vous
savez, massa Georgie, qu'il ne faut pas mépriser les autres, ni tirer vanité de ses avantages, vu que nos avantages nous sont donnés d'en haut, et c'est pas chose à
oublier, ajouta-t-elle d'un air grave.

— Je compte précisément inviter Tom la semaine prochaine; tu feras de ton mieux, tante Chloé, pour lui faire
ouvrir de grands yeux. Nous le bourrerons si bien qu'il
ne s'en relèvera pas d'une quinzaine!

— Oui, oui, s'écria tante Chloé ravie, massa verra!
Seigneur Dieu ! quand je pense à quelques-uns de nos
dîners ! Vous rappelez-vous, massa, le grand pâté de volaille que j'avais fait le jour du général Knox? Moi et
maîtresse nous nous sommes quasiment disputées à cause
de ce pâté ! Je ne sais pas ce qui passe par l'esprit des
dames quelquefois ; mais quand une pauvre créature est
affairée à ses fourneaux, qu'elle répond de tout, qu'elle ne
sait plus où donner de la tête, c'est juste le moment
qu'elles prennent pour venir tourner dans la cuisine et
se mêler de ce qui ne les regarde pas ! Maîtresse voulait
que je fisse comme ci, puis comme ça: finalement, la
moutarde me monta au nez, et je lui dis : « Maîtresse,
regardez-moi un peu vos belles mains blanches, et vos
beaux longs doigts tout reluisants de bagues, comme mes
lis blancs reluisent de rosée ! et voyez à côté mes grosses
pattes noires ! vous semble-t-il pas que le bon Dieu
m'a créée et mise au monde pour faire de la croûte de

pâté, et vous, pour la manger, et rester au salon?... Dame!
j'étais en colère, et ça me poussait à l'insolence, massa
Georgie.

— Et qu'a dit ma mère?

— Ce qu'elle a dit?—Elle a comme ri dans ses yeux,
— ses beaux grands yeux! « Eh bien! tante Chloé, je
crois que vous avez raison! » Et du même pas la voilà
qui s'en retourne à la salle. Elle aurait dû me taper
ferme sur la tête pour m'apprendre à être insolente. Mais
que voulez-vous, massa Georgie! impossible de rien faire
avec des dames dans ma cuisine.

— Tu ne t'en étais pas moins bien tirée de ce dîner.
Je me rappelle que tout le monde le disait.

— Oh! que oui!... Étais-je pas derrière la porte de la
salle à manger ce jour-là, et ai-je pas vu le général passer
trois fois son assiette pour ravoir de ce même pâté? ai-
je pas entendu qu'il disait : « Il faut que vous ayez une
fameuse cuisinière, madame Shelby! » Oh! je ne tenais
pas dans ma peau! C'est qu'aussi le général s'y connaît,
dit tante Chloé, se redressant d'un air capable. Un très-
bel homme! d'une des *très*-premières familles de la Virginie! Il s'y entend tout aussi bien que moi, le général!
Voyez-vous, massa Georgie, il y a des *points* capitaux
dans un pâté: tout le monde ne sait pas ça, mais le
général le sait. Je l'ai bien vu à ses remarques. Il sait
quels sont les points capitaux, lui! »

Massa Georgie en était arrivé à l'impossibilité complète, si rare chez un garçon de son âge, d'avaler une
bouchée de plus: se trouvant donc de loisir, il avisa l'a-
mas de têtes crépues et d'yeux avides qui, du coin en
face, le regardaient opérer.

« Tiens! à toi, Moïse! à toi, Pierrot! il rompit quelques gros morceaux et les leur jeta. Vous en voulez bien,
n'est-ce pas? Allons, tante Chloé, donne-leur donc de la
galette! »

Georgie et Tom s'établirent à l'aise au coin de la cheminée, tandis que tante Chloé, après avoir tiré du feu un supplément de gâteaux, prit sa petite fille sur son giron, et se mit à remplir alternativement la bouche de l'enfant et la sienne, sans oublier Moïse et Pierrot, qui préférèrent manger leurs parts, tout en se roulant sous la table, en se chatouillant et en tirant de temps à autre les pieds de la petite sœur.

« Voulez-vous finir, mauvais garnements ! dit la mère, leur décochant par ci, par là, un coup de pied, quand le jeu devenait trop intempestif. Ne pouvez-vous donc rester tranquilles une minute devant petit maître blanc ? Finirez-vous ? Prenez garde, ou bien je boutonnerai la culotte d'un cran plus bas, quand massa Georgie sera parti. »

Quel que fût le sens caché sous cette terrible menace, elle produisit fort peu d'effet sur les jeunes délinquants.

« Eh là ! c'est plus fort qu'eux, reprit l'oncle Tom; ils sont si joueurs, si chatouilleurs, qu'ils ne peuvent pas tenir en place. »

Ici les deux garçons sortirent de dessous la table, et les mains et la figure tout engluées de mélasse, ils se livrèrent un vigoureux assaut de baisers à la petite sœur.

« Voulez-vous bien détaler ! dit la mère en repoussant leurs têtes laineuses; vous allez finir par rester collés tous ensemble, et n'y aura plus moyen de vous détacher. Courez vite à la fontaine. » Elle accompagna cette injonction d'une tape qui résonna bruyamment, mais qui ne fit que tirer de nouveaux rires des petits lutins, comme ils se précipitaient en tumulte au dehors, où leur joie fit explosion.

« En a-t-on jamais vu de si turbulents? » dit tante Chloé avec complaisance; et tirant un vieux torchon, mis à part pour les cas extrêmes, elle versa dessus un peu d'eau d'une théière fêlée, et s'évertua à enlever la mélasse des mains et du visage de la petite fille. Quand elle l'eut fourbie jusqu'à la faire reluire, elle la posa sur les genoux de l'oncle Tom, et se mit à débarrasser la table. Polly

employa cet intervalle à tirer le nez de papa, à lui égra-
tigner la figure, et à plonger ses petites mains grassouil-
lettes au plus épais de la chevelure crépue de Tom,
passe-temps auquel elle semblait prendre un plaisir particulier.

« Est-elle éveillée !» dit Tom, l'éloignant à la longueur
de son bras pour la mieux voir ; il se leva, l'assit sur sa
large épaule, et se mit à danser et à gambader avec
l'enfant, autour de la chambre, tandis que massa Georgie
faisait claquer son mouchoir, et que Moïse et Pierrot, de
retour de leur expédition, lui donnaient la chasse en ru-
gissant comme des lions. Si bien que tante Chloé déclara
« qu'elle avait la tête tout à fait *rompue.*» Cette assertion,
se renouvelant tous les jours, ne diminua rien de la
gaieté et du vacarme, qui ne cessèrent que lorsque chacun eut rugi, cabriolé, sauté à n'en pouvoir plus.

— Eh bien ! j'espère que vous en avez tout votre soûl,
dit tante Chloé, en tirant un grossier coffre à roulettes
de dessous le lit. Fourrez-vous vite là-dedans, Moïse et
Pierrot, car c'est bientôt l'heure de l'assemblée [1].

— Oh ! mère, nous pas vouloir dormir un brin ! vouloir rester pour l'assemblée, c'est ça qu'est curieux !
Nous bien aimer l'assemblée !

— Allons, tante Chloé, remets la machine en place et
laisse-les debout, » dit Georgie avec décision, et, d'un
coup de pied, il fit rouler le coffre, que tante Chloé, sa-
tisfaite d'avoir sauvé les apparences, acheva de rentrer
sous le lit. « Au fait, dit-elle, ça ne peut que leur faire
du bien. »

Toute la chambre se forma aussitôt en comité, pour
délibérer sur les arrangements à prendre en vue de la
réunion.

« Où trouver des chaises ? — c'est pas moi qui en sais

---

[1] *Meeting*, réunion religieuse tenue par les noirs, partout où on leur laisse
la liberté de s'assembler, et qu'ils passent en lectures, en prières et en chants.

rien, » opina tante Chloé. Mais comme depuis un temps infini l'assemblée se tenait une fois la semaine chez l'oncle Tom, sans que le nombre des sièges eût augmenté, il était probable qu'on trouverait encore cette fois des expédients.

« L'oncle Paul, *li* chanter si fort l'aut'fois, que *li* en avoir cassé les deux pieds de derrière de la vieille chaise, dit Moïse.

— Veux-tu te taire ! c'est bien plutôt toi qui les as arrachés, vaurien !

— Chaise, *li* tenir tout de même, si campée droit contre le mur, suggéra Moïse.

— Oncle Paul, *li* pas s'asseoir dessus, reprit Pierrot, parce que *li* toujours se trémousser si fort en chantant ! L'autre soir, *li* faillir tomber tout au travers de la case.

— Si, Seigneur bon Dieu ! faut laisser *li* s'asseoir, reprit Moïse ; *li* commencer : « Accourez, saints et pécheurs ; écoutez, petits et grands ! » Et patatras ! v'la *li* par terre ! » Moïse imita avec une rare précision le chant nasillard du vieux, et fit une culbute pour illustrer la catastrophe.

« Voyons ! vous tiendrez-vous décemment, à la fin ? dit tante Chloé. N'avez-vous pas de honte ? »

Cependant massa Georgie ayant ri avec le coupable, et déclaré que Moïse était « un drôle de corps, » l'admonestation maternelle manqua son but.

« Eh vieux ! dépêche donc ! va chercher les barils : roule-les par ici !

— Barils à mère, *li* jamais manquer, murmura Moïse à Pierrot : tout comme cruche d'huile à la veuve du bon livre [1], tu sais, où massa Georgie lisait l'autre jour.

— Aïe ! mais baril *li* défoncer la semaine dernière, répliqua Pierrot, et eux dégringoler tout au milieu de la prière ! Baril, *li manquer* cette fois-là ; pas vrai ? »

Pendant cet aparté, deux barils vides avaient été roulés dans la case, et assujettis avec des pierres. Des planches posées dessus en travers, un assortiment de baquets et de seaux renversés, flanqués de quelques chaises boiteuses, complétèrent les préparatifs.

« Massa Georgie lit si bien! dit tante Chloé; s'il restait pour faire la lecture? c'est ça qui serait intéressant! »

Massa Georgie ne demandait pas mieux. Quel est le garçon qui ne se complaise à ce qui lui donne de l'importance?

La case s'emplit bientôt d'un assemblage bigarré, depuis le vieillard octogénaire jusqu'à la plus jeune fille et à l'adolescent. Il s'établit un innocent commérage sur divers sujets : « Où donc tante Sally a-t-elle gagné ce beau foulard rouge tout neuf?

— Bien sûr, maîtresse donnera à Lizie sa robe de mousseline à pois, quand Lizie aura fini la robe de barège à maîtresse. — On assurait que maître Shelby songeait à faire emplette d'un nouveau cheval bai, qui ajouterait encore à la splendeur de la grande maison. »

Un petit nombre de disciples appartenant aux familles voisines, qui leur donnaient permission de venir à l'assemblée, y apportaient aussi leur contingent de nouvelles, et les commentaires sur les dires et faires de chacun circulaient là, tout aussi librement que la même menue monnaie dans de plus hauts cercles.

Enfin, à l'évidente satisfaction de tous, le chant commença. Les voix naturellement belles, les airs sauvages et accentués, produisaient un effet frappant, en dépit des intonations nasales des chanteurs. C'était tantôt les paroles des hymnes adoptées dans les églises d'alentour, tantôt des bribes d'invocations bizarres et vagues, recueillies dans les campements religieux. Un des refrains se chantait surtout avec beaucoup d'énergie et d'onction :

Le combat nous conduit aux gloires éternelles,
O mon âme, battez des ailes!

Un autre chant favori disait :

Oh! je monte là-haut! accourez avec moi.
Écoutez! l'ange nous appelle!
Voyez la cité d'or et sa voûte éternelle!

La plupart des hymnes célébraient « les rives du Jourdain, » les « champs de Canaan » et la « Nouvelle-Jérusalem; » car l'ardente et sensitive imagination du noir s'attache toujours aux expressions pittoresques et animées.
Tout en chantant, les uns riaient, les autres pleuraient,
applaudissaient, ou échangeaient de joyeuses poignées de
main, comme s'ils eussent déjà gagné l'autre bord du
fleuve.

Des exhortations, des récits suivaient le chant ou s'y
mêlaient. Une vieille à tête blanche, admise au repos
depuis longtemps, et fort vénérée comme la chronique
du passé, se leva, et, appuyée sur son bâton, dit :

« Enfants! je suis grandement contente de vous entendre tous, de vous revoir tous encore une fois; car je
ne sais pas quand je partirai pour la cité glorieuse;
mais je me tiens prête, enfants! comme qui dirait avec
mon paquet sous le bras, mon bonnet sur la tête, n'attendant plus que la voiture qui viendra me prendre pour
me ramener au pays. Souvent, la nuit, je crois entendre
les roues crier, et je me relève et je regarde! Tenez-vous
prêts aussi, vous autres; car je vous le dis à tous, enfants! et elle frappa la terre de son bâton : Cette gloire
d'en haut est une chose sans pareille, — une grande
chose, enfants! — vous n'en savez rien, vous ne vous en
doutez pas... C'est la merveille des merveilles! » Et la
vieille s'assit, inondée de larmes, accablée d'émotion,
tandis que tous entonnaient en chœur :

4

O Canaan, terre promise et chère!
O Canaan, je vais à toi!

Massa Georgie, à la requête de l'assemblée, lut les derniers chapitres de l'Apocalypse, souvent interrompus par des exclamations: Seigneur, est-il possible!—Écoutez seulement! — Pensez-y! — Bien sûr que c'est proche!

Georgie, garçon intelligent, initié par sa mère aux croyances religieuses, et se voyant le point de mire de l'assemblée, hasardait de temps à autre des commentaires de sa façon, avec un sérieux, une gravité qui lui valaient l'admiration des jeunes et les bénédictions des vieux. On convint d'un commun accord qu'un ministre n'aurait pu mieux dire, et que c'était un garçon prodigieux!

L'oncle Tom passait dans tout le voisinage pour un oracle en matières religieuses. Le sentiment *moral* qui prédominait fortement en lui, une plus haute portée d'esprit et plus de culture que n'en avaient ses compagnons, le faisaient respecter parmi eux comme une sorte de pasteur : et le style sévère et plein de cœur de ses exhortations aurait pu édifier un auditoire plus choisi; mais il excellait surtout dans la prière. Rien n'égalait la simplicité touchante, l'ardeur naïve de ses appels à Dieu, entremêlés de paroles de l'Écriture, si profondément entrées dans son âme qu'elles semblaient faire partie de lui, et couler de ses lèvres à son insu. Selon l'expression d'un vieux nègre : « Il priait tout droit en haut.» Ses paroles surexcitaient tellement la piété des auditeurs, qu'elles finissaient par être étouffées sous la foule d'improvisations qu'elles provoquaient de toutes parts.

———

Tandis que cette scène se passait dans la case de l'oncle Tom, une autre, d'un genre bien différent, avait lieu dans l'habitation du maître.

Le marchand d'esclaves et M. Shelby étaient de nouveau assis dans la salle à manger, devant une table couverte de papiers. Le premier comptait des liasses de billets de banque, et les poussait à mesure vers le marchand,
qui les recomptait à son tour.

« C'est juste, dit l'homme; maintenant, signez-moi
cela. »

M. Shelby tira les contrats de vente à lui, et les signa
comme un homme qui dépêche une besogne désagréable,
puis il les repoussa de l'autre côté de la table avec l'argent. Haley sortit alors de sa valise un parchemin, et,
après l'avoir parcouru des yeux, il le tendit à M. Shelby,
qui s'en saisit avec un empressement à demi réprimé.

« Eh bien, voilà qui est fait et fini, dit le trafiquant en
se levant.

— Oui, fait et fini, reprit M. Shelby d'un ton pensif.
Il respira péniblement, et répéta : *fini*....

— Vous n'en avez pas l'air charmé, dit le marchand.

— Haley, vous vous rappellerez, j'espère, que vous
m'avez promis, sur l'honneur, de ne pas vendre Tom
sans savoir dans quelles mains il tombera.

— Vous venez bien de le vendre, vous?

— Les circonstances, vous le savez trop bien, m'y
obligeaient, dit M. Shelby avec hauteur.

— Et elles peuvent m'y obliger aussi, *moi*, reprit le
marchand. C'est égal, je ferai de mon mieux pour trouver une bonne niche à Tom. Quant à le maltraiter, vous
n'avez que faire de craindre, Dieu merci, par goût, je ne
suis pas cruel. »

L'exposition qu'il avait déjà faite de ses principes
d'humanité n'était pas des plus rassurantes; mais comme
le cas ne comportait guère d'autre consolation, M. Shelby
laissa partir le marchand en silence, et se mit à fumer
solitairement son cigare.

CHAPITRE V.

Sensation de la propriété vivante lorsqu'elle change de propriétaire.

Monsieur et madame Shelby étaient rentrés dans leur chambre; le mari, étendu dans sa large bergère, parcourait les lettres arrivées par le courrier du soir; debout devant la glace, sa femme démêlait les tresses et les boucles, ouvrage d'Éliza, car frappée de l'air hagard et de la pâleur de la jeune femme, elle l'avait dispensée de son service, et envoyé coucher. En arrangeant ses cheveux, elle se rappela tout naturellement sa conversation du matin, et se retournant vers son mari :

« A propos, Arthur, lui dit-elle d'un air d'insouciance, qu'est-ce que ce grossier personnage que vous nous avez amené à dîner?

— Il se nomme Haley, répliqua Shelby, s'agitant sur son siége, et sans quitter des yeux sa lettre.

— Haley? qui est cela? Qu'a-t-il à faire ici, je vous prie?

— Mais... j'ai eu quelques intérêts à démêler avec lui à ma dernière tournée à Natchez.

— Et il s'en prévaut pour se mettre à l'aise, venir dîner et s'établir ici comme chez lui?

— Pardon; il était invité; j'ai un compte à régler avec l'homme.

— Serait-ce un marchand d'esclaves? demanda madame Shelby, en observant dans les manières de son mari une nuance d'embarras.

— Bah! qui vous met pareille idée en tête, ma chère? et cette fois Shelby leva les yeux.

— Rien. Seulement, cette après-dînée Éliza m'est arrivée tout en larmes, criant, se lamentant. Ne prétendait-elle pas que vous étiez en marché, et qu'elle avait entendu un trafiquant d'esclaves vous faire des offres pour son Henri? Quelle absurdité!

— Vrai!... elle l'a entendu? reprit M. Shelby toujours absorbé dans ses lettres, bien qu'il les tînt sens dessus dessous.—Puisqu'il en faudra venir là, se disait-il à lui-même, mieux vaut en finir tout de suite.

— J'ai dit à Éliza, pour sa peine, continua madame Shelby brossant toujours ses cheveux, qu'elle n'était qu'une petite folle, et que vous n'aviez rien à démêler avec gens de cette sorte. Certes, je sais assez que de la vie vous ne songeriez à vendre un des nôtres, et surtout à pareille espèce!

— Fort bien, Émilie, j'ai parlé, j'ai pensé comme vous. Mais le fait est que mes embarras en sont venus au point qu'il n'y a plus à reculer. Il me faut vendre quelques-unes de mes mains.

— A cet homme! Impossible. Vous ne parlez pas sérieusement, monsieur Shelby.

— J'ai regret de dire que si; c'est chose convenue pour Tom.

— Quoi! notre Tom! cette bonne et fidèle créature! votre zélé serviteur dès votre première enfance! Oh! monsieur Shelby!—mais vous lui aviez promis sa liberté? mais vous et moi lui en avons parlé cent fois!—Ah! je puis tout croire après cela! Je puis vous croire capable à présent de vendre même le petit Henri, l'unique enfant de cette pauvre Éliza! s'écria madame Shelby d'un ton douloureux et indigné.

— Eh bien, s'il faut vous le dire, c'est chose faite. J'ai consenti à vendre les deux : Tom et Henri. Mais je ne sais trop pourquoi l'on me traiterait de monstre, pour avoir fait une fois ce que chacun fait tous les jours de sa vie!

— Et ceux-là encore! se récria de nouveau madame Shelby; pourquoi les choisir entre tous?

— Parce que l'on m'en offrait davantage, voilà le

4.

pourquoi. Il ne tient qu'à vous que j'en choisisse un autre, car le drôle mettait l'enchère sur Éliza.

— Le misérable! s'écria madame Shelby avec véhémence.

— J'ai refusé de l'écouter, uniquement à votre considération, Émilie, et tout au moins pourriez-vous m'en tenir compte.

— Mon cher, dit madame Shelby en se recueillant, pardonnez-moi. Je vais trop loin. Mais j'étais si peu préparée, je m'y attendais si peu! Laissez-moi de grâce intercéder pour ces pauvres créatures. S'il est noir, Tom n'en est pas moins loyal, moins fidèle; c'est un noble cœur. Je crois, monsieur Shelby, que s'il lui fallait donner sa vie pour vous il n'hésiterait pas.

— Je le sais... j'en suis sûr. Mais à quoi bon tout cela? je n'en puis mais, vous dis-je.

— Que ne faisons-nous quelques sacrifices d'argent? je supporterai de bien bon cœur ma part de gêne. O monsieur Shelby, c'est de toute mon âme que je me suis efforcée de remplir mes devoirs de chrétienne envers ces pauvres gens si simples, si dépendants. Il y a de longues années que je m'y intéresse, que je les instruis, que je veille sur eux, que je partage et leurs petits soucis, et leurs naïves joies. Comment oser, désormais, paraître au milieu d'eux, si, pour l'amour d'un misérable lucre, nous allions vendre un serviteur sûr et dévoué, enlevant d'un seul coup à ce pauvre Tom tout ce que nous lui avions appris à estimer, à aimer? Moi, qui leur enseignais les devoirs de famille, du père envers l'enfant, du mari envers la femme, comment supporterai-je l'aveu public, que ni droits, ni liens, ni relations, rien n'est sacré pour nous dès qu'il s'agit d'argent? Moi qui ai tant causé avec Éliza de son enfant, de ses obligations, comme mère chrétienne, à une constante surveillance, à de tendres prières, à une éducation pieuse! Qu'aurai-je à lui dire à présent, si vous le lui arrachez pour le livrer, corps et âme, à un homme sans principes, un méchant; et cela pour quelques dollars! Je lui répétais qu'une âme vaut plus que tous les trésors de l'univers, comment me croira-t-elle si elle nous voit tourner ainsi, et vendre son enfant? Le vendre! qui sait? pour la ruine certaine peut-être de l'âme et du corps!

— Je suis fâché que vous le preniez si fort à cœur, Émilie; désolé, sur ma parole. Sans les partager dans toute leur étendue, je respecte vos sentiments; mais c'est peine perdue, je vous le jure; je n'y puis rien. Il faut lâcher le mot que j'aurais voulu vous épargner, Émilie : je n'ai pas le choix. Il me faut vendre ceux-là ou tout perdre : eux ou tous. Haley a mis la main sur une hypothèque qui, si je ne la purge sans retard, emportera tout avec elle. J'ai ramassé de tous les côtés, cherché, grapillé, emprunté; hors mendier, j'ai tout fait. Le prix de ces deux-là a pu seul établir la balance; force a été de se résoudre. Haley, engoué de l'enfant, est convenu de régler ainsi et seulement ainsi. J'étais dans ses griffes, il m'a fallu céder. Si émue pour ces deux-là, aimeriez-vous mieux les voir vendre *tous?* »

Madame Shelby restait foudroyée. Retournant enfin s'asseoir à sa toilette, elle se cacha le visage dans ses mains, et poussa un gémissement.

« C'est la malédiction de Dieu sur l'esclavage! Amère, amère fatalité! Malédiction sur le maître! malédiction sur l'esclave! J'étais folle de prétendre tirer quelque bien de cette source de maux! C'est péché de garder un esclave sous des lois telles que les nôtres; je l'ai toujours senti; je le pensais toute jeune fille, — je le pense encore plus, certes, depuis que j'ai fait choix d'une Église. Mais j'espérais dorer la chaîne : je voulais, à force de bonté, de soins, d'instruction, rendre la condition des miens préférable à la liberté : folle que j'étais!

— Eh mais, ma femme, vous vous rangez tout à fait parmi les abolitionnistes!

—Les abolitionnistes! ah! s'ils savaient tout ce que je sais, c'est alors qu'ils parleraient! Nous n'avons rien à apprendre d'eux. Vous savez si jamais j'approuvai l'esclavage, si jamais, de ma volonté, j'ai possédé un esclave!

—A merveille! accordez-vous un peu avec nos sages et pieux ministres, dit M. Shelby; vous souvient-il du sermon de dimanche dernier?

—Je me soucie peu de pareils sermons. M. B... fera mieux de prêcher ailleurs que dans notre église. Les ministres ne peuvent peut-être, pas plus que nous, empêcher le mal ou le guérir; mais, le justifier! Oh, c'est outrager le bon sens! Je sais d'ailleurs qu'au fond vous ne faites pas plus de cas que moi de ce sermon.

—S'il le faut avouer, messieurs nos ministres avancent parfois ce que nous autres, pauvres pécheurs, oserions à peine soutenir. Force est bien à un homme du monde de fermer les yeux sur nombre de choses, et de se faire à ce qu'il ne peut approuver. Mais lorsque les femmes et les pasteurs nous dépassent, et se prononcent si carrément en matière de moralité et de modestie, cela, de fait, me va peu. A présent, du moins, ma chère, je le présume, vous cédez à la nécessité, et convenez que, vu les circonstances, j'ai agi pour le mieux.

—Oui, oh oui! dit rapidement madame Shelby tout en maniant sa montre d'un air absorbé. —Je n'ai pas de bijoux de prix, ajouta-t-elle, réfléchissant; mais cette montre en or vaut quelque chose; elle a coûté fort cher; si je pouvais seulement sauver l'enfant d'Éliza! J'y sacrifierais tout ce que je possède.

—Je suis peiné, désespéré, en vérité, dit M. Shelby, que vous vous en affligiez si fort; 'mais c'est à pure perte; les contrats de vente sont signés et aux mains de Haley. Il vous faut être contente que ce ne soit pas pire. Cet homme nous avait en son pouvoir. Il ne tenait qu'à lui de nous ruiner complétement, et nous en voilà quittes.

Si vous le connaissiez comme moi, vous penseriez que nous l'échappons belle!

— Est-il donc si dur?

— Pas précisément cruel; mais c'est un homme de cuir; — marchand dans l'âme, qui ne connaît que le profit; — froid, déterminé, implacable comme la mort et le tombeau. Il vendrait sa propre mère à vingt pour cent de bénéfice, et cela sans vouloir de mal à la pauvre vieille.

— Et c'est ce misérable qui est le maître de ce bon et fidèle Tom! le maître de l'enfant d'Éliza!

— Brisons là-dessus, ma chère. La chose m'est rude; je déteste d'y revenir. Haley, qui mène rondement les affaires, prend possession dès demain; aussi, mon cheval sera-t-il prêt, et je pars à la pointe du jour. Je ne puis voir Tom, non, je ne le puis. Pour vous, ce qu'il y aura de mieux, c'est de faire atteler de bonne heure, et d'emmener Éliza, n'importe où. Il vaut mieux que tout se passe hors de vue.

— Non, non, dit madame Shelby, je ne serai ni agent ni complice de l'acte. Pauvre Tom, Dieu l'assiste! Je l'irai voir en sa détresse; et, quoi qu'il m'en puisse coûter, ils sauront que leur maîtresse souffre pour eux et avec eux. Quant à Éliza! je n'ose y penser. Le Seigneur nous pardonne! qu'avons-nous fait pour en arriver là! »

Cependant, sans que monsieur et madame Shelby le pussent soupçonner, un tiers les écoutait. Le cabinet qui communiquait avec leur chambre ouvrait sur un corridor; Éliza, bourrelée d'inquiétudes, renvoyée pour la nuit par sa maîtresse, avait eu l'idée soudaine de se glisser dans ce réduit; et, l'oreille collée à la fente de la porte, elle n'avait pas perdu un mot de la conversation.

Quand les voix moururent dans le silence, elle se releva et se coula dehors. Pâle, frissonnante, les traits contractés, les lèvres serrées, ce n'était plus la douce et timide créature qu'elle avait été jusque-là. Avec précaution

elle enfila le passage, s'arrêta une seconde à la porte de
sa maîtresse, levant les mains au ciel, muette invocation!
puis se détournant, elle se faufila dans sa chambre.
C'était une petite pièce tranquille et propre sur le même
palier que l'appartement des maîtres. Que de fois elle
s'était assise devant cette petite fenêtre au soleil! c'était
là qu'elle chantait en cousant. Sur ces étroites tablettes
garnies de quelques livres, s'étalaient de chères babioles,
dons de jours de naissance et de fêtes; dans l'armoire,
dans les tiroirs, se rangeait sa modeste toilette. Bref,
c'était son logis à elle, où longtemps elle avait été heureuse. Mais là, sur ce lit, dormait son fils; de longues
boucles soyeuses encadraient l'innocent visage, sa bouche
rosée demeurait entr'ouverte, ses petites mains potelées
reposaient négligemment sur la couverture, et un radieux
sourire éclairait tous ses traits.

« Pauvre garçon! pauvre chéri! — Ils t'ont vendu!
mais ta mère te sauvera! »

Aucune larme n'humecta l'oreiller : à de tels moments
ce sont des gouttes de sang que le cœur distille en silence; elle saisit une feuille de papier, un crayon, et
écrivit en toute hâte :

« Oh maîtresse! chère maîtresse! ne me croyez pas in-
grate, ne pensez pas mal de moi, pas du tout, maîtresse. J'ai entendu ce que le maître et vous avez dit ce
soir, et je vais tâcher de sauver mon garçon. Vous ne me
blâmerez pas, vous. — Dieu vous bénisse et vous récompense de toutes vos bontés! »

Elle plia et adressa précipitamment la lettre, courut
à un tiroir, roula pour son fils un petit paquet de hardes,
qu'elle attacha solidement autour d'elle ; et la sollicitude
maternelle est si tendre, que, même dans la terreur du
moment, elle n'oublia pas de prendre quelques-uns des
jouets favoris de l'enfant, réservant un perroquet peint
de brillantes couleurs, pour l'amuser au réveil. Ce ne
fut pas sans peine qu'elle tira le petit dormeur de son

profond sommo; mais après quelques efforts, elle l'assit sur son séant, et tandis que la mère mettait un chapeau et un châle, l'enfant joua avec son oiseau.

« Où donc va maman ? » demanda-t-il lorsqu'elle s'approcha du lit, tenant la jaquette et le petit manteau.

Sa mère le regarda de si près, entre les yeux, et avec une expression telle, qu'il devina que quelque chose d'étrange se passait.

« Chut! Henri, dit-elle; faut pas parler haut, faut pas qu'ils entendent. Un vilain homme est venu pour prendre le petit Henri à sa maman, et l'emporter loin, bien loin. Mais maman ne veut pas; elle mettra au petit garçon sa jaquette et son manteau, et elle se sauvera avec lui, et le méchant homme ne l'attrapera pas. »

En parlant, elle avait passé à l'enfant et agrafé sur lui son simple attirail; le prenant entre ses bras, elle lui murmura à l'oreille l'injonction d'être « bien sage; » et ouvrant la porte qui, de sa chambre, conduisait sous la véranda, elle se glissa dehors.

C'était par une nuit étoilée, froide et étincelante; la mère serra son châle autour de l'enfant qui, muet de terreur, se collait à son cou.

Le vieux Bruno, grand terre-neuve qui couchait sous le porche, se leva avec un sourd grognement à son approche. Elle murmura doucement le nom de l'animal, et ce favori, ancien camarade de ses jeux, remua aussitôt la queue et se disposa à la suivre, non sans avoir l'air de s'étonner, en son simple cerveau de chien, de la nocturne promenade. Quelques obscurs soupçons d'imprudence, de manque de décorum, traversèrent même son honnête pensée, et tandis qu'Éliza allongeait des pas furtifs, il s'arrêtait, regardait d'un air soucieux, tantôt la fugitive, tantôt le logis; puis, comme rassuré par ses réflexions, il trottait de nouveau après elle. En quelques minutes ils arrivèrent à la fenêtre de la case de l'oncle Tom, et Éliza frappa légèrement à la vitre.

L'assemblée religieuse s'était prolongée, grâce aux chants, et l'oncle Tom s'étant accordé en outre plusieurs solos, ni lui ni sa compagne ne dormaient encore, quoiqu'il fût plus près d'une heure que de minuit.

« Seigneur bon Dieu! quoi que c'est? dit tante Chloé se levant avec précipitation, et courant tirer le rideau. Sur notre salut, c'est Lizie! allons, vieux, passe vite l'habit. — Bon! et voilà Bruno aussi, pauvre bête! quoi donc qu'il y a? — J'ouvre tout de suite! »

L'acte accompagnait les paroles : la porte s'ouvrit, et la lueur de la chandelle que Tom venait d'allumer tomba en plein sur la face bouleversée et les yeux égarés de la fugitive.

« Le bon Dieu nous bénisse! — je suis toute chose, rien qu'à te voir, Lizie! Aurais-tu gagné mal? Qu'y a-t-il?

— Je suis en fuite, — oncle Tom, tante Chloé, — j'emporte mon enfant, — le maître l'a vendu.

— Vendu! répétèrent-ils tous deux en levant les mains d'effroi.

— Oui, vendu! Je me suis tapie dans le cabinet, ce soir, contre la porte; j'ai entendu maître dire à maîtresse qu'il avait vendu Henri, et vous, oncle Tom, tous les deux à un marchand d'esclaves; que lui maître monterait à cheval dès le matin, et que l'homme prendrait possession aujourd'hui. »

Tom, les mains levées, les yeux dilatés, restait immobile comme dans un rêve. Lentement, peu à peu, il comprit, s'affaissa sur sa vieille chaise, et cacha sa tête entre ses genoux.

« Seigneur bon Dieu, ayez pitié de nous! dit tante Chloé; pas possible, pas vrai! Qu'a-t-il fait, Tom, pour que le maître le vende?

— Rien au monde. Ce n'est pas du plein gré du maître; et maîtresse — toujours si bonne! — Je l'ai entendue plaider et supplier pour nous; mais il lui a dit que cela ne

servait à rien; qu'il était endetté, et que l'homme avait
prise sur lui; que s'il ne lui payait tout, il faudrait vendre
à l'encan et l'habitation, et nous tous tant que nous
sommes. Oui, j'ai bien entendu, il disait : « Vendre ces
deux ou les vendre tous! Maître a dit qu'il était chagrin;
mais maîtresse! ah! il fallait l'entendre! Si elle n'est pas
une chrétienne et un ange, jamais il n'y en eut ni au
ciel, ni sur terre. Je suis une méchante fille de la quitter,
—mais je ne saurais qu'y faire!—N'a-t-elle pas dit qu'une
âme c'est plus qu'un monde? — L'enfant en a une; si
je ne le sauve, qui sait ce que cette âme deviendra? Ce
que je fais doit être juste, et si ce n'est pas bien, que le
Seigneur me pardonne, car je ne saurais faire autrement!

— Eh vieux! dit tante Chloé, pourquoi pas fuir aussi?
Veux-tu attendre d'être roulé à la basse rivière, là où
pauv' nèg' crève d'ouvrage et de faim? j'aimerais mieux
mourir qu'aller là. Vite, décampe avec Lizie! tu as tout
le temps, tu as ta passe ¹ pour aller et venir; dégage-toi
donc, Tom. Je vas faire le paquet. »

Lentement Tom releva la tête, et promena autour de
lui un long regard triste et résigné.

« Non, non, dit-il; moi, je reste : Eliza s'en va,—elle a
bon droit — ce n'est pas moi qui dirai non, — une mère
doit partir. — Mais tu as entendu, femme; s'il faut vendre Tom, ou que tout aille à ruine et à sac, qu'on me
vende! — j'en pourrai supporter autant qu'un autre
peut-être! » ajouta-t-il, et un soupir convulsif ébranla
sa large poitrine. « Chaque fois que maître appelait
Tom, Tom était là : il y sera encore. La passe appartient
à maître; je n'ai trompé maître jamais, je ne le trom-
perai pas aujourd'hui. Il vaut mieux vendre moi seul
que perdre et vendre tout. Le maître n'est pas à blâ-

¹ Tout nègre trouvé à quelque distance de l'habitation peut être arrêté, s'il
n'a *sa passe* ou une permission de circuler signée par son maître.

5

mer, Chloé! il prendra soin de toi et des pauvres... »

Il se tourna vers le coffre à roulettes où moutonnaient
tant de petites têtes crépues, et le cœur lui manqua.
S'appuyant sur le dos de sa chaise, il couvrit sa face de
ses larges mains; des sanglots profonds et rauques ébranlèrent tout son corps, et de grosses larmes, filtrant
entre ses doigts, inondèrent le plancher. Des larmes,
lecteur blanc, semblables à celles que vous avez versées
sur le cercueil de votre premier-né; des larmes, madame,
semblables à celles qui brûlaient vos yeux lorsque le
râle de votre enfant expirant pénétra votre oreille! car
Tom était un homme comme vous, lecteur; et vous,
madame, avec vos habits soyeux, vos joyaux, vos pa-
rures, vous n'êtes qu'une femme, et dans les grandes et
terribles épreuves de la vie, tous vous ressentez une
même angoisse.

« Un mot de plus, dit Éliza s'arrêtant sur le seuil. J'ai
vu mon mari cette après-midi; je ne me doutais guère
alors de ce qui allait arriver! Mais lui, ils l'ont poussé à
bout, et il me venait dire qu'il s'enfuirait; tâchez, si
vous pouvez, de lui faire savoir que je suis partie, et
pourquoi; dites-lui que j'essaierai de gagner le Canada.
Faites-lui mes tendresses, et recommandez-lui bien, si
je ne dois plus le revoir, — elle se détourna un moment,
puis ajouta d'une voix étouffée: — recommandez-lui
d'être aussi bon qu'il peut l'être, afin que nous nous
retrouvions là-haut. — Rappelez Bruno, ajouta-t-elle,
renfermez-le; pauvre bête! il ne faut pas qu'il me
suive. »

Encore quelques mots, quelques larmes, un simple
adieu, une bénédiction, et, serrant son enfant effrayé sur
son sein, elle disparut dans l'ombre.

CHAPITRE VI.

La découverte.

La discussion prolongée de la nuit précédente ayant tenu monsieur et madame Shelby longtemps éveillés, ils se levèrent, le lendemain, un peu plus tard que de coutume.

« Que devient Éliza? » dit madame Shelby, après avoir inutilement sonné plusieurs fois. Un garçon de couleur entra au moment même, apportant de l'eau chaude à M. Shelby qui était en train de se raser.

« Andy, reprit sa maîtresse, va frapper à la porte d'Éliza, et dis-lui que voilà trois fois que je la sonne. — Pauvre fille! » murmura-t-elle avec un soupir.

Andy reparut presque aussitôt, les yeux démesurément ouverts.

« Seigneur! maîtresse! les tiroirs à Lizie tout ouverts, et toutes ses hardes par place! m'est avis qu'elle a décampé. »

La vérité éclata aux yeux du mari et de la femme, et M. Shelby s'écria :

« Elle en aura eu vent; et elle est déjà loin.

— Le Seigneur en soit loué! s'écria sa femme, j'espère que oui.

— Devenez-vous folle, madame? dit Shelby. Ce serait une belle affaire! Haley, qui m'a vu hésiter pour l'enfant, me croirait complice de l'évasion. — Cela touche à l'honneur! » et il sortit en hâte.

Il y eut grande rumeur; des allées, des venues; les portes s'ouvraient, se refermaient, et durant un bon quart d'heure, des faces de toutes les nuances apparurent dans tous les coins. La seule personne qui aurait pu éclaircir l'affaire, la cuisinière en chef, tante Chloé demeura muette. Un épais nuage assombrissait sa face jadis si riante, et elle continua silencieusement à pétrir les gâteaux du déjeuner, comme si elle ne voyait ni n'entendait rien du remue-ménage qui bourdonnait autour d'elle.

Bientôt une douzaine environ de petits drôles furent perchés, comme autant de corbeaux, sur la balustrade de la véranda, chacun ambitionnant l'honneur d'être le premier à apprendre au massa étranger sa mauvaise chance.

« Li en devenir fou, je gage! dit Andy, — li jurer, pas vrai? demanda Jacquet, le petit noireau.

— Oh que oui, li jurer! dit la petite Mandy à la tête crépue, moi l'entendre bien, à dîner, hier. Moi tout savoir, parce que m'étais fourrée dans l'office entre les grandes cruches à maîtresse, et pas moi perdre un mot!» et Mandy qui, de ses jours, n'avait deviné, pas plus que ne l'eût fait un chat noir, le sens de la phrase prononcée devant elle, se donna des airs importants, et se pavana, oubliant d'ajouter que, si elle était accroupie entre les jarres, elle y avait ronflé de tout son cœur.

Lorsque Haley parut enfin, tout botté, tout éperonné, il fut salué de toutes parts de la grande nouvelle. Les lutins de la véranda ne furent pas déçus dans l'espoir de l'entendre « jurer et sacrer. » Ce qu'il exécuta couramment avec une véhémence qui les délecta pendant qu'ils faisaient le plongeon, à droite et à gauche, pour esquiver l'atteinte de sa cravache. Poussant alors, en masse, une formidable huée, ils dégringolèrent sur le gazon flétri, où ils se livrèrent, avec d'inextinguibles éclats de rire, aux culbutes les plus désordonnées.

« Si je tenais les petits démons! murmurait Haley entre ses dents.

— Ah! ah! vous pas les tenir sitôt!» dit Andy, avec une triomphante cabriole, et dès que l'infortuné marchand eut tourné le dos, le malin singe se lança dans une enfilade effrénée d'indescriptibles grimaces.

« J'ai à vous dire, Shelby, qu'il se passe céans de fort étranges choses, dit Haley entrant brusquement au salon. Comment! la fille est, dit-on, au diable et son marmot avec elle?

— Monsieur Haley, madame Shelby est présente, dit monsieur Shelby.

— Pardon, madame, et Haley salua légèrement, le front de plus en plus rembruni. Je n'en répète pas moins que la nouvelle est des plus étranges : est-elle vraie, monsieur?

— Monsieur, répliqua M. Shelby, si vous avez à me parler, j'ai droit d'exiger de vous les égards qui s'observent entre gens bien nés. Andy! débarrassez monsieur de son chapeau et de sa cravache. — Prenez un siége, monsieur.

— Oui, monsieur, je regrette d'avoir à vous dire que la jeune femme, exaspérée par ce qu'elle a appris ou deviné de notre affaire, s'est emparée de l'enfant, et a pris la fuite cette nuit même.

— Je m'attendais qu'on jouerait franc jeu avec moi, je l'avoue, grommela Haley.

— Qu'est-ce à dire, monsieur? s'écria Shelby se retournant avec vivacité. Que prétendez-vous faire entendre? si qui que ce soit s'avise de mettre en question mon honneur, je n'ai qu'une réponse à faire. »

Le trafiquant blanchit quelque peu à cette réplique, et repartit sur un ton plus bas : « C'est diablement dur, tout de même, pour un brave homme qui a fait un marché loyal, d'être floué de la sorte!

— Si je ne faisais la part de votre désappointement, monsieur Haley, reprit Shelby, je n'aurais pas supporté votre façon cavalière de pénétrer chez moi ce matin; mais, quelles que soient les apparences, je persiste à répéter que je ne supporterais pas la moindre allusion à une connivence déloyale dont je suis incapable. Je me regarde, du reste, comme obligé de vous prêter toute assistance. Chevaux, domestiques, tout ce qui peut vous aider à recouvrer votre propriété est à vos ordres. — Bref, poursuivit-il, retombant soudain de son ton de froide dignité à sa bonhomie habituelle et familière : ce qu'il y a de mieux à faire pour vous, Haley, croyez-moi, c'est de redevenir bon enfant, de déjeuner en paix, et nous aviserons ensuite. »

Madame Shelby se leva : ses occupations, dit-elle, ne lui permettraient pas de faire, ce matin, les honneurs de sa table, et laissant la chambre, elle chargea une digne matrone mulâtre du soin de servir le café.

« La brave dame ne raffole pas de votre humble serviteur, dit Haley, avec un effort maladroit pour se mettre à l'aise.

— Je ne suis pas habitué à entendre parler de ma femme sur ce ton, répliqua sèchement M. Shelby.

— Pardon! excuse! affaire de plaisanterie, voyez-vous! dit Haley avec un rire forcé.

— Il est des plaisanteries plus agréables les unes que les autres, repartit Shelby.

— Peste! il s'est joliment enhardi depuis que j'ai signé les quittances. Le diable l'enlève! murmura Haley à lui-même. Il tranche du grand, pour l'heure! »

Jamais, dans aucune cour, chute de premier ministre n'occasionna plus d'orageuses sensations que la nouvelle du destin de Tom n'en souleva parmi ses camarades. Ce thème revenait incessamment, partout, dans toutes les bouches, et l'on ne faisait autre chose, à la maison et au dehors, que discuter les résultats probables de cet événement. La fuite d'Éliza (sans précédents sur l'habitation) venait encore stimuler l'excitation générale.

Sam le Noir, ainsi nommé parce qu'il avait environ trois couches d'ombre en plus que les autres fils d'ébène de l'endroit, Sam tournait et retournait le sujet sous toutes ses faces, avec une finesse de perception et une justesse de prévision, quant aux conséquences en rap-

port avec son bien-être personnel, qui eussent fait honneur au plus madré patriote blanc de Washington.

« C'est un mauvais vent celui qui souffl' nulle part,—
vrai! dit Sam, d'un ton sentencieux; et il releva sa culotte par un tour de reins, ajustant avec adresse un long
clou à la place d'un bouton absent; trait de génie mécanique qu'il contempla ensuite avec une évidente satisfaction; — oui, être mauvais le vent qui souffl' nulle
part! répéta-t-il; v'là Tom en bas! — place en haut pour
quelque autre nèg'; — pourquoi pas Sam l'autre nèg'?
— Tom allait par ci, Tom allait par là, toujours la passe
en poche et les bottes cirées, lui, Tom, un quasi massa.
Maintenant, pourquoi pas le tour à Sam ?

— Ohé, Sam, ohé! maître veut que tu lui amènes Bill
et Jerry, cria Andy, coupant court au soliloque.

— Hé, oh! quoi qui est en l'air, à présent, petit ?

— Bon! tu sais pas, p't-être! Lizie a pris ses jambes à
son cou, et file avec le marmot.

— Va, enseigne à ta grand'mère, reprit Sam, avec un
ineffable dédain. Je savais tout ça en masse; le nèg' est
pas si vert, va!

— Tout d'même maître veut Bill et Jerry sellés et bri-
dés au plus vite; et toi, moi, et massa Haley, allons courir après Lizie.

— Bon! nous y v'là. C'est Sam, à présent. Sam est le
nèg'. On va voir comment je vous l'attraperai! maître
saura ce que vaut Sam.

— Ah! mais, Sam! regardes-y à deux fois, vois-tu!
car maîtresse ne veut pas Lizie être happée; et la main
de maîtresse est bien près de ta laine.

— Eh, oh! cria Sam, écarquillant les yeux; comment
sais-tu ça, petit ?

— Moi l'avoir entendu de mes oreilles, ce même béni
matin, comme je portais à maître l'eau pour sa barbe.
C'est moi que maîtresse a envoyé voir pourquoi Lizie ne
venait pas l'habiller; et quand j'ai dit que Lizie était par-

tie, maîtresse se soulever sur son séant et crier : « Dieu
soit loué ! » Maître, tout en colère : « Vous êtes folle ! » qu'il
a dit, le maître ; mais maîtresse sait le tourner : Dieu me
bénisse ! Le côté de la haie de maîtresse est encore le
plus sûr. »

Là-dessus, Sam le Noir gratta sa caboche laineuse qui,
à défaut d'autre science, était largement pourvue de celle
que prisent le plus les hommes politiques de tous pays et
de toute couleur. Il savait, comme on dit, à merveille de
quel côté son pain était beurré. Enseveli dans de profondes méditations, il relevait et tiraillait, encore et encore, sa culotte, geste favori qui l'assistait d'ordinaire
dans ses préoccupations mentales.

« N'y a pas à se fier à quoi que ce soit, — non, — ce
monde *ici* est une attrape, dit enfin Sam, parlant en phi-
losophe, et accentuant l'adverbe en homme de vaste expérience au fait de bon nombre d'autres genres de mondes,
et qui juge avec connaissance de cause ; — j'aurais gagé,
poursuivit-il enfin, que maîtresse allait mettre toutes
nos jambes après Lizie.

— Pour la ravoir, oui-dà ! mais toi, grand noir nèg',
pas savoir guigner au travers d'une échelle ! maîtresse
ne veut pas que massa Haley agrippe le petit à Lizie ;
voilà l'histoire.

— Ohé, oh ! cria Sam, avec cette étrange intonation
gutturale connue seulement de ceux qui ont vécu parmi
les nègres.

— Je t'en dirais encore plus long, poursuivit Andy ;
mais il faut amener les chevaux et vite, car j'ai entendu
maîtresse s'enquérir de toi. Assez musé comme ça. »

Sam se pressa alors tout de bon, et reparut bientôt,
chevauchant d'un air superbe, et se dirigeant vers la
maison avec Jerry et Bill en plein galop. Sans rien ra-
battre de leur fougue, il sauta légèrement de côté, leur
fit raser, comme un tourbillon, le bord du montoir, et les
arrêta net devant. Le poulain de Haley, bête jeune et

ombrageuse, rua, se cabra, secouant violemment son licol.

« Ho! ho! nous sommes chatouilleux, dit Sam, et un éclair de malice illumina son noir visage; — la, la! je vous vas soigner. »

Un large hêtre ombrageait l'endroit, et jonchait le sol de ses petits fruits triangulaires. Sam en prit un entre ses doigts, et s'approcha du poulain, qu'il caressa et flatta doucement, comme pour le calmer. Se donnant l'air de redresser la selle, il la souleva, et glissa dessous avec adresse la petite faîne aux coins aigus, de façon à ce que le moindre poids qui appuierait dessus irritât outre mesure la sensibilité nerveuse du poney, sans laisser sur son dos la plus légère marque.

« Là! moi soigner li, » dit Sam, roulant ses prunelles et s'accordant à lui-même une grimace d'approbation.

En ce moment, madame Shelby, se montrant au balcon, lui fit signe d'approcher. Aussi déterminé à bien faire sa cour qu'aucun solliciteur d'emplois vacants à Washington ou à Saint-James, Sam s'avança aussitôt.

« Vous avez bien tardé, Sam, pourquoi cela? j'avais chargé Andy de vous presser.

— Le bon Dieu bénisse maîtresse! Les ch'vaux se laissent pas attraper à la minute; eux gambader là-bas, là-bas, à travers les grands herbages du sud, et Dieu sait où!

— Combien de fois vous ai-je répété, Sam, — de ne pas dire : « Dieu vous bénisse! Dieu sait! » et autres choses semblables! c'est mal.

— Le bon Dieu bénisse mon âme! Je l'oublie pas, maîtresse, moi le dire jamais, jamais.

— Mais, Sam, vous venez de le redire encore.

— Moi! oh Seigneur Dieu! non, j'ai pas dit!—le dirai jamais plus.

— Faites-y attention, désormais.

— Maîtresse, laissez à Sam seulement le temps de

souffler, et il repart du pied droit. Tout attention, à présent.

— Eh bien, Sam, c'est vous qui accompagnerez M. Haley pour lui enseigner la route et lui venir en aide. Ayez grand soin des chevaux, Sam. Vous savez que Jerry boitait un peu la semaine passée; *ne poussez pas trop vos bêtes.* »

Ces derniers mots, dits à voix basse, furent énergiquement accentués.

« Laissez faire à l'innocent, au nèg', maîtresse, répliqua Sam avec un roulement d'yeux des plus expressifs. Li bon Dieu sait... Holà, moi pas dire! » et il ravala son souffle avec une grimace d'appréhension tellement drôle, qu'en dépit d'elle-même madame Shelby se mit à rire. « Oui, oui, maîtresse, Sam aura l'œil aux chevaux.

— Maintenant, à nous deux, Andy, poursuivit Sam, revenu sous le hêtre à son quartier d'observation. Vois-tu, moi, pas surpris si le poney au massa fait des frasques quand le massa montera dessus. Tu sais, Andy, le poulain aura des caprices! » et Sam allongea dans les côtes de son camarade une poussée significative.

« Eh, oh! répliqua Andy, d'un air de parfaite compréhension.

— Oui-dà! vois-tu, Andy, maîtresse veut gagner du temps. Pas besoin de mettre ses lunettes pour voir ça. Moi, j'ai déjà travaillé un brin pour elle. Attention, Andy! les chevaux lâchés, eux cabrioler de çà, de là, par près, par bois, et moi, le garantir, massa pas partir en hâte. »

Andy ricana.

« Attention, Andy, attention! Si (possib', vois-tu), si le poney à massa Haley s'avise de regimber et détale, — une supposition, Andy, — nous lâcher les deux autres chevaux pour courir à l'*aide*; oh! oui, bien *aider* massa! » et Sam et Andy, chacun se renversant la tête sur l'épaule, faisant claquer leurs doigts et gambader leurs jambes, se livrèrent, avec d'inexprimables délices, à des rires étouffés.

Quelque peu adouci par une tasse du meilleur café, maitre Haley fit alors son apparition sous la véranda. Il arrivait souriant, causant, presque de bonne humeur. Sam et Andy décrochèrent quelques lambeaux de feuilles de palmier tressées, qui d'habitude leur servaient de chapeau, et coururent se planter de piquet, proche l'étrier, tout prêts à « aider massa! »

Ingénieusement dépouillée de tout ce qui pouvait faire illusion en fait de bords, la feuille de Sam s'écartait en éventail avec roideur, rappelant assez, dans sa désinvolture effrontée, la coiffure d'un chef sauvage. Au contraire, la palme d'Andy, étant dépourvue de fond, et n'ayant que le tour, il se la ficha sur la tête d'un air radieux. « Qui donc, semblait-il dire, s'avise de supposer que je n'ai point de chapeau? »

« Alerte, enfants! en route, dit Haley, et sans retard!

— Pas une minute, massa, » dit Sam qui présentait les rênes et tenait l'étrier, tandis qu'Andy détachait les deux autres chevaux,

A peine Haley touchait la selle que le fougueux animal bondit de terre, et, d'un soudain écart, jeta son maitre à quelques pas de là sur le gazon sec et uni. Sam, avec de furibondes exclamations, sauta sur la bride, et réussit seulement à darder les rayons de sa coiffure dans les yeux du cheval, ce qui contribua si peu à le pacifier que, renversant le nègre, il se cabra, renifla deux ou trois fois d'une façon méprisante, lança vigoureusement ses quatre fers en l'air, et descendit la pelouse au galop, suivi de Jerry et de Bill, qu'Andy, fidèle aux injonctions reçues, n'avait pas manqué de lâcher, les expédiant avec force imprécations. Il s'ensuivit une scène de tumulte : Sam et Andy couraient de çà, de là, en vociférant, les chiens aboyaient dans toutes les directions, et Mike, Moïse, Mandy, Fanny, tous les petits moricauds et moricaudes de l'habitation, bondissaient, trottinaient, appelaient, frappaient des mains, hurlaient avec le plus pernicieux empressement et le plus infatigable zèle.

Le poulain blanc de Haley, plein de fougue, entra à merveille dans l'esprit du jeu. Il trouvait, pour caracoler, une pelouse, d'un demi-mille de largeur, allant se perdre en pente dans des bois sans limites. L'animal paraissait se complaire à laisser approcher ceux qui le poursuivaient, puis, lorsque la main allait saisir la bride, pst! un écart, un hennissement, et la maligne bête était lancée à fond de train dans quelque allée du bois. Sam n'avait nulle envie d'arrêter les fuyards avant le moment opportun; durant toute cette chasse, il se montra vraiment héroïque. Comme l'épée de Richard Cœur de Lion étincelait au front et au fort de la bataille, la feuille de palmier de Sam pointait partout où il y avait le moindre risque qu'un cheval fût saisi. Il s'abattait tout à coup sur le point menacé, hurlant : « Nous y voilà ! attrape ! ferme ! attrapez donc !» de telle façon que la déroute et le carrousel recommençaient tout de plus belle.

Haley courait de droite et de gauche : il maudissait, sacrait, tempêtait, frappait du pied tour à tour. M. Shelby, élevant la voix, s'efforçait de diriger la chasse du haut de son balcon, et sa femme, à la fenêtre de sa chambre, riait et s'émerveillait, non sans se douter de ce qu'il y avait au fond de tout ce brouhaha.

Enfin vers midi, Sam parut triomphant; monté sur Jerry, il ramenait le cheval de Haley pantelant, fumant de sueur; mais l'éclair des yeux de l'animal, le feu de ses narines dilatées, témoignaient encore d'un indomptable esprit de liberté.

« Attrapé, pris! cria Sam, d'un ton vainqueur. Si ce n'était Sam le Noir, tous seraient encore en branle; mais, moi, l'ai attrapé!

— Toi! grommela Haley avec humeur; sans toi nous n'aurions pas eu tout ce damné tumulte!

— Le Seigneur nous bénisse, massa, dit Sam; du ton

de l'innocence outragée ; moi qui me suis échiné à courir, à pourchasser, que j'en suis tout en nage !

— Allez, avec vos damnées sottises, vous m'avez fait perdre près de trois heures, tous tant que vous êtes ! En route ! assez de vos frasques.

— Comment, massa, dit Sam avec un douloureux étonnement, vous vouloir donc tuer tout pauv' monde, chevaux et nèg's ? Nous sur les dents, et les bêtes tout en eau. Oh ! massa, pas moyen de partir avant dîner. Le cheval à massa s'est tout éclaboussé, faut bien qu'on le bouchonne ; et Jerry qui boite encore ! jamais maîtresse nous laisser partir ainsi. — Le Seigneur vous bénisse, massa, pas besoin de se presser tant pour attraper Lizie, c'est pas une si fameuse marcheuse ! »

Madame Shelby qui, à son grand divertissement, avait, de la véranda, suivi toute la conversation, crut alors devoir y jouer son rôle ; elle s'avança vers Haley, lui exprima des regrets polis sur l'accident qui venait d'avoir lieu, et le pria de rester à dîner, assurant que la cuisinière servirait sans retard.

Toutes réflexions faites, Haley, avec une bonne grâce équivoque, se décida à rentrer au salon, tandis que Sam, conduisant gravement les chevaux à l'écurie, le poursuivait de son regard empreint d'une ineffable malice.

« L'as-tu vu, Andy, l'as-tu vu ? dit Sam, quand il se fut mis à l'abri derrière le mur de l'écurie, et eut attaché son cheval au poteau ; — Seigneur Dieu ! lui être aussi amusant qu'un *meeting* ; le voir danser, sauter, tempêter, jurer après nous ! L'entends-je pas encore ? Jure, vieux coquin (que je dis en moi-même), te plairait-il avoir le cheval tou' de suite, ou bien faut-il que Sam l'attrape pour toi ? Seigneur bon Dieu ! il semble que je le vois encore ! » Et Sam et Andy, s'appuyant contre la muraille, rirent à gorge déployée.

« Fallait le voir rager quand j'ai ramené sa bête ! S'il

ne m'a pas tué, c'est pas faute d'envie. Et moi là, tout droit, tout innocent, un vrai agneau!

— Ah! je te voyais bien, va! — toi être un vieux routier, Sam!

— Moi, pas dire non; et maîtresse à sa fenêtre! l'as-tu vue rire?

— Ah! moi pas tout voir, trop courir pour ça.

— Écoute, Andy, poursuivit gravement Sam, tout en bouchonnant le cheval de Haley, la *bobservation*, vois-tu, c'est la chose; et moi avoir gagné de la *bobservation*. C'est toute la différence d'un nèg' à un autre nèg'. Faut s'y appliquer dans sa jeunesse, Andy. Ai-je pas vu ce matin de quel côté soufflait le vent? — lève le pied de derrière, Andy; — ai-je pas vu ce que voulait maîtresse sans qu'elle ait soufflé mot? C'est tout *bobservation*, pas autre chose, une *faculté*, quoi! Les facultés, ça ne vient pas à tout le monde, mais ça se cultive, vois-tu, Andy!

— J'ai donné un bon coup de main à ta bobservation, ce matin!

— Andy, tu es un enfant qui promet, ça ne fait pas doute. Je t'estime gros, Andy; moi, pas honteux du tout de prendre ton avis. Mais faut regarder personne par-dessus l'épaule: le meilleur coureur peut être dépassé. — Et, là-dessus, à la maison! Gage que nous aurons de maîtresse quelques bonnes bouchées! »

CHAPITRE VII.

La lutte de la mère.

Il ne se peut imaginer créature humaine plus désolée, plus abandonnée que la pauvre Éliza lorsqu'elle eut quitté la case de l'oncle Tom.

Les souffrances, les dangers de son mari, ceux de son

enfant, se confondaient, dans son âme abasourdie, avec l'étourdissante sensation de ses propres périls, à l'heure où elle s'éloignait du seul asile qu'elle connût, et se dérobait à la protection d'une maîtresse aussi vénérée que chérie.

C'était l'adieu à chaque objet familier, à mesure que s'effaçaient, sous la froide et claire lueur d'un ciel étoilé, le toit qui l'avait vue grandir, l'arbre qui avait ombragé ses premiers jeux, le petit bois où, appuyée sur le bras de son jeune mari, elle avait joui de tant d'heureuses soirées. Les souvenirs se dressaient tour à tour au devant de ses pas, comme pour lui reprocher son départ, l'abandon de son passé et de tant d'affections qu'elle ne retrouverait plus.

Mais l'amour maternel, exaspéré jusqu'à la frénésie par l'approche d'un affreux danger, dominait en elle tous les regrets, toutes les terreurs. Son fils était déjà assez grand pour marcher à ses côtés; elle le portait cependant, et l'idée seule de relâcher cette étreinte convulsive la faisait frissonner, tandis qu'elle pressait de plus en plus le pas.

Le sol gelé craquait sous son pied, et elle tressaillait au bruit. La feuille agitée, l'ombre mouvante lui renvoyaient au cœur un flot de sang, et sa marche rapide devenait plus rapide encore, et elle s'étonnait de la force qu'elle sentait croître en elle. Le poids de son garçon n'était plus rien, une plume, un fétu, et chaque palpitation d'effroi accroissait la vigueur surnaturelle qui la précipitait en avant, tandis que de ses lèvres pâles sortait incessamment cette prière au céleste ami de celui qui souffre : « Seigneur, venez à mon aide! Hâtez-vous de me secourir ! »

Si c'était votre Henri, mère au teint blanc, si c'était votre Willie qu'un brutal marchand de chair humaine dût vous arracher au matin ; si vous aviez vu l'homme, vu la signature de l'acte, et n'eussiez que quelques heures

de nuit accordées à votre fuite,—oh! que vos pas seraient rapides! que de chemin vous feriez, dans ce peu
de temps, votre trésor serré à votre sein, sa tête bouclée
endormie sur votre épaule, ses petits bras jetés autour
de votre cou!

Car l'enfant dormait; d'abord la surprise et la peur
le tinrent éveillé; mais sa mère réprimait si vite le
plus léger soupir, le plus faible son; elle affirmait si
fort qu'elle le sauverait, qu'il se cramponna paisiblement à son cou, et demanda seulement, comme le sommeil l'accablait:

« Maman, faut-il rester éveillé, dis?

— Non, mon amour! dors si tu veux.

— Mais, si je dors, maman, tu ne le laisseras pas me
prendre?

— Non! que Dieu me vienne en aide! répondit la
mère pâlissante, un feu sauvage jaillissant de ses yeux.

— Vrai, maman! bien vrai?

— Très-sûr, mon enfant, » dit la mère d'une voix qui
la fit tressaillir elle-même, car il lui semblait qu'un esprit
hors d'elle avait parlé en elle, et le petit garçon, laissant
tomber sa tête sur l'épaule de sa mère, fut bientôt profondément endormi. La pression de ces petits bras
chauds, les caresses de cette fraîche haleine, ajoutaient
un feu à sa flamme, une ardeur à son ardeur. Chaque
imperceptible mouvement, chaque léger contact de l'enfant versait en elle, par courants électriques, une force
surhumaine. L'empire de l'âme sur le corps est tel que
pour un temps il rend les muscles inflexibles, les nerfs
d'acier, et pénètre le plus faible d'une invincible énergie.

Les bornes de la ferme, les bosquets, le taillis, fuyaient
comme dans un rêve, et elle marchait toujours, sans arrêt,
sans relâche, voyant disparaître l'un après l'autre tous
les objets familiers; enfin, l'aube rougissante la trouva
sur la grande route, ayant dépassé de plusieurs lieues
tout ce qui lui était connu.

Bien des fois elle avait accompagné sa maîtresse lorsque celle-ci allait visiter des parents au village de T...., sur l'Ohio, et elle en savait le chemin. Y aller, traverser le fleuve, là s'arrêtaient ses plans; après, elle s'en remettait à Dieu.

Quand les chevaux et les voitures commencèrent à circuler, elle sentit, avec cette rapide perception qui appartient aux situations violentes, que sa marche précipitée, son air éperdu, allaient provoquer des remarques, éveiller des soupçons. Elle remit l'enfant par terre, rajusta ses vêtements, sa coiffure, et marcha aussi vite que le permettait la prudence. Dans son petit paquet se trouvaient quelques gâteaux, quelques pommes, dont elle se servit pour hâter la course du petit garçon. Elle faisait rouler le fruit un peu loin devant lui; il courait après, et à l'aide de cette manœuvre, elle put gagner encore plus d'une demi-lieue.

Ils arrivèrent enfin près d'un petit enclos boisé, où murmurait un ruisseau limpide. L'enfant se plaignait de faim et de soif; elle franchit la haie avec lui, et tapie derrière un rocher qui les défendait de l'œil des passants, elle tira le déjeuner de son mince paquet. Henri se chagrinait de ce que mère ne pouvait manger; les bras passés à son cou, il s'efforçait de lui glisser dans la bouche quelques bribes de gâteau. Mais il semblait à la pauvre femme que le moindre morceau allait la suffoquer.

« Non, Henri, non, mon trésor! maman ne mangera pas que tu ne sois sauvé. Il faut aller, — aller! — gagner la rivière!» Et, reprenant aussitôt la route, elle s'efforça de ne pas marcher trop vite.

Elle avait dépassé depuis longtemps le voisinage immédiat de l'habitation, et, dût-elle faire quelques fâcheuses rencontres, la bonté de la famille à laquelle elle appartenait était trop généralement connue pour qu'on la soupçonnât de fuir. D'ailleurs, elle ne gardait presqu'aucune trace de son origine; la blancheur de son fils et la sienne devaient écarter la défiance.

Sur cette présomption elle s'arrêta vers midi à une petite ferme propre et rangée, afin de prendre un peu de repos et d'acheter quelques vivres; car, à mesure que l'éloignement reculait le danger, la tension de ses nerfs se relâchant, elle sentait croître la fatigue et la faim. La maîtresse du logis, bonne femme, ravie d'avoir quelqu'un avec qui causer, accepta sans objection l'explication d'Éliza, qui se disait en route pour aller passer une semaine chez des amis; assertion qu'elle se flattait de voir peut-être se vérifier.

Une heure avant le coucher du soleil, épuisée, les pieds au vif, mais forte encore de cœur, elle entrait dans le village de T..., au bord de l'Ohio; là son premier regard fut pour le fleuve, ce Jourdain qui la séparait de la terre promise, du sol de la liberté.

On touchait au printemps, et la rivière enflée et bruyante charriait d'énormes glaçons qui oscillaient pesamment au travers des flots bourbeux. La forme particulière de la rive recourbée du Kentucky fait que la glace s'y attache et s'y accumule, rétrécissant le canal où l'eau pousse et entraîne une succession de masses glacées, qui viennent s'entasser l'une sur l'autre et former momentanément une barrière, le long de laquelle glissent de nouveaux glaçons, mouvant radeau, qui va presque rejoindre l'autre rive.

Éliza contempla un instant ce menaçant aspect, le passage du bac devait être interrompu: pour plus d'information elle entra dans une petite auberge voisine.

L'hôtesse était tout entière aux préparatifs du souper; mais elle se retourna, la fourchette en main, à la voix douce et plaintive qui demandait:

« N'y a-t-il plus de traille pour passer les gens qui vont à B... y?

— Non, vraiment, dit la femme, les bateaux ne marchent plus. »

L'expression de désolation et de terreur d'Éliza frappa la brave hôtesse, et elle reprit :

« Peut-être avez-vous grand intérêt à traverser? — Quelqu'un de malade? — Vous semblez si tourmentée !

— J'ai un enfant en grand danger, dit Éliza, je ne l'ai su que de la nuit dernière, et depuis j'ai toujours marché dans l'espoir d'arriver au bac.

— Là! c'est vraiment malheureux! répliqua la femme, dont les sympathies maternelles venaient de s'éveiller. Je suis peinée à cause de vous. Salomon! » cria-t-elle de la fenêtre.

Un homme, en tablier de cuir et les mains fort sales, parut à la porte d'un arrière-bâtiment.

« Dites donc! le batelier traverse-t-il ce soir avec les barriques?

— Il a dit qu'il tâcherait, pourvu que ce fût possible, répliqua Salomon.

— Il y a, reprit l'hôtesse, à un jet de pierres de chez nous, un homme qui doit traverser, s'il l'ose, pour un transport de marchandises pressées. Il vient ici souper dans un moment ; vous ferez donc mieux de vous asseoir là et de l'attendre. Voilà-t-il pas un gentil petit camarade!» ajouta la femme, et elle offrit un gâteau à l'enfant. Mais Henri, fléchissant, pleurait de lassitude.

« Pauvre petit! il n'est pas habitué à marcher autant, et je l'ai trop fait courir, dit Éliza.

— Eh bien, reprit la femme, faites-le un peu reposer là-dedans; » et elle ouvrit la porte d'une petite chambre où se trouvait un lit. La mère y posa son pauvre garçon exténué, dont elle tint les petites mains entre les siennes jusqu'à ce que l'enfant fût endormi.

Pour la mère, il n'y avait pas de sommeil. Comme un feu adhérent à ses os brûlait en elle la pensée des chasseurs attachés à sa piste; et elle fixait un regard ardent sur les eaux noires et gonflées qui la séparaient du salut.

Mais il nous faut prendre congé d'elle, et revenir à ceux qui la poursuivent.

————

Quoique madame Shelby se fût engagée à faire servir sur l'heure, on vit bientôt, ce qui s'est vu de tout temps, qu'il faut être deux pour faire un marché. L'ordre avait été donné à haute voix aux oreilles de Haley, et porté à tante Chloé par une demi-douzaine de jeunes messagers, auxquels cette grande puissance accorda, d'un air rechigné, deux ou trois hochements de tête bourrus, sans rien déranger de la grave et minutieuse lenteur de ses opérations.

Par quelque intuition secrète, une impression générale que maîtresse ne serait nullement désobligée d'un délai semblait prévaloir; et la succession d'accidents qui retardèrent le service fut vraiment miraculeuse. Un infortuné personnage trouva moyen de renverser le jus. Il fallut en refaire, avec tout le soin, toutes les formalités requises. Tante Chloé, en tournant d'un air hargneux le précieux liquide, répondit brusquement à toutes les insinuations de hâte, que ce ne serait pas elle qui, « pour aider à attraper le pauv' monde, servirait du mauvais jus. » L'un tomba avec les jarres, et il fallut retourner chercher de l'eau à la source; l'autre précipita le beurre au milieu des hasards. Des rires étouffés parcouraient la cuisine, lorsque arrivaient, par intermittence, des nouvelles de massa Haley: «Il pouvait pas tenir sur sa chaise; il ne faisait qu'aller et venir de la porte à la fenêtre! »

« C'est bien fait! dit tante Chloé avec indignation. Ça ira pire pour lui, s'il ne s'amende, quand le *maître* viendra et lui dira de rendre compte! Faudra voir sa mine, alors!

— Li aller en enfer, sans faute! dit le petit Jacquet.

— Et qu'il l'a fièrement gagné! répliqua tante Chloé, lui qui a tant et tant brisé de pauv' cœurs! c'est moi qui vous le dis, à vous autres, poursuivit-elle, en levant d'un air terrible sa grande fourchette comme un trident: juste ce que lisait M. Georges dans les Révélations: « Les âmes crient au Seigneur sous l'autel; elles demandent vengeance! — Et le Seigneur les entendra, vienne le temps; — oui, à son dam, il viendra le temps! »

Tante Chloé, fort révérée dans son domaine, fut écoutée par tous, bouche béante; et, comme le dîner était à la fin servi, le personnel de la cuisine s'agglomèra autour d'elle pour l'entendre et commérer un peu.

« Ses pareils brûlent vifs toute l'éternité, pour sûr: pas vrai? disait Andy.

— Moi content, voir rôtir li! toujours! toujours! cria Jacquet.

— Enfants! dit une voix qui les fit tressaillir: c'était l'oncle Tom, qui, arrêté sur le seuil, avait tout entendu. — Enfants, vous ne comprenez pas, j'ai peur. L'*éternité* est un terrible mot! d'y penser seulement ça vous fait chair de poule! — C'est mal, souhaiter les éternels tourments à une créature humaine?

— C'est pas une créature humaine! se récria Andy; les traqueurs d'âmes sont des méchants chiens, pas humains!

— La nature même crie contre eux, ajouta tante Chloé. Arrachent-ils pas le nourrisson du sein de la mère pour le vendre? les petits pleurnicheurs pendus à son jupon pour les vendre? Est-ce qu'ils n'ôtent pas le mari à sa femme? poursuivit tante Chloé, les larmes commençant à la gagner; et c'est-il pas prendre la vie à tous deux? et ça sans perd' un coup de dent, un verre de vin! Eux fumer, eux boire, gaillards comme devant! Ah! si le diable n'agrippe pas ceux-là, à quoi serait-il bon, le diable! » Et tante Chloé se couvrit la face de son tablier de cotonnade, et sanglota de tout son cœur.

« Priez pour ceux qui vous persécutent, a dit le livre, reprit Tom.

— Pour eux ! s'écria tante Chloé; c'est par trop dur ! je peux pas prier pour eux !

— C'est la faute de la chair, Chloé, et la chair est faible; mais l'esprit de Dieu est fort. Pense seulement à l'âme de ces pauvres créatures, et remercie le Seigneur, Chloé, de n'être pas à leur place. Ah ! pour certain, j'aime mieux être vendu des cent et cent fois, que d'avoir sur le cœur tout ce dont ces pauvres méchants auront à répondre!

— Moi tout de même, dit Jacquet. Eh! bon Dieu, jamais nous vouloir attraper Lizie ; pas vrai, Andy? »

Andy plia les épaules, et siffla en signe d'acquiescement.

« Je suis content que maître ne soit pas parti ce matin comme il l'avait résolu, poursuivit Tom. J'aurais été encore plus chagriné, je crois, de le voir partir que d'être vendu. C'est naturel à lui de ne pas vouloir y être; mais, moi, j'en aurais le cœur bien gros! Je l'ai vu si petit!—Là, maintenant, je me sens tout résigné. C'est la volonté de Dieu. Maître n'y peut mais, et il a fait pour le mieux. Ce qui me soucie à l'heure qu'il est, c'est de penser comment ça ira quand je n'y serai plus! Faut pas s'attendre que le maître aille voir à toutes choses pour tâcher de joindre les deux bouts comme je faisais; et quoiqu'ils aient bonne volonté, nos hommes sont de fiers sans-souci; c'est là ce qui me tourmente. »

La sonnette se fit entendre, et Tom fut appelé au salon.

« Tom, dit affectueusement son maître, je tiens à ce que vous sachiez que j'ai signé à monsieur un dédit de mille dollars au cas où vous ne vous trouveriez pas ici à l'heure où il viendra vous réclamer. Il vaque à d'autres affaires aujourd'hui; vous pouvez disposer de la journée. — Va donc où tu voudras, mon bon garçon!

— Je vous remercie, maître, dit Tom.

— Et songes-y! reprit le marchand, ne t'avise pas de

jouer à ton maître un de vos tours de nègres, car si tu
n'es pas là, je tirerai de lui jusqu'à la dernière obole.
S'il m'en croyait il ne serait pas si fou que de s'en fier à
un de vous autres noirs, qui glissez à travers les doigts
comme des anguilles!

— Maître, dit Tom, — et il se redressa de toute sa hauteur, — j'avais juste huit ans quand vieille maîtresse vous
posa sur mes bras, vous tout petit garçon qui n'aviez pas
un an. Elle me dit : «Tom, voilà ton jeune maître,
prends bon soin de lui.» Aujourd'hui, maître, je vous le
demande, vous ai-je jamais trompé? jamais désobéi, surtout depuis que je suis devenu chrétien?»

L'émotion gagnait M. Shelby; des larmes rempliront
ses yeux lorsqu'il répondit :

« Mon brave garçon, le Seigneur sait que tu ne dis que
la simple vérité, et s'il était en mon pouvoir de te garder, les trésors du monde entier ne t'achèteraient pas!

— Mais comme il est vrai que je suis chrétienne,
ajouta madame Shelby, vous serez racheté, Tom, dès que
j'aurai pu, n'importe comment, réunir la somme nécessaire. — Monsieur, poursuivit-elle se tournant vers Haley, prenez bien note de celui à qui vous le vendrez, et
faites-le-moi connaître.

— Très-volontiers, répliqua le marchand. Je puis vous
ramener le noir dans un an sans tare, et vous le revendre,
pas pire pour l'user; c'est mon état à moi!

— Je commercerai alors de bon cœur avec vous, et
vous y trouverez votre compte, dit-elle.

— Sans doute, reprit le marchand; vendre ou acheter,
ça m'est tout un, pourvu que l'affaire soit bonne. Ce que
je veux, c'est de gagner honnêtement ma vie, madame,
et nous n'en faisons ni plus ni moins tous tant que nous
sommes, je présume! »

Monsieur et madame Shelby, ennuyés l'un et l'autre,
se sentaient en quelque sorte dégradés par l'impudente
familiarité du marchand; mais tous deux voyaient la né-

cessité de se contraindre. Plus l'homme se montrait insensible et sordide, plus madame Shelby craignait qu'il ne réussit à s'emparer d'Éliza et de Henri, et plus elle redoublait d'efforts et d'artifices féminins pour le retenir. Elle lui souriait gracieusement, causait avec aisance et familiarité, et mettait tout en œuvre pour faire couler le temps d'une façon imperceptible.

A deux heures Sam et Andy amenèrent les chevaux rafraîchis, et tout gaillards de leur escapade du matin.

Sam se tenait là, huilé à neuf par le dîner, officieux, et tout débordant de zèle. Il était en train de se vanter, en style fleuri, de la façon dont il ménagerait les affaires, maintenant qu'il s'y mettait tout de bon, lorsque Haley s'approcha.

« Votre maître n'a pas de chiens, je le parierais! dit Haley d'un air réfléchi, comme il se préparait à monter en selle.

— Lui! eh, en avoir des tas! répliqua Sam d'un air superbe. V'la Bruno d'abord, un fameux braillard! et puis, chacun de nous autres nèg's a-t-il pas son roquet?

— Pouah! dit Haley;— et il ajouta quelques mots qui chatouillèrent la susceptibilité de Sam, lequel murmura.

— Pas comprend', moi, pourquoi jurer après pauv' bêtes!

— Voyons, reprit Haley, ton maître a-t-il des chiens (je suis assez sûr d'avance que non) dressés à dépister les nègres? »

Sam savait à merveille ce que le marchand voulait dire; mais il conserva l'air de la plus candide, de la plus désespérante simplicité.

« Nos chiens avoir un flair qui compte. Eux être de la bonne race! pas dressés, vrai; mais fameux une fois lancés. Ici, Bruno!» Et il siffla le grand terre-neuve, qui, la queue en l'air, accourut à lui en folâtrant.

« Allez vous faire pendre! s'écria Haley s'élançant sur son cheval. Enfourchez-moi vos bêtes, et en avant!

Sam obéit, et, sautant à cheval, trouva encore moyen de chatouiller son camarade. Andy partit aussitôt d'un éclat de rire immodéré, à la grande indignation de Haley, qui lui allongea un coup de cravache.

« Mal à toi, Andy, fit observer Sam avec une imperturbable gravité. Chose sérieuse, Andy, et toi faire le farceur. Pas bon moyen d'aider massa!

— J'irai à la rivière par le plus court, dit le marchand d'un ton déterminé, dès que les limites de la propriété furent dépassées. Je connais toutes leurs ruses, — ils se creuseraient des chemins sous terre!

— Là! s'écria Sam, voilà la bonne idée. Massa bouter tout de suite au blanc. Y a deux routes pour aller à grand' rivière, — route vieille d'en bas; route neuve d'en haut. — Laquelle massa vouloir prendre? »

Andy ouvrit de grands yeux à cette révélation d'un nouveau fait géographique, mais ne s'en hâta pas moins de le confirmer avec véhémence.

« A savoir, reprit Sam, Lizie, je le gagerais, avoir pris la route d'en bas, vu qu'elle est la moins fréquentée. »

Quoique Haley fût un fin merle qui de loin flairait la glue, ce point de vue le frappa.

« Si vous n'étiez pas tous deux de si damnés menteurs!... » dit-il en réfléchissant.

Le ton dubitatif de la remarque parut amuser prodigieusement Andy qui se retira un peu en arrière, riant si fort qu'il faillit en tomber de cheval, tandis que Sam conservait la même gravité solennelle et dolente.

« Massa ira par où massa voudra, c'est sûr, reprit-il : au plus court, route d'en haut, si massa pense être la meilleure. — Que nous fait? même chose pour nous. A présent, j'y songe, route droite être *déridément* la plus courte.

— Elle choisira nécessairement le chemin le plus solitaire, pensait tout haut le marchand, sans écouter Sam.

— Pas sûr, reprit celui-ci. Filles avoir leurs caprices!

7

faire jamais comme on croit elles devoir faire, mais tout juste au rebours. Vous croire elles prendre un côté? être une raison pour qu'elles aller par l'autre. Moi, avoir cru Lizie prendre la route d'en bas, bonne raison pour qu'elle ait enfilé la route d'en haut. »

Cette profonde vue de la gent féminine ne disposant nullement Haley en faveur du dernier avis de Sam, le marchand demanda si la route d'en bas était proche?

« Une poussée en avant, répliqua Sam, fermant l'œil qui se trouvait du côté de Andy, et il ajouta gravement : Mais, massa, moi avoir maintenant bien *dévisagé* l'affaire; nous pas devoir prendre par là. D'abord, moi pas la connaître du tout cette route d'en bas, un vrai *déssert* à se perdre, et tomber Dieu sait où !

— N'importe; je prends la route basse, affirma Haley.

— Eh, j'y songe! on dit ce vieux chemin tout *intervallé* de cours d'eau, de criques, de haies; pas moyen d'y passer; hors service; pas vrai, Andy ? »

Andy en avait bien entendu quelque chose; mais il n'était sûr de rien, n'ayant jamais pris par là. Bref, il ne voulait pas se commettre.

Accoutumé à tenir la balance entre des mensonges plus ou moins patents, Haley penchait pour la vieille route. Il suspectait Sam de l'avoir tout d'abord indiquée inconsidérément, et les tentatives du noir pour le dissuader de la choisir lui semblèrent autant d'impudents mensonges faits, sur plus mûre réflexion, en faveur d'Éliza.

En conséquence, dès que Sam indiqua la route d'en bas, il s'y précipita aveuglément, suivi des deux noirs.

C'était, en effet, l'ancien chemin de la rivière, mais abandonné depuis des années, et qui, frayé seulement à l'entrée, était ensuite coupé de fossés, de haies et de barrières. Sam le savait à merveille, et il y avait si longtemps que cette voie était hors d'usage, que Andy n'en avait jamais ouï parler. Le nègre y entra d'un air d'humble soumission ; seulement, de temps à autre, il gémissait, et vociférait que « c'était diab'ment rude pour les pieds du pauv' Jerry. »

« Ah ça, j'ai un avis à vous donner, dit Haley. Je vous sens venir d'une lieue, vous autres noirs ! Avec tous vos embarras, vous espérez me détourner de cette route ?— Bernicles !

— Comme massa voudra, » répliqua Sam la figure allongée, mais, clignant de l'œil avec un redoublement de verve, à son camarade, dont la joie était toujours sur le point de faire explosion.

Sam, fort en train, prétendait être aux aguets :— tantôt il s'écriait qu'il voyait pointer un chapeau de femme au sommet de quelque montée ; tantôt il en appelait à Andy : « N'était-ce pas Lizie qui se cachait dans ce trou de vallon ? » Ces exclamations partaient toujours aux endroits les plus raboteux, les plus rocailleux de la route, lorsqu'il était très-difficile de pousser les chevaux, et toujours Haley était tenu en haleine.

Après avoir chevauché de la sorte une bonne heure, tous trois, par une brusque descente, arrivèrent tumultueusement dans une large cour entourée de granges. Tous les bras étant occupés dans les champs, il n'y avait personne en vue ; mais la ferme, dont ces granges faisaient partie, barrait la route, qui évidemment se terminait là.

« L'ai-je pas dit ! moi, avoir bien prévenu massa, gémit Sam le noir d'un air d'innocence. Les massa étrangers pouvoir pas connaître le pays comme les neg's nés natifs de l'endroit.

— Drôle ! s'écria Haley, tu ne le savais que trop !

— Oh ! moi dire tout bien juste à massa : et massa pas vouloir me croire. J'ai dit que c'était tout fermé : barrières, haies, fossés, pas possible de passer. M'as-tu pas entendu, Andy ? »

La chose était trop vraie pour être disputée ; force fut au malheureux marchand de dissimuler sa rage d'aussi bonne grâce qu'il le put, et tous trois, tournant casaque, se dirigèrent vers la route neuve.

Grâce à ces nombreux délais, il pouvait y avoir trois quarts d'heure qu'Éliza avait endormi son enfant dans l'auberge, lorsque le trio atteignit le village. Assise à la fenêtre, la jeune femme regardait dans une autre direction, quand l'œil perçant de Sam la découvrit. Haley et Andy se trouvaient de quelques pas en arrière. Dans cette crise, Sam parvint à faire enlever son chapeau par le vent, et poussa un cri lamentable qui la fit tressaillir; elle se rejeta en arrière. La petite cavalcade fila le long de la fenêtre et s'arrêta devant le portail.

Un million de vies semblèrent se concentrer dans le sein d'Éliza; une porte dérobée donnait sur la rivière; enlevant l'enfant dans ses bras, elle descendit rapidement les marches, et disparaissait derrière la berge, lorsque Haley l'aperçut en plein. Se jetant à bas de son cheval, il appela à grands cris : Sam! Andy! et s'élança sur ses traces, comme un limier court sur un daim. A ce moment de vertige les pieds de la fugitive ne touchaient pas terre; en un clin d'œil elle eut gagné l'extrême bord; ils arrivaient sur elle. Animée d'une force que Dieu n'accorde qu'au désespoir, avec un cri sauvage et un terrible élan, elle franchit d'un saut le courant bourbeux qui longeait la rive, et se trouva sur le radeau de glaçons qu'il charriait au delà. C'était un bond prodigieux, — la folie, la frénésie seules le pouvaient tenter; et Sam, Andy, Haley, les mains levées, crièrent instinctivement.

Le glaçon verdâtre sur lequel elle s'abattit craqua, et s'enfonça sous son poids, mais elle ne s'y arrêta pas. Avec des cris perçants et une indomptable énergie, elle s'élance sur un autre, puis sur un autre glaçon; elle trébuche, se relève, chancelle, glisse, rebondit, s'élance encore; ses souliers sont partis, ses bas coupés; son sang marque chacun de ses pas; elle n'aperçoit rien, n'entend rien, ne sent rien, jusqu'à ce que, vaguement, comme en un rêve, elle entrevoie l'autre bord, et un homme qui l'aide à y grimper.

« Brave fille, qui que tu sois ! brave créature ! » criait l'homme en jurant.

Éliza reconnut la voix et les traits d'un fermier qui habitait près de son ancienne maison.

« Oh ! monsieur Symmes ! — sauvez-moi — sauvez-moi, — cachez-moi ! cria Éliza.

— Comment donc ! qui est-ce là ? — Eh mais, n'est-ce pas la fille des Shelby ? dit l'homme.

— Mon enfant ! — ce garçon ! — ils l'ont vendu ! là est son maître, dit-elle, montrant du doigt la rive du Kentucky. Oh ! monsieur Symmes, vous aussi vous avez un petit garçon !

— Oui, j'en ai un, dit l'homme, qui, d'une façon rude et tendre tout à la fois, la tirait en haut de la berge escarpée. D'ailleurs, vous êtes une courageuse fille, et j'aime ce qui est grand. » Quand ils eurent gagné le plateau, l'homme s'arrêta.

« Je serais content de faire quelque chose pour vous, mais je n'ai pas où vous mettre. La seule aide que je vous puisse donner, c'est de vous conseiller d'aller *là !* et il lui montra une grande maison blanche, à l'écart, sur l'alignement de la grande rue du village. Allez-y; il s'y trouve de bonnes gens; il n'y a pas de doute qu'ils ne vous aident; — ils s'entendent à ces sortes d'affaires.

— Que le Seigneur vous bénisse, dit Éliza avec ferveur.

— N'y a pas de quoi, n'y a pas de quoi, dit le brave homme, c'est bien le moins.

— Et, bien sûr, monsieur, vous ne le direz à personne !

— Mille tonnerres ! pour qui me prends-tu, la fille ? Certes, non. Voyons, va maintenant, comme une bonne et brave créature que tu es. Tu as bien gagné ta liberté, et tu l'aurais si ça dépendait de moi. »

7.

Éliza serra son fils entre ses bras, et marcha d'un pas ferme et rapide. L'homme restait à la regarder.

« Shelby trouvera peut-être que ce n'est pas un acte de bon voisinage, mais, qu'y faire? S'il attrape une de mes gaillardes dans la même passe, ma foi, il est bien venu à prendre sa revanche! Bah! jamais je n'aurai le cœur de voir de pauvres êtres, n'importe lesquels, courir, panteler hors d'haleine, avec les chiens sur leurs talons, et de me mettre aussi contre eux! Ma foi, je ne vois pas pourquoi je chasserais pour le compte d'autrui! »

Ainsi parla ce pauvre habitant du Kentucky, vrai païen, ignorant ses devoirs constitutionnels, agissant en chrétien. Mieux élevé, plus éclairé, il aurait su mieux se conduire.

Haley, stupéfié, était resté immobile spectateur de toute la scène, jusqu'à ce qu'Éliza eût complétement disparu; alors il tourna vers Sam et Andy sa face désappointée et son œil interrogateur.

« En v'là un beau coup! dit Sam.

— Il faut que la fille ait sept diables dans le corps! dit Haley. Elle bondissait comme un chat sauvage!

— Pardon, excuse, massa, reprit Sam en se grattant la tête, mais, moi, pas tenté suivre sa route : pense pas, moi, être assez vif pour ça! et les côtes du noir s'ébranlèrent sous son rire enroué.

— Tu ris, drôle! grommela le marchand.

— Dieu vous bénisse, massa, pas possib' de s'en empêcher, dit Sam s'abandonnant à ses ravissements trop longtemps contenus. Elle était si comique! elle sautait! elle courait, — et la glace craquait, enfonçait! — et pouff! et piff! et spliche! et splache! quels bonds! — Seigneur Dieu comme elle y allait! » Sam et Andy éclatèrent d'un rire immodéré, et les larmes jaillirent de leurs yeux.

« Je vous ferai rire à l'envers, drôles! » dit Haley. Sa cravache voltigea autour de leurs têtes; tous deux firent le plongeon, et s'élançant vers le haut de la rive, ils furent en selle avant qu'il les eût rattrapés.

« Bonsoir, massa, dit Sam avec une gravité solennelle; moi, deviner maîtresse être bien en peine de Jerry. Massa Haley n'avoir plus besoin de nous. Jamais maîtresse vouloir permettre ses chevaux traverser ce soir sur le pont de Lizie. »

Donnant un facétieux coup de poing dans les côtes de Andy, il prit le trot, suivi de son camarade, et leurs éclats de rire moururent à distance emportés sur la brise du soir.

CHAPITRE VIII

Les traqueurs d'hommes.

C'était à la tombée du crépuscule qu'avait eu lieu la fuite désespérée. Le brouillard grisâtre qui s'élevait de la rivière enveloppa Éliza comme elle disparaissait sur le haut de la berge, et que le courant gonflé, tumultueux et les glaces flottantes élevaient une infranchissable barrière entre le chasseur et sa proie. Lentement, l'air déconfit, Haley regagna la petite taverne pour y ruminer à l'aise sur le parti à prendre. L'hôtesse lui ouvrit un étroit salon, garni d'un lambeau de tapis, d'une table couverte d'une toile cirée noire et luisante, et de quelques misérables chaises à hauts dossiers de bois. Au-dessus d'une grille enfumée, le manteau de la cheminée se parait de plâtres coloriés de tranchantes couleurs, et, à côté, s'étendait un banc des plus durs et d'une longueur démesurée. Ce fut là que s'établit Haley pour méditer à loisir sur l'instabilité des espérances humaines.

« Qu'avais-je besoin de m'embourber de cette petite malédiction d'enfant, se dit-il, pour me faire railler, flouer, et prendre comme un raccoon au gîte [1] ! » Et Haley

---

[1] « Prendre à l'arbre comme un *raccoon*, » dit Haley. Allusion à la façon de chasser au *raton*, plantigrade de l'Amérique septentrionale.

se soulagea par une bordée d'imprécations sur lui-même, qu'il y a tout lieu de croire méritées, mais que, comme affaire de goût, nous nous permettrons d'omettre.

La haute et discordante voix d'un homme qui mettait pied à terre à la porte de l'auberge, tira le marchand de son monologue, et, s'élançant à la fenêtre, il s'écria :

« Ciel et terre, si ce n'est pas juste comme qui dirait une providence! — Tom Loker en personne, ma foi! »

Haley sortit aussitôt. Devant le comptoir se tenait debout un homme bronzé, musculeux, haut de six pieds, large à proportion, et auquel son surtout de peau de buffle, le poil en dehors, donnait un air farouche et terrible que ne démentait en rien sa physionomie. Chaque organe, chaque linéament qui puisse exprimer la brutalité et la violence, atteignait, sur ce crâne et sur ce visage, leur plus haut développement; si le lecteur peut se figurer un boule-dogue passé à l'état d'homme, dressé sur ses pattes de derrière et se promenant en habit et en chapeau, il a une assez juste idée du *physique* de ce personnage. L'homme était accompagné d'un individu qui formait avec lui le plus parfait contraste. Ce dernier était court et fluet; souple et chattemite dans toute son allure. De ses petits yeux noirs pointait un regard de souris, perçant, inquiet, avec lequel le reste de ses traits aiguisés s'harmonisait on ne peut mieux. Son nez mince semblait s'allonger pour fouiller et sonder toutes choses, ses cheveux noirs, plats, lisses et rares, ramenés en avant, se collaient sur son crâne, et tous ses mouvements, toutes ses évolutions, annonçaient une aride et circonspecte subtilité. Le grand gros homme se versa moitié d'une rasade de forte eau-de-vie, et l'engouffra d'un trait sans mot dire. Le petit fluet, hissé sur la pointe des pieds, promena son nez d'un côté à l'autre du comptoir, flaira toutes les bouteilles, et finit par ordonner, d'une voix de fausset mal assurée, un *julep à la menthe*, qu'on lui servit, et qu'il regarda d'un air de complaisance rusée, en

homme qui a mis le doigt sur la chose; puis il savota
doucement le breuvage.

« Hé! vivat! s'écria Haley, qui m'aurait prédit cette
bonne fortune? Holà, Loker, comment vous va? et il
tendit la main au gros homme.

— Au diable! fut la réponse polie. Quel vent de grêle
vous souffle ici, Haley? »

L'homme rat, qui portait le nom de Marks, et qui bu-
vottait à petits traits dans son coin, s'interrompit, et fixa
sur le nouveau venu un œil futé comme celui du chat
qui épie la feuille sèche, ou tout autre petit objet mobile,
et va s'élancer dessus.

« Je dis, Tom, que c'est une chance! Je suis dans un
diable de pétrin, et je ne vois que vous qui puissiez m'en
tirer.

— Peste! — probable! gronda son aimable interlocu-
teur. Celui à qui vous faites bonne mine peut bien jurer
que vous en voulez tirer pied ou aile. Allons, voyons où
la mouche vous pique?

— Qui avez-vous là? — un ami? demanda Haley avec
quelque hésitation, en regardant Marks; un associé peut-
être?

— Oui-dà! Ici, Marks! voilà mon vieux partenaire de
Natchez.

— Enchanté de faire votre connaissance; et Marks
tendit sa maigre patte de corbeau : M. Haley, je pense?

— Lui-même, monsieur, dit Haley, et qui fêtera notre
rencontre avec un verre ou deux de quelque chose de
chaud. Holà? vieux Raccoon! cria-t-il à l'homme du
comptoir, qu'on nous serve l'eau chaude, le sucre, les
cigares et du rhum; du fameux, entends-tu! à discrétion, et faisons bombance. »

Regardez! les chandelles brillent, le feu se réveille, et
les trois dignes compagnons sont attablés autour des ac-
cessoires obligés de toute réunion de leurs pareils.

Haley se plongea sans retard dans le pathétique récit

de ses tribulations. Bouche close, Loker l'écoutait avec une attention renfrognée; Marks, enfoncé dans la composition d'un nouveau breuvage à sa guise, s'en détournait pour fourrer son nez et son menton aigus presque dans la face du narrateur, dont il scrutait chaque parole; la conclusion parut le réjouir infiniment, et ses épaules et ses côtes s'ébranlèrent du rire intérieur qui crispait ses lèvres minces.

« Ainsi, vous voilà la tête dans le sac! enfoncé! hi! hi! hi! le tour est bon!

— Ces bambins, reprit Haley d'un ton lamentable, sont la perte du commerce!

— Si nous pouvions mettre la main sur une race de femmes qui ne se souciât pas des petits, je dis que ce serait la plus grande découverte du siècle, — et Marks appuya sa plaisanterie d'un froid ricanement.

— Juste, dit Haley. Ça me passe! ces petits ne leur donnent qu'un tas de fatigue et de tourments; il semble qu'elles devraient être enchantées de s'en voir débarrassées; eh bien, non! plus un petit est tracassant et bon à rien, plus elles sont endiablées après!

— Eh bien! monsieur Haley, reprit Marks, passez-moi un peu l'eau chaude. — Oui, monsieur, c'est comme vous le dites; nous en sommes tous là. Figurez-vous qu'une fois, je faisais le commerce alors, j'achète une fille robuste, bien faite, une jolie drôlesse, ma foi, et fort capable, — n'avait-elle pas un enfant maladif, rachitique, crochu, que sais-je? Je lâchai l'embryon à un homme qui prit la chance de l'élever, l'ayant eu pour une bagatelle; — je n'allais pas rêver, moi, que la fille se monterait la tête pour ça, vous sentez! — mais, Seigneur Dieu! je voudrais que vous l'eussiez vue! Quel vacarme! Vraiment, elle semblait priser d'autant plus le petit qu'il était maladif, grognon, un vrai fléau après elle! — et c'est que c'était pour tout de bon! Elle pleura, elle se lamenta, elle se jeta par terre. On aurait dit qu'elle avait tout perdu. C'est une drôle de chose tout de même que les caprices des femmes! c'est à s'y pendre.

— Encore mon histoire, reprit Haley. Pas plus tard que l'été dernier, sur la rivière Rouge, j'achète une fille et son enfant, un marmot de bonne mine, avec des yeux aussi brillants que les vôtres. — Hé bien, n'était-il pas aveugle? mais, tout à fait aveugle! — Motus, bien entendu, et je vous le troque joliment contre un baril d'eau-de-vie. Mais, quand il fut question de l'ôter à la mère; oh, c'était une vraie tigresse! Par malheur ça se trouvait avant le départ, et ma bande n'était pas encore à la chaîne. La femme n'en fait ni une ni deux, elle arrache un couteau à un des matelots, saute comme un chat sauvage sur une balle de coton, et met tout notre monde en fuite. C'était bon pour la minute, bien entendu. Quand elle voit ça, elle se retourne, et, pan! elle s'élance, la tête la première, enfant et tout, dans la rivière, où elle est encore.

— Bah! dit Tom Loker, qui avait écouté avec un évident mépris; vous n'êtes tous deux que des poules mouillées! Mes filles ne se permettent pas de pareils tours avec moi!

— Vrai? et comment les en empêchez-vous, je vous prie? demanda Marks vivement.

— Moi? quand j'achète une fille, dès que son petit est mûr pour la vente, je vais droit à elle, je lui mets le poing sous le nez : — Regarde-moi ce poing, lui dis-je. Si tu t'avises de souffler, tu vois ce qui t'aplatira la face. Je ne veux pas entendre un mot, — pas le commencement d'un mot. Ce petit est à moi, non à toi, et tu n'as que faire de t'en inquiéter. Je le vends à la première occasion. Prends garde! pas de farces! où je te ferai souhaiter de n'être jamais née. Je vous garantis qu'elles savent qu'il ne s'agit pas de rire quand j'empoigne, et je vous les rends muettes comme des poissons. S'il s'en trouve une qui piaille un brin, alors!... » Le poing de M. Loker, descendant pesamment sur la table, acheva sa phrase.

« Voilà ce qui s'appelle de l'*éloquence*, dit Marks, tapant sur le ventre de Haley en riant. Est-il original, ce Tom ! hi, hi, hi ! Parions qu'il n'y a pas tête crépue qui ne comprenne, quelque dure qu'elle soit ! Vrai, Tom, vous savez faire *entrer* les choses dans la cervelle, vous ; et si vous n'êtes le diable, par ma foi, vous êtes son cousin germain ! »

Loker accepta le compliment avec la modestie voulue, et prit l'air aussi affable que le comportait son naturel de boule-dogue. Quant à Haley, qui ne s'était pas ménagé les spiritueux, il commençait à sentir en lui une recrudescence de moralité, phénomène qui n'est pas rare en pareille occurrence chez les hommes graves et méditatifs.

« Là, Tom ! Eh bien, je vous l'ai toujours dit : vous êtes par trop rude ! Nous en avons souvent causé ensemble à Natchez ; et, comme je vous l'ai prouvé maintes et maintes fois, à ménager quelque peu la marchandise on n'en fait pas moins son chemin dans ce bas-monde, et l'on conserve plus de chance pour l'autre, vienne le pire du pire, voyez-vous !

— Pouah ! — hé, je *vois* de reste ! N'allez pas me débiter toutes vos fadaises de rebut, Haley ; je n'ai pas déjà l'estomac trop solide, et ça me tourne sur le cœur. » Cessant de parler, Tom absorba un demi-verre d'alcool pur.

« Je dis — et se renversant sur sa chaise, Haley gesticula avec véhémence, — et je le maintiens, j'ai toujours poussé mon commerce de façon à faire, autant que qui que ce soit, *primo et d'abord*, de l'argent. Mais le trafic n'est pas tout ; l'argent n'est pas tout ; nous avons des âmes, tous tant que nous sommes, au bout du compte. — Peu m'importe qu'on hausse les épaules, j'ai mon opinion là-dessus, et rien ne m'empêchera de la dire. J'ai *une religion*, j'y crois, et quelqu'un de ces jours, quand j'au-

rai arrondi mon petit lopin, je songerai sérieusement à
mon âme. — A quoi bon se faire plus méchant que de
raison? — est-ce agir prudemment, je le demande?

— Songer à votre âme! répéta dédaigneusement Tom.
Fameux lorgnon que celui qui découvrirait la vôtre! —
Ménagez le fret pour cette denrée-là, Haley, croyez-m'en.
Si le diable s'avise jamais de vous passer au crible, je le
défie, ma foi, de trouver trace d'âme!

— Ah çà, Tom, vous êtes par trop bourru, aussi! Ne
sauriez-vous prendre en bonne part ce qu'on ne vous dit
que pour votre bien?

— Laissez donc reposer un peu vos mâchoires, Haley,
vociféra Tom. Je puis endurer toutes vos balivernes,
hors vos fadaises dévotes. — Vos prêches m'assomment,
vous dis-je! Quelle différence y a-t-il de vous à moi, s'il
vous plaît? Est-ce que vous avez un brin plus de pitié,
un brin plus de vergogne, ou de quoi que ce soit? — C'est
de la bonne, belle et pure vilenie pour duper le diable
et sauver votre peau. Croyez-vous qu'on ne vous devine
pas avec toute votre *religion*, comme vous l'appelez? Eh!
cela saute aux yeux! affaire de tricher le diable, tirer
quittance et ne pas payer.

— Allons, allons, messieurs, il ne s'agit pas de cela,
dit Marks s'entremettant. Il y a différentes façons d'en-
visager les choses. M. Haley est un homme scrupuleux; il
a sa conscience, et vous, Tom, vous avez votre système, —
et un bon système, Tom : mais les querelles n'avancent à
rien. Voyons, monsieur Haley, de quoi s'agit-il? de vous
rattraper la fille, n'est-ce pas?

— La fille ne me concerne en rien : elle est aux Shelby;
c'est son petit seulement que je veux. — Sot que je suis
d'avoir acheté le singe !

— Eh! quand ne l'êtes-vous pas *sot*? dit brusquement
Loker.

— Allons, Tom, trêve aux bourrasques, reprit Marks
se léchant les lèvres. Voyez! voilà M. Haley qui, je le

sens, est en train de nous mettre sur une bonne piste.
Tenez-vous seulement tranquille : ces transactions-là sont
mon fort. Cette fille, monsieur Haley, comment est-elle?
qu'est-elle?

— Oh! belle et blanche, très-bien élevée. J'en offrais à
Shelby de huit cents à mille dollars, et il y avait à
gagner.

— Blanche — belle — bien élevée! répéta Marks, et
ses yeux perçants, son nez, ses lèvres s'aiguisèrent de cu-
pidité. — Voyez un peu, Loker, cela promet! Il y a une
affaire pour nous là-dedans. Nous entreprenons la chasse;
l'enfant va à M. Haley, c'est clair; et nous emmenons la
fille à la Nouvelle-Orléans pour spéculer dessus; est-ce
beau, hein?

Tom, dont les pesantes mâchoires étaient restées entre-
bâillées durant cette communication, les referma tout à
coup, comme s'il happait un bon morceau, et se disposa
à digérer l'idée à loisir.

—Voyez-vous, dit Marks à Haley, tout en continuant
de remuer son punch, nous avons le long du rivage des
juges de paix accommodants, comme il les faut dans
notre profession. Tom mène d'abord l'affaire, et tape dur;
puis, j'arrive à mon tour quand il s'agit de prêter serment, bien vêtu, bottes vernies, tout à fait dans le grand
genre. Que ne pouvez-vous voir, poursuivit Marks, dans
un accès de vanité bien naturel, ma façon d'enlever les
choses! — Un jour je suis M. Twickem de la Nouvelle-
Orléans; une autre fois j'arrive de ma plantation au bord
de la rivière de la Perle, où j'emploie environ sept cents
noirs; — ou bien je suis parent éloigné de M. Henri
Clay [1], ou de quelque autre vieux coq du Kentucky. Chacun a son talent en ce monde. Tom, un vrai lion quand

---

[1] Fameux orateur au Congrès et trois fois candidat à la présidence.

il faut frapper ou combattre, ne vaut rien du tout pour mentir. — Non, Tom ne s'en tirera jamais; cela ne lui vient pas naturellement. Mais, par le ciel! s'il y a dans le comté quelqu'un qui puisse faire serment de toutes choses, à toutes gens, raconter les incidents, multiplier les circonstances, se vanter d'un air plus grave, et s'en tirer mieux que votre serviteur, je serais ravi de le voir, et je n'en dis pas plus. Ma parole! si je ne me crois pas sûr d'entortiller mes juges, quand même ils se feraient scrupuleux. Je le voudrais, par ma foi, la farce en aurait plus de montant: ce serait plus drôle. »

Tom Loker qui, on l'a pu voir, était lent de conception, lourd de mouvement, interrompit ici Marks, en donnant sur la table un coup de poing qui fit danser les verres : « Ça ira ! s'écria-t-il.

— Dieu vous bénisse, Tom! N'allez pas briser la vaisselle ! réservez votre poing pour les cas d'urgence.

— Mais, messieurs, n'aurai-je pas une part du profit? demanda Haley.

— Quoi! n'est-ce pas assez que nous attrapions l'enfant pour vous? que vous faut-il encore? dit Loker.

— Eh! n'est-ce pas moi qui ai fait lever le gibier? Cela vaut quelque chose, je présume. Dix pour cent sur les bénéfices, tous frais prélevés. Voyons !

— Pour le coup! s'écria Loker avec un formidable juron et en écrasant presque la table, vous voilà bien, vous, Daniel Haley! Ah ! vous prétendez trancher du grand seigneur avec moi! Nous nous serons faits traqueurs d'esclaves fugitifs, Marks et moi, pour les beaux yeux des gentilshommes de votre espèce, et gratis, de plus ! Non, de par tous les diables! la fille est pour notre compte, et tenez-vous tranquille, ou nous gardons les deux. Qui empêche? Vous nous avez montré le gibier, d'accord; libre à vous de courir sus, et à nous aussi, je présume. S'il plaît à vous ou à Shelby de nous actionner, soit; à mer-

veille : cherchez où sont les perdrix de l'an passé, vous
nous trouverez peut-être sous leurs ailes.

— Eh bien ! à la bonne heure ! c'est convenu, dit Haley alarmé, vous me rattraperez le garçon pour ma peine.
Nous avons fait nombre d'affaires ensemble, Tom ; vous
avez toujours joué *franc* jeu avec moi, et je sais que vous
êtes homme de parole.

— Ah ! vous le savez ? — Je ne donne pas dans toutes
vos momeries, moi ; — mais je suis *recta* dans mes
comptes, fût-ce avec le diable lui-même. Ce que je dis,
je le fais, et le ferai, — vous savez ça, Daniel Haley !

— Ainsi dit, ainsi fait. Tom, vous promettez de dépo-
ser l'enfant, sous huit jours, à l'endroit que vous dési-
gnerez vous-même, et je me tiens pour content.

— Oui-dà ! mais pas moi, et vous êtes loin de compte.
Ce n'est pas pour rien que j'ai fait si longtemps les affaires avec vous, Haley, là-bas, à Natchez. J'ai appris à
ne pas lâcher l'anguille quand je la tiens ; vous m'allez
débourser tout de suite, sur table, cinquante dollars, ou
pas d'enfant.

— Comment ! quand vous avez sous la main une magnifique affaire qui vous rapporte clair et net de mille à
seize cents dollars ! Ah ! Tom ! vous n'êtes pas raisonnable.

— Vraiment ! et n'avons-nous pas plus de cinq semaines d'ouvrage inscrit sur nos livres ? plus que nous
n'en pourrons faire. Supposez que nous plantions tout
là pour battre les buissons après votre bambin, et qu'en
résultat nous n'attrapions ni l'enfant ni la mère ! — C'est
toujours le diable à rattraper que ces filles. — Nous voilà
bien lotis ! — Nous payeriez-vous un sou d'indemnité ?
— Il me semble que je vous y vois, hem ! — Non, non,
étalez-moi là-dessus vos cinquante dollars. Si le gibier
est à nous et qu'il réponde, l'argent sera rendu ; sinon
c'est pour nos peines. Est-ce jouer franc jeu ? hé ! Marks ?

— Certainement, certainement, dit ce dernier d'un
ton conciliant : simple garantie d'honoraires, c'est tout.

Hi! Hi! Hi! — Nous sommes quelque peu légistes, mais pas moins bons enfants pour cela. — Ainsi nous voilà d'accord. Tom déposera l'enfant où vous voudrez; n'est-ce pas, Tom?

— Si j'agrippe le marmot, je l'amène à Cincinnati, et je le laisse chez la grand'mère Belcher, au débarcadère, » dit Loker.

Marks avait sorti de sa poche un carnet taché de graisse, d'où il tira un long papier; la tête dans ses mains, fixant sur sa liste ses perçants yeux noirs, il en marmotta le contenu entre ses dents :

« Hem! Barnes (comté de Shelby), son garçon Jim; trois cents dollars pour lui, mort ou vif. — Edwards, Dick et Lucie, mari et femme, six cents dollars. — La négresse Polly, avec deux enfants, six cents; elle ou sa tête. — Je parcours l'agenda pour voir si l'affaire peut être prise en main sur-le-champ, dit-il, interrompant sa lecture. — Loker, reprit-il après une pause, si nous passions la Polly à Adams et Springer? voilà longtemps qu'elle est sur le registre.

— Ils demanderont trop cher, murmura Tom.

— J'arrangerai la chose à un taux raisonnable. — Ils débutent et doivent se faire plus coulants. Voyons! il y a deux ou trois cas faciles : de l'ouvrage courant, un coup de fusil à tirer sur les fuyards; attrape qui peut, et il ne s'agit plus que de jurer qu'ils sont tués. — On ne saurait faire payer cela beaucoup. — Les autres commandes attendront. — Maintenant, arrivons aux détails. Vous dites donc, monsieur Haley, que vous avez vu la fille grimper sur l'autre bord?

— Sûr; vue comme je vous vois.

— Et un homme l'aidait à grimper? ajouta Loker.

— Très-sûr, je l'ai vu.

— Elle aura été recueillie quelque part, ce n'est pas douteux, reprit Marks; mais où! C'est la question. — Qu'en dites-vous, Tom?

— Moi? je dis qu'il faut traverser la rivière ce soir, et sans barguigner.

— C'est qu'il n'y a point de bateau, et l'eau charrie en diable! N'est-ce pas dangereux, Tom?

— Je n'en sais rien; tout ce que je sais, c'est qu'il faut traverser.

— Diable! reprit Marks, s'agitant; et, se rapprochant de la fenêtre, il ajouta : C'est noir comme la gueule d'un loup! hé, Tom !

— Le court et le long, c'est que vous avez peur, Marks; mais je ne puis qu'y faire; il faut marcher. Prenez un jour ou deux de campos, vous leur donnez le temps, avec leurs manœuvres souterraines, de faire filer la fille jusqu'à Sandusky, et elle vous passera sous le nez.

— Oh! je n'ai pas l'ombre de peur, dit Marks, seulement...

— Seulement, quoi? demanda Tom.

— Le bac, parbleu! — Vous voyez qu'il n'y a pas de bateaux.

— L'hôtesse a dit qu'il y en aurait un ce soir. Un batelier doit traverser. Nous risquons notre cou et passons avec lui, reprit Tom.

— Vous avez des chiens, sans doute, dit Haley.

— De premier choix, répliqua Marks. Mais à quoi bon? nous n'avons rien à leur faire flairer.

— Si vraiment ! s'écria Haley d'un air de triomphe. J'ai là son châle oublié sur le lit dans sa hâte, et elle a laissé aussi son chapeau.

— Une vraie chance! dit Loker. Allongez-moi ces guenilles.

— Gare cependant aux chiens, fit observer Haley. Ils pourraient, si l'on y va sans précaution, endommager fort l'article.

— C'est à considérer, répondit Marks. L'autre jour, à Mobile, nos chiens n'ont-ils pas mis un nègre plus d'à moitié en pièces avant que nous ayons pu le leur arracher!

— Il y faut regarder de près, surtout en fait d'articles vendus pour leur beauté, voyez-vous!

— Je vois très-bien, Haley, répliqua Marks. Puis, si la fille est gîtée, les chiens deviennent superflus. Ils comptent d'ailleurs pour peu dans vos États du Nord, où ces créatures sont voiturées. Ce n'est plus comme dans nos plantations, où le noir qui s'enfuit n'a recours qu'à ses jambes, et n'est point secouru.

— Allons, dit Loker qui était allé prendre langue au comptoir. L'homme arrive avec le bateau. En route, Marks! »

Ce dernier—pauvre homme!—jeta un triste regard sur les confortables quartiers qu'il lui fallait abandonner, et se leva lentement pour obéir. Après avoir encore échangé quelques mots sur les arrangements ultérieurs avec les deux associés, Haley déboursa, non sans une répugnance visible, les cinquante dollars convenus, et le digne trio se sépara.

Si la délicatesse de quelques-uns de nos lecteurs chrétiens se trouve choquée de la société dans laquelle cette scène vient de les introduire, qu'ils veuillent bien faire taire leurs préjugés et ajourner leurs scrupules. Le métier de traqueurs d'esclaves est en hausse, et promet, grâce à la nouvelle loi, d'être un jour une honorable, patriotique et légale profession. Si tout le large territoire qui s'étend du Mississipi à l'océan Pacifique devient un grand bazar pour le débit des corps et des âmes, et que la marchandise garde la mobilité que lui imprime le dix-neuvième siècle, le marchand et le traqueur d'esclaves pourront prendre un haut rang dans l'aristocratie américaine.

CHAPITRE IX

L'Évasion.

Sam et Andy retournaient au logis, en grande jubilation, tandis que cette scène se passait à la taverne. Sam ne se tenait pas de joie. Ses transports se traduisaient par toutes sortes de hurlements, d'interjections hétéroclites, de mouvements désordonnés et de contorsions bizarres. Parfois il était assis à rebours, la face tournée vers la queue et la croupe du cheval; soudain il poussait un cri de triomphe, et une culbute le remettait droit en selle. — Allongeant alors une face lugubre, il réprimandait Andy, d'un ton ronflant, des risées inconvenantes que se permettait l'étourdi. Puis, instantanément il se battait les flancs de ses bras, et s'abandonnait à des tonnerres de rire qui faisaient retentir les bois. A travers toutes ces évolutions il parvint à maintenir les chevaux au grand galop, et, entre dix et onze heures, leurs sabots résonnaient sur le gravier de la cour.

Madame Shelby vola au balcon.

« Est-ce vous, Sam? où sont-ils?

— Massa Haley être à se délasser à la taverne; lui, bien fatigué, ah! bien las, maîtresse!

— Mais Éliza! Sam?

— Eh! eh! Jourdain être passé : elle avoir gagné, comme on dit, la terre de Chanaan.

— Comment! que voulez-vous dire, Sam? Et perdant la respiration à l'idée que soulevaient ces paroles, madame Shelby se sentit défaillir.

— Le Seigneur protéger les siens, maîtresse! Lizie avoir gagné l'Ohio [1], à travers la rivière, comme si le

---

[1] L'État de l'Ohio où l'esclavage n'existe pas, et qui est séparé du Kentucky par le fleuve du même nom. D'après la loi à laquelle il est souvent fait

Seigneur l'enlevait dans son chariot de feu attelé de deux chevaux blancs. »

La veine religieuse de Sam, s'exaltant en présence de sa maîtresse, il faisait fréquemment étalage devant elle des citations et images tirées des Écritures.

« Montez, Sam, dit M. Shelby s'avançant sur la véranda, et venez répondre à votre maîtresse. Allons! allons! Émilie, vous prenez froid. Vous voilà toute transie; vous vous laissez aussi trop émouvoir, ma chère!

— Trop! — Ne suis-je pas femme? ne suis-je pas mère? et ne répondrons-nous pas tous deux à Dieu de cette pauvre fille! Mon Dieu! mon Dieu! que ce péché ne retombe pas sur nos têtes!

— Quel péché, Émilie? Vous le savez, nous n'avons fait que ce que nous étions positivement contraints de faire.

— N'importe! Il y a au fond de tout cela un vague sentiment de crime que je cherche en vain à raisonner.

— Ici, Andy, toi, négrillon! leste et preste! cria Sam sous la véranda. A l'écurie les chevaux, et vite! entends-tu pas maître appeler moi? et Sam parut au salon presque aussitôt, son couvre-chef de feuilles à la main.

— Voyons, Sam, dis-nous distinctement ce qui s'est passé. Où est Éliza, si tu le sais?

— Eh bien, maître, moi l'avoir vue, de mes yeux vue, traverser sur les glaçons flottants. *Remorquable* tout d'même! ni pu ni moins qu'un miracle : et j'ai vu un homme aider Lizie à grimper du côté de l'Ohio, puis, la nuit venir, et plus rien voir.

— Sam, ton miracle me semble un peu apocryphe. Voyager sur des glaces flottantes n'est pas chose facile.

— Facile! personne le faire, sans l'aide du Seigneur! Voilà, maître, la chose tout au long. Massa Haley, moi

allusion dans ce livre, il y a maintenant extradition des esclaves de l'État libre où ils se réfugient à l'État d'où ils se sont enfuis. C'est en Canada seulement, l'ancienne terre française, sous la domination de l'Angleterre aujourd'hui, que les noirs fugitifs peuvent se croire en sûreté.

et Andy, arriver quasi à la petite taverne, au tournant de
la rivière, moi, d'un brin en avant (pas pouvoir me retenir, trop zélé pour rattraper Lizie). Quand moi, droit
en face, la voir à la fenêtre de la taverne; les autres être
pas loin! Pan! v'là mon chapeau qui décampe, et moi de
crier à réveiller un mort. Lizie, c'est clair, entendre et
s'esquiver. Bah! juste comm' elle détalait devers la rivière, massa Haley passer devant le portail, l'entrevoir,
hurler après elle, et lui, moi, Andy, donner la chasse à
Lizie.—Elle, courir jusqu'au bord; — là, grand courant;
dix pieds de large, — au delà gros glaçons se choquer, se
heurter, faire tapage tous ensemble; grande île mouvante,
quoi! — et nous sur ses talons; moi bien la croire prise,
sur mon âme! — mais le cri qu'elle a fait! — jamais rien
entendu de pareil! et la voir tout d'un coup, de l'autre
côté du courant, sur les glaces, — aller! aller! criant!
sautant! — Un glaçon fait crac! elle être en l'air; cric,
un aut' glaçon; elle rebondir! un vrai chevreuil! —
Seigneur Dieu, y a-t-il du ressort dans cette créature! y
en a-t-il! c'est à pas y croire!

Madame Shelby demeurait immobile, muette, pâle
d'émotion, durant tout le récit de Sam.

— Dieu soit loué! dit-elle enfin, elle n'est pas morte.
Mais où est la pauvre enfant, maintenant!

— Le Seigneur y *prévoira!* dit Sam roulant pieusement
ses prunelles levées. Moi dire toujours, y avoir une Providence. Maîtresse avoir bien appris à nous: les instruments
être tout prêts pour faire la volonté du Seigneur. — Eh ben
juste, sans moi, pauv' p'tit instrument, Lizie être prise
une douzaine de fois. Qui lâcher les chevaux ce matin
et mener eux chassant jusque près le dîner? Sam. Qui
prom'ner massa Haley, cinq milles en dehors le chemin
droit, jusqu'à la brune? Sam! autrement massa Haley
tombait sur Lizie, comme un chien sur un raccoon. En
voilà des providences!

— Je te conseille, maître Sam, de devenir plus sobre

de providences de cette espèce. Je ne prétends pas que des gentilshommes soient joués de la sorte chez moi, » dit M. Shelby avec autant de sévérité qu'il en put trouver pour l'occasion.

Mais il n'est pas plus aisé d'abuser le nègre que l'enfant à l'aide d'une feinte colère. Tous deux voient distinctement le vrai des choses à travers les apparences mensongères, et Sam ne fut en rien déconcerté par la rebuffade, bien qu'il jugeât à propos d'affecter une gravité dolente, et de laisser pendre les coins de sa bouche en signe de componction.

« Maître avoir raison, — bien raison. Fort vilain à moi, y a pas à dire; et maît' et maîtresse pas encourager ça. — Mais pauv' nèg' bien tenté jouer malins tours à ces gens de rien qui prennent des airs comme ce massa Haley. Sam assez bien élevé pour voir *lui* pas gentilhomme du tout.

— Eh bien, Sam, dit madame Shelby, comme vous me paraissez vivement sentir vos torts, vous pouvez descendre à la cuisine, et dire à tante Chloé de vous donner une tranche du jambon qu'on a desservi aujourd'hui. Vous et Andy devez avoir grand'faim.

— Maîtresse, bien trop bonne pour nous autres, » répondit Sam; et saluant d'un air allègre, il disparut.

On voit, et nous l'avons dit, que Sam possédait un talent naturel qui, dans la ligne politique, l'eût poussé loin et haut. Il savait capitaliser, à son honneur et gloire, tout ce qui tournait bien. Ayant, il s'en flattait du moins, fait mousser à la satisfaction du salon sa piété et son humilité, il campa sa feuille de palmier sur sa tête d'un air conquérant, et se dirigea vers les domaines de tante Chloé, déterminé à faire florès à la cuisine.

« Je vais pérorer un brin à ces nèg's là-bas, se disait Sam, maintenant que j'ai la chance. Seigneur! si je n'en dévide pas de quoi leur faire écarquiller les yeux! »

Un des grands délices de la vie de Sam avait été d'ac-

compagner son maître aux réunions politiques de tous
genres. A cheval sur une balustrade, ou perché sur quelque arbre, il passait des heures entières à observer, à
écouter les orateurs avec des ravissements de joie; descendant ensuite parmi ses frères, à nuances diverses, rassemblés pour la même occasion, il les édifiait, les délec-
tait par les plus burlesques, les plus risibles imitations,
débitées avec un sérieux imperturbable, une solennité
des plus divertissantes. Quoique son auditoire immédiat
fût en général composé de noirs, il s'y trouvait souvent
un entourage assez imposant d'individus de complexions
plus claires, lesquels écoutaient, riaient, clignaient des
yeux, à l'inexprimable orgueil de Sam. De fait, persuadé
de sa vocation oratoire, il saisissait chaque occasion de
donner pleine carrière à son éloquence.

Mais entre Sam et tante Chloé existait de tout temps
un sorte de guerre chronique, ou plutôt une froideur
prononcée. Cette fois les intérêts de Sam se trouvant en-
globés dans le département des provisions de bouche, il
crut sage de se montrer conciliant. Certain que les ordres
de maîtresse seraient toujours suivis à la *lettre*, il désirait que l'*esprit* en vivifiât et agrandît l'exécution. Il
parut donc devant tante Chloé avec une expression touchante de résignation et de souffrance, en homme qui
vient d'endurer des fatigues inouïes pour la défense de
l'innocence opprimée; il développa habilement les faits,
et dit comme quoi maîtresse l'envoyait à tante Chloé, pour
qu'elle rétablît, entre ses solides et ses fluides, l'équilibre
interrompu. Il reconnaissait ainsi d'une façon explicite
les droits et la suprématie de la cuisinière dans toute
l'étendue de ses domaines.

La chose prit on ne peut mieux. Jamais candide élec-
teur, cajolé par un candidat politique, ne fut plus aisément gagné que tante Chloé par la suave éloquence de
Sam. Eût-il été le fils prodigue, il n'eût pu être accueilli
avec plus de libéralité maternelle.

En moins de rien, il se trouva glorieusement assis en face d'une large casserole garnie d'une *olla podrida* des reliefs de tout ce qui avait été servi sur la table des maîtres, depuis deux ou trois jours : — savoureux morceaux de jambon, blocs dorés de gâteaux de maïs, triangles de pâtés de toutes dimensions, ailes et gésiers de poulets, le tout dans une confusion pittoresque ; et Sam, monarque de cette bombance, siégeait, sa feuille de palmier retroussée de côté, d'une façon gaillarde, et protégeait Andy, placé à sa droite.

La cuisine se remplit de camarades accourus de toutes les cases pour entendre la fin des exploits du jour. C'était l'heure du triomphe de Sam. L'histoire fut répétée avec toutes sortes d'ornements et d'amplifications ; Sam ne se fit faute de rien de ce qui pouvait en rehausser l'effet. Comme les habiles, il n'avait garde de laisser le récit perdre de son éclat en passant par ses lèvres. Des rugissements de rire accompagnèrent sa narration, et furent bientôt repris et prolongés, en glapissements joyeux, par tout le menu fretin qui fourmillait sur le plancher ou perchait dans chaque recoin. Mais au milieu du vacarme, des éclats, des transports, Sam conserva son immuable gravité ; seulement il roulait parfois ses yeux à demi-levés au ciel, ou lançait de côté à ses auditeurs les plus drôles d'œillades, mais sans rien perdre d'ailleurs de l'élévation sentencieuse de son débit.

« Vous aut's concitoyens et amis, dit-il, brandissant avec énergie un pilon de dinde ; vous aut's voir maintenant la chose : moi, vot' enfant, défendre vous tous, — oui, tous ! — Prendre un, est-ce pas comme prendre tous les autres ? vous voir ; principe le même, est-ce clair ? Qu'un de ces traqueurs d'hommes vienne flairer là autour ! il m'y trouvera, moi, Sam ! moi soutenir vous tous, frères, — moi maintenir vos droits, moi vous défendre jusqu'au dernier souffle !

— Comment que c'est, Sam ? interrompit Andy ; ce

9

matin, toi dire vouloir prendre Lizie pour massa, bien
sûr; — tes deux *parlers* ne pendent pas pareils!

— Écoute, petit, repartit Sam avec une étourdissante
supériorité, toi pas causer quand toi pas savoir, vois-tu?
— Enfants comme toi, Andy, pleins de bons vouloirs,
bons garçons! mais eux pas pouvoir entrer dans la *collision* du principe des choses. »

Andy parut écrasé, surtout par le mot imposant de
collision, qui fit ouvrir de grands yeux aux jeunes membres de l'assemblée, et leur parut un argument sans réplique.

« C'est par conscience pure, Andy, que moi vouloir
attraper Lizie : croire maître aussi sur sa piste; mais,
quand voir maîtresse toute au rebours, *conscience* plus
forte alors du côté de maîtresse : tout simple, être le
meilleur côté!–vous, voir moi toujours *pressister* dans
mon opinion; toujours tenir ferme pour conscience et
principes. — Avant tout les principes! s'écria Sam, tirail-
lant avec enthousiasme de ses dents blanches un cou de
poulet; — et à quoi bon principes sans *pressistance*?
moi le demander, à quoi bon? — Tiens, Andy, toi nettoyer cet os; encore bonne viande après. »

L'auditoire de Sam demeurant bouche béante, il ne
pouvait mieux faire que de continuer.

« Vous pas comprendre, peut-être, amis et frères
nèg's, poursuivit Sam, s'enfonçant dans les profondeurs
abstraites de son thème, vous pas comprendre quoi que
c'est que *pressistance?* chose pas toujours claire à chacun
de nous aut's. Tenez, quand un quelqu'un veut aujour-
d'hui une chose, et demain le contraire de cette chose,
les gens diront pas *pressistant.* être naturel eux le dire.
— Passe-moi ce morceau de gâteau, Andy. — Mais
voyons un brin au fin fond de l'affaire. — J'espère les
gentilshommes et le beau sexe vouloir bien excuser
moi faire une comparaison. Moi, Sam, vouloir grimper là-haut sur une meule de foin; eh bien, moi, Sam,

mettre mon échelle de ce côté : l'échelle pas bien tenir? moi la mettre de l'aut' côté. Suis-je pas *pressistant?* moi, toujours vouloir monter sur la meule! voyez-vous pas ça, vous autres?

— Être votre unique *pressistance*, bien sûr, dit tante Chloé, attristée par les réjouissances de la soirée qui, selon la comparaison de l'Écriture, étaient pour elle comme du vinaigre sur du nitre.

— Oui, en vérité, s'écria Sam, regorgeant de victuailles et de gloire, et se levant pour la péroraison: oui, compagnons et frères, et dames des aut' sexes en général, j'ai des principes—je m'en vante; ils *pressistent* à ce jour et à tous les jours; — j'ai des principes et je m'y cramponne.—Dès que Sam pense un principe être là, Sam y courir;—on peut brûler Sam tout vif, Sam courir au poteau; — Sam aller et dire : Ici moi suis venu, moi, Sam, répand' mon dernier sang pour mes principes, pour ma patrie, et pour les *générals intérêts* de la société.

— Eh bien, reprit tante Chloé, qu'un de tes principes soit d'aller te coucher, et vite! Comptes-tu les tenir là toute la nuit? Maintenant à vous aut', petite engeance! celui qui ne veut pas être tapé n'a qu'à décamper au plus tôt.

— Nèg's! et vous tous, dit Sam, faisant ondoyer sa feuille de palmier en saluant avec majesté: moi, vous bénis tous! Allez à vos lits, et soyez sages! »

Munie de cette bénédiction pathétique, l'assemblée se dispersa.

———

CHAPITRE X

D'où il appert qu'un sénateur n'est qu'un homme.

La lueur d'un feu joyeux, se reflétant sur les tasses et la brillante théière, éclairait gaiement le foyer et le tapis du riant petit salon où le sénateur Bird tirait ses bottes,

avant de glisser ses pieds dans les douillettes pantoufles que, durant la session du Congrès, sa femme venait
de lui broder.

Madame Bird, l'air ravi, tout en surveillant les arrangements de la table, distribuait çà et là quelques avertis-
sements à un tas de petits espiègles lancés dans toutes
les gambades et malices folâtres qui, depuis le déluge,
étonnent si constamment les mères.

« Tommy, laisse en paix le bouton de la porte; —
là! voilà un bon garçon! — Mary, Mary, ne tire pas la
queue du chat : pauvre minet! — Jim, il ne faut pas
grimper sur la table, — non; du tout, du tout! — C'est
une si bonne surprise pour nous tous de vous avoir là ce
soir! dit-elle enfin à son mari dès qu'elle en trouva le
moment.

— Oui, oui; j'ai pensé que j'avais juste le temps de
venir me reposer une soirée près de vous, et de passer au
logis une nuit tranquille. Je suis harassé! j'ai la tête
rompue!

Madame Bird lança un coup d'œil au flacon de camphre que laissait apercevoir une armoire entr'ouverte;
elle se levait, M. Bird l'arrêta.

— Non, non, Marie, pas de drogues! une tasse de votre
thé, bien chaud, et quelques heures de bien-être au
logis, voilà tout ce que je veux. Faire des lois est, ma foi,
une rude besogne!

Et le sénateur sourit, heureux de se considérer comme
une victime offerte à la patrie.

— Eh bien, dit sa femme lorsque ses occupations autour de la table commencèrent à se ralentir, qu'ont-ils
donc fait au sénat? »

Or, c'était chose inouïe pour la douce petite madame
Bird de se troubler la tête des affaires des chambres lé-
gislatives, ce qui se passait dans les siennes suffisant de
reste à l'occuper. M. Bird ouvrit donc de grands yeux,
comme il lui répondait : « Rien de bien important.

— Bon! alors il n'est pas vrai qu'on ait fait une loi pour défendre de donner à boire et à manger aux pauvres gens de couleur qui passent par ici? On prétendait qu'il était question de quelque chose de semblable; jamais législature chrétienne n'adopterait pareille loi!

— Eh mais, Marie, vous vous lancez dans la politique!

— Quelle folie! non, certes, je ne me soucie mie de tous vos longs discours; mais ce serait là une chose cruelle, impie, vraiment! et j'espère, mon cher, que rien de ce genre n'a passé.

— Nous avons sanctionné une loi qui défend de prêter secours aux esclaves fugitifs qui nous viennent du Kentucky, ma chère. Ces fous d'abolitionnistes en ont tant fait que nos frères du Kentucky se sont montés la tête, et il a semblé nécessaire, et non moins sage que chrétien, de faire quelque chose de ce côté de l'Ohio pour calmer l'agitation.

— Et que dit-elle donc, cette loi? Elle ne nous défend pas, j'espère, d'abriter une nuit de pauvres créatures, de leur donner un bon repas, quelques vieilles hardes, et de les renvoyer ensuite paisiblement à leurs affaires?

— Comment? mais si, ma chère. Ce serait les aider et se faire leurs complices. »

Madame Bird était une petite femme de moins de quatre pieds de hauteur, aux doux yeux bleus, au teint de fleur de pêcher, timide, rougissante, à la voix mélodieuse. Quant au courage, on savait que le gloussement d'un dinde l'avait une fois mise en fuite, et un chien de taille moyenne, pour la tenir en respect, n'avait qu'à lui montrer les dents. Son mari, ses enfants, étaient son univers, qu'elle gouvernait par la tendresse et les prières, non par le raisonnement ou l'autorité. Une seule chose pouvait révolter cette nature douce et sympathique; la moindre apparence de cruauté soulevait en elle une colère inattendue, soudaine, tout à fait hors de proportion avec son tempérament délicat et tendre.

9.

C'était bien la mère la plus indulgente, la plus prompte à pardonner, et cependant ses garçons n'avaient garde d'oublier certaine correction, qu'elle leur appliqua pour les avoir trouvés, en compagnie de quelques petits garnements du voisinage, en train de lapider un malheureux petit chat.

« Vrai, disait l'aîné des fils, j'en garde encore les marques. Mère arriva sur moi comme une furieuse, et j'étais fouetté et fourré au lit sans souper, avant d'avoir demandé pourquoi; puis j'entendis mère pleurer derrière la porte, ce qui me fit plus de peine que tout. Aussi, on ne nous y reprendra plus, à jeter une pierre à un chat, j'en réponds! »

Cette fois-ci madame Bird se leva vivement, les joues pourpres, ce qui ne la rendait que plus jolie, s'avança droit sur son mari, et lui dit d'un ton ferme :

« John, je veux savoir maintenant si une pareille loi vous semble juste et chrétienne, à vous?

— Me tuerez-vous, ma petite femme, si je dis oui?

— Je n'aurais jamais pensé cela de vous, John! Mais vous n'avez pas voté pour?...

— Si, ma belle ennemie.

— Vous devriez être honteux, John! De pauvres créatures sans logis, sans amis! C'est une odieuse, lâche, abominable loi, et je la violerai, pour mon compte, à la première occasion. — J'espère que j'en trouverai des *occasions*, et plus d'une! Ce serait beau vraiment qu'une femme ne pût donner un souper et un lit à de malheureux affamés, parce qu'ils sont esclaves, qu'ils ont été injuriés, battus, opprimés toute leur vie, pauvres gens!

— Écoutez-moi donc, Marie; vos sentiments sont tout à fait justes, tendres, bons, et je vous en aime davantage, ma chère; mais il ne faut pas, voyez-vous, que notre sensibilité étouffe notre jugement : ce n'est pas de sentiments privés seulement, c'est d'intérêts publics qu'il s'agit. L'émotion gagne de proche en proche, et il faut bien sacrifier nos sympathies particulières.

— Je n'entends rien à toute votre politique, vous le savez de reste, John; mais je puis ouvrir ma Bible, et j'y lis qu'il faut nourrir celui qui a faim, habiller celui qui est nu, consoler celui qui pleure, et c'est à ma Bible que je m'en tiens.

— Mais si, en agissant ainsi, vous provoquez de grands malheurs publics?

— Obéir à Dieu ne peut amener de mal pour personne; et, de quelque façon que les choses tournent, le plus sûr c'est de faire ce qu'il nous commande, lui!

— Écoutez un peu, Marie, et, par les arguments les plus clairs, je vous prouverai...

— Eh! laissez-moi tranquille, John! vous parleriez toute la nuit que vous ne me prouveriez rien. J'en appelle à vous-même! Est-ce vous qui repousserez de votre porte une pauvre créature tremblante, affamée, mourante! et cela parce qu'elle est sans asile? vous, John! »

S'il faut l'avouer, notre sénateur était d'un naturel humain : l'acte de repousser des malheureux n'entrait nullement dans ses habitudes, et l'argument de sa femme avait d'autant plus de force qu'elle connaissait ce point vulnérable. M. Bird eut donc recours aux moyens connus de gagner du temps : Hem! hem! répéta-t-il plusieurs fois; il toussa, tira son mouchoir, et se mit à essuyer les verres de ses lunettes. Voyant l'ennemi lâcher pied, madame Bird poursuivit ses avantages.

« J'aimerais à vous y voir, John, réellement je l'aimerais. Vous voir jeter dehors une femme au milieu d'une tempête de neige, par exemple, ou bien l'envoyer en prison, n'est-ce pas? cela vous irait!

— Il y a de très-pénibles devoirs... reprenait M. Bird d'un ton calme, mais sa femme l'interrompit.

— Devoirs, John! ne prononcez pas ce mot! Ce n'est pas, ce ne peut être un devoir, vous le savez à merveille. — Ceux qui veulent garder leurs esclaves n'ont qu'à les bien traiter; c'est ma doctrine à moi. Si j'en avais (et Dieu me préserve d'en avoir jamais!), permis à eux de quitter moi et vous, John; j'en cours le risque. Mais, croyez-moi, les gens ne se sauvent guère de l'endroit où ils sont heureux; et quand ils s'enfuient, pauvres créatures! ils souffrent assez du froid, de la faim, de la peur, sans que tout le monde se tourne contre eux. Aussi, que la loi ordonne ou n'ordonne pas, ce n'est pas moi qui lui obéirai, j'en prends Dieu à témoin!

— Mais, chère Marie, laissez-moi raisonner un peu avec vous...

— Oh! pas de raisonnements, John! je les déteste, surtout en pareil sujet. Vous avez une façon, vous autres hommes politiques, d'embrouiller la question la plus simple et de vous tromper vous-mêmes, mais, arrivés à la pratique, c'est autre chose, et je vous connais bien, John! Cela ne vous semble pas plus loyal qu'à moi, et vous ne le ferez pas plus que moi. »

A ce moment critique, le vieux Cudjoe, le Jean fait tout du logis, entr'ouvrit la porte, montra sa noire face, et pria maîtresse de passer un moment à la cuisine. Le sénateur profita du répit; son regard, à demi facétieux, à demi vexé, suivit une minute sa petite femme, puis il se plongea dans sa bergère et dans son journal.

Peu après la voix émue de madame Bird se fit entendre à la porte: « John! John! venez! venez tout de suite, je vous prie! »

Il posa la gazette, se rendit à la cuisine, et demeura stupéfait devant le spectacle qui s'offrait à lui. Sur deux chaises, devant la cheminée, était étendu un corps, en apparence privé de vie. C'étaient les formes délicates d'une jeune femme; ses vêtements roides et glacés tombaient en lambeaux; un de ses pieds saignants et déchirés conservait les débris d'un soulier, l'autre, les restes d'un bas; l'empreinte de la race méprisée se devinait encore sur ce pâle visage, dont il était impossible cependant de contempler sans émotion la touchante et douloureuse beauté. Ces traits rigides, cette immobilité glaciale, tout cet aspect de mort faisaient frissonner M. Bird, qui, silencieux, retenait son haleine, tandis qu'aidée de leur unique servante mulâtre la tante Déborah, sa femme prodiguait les secours : le vieux Cudjoe, tenant l'enfant sur ses genoux, se hâtait de lui enlever ses bas et ses souliers, et de réchauffer ses petits pieds glacés.

« Je dis que c'est une vue à regarder! dit Déborah avec compassion. Le trop chaud être cause de cette pamoison, bien sûr. Quand pauv' créature frapper là, encore toute alerte; elle, entrer, prier pour avoir un air de feu, puis, quand moi demander d'où elle venait? tout d'un coup la voilà pâmée! — Faut que voir ses mains! jamais ça n'a fait de la grosse besogne.

— Pauvre femme! » dit madame Bird lorsque, entr'ouvrant enfin ses grands yeux noirs, l'étrangère promena autour d'elle un regard vague et languissant. Mais soudain ses traits se contractent, elle se tord, se redresse en s'écriant : « Mon Henri! ils me l'ont pris!... ils le tiennent! Au secours!... »

A ce cri, l'enfant s'élança de dessus les genoux de Cudjoe et accourut tendant ses petits bras à sa mère. « Le voilà! le voilà! s'écria-t-elle; puis, s'adressant à la maîtresse : Oh! madame, protégez-nous! sauvez-le! ne les laissez pas me le prendre! dit-elle d'un air égaré.

— Vous êtes en sûreté ici, pauvre femme, reprit madame Bird avec bonté. Calmez-vous, ne craignez rien.

— Dieu vous bénisse! » dit la femme, étouffant ses sanglots dans ses mains; l'enfant, qui la regardait pleurer, s'efforça de grimper sur elle.

Grâce à des soins tendres et bien entendus que nul n'aurait su mieux rendre, madame Bird parvint à tranquilliser la femme. Un lit de camp fut improvisé pour elle sur le banc proche du feu, et bientôt, tenant l'enfant endormi, qu'elle n'avait jamais pu se résoudre à quitter un instant, elle tomba dans un profond sommeil, mais sans relâcher son inflexible étreinte.

Revenus au salon, M. et madame Bird, chose étrange! ne firent ni l'un ni l'autre la moindre allusion à leur conversation précédente; la femme était toute à son tricot; le mari se montrait absorbé dans son journal.

« Je ne saurais imaginer qui elle est, et ce qu'elle est! dit-il enfin en posant la feuille.

— Quand elle se réveillera et sera un peu remise, nous verrons, répliqua madame Bird.

— Je dis, femme...

— Quoi, mon cher?

— Ne pourrait-elle mettre une de vos robes? En défaisant un ourlet, un pli; elle me paraît plus grande que vous. »

Un sourire très-visible glissa sur le visage arrondi de madame Bird, comme elle répondait : « Nous verrons. » Une autre pause, et M. Bird reprit :

« Je dis, femme...

— Eh bien, quoi? mon ami?

— N'y a-t-il pas un vieux manteau de bombazine que vous gardez pour me couvrir quand je m'assoupis un peu après dîner? Vous pourriez tout aussi bien le lui donner. Elle a si grand besoin d'habits! »

En ce moment, Déborah parut à la porte pour dire que la femme réveillée demandait à voir maîtresse. M. et madame Bird se rendirent à la cuisine, suivis des deux fils aînés, le petit monde étant déjà consigné au lit.

La femme, assise devant le feu, attachait sur la flamme un regard fixe et navré qui ne conservait rien de sa précédente agitation.

« Vous avez désiré me voir? lui dit, d'un ton doux, madame Bird; j'espère que vous allez mieux maintenant, ma pauvre femme? »

Un soupir profond et brisé fut sa seule réponse. Mais, levant lentement ses yeux noirs, elle regarda madame Bird avec une expression suppliante qui amena des larmes dans les yeux de l'excellente petite femme.

« Vous n'avez rien à craindre ici; vous êtes avec des amis; dites-moi d'où vous venez, et ce qu'on peut faire pour vous.

— Je suis venue du Kentucky.

— Quand ? demanda monsieur Bird reprenant l'interrogatoire.

— Ce soir.

— Comment avez-vous fait ?

— J'ai traversé sur la glace.

— Sur la glace ! se récrièrent-ils tous.

— Oui, dit lentement la femme; Dieu aidant, je l'ai fait. Ils étaient derrière moi, tout près, et il n'y avait pas d'autre route.

— Hé là ! maîtresse, s'écria Cudjoe, la glace être toute brisée, et les blocs se dandiner et brandiller tout du long de l'eau !

— Je le sais—je le sais bien, continua la femme s'exaltant : mais je l'ai fait ! Je n'espérais pas traverser; qu'importe ! je ne pouvais que mourir. — Le Seigneur m'est venu en aide. — Personne ne sait, avant d'avoir essayé, jusqu'où le Seigneur peut le secourir ! ajouta-t-elle, et un éclair jaillit de ses yeux.

— Étiez-vous esclave ? reprit M. Bird.

— Oui, monsieur, d'un habitant du Kentucky.

— Était-il dur pour vous ?

— Non, monsieur; un bon maître.

— Et votre maîtresse ?... méchante peut-être ?

— Non, monsieur; excellente.

— Pourquoi alors quitter une bonne maison et fuir à travers tant de dangers ? »

La femme avait jeté sur madame Bird un regard scrutateur; elle avait vu le deuil profond de ses vêtements.

« Madame, dit-elle, n'avez-vous jamais perdu d'enfant ? »

La question tout à fait inattendue rouvrait une blessure vive : il n'y avait pas un mois qu'un enfant chéri avait été déposé dans la tombe.

M. Bird se détourna et marcha vers la fenêtre : sa petite femme fondit en larmes, et retrouvant enfin la voix : « Pourquoi me demander cela ? dit-elle ; j'ai perdu un cher petit...

— Vous me plaindrez alors ; j'en ai perdu deux, l'un après l'autre ; ils sont enterrés là-bas, d'où je viens. Il ne me restait plus que celui-ci. Jamais je n'ai dormi une nuit sans lui. C'était tout mon avoir, tout mon amour, tout mon orgueil ! et l'on allait me l'enlever, madame, pour le vendre ! le vendre au Sud ! l'emmener tout seul ! un enfant ! un petit enfant qui jamais n'a quitté sa mère ! Je n'ai pu le supporter, madame. Je n'avais que lui au monde ; sans lui je ne pouvais plus être bonne à rien. Quand j'ai su les papiers signés, quand je l'ai su vendu, je l'ai pris dans mes bras ; j'ai couru toute la nuit : mais ils m'ont poursuivie, l'homme qui l'avait acheté et quelques-uns des gens de mon maître : je les sentais derrière moi, je les entendais ; et j'ai sauté sur la glace. Comment j'ai traversé, Dieu le sait, non pas moi. Seulement je me souviens d'un homme qui m'a tendu la main, de la rive, et m'a aidée à y monter. »

Ni pleurs, ni sanglots ; la femme en était au point où les larmes tarissent. Mais chacun autour d'elle laissait, à sa manière, échapper les marques d'un profond attendrissement.

Les deux petits garçons, après une perquisition désespérée dans leurs poches, à la recherche de ce qui ne s'y trouve jamais, un mouchoir, sanglotaient dans les pans du jupon de leur mère où ils s'essuyaient les yeux et le nez à cœur joie ; madame Bird se cachait le visage dans son mouchoir ; et la vieille Déborah, les larmes roulant le long de sa noire et honnête figure, s'écriait : Le Seigneur ait pitié de nous ! avec toute la ferveur d'un conventicule en plein champ ; tandis que le vieux Cudjoe répondait sur le même diapason, tout en se disloquant les traits par une succession de grimaces compatissantes, et se frottant les yeux de toutes ses forces aux revers de ses manches. Quant au sénateur, c'était un homme d'État : on ne pouvait s'attendre à le voir pleurer comme le commun des mortels. Il tourna donc le dos à la compagnie, considéra la fenêtre, s'éclaircit à diverses reprises le gosier, recommença à essuyer ses lunettes, et se moucha plusieurs fois d'une façon très-suspecte.

« Comment avez-vous pu me dire que vous aviez un bon maître ! s'écria-t-il tout à coup, domptant avec résolution un je ne sais quoi qui lui remontait à la gorge, et se retournant brusquement vers la pauvre étrangère.

— Parce qu'il était vraiment bon ; — et ma chère maîtresse, si bonne ! Mais ils ne pouvaient se tirer d'affaires ; ils étaient dans les dettes, je ne sais trop comment ; l'homme auquel ils devaient avait prise sur eux, et ils étaient forcés de faire sa volonté. J'écoutais : j'ai entendu maître le dire à maîtresse, comme elle plaidait et priait pour moi. Il disait qu'il ne pouvait s'en tirer, et que les papiers étaient signés. — C'est alors que j'ai pris le petit, que j'ai laissé la chère maison, et que je me suis enfuie.

— Vous avez un mari pourtant ?

— Oui ; mais il appartient à un autre homme, un dur maître ! qui lui permettait à peine de me venir voir ; ce maître est devenu de plus en plus dur avec nous ; il a menacé de le vendre pour le Sud : c'est bien à croire que je ne le reverrai plus jamais. »

Elle dit ces paroles d'une voix si tranquille, qu'un observateur vulgaire eût pu la supposer indifférente ; mais dans ses grands yeux noirs et fixes on pouvait lire une profonde angoisse

« Et où comptez-vous aller, ma pauvre femme? demanda madame Bird.

— Au Canada : si je savais seulement où c'est! Le Canada! est-ce donc si loin? Elle leva sur madame Bird un regard confiant et ingénu.

— Pauvre enfant! dit involontairement madame Bird.

— Faut-il faire beaucoup, beaucoup de chemin? reprit la femme avec vivacité.

— Plus que vous ne pensez, pauvre enfant, dit madame Bird; mais nous allons réfléchir à ce qui se pourra faire. Allons, Déborah, dresse-lui un lit dans ta chambre, près de la cuisine, et, demain matin, nous aviserons au reste. En attendant, ne craignez rien, chère femme, mettez en Dieu votre confiance; il vous protégera. »

Madame Bird et son mari retournèrent au salon, où elle s'assit, toute recueillie, dans sa petite berceuse devant le feu; elle se penchait tantôt d'un côté, tantôt de l'autre, d'un air pensif. Quant à M. Bird, il arpentait la chambre à grands pas : « Ouf! se grommelait-il à lui-même; peste! une désagréable affaire! Enfin, arrivant droit à sa femme :

« Très-décidément, madame Bird, dit-il, il faut qu'elle parte cette nuit même. Le drôle est sur la piste, et demain, dès le grand matin, il sera ici. S'il ne s'agissait que de la femme, on la tiendrait renfermée jusqu'à ce que tout fût assoupi. Mais le petit bon homme! une armée, infanterie et cavalerie, ne le ferait pas tenir tranquille, j'en réponds. Il passera sa petite tête par quelque trou, fenêtre ou porte, et éventera la mèche. Une jolie besogne pour moi, s'ils venaient à être attrapés ici tous deux! Non, non! il faut qu'elle parte à l'instant même.

— Cette nuit! pas possible! et pour aller où?

— Oh! je sais assez où la mener; et le sénateur commença à remettre ses bottes : puis, s'arrêtant à mi-chemin, il embrassa son genou et demeura enseveli dans ses réflexions.

— C'est une malencontreuse, une vilaine, une maudite affaire! reprit-il enfin, s'évertuant de nouveau après les tirants de ses bottes, voilà le fait. Puis, dès qu'il en eut complétement entré une, il demeura assis, l'autre botte en main, plongé dans l'examen attentif des dessins du tapis. — N'importe! il le faut; il n'y a pas à dire. — Peste soit de la corvée! » Avec cette exclamation il acheva vivement de se botter et alla regarder par la fenêtre.

La petite madame Bird était une femme circonspecte, qui, de sa vie et de ses jours, ne se serait avisée de dire : « Je vous l'avais bien dit! » et quoiqu'elle s'aperçût à merveille de la direction qu'avaient prises les réflexions de son mari, elle s'abstint très-prudemment d'intervenir, et demeura tranquille dans sa chaise, attendant qu'il plût à son seigneur et maître de lui communiquer le résultat de ses méditations.

« Il y a, voyez-vous, mon vieux client Van Trompe, qui nous est venu du Kentucky après avoir affranchi tous ses esclaves; il a acheté une habitation sept milles plus haut, le long de la crique. C'est un pays perdu dans les bois où personne ne s'aviserait d'aller, à moins d'urgence. Elle y sera certes assez en sûreté : mais, le mal c'est qu'il faut l'y conduire en voiture et de nuit, et il n'y a que *moi* qui le puisse.

— Que vous? mais Cudjoe est excellent cocher!

— Oui, oui, ici; là c'est autre chose. Il faut traverser deux fois la crique; et le dernier gué est dangereux, à moins qu'on ne le connaisse à merveille. Je l'ai passé plus de cent fois à cheval, et sais parfaitement le tournant qu'il faut prendre. Ainsi, vous le voyez, il n'y a pas à dire. Sur les minuit Cudjoe attellera le plus secrètement possible, et je les emmène avec moi; puis, pour colorer les choses, il me conduira à une auberge voisine

où passe, entre trois et quatre heures de la nuit, la diligence de Colombus. J'aurai l'air de n'avoir pris ma voiture que pour cela, et je paraîtrai au Congrès, tout aux
affaires, à l'ouverture de la séance. Je ferai là une drôle de
mine, après tout ce qui s'est passé! mais que je sois pendu
si je puis agir autrement!

— Votre cœur est meilleur que votre tête, en tous cas,
John, dit sa femme, posant sa petite main blanche sur
celle de son mari. Eh, vous aurais-je si fort aimé, si je
ne vous avais connu mieux que vous ne vous connaissez
vous-même! » Et la petite femme, en disant cela, était si
jolie avec ses yeux brillants de larmes, que le sénateur se
regarda comme un personnage bien séduisant pour s'être
attiré l'admiration d'une si ravissante créature. Que lui
restait-il donc à faire, si ce n'est d'aller inspecter la voiture? A la porte néanmoins il s'arrêta une minute, et,
revenant sur ses pas, dit avec hésitation :

« Marie! pardon... je ne sais ce que vous en penserez... mais il y a ce tiroir tout plein... plein des effets de
ce pauvre... de ce pauvre petit. » — Et, tournant les
talons, il tira la porte après lui.

Sa femme ouvrit lentement un cabinet attenant à sa
chambre, prit la lampe qu'elle alla poser sur un
bureau : là, d'un renfoncement secret, elle tira une
clef qu'elle fit entrer dans la serrure d'un tiroir, et
elle s'arrêta immobile. Ses deux fils qui, comme tous les
enfants, avaient suivi leur mère, demeurèrent debout,
silencieux à ses côtés, et attachèrent sur elle des regards
interrogateurs. — Oh ! vous qui lisez ceci, s'il n'y a pas
dans votre maison un coin secret, une cachette, que vous
n'ouvrez que le cœur palpitant, les yeux humides, avec
un douloureux respect, comme on ouvrirait une tombe :
alors ! oh alors! dites-vous heureuse, heureuse mère!

Madame Bird tira doucement le tiroir : il s'y trouvait
de petits manteaux, de petits habits de diverses formes,
des piles de petits tabliers, des rangées de petits bas,

même une paire de souliers mignons, usés au bout, qui sortaient à demi de leur enveloppe de papier. Il y avait encore des joujoux : un petit cheval, une petite charrette, une toupie, une paume, souvenirs rassemblés avec tant de déchirements de cœur!... Assise, la figure cachée entre ses mains, elle pleura jusqu'à ce que les larmes, filtrant au travers de ses doigts, tombassent dans le tiroir; redressant alors vivement la tête, elle choisit, avec une hâte fébrile, les objets les plus solides, les plus simples, et en fit un paquet.

« Maman! dit un des petits garçons, lui touchant doucement le bras, est-ce que vous allez donner ces... *ses* choses?

— Mes bons enfants, dit-elle, et sa voix tremblait de ferveur et d'émotion, si notre bien-aimé petit Harri nous regarde du haut du ciel, il sera content. Jamais je n'aurais pu donner cela à quelqu'un d'indifférent, d'heureux! mais c'est à une mère, bien plus brisée, bien plus désolée que moi, que je le donne, et la bénédiction de Dieu le suivra, je l'espère! »

Il est ici-bas des âmes bénies d'en haut, dont les douleurs mûrissent en joie pour les infortunés, dont les espérances enfouies germent en moissons de fleurs, se changent en baumes salutaires aux cœurs blessés, aux souffrants, aux abandonnés. Cette femme, jeune et délicate, assise là, près de sa lampe, laissant couler lentement ses larmes, et réunissant en hâte les derniers souvenirs du cher petit qu'elle pleure, pour les donner au pauvre enfant fugitif, cette femme est une de ces âmes d'élite.

Madame Bird se leva ensuite, ouvrit une armoire, en tira deux habillements en bon état, et s'assit devant sa table : là, avec ses ciseaux, son aiguille, son dez, elle se dépêcha de son mieux, selon l'avis ouvert par son mari, à défaire ourlets et remplis, et à allonger les jupes; ouvrage qu'elle ne quitta que lorsque la vieille horloge du coin eût sonné minuit, et qu'elle entendit le bruit sourd des roues devant la porte.

« Marie, dit M. Bird, qui entrait son paletot sur le bras, il est temps ; éveillez-les, nous devrions déjà être loin. »

Madame Bird déposa promptement les différents objets dans une petite malle qu'elle ferma, en priant son mari de la faire porter dans la voiture, et elle courut appeler la pauvre femme. Celle-ci, couverte d'un manteau, d'un chapeau et d'un châle qui avaient appartenu à sa bienfaitrice, parut bientôt sur le seuil, son enfant dans ses bras. Le sénateur la fit au plus vite monter en voiture, et sa femme se hissa derrière lui sur le marche pied. Éliza, penchée hors de la portière, tendit sa main, aussi belle, aussi douce, aussi blanche que celle qui la prit en retour ; ses longs yeux noirs s'attachèrent à ceux de madame Bird avec une expression pénétrante et passionnée ; il semblait qu'elle allait parler ; ses lèvres s'entr'ouvraient frémissantes ; deux fois elle essaya, mais aucun son ne put sortir : du doigt elle montra le ciel avec un regard ineffable, retomba sur son siége, se couvrit le visage de ses mains, et la voiture roula.

La situation était des plus critiques pour le patriote qui venait, la semaine précédente, de provoquer, dans la législature de son pays, de sévères mesures contre les esclaves fugitifs, leurs recéleurs et leurs complices. L'éloquence de notre bon sénateur avait, à la session de l'Ohio, rivalisé avec celle qui fit tant d'honneur, au grand Congrès, à ses confrères de Washington. Sublime comme eux, les mains dans ses poches, il avait vitupéré contre la faiblesse sentimentale de ceux qui peuvent mettre en balance, avec les grands intérêts de l'État, leur puérile pitié pour quelques misérables fugitifs.

Audacieux comme un lion, plein de sa conviction, il l'avait fait pénétrer dans toutes les âmes ; mais alors il ne voyait que les froides lettres qui forment le mot *fugitif* ; tout au plus songeait-il vaguement à la grossière image d'un noir, portant un paquet au bout d'un bâton, avec ces mots burinés au-dessous : *En fuite : appartenant au soussigné*; mots qu'il avait si souvent lus dans les annonces des journaux. L'impressive, la poignante réalité, l'œil qui implore, la frêle et tremblante main humaine qui supplie, l'appel déchirant d'une angoisse désespérée, il ne les avait pas même rêvés. Il n'avait garde d'imaginer que le fugitif pût être une malheureuse mère, un pauvre enfant sans défense — comme celui qui portait maintenant le petit chapeau, si vite reconnu, de l'enfant qu'il avait vu mourir. Ainsi donc, notre sénateur n'étant ni de bronze ni de pierre, — mais un homme et un homme de cœur, — son patriotisme se trouvait en triste passe. N'en triomphez pas trop à ses dépens, bons frères des États du Sud, car nous doutons fort que beaucoup d'entre vous eussent lieu en pareille circonstance de se targuer de plus d'héroïsme. Nous avons des raisons de croire que dans les États du Kentucky, du Mississipi, se trouvent des âmes nobles et généreuses auxquelles l'appel du malheur n'arrive point en vain. Ah! bons frères et compatriotes! est-il loyal de votre part de réclamer de nous des services que, fussiez-vous à notre place, votre magnanimité vous défendrait de rendre?

Quoi qu'il en soit, si notre brave sénateur se chargeait la conscience d'un péché politique, il était en bon train de l'expier par une nuit de pénitence. Il y avait eu d'interminables périodes de pluies; le profond et riche sol de l'Ohio est, on le sait, des plus fangeux, et il fallait suivre une route à *rails* du bon vieux temps.

« Quelle sorte de route donc? demanderont les voyageurs de l'Est qui ne connaissent de *rails* que ceux sur lesquels volent les locomotives. »

Sachez alors, innocent ami, que dans ces bienheureuses régions de l'Ouest, où la boue est d'une profondeur sans limites, les routes sont fabriquées à l'aide de troncs d'arbres raboteux placés transversalement côte à côte, et revêtus de terre, mousse, gazon, de tout ce qui vient sous la main, dans sa fraîcheur primitive. Ensuite, les naturels du pays s'applaudissent, appellent ce piége à roues une route, et s'empressent de trotter dessus. Avec le temps et les pluies, gazons et terres disparaissent, les troncs voyagent çà et là, s'arrêtent dans des postures pittoresques, un bout en l'air, l'autre en bas, ou bien faisant la croix, et laissant entre eux de vastes ornières, abîmes pleins d'une boue noire et liquide.

C'était sur une route de ce genre que trébuchait notre sénateur, tout en réfléchissant, autant que le permettaient les circonstances, tandis que s'embourbaient les roues et que les essieux criaient. Tantôt on penche d'un côté, tantôt de l'autre. — Un soubresaut imprévu jette sur la portière inclinée le sénateur, l'enfant, la femme, et soudain la voiture s'arrête : on entend Cudjoe au dehors pester après ses chevaux; ils tirent, ils s'évertuent en vain. Lorsque le sénateur a perdu toute patience, l'équipage se relève d'un bond; — les deux roues de devant plongent dans le vide, et femme, enfant, sénateur vont donner du nez sur les coussins. — Le chapeau du sénateur s'enfonce sans cérémonie sur sa tête en façon d'éteignoir; — l'enfant crie; — Cudjoe adresse à ses bêtes qui ruent en se cabrant sous le fouet les plus énergiques exhortations. La voiture se relève encore; — cette fois, ce sont les roues de derrière qui glissent dans l'abîme, et les voyageurs sont rejetés pêle-mêle sur le siége du fond; les coudes du sénateur décoiffent la jeune femme, dont les pieds, en revanche, vont se loger dans le malheureux castor, qui du choc a rebondi : quelques minutes encore, et le bourbier est franchi, les chevaux pantelants s'arrêtent; — le sénateur ramasse son chapeau, la femme rattache le sien, apaise son enfant, et tous trois se roidissent contre les événements à venir.

Durant un bout de chemin, ce n'est plus que le roulis criard et habituel des roues boiteuses, entremêlé de quelques cahots et secousses; mais, à l'instant où nos voyageurs se flattent d'être hors de peine, un soudain plongeon les met subitement sur pied, et les rejette non moins subitement sur leur siége; la voiture s'arrête net, et Cudjoe, après s'être beaucoup agité au dehors, paraît à la portière.

« Maître, s'il vous plaît, la place être fort mauvaise. Pas possible s'en tirer : faut mettre des *rails*, pour sûr. »

Le sénateur, en désespoir de cause, se prépare à sortir; il tâte, indécis, cherchant la terre ferme; soudain son pied s'enfonce à une incommensurable profondeur. Il s'efforce de le retirer, perd l'équilibre, roule dans la boue, d'où il est repêché par le fidèle Cudjoe, dans le plus déplorable état.

Par pure sympathie pour les os du lecteur, nous renonçons à poursuivre ce récit. Les voyageurs de l'Ouest qui ont passé les heures de la nuit dans l'agréable occupation d'arracher les pieux des barrières pour en faire des rails, et tirer leurs voitures de quelque abominable trou, auront une compassion suffisante de notre infortuné héros. Demandons-leur pour lui une larme silencieuse et passons.

Il était fort tard lorsque la voiture, boueuse et ruisselante, sortit de la crique, et s'arrêta à la porte d'une grande ferme. Il fallut quelque persévérance pour en réveiller les habitants; enfin le respectable propriétaire parut et débarra la porte. C'était un grand, gros, robuste ourson, de six pieds et quelques pouces de haut en dehors des bottes, enveloppé d'une blouse de chasse de flanelle rouge: Une natte épaisse et emmêlée de cheveux roux, une barbe de même nuance et de plusieurs jours de date, ne contribuaient pas à rendre son extérieur prévenant. Il demeura quelques minutes tout droit, levant en l'air sa chandelle, lorgnant nos voyageurs d'un œil hagard, avec une expression effarouchée des plus risibles. Ce ne fut pas sans efforts que le sénateur parvint à lui faire comprendre ce dont il s'agissait. Pendant qu'il s'y évertuo, faisons connaître un peu à nos lecteurs ce nouveau personnage.

L'honnête vieux Jean Van Trompe, jadis propriétaire de vastes biens dans le Kentucky, et d'un personnel d'esclaves très-considérable, n'avait d'un ours que la peau. Doué par la nature d'un cœur juste, honnête et noble, un grand cœur dans un corps de géant, il avait pendant quelques années supporté, avec un malaise croissant, le jeu d'un système également funeste à l'oppresseur et à l'opprimé. Un jour enfin son noble cœur se gonflant de façon à rompre sa chaîne, il avait pris son portefeuille, et traversant l'Ohio, acheté dans cet État bon nombre d'hectares d'un terrain riche et productif. Après quoi, affranchissant tout son monde, hommes, femmes, enfants, il les expédia dans des charrettes à ces nouvelles terres pour s'y établir; et l'honnête Jean, se retirant sur une ferme isolée au bord d'une baie, jouissait en paix, dans cette profonde retraite, de sa conscience et de ses réflexions.

« Êtes-vous homme à protéger une pauvre femme et son enfant contre ces traqueurs d'esclaves? demanda nettement le sénateur.

— Je suppose que *oui!* répondit Van Trompe avec quelque emphase.

— J'en étais sûr.

— Qu'ils y viennent! reprit le brave homme, développant dans toute leur étendue ses membres musculeux. Qu'ils y viennent! j'ai sept fils, chacun de six pieds de haut, tous à leurs ordres. Présentez-leur nos humbles respects! poursuivit le facétieux Jean Van Trompe, dites-leur que nous sommes prêts! que le plus tôt sera le mieux! »
Le géant passa sa main puissante à travers le chaume épais qui formait sa chevelure, et éclata d'un rire homérique.

Fatiguée, exténuée, abattue, la pauvre Éliza se traîna vers la porte, son enfant profondément endormi dans ses bras. L'ourson approcha la lumière de sa figure, et, laissantéchapper un grognement de compassion, ouvrit la porte d'une petite chambre attenant à la vaste cuisine où ils se trouvaient ; il lui fit signe d'y entrer, alluma une chandelle, posa le flambeau sur la table, et s'adressant alors à Éliza :

« Maintenant, je vous le dis, jeune fille, ne vous avisez pas d'avoir peur. Qu'ils y viennent! je ne vous dis que ça; je suis prêt! et il montra deux ou trois bonnes carabines rangées au-dessus de la cheminée. Ceux qui me connaissent, un brin seulement, savent assez qu'il ne serait pas sain du tout d'essayer d'enlever quelqu'un de chez moi, malgré moi! Or donc, dormez maintenant sur les deux oreilles, comme si votre mère vous berçait. » Ayant parlé, il referma la porte.

« C'est qu'elle est des plus jolies, dit-il au sénateur; et en pareil cas les plus belles ont les meilleures raisons de se sauver, pour peu qu'elles aient quelques sentiments; je suis au fait!

Le sénateur raconta en peu de mots les aventures d'Éliza.

— Oh! — ah! — ouf. — Allons! — demandez-moi un peu! — Hé là là! — elle! oh! elle! — une mère! Eh! c'est la nature même! et chassée comme un daim, pour avoir des sentiments naturels, pour avoir agi comme doit agir une mère! Ces choses-là me feraient jurer! dit l'honnête Jean, essuyant ses yeux du revers de sa main rugueuse. Voyez-vous, monsieur, c'est pourquoi j'ai passé des années et des années sans me joindre à aucune Église : les ministres de nos côtés prêchaient que la Bible autorise ces raffes d'hommes. Je ne pouvais leur tenir tête, moi, avec leur grec et leur hébreu! je les plantai donc là, eux et leurs livres. Ce n'est que lorsque j'ai trouvé un ministre qui pouvait leur river leur clou, en grec et en toutes langues, et qui prêchait juste le contraire, que j'ai dit : Voilà mon homme! et j'ai mordu à la chose et joint sa chapelle. — C'est là l'histoire! Et Jean qui s'était empressé, tout en parlant, de déboucher quelques bouteilles d'un cidre mousseux, le servit à son hôte.

— Vous ferez bien, voyez-vous, de nous rester jusqu'au jour, poursuivit-il cordialement. J'appellerai la vieille, et votre lit sera fait en un clin d'œil.

— Merci, mon bon ami, je devrais être parti déjà. Il faut que je prenne la diligence pour Colombus.

— Ah! s'il le faut, alors je fais un bout de chemin avec vous, et je vous montrerai une traverse qui vaut mieux que la détestable route par laquelle vous êtes venu. »

Jean s'équipa, prit une lanterne, et guida la voiture par un chemin qui descendait vers le bas de la ferme. En le quittant le sénateur lui mit dans la main un billet de dix dollars.

« C'est pour elle, dit-il.

— Oui, oui, répliqua Van Trompe aussi brièvement. » Ils échangèrent une poignée de mains, et se séparèrent.

CHAPITRE XI.

Prise de possession.

Le jour apparaît gris et brumeux à travers la fenêtre de la case de l'oncle Tom. Il éclaire des visages abattus, reflets de cœurs plus tristes encore. Une ou deux chemises grossières, mais propres, fraîchement repassées, sont posées sur le dos d'une chaise devant le feu, et sur la petite table à côté, tante Chloé en étale une troisième. Elle unit et aplatit d'un coup de fer chaque pli, chaque ourlet, avec la plus scrupuleuse exactitude : de temps à autre elle porte sa main à son visage pour essuyer les pleurs qui coulent le long de ses joues.

Tom est assis, sa Bible ouverte sur ses genoux, la tête appuyée sur sa main : tous deux se taisent. Il est de bonne heûre, et les marmots dorment ensemble dans le coffre à roulettes

Tom possédait au plus haut degré la tendresse de cœur, les affections de famille qui, pour le malheur de sa race infortunée, sont un de ses caractères distinctifs. Il se leva, et alla en silence regarder ses enfants.

« Pour la dernière fois, » dit-il.

Tante Chloé ne parla pas, mais elle passa et repassa le fer avec énergie sur la grosse chemise, déjà aussi lisse que possible; puis, s'arrêtant tout à coup avec un mouvement désespéré, elle s'assit, éleva la voix et pleura.

« Je suppose qu'il faut se résigner; mais, ô seigneur bon Dieu! comment pouvoir?... Si je savais tant seulement où on va te mener, mon pauvre homme, et comment tu seras traité! Maîtresse dit qu'elle tâchera, qu'elle te rachètera dans un an ou deux; mais, seigneur! personne ne revient de ceux qui s'en vont là-bas! on les y tue, pour sûr! Ai-je pas entendu conter comme on les écrase de travail sur les plantations!

— Il y a le même Dieu là-bas qu'ici, Chloé.

— Ça se peut bien; .mais le bon Dieu laisse arriver des choses terribles quelquefois. Je n'ai pas grande consolation à attendre de ce côté.

— Je suis entre les mains du Seigneur, dit Tom. Rien ne peut aller plus loin qu'il ne veut, et il y a toujours *une* chose dont je le remercie : c'est que ce n'est ni toi, ni les petits qui sont vendus, mais *moi*. Vous resterez ici en sûreté; ce qui aura à tomber ne tombera que sur moi, et le Seigneur me viendra en aide... je le sais. »

Ah! brave et mâle cœur, tu étouffes ta douleur pour réconforter tes bien-aimés! Tom parlait avec peine, quelque chose le tenait à la gorge; mais sa volonté était ferme et vaillante.

« Pensons aux grâces que nous avons reçues, ajouta-t-il d'une voix brisée, comme s'il lui eût fallu en effet un grand effort de courage pour y penser en ce moment.

— Des grâces! dit tante Chloé, je n'en vois guère. C'est pas juste, non, c'est pas juste! le maître n'aurait jamais dû en venir à te laisser prendre, toi, pour payer ses dettes. Lui as-tu pas gagné deux fois plus qu'on ne lui donne de toi? Il te devait ta liberté; il te la devait depuis des années. Il est peut-être bien empêché, je ne dis pas non; mais ce qu'il fait là est mal, je le sens. Rien ne me l'ôterait de l'idée. Une créature si fidèle, qui a toujours mis l'intérêt du maître avant le sien, qui comptait plus sur lui que sur femme et enfants! Ah! ceux qui vendent l'amour du cœur, le sang du cœur pour se tirer d'embarras, auront à régler un jour avec le bon Dieu!...

— Chloé, si tu m'aimes, faut pas parler ainsi, pendant la dernière heure, peut-être, que nous aurons jamais à passer ensemble. Vrai, je peux pas entendre un mot contre le maître. A-t-il pas été mis dans mes bras tout petit? C'est de *nature*, vois-tu, que j'en pense toutes sortes de biens; mais, lui, pourquoi se préoccuperait-il du pauvre Tom? Les maîtres sont accoutumés à ce que tout se fasse au doigt et à l'œil, et ils n'y attachent pas d'importance. On ne peut pas s'y attendre, vois-tu! compare seulement notre maître aux autres. — Qu'est-ce qui a été mieux traité, mieux nourri, mieux logé que Tom? Jamais le maître n'aurait laissé arriver ce mauvais sort s'il avait pu le prévoir, — je le sais; j'en suis sûr.

— C'est égal, — il y a quelque chose de mal *au fond*, dit la tante Chloé, dont le trait prédominant était un sentiment têtu de justice; je ne saurais au juste dire où, mais il y a du mal *quelque part*, c'est certain.

— Levons les yeux là-haut, vers le Seigneur, il est au-dessus de tous; un pauvre petit oiseau ne tombe pas du ciel sans sa permission.

— Ça devrait me reconsoler; eh bien, ça ne me console pas du tout, dit tante Chloé; mais à quoi sert de parler? je ferais mieux de mouiller ma pâte, et de te faire un bon déjeuner, car qui sait quand tu en auras un autre?»

Pour apprécier les souffrances des noirs vendus dans le Sud, il faut se rappeler que toutes les affections instinctives de cette race sont particulièrement fortes. Chez elle, l'attachement local est très-profond. D'un naturel timide et peu entreprenant, elle s'affectionne au logis, à la vie domestique. Joignez à ces tendances toutes les terreurs qui accompagnent l'inconnu ; pensez que, dès l'enfance, le nègre est élevé à croire que la dernière limite du châtiment est d'être vendu dans le Sud. La menace d'être envoyé au *bas* de la rivière est pire que le fouet, pire que la torture. Nous avons nous-mêmes entendu des noirs exprimer ce sentiment ; nous avons vu avec quel effroi sincère ils écoutent, aux heures de repos, les terribles histoires de la basse rivière. C'est pour eux :

> Le pays effrayant, inconnu,
> Dont pas un voyageur n'est jamais revenu.

Un missionnaire, qui a vécu parmi les esclaves fugitifs au Canada, nous racontait que beaucoup se confessaient de s'être enfuis de chez d'assez bons maîtres, et d'avoir osé braver tous les périls de l'évasion, uniquement par l'horreur que leur inspirait l'idée d'être vendus dans le Sud, — sentence toujours suspendue sur leurs têtes, sur celles de leurs maris, de leurs femmes, de leurs enfants. L'Africain, naturellement craintif, patient, indécis, puise dans cette terreur un courage héroïque, qui lui fait affronter la faim, le froid, la souffrance, la traversée du désert, et les dangers plus redoutables encore qui l'attendent s'il échoue.

Le déjeuner de la famille fumait maintenant sur la table, car madame Shelby avait, pour cette matinée, exempté la tante Chloé de son service à la grande maison. La pauvre âme avait dépensé tout ce qui lui restait d'énergie dans les apprêts de ce repas d'adieu : elle avait tué son poulet de choix, pétri de son mieux ses galettes, juste au goût de son mari; elle avait tiré de l'armoire, et rangé sur le manteau de la cheminée, certaines bouteilles de conserves qui n'apparaissaient que dans les grandes occasions.

« Seigneur bon Dieu! dit Moïse triomphant, nous, gagner un fameux déjeuner ce matin! »

Et il s'empara en même temps d'une aile de poulet.

Tante Chloé lui allongea un soufflet.

« Fi! vilain corbeau! s'abattre comme ça sur le dernier déjeuner que votre pauv' papa va faire à la maison!

— Oh, Chloé! reprit Tom avec douceur.

— C'est plus fort que moi, dit-elle en se cachant la figure dans son tablier; je suis si *émouvée*, que je ne peux pas me retenir de mal faire. »

Les enfants ne bougeaient plus; ils regardèrent d'abord leur père, puis leur mère, aux vêtements de laquelle se cramponnait la petite fille, en poussant des cris impérieux et perçants.

Tante Chloé s'essuya les yeux, et prit la petite dans ses bras. « Là, là! dit-elle. Voilà qui est fini, j'espère. — Allons, mange un morceau, mon vieux; c'était mon plus fin poulet. — Vous en aurez votre part aussi, pauvres petits! Votre maman a été brusque avec vous. »

Moïse et Pierrot n'attendirent pas une seconde invitation, et, se mettant à l'œuvre, ils firent honneur au déjeuner qui, sans eux, eût couru gros risque de rester intact.

« A présent, dit tante Chloé, s'affairant autour de la table, je vais empaqueter tes hardes. Qui sait s'ils ne te les prendront pas! ils en sont bien capables! Je connais leurs façons!... des gens de boue, quoi!... Je mets dans ce coin-là les gilets de flanelle pour tes rhumatismes; faut en prendre soin, car tu n'auras plus personne pour t'en faire d'autres. Ici, en dessous, sont les vieilles chemises, et en dessus les neuves. Voilà les bas que j'ai remmaillés hier soir; j'ai mis dedans la pelote de laine pour les raccommoder. Mais, seigneur bon Dieu! qui te raccommodera? » Et tante Chloé, de nouveau abattue, la tête penchée sur le bord de la caisse, éclata en sanglots. « Pensez un peu! pas une âme pour avoir soin de toi, bien portant ou malade! Je crois que je n'aurai plus le cœur d'être bonne après ça. »

Les petits garçons, ayant dépêché tout ce qu'il y avait à déjeuner, commencèrent à comprendre ce qui se passait, et, voyant leur mère en larmes, leur père profondément triste, ils se mirent à pleurnicher et à s'essuyer les yeux. L'oncle Tom tenait la petite sur ses genoux, et la laissait se passer toutes ses fantaisies : elle lui égratignait le visage, lui tirait les cheveux, et parfois éclatait en bruyantes explosions de joie, résultats évidents de ses méditations intérieures.

« Oui, ris, chante, pauv' créature! dit tante Chloé; tu en viendras là aussi, toi! tu vivras pour voir ton mari vendu, pour être vendue peut-être toi-même; et les garçons seront vendus à leur tour, quand ils tourneront bons à quelque chose. Mieux vaudrait pour *pauv' nèg'*, n'avoir ni enfants, ni rien du tout. »

Moïse cria du dehors : « Maîtresse, *li* venir là-bas!

— Qu'est-ce qu'elle vient chercher ici? Quel bien peut-elle nous faire? »

Madame Shelby entra. Tante Chloé lui avança une chaise d'un air décidément bourru; mais elle ne prit garde ni à la chaise, ni à la façon de l'offrir. Elle était pâle et agitée.

« Tom, dit-elle, je viens pour... » Elle s'arrêta tout à coup, regarda le groupe silencieux, et, se couvrant la figure de son mouchoir, elle sanglota.

« Seigneur bon Dieu! maîtresse, pas pleurer! pas pleurer comme ça! » dit tante Chloé éclatant à son tour. Pendant quelques moments, tous pleurèrent de compagnie; et dans ces larmes que répandirent ensemble les plus élevés et les plus humbles, se fondirent toutes les colères, tous les ressentiments qui brûlent le cœur de l'opprimé.

O vous qui visitez le pauvre, sachez-le bien, tout ce que votre argent peut acheter, donné d'une main froide en détournant les yeux, ne vaut pas une larme d'affectueuse sympathie!

« Mon brave Tom, reprit madame Shelby, je ne puis vous rien offrir qui vous serve : de l'argent, on vous le prendrait; mais je vous promets solennellement, et devant Dieu, de ne pas perdre votre trace, et de vous racheter dès que j'aurai amassé la somme nécessaire. Jusque-là, confiez-vous à la Providence. »

Les enfants crièrent alors que massa Haley venait. Un coup de pied ouvrit sans façon la porte, et le marchand apparut sur le seuil, de fort méchante humeur d'avoir passé la nuit à courir au galop sans avoir pu ressaisir sa proie.

« Allons, nègre, es-tu prêt? Serviteur, madame, » dit-il en ôtant son chapeau à madame Shelby.

La tante Chloé ferma et corda la caisse; puis, se redressant, elle lança au marchand un regard furibond, et ses larmes étincelèrent comme du feu.

Tom se leva pour suivre son nouveau maître; il chargea la lourde caisse sur ses épaules. Sa femme, la petite Polly dans ses bras, se mit en devoir de l'accompagner, et les enfants, toujours en pleurs, trottinaient derrière.

Madame Shelby rejoignit le marchand, et le retint quelques minutes : tandis qu'elle lui parlait avec vivacité, la triste famille s'achemina vers un chariot attelé devant la porte. Tous les esclaves de l'habitation, jeunes et vieux, s'étaient rassemblés pour dire adieu à leur ancien camarade. Ils le respectaient comme l'homme de confiance du maître et comme leur guide religieux, et il y avait de grandes manifestations de douleur et de sympathie, surtout de la part des femmes.

« Eh! Chloé, tu en prends ton parti mieux que nous! dit l'une d'elles qui donnait libre cours à ses larmes, et que scandalisait le sombre et calme maintien de la tante Chloé, debout près du chariot.

— J'en ai fini de pleurer, *moi*, répliqua-t-elle en regardant d'un air fauve le marchand qui approchait, et, en tout cas, je ne donnerai pas à ce vilain démon le plaisir de m'entendre geindre!

— Monte, et vite! » dit Haley à Tom, comme il traversait la foule des esclaves qui le suivaient d'un œil menaçant.

Tom monta; Haley, tirant de dessous la banquette deux lourdes chaînes, les lui fixa autour des chevilles.

Un murmure étouffé d'indignation circula dans le cercle, et madame Shelby, restée sous la véranda, s'écria :

« Monsieur Haley, c'est une précaution tout à fait inutile, je vous assure.

— Peux pas savoir, madame. J'ai perdu ici cinq cents bons dollars, et je n'ai pas le moyen de courir de nouveaux risques.

— Quoi donc autre attendait-elle de lui? dit tante Chloé avec indignation; tandis que les deux enfants, comprenant cette fois la destinée de leur père, s'attachaient à sa robe et poussaient de lamentables cris.

— Je suis fâché, dit Tom, que massa Georgie soit en route. »

Georgie était allé passer deux ou trois jours avec un camarade sur une habitation voisine : parti de grand matin, avant que le malheur de Tom se fût ébruité, il l'ignorait.

« Faites mes amitiés à massa Georgie, » dit Tom vivement.

Haley fouetta le cheval, et emporta sa propriété, qui, la tête tournée en arrière, jetait un triste et long regard à la chère vieille maison.

M. Shelby avait eu soin de ne pas se trouver chez lui. Il avait vendu Tom sous la pression de la nécessité, et pour s'affranchir du pouvoir d'un drôle qu'il redoutait. Sa première sensation, après le marché conclu, fut celle d'un grand soulagement. Mais les reproches de sa femme éveillèrent ses regrets à demi assoupis, et la résignation de Tom les rendit plus poignants encore. En vain se disait-il qu'il avait le *droit* d'en agir ainsi, que tout le monde en faisait autant, et beaucoup sans avoir comme lui l'excuse de la nécessité : il ne parvenait pas à se convaincre. Peu soucieux d'assister aux scènes désagréables de la prise de possession, il était allé en tournée d'affaires dans le haut pays, espérant bien que tout serait terminé à son retour.

Tom et Haley roulèrent sur le chemin poudreux, chaque objet familier s'enfuyant en arrière, jusqu'à ce qu'ils eussent atteint les limites de la plantation, et gagné la grande route. Au bout d'environ un mille, Haley s'arrêta devant une forge, et y entra, une paire de menottes à la main.

« Elles sont un peu trop petites pour la façon dont il est bâti, dit Haley, montrant d'un doigt les fers et de l'autre Tom.

—Seigneur ! est-ce que ce serait Tom de chez Shelby ! s'écria le forgeron ; il ne l'a pas vendu ? pas possible !

—Si bien.

—Vous ne dites pas cela ! qui l'aurait jamais cru ?... Oh ! vous n'avez que faire de l'enchaîner si fort ! il n'y a pas de créature meilleure, plus fidèle...

—Oui, oui, vos *merveilles* sont toujours les plus pressées de s'enfuir ! Parlez-moi des tout à fait bêtes qui ne s'inquiètent pas où ils vont, des ivrognes qui ne se soucient que de boire ! Ceux-là sont faciles à garder ! ils prennent même un certain plaisir à être trimballés à droite, à gauche : ce que vos sujets de première qualité détestent comme le péché. Je ne connais pas de meilleure

garantie que de bonnes chaînes. Laissez-leur des jambes,
ils s'en serviront : comptez-y.

— C'est qu'aussi, reprit le forgeron, cherchant parmi
ses outils, vos plantations du Sud ne sont pas précisément
l'endroit où un nègre du Kentucky se soucie d'aller. Ils
meurent comme mouches là-bas ! pas vrai ?

— Oui, il en meurt pas mal, répliqua Haley. La difficulté de s'acclimater, une chose ou l'autre, vous les
dépêche assez rondement pour tenir le marché en hausse.

— Eh bien ! c'est tout de même dommage qu'un tranquille et honnête garçon, un aussi bon sujet que Tom,
aille là-bas pour être broyé, os et chair, dans une de vos
plantations à sucre.

— Il a encore de la chance, *lui*. J'ai promis de faire
pour le mieux. Je le vendrai comme domestique à quelque ancienne famille, et si la fièvre jaune ne l'emporte
pas, s'il parvient à s'acclimater, il aura une aussi bonne
niche qu'aucun de ses pareils en puisse désirer.

— Il laisse sa femme et ses enfants par ici, je suppose ?

— Oui, mais il n'en manquera pas là-bas. Il y a, Dieu
merci, assez de femmes partout. »

Pendant cette conversation, Tom était resté tristement
assis à sa place. Tout à coup il entendit le rapide galop
d'un cheval, et il n'était pas encore revenu de sa surprise,
que le jeune maître Georgie avait déjà sauté dans le
chariot, lui jetait ses deux bras autour du cou, et l'étrei-
gnait convulsivement, en s'écriant avec une fureur mêlée
de sanglots :

« C'est indigne ! On aura beau dire !... c'est une honte !
Ah ! si j'étais un homme, on ne l'aurait pas osé !... on ne
l'aurait pas fait ! dit-il, avec un hurlement contenu.

— Oh ! massa Georgie ! c'est si grand bonheur pour
moi de vous voir ! je pouvais pas endurer l'idée de partir
sans vous avoir dit adieu ! Si vous saviez tout le bien que
vous me faites ! » Un mouvement de Tom attira les yeux
de Georgie sur les chaînes qui lui liaient les pieds.

« Quelle infamie ! dit-il, en levant les mains. J'assommerai ce misérable — oui, je l'assommerai !

— Non. Vous n'en ferez rien, massa Georgie ; calmez-vous, et ne parlez pas si haut : je ne m'en trouverais pas mieux, si vous le fâchiez.

— Eh bien ! je me retiendrai, pour l'amour de vous ; mais je ne puis pas y penser ! c'est une honte ! ne pas m'avoir envoyé chercher ! ne m'avoir rien fait dire ! sans Tom Lincoln je ne l'aurais pas su ? — Je vous assure que je leur ai mené à tous une terrible vie en arrivant à la maison !

— Je crains que vous n'ayez eu tort, massa Georgie.

— Tant pis ! je leur en ai fait la honte ! — Regardez par ici, oncle Tom, dit-il, le dos tourné à la forge, et baissant la voix d'un air mystérieux : *je vous ai apporté mon dollar !*

— Oh ! pour rien au monde je ne voudrais vous le prendre, massa Georgie, dit Tom tout ému.

— Vous le prendrez, je le *veux*, dit Georgie. Voyez plutôt ! j'ai dit à tante Chloé que je vous l'apportais ; elle m'a conseillé d'y faire un trou et d'y passer un cordon ; en sorte que vous pourrez toujours l'avoir au cou et le tenir caché ; sinon ce vilain chenapan vous le volerait. Je voudrais lui dire son fait, Tom ! cela me ferait du bien.

— Mais, massa Georgie, cela ne me ferait pas de bien, *à moi* ; tout au rebours.

— Alors j'y renonce, dit Georgie ; il lui suspendit le dollar au cou. Là, maintenant boutonnez votre veste serrée. Gardez-le bien, et chaque fois que vous le verrez, oncle Tom, rappelez-vous que je descendrai *là-bas*, tout exprès pour vous chercher et vous ramener. Nous en avons causé tante Chloé et moi : je lui ai dit de ne rien craindre. J'y veillerai ; je persécuterai mon père nuit et jour, jusqu'à ce qu'il cède.

— Oh ! massa Georgie, ne parlez pas ainsi de votre père.

— Je n'en veux pas dire de mal, oncle Tom.

— Voyez-vous, massa Georgie, il vous faut être un brave garçon ! songez à tant de cœurs qui ont mis leur espérance en vous. Serrez-vous toujours contre votre mère. Ne soyez pas comme ces jeunes sots qui se croient trop grands pour écouter celle qui les a portés et mis au monde. Le Seigneur, qui nous renouvelle ses plus beaux dons, ne nous donne qu'*une* mère ! vous ne verrez jamais la pareille de la vôtre, massa Georgie, quand vous devriez vivre cent ans. Ainsi vous vous tiendrez à ses côtés, et vous grandirez près d'elle, pour être sa consolation et sa joie. N'est-ce pas, mon cher enfant, vous le ferez ?... vous le voulez ?

— Oui, je le veux, oncle Tom, dit Georgie d'un ton grave.

— Et, faut prendre garde aux paroles, massa Georgie. A votre âge les jeunes gens sont volontaires quelquefois, c'est de nature ; mais un vrai gentilhomme, tel que vous le serez, j'en suis certain, ne voudrait pas laisser échapper un mot qui pût faire peine à père ou mère. Ce que j'en dis, c'est pas pour vous offenser, massa Georgie. Vous ne m'en voulez pas ?

— Non, en vérité, oncle Tom ; vous m'avez toujours donné de si bons conseils.

— C'est que je suis une idée plus vieux, vous savez, dit Tom, caressant de sa large et forte main la tête bouclée du jeune garçon, et parlant d'une voix aussi tendre que celle d'une femme : je vois comme qui dirait tout ce qui est contenu en vous ; et que n'y a-t-il pas, massa Georgie ?... de la science, des priviléges, la lecture, l'écriture... Aussi, vous deviendrez un bon, grand et savant homme ; vos parents et tous les gens de l'habitation seront si fiers de vous ! Soyez un bon maître... comme votre père ; soyez chrétien comme votre mère. « Souviens-toi de ton Créateur pendant les jours de ta jeunesse ! » massa Georgie.

— Je m'appliquerai surtout à être bon, oncle Tom ; je

vous le promets, dit Georgie. Je veux être un garçon *modèle!* mais vous me promettez aussi de ne pas perdre courage. Je vous ramènerai un jour; et comme je l'ai dit à tante Chloé ce matin, quand je serai homme, je vous ferai bâtir une case où il y aura une chambre à coucher, et un salon avec un tapis. Oh! vous aurez encore du bon temps! »

Haley sortit de la forge les menottes à la main, comme Georgie sautait à bas du chariot.

Le jeune garçon se retourna d'un air de supériorité : « Je vous préviens, monsieur, que je dirai à mon père et à ma mère comment vous traitez l'oncle Tom.

— A votre aise! répliqua le marchand.

— N'avez-vous pas honte de passer votre vie à vendre des hommes et des femmes, et à les enchaîner comme des brutes? j'aurais cru que vous auriez conscience de votre bassesse.

— Tant que vos grandes gens achèteront des hommes et des femmes, je ne croirai pas valoir moins qu'eux parce que je leur en vends. Il n'y a pas plus de bassesse à les vendre qu'à les acheter.

— Je ne ferai jamais ni l'un ni l'autre, quand je serai homme, s'écria Georgie. Aujourd'hui je rougis de mon pays. J'en étais si fier auparavant! »

Il se redressa sur sa selle, et regarda autour de lui, comme pour juger de l'effet produit dans le Kentucky par cette déclaration.

« Au revoir, oncle Tom! Portez toujours la tête haute; et ayez bon courage!

— Au revoir, massa Georgie! dit Tom en le contemplant avec une tendresse admirative. Que le Tout-Puissant vous bénisse! — Ah! le Kentucky n'en a pas beaucoup comme vous! » ajouta-t-il dans la plénitude de son cœur, lorsqu'il eut perdu de vue la figure franche et enfantine. Il continua de regarder jusqu'à ce que le retentissement des pas du cheval mourût dans le lointain, dernier son, dernier écho du logis!

Il sentit un point chaud sur son cœur; c'était le précieux dollar que Georgie y avait placé; il y porta la main, et le serra contre lui.

« A présent, Tom, attention, dit Haley en revenant au chariot et y jetant les menottes. Je débuterai par la douceur, comme je le fais d'ordinaire avec mes nègres; conduis-toi bien avec moi, je me conduirai bien avec toi; c'est mon principe. Je ne suis pas dur avec mes hommes; je calcule et fais pour le mieux. Je te conseille donc de prendre ton parti, et de ne pas me jouer de tours. D'abord, je suis fait à toutes vos rubriques, et l'on ne m'attrape pas. Si le nègre est tranquille et n'essaie pas de détaler, il a du bon temps avec moi; autrement c'est de sa faute, non de la mienne. »

Tom affirma qu'il n'avait nulle intention de fuir, assurance superflue de la part d'un homme qui avait les fers aux pieds. Mais M. Haley avait pour habitude d'entamer ses relations avec sa marchandise par quelques avis anodins, de nature à réconforter l'article, à lui inspirer confiance et gaieté, et à prévenir des scènes désagréables.

Prenant momentanément congé de Tom, nous suivrons la destinée des autres personnages de notre histoire.

CHAPITRE XII

La propriété prend des licences.

A une heure avancée de l'après-midi, par un épais brouillard, un voyageur mettait pied à terre devant la porte d'une assez méchante hôtellerie du village de N***, au Kentucky. Dans la salle d'entrée se trouvait réunie une compagnie fort mélangée, que la rigueur du temps avait forcée d'y chercher un abri. De grands Kentuckiens, aux os saillants, vêtus de blouses de chasse, étalant leurs

membres dégingandés dans le plus d'espace possible,
avec le laisser aller particulier à leur race; — des fusils
entassés dans les coins, des poires à poudre, des carnas-
sières, des chiens de chasse et de petits nègres couchés
pêle-mêle, formaient les traits principaux du tableau.
Devant le feu était assis un personnage à longues jambes,
se balançant dans sa chaise, son chapeau sur la tête, et
les talons de ses bottes boueuses reposant majestueusement sur le manteau de la cheminée; — posture tout à
fait favorable aux méditations qu'éveillent les tavernes de
l'Ouest, si l'on en juge par la prédilection des voyageurs
pour ce nouveau genre d'élévation intellectuelle [1].

L'hôte qui se tenait derrière le comptoir était comme
la plupart de ses compatriotes, grand, osseux, jovial et
disloqué, avec une forêt de cheveux, que surmontait un
immense chapeau.

Cet emblème caractéristique de la souveraineté de
l'homme figurait, il est vrai, sur la tête de tous les assistants : feutre, feuille de palmier, castor crasseux, ou
luisant chapeau neuf, il rayonnait partout avec une indépendance toute républicaine. Il semblait même parti-
ciper de la nature de chaque individu. Les uns le portaient
sur l'oreille, en tapageurs, — c'étaient de joyeux bons
vivants, d'humeur facile et sans gêne; d'autres l'abais-
saient fièrement sur le nez, — caractères de fer, qui n'ô-
taient pas leur chapeau, parce qu'il ne leur *convenait pas*
de l'ôter, et qui *prétendaient* le mettre à leur fantaisie !
Il y en avait qui le renversaient en arrière, — gens éveillés, qui voulaient voir clair devant eux; tandis que les
indifférents, s'inquiétant peu de leur coiffure, la laissaient libre de prendre toutes les allures imaginables :
bref, ces divers chapeaux eussent fourni une étude digne
de Shakespeare.

[1] Il y a ici un jeu de mots intraduisible, une espèce de calembourg sur
understanding, qui veut dire à la fois intelligence, et familièrement chaus-
sures, souliers, sous-pieds.

Des nègres, en larges pantalons, mais peu pourvus de chemises, couraient de çà, de là, sans parvenir à d'autre résultat qu'à prouver leur bonne volonté, et leur empressement à mettre toute la création sens dessus dessous, pour le plus grand bien de leur maître et de ses hôtes. Ajoutez à ce remue-ménage un feu à moitié cheminée, craquant, flambant, pétillant, au milieu de portes et de fenêtres toutes grandes ouvertes, dont les rideaux en calicot flottent et se débattent sous le souffle énergique d'une brise glaciale, et vous aurez une idée des séductions d'une taverne du Kentucky.

Le Kentuckien de nos jours est un frappant exemple de la transmission des instincts et des particularités. Ses pères, puissants chasseurs, campaient dans les bois, dormaient à découvert sous le ciel libre, sans autres flambeaux que les étoiles. Leur descendant moderne agit précisément comme si la maison était un campement; — il garde son chapeau à toute heure, se jette, s'étend partout, et pose ses talons sur le dos des chaises et sur le manteau des cheminées, comme jadis son aïeul appuyait les siens sur un tronc d'arbre, et s'étendait le long de la verte pelouse. Hiver comme été, il laisse portes et fenêtres ouvertes, afin d'avoir assez d'air pour ses vastes poumons; il appelle cavalièrement tout le monde : « Mon cher! » avec une *nonchalante bonhomie*, et somme toute, c'est bien la plus franche, la plus accommodante, la plus joviale créature qui soit au monde.

Le voyageur, introduit par le hasard au milieu de cette réunion d'amateurs du sans-gêne, était vieux, petit, gros, à figure ouverte et ronde, d'un aspect original et tant soit peu comique; il tenait à la main sa valise et son parapluie, et résistait avec opiniâtreté aux tentatives que faisaient les domestiques pour l'en débarrasser. Après avoir jeté un regard inquiet autour de la salle, il battit en retraite jusqu'au coin le plus chaud, s'y établit avec ses précieux bagages, qu'il colloqua sous sa chaise, et leva timidement les yeux sur le long personnage dont les talons illustraient le bord de la cheminée, et qui expectorait, de droite à gauche, avec une intrépidité des plus alarmantes pour les gens nerveux et à préjugés.

« Hé ! comment vous va, mon cher? dit le susdit gentilhomme, lançant, par manière de salut, une formidable effusion de jus de tabac du côté du nouvel arrivant.

— Pas mal, répliqua l'autre, esquivant avec effroi l'honneur qui le menaçait.

— Quelle nouvelle? dit le notable, tirant de sa poche une carotte de tabac et un grand couteau de chasse.

— Aucune, que je sache.

— Une chique?... hein? reprit le premier; et il tendit au voyageur une tranche de tabac, d'un air tout à fait fraternel.

— Non, merci; cela m'est contraire, répondit le petit homme en s'effaçant.

— Contraire? ah ! » dit l'autre avec insouciance; et il enfonça le morceau dans sa bouche, afin d'alimenter le jet incessant qu'il lançait pour le bien général de la société.

Le vieux monsieur tressaillait chaque fois que son voisin aux longues jambes faisait feu dans sa direction; ce dernier s'en aperçut, et, tournant avec condescendance son artillerie sur un autre point, il livra un assaut désespéré à l'un des chenets, avec une justesse de coup d'œil et une précision stratégique qui eussent suffi à la prise d'une ville.

« Qu'est-ce que c'est? demanda le petit vieux en voyant plusieurs personnes se grouper autour d'une grande affiche.

— Le signalement d'un nègre, » dit quelqu'un brièvement.

M. Wilson, c'est le nom du vieux gentilhomme, se leva, et après avoir rangé sa valise et son parapluie, il

tira méthodiquement ses lunettes de leur étui, les mit
sur son nez, et lut :

« En fuite de chez le soussigné, le mulâtre Georges.
Ledit Georges a cinq pieds huit pouces, le teint très-clair,
les cheveux bruns et bouclés. Il est intelligent, s'exprime
bien, sait lire et écrire. Il tentera probablement de se
faire passer pour blanc. Il a de profondes cicatrices sur
le dos et sur les épaules. Il a été marqué dans la main
droite de la lettre *H*.

« Je donnerai quatre cents dollars à qui me le ramè-
nera vivant; même somme à qui m'apportera une preuve
satisfaisante qu'il a été tué. »

Le vieux gentilhomme lut ce signalement d'un bout
à l'autre, à voix basse, comme s'il l'étudiait.

Le vétéran interrompit l'assaut qu'il livrait au chenet, ramena ses talons à terre, se leva dans toute sa longueur, marcha droit à l'affiche, et cracha délibérément
dessus.

« Voilà! c'est ma façon de penser, dit-il, et il retourna
s'asseoir.

— Hé! dites donc, reprit l'hôte, prenez garde à ce
que vous faites?

— J'en ferais tout autant au signataire de ce papier,
s'il était ici; et le long personnage se remit tranquillement à couper son tabac. — Tout homme qui a un
esclave comme celui-là et qui ne trouve pas moyen
de le mieux traiter, *mérite* de le perdre. De pareilles
affiches sont une honte pour le Kentucky; c'est mon
avis, et je ne m'en cache pas.

— Ah! quant à cela, c'est un fait, dit l'hôte en inscri-
vant les frais du dégât sur son livre.

— J'ai moi-même tout un régiment de nègres, poursuivit l'homme, reprenant sa position et son attaque
contre le chenet; je leur dis : Enfants, creusez, bêchez,
courez, si le cœur vous en dit! je ne serai jamais sur
votre dos à vous espionner, et comme cela, je les garde.

12.

Dès qu'ils se sentent libres de s'enfuir, l'envie leur en passe. De plus, j'ai leurs actes d'affranchissement tout prêts, tout enregistrés, au cas où je viendrais à chavirer un de ces jours, et ils le savent. Je puis vous dire qu'il n'y a personne dans tout le pays qui tire meilleur parti de ses nègres que moi. J'en ai envoyé à Cincinnati conduire pour cinq cents dollars de poulains, et ils m'ont rapporté l'argent, leste et preste. Ça tombe sous le sens. Traitez-les comme des chiens, et vous aurez de la *chienne* de besogne ; traitez-les en hommes, ils travailleront et agiront en hommes. »

Et, dans la chaleur de sa conviction, l'honnête éleveur de bestiaux accompagna cette sortie morale d'un véritable *feu d'artifice* dirigé vers l'âtre.

« Je crois que vous pourriez bien avoir raison, l'ami, dit M. Wilson. L'homme que l'on signale *est* un sujet rare, — je ne m'y trompe pas. Il a travaillé environ six ans dans ma fabrique ; c'était mon meilleur ouvrier. Un garçon adroit, ingénieux : il a inventé une machine à teiller le chanvre, — une chose réellement profitable : elle est déjà employée dans plusieurs manufactures ; le maître a pris patente.

— J'en réponds, dit l'homme : il prend la patente et l'argent, puis se retourne, et marque l'inventeur d'un fer rouge dans la main droite ! Si j'avais bonne chance, je le marquerais aussi, moi, et il en aurait pour quelque temps.

— Ces garçons si habiles sont toujours les plus insolents et les plus récalcitrants de la bande, dit de l'autre bout de la salle un grossier manant. Voilà pourquoi on les fouaille et on les marque. S'ils se conduisaient bien, ça ne leur arriverait pas.

— C'est-à-dire que le Seigneur en a fait des hommes, et qu'il faut taper dur pour en faire des bêtes, reprit sèchement l'éleveur.

— Les nègres qui en savent si long ne sont pas du tout

avantageux au maître, continua l'autre, retranché dans son ignorance vulgaire et bornée. De quoi servent les talents et toutes ces fariboles-là, quand on ne peut pas s'en servir soi-même? Ils s'en servent, eux autres, mais pour nous mettre dedans. J'ai eu un ou deux de ces drôles-là et je les ai bien vite vendus à la basse rivière. Je savais que je les perdrais tôt ou tard, si je ne m'en défaisais pas.

— Que n'envoyez-vous là-haut prier le Seigneur de vous en faire un assortiment; moins les âmes, bien entendu! » dit l'éleveur d'un ton goguenard.

La conversation fut interrompue par l'approche d'un élégant petit boguey à un cheval, que conduisait un domestique de couleur. Il en descendit un homme jeune, bien mis, d'un aspect distingué, qui fut examiné aussitôt avec tout l'intérêt qu'éveille, chez des oisifs, par un jour de pluie, la présence d'un nouveau venu. Il était grand; il avait le teint brun foncé d'un Espagnol, de beaux yeux expressifs, les cheveux bouclés et d'un noir d'ébène. Son nez aquilin, ses lèvres minces et fines, et les belles proportions de toute sa personne donnèrent de suite aux regardants l'idée d'un homme supérieur. Il entra avec aisance, indiqua d'un signe à son domestique où placer sa malle, salua l'assemblée, et, son chapeau à la main, se dirigea lentement vers le comptoir : il se fit inscrire sous le nom de Henri Butler, d'Oaklands, comté de Shelby. Se retournant ensuite avec indifférence, il apperçut l'affiche, et la lut :

« Jim, dit-il à son domestique, il me semble que nous avons rencontré quelqu'un de cette tournure chez Bernan, dans le haut pays.

— Oui, maître : seulement je ne suis pas bien sûr pour la main.

— Ni moi non plus; je n'y ai certes pas regardé, » dit l'étranger en bâillant. Il pria l'hôte de lui faire donner une chambre particulière, où il pût dépêcher quelques écritures pressées.

L'hôte était tout zèle, et un relai d'environ sept nègres, jeunes et vieux, mâles et femelles, petits et grands, s'abattirent alentour comme une volée de perdrix, gazouillant, affairés, se poussant, se coudoyant, se marchant sur les talons, dans leur hâte à préparer la chambre « à maître, » tandis que ce dernier, assis au milieu de la salle, liait conversation avec son voisin.

Depuis l'entrée de l'étranger, M. Wilson n'avait cessé de l'examiner d'un œil inquiet et curieux. Il lui semblait l'avoir vu quelque part, mais où? impossible de se le rappeler. Par moments, quand l'homme parlait, se remuait, souriait, le fabricant tressaillait et le regardait fixement; puis il détournait la tête, dès que les yeux noirs et brillants rencontraient les siens avec une froide indifférence. Tout à coup un souvenir subit sembla l'éclairer, et il envisagea l'étranger d'un air à la fois si surpris et si effaré, que celui-ci se leva et vint droit à lui.

« Monsieur Wilson, je crois? dit-il d'un ton de connaissance en lui tendant la main. Pardon de ne vous avoir pas reconnu plus tôt. Je vois que vous ne m'avez pas oublié. — M. Butler, d'Oaklands, comté de Shelby.

— Ou...i... oui:... oui... monsieur, » répondit M. Wilson, comme s'il essayait de parler dans un rêve.

Un nègre vint annoncer que la chambre « à maître » était prête.

« Jim, voyez aux malles, dit négligemment le gentilhomme; et s'adressant à M. Wilson, il ajouta : Je désirerais avoir un moment d'entretien avec vous pour affaires, dans ma chambre, s'il vous plaît. »

M. Wilson le suivit, toujours de l'air d'un homme qui marche en rêvant. Ils montèrent au-dessus, dans une grande pièce, où pétillait un feu nouvellement allumé, et où plusieurs domestiques mettaient la dernière main aux arrangements de la chambre.

Tout étant terminé, ils sortirent; le jeune homme ferma la porte, mit la clef dans sa poche, se retourna, et, les bras croisés sur sa poitrine, regarda en face M. Wilson.

« Georges! s'écria celui-ci.

— Oui, Georges, répliqua l'autre.

— Je ne pouvais y croire!

— Je suis passablement déguisé, n'est-ce pas? dit-il avec un sourire orgueilleux. Un peu de brou de noix a fait de ma peau jaune un brun distingué, et j'ai teint mes cheveux; en sorte que je ne réponds pas du tout au signalement, comme vous voyez.

— Oh! Georges, vous jouez là un jeu bien dangereux! je n'aurais pu prendre sur moi de vous le conseiller.

— Aussi en ai-je pris sur moi seul la responsabilité, » dit fièrement Georges avec le même sourire.

Nous remarquerons en passant que Georges était fils d'un blanc, et d'une de ces infortunées qu'une beauté exceptionnelle condamne à devenir l'esclave des passions de leurs maîtres, et à mettre au monde des enfants qui ne connaîtront jamais leur père. Descendu d'une des plus orgueilleuses familles du Kentucky, il en avait la finesse de traits et l'esprit indomptable. Il n'avait reçu de sa mère qu'une teinte claire de mulâtre, amplement compensée par l'éclat et le velouté de ses grands yeux noirs. Un léger changement, dans la teinte de sa peau et de ses cheveux, avait suffi pour le métamorphoser en Espagnol, et la grâce de ses mouvements, la distinction de manières qui lui était naturelle, lui avaient rendu facile le rôle hardi qu'il avait adopté.

Le brave M. Wilson, de caractère prudent et méticuleux, parcourait la chambre de long en large, «fort combattu et ballotté en esprit, » comme dit John Bunyan[1]. Partagé entre le désir d'aider Georges, et une certaine velléité de prêter main forte à la loi et à l'ordre, il marmottait, tout en marchant :

[1] Auteur du *Pilgrim's Progress*, ouvrage religieux et allégorique, qui jouit d'une grande popularité en Angleterre et aux États-Unis.

« Eh bien, Georges, vous voilà en fuite, à ce que je suppose ! — Vous avez planté là votre maître... (ce n'est pas que je m'en étonne), et pourtant je suis fâché, — Georges ; — oui, décidément... je dois vous le dire, Georges... c'est mon devoir.

— De quoi êtes vous fâché, monsieur ? demanda Georges avec calme.

— De vous voir, pour ainsi dire, en opposition directe avec les lois de votre pays.

— De *mon* pays ! répéta Georges avec une profonde amertume. Ai-je un autre pays que la tombe ?... Plût à Dieu que j'y fusse déjà !

— Eh non, non, Georges ! — ne dites pas cela ! ce sont de mauvaises et irréligieuses paroles ! Georges, vous avez un dur maître, — c'est vrai ! — il se conduit mal avec vous... je ne prétends pas le défendre. Mais vous savez que l'ange donna l'ordre à Agar de retourner vers sa maîtresse et de s'humilier devant elle. L'apôtre aussi renvoya Onésime à son maître.

— Ne me citez pas la Bible de cette façon, monsieur Wilson, dit Georges, l'œil étincelant ; non, ne me la citez pas ! car ma femme est chrétienne, et je veux l'être, si jamais j'arrive à le pouvoir. Me citer de pareils passages de la Bible, dans la passe où je suis, suffirait à m'en éloigner pour toujours. J'en appelle à Dieu tout-puissant : je suis prêt à plaider ma cause devant Lui, et à Lui demander si j'ai tort de vouloir être libre.

— Ce sont des sentiments très-naturels, Georges, reprit le digne fabricant, et il se moucha. — Oui, très-naturels ; mais il est de mon devoir de ne pas les encourager. Oui, mon brave garçon, j'en suis fâché pour vous ; c'est un cas grave, très-grave ! L'apôtre dit : « Que chacun demeure dans la condition à laquelle il est appelé. » Nous devons tous nous soumettre aux suggestions de la Providence, — voyez-vous, Georges ! »

Georges était debout, la tête en arrière, les bras étroitement serrés sur sa large poitrine, tandis qu'un amer sourire crispait ses lèvres.

« Monsieur Wilson, dit-il, si les Indiens venaient vous faire prisonnier, vous, votre femme et vos enfants, et prétendaient vous tenir toute la vie à labourer et à faire venir le maïs pour eux, croiriez-vous de votre devoir de rester dans la condition à laquelle vous seriez appelé? J'imagine plutôt que le premier cheval errant qui vous tomberait sous la main, vous semblerait une *suggestion* de la Providence; — qu'en dites-vous? »

Le petit vieillard ouvrit de grands yeux à cette espèce d'apologue; il n'était pas grand raisonneur, mais il avait du moins ce qui manque à tant de logiciens sur ce sujet spécial, — le bon sens de savoir se taire, quand on n'a rien de bon à dire. Il se mit à caresser son parapluie, et à en aplatir soigneusement toutes les rides, émettant de temps à autre quelques observations générales.

« Vous savez bien, Georges, que j'ai toujours été de vos amis; ce que j'en dis est pour votre bien. Il me semble vraiment que vous courez de terribles risques! Vous ne pouvez espérer réussir. Si vous êtes pris, ce sera cent fois pis qu'avant : on vous maltraitera, et, après vous avoir tué à moitié, on vous vendra au Sud, en bas de la rivière.

— Je sais tout cela, monsieur Wilson. Je cours des risques; mais je me tiens prêt. Il ouvrit son surtout, et montra deux pistolets et un couteau-poignard. Jamais je n'irai dans le Sud. Non! si les choses en viennent là, j'aurai toujours le moyen de conquérir six pieds de terre libre, — première et dernière possession que je réclamerai jamais du Kentucky.

— Vraiment, Georges, vous êtes dans une disposition d'esprit alarmante! Vous parlez en désespéré. J'en suis chagrin! Songez que vous allez violer les lois de votre pays.

— Encore mon pays! — monsieur Wilson, vous avez un

pays, *vous* ! mais moi et mes pareils, nés de mères esclaves, quel pays avons-nous? quelles lois y a-t-il pour nous? Nous ne les faisons pas — nous ne les votons pas — nous n'y sommes pour rien. — En revanche, elles nous écrasent, et nous courbent à terre. N'ai-je pas entendu vos discours du 4 juillet [1]? Ne dites-vous pas à tous, une fois l'an, que les gouvernements tiennent leur juste pouvoir du consentement des gouvernés? Un homme qui entend ces choses ne saurait s'empêcher de penser, de rapprocher les protestations des actes, et de voir ce qui en ressort. »

La nature de M. Wilson se pouvait comparer à une balle de coton : elle était molle, douce, sans consistance, et embrouillée. Il plaignait réellement Georges de tout son cœur; il avait une nuageuse perception des sentiments qui l'agitaient; mais il croyait de son devoir de lui dire de *bonnes* paroles, avec une insupportable opiniâtreté.

« Georges, c'est mal; je dois vous conseiller, en ami, de ne pas vous jeter dans ces idées-là. Elles sont malsaines, très-malsaines pour les gens de votre sorte. » M. Wilson s'assit devant une table, et se mit à mâchonner nerveusement la poignée de son parapluie.

« Maintenant, monsieur Wilson, dit Georges en s'avançant et s'asseyant résolûment en face de lui, regardez-moi, s'il vous plaît. Ne suis-je pas ici un homme tout comme vous ? Voyez ma figure, voyez mes mains, voyez toute ma personne, et le jeune homme se leva d'un air fier. Pourquoi ne serais-je pas un homme aussi bien que qui que ce soit? Écoutez, monsieur Wilson, ce que j'ai à vous dire. J'avais un père, — un de vos gentilshommes du Kentucky, — qui ne m'a pas jugé digne d'être mis à part de ses chiens et de ses chevaux; qui n'a pas même songé à me préserver d'être vendu après sa mort pour

[1] Anniversaire de la déclaration d'indépendance des États-Unis.

libérer la propriété. J'ai vu ma mère mise à l'encan, elle et ses sept enfants : ils ont été vendus sous ses yeux, un à un, tous à des acquéreurs différents, et j'étais le plus jeune. Elle vint et s'agenouilla devant mon ancien maître, le suppliant de l'acheter avec moi, afin qu'il lui restât du moins un enfant : il la repoussa d'un coup de sa lourde botte. Je le vis, et j'entendis pour la dernière fois les cris et les gémissements de la pauvre femme, comme il m'attachait au cou de son cheval pour m'emmener chez lui.

— Et après?

— Après, mon maître fit des échanges, et acheta ma sœur aînée; une douce et pieuse fille — de l'Église des Anabaptistes, — et aussi belle que l'avait été ma pauvre mère, bien élevée aussi, et de bonnes mœurs. Je me réjouis d'abord qu'on l'eût achetée; c'était pour moi une compagne, une amie. Mais je ne tardai pas à en être fâché. Je me suis tenu à la porte, monsieur, et je l'ai entendu fouetter; chaque coup me coupait le cœur au vif, et je ne pouvais rien pour elle! On la fouettait, monsieur, parce qu'elle voulait mener une vie honnête, une vie chrétienne, interdite par vos lois à la pauvre fille esclave. Enfin, je la vis enchaînée avec le troupeau d'un marchand d'hommes, et expédiée au marché de la Nouvelle-Orléans : — et cela uniquement parce qu'elle s'obstinait dans son honnêteté. — Depuis lors je n'en ai plus rien su. Je grandis, — durant de longues années, — sans père, ni mère, ni sœur; sans une âme qui s'intéressât à moi plus qu'à un chien : fouetté, grondé, affamé! Oui, monsieur, j'ai eu souvent si grand'faim que j'étais trop heureux de ramasser les os qu'on jetait à la meute; et pourtant, quand, tout petit garçon, je veillais et pleurais la nuit, ce n'était pas de faim, ce n'était pas à cause du fouet. Non! je pleurais *ma mère et mes sœurs*; je pleurais de n'avoir pas sur terre un ami qui m'aimât. Je n'avais jamais connu ni paix, ni consolation : jamais on ne m'avait adressé un mot affectueux, jusqu'au jour où j'allai travailler dans votre fabrique, monsieur Wilson. Vous me traitiez humainement; vous m'encouragiez à bien faire, à apprendre à lire, à écrire, à m'essayer à quelque chose, et Dieu sait quelle reconnaissance je vous en garde! Ce fut alors que je connus ma femme; vous l'avez vue, vous savez si elle est belle! Quand j'appris qu'elle m'aimait, quand je l'épousai, je ne pouvais croire à mon bonheur! je ne me sentais pas de joie. Et monsieur, son cœur est encore plus beau que son visage. Eh bien! voilà que, tout au travers, survient mon maître qui m'enlève à mon ouvrage, à mes amis, à tout ce que j'aime, qui me broie et m'enfonce jusqu'aux lèvres dans la boue. Et pourquoi? parce que, dit-il, j'ai oublié qui j'étais, et qu'il m'apprendra que je ne suis qu'un nègre! Ce n'est pas tout; il se jette entre ma femme et moi, il me commande de l'abandonner pour aller vivre avec une autre. Et vos lois *lui* donnent la puissance de faire tout cela à la face de Dieu et des hommes! Prenez-y garde, monsieur Wilson, il n'y a pas *une* seule de ces choses qui ont brisé le cœur de ma mère, de ma sœur, de ma femme et de moi, que vos lois ne sanctionnent et ne permettent à tout homme de faire dans le Kentucky, sans que personne puisse lui dire non! Appelez-vous ces lois les lois de *mon* pays? Je n'ai pas de pays, monsieur, pas plus que je n'ai de père! C'est un pays que je vais chercher. Quant au *vôtre*, je ne lui demande rien que de me laisser passer. Si j'arrive au Canada, dont les lois m'avouent et me protégent, le Canada sera mon pays, et j'obéirai à ses lois. Mais si quelqu'un essaye de m'arrêter, malheur à lui! car je suis désespéré. Je combattrai pour ma liberté jusqu'au dernier souffle. Vous honorez vos pères d'en avoir fait autant; ce qui était juste pour eux, l'est aussi pour moi. »

Ce récit, fait tantôt assis, tantôt debout, en marchant de long en large dans la chambre, accompagné de pleurs, de regards flamboyants, de gestes énergiques, était plus que n'en pouvait endurer le paisible et bon naturel du digne homme auquel il s'adressait : il tira de sa poche un grand foulard jaune, et s'essuya la figure de toutes ses forces.

« Dieu les confonde ! s'écria-t-il tout à coup. Ne l'ai-je pas toujours dit ! — l'ancienne malédiction infernale ! je ne voudrais pourtant pas jurer ! Eh bien, allez de l'avant, Georges, allez de l'avant ! mais soyez prudent, mon garçon : ne tirez sur personne, Georges, à moins que... mais non... il vaudrait *mieux* ne pas tirer, je crois. Moi, je ne *vise-rais* pas, à votre place. Où est votre femme, Georges ? »
Il se leva, en proie à une agitation nerveuse, et se promena dans la chambre.

« En fuite, monsieur, — partie avec son enfant dans ses bras ; — pour aller Dieu seul sait où ! — vers l'étoile polaire ! et quand nous nous reverrons, si nous nous re-voyons jamais, c'est ce qu'aucune créature ne peut dire.

—Est-ce possible ? en fuite ! de chez de si bons maîtres, d'une si bonne famille !

—Les meilleures familles s'endettent, et les lois de *notre* pays les autorisent à enlever l'enfant du sein de sa mère, et à le vendre, pour payer les dettes du maître, dit Georges avec amertume.

—Bien ! bien ! reprit l'honnête fabricant en fouillant dans sa poche. Je n'agis peut-être pas d'accord avec mon jugement ; ma foi, tant pis ! je ne veux pas écouter mes scrupules... tenez, Georges ! Et tirant de son portefeuille une liasse de billets, il les lui présenta.

— Non, mon bon monsieur ; vous avez déjà fait beau-coup pour moi, et je craindrais de vous attirer quelque ennui. J'ai assez d'argent, j'espère, pour me conduire jusqu'où il me faut aller.

—Non, non, Georges, prenez. L'argent est d'un grand secours partout ; on n'en saurait trop avoir, quand on l'a honnêtement. Prenez-le, prenez, — je vous en prie, mon garçon.

— Je l'accepte, monsieur, à la condition de vous le rendre un jour.

— Et maintenant, Georges, dites-moi : combien de temps comptez-vous voyager ainsi ? ni loin, ni longtemps, j'espère. Le coup est bien monté, mais trop hardi. Et ce nègre, qui est-il ?

— Un homme sûr, qui s'est enfui au Canada, il y a plus d'un an. Il apprit là-bas, par ouï-dire, que, furieux de sa fuite, son maître avait fait fouetter sa pauvre vieille mère; et il a refait tout le chemin pour venir la consoler, et courir la chance de la ramener avec lui.

— L'a-t-il pu ?

— Pas encore; il a rôdé autour de l'habitation, mais sans pouvoir trouver son heure. En attendant, il m'accompagne jusque dans l'Ohio; là il me remettra aux mains d'amis qui l'ont aidé ; puis il reviendra chercher sa mère.

— C'est dangereux, très-dangereux, » dit le vieillard.

Georges se redressa et sourit dédaigneusement. M. Wilson l'examinait de la tête aux pieds avec une naïve surprise.

« Georges, quelque chose vous a rendu tout autre ; vous n'êtes plus le même : vous portez le front haut, vous parlez, vous agissez.

— C'est que je suis *libre*, répliqua Georges avec orgueil. Oui, monsieur, pour la dernière fois j'ai dit « maître » à un homme. Je *suis libre*.

— Prenez garde ! ce n'est pas sûr — vous pouvez être repris.

— Tous les hommes sont égaux et libres dans la tombe, si l'on en vient là, monsieur Wilson.

— Je suis abasourdi de votre audace ! descendre ici ! à la taverne la plus voisine !

— Précisément; la chose est si hardie, la taverne si proche, qu'ils n'y penseront pas : ils me chercheront plus loin. Vous-même aviez peine à me reconnaître. Le maître de Jim n'habite pas ce comté; il n'y est pas connu.

Et quant à Jim, toute recherche est abandonnée. Personne ne s'avisera, je pense, de m'arrêter d'après le signalement.

— Mais, dit avec hésitation M. Wilson, la marque... dans votre main ? »

Georges tira son gant, et montra une cicatrice récente : « Dernière preuve de l'estime de M. Harris, reprit-il. Il y a une quinzaine qu'il se mit en tête de m'en gratifier, parce qu'il me soupçonnait, disait-il, de vouloir m'enfuir. Cela donne l'air intéressant, n'est-ce pas ? et il remit son gant.

— Mon sang se glace rien que de penser à votre position, Georges, à vos périls !

— Le mien s'est glacé bien longtemps, monsieur Wilson, pendant des années. Maintenant, il brûle mes veines. » Il continua, après un moment de silence. « J'ai vu que vous m'aviez reconnu ; j'ai voulu vous parler, de peur que votre surprise ne me décelât. Je pars demain matin avant l'aube ; demain soir j'espère dormir sain et sauf dans l'Ohio. Je voyagerai de jour, m'arrêterai dans les meilleurs hôtels, et dinerai à table d'hôte avec les seigneurs et maîtres du pays. Au revoir, monsieur ; si vous entendiez dire que je suis pris, tenez pour certain que je suis mort ! »

Georges, droit et ferme comme un roc, tendit d'un air de prince la main à M. Wilson, qui la lui serra cordialement. Après avoir renouvelé toutes ses recommandations de prudence, le petit homme prit son parapluie, et se mit en devoir de sortir, tâtonnant gauchement sa route.

Georges le regardait s'en aller d'un air pensif ; tout à coup une lueur lui traversa l'esprit — il le rappela.

« Monsieur Wilson, encore un mot. »

Le vieillard rentra ; comme auparavant, Georges referma la porte à clef ; puis il resta rêveur et irrésolu, les yeux fixés à terre. Enfin, relevant la tête avec effort, il dit :

« Monsieur Wilson, vous vous êtes montré chrétien dans la façon dont vous m'avez traité. — J'ai à vous demander un dernier acte de charité chrétienne.

— Parlez, Georges.

— Eh bien, monsieur, — ce que vous avez dit est vrai: je cours un effroyable risque ! Il n'y a pas une âme sur terre qui s'inquiète que je vive ou meure, ajouta-t-il en respirant péniblement, et parlant avec peine. — Je serai jeté dehors à coups de pied, enterré comme un chien, et personne n'y pensera le jour d'après, — personne que *ma pauvre femme! Elle* pleurera, *elle,* — le cœur navré. Si vous pouviez seulement trouver moyen de lui faire parvenir cette épingle. Elle me l'a donnée en présent à la Noël dernière. Pauvre âme! Rendez-la-lui, et dites-lui que je l'ai aimée jusqu'à la fin. Le ferez-vous? le *voulez*-vous ? ajouta-t-il avec vivacité.

— Oui, certes. — Pauvre garçon ! dit le vieillard prenant l'épingle, les yeux humides et la voix chevrotante.

— Dites-lui une chose, reprit Georges, c'est que mon dernier vœu est qu'elle aille au Canada. Peu importe que sa maîtresse soit bonne; — peu importe qu'elle-même soit attachée à la maison; qu'elle n'y retourne pas, — car l'esclavage finit toujours par la misère. Dites-lui d'élever notre fils en homme libre, afin qu'il ne souffre pas comme j'ai souffert. Vous le lui direz, n'est-ce pas, monsieur Wilson?

— Oui, Georges; mais vous ne mourrez pas, j'espère. Prenez courage. — Vous êtes un brave garçon ! Fiez-vous au Seigneur, Georges. Je souhaiterais de toute mon âme que vous en fussiez hors sain et sauf.

— Y a-t-il un Dieu à qui se fier? dit Georges, avec un amer désespoir qui coupa court aux exhortations du vieillard. Oh! j'ai vu des choses, toute ma vie, qui m'ont fait douter qu'il y eût un Dieu. Les chrétiens ne savent pas de quel œil nous voyons leurs actes! Il y a un Dieu pour vous, mais pour nous?...

— Oh! ne dites pas cela, mon garçon! dit le brave homme en sanglotant; ne le pensez pas! Il y a un Dieu pour tous. Les nuages et les ténèbres l'environnent, mais la justice et la droiture habitent près de son trône. Il y a un *Dieu*, Georges, croyez-le bien; croyez en lui, et il vous secourra, j'en suis sûr. Tout sera redressé, — dans cette vie, ou dans l'autre. »

La piété sincère, la bienveillance réelle du bon vieillard lui prêtaient de l'autorité, de la dignité. Georges suspendit sa marche impétueuse, demeura pensif un moment, et dit d'une voix calme:

« Merci! merci de m'avoir parlé ainsi. J'y *songerai*. »

CHAPITRE XIII

Incidents d'un commerce légal.

> On a ouï dans Rama des cris, des lamentations, des pleurs et de grands gémissements : — Rachel pleurant ses enfants et ne voulant pas être consolée, parce qu'ils ne sont plus.
> SAINT MATHIEU, chap. II, verset 18.

M. Haley et Tom roulaient cahin caha, absorbés dans leurs réflexions. C'est chose merveilleuse que la variété qui se peut rencontrer dans les réflexions de deux hommes, assis côte à côte sur la même banquette, pourvus des mêmes organes, ayant de même des yeux, des oreilles, des mains, et voyant passer devant eux les mêmes objets.

M. Haley, par exemple, pensa d'abord à la taille de Tom, à sa largeur, à sa hauteur, à ce qu'il pourrait valoir, s'il était tenu gras et en bon état, lorsqu'il le produirait au marché. Il pensa ensuite à la manière dont il assortirait sa marchandise; à la valeur approximative d'hommes, de femmes, d'enfants, qu'il se proposait d'acheter pour composer une troupe d'élite. Puis il fit un retour sur lui-même, et s'applaudit de son humanité. Tandis que ses confrères « garrottaient » leurs nègres, lui, se contentait de leur mettre les fers aux pieds, leur laissant le libre usage de leurs mains, pourvu qu'ils n'en abusassent pas. Il soupira sur l'ingratitude de l'humaine nature ; car il soupçonnait Tom de ne pas apprécier tant d'égards. Que de fois n'avait-il pas été dupe des nègres qu'il avait le mieux traités! aussi s'étonnait-il d'être resté si bon.

Quant à Tom, il pensait à quelques paroles d'un vieux livre, passé de mode, qui lui revenaient en mémoire : « Nous n'avons point ici-bas de cité durable, mais nous cherchons la cité à venir. C'est pourquoi Dieu lui-même ne dédaigne pas d'être appelé notre Dieu ; car il nous a préparé une demeure éternelle. » Ces paroles d'un ancien volume, recueillies par des hommes ignorants, illettrés, ont de tout temps, grâce à je ne sais quelle puissante magie, exercé un étrange pouvoir sur l'esprit des pauvres et des humbles. Elles remuent l'âme jusque dans ses profondeurs ; elles réveillent, comme le son du clairon, le courage, l'énergie, l'enthousiasme ; elles dissipent les ténèbres du désespoir et de la mort.

M. Haley tira de sa poche différents journaux, et se mit à parcourir les annonces avec un intérêt profond. Peu exercé dans l'art de la lecture, il avait adopté une sorte de récitatif à demi-voix, appel de ses yeux à ses oreilles. Il récita sur ce ton le paragraphe suivant :

« A la requête des exécuteurs testamentaires,

VENTE PAR AUTORITÉ DE JUSTICE. — NÈGRES. — « Par ordre de la cour, il sera vendu, le mardi 20 février, devant la porte du palais de justice, dans le village de Washington (Kentucky), les nègres dénommés ci-après : — Agar, âgée de 60 ans ; John, âgé de 30 ans ; Ben, âgé de 21 ans ; Saül, de 25 ans ; Albert, âgé de 14 ans. Ladite vente au bénéfice des créanciers de la succession de Jesse Blutchford, écuyer.

THOMAS FLINT, SAMUEL MORICE, exécuteurs. »

« J'y aurai l'œil, dit-il à Tom, faute de quelque autre à qui parler. Vois-tu, nègre, je veux monter un assortiment d'articles de choix, pour les conduire là-bas avec toi. Cela te fera de la société; cela t'aidera à passer le temps. Nous irons d'abord tout droit à Washington; là, je te camperai en prison, pendant que j'irai expédier mon affaire. »

Tom reçut cette agréable nouvelle avec une quiétude parfaite, se demandant seulement, au fond du cœur, si ces pauvres malheureux avaient des femmes et des enfants, et s'ils souffraient, comme lui, d'en être séparés. Il faut avouer aussi que la perspective d'être *campé* en prison ne pouvait sourire à un pauvre diable, qui s'était piqué toute sa vie de la plus stricte droiture. Oui, Tom était fier de sa probité, n'ayant pas beaucoup d'autres sujets d'orgueil. S'il eût appartenu aux plus hautes classes de la société, peut-être n'en eût-il pas été réduit là.

Cependant le jour s'écoula, et le soir vit Haley et Tom confortablement casés dans Washington, l'un à l'hôtel, et l'autre à la prison.

Le lendemain, vers onze heures, une foule mélangée se pressait sur les marches du palais de justice, fumant, chiquant, crachant, jurant, causant, selon les goûts et l'humeur de chacun, en attendant que la vente commençât.

Les hommes et les femmes à vendre, groupés à part, se parlaient à voix basse. La négresse Agar, en tête de la liste, était de pure race africaine, traits et taille. Elle pouvait avoir soixante ans, mais le dur travail et la maladie l'avaient faite plus vieille. Elle était à demi-aveugle et percluse de rhumatismes; à ses côtés se tenait son dernier fils, Albert, alerte et intelligent garçon de quatorze ans, le seul qui eût survécu d'une nombreuse famille, que la mère avait vu vendre successivement sur les marchés du Sud. Cramponnée de ses deux mains au jeune homme, elle regardait avec effroi quiconque s'approchait pour l'examiner.

« N'ayez peur, tante Agar, dit le plus vieux nègre, j'ai parlé de lui à massa Thomas, et il tâchera de vous vendre en un lot, tous deux ensemble.

— Ne me faites pas passer pour vieille et bonne à rien, dit-elle avec véhémence. Je sais faire la cuisine, fourbir, récurer. Je vaux l'argent, si on n'en demande pas trop.— Dites-leur, dites-leur donc! » ajouta-t-elle avec vivacité.

Haley se fraya un chemin dans le groupe, alla droit au vieux, lui tira la mâchoire inférieure, examina l'intérieur de sa bouche, lui toucha les dents une à une, le fit se redresser, s'étendre, se courber, et exécuter diverses évolutions, pour juger du jeu des muscles. Il passa en-suite à un autre, qu'il soumit à la même épreuve. Arrivé enfin devant le jeune garçon, il tâta ses bras, lui ouvrit les mains, regarda ses doigts, et lui commanda de sauter, afin de faire preuve d'agilité.

« Il ne sera pas vendu sans moi, dit la vieille avec passion. — Lui et moi ne faisons qu'un lot. Je suis forte, allez, maître!—Je puis faire des masses d'ouvrage... des tas... maître!

— Sur les plantations? reprit Haley avec un regard de dédain : bonne histoire! » Et satisfait de son examen, il s'éloigna les deux mains dans ses poches, son cigare à la bouche, et son chapeau de côté, attendant le moment d'agir.

« Qu'en pensez-vous? dit un homme qui avait suivi Haley pendant son inspection, comme pour s'éclairer de son expérience.

— Je verrai... je crois que je pousserai les plus jeunes, et l'enfant, répliqua-t-il.

— Mais on ne veut le vendre qu'avec la vieille, dit l'autre.

— Ce sera dur à arracher! la vieille n'est qu'un tas d'os ; elle ne vaut pas le sel qu'elle mangera.

— Vous ne mettriez donc pas dessus?

— Quelque sot! Elle est plus d'à moitié aveugle, toute bancroche de rhumatismes, et imbécile, par-dessus le marché.

— Il y en a pourtant qui achètent ces vieilles-là, et qui affirment qu'elles ont la vie dure, et qu'on en peut tirer meilleur parti qu'on ne croirait, dit le questionneur d'un ton réfléchi.

— Ce ne sera toujours pas moi; je n'en voudrais pas quand on m'en ferait présent. C'est eu, d'ailleurs.

— Eh bien! ce serait tout de même une manière de pitié de l'acheter avec son fils; elle y tient trop; elle ne pourra pas s'en passer. Supposons qu'on la crie au rabais?

— C'est bon pour ceux qui ont de l'argent à perdre. Moi, je mettrai l'enchère sur le garçon : il y a chance de le vendre à un planteur; mais je n'entends pas m'embarrasser de la vieille : non, pas même si on me la donnait pour rien.

— Elle prendra le chagrin à cœur, dit l'autre.

— Probable, » reprit le marchand avec indifférence.

Un bourdonnement confus interrompit la conversation; le crieur, gros homme, important et affairé, s'ouvrit avec ses coudes un chemin dans la foule. La vieille retint son souffle, et attira instinctivement l'enfant à elle.

« Tiens-toi près de mère, Albert, tout près, — entends-tu?... Tout à l'heure l'homme nous mettra ensemble à la criée.

— J'ai peur que non, mère, dit le jeune garçon.

— Il le faut, enfant; ils savent bien que je ne peux pas vivre sans toi, » dit la vieille avec véhémence.

Le crieur annonça, d'une voix de stentor, que la vente allait commencer. La foule s'écarta : l'enchère était ouverte. Les hommes furent adjugés à des prix qui prouvaient que la marchandise était demandée, et les cours bien tenus; deux échurent en partage à Haley.

« Allons, jeune homme! dit le crieur, touchant l'enfant de son marteau, debout, et montre-nous la souplesse de tes rouages!

— Oh! mettez-nous tous deux ensemble, maître! — ensemble, s'il vous plaît! dit la vieille, se cramponnant à son fils.

— Lâche donc! cria l'homme, comme il détacha.t rudement les mains de la femme : tu viendras en dernier, toi! Allons! saute, moricaud! » Il poussa l'enfant vers les tréteaux. Un gémissement sourd et plaintif s'éleva derrière lui : le jeune garçon hésita, se retourna; — mais les minutes étaient comptées, et chassant du revers de sa main les larmes de ses grands yeux, il s'élança sur l'estrade.

Sa taille svelte, ses membres agiles, sa figure intelligente, provoquèrent aussitôt une vive concurrence; une demi-douzaine d'enchères assaillirent à la fois les oreilles du crieur. Le sujet de la contestation, anxieux, effaré, regardait de côté et d'autre, pendant que les offres se succédaient, — tantôt ici, tantôt là, — jusqu'à ce que retomba le marteau levé. Il appartenait à Haley. On le poussa vers son nouveau maître. Il s'arrêta un moment à regarder sa pauvre vieille mère, qui, tremblant de tous ses membres, tendait vers lui ses mains défaillantes.

« Achetez-moi aussi, maître! pour l'amour béni du Seigneur, achetez-moi!...Si vous ne m'achetez pas, je mourrai!

— Tu pourras bien mourir si tu m'y prends! dit le marchand; non, non! » Il tourna sur les talons.

L'enchère de la pauvre créature ne fut pas de longue durée; l'homme qui s'était adressé à Haley, et qui ne semblait pas dépourvu de compassion, l'acheta pour presque rien, et les spectateurs commencèrent à se disperser.

Les tristes victimes qui avaient habité le même lieu, pendant des années, s'assemblèrent autour de la pauvre mère, dont l'angoisse faisait mal à .oir.

« Pouvaient-ils donc pas m'en laisser un?... Le maître a toujours dit que j'en aurais un; — il l'a dit! répétait-elle encore et encore d'une voix brisée.

— Faut avoir confiance au Seigneur, tante Agar, reprit tristement le plus vieux de la troupe.

— A quoi sert? dit-elle en sanglotant avec amertume.

— Mère! mère! ne te désole pas, s'écria l'enfant : ils disent que tu es tombée à un bon maître.

— Je n'ai souci qu'il soit bon ou méchant! — tout m'est égal! Oh, Albert! mon garçon! le dernier que j'ai nourri! Seigneur bon Dieu! comment ferai-je!...

— Allons, emmenez-la donc! que quelqu'un l'emmène, dit Haley sèchement ; ça ne fait de bien ni à elle, ni aux autres de la laisser brailler sur ce ton! » Les plus âgés des assistants parvinrent, moitié par persuasion, moitié par force, à détacher la pauvre créature du fruit de ses entrailles, et la conduisirent au chariot de son nouveau maître, en s'efforçant de la consoler.

« A notre tour maintenant! » dit Haley. Il rassembla ses trois emplettes, et tira de son surtout une provision de menottes, qu'il assujettit solidement autour de leurs poignets. Une longue chaîne, passée dans les anneaux, lui servit à les chasser devant lui jusqu'à la prison.

Peu de jours après, le marchand s'installait à bord d'un des bateaux de l'Ohio, avec ses propriétés, commencement de la cargaison de choix qu'il devait compléter, en recueillant, sur différents points de la rive, les marchandises que lui, ou ses agents, y tenaient en réserve.

La Belle-Rivière, l'un des plus beaux et des meilleurs bateaux qui aient jamais sillonné les eaux du même nom [1], descendait gaiement le courant, sous un ciel lumineux. Les étoiles et les bandes du pavillon de la libre Amérique se déployaient et flottaient dans l'air. De belles dames, de beaux messieurs, se promenaient et causaient sur le pont, jouissant d'une radieuse journée. Tous étaient pleins de vie, dispos, joyeux; tous, excepté la troupe de Haley, qui, emmagasinée avec d'autre fret

---

[1] O-Illo, mot indien qui signifie belle eau, belle rivière.

16

dans l'entrepont, ne semblait pas apprécier ses divers privilèges : amassés en un tas, les nègres se parlaient à voix basse.

« Hé! enfants, dit Haley se frottant les mains, j'espère que vous vous tenez le cœur en joie! Pas de sournoiseries; je ne les aime pas, voyez-vous! Le nez au vent, et la bouche riante, garçons! Conduisez-vous bien avec moi, je me conduirai bien avec vous. »

Les esclaves répondirent par l'invariable : « Oui, maître, » qui, de temps immémorial, est le mot d'ordre de la pauvre Afrique : mais ils n'en devinrent pas plus allègres. Ils avaient certains préjugés au sujet des mères, des femmes, des enfants, qu'ils avaient vus pour la dernière fois. Et, bien que ceux « qui les pressuraient exigeassent d'eux de la gaieté, » elle ne pouvait naître sur l'heure. « J'ai une femme! dit l'*article* inscrit sous le nom de « John, âgé de trente ans : » il posa sa main enchaînée sur le genou de Tom; elle ne sait pas un mot de tout ceci, la pauvre créature!

— Où demeure-t-elle? demanda Tom.

— Dans une taverne, ici près, au bas de la rivière. Si je pouvais seulement la voir encore une fois en ce monde! »

Pauvre John! c'était un souhait bien naturel; et ses larmes coulaient tout aussi naturellement que celles d'un blanc. Un profond soupir s'exhala du cœur navré de Tom, et il essaya, en son humble guise, de le réconforter.

Dans la cabine au-dessus étaient assis des pères, des mères, des maris avec leurs femmes : de joyeux enfants couraient, sautaient, tourbillonnaient alentour, comme autant de gais papillons! La vie coulait à pleins bords facile et douce.

« Oh! maman, dit un petit garçon qui remontait de l'étage inférieur, il y a un marchand de nègres à bord, et il a là-bas quatre ou cinq esclaves.

— Pauvres créatures! reprit la mère d'un ton moitié chagrin, moitié indigné.

— Qu'est-ce qu'il y a? dit une autre dame.

— De pauvres esclaves dans l'entrepont.

— Et ils sont enchaînés! reprit l'enfant.

— C'est une honte pour notre pays, qu'on y voie de telles choses! s'écria une troisième femme.

— Oh! il y a beaucoup à dire pour et contre, reprit une belle dame occupée à coudre à la porte du salon, tandis que son petit garçon et sa petite fille jouaient devant elle. Je suis allée dans le Sud, et je dois dire que les nègres me paraissent plus heureux, sous tous les rapports, que s'ils étaient libres.

— Quelques-uns peut-être, sous certains rapports; reprit la personne qui avait provoqué cette réponse : selon moi, la plus terrible plaie de l'esclavage, c'est l'outrage fait aux sentiments et aux affections, la séparation des familles, par exemple.

— C'est là une mauvaise chose, assurément, dit l'autre, élevant en l'air une petite robe d'enfant qu'elle venait d'achever, et examinant avec attention les garnitures, mais j'imagine que cela n'arrive pas souvent.

— Très-souvent, au contraire, reprit la première avec vivacité; j'ai vécu des années au Kentucky et dans la Virginie, et j'y ai vu des scènes à fendre le cœur. Supposons, madame, que vos deux enfants que voilà vous fussent enlevés et vendus?

— Nous ne pouvons comparer notre manière de sentir à celle de ces gens-là, dit la dame, assortissant des laines sur ses genoux.

— Vous ne les connaissez pas, pour en parler ainsi, dit la première avec chaleur. Je suis née et j'ai été élevée parmi eux. Je sais qu'ils sentent aussi vivement, et peut-être plus vivement que nous.

— En vérité? bâilla la dame. Elle regarda par la fenêtre de la cabine, et répéta pour conclusion : Malgré tout, je les crois plus heureux que s'ils étaient libres.

— L'intention de la Providence est sans aucun doute que la race africaine soit asservie,—tenue en état d'infériorité, reprit un membre du clergé, grave personnage, vêtu de noir, assis en dehors de la cabine: « Maudit soit Canaan; il sera serviteur des serviteurs. » L'Écriture le dit.

— Êtes-vous sûr, mon cher, que ce texte dise ce que vous lui faites dire, demanda un grand homme, qui se tenait debout à côté.

— Sans nul doute. Il a plu à la Providence, pour quelque impénétrable dessein, de condamner cette race au servage pendant des siècles. Il ne nous appartient pas d'opposer notre opinion aux décrets du Seigneur.

— En ce cas, allons de l'avant, et achetons des nègres, dit l'homme, puisque la Providence le veut. N'êtes-vous pas de cet avis, mon cher? Il se tourna vers Haley qui, les mains dans ses poches, près du poêle, écoutait attentivement la conversation. Oui, poursuivit-il, nous devons tous nous résigner aux décrets de la Providence. Les nègres doivent être vendus, asservis, troqués; ils sont faits pour cela, comme nous pour les acheter. — C'est un point de vue tout à fait tranquillisant; qu'en dites-vous, mon cher? demanda-t-il à Haley.

— Je n'y ai jamais pensé, répliqua le marchand. Je n'en pourrais pas tant dire que ce monsieur. Je ne suis pas savant, moi. J'ai pris ce commerce pour amasser du bien ; et s'il y a quelque chose à redire, ma foi! j'ai calculé que j'aurais toujours le temps de me repentir. Vous comprenez.

— Et à présent, vous vous en épargnerez la peine, n'est-ce pas? Voyez ce que c'est que de connaître l'Écriture! si seulement vous aviez étudié votre Bible, comme ce saint homme, vous sauriez de quoi il retourne, et vous vous seriez économisé une foule de tracas. Vous n'auriez eu qu'à dire : « Maudit soit!... » Comment donc l'appelez-vous? — et tout marchait comme sur des roulettes, »

L'étranger, qui n'était autre que l'honnête éleveur de bestiaux, avec lequel nous avons déjà fait connaissance dans la taverne du Kentucky, s'assit et se mit à fumer, tandis qu'un sourire narquois contractait sa longue et maigre figure.

Un jeune passager, d'une physionomie aimable et intelligente, intervint : « Ce que vous voulez que les hommes vous fassent, faites-le-leur aussi de même. » — Il me semble, ajouta-t-il, que c'est là un passage de la sainte Écriture, tout aussi bien que « maudit soit Canaan. »

— Le texte en paraît pour le moins aussi clair à des ignorants comme nous, » dit l'éleveur, en lançant des bouffées de fumée volcaniques.

Le jeune homme allait en dire plus, mais le bateau s'arrêta. Selon l'usage, tous les passagers se précipitèrent vers la proue, pour voir où l'on abordait.

« Ce sont deux façons de pasteurs, pas vrai?» demanda l'éleveur à l'un des hommes qui débarquaient.

L'autre fit de la tête un signe affirmatif.

Au moment où les roues de la machine cessaient de battre l'eau, une négresse s'élança de la rive sur l'étroite planche, se fit jour à travers la foule, et gagnant l'entrepont, jeta ses deux bras autour de l'article infortuné, classé sous le titre de « John, âgé de trente ans. » Ses pleurs, ses sanglots le revendiquaient pour mari.

Mais qu'est-il besoin de redire l'histoire si souvent contée, — répétée chaque jour, — de liens brisés, de cœurs au désespoir, — du faible exploité par le fort? Ne se renouvelle-t-elle pas sans cesse? Ne crie-t-elle pas assez haut aux oreilles de celui qui entend, bien qu'il se taise?

Le jeune homme, qui avait plaidé la cause de Dieu et de l'humanité, contemplait cette scène. Il se tourna vers Haley.

« Mon ami, dit-il d'une voix émue, comment pouvez-vous, comment osez-vous faire ce trafic impie?... Regardez ces pauvres créatures! me voilà ici, moi, tout joyeux d'aller retrouver au logis ma femme et mon enfant. Et la même cloche qui m'annonce que je vais me rapprocher d'eux, sonne pour cet homme et pour sa femme le glas de la séparation! Un jour, soyez-en sûr, Dieu vous demandera compte de ceci. »

Le marchand silencieux se détourna.

« Je dis, mon cher, reprit l'éleveur en lui touchant le coude, qu'il y a ministre et ministre. Celui-ci ne m'a pas l'air de pouvoir digérer le « maudit soit Canaan! »

Haley poussa un grognement inquiet.

« Et ce qu'il y a de pis, poursuivit l'autre, c'est que le Seigneur lui-même pourrait fort bien s'en scandaliser, quand vous en viendrez, comme nous tous, à régler vos comptes avec lui, un de ces jours. »

Haley marcha d'un air pensif jusqu'à l'autre bout du bateau.

« Si je réalise d'assez beaux bénéfices sur une ou deux de mes prochaines opérations, pensa-t-il, je me retirerai cette année. Le métier devient dangereux. » Il tira son agenda, et se mit à additionner ses comptes; spécifique très-efficace pour une conscience troublée, et à l'usage de beaucoup d'autres négociants que M. Haley.

Le bateau s'écarta fièrement de la rive, et tout reprit son joyeux cours. Les hommes recommencèrent à causer, à lire, à fumer, les femmes à coudre, les enfants à jouer, et les roues à tourner de plus belle.

Un jour que le bateau avait mis en panne devant une petite ville du Kentucky, Haley se rendit à terre pour affaire de négoce.

Tom, à qui ses fers permettaient de se mouvoir dans un étroit circuit, s'était rapproché du bord, et regardait avec indifférence par-dessus le bastingage. Au bout d'un moment, il vit le marchand revenir d'un pas alerte, accompagné d'une femme de couleur, qui tenait un enfant dans ses bras. Elle était mise avec recherche; un noir la suivait chargé d'une petite malle; elle lui adressait la parole de temps à autre. Elle avança gaiement jusqu'à la planche, qu'elle franchit d'un pas rapide. La cloche tinta, la vapeur siffla, la machine gémit, haleta, et le bateau descendit la rivière.

La femme se faufila entre les caisses et les ballots qui encombraient l'entrepont, et s'asseyant, elle se mit à gazouiller avec son nourrisson.

Après avoir fait un tour ou deux dans le bateau, Haley s'approcha d'elle; il lui dit quelques mots d'un ton indifférent.

Tom vit un nuage sombre passer sur le front de la femme, comme elle répondait avec une grande véhémence :

« Je ne le crois pas; je ne veux pas le croire! vous vous jouez de moi!

— Si vous ne voulez pas le croire, regardez plutôt! dit le marchand, tirant un papier. Voilà le contrat de vente, et en bas le nom de votre maitre. Je l'ai payé en bel et bon argent, je puis vous le dire.

— Je ne peux pas croire que maitre ait voulu me tromper ainsi, reprit-elle, avec une agitation croissante.

— Vous n'avez qu'à demander au premier venu qui sait lire l'écriture. Hé! par ici! dit Haley à un homme qui passait. Tenez! lisez haut ce papier. Cette fille s'entête à ne pas me croire, quand je lui dis ce qui en est.

— C'est un contrat de vente, signé par John Fosdick, dit l'homme, qui vous cède la fille Lucie et son enfant. C'est bien en règle, pour ce que j'y vois. »

Les exclamations passionnées de la femme attirèrent autour d'elle une foule de curieux, et le marchand leur expliqua sommairement de quoi il s'agissait.

« Il m'a dit qu'il m'envoyait à Louisville, pour me louer comme cuisinière dans la taverne où travaille mon mari, s'écria-t-elle. C'est là ce que maitre m'a dit lui-

même, de sa propre bouche, et je ne peux pas croire qu'il
m'ait menti.

— Il vous a vendue, ma pauvre femme ; pas moyen
d'en douter, dit un homme à l'air bienveillant, après
avoir examiné le papier : il l'a fait ; il n'y a pas à s'y mé-
prendre.

— Alors, ce n'est plus la peine d'en parler, dit-elle, se
calmant tout à coup. Elle serra l'enfant plus étroitement
contre elle, s'assit sur sa malle, le dos tourné aux passagers, et regarda vaguement la rivière.

— Elle prend bien la chose, après tout, dit Haley. La
voilà qui se tranquillise. Une fille fière, ma foi ! »

La femme demeurait immobile pendant que marchait
le bateau. Une brise d'été, tiède et douce, passait sur sa
tête comme le souffle d'un esprit compatissant : brise du
ciel, qui ne s'enquiert pas si le front qu'elle rafraîchit est
blanc ou noir. Elle voyait le soleil étinceler sur l'eau en
réseaux d'or ; elle entendait résonner alentour des voix
joyeuses, animées par le plaisir ; mais un rocher lui était
tombé sur le cœur. L'enfant, appuyé contre son sein, se
dressa sur ses petits pieds, et de ses petites mains lui
caressa les joues. Il sautait, se relevait, balbutiant et gazouillant, comme résolu de la tirer de sa torpeur. Tout à
coup elle l'enlaça dans ses bras, et ses larmes tombèrent
.lentement, une à une, sur le petit visage étonné et riant ;
puis elle sembla de nouveau se calmer, et s'absorber dans
les soins à donner à l'enfant.

C'était un petit garçon de dix mois, d'une force et d'une
vigueur au-dessus de son âge. Toujours en mouvement,
il ne laissait pas un moment de repos à sa mère, sans
cesse occupée à le tenir, sans cesse en garde contre son
infatigable activité.

« Voilà un beau brin d'enfant ! dit un homme s'arrêtant en face, les deux mains dans ses poches. Quel âge
a-t-il ?

— Dix mois et demi, » répondit la mère.

L'homme siffla pour le marmot, et lui tendit un bâton de sucre candi, qu'il prit avidement, et qu'il porta sur-le-champ à sa bouche, dépôt général de tous les trésors des enfants.

« Un fameux gaillard! dit l'homme, et qui connaît ce qui est bon! » Il siffla et passa outre. Arrivé à l'autre bout du bateau, où Haley fumait, assis sur une pile de ballots, il s'arrêta, tira une allumette, et alluma son cigare, tout en disant :

« Vous avez là-bas une fille d'assez bon air. Hé!

— Oui, elle n'est pas mal, dit Haley, chassant de sa bouche une bouffée de fumée.

— Vous la menez au Sud?

Haley fit un signe de tête, et continua de fumer.

— Pour les plantations?

— Le fait est, reprit le marchand, que j'ai une commande d'un planteur, et je crois que je l'y comprendrai. On me dit qu'elle fait bien la cuisine : là-bas on pourra l'utiliser comme cuisinière, ou la mettre à la cueille du coton. Elle a les doigts qu'il faut pour cela : j'y ai regardé. D'une façon ou de l'autre, elle sera de bonne défaite. Et Haley reprit son cigare.

— Mais sur une plantation ils ne voudront pas du petit jeune.

— Aussi le vendrai-je à la première occasion, répliqua le marchand.

— Je suppose que vous le laisseriez à bon marché, dit l'homme, grimpant sur la pile de colis, et s'y établissant à l'aise.

— Je ne sais pas! C'est un joli petit, bien vivace, — droit, gras, fort; une chair aussi dure qu'une brique.

— C'est vrai; mais aussi il y a le tracas et la dépense de l'élever.

— Bah! ça s'élève aussi aisément que toute autre créature qui marche : les négrillons ne donnent pas plus de peine que les petits chiens. Ce gaillard-là courra tout seul dans un mois.

— J'ai précisément un endroit parfait pour les élever, et je pensais à augmenter un peu mon fonds, dit l'homme. La cuisinière a perdu son petit la semaine passée : il s'est noyé dans le baquet pendant qu'elle étendait le linge à sécher, et je pensais à lui donner ce marmot à soigner. »

Haley et l'étranger fumèrent assez longtemps en silence, ni l'un ni l'autre ne se souciant d'aborder le premier la question principale. Enfin l'homme reprit:

« Vous ne demanderiez pas plus de dix dollars de ce petit-là, vu qu'il *faut* bien vous en débarrasser. »

Haley secoua la tête, et cracha d'une façon significative.

« Ça ne prend pas, dit-il; et il se remit à fumer.

— Combien en voulez-vous donc?

— Voyez-vous! je *pourrais* élever l'enfant moi-même, ou le faire élever. Il est étonnamment sain et vivace; dans six mois il vaudra cent dollars, et deux cents au bout d'un an ou deux, si je le mène au bon endroit. Ainsi, ce sera cinquante dollars, et pas un liard de moins.

— Oh! c'est un prix ridicule! se récria l'acheteur.

— Positif! dit Haley, avec un hochement de tête résolu.

— J'en donnerai trente, mais pas un sou de plus.

— Voyons, reprit Haley, partageons le différend, et disons quarante-cinq. C'est tout ce que je puis vous concéder.

— Eh bien, c'est convenu, dit l'homme après un moment de réflexion.

— Tope là! Où débarquez-vous?

— A Louisville.

— A Louisville! répéta le marchand. A merveille! Nous abordons à la tombée de la nuit. — Le marmot dort. — Rien de mieux. — Nous l'enlevons tout doucement, sans bruit, sans criaillerie. — J'aime à faire les choses avec calme. — Je déteste l'agitation, le tapage. »

Après avoir fait passer du portefeuille de l'étranger dans le sien un certain nombre de billets de banque, Haley revint à son cigare.

Par une soirée transparente et sereine, le bateau s'arrêta au débarcadère de Louisville. Toujours assise à la même place, la femme tenait dans ses bras son nourrisson profondément endormi. Lorsqu'elle entendit crier le nom de la station, elle déposa en toute hâte l'enfant dans un petit berceau, formé par un creux au milieu des bagages; puis elle s'élança vers le bord de la barque, espérant apercevoir son mari, parmi les garçons d'hôtel qui accouraient au débarcadère. Tandisque, penchée au-dessus de la balustrade, elle promenait des regards perçants sur les têtes mouvantes du rivage, la foule, restée à bord, se pressa entre elle et l'enfant.

« Alerte! voilà le moment! dit Haley. Il enleva le petit dormeur, et le passa à l'étranger. N'allez pas le réveiller, au moins, ni le faire pleurer! nous aurions un vacarme du diable avec la mère. »

L'homme prit soigneusement le paquet, et se perdit bientôt parmi les passagers qui débarquaient.

Quand le bateau, gémissant et soufflant, fut détaché de la rive et commença lentement à se remettre en haleine, la femme regagna sa place. Le marchand était là, — l'enfant n'y était plus!

« Quoi!... où... où donc? s'écria-t-elle tout égarée.

— Lucie, dit Haley, l'enfant est parti; autant que vous le sachiez tout de suite. Vous ne pouviez pas songer à l'élever dans le Sud; je le savais, moi, et j'ai trouvé l'occasion de le vendre dans une bonne famille, qui l'élèvera mieux que vous n'auriez pu le faire. »

Le marchand en était venu à ce degré de perfection chrétienne et morale, si prôné depuis peu par certains prédicants et certains politiques du Nord; il ne lui restait pas l'ombre de préjugés ou de faiblesse humaine. Son cœur en était précisément à ce point, où le mien et le vôtre, monsieur, pourraient atteindre, avec de la culture et des efforts. Le regard égaré, que la mère au désespoir jeta sur lui, aurait pu troubler un homme moins expérimenté; mais il y était fait. Il avait vu cent et cent fois cette même expression. Vous vous y ferez aussi, ami lecteur; et le grand but d'efforts récents est d'y accoutumer nos républiques du Nord, pour la plus grande gloire de l'Union. Aussi le trafiquant regardait-il l'angoisse mortelle qui contractait ces sombres traits, ces mains crispées, ce souffle haletant, comme les incidents ordinaires du commerce. Il se demandait seulement, à part lui, si elle allait crier, et mettre le bateau en rumeur; car, de même que les défenseurs acharnés de certaines institutions, il haïssait l'agitation par-dessus tout.

Mais la femme ne cria pas : le coup l'avait frappée trop droit au cœur.

Elle s'assit : la tête lui tournait. Ses mains détendues retombèrent inertes à ses côtés. Elle regardait devant elle, sans rien voir. Le bruit, le bourdonnement du bord, le gémissement de la machine, se confondaient, comme en un cauchemar, à ses oreilles effarées. Le pauvre cœur foudroyé n'avait plus ni cri ni larmes pour épancher sa profonde angoisse. Elle était calme en apparence.

Le marchand, qui, ses intérêts à part, était presque aussi humain que la plupart de nos hommes politiques, se crut appelé à lui donner les consolations qu'admettait la circonstance.

« Je sais que ça doit t'être sensible, d'abord, Lucie, dit-il, mais une fille de bon sens, éveillée comme toi, prendra vite le dessus. C'est *nécessaire*, tu comprends; personne n'y peut rien.

— Oh ! ne me parlez pas, maître ! — ne me parlez pas ! » dit-elle de la voix de quelqu'un qui étouffe.

Il persista : « Tu es une jolie fille, Lucie. Je te veux

du bien, et je tâcherai de t'avoir une bonne place à la Basse-Rivière. Tournée comme tu l'es, tu trouveras bien vite un autre mari...

« — Ah, maître ! si vous vouliez seulement ne pas me parler... pas à présent ! » dit-elle. Il y avait dans l'accent une si poignante angoisse, que le marchand comprit que ce n'était pas de son ressort. Il se leva. La femme se retourna et s'ensevelit la tête dans sa mante.

Haley, qui se promenait de long en large, s'arrêtait parfois à la regarder.

« Elle le prend diablement à cœur ! murmura-t-il : mais du moins elle se tient tranquille. Une bonne transpiration, et ça se passera. »

Tom avait assisté au marché, du commencement jusqu'à la fin, et il en avait prévu les conséquences. Pour lui, pauvre noir ignorant, qui n'avait pas appris à généraliser, à élargir ses vues, c'était quelque chose de révoltant, d'horrible ! Instruit par certains ministres de la chrétienté, il en eût mieux jugé, et n'y eût vu qu'un incident journalier d'un commerce légal. Mais, dans son ignorance, Tom, dont les lectures se bornaient à la Bible, n'avait pas de pareilles consolations. Son cœur saignait au dedans de lui, à la pensée des *griefs* de la pauvre *chose* souffrante, qui gisait là comme un roseau brisé : — chose douée de vie, de sentiment, d'immortalité, que la loi américaine classe froidement avec les caisses, ballots et autres colis.

Tom s'approcha, et essaya de lui dire quelques mots : elle gémit sourdement. Il lui parla, dans sa candeur, et les yeux noyés de larmes, du cœur de celui qui est tout amour, et qui habite dans les cieux, de Jésus, si plein de pitié pour tous, de la demeure éternelle où elle rejoindrait son enfant ; mais l'angoisse du désespoir fermait ses oreilles, et paralysait son cœur.

La nuit vint, — calme, glorieuse, impassible, avec ses milliers d'étoiles étincelantes, yeux angéliques, si beaux, mais si muets ! Pas une parole, pas un accent de pitié, pas une main tendue de ce ciel lointain !

Les voix qui causaient d'affaires ou de plaisir, se turent l'une après l'autre. Tout dormait à bord, et l'on entendait bouillonner l'eau sous la proue. Tom s'étendit sur une caisse : de temps à autre un sanglot étouffé arrivait jusqu'à lui, un cri de la pauvre femme qui gisait prosternée. « Oh ! que ferai-je?... Seigneur !... Seigneur, mon Dieu, ayez pitié!... secourez-moi ! » Ainsi, par intervalles, jusqu'à ce que le murmure s'éteignit peu à peu.

Vers le milieu de la nuit, Tom tressaillit et s'éveille Une ombre passait rapidement entre lui et le bord du bateau : il entendit rejaillir l'eau. Seul, il avait vu et entendu. Il leva la tête —— la place qu'occupait la femme était vide ! Il se glissa par terre, et la chercha en vain. Le pauvre cœur saignant avait cessé de battre, et les eaux, qui venaient de se refermer au-dessus, ondulaient souriantes et lumineuses.

Patience ! patience ! vous dont l'indignation s'éveille à de tels maux. Pas une palpitation, pas une larme de l'opprimé n'est perdue pour l'Homme de Douleurs, pour le Seigneur en sa gloire. Dans son sein patient et généreux il porte les angoisses d'un monde. Comme lui, supportez avec patience et travaillez avec amour, car aussi sûr qu'il est Dieu, « le jour de la rédemption viendra. »

Haley se leva de bonne heure, et courut, alerte et dispos, visiter sa vivante marchandise. Ce fut à son tour de regarder partout avec inquiétude.

« Où diable s'est fourrée cette fille ? » demanda-t-il à Tom.

Celui-ci, que l'expérience avait rendu prudent, ne crut pas devoir lui faire part de ses remarques. Il dit qu'il l'ignorait.

« Impossible qu'elle se soit glissée dehors cette nuit, à

l'une des stations : chaque fois que le bateau s'arrêtait, j'étais debout, l'œil au guet. Je ne m'en fie jamais qu'à moi en pareil cas. »

Ce discours s'adressait à Tom, sur un ton confidentiel, comme s'il eût dû l'intéresser tout particulièrement. Il ne répondit rien.

Le marchand fouilla le bateau de la poupe à la proue, retourna les caisses et les ballots, chercha dans la chambre de la machine, autour des cheminées, partout ; en vain.

« A présent, Tom, sois franc, dit-il, lorsqu'après ses infructueuses recherches il revint où il l'avait laissé. Tu sais quelque chose — ne me dis pas non — j'en suis sûr. J'ai vu la fille étendue là vers dix heures hier au soir, je l'y ai revue à minuit, et encore d'une heure à deux. A quatre heures elle n'y était plus, et tu étais couché là, tout à côté, tu dois savoir de quoi il retourne — c'est impossible autrement.

—Eh bien, maître, dit Tom, vers le matin quelque chose a passé tout contre moi ; je me suis éveillé à demi, et j'ai entendu un grand bruit d'eau : alors j'ai ouvert tout à fait les yeux, et la fille n'était plus là. C'est tout ce que j'en sais. »

Le marchand ne fut ni ému, ni étonné ; car, ainsi que je vous l'ai dit, il était fait à beaucoup de choses, avec lesquelles vous n'êtes pas encore familiarisés. La présence même de la mort n'éveillait chez lui ni solennel effroi, ni glacial frisson. Il l'avait vue tant et tant de fois ! — il l'avait rencontrée dans les voies du négoce, et la connaissait bien. — Seulement il la regardait comme une impitoyable créancière qui, parfois, entravait déloyalement ses opérations commerciales.

Il se contenta de jurer que la fille était une franche coquine, qu'il était diablement peu chanceux, et que si les choses continuaient de la sorte, il ne gagnerait pas un sou à son voyage. Bref, il se considérait décidément

comme un homme lésé, avec lequel on en a mal agi :
mais il n'y avait pas de remède. La femme avait fui dans
un État qui ne rend pas les fugitifs—non, pas même à la
demande de toute la glorieuse Union! Le marchand
s'assit donc, et, mécontent, inscrivit sur son agenda, à
la colonne profits et pertes, l'âme et le corps qui man-
quaient à l'appel [1].

« Quelle ignoble créature que ce marchand, n'est-ce
pas? si dépourvu de cœur! c'est affreux!

— Oh! mais personne ne fait cas de ces gens-là! Ils
sont universellement méprisés; nulle part ils n'ont accès
dans la bonne compagnie.

— Et je vous prie, monsieur, qui donc fait le marchand? qui est le plus à blâmer? du trafiquant grossier,
ou de l'homme cultivé, instruit, intelligent, qui défend
le système, dont le trafiquant n'est que l'inévitable résultat. Vous formez l'opinion publique qui l'encourage dans
son commerce, qui le corrompt, qui le déprave, jusqu'à
ce qu'il n'en rougisse plus. Et vous prétendez valoir
mieux que lui!

— Il est ignorant et vous êtes instruit; — il est au bas
de l'échelle et vous êtes en haut; — il est vulgaire et vous
êtes poli; — vous avez des talents, il a l'esprit borné.

Au jour du jugement à venir, ces considérations pourraient bien faire pencher la balance de son côté.

---

[1] Aux critiques qui accusent l'auteur d'exagération, nous répondrons par
un *fait* récent, extrait d'un journal américain, le *Boston Daily Evening
Transcript*, du 14 décembre 1852 :

« Une négresse a été dernièrement pendue à Cedartown. Voilà pourquoi.
Son maître lui signifia qu'il avait vendu ses quatre enfants. L'acquéreur était
un homme connu dans tout le voisinage pour un avare et un tyran, qui, non-seulement affamait ses esclaves, mais les battait avec la plus odieuse brutalité. La
mère au désespoir supplia son maître à genoux de résilier le marché, de lui
laisser ses enfants, ou tout au moins de les vendre à quelque autre. Ses suppli-
cations furent vaines. Les enfants devaient être livrés le lendemain. Elle les
tua dans la nuit. Elle a été jugée et pendue pour crime d'infanticide. »

(Note des traducteurs).

Pour en finir avec ces petits incidents d'un commerce légal, — nous supplions le monde de ne pas croire les législateurs américains aussi dépourvus d'humanité, que tendraient à le faire penser les prodigieux efforts de notre Congrès national, pour protéger et perpétuer ce genre de trafic.

Qui ne sait que nos grands hommes déclament à l'envi contre la traite des noirs à l'étranger? Il s'est élevé parmi nous toute une armée de Clarkson et de Wilberforce, des plus édifiants à voir et à entendre.

La traite des noirs de l'Afrique! à l'horreur! — mais la traite des nègres du Kentucky, — oh! c'est tout autre chose!

CHAPITRE XIV

Intérieur d'une famille quaker.

Une scène de sérénité et de paix s'offre maintenant à nous. Entrons dans cette propre et spacieuse cuisine, au plancher jaune, uni, brillant, où l'on n'aperçoit pas un atome de poussière. Un poêle de fonte, d'un noir lustré, sert à la fois de calorifère et de fourneau. Des rangées d'assiettes d'étain, reluisent comme de l'argent, stimulent l'appétit et réveillent la mémoire de l'estomac. D'antiques et solides chaises vertes, en bois, garnissent les murailles. Au milieu de la pièce sont deux berceuses [1]; l'une petite, étroite, à fond de canne, garnie d'un coussin fait de pièces de rapport, mosaïque d'étoffes à couleurs tranchantes: l'autre, grande, maternelle, vous invitant à bras ouverts, vous sollicitant de ses moelleux coussins, — vraiment confortable, persuasive, plus hospitalière, en sa rusticité, qu'une douzaine de fauteuils de salon en velours ou en brocatelle. Dans la première, se

---

[1] *Rocking-chair.* Sorte de chaise à bascule, très en usage chez les Américains, et à laquelle on imprime, en s'y asseyant, un mouvement d'escarpolette.

balance doucement notre ancienne amie Éliza, appli-
quée à un délicat travail de couture. C'est bien elle, mais
plus pâle et plus maigre que dans sa petite chambre du
Kentucky. L'ombre de ses longs cils, le contour de sa
jolie bouche, trahissent une douleur profonde, mais contenue. Il est aisé de voir que le cœur de la jeune femme
a mûri sous la rude discipline de la souffrance; et lorsque, de temps à autre, elle lève ses grands yeux noirs
pour surveiller les jeux de son Henri, qui, pareil à un
papillon des tropiques, voltige çà et là, on y lit une fermeté, une décision, qu'on y eut vainement cherché en
des jours plus heureux.

A ses côtés, une femme est assise : elle tient sur
ses genoux une brillante casserole de métal, où elle
range avec méthode des fruits secs. Elle peut avoir
de cinquante-cinq à soixante ans, mais sa figure est
de celles que le temps n'effleure que pour les embellir et les épurer. Son bonnet de crêpe lisse, d'un blanc
de neige, taillé sur le strict patron quaker, son simple
fichu de mousseline blanche, croisé sur sa poitrine en
plis réguliers, sa robe et son châle gris, indiquent tout de
suite à quelle communion elle appartient. Ses joues rondes et rosées ont encore, comme dans la jeunesse, le
soyeux duvet de la pêche. Ses cheveux, légèrement argentés par l'âge, se séparent sur un front placide, où la
vie n'a laissé qu'une empreinte, « paix sur la terre, et
bon vouloir au prochain; » au-dessous brillent deux grands
yeux bruns, honnêtes, limpides, affectueux : il suffit de
les regarder en face pour lire jusqu'au fond du meilleur,
du plus loyal cœur qui ait jamais battu dans le sein
d'une femme. On a tant et tant célébré la beauté des
jeunes filles, peut-être se trouvera-t-il un poëte sensible
à la beauté des vieilles? Qu'il s'inspire de notre bonne
amie, Rachel Halliday, telle qu'elle est là, devant nous,
assise dans sa berceuse! Ladite berceuse, par suite peut-
être d'un rhume attrapé dans sa jeunesse, d'une dispo-

sition asthmatique ou nerveuse, avait contracté l'habitude de geindre; en sorte qu'elle accompagnait chaque mouvement de va et vient d'une plainte dolente, qui eût été intolérable de la part de tout autre siége. Mais le vieux Siméon Halliday déclarait aimer cette musique, et ne s'en pouvoir passer. Les enfants, aussi, n'eussent voulu pour rien au monde que la berceuse de la mère cessât de crier. Pourquoi? Parce que, depuis vingt ans et plus, ce bruit se mêlait aux affectueuses paroles, aux douces remontrances, aux caresses maternelles. Que de maux de tête, que de peines de cœur, s'étaient assoupis à ce son! Que de questions, spirituelles et temporelles, avaient été résolues autour de ce fauteuil! que de chagrins apaisés! et tout cela par une bonne et tendre femme: Dieu la bénisse!

« Ainsi tu persistes à vouloir aller au Canada, Éliza[1]? dit Rachel en continuant le triage de ses fruits.

— Oui, madame, reprit Éliza d'une voix ferme: il faut que j'aille plus avant; je n'ose m'arrêter.

— Et que feras-tu une fois là-bas? il est sage d'y penser, ma fille. »

Ce mot, « ma fille, » venait tout naturellement sur les lèvres de Rachel; le nom sacré de « mère » semblait si bien fait pour elle. Les mains d'Éliza tremblèrent, et quelques larmes tombèrent sur son ouvrage.

— Je ferai... tout ce que je pourrai trouver à faire, et... j'espère trouver quelque chose.

— Tu sais qu'il ne tient qu'à toi de rester ici tant qu'il te plaira.

— Oh! merci, mais... Éliza désigna du doigt le petit Henri,—je ne peux pas dormir en paix; je ne puis prendre aucun repos: la nuit dernière encore j'ai rêvé que je voyais cet homme entrer dans la cour, dit-elle en frissonnant.

Rachel s'essuya les yeux: « Pauvre enfant! ne t'alarme pas ainsi! le Seigneur n'a pas permis qu'un seul fugitif

[1] Les quakers ou *amis* regardent tous les hommes comme frères, et tutoyent même les étrangers.

fût jamais enlevé de notre village : ton fils ne sera pas le premier, j'espère.

Ici la porte s'ouvrit, et une petite femme, rondelette comme une pelotte, appétissante et colorée comme une pomme, se montra sur le seuil. De même que Rachel, elle était vêtue de gris, et un fichu de mousseline se croisait sur son sein rebondi.

« Ruth Stedman ! dit Rachel, en allant joyeusement à sa rencontre, et lui tendant les deux mains avec cordialité. Comment te va, Ruth?

— A merveille, » répliqua Ruth. Elle ôta son petit chapeau gris, et l'épousseta avec son mouchoir, laissant à découvert une petite tête ronde, sur laquelle le bonnet quaker prenait des airs mutins, en dépit des efforts de deux petites mains potelées pour le ranger à l'ordre. Certaines mèches de cheveux, obstinément bouclées, s'échappaient aussi çà et là, et ne rentrèrent dans leur prison qu'après force cajoleries. La nouvelle venue, qui pouvait avoir vingt-cinq ans, et qui avait consulté le miroir pour réparer le désordre de sa toilette, se retourna enfin d'un air satisfait. — Qui n'eût été satisfait de la voir aurait eu l'humeur difficile, car c'était bien la petite femme la plus avenante, la plus gaie, la plus gazouillante, qui ait jamais réjoui le cœur d'un mari.

« Ruth, cette amie est Éliza Harris, et voilà le petit garçon dont je t'ai parlé.

— Je suis contente de te voir, Éliza, — très-contente, dit Ruth lui donnant une poignée de mains, comme à une ancienne amie depuis longtemps attendue. C'est là ton cher enfant!... Je lui ai apporté un gâteau. Elle tendit un cœur en biscuit au petit garçon, qui s'approcha et le prit timidement.

— Où est ton poupon, à toi, Ruth? demanda Rachel.

— Oh! il vient; mais ta Marie l'a attrapé au passage, et s'est sauvée avec lui dans la grange pour le montrer aux enfants. »

A ce moment la porte s'ouvrit, et Marie, honnête jeune fille, au teint rosé, aux yeux bruns comme ceux de sa mère, fit son entrée avec le poupon.

« Ah! ah! dit Rachel, prenant le gras et blanc marmot dans ses bras : comme il a bonne mine, et comme il grandit!

— Je crois bien! » dit la petite Ruth. Elle s'empara du poupon, et commença, d'un air affairé, à lui ôter une petite capuche bleue, et à le démailloter de nombre d'enveloppes extérieures. Après avoir tiré de droite, tiré de gauche, pour le rajuster à sa guise, elle l'embrassa de tout son cœur, et le posa par terre, livré à ses pensées.

Pouponnet semblait fait à cette façon d'agir; il mit son doigt dans sa bouche et s'absorba dans ses réflexions, tandis que la mère, tirant son ouvrage de son sac, tricottait avec ardeur un bas de laine bleu et blanc.

« Tu feras bien de remplir la bouilloire, Marie, mon enfant, » suggéra doucement Rachel.

Marie porta la bouilloire à la fontaine, et revint la placer sur le feu, où l'encensoir domestique se mit bientôt à chantonner, et à lancer en l'air un nuage de vapeur, présage de bonne chère et d'hospitalité. Sur quelques mots murmurés par Rachel, les fruits secs allèrent aussi chauffer de compagnie. La mère prit alors sur le dressoir une planche parfaitement propre, attacha un tablier devant elle, et commença tranquillement à pétrir des biscuits. « Ne ferais-tu pas bien, Marie, dit-elle auparavant à sa fille, de conseiller à John d'apprêter un poulet? » Et Marie disparut en conséquence.

« Comment va Abigaïl Peters? demanda Rachel, tout en maniant sa pâte.

— Oh! elle va mieux, répliqua Ruth. Je suis allée la voir ce matin; j'ai fait le lit et rangé la maison. Lia Hills y a passé l'après-midi : elle a fait du pain et des galettes pour plusieurs jours; j'ai promis d'y retourner ce soir, afin de lever un peu Abigaïl.

— Moi, j'irai demain faire les nettoyages, et voir au linge à raccommoder, dit Rachel.

— Bien, reprit Ruth; mais j'ai ouï dire, ajouta-t-elle, que Hannah Stanwood est malade. John a veillé la nuit dernière. — Ce sera mon tour demain.

— John peut venir ici prendre ses repas, tu sais, si tu es retenue tout le jour.

— Merci, Rachel, nous verrons demain; mais voilà Siméon. »

Siméon Halliday, grand, robuste et droit, portait un pantalon, un habit de drap gris, et un chapeau à larges bords.

« Comment te va, Ruth? dit-il avec chaleur, tendant sa large main à la petite main potelée de la jeune femme; et John?

— Oh! John va bien, ainsi que tout le reste de nos gens, dit Ruth gaiement.

— Pas de nouvelles, père? demanda Rachel, comme elle mettait ses biscuits au four.

— Si. Pierre Stebbins m'a dit qu'*ils* seraient ici ce soir avec des *amis*, répliqua Siméon d'un ton significatif, tout en se lavant les mains sous un arrière petit porche.

— En vérité! et Rachel regarda Éliza d'un air pensif.

— N'as-tu pas dit que tu te nommais Harris, dit Siméon à Éliza, lorsqu'il rentra dans la cuisine.

— Oui, répondit Éliza d'une voix tremblante; car dans ses terreurs, toujours éveillées, elle pensait qu'on avait peut-être affiché son signalement.

— Mère! dit Siméon, debout sous le porche, en appelant sa femme.

— Que me veux-tu, père? dit Rachel, essuyant ses mains enfarinées, et allant à lui.

— Le mari de cette jeunesse est avec les nôtres, et sera ici ce soir.

— En es-tu bien sûr, père? dit Rachel, le visage rayonnant de joie.

— Très-sûr. Pierre est descendu hier avec le chariot à la station d'en bas; il y a trouvé une vieille femme et deux hommes, dont l'un a dit se nommer Georges Harris; et, d'après ce qu'il a conté de son histoire, c'est lui, j'en suis certain : un beau et brave garçon! — Le dirons-nous tout de suite à sa femme?

— Consultons Ruth, dit Rachel. Ruth! viens par ici!»

Ruth posa son tricot, et fut sous le porche en un clin d'œil.

« Qu'en penses-tu, Ruth? dit Rachel. Le père assure que le mari d'Éliza est parmi les derniers venus, et qu'il sera ici ce soir. »

Une explosion de joie de la petite quakeresse interrompit la mère. Elle fit un tel saut, en joignant ses petites mains, que les deux boucles rebelles, échappées encore une fois de leur cage, se déroulèrent sur son blanc fichu.

« Paix! chère! dit doucement Rachel, paix, Ruth! conseille-nous : faut-il le lui dire tout de suite?

— Oui, certes, à la minute! Supposons que ce fût mon John, je ne me soucierais pas d'attendre. Dites-le-lui tout droit.

— Tes retours sur toi-même sont encore de l'amour du prochain! dit Siméon, dont la figure s'épanouit en regardant Ruth.

— Et sommes-nous ici-bas pour autre chose? Si je n'aimais pas John et mon petit garçon, je ne pourrais pas me mettre à sa place, et me figurer tout ce qu'elle doit sentir. Allons, va lui dire, va vite! — Et elle pressa de ses mains caressantes le bras de Rachel. — Emmène-la dans ta chambre, je me charge de faire rôtir le poulet. »

Rachel rentra dans la cuisine, où Éliza cousait; et, ouvrant la porte d'une petite pièce voisine, elle lui dit de sa voix la plus douce : « Viens par ici, ma fille, j'ai des nouvelles à te donner. »

Éliza rougit, se leva tremblante d'inquiétude, et regarda son fils.

« Non, non, s'écria la petite Ruth, s'élançant vers elle et lui prenant les mains; n'aie pas peur, ce sont de bonnes nouvelles, Éliza! entre, entre donc! » Elle la poussa doucement vers la porte, qui se referma sur elle; puis se retournant, elle attrapa au vol le petit Henri, et l'embrassa avec effusion.

« Tu reverras ton père, petit! tu ne sais pas? ton père revient! » répétait-elle, tandis que l'enfant ouvrait de grands yeux étonnés.

De l'autre côté de la porte, Rachel Halliday attirant à elle Éliza, lui disait : « Le Seigneur a eu pitié de toi, ma fille; ton mari s'est échappé de la terre de servitude. »

Le sang empourpra les joues blêmes d'Éliza, puis reflua aussitôt vers son cœur. Elle s'assit, et se sentit faiblir.

« Prends courage, enfant, dit Rachel, lui posant la main sur la tête; il est avec des amis qui l'amèneront ici ce soir.

— Ce soir! balbutia Éliza, ce soir! » Mais les mots n'avaient plus de sens. Son esprit n'était que trouble et confusion : tout se perdait dans un brouillard.

Quand elle rouvrit les yeux, elle était dans un bon lit, bien couchée, bien couverte. La petite Ruth lui faisait respirer du camphre et lui en frottait les mains. Elle ressentait une vague et délicieuse langueur, comme si, longtemps écrasée sous un lourd fardeau, elle en était délivrée. L'excessive tension de ses nerfs, qui n'avait pas cessé depuis la première heure de sa fuite, céda enfin : un profond sentiment de paix et de sécurité se répandit en elle. Les yeux grands ouverts, elle suivait, comme en un paisible rêve, les mouvements de ceux qui l'entouraient. Elle vit s'ouvrir la porte qui communiquait avec la cuisine; elle vit la table mise pour le souper, avec sa nappe blanche; elle entendit le chant de la théière; elle vit Ruth passer et repasser, avec des assiettes de friandises, s'arrêter pour donner un biscuit à Henri, le caresser, rouler sur ses doigts blancs les longs cheveux noirs et bouclés de l'enfant. Elle vit Rachel, la digne et vénérée matrone, s'approcher de temps en temps du lit pour relever l'oreiller, arranger les draps, et d'une façon ou d'une autre épancher sa bienveillance; il lui semblait que, de ces grands yeux bruns et limpides, un rayon de soleil descendait sur elle, et lui réchauffait le cœur. Elle vit entrer le mari de Ruth; — elle vit la jeune femme courir à lui, et lui parler tout bas avec vivacité, en montrant d'un geste expressif la chambre à coucher. Elle la vit assise avec son poupon dans ses bras. Elle les vit tous à table, et le petit Henri hissé sur une grande chaise, et abrité sous les larges ailes de Rachel Halliday. Un doux murmure de causeries, un petit cliquetis de cuillères, le bruit harmonieux des tasses et des soucoupes, tout se fondit en une rêverie délicieuse, et Éliza dormit, comme elle n'avait pas dormi depuis l'heure terrible où elle avait pris son enfant, et s'était enfuie avec lui, par une nuit étoilée et glaciale.

Elle rêva d'un beau pays, — d'une terre qui lui semblait le séjour du repos, de rives vertes, d'îles riantes, d'eaux qui scintillaient au soleil; et là, dans une maison, que de douces voix lui disaient être la sienne, elle voyait son enfant jouer, libre et heureux. Elle entendit le pas de son mari; elle le sentit s'approcher; il l'entoura de ses bras; ses larmes inondèrent sa figure. Elle s'éveilla! Ce n'était pas un rêve! Le soleil était couché depuis longtemps. Son fils dormait à ses côtés; une chandelle éclairait obscurément la chambre, et à son chevet sanglotait son mari.

Le lendemain, le jour se leva joyeux sur la maison des quakers. La mère, debout à l'aube, entourée d'actifs garçons et filles, que nous n'avons pas eu le temps de présenter hier au lecteur, et qui tous, obéissant aux af-

fectueux appels de Rachel : « Tu feras bien; » ou plus
doucement encore : « Ne ferais-tu pas mieux? » s'affai-
raient à la grande œuvre du déjeuner; car un déjeuner,
dans les fertiles vallées d'Indiana, est chose multiple,
compliquée; et, comme à la cueille des feuilles de roses,
et à la taille des buissons du paradis terrestre, la main
de la mère seule n'y saurait suffire. Tandis que John
courait à la source puiser de l'eau, que Siméon, deuxième
du nom, passait au crible la farine de maïs, que Marie
était en train de moudre le café, Rachel s'occupait doucement et tranquillement à découper le poulet, à pétrir
les biscuits, répandant, comme le soleil, partout et sur
tous, sa chaude et radieuse lumière. — Si le zèle intempestif des jeunes travailleurs menaçait d'amener quelque collision, un doux : « Allons! allons! » ou bien :
« A ta place je ne le ferais pas, » suffisait pour tout
apaiser. Les poëtes ont célébré la ceinture de Vénus, qui
tournait les têtes de génération en génération : j'aimerais mieux, pour ma part, la ceinture de Rachel, qui empêchait les têtes de tourner, et mettait tout le monde
d'accord. Elle irait décidément mieux à nos temps modernes.

Pendant tous ces apprêts, Siméon premier, debout
devant un miroir, ses manches de chemises retroussées,
procédait à l'opération anti-patriarcale de se raser. Tout
se passait dans la grande cuisine, d'une façon si amicale,
si paisible, si harmonieuse, chacun paraissait tellement
se complaire à sa besogne, il régnait partout une atmosphère de confiance mutuelle et de fraternité si grande,
que les couteaux et les fourchettes semblaient glisser
d'eux-mêmes sur la table, et que le poulet et le jambon
sifflottaient dans la poêle, comme enchantés de faire leur
partie dans le concert. Lorsque Georges, Éliza et le petit
Henri entrèrent, ils furent si chaudement accueillis, qu'il
n'est pas étonnant que tout cet ensemble leur parut un
rêve.

Enfin, on se mit à déjeuner, tandis que Marie, debout près du fourneau, surveillait la cuisson des galettes, qui, dès qu'elles atteignaient à la perfection du beau brun doré, passaient du gril sur les assiettes.

Rachel n'était jamais plus bénignement belle, plus véritablement heureuse, que lorsqu'elle présidait au repas de famille : elle mettait une tendresse maternelle à faire circuler les gâteaux, une plénitude de cœur à verser une tasse de café, qui semblaient infuser un esprit d'union et de charité dans la nourriture et le breuvage.

Pour la première fois Georges s'assoyait, sur un pied d'égalité, à la table d'un blanc. Il éprouva d'abord de la gêne, et quelque contrainte ; mais cette sensation se dissipa, comme un brouillard, sous l'influence de cette simple et cordiale hospitalité. C'était bien la maison, — l'intérieur de famille, — le *home*, — mot dont Georges n'avait encore jamais compris le sens. La croyance en Dieu, la foi en sa providence, commencèrent à entourer son cœur d'une auréole de paix et de sécurité. Les sombres doutes de l'athéisme, la misanthropie du désespoir, se fondirent devant la lumière d'un évangile vivant, animé du souffle des vivants, prêché par une foule d'actes d'amour et de bon vouloir ; actes qui, comme le verre d'eau froide donné au nom du Seigneur Jésus, ne resteront pas sans récompense.

« Père, qu'arrivera-t-il si l'on t'y prend encore cette fois ? dit Siméon deux, en beurrant sa galette.

— Je payerai l'amende, répliqua Siméon premier, tranquillement.

— Mais s'ils te mettent en prison ?

— N'êtes-vous pas en état, ta mère et toi, de mener la ferme ? dit Siméon en souriant.

— Oh ! mère est en état de tout conduire, dit le jeune garçon ; mais n'est-ce pas une honte de faire de pareilles lois ?

— Ne parle pas mal de ceux qui te gouvernent, Si-

méon, reprit gravement le père. Le Seigneur ne nous
accorde les biens terrestres qu'afin d'en user avec justice
et charité. Si pour cela nos gouvernants exigent de nous
la dîme, nous devons la leur payer.

— Je n'en hais pas moins ces vieux propriétaires d'esclaves! dit le garçon, aussi anti-chrétien que peut l'être
un réformateur moderne.

— Tu m'étonnes, mon fils! ta mère ne t'a jamais enseigné des paroles de haine. Ce que j'ai fait pour l'esclave,
je le ferais pour le maître, si le Seigneur l'envoyait à ma
porte à son heure d'affliction. »

Siméon deux devint pourpre; mais la mère sourit et
se contenta de dire : « Siméon est mon bon fils; il est
jeune; en grandissant, il pensera comme son père.

— J'espère, mon cher monsieur, qu'aucun danger ne
vous menace à cause de nous, dit Georges avec anxiété.

— Ne crains rien, Georges. Pourquoi donc serions-
nous ici-bas? Si nous n'acceptions quelque ennui pour
servir une bonne cause, nous ne serions pas dignes de
porter le nom d'*amis*.

— Mais, pour *moi!*... je ne puis m'y résigner! dit
Georges.

— Ne te trouble pas, ami Georges. Ce n'est pas pour
toi, mais pour Dieu et pour le prochain. Maintenant, il
te faut dormir tranquille. Ce soir, à dix heures, Phinéas Fletcher te conduira en avant, jusqu'à la prochaine station, — toi et ceux qui t'accompagnent.
Les traqueurs te suivent de près : il ne faut pas nous
attarder.

— Alors, pourquoi attendre à ce soir? demanda
Georges.

— Parce que de jour tu es en sûreté ici; il n'y a personne dans la colonie qui ne soit un Ami, et tous veillent.
D'ailleurs, il est plus sûr de voyager la nuit. »

CHAPITRE XV

Évangéline.

Étoile du matin, ta clarté vacillante
Ne pourrait se mêler aux profanes lueurs;
Sois si doux, si pur, étincelle et charmante,
Rose, dans ta corolle enfermant tes senteurs.

Le Mississipi! quelle baguette enchantée a tout à coup changé les scènes si poétiquement décrites par Chateaubriand! Ce fleuve majestueux qui, dans un silence magnifique, à travers toutes les pompes de la création, roulait ses ondes puissantes au milieu de solitudes sans bornes, a surgi, du pays des rêves, des visions, des merveilles, à une réalité à peine moins saisissante et moins splendide. Quelle autre rivière porterait à l'Océan les richesses d'une aussi vaste contrée?—d'un pays qui, des tropiques au pôle, développe, sur une aussi large échelle, un aussi grand nombre de produits? Ses eaux bourbeuses, gonflées, rapides, se précipitant sans relâche, sont comme l'emblème du flot impétueux d'affaires versé tout le long de son cours par une race plus énergique, plus véhémente qu'aucune de celles du vieux monde. — Ah! que le fleuve ne transporte plus désormais cette horrible cargaison d'opprimés en pleurs, pauvres ignorants, dont les gémissements, les amères et ardentes prières, en appellent à un Dieu inconnu, invisible, muet, mais qui viendra un jour « sauver tous les pauvres de la terre. »

L'oblique lumière du soleil couchant frémissait sur toute la vaste étendue du fleuve semblable à une mer; les roseaux frissonnants, et les sombres et gigantesques cyprès, le front surchargé des guirlandes funèbres de noires mousses pendantes, s'empourpraient de ses rayons mourants, à mesure que le bateau à vapeur descendait lourdement la rivière. Empilées sur ses ponts, amarrées sur ses flancs, les énormes balles de coton, pro-

16.

duits de plantations nombreuses, qu'il transportait au marché voisin, le faisaient ressembler, à distance, à un bloc carré et grisâtre. A bord s'agitait une foule bigarrée, parmi laquelle on eût cherché longtemps, avant de le découvrir, Tom, notre humble ami. Enfin, nous l'apercevons, retranché dans un petit recoin, au sommet de ballots entassés. Grâce en partie à la confiance inspirée par les recommandations de M. Shelby, et plus encore à l'influence d'un caractère inoffensif et tranquille, Tom s'était peu à peu insinué assez avant dans la confiance même de Haley.

D'abord, le marchand l'avait attentivement surveillé de jour, et lui remettait ses fers chaque nuit; mais la muette patience, la douce quiétude des manières de Tom, avaient désarmé peu à peu le rude maître, et le nègre jouissait maintenant d'une sorte de liberté sur parole; il pouvait, dans le bateau, aller et venir à sa fantaisie.

Toujours calme, toujours bienveillant, prompt à prêter la main en toute occurrence aux ouvriers, aux matelots, il s'était fait aimer d'eux, et passait, en grande partie, son temps à les aider, d'aussi bon cœur qu'il avait travaillé naguère à la ferme du Kentucky. Lorsqu'il ne trouvait plus rien à faire, il grimpait sur le tillac, au plus haut de la pile des ballots, et blotti dans le recoin où nous l'avons trouvé, s'y recueillait, heureux d'épeler sa Bible.

A partir de près de quarante lieues au-dessus de la Nouvelle-Orléans, le fleuve, plus élevé que les contrées environnantes, roule le prodigieux volume de ses eaux entre des levées massives, d'environ vingt pieds de hauteur. De la galerie du pont d'un bateau à vapeur, comme du sommet d'une citadelle flottante, le voyageur domine toute une vaste étendue de pays. Tom voyait donc se développer devant lui, de plantations en plantations, le plan de sa future existence.

Il voyait au loin les esclaves au travail; il voyait s'ali-

gner les longues rangées de cases, toujours à distance de
la majestueuse demeure du maître et de ses parcs somp-
tueux; et à mesure que se déroulait le tableau mouvant,
son pauvre cœur insensé, retournait à la ferme du Kentucky, avec ses vieux hêtres touffus; — à la grande maison, avec ses frais et longs vestibules, et tout proche, à la
petite case enfouie sous les roses et les bignonias : là,
il revoyait les figures aimées de camarades d'enfance
grandis avec lui; il retrouvait sa vigilante femme hâtant
les apprêts de leur repas du soir; il entendait le joyeux
rire des garçons à leurs jeux, et le doux gazouillis de la
petite mignonne sur son genou. Puis, il tressaillait soudain; tout avait disparu, et, glissant le long des deux
bords, reparaissaient les interminables champs de canne
à sucre, les cyprès, les plantations successives; tandis
que les craquements, les mugissements de la machine,
venaient lui rappeler que c'en était fini, à tout jamais
fini, de cette phase de sa vie.

En pareil cas, lecteur, vous écririez à votre femme, à
vos enfants. Mais Tom ne savait pas écrire — la poste
pour lui n'existait point; jamais un signe, un mot ne
franchirait l'abîme de la séparation.

Est-il donc étrange que des larmes vinssent mouiller
les pages de sa Bible, alors que la tenant ouverte sur un
ballot, suivant d'un doigt patient ligne après ligne, il
cherchait à s'en retracer les divines promesses? Tom avait
appris tard; c'était un lecteur peu expert, et il cheminait
pesamment de verset en verset. Son livre de prédilection
était heureusement de ceux qui ne perdent rien à être
lus avec lenteur : au contraire, chaque mot, pareil à un
lingot d'or, doit être pesé à part, afin que l'esprit se pénètre de son inestimable valeur. Ainsi faisait Tom, suivant du doigt chaque syllabe, et la prononçant à demi voix.

« Que-votre-cœur-ne-se-trouble-point.-Il-y-a-plu-
« sieurs-demeures-dans-la-maison-de-mon-père.-Je-
« m'en-vais-vous-préparer-le-lieu. »

Cicéron, lorsqu'il perdit sa fille unique et chérie, ressentit une douleur égale à celle que Tom ressentait — pas plus grande, — car tous deux n'étaient que des hommes. Mais l'orateur romain ne connaissait pas ces sublimes paroles, empreintes d'espérance, et gages certains d'une réunion future. Les eût-il connues, il y a dix à parier contre un qu'il n'eût pas voulu y croire ; — il eût soulevé tout d'abord mille questions sur l'authenticité du texte, sur la fidélité des traducteurs. Pour le pauvre Tom, c'était juste ce qu'il lui fallait, des vérités si évidentes, si divines, que la possibilité d'un doute ne traversât jamais son humble cerveau. Ce devait être vrai ; sinon, comment eût-il trouvé la force de vivre?

La Bible de Tom, dépourvue de renvois, de notes savantes, avait été enrichie par lui de certains points de reconnaissance, de certains signes de son invention, qui le guidaient plus sûrement que ne l'eussent pu faire les commentaires des érudits. Il avait eu pour coutume de se faire lire la Bible par les enfants de son maître, surtout par le jeune Georgie ; et pendant la lecture, il marquait à l'encre, d'un trait hardi ou d'un pâté, chaque phrase qui charmait son oreille, ou touchait plus profondément son cœur. Sa Bible, ainsi annotée du commencement jusqu'à la fin, avec une grande variété de style, lui permettait de relire ses passages favoris, sans épeler laborieusement les intervalles. Dans le saint livre, ouvert devant lui, chaque page lui retraçait quelques chers souvenirs du logis, ravivait quelques joies passées ; il y retrouvait tout ce qui lui restait en ce monde, et tout ce qu'il espérait et attendait dans l'autre.

Au nombre des passagers du bord était un jeune gentilhomme, riche et bien né, qui habitait la Nouvelle-Orléans et portait le nom de Saint-Clair. Il avait avec lui sa fille, âgée de cinq à six ans, dont une dame de ses parentes prenait soin.

Tom avait souvent entrevu l'enfant, car c'était une de

ces petites créatures toujours en l'air, qui ne peuvent pas plus se fixer qu'un rayon de soleil ou une brise d'été, de celles que l'on n'oublie pas lorsqu'une fois on les a vues.

Toute sa petite personne était l'idéal de la beauté enfantine, sans ses formes joufflues et potelées ; c'était la grâce aérienne, onduleuse du monde fantastique des sylphes et des ondins. L'attrait de ce visage enchanteur résidait moins peut-être dans la régularité des traits, que dans la singulière gravité d'une expression rêveuse et tendre, qui faisait parfois tressaillir ceux qui la contemplaient, et dont l'impression pénétrante remuait, à leur insu, jusqu'aux natures vulgaires et matérielles. Il y avait, dans la pose de sa tête, dans le tour gracieux de son col et de son buste, une rare élégance, et les longs cheveux châtains, à reflets d'or, qui l'environnaient d'une auréole, la profondeur sérieuse de ses yeux, d'un bleu sombre, qu'ombrageaient de leurs franges ses longs cils bruns, tout semblait si fort l'isoler des autres enfants, que chacun se retournait, et la suivait longtemps du regard, tandis qu'à pas furtifs elle se glissait çà et là dans le bateau. Elle n'était pourtant ni grave ni triste ; une gaieté ingénue, se jouant sur ses traits, y passait et repassait comme l'ombre fugitive des feuilles d'été. On la rencontrait partout à la fois. Toujours en mouvement, ses lèvres roses entr'ouvertes par un demi sourire, marchant comme sur le brouillard, se gazouillant sans cesse quelque chansonnette, elle semblait plongée en un rêve heureux. Si son père et sa parente, souvent à sa poursuite, parvenaient à la saisir, nuée printanière, elle fondait entre leurs mains.

En toutes ses folâtreries, jamais réprimande ou reproche n'arrivaient jusqu'à elle ; aussi n'était-il pas un recoin, dessus, dessous, partout le bateau, où ses petits pieds de fée ne l'eussent portée.

Toujours vêtue de blanc, elle filait, ombre légère, sans jamais attraper ni tache ni souillure ; et cette tête dorée, ces yeux d'un bleu de violettes, apparaissaient comme une céleste vision de tous côtés, et s'éclipsaient de même.

Le chauffeur, lorsqu'il relevait son front ruisselant, surprenait le regard ingénu que l'enfant plongeait, avec une timide surprise, au fond de la rugissante fournaise, et qu'elle arrêtait sur lui, avec terreur et compassion.

Le timonier, au cabestan sur le gaillard d'arrière, voyait l'image angélique poindre et s'évanouir derrière le carreau de vitre de sa cabine. Des voix rauques la bénissaient à toutes minutes, des sourires éclairaient à son aspect les plus renfrognés visages, et quand, intrépide, elle courait sur quelque rebord dangereux, des mains, raboteuses et noires de suie, se tendaient involontairement pour la soutenir et aplanir sa route.

Tom, doué de la nature sensitive et douce de sa race sympathique, si aisément captivée par tout ce qui est ingénu, enfantin, gracieux, surveillait la petite créature avec un intérêt croissant. C'était pour lui presque un être divin. Quand ce visage encadré d'or bruni, avec ses prunelles d'un bleu foncé, sortait à la dérobée de derrière quelque noir ballot, ou brillait au sommet d'une montagne de bagages, il croyait à demi voir un ange échappé des feuillets de son saint Évangile.

Mainte et mainte fois elle erra tristement autour du lieu où le troupeau de Haley, hommes et femmes, gisait enchaîné. Elle se glissait parmi eux, les regardait avec une douloureuse anxiété, soulevait de ses petites mains frêles leurs lourdes chaînes, puis s'éloignait en soupirant. Bientôt après elle accourait, chargée de sucre candi, de noix, d'oranges, qu'elle leur distribuait toute joyeuse; puis elle disparaissait de nouveau.

Tom regarda longtemps la petite dame, avant de s'aventurer à courtiser ses bonnes grâces. Il avait à sa disposition une infinité d'arts et de ruses pour attirer le petit monde, et il résolut de s'y prendre avec adresse. Il savait sculpter dans les noyaux de cerises de curieux petits paniers, il creusait de grotesques figures dans les noix d'hickory, et faisait d'admirables sauteurs en moelle de sureau. Pan lui-même n'était pas plus expert dans la fabrication de toutes sortes de flûtes et de sifflets. Ses poches regorgeaient de quantité de ces attrayantes amorces, préparées jadis pour les enfants de son maître, et qu'il produisait maintenant, une à une, avec économie et sagacité; c'étaient des ouvertures à une plus ample connaissance, des appâts tendus à une future amitié.

Aisément effarouchée, en dépit de l'intérêt curieux qu'elle apportait à toutes choses, la petite s'apprivoisait peu : l'oiseau perchait sur quelque malle ou ballot dans le voisinage de Tom, épiant les mignonnes merveilles de sa façon, que l'enfant n'acceptait qu'avec une timidité rougissante et grave, à mesure qu'il les lui offrait; cependant, à la longue, la familiarité arriva.

« Quel est le nom de la petite *mamoiselle*? dit Tom, quand il crut pouvoir hasarder la question.

— Évangeline Saint-Clair, répondit la petite, quoique papa, quoique tout le monde m'appelle Éva. — Et vous, comment vous nomme-t-on?

— Mon nom est Tom. — Mais j'étais toujours l'oncle Tom pour les petits enfants, là-haut, bien loin, dans le Kentucky.

— Alors, pour moi aussi vous serez l'oncle Tom, parce que, voyez-vous, je vous aime bien. Où allez-vous comme cela, oncle Tom?

— Je n'en sais rien, mamoiselle Éva.

— Rien! dit la petite.

— Non; on va me vendre à quelqu'un. Je sais pas à qui.

— Papa peut vous acheter, dit vivement Éva; et alors vous aurez du bon temps. Je vais le lui demander tout de suite.

— Grand merci! ma petite dame, dit Tom. »

Le bateau s'arrêtait pour faire du bois : Éva, entendant la voix de son père, rebondit vers lui, et Tom s'empressa d'aller offrir ses services, et se mêler aux autres travailleurs.

Éva et son père, debout près de la galerie, regardaient le bateau s'éloigner du débarcadère : la roue avait déjà fait deux ou trois tours, lorsque, par un subit tressaillement du navire, la petite fille perdit l'équilibre et tomba dans l'eau. Son père, sachant à peine ce qu'il faisait, s'élançait après elle; quelqu'un le retint par derrière : une aide plus efficace arrivait au secours de l'enfant.

Au moment de la chute, Tom se trouvait juste au-dessous, sur le pont inférieur. Il vit Éva frapper l'eau, disparaître, et il la suivit en moins d'une seconde. Avec sa large poitrine et ses bras robustes, ce n'était qu'un jeu pour lui de se maintenir à flot, jusqu'à ce que l'enfant reparût à la surface. Il la saisit alors, et, nageant le long des flancs du bateau, la présenta toute ruisselante au millier de mains tendues à la fois, comme celle d'un seul homme, pour la recevoir. Son père l'emporta évanouie dans la chambre des dames, où, comme d'habitude en pareil cas, il y eut grand tumulte, et assaut de zèle et de bonne volonté, n'aboutissant qu'à fatiguer la malade et à retarder son retour à la vie.

Le lendemain, au déclin du jour, par une accablante chaleur, le bateau arriva en vue de la Nouvelle-Orléans. Ce ne fut plus de tous côtés qu'agitation, que préparatifs : chacun réunissait en bloc ses paquets avant de gagner le rivage, et les gens de service s'empressaient de tout parer, tout nettoyer, tout fourbir, afin de faire une triomphale entrée.

Sur l'arrière-pont, notre ami Tom, assis, les bras croisés, tournait de temps à autre un regard anxieux vers un groupe arrêté de l'autre côté du bateau.

Là se trouvait la blanche Évangeline, un peu plus

pâle que la veille, mais sans autre trace de l'accident qui lui était arrivé. Un jeune homme, d'une taille élégante, d'une tournure distinguée, debout près d'elle, appuyait négligemment son coude sur une balle de coton, et tenait un grand portefeuille ouvert. Il suffisait d'un coup d'œil pour reconnaître le père d'Éva : c'était le même port de tête noble et gracieux, les mêmes beaux yeux bleus, la même teinte de cheveux bruns dorés ; mais la physionomie était tout autre. Ces grands yeux clairs, de même forme et de même couleur que ceux d'Éva, n'avaient rien de sa rêverie mystérieuse et profonde ; tout y était vif, audacieux, brillant et d'un éclat mondain. La bouche, finement dessinée, avait une expression orgueilleuse et quelque peu sardonique. Tous les gestes, tous les mouvements de ces membres souples et gracieux décelaient des habitudes d'aisance et de supériorité. Le gentilhomme, avec une insouciante bonne humeur, et une expression moitié railleuse, moitié méprisante, prêtait l'oreille aux amplifications de Haley, qui vantait de son mieux, et avec grande volubilité, l'article marchandé.

« Toutes les vertus morales et chrétiennes, reliées en maroquin noir, édition complète, dit Saint-Clair lorsque Haley s'arrêta. Voyons à présent, mon honnête débitant, voyons, comme on dirait dans le Kentucky, *quel est le dommage ?* Combien me faut-il payer cet exemplaire de toutes les vertus ? De combien voulez-vous me duper ? Dites-le hardiment.

—Eh ! reprit Haley, en demandant treize cents dollars, je ne ferais que rentrer dans mes frais ; parole d'honneur !

— Le pauvre homme, en vérité ! Et le noble chaland attacha sur Haley son regard pénétrant et moqueur. Mais vous me le laisserez à ce prix, par pure considération pour moi, n'est-ce pas ?

— La jeune demoiselle que voilà en a l'air si engoué, ce qui est du reste bien naturel !

—Oh! certainement : c'est un appel direct à votre bienveillance, mon loyal ami. Eh bien, par charité chrétienne, que rabattrez-vous, pour obliger la jeune demoiselle qui en est si fort engouée?

—Tenez, dit le marchand, regardez seulement l'article : voyez-moi un peu ces membres! une poitrine large!—c'est fort comme un cheval.—Examinez-moi cette tête! ces hauts fronts-là font toujours des nègres calculateurs, qu'on peut mettre à tout. J'en ai fait plus d'une fois l'expérience. Maintenant, un noir de cette taille et de cette carrure monte toujours très-haut, rien que pour le coffre, fût-il, d'ailleurs, stupide : et ce n'est pas le cas de celui-ci : nous avons les facultés à additionner en outre. Je puis vous le prouver, monsieur, ce gaillard-là en a de rares; et qui font naturellement hausser son prix. Savez-vous qu'il régissait toute la ferme de son maître! Une capacité prodigieuse pour les affaires, monsieur!

—Fâcheux, très-fâcheux! il en sait trop long, dit le jeune homme, le même sourire railleur se jouant autour de sa bouche. Cela ne le poussera pas au marché. Vos drôles si habiles sont sujets à prendre la fuite, à dérober les chevaux : ils ont le diable au corps. —Allons, deux cents dollars de moins, à raison de ses mérites.

—Je ne dis pas pour tout autre; mais celui-ci vous a un caractère! J'ai là les certificats et attestations de son maître, qui prouvent que c'est un de vos vrais dévots; — la plus humble, la plus pieuse, la plus fervente créature qui se puisse voir. — Ils en faisaient leur prédicateur, là-bas, d'où il vient.

—Et je pourrai l'employer en guise d'aumônier, ajouta sèchement le jeune homme. Excellente idée! la religion est parmi les articles rares au logis.

—Monsieur plaisante!

—Qu'en savez-vous? — Ne venez-vous pas de me le garantir comme prédicateur breveté? — A-t-il son diplôme de quelque synode ou concile ? — Allons, passez-moi vos papiers. »

Si certains scintillements de l'œil de la pratique n'eussent convaincu le marchand que toutes ces plaisanteries finiraient par être escomptées en bons écus, il eût perdu patience. Quoi qu'il en fût, il posa son gras portefeuille sur un ballot, et se mit à en étudier le contenu, tandis que le jeune homme, toujours debout, le considérait d'un air goguenard.

« Achetez-le donc, papa ! qu'importe ce qu'il coûte, murmura doucement Éva, se hissant sur un colis pour atteindre l'oreille de son père. Vous avez assez d'argent, bien sûr, et je veux l'avoir.

— Pourquoi, Minette ? En veux-tu faire un hochet ? un cheval de bois ? un pantin ? quoi ?

— Je veux le rendre bien content.

— Une raison originale, pour le coup ! »

Ici le marchand tendit un certificat signé par M. Shelby, que le jeune homme saisit du bout de ses doigts aristocratiques et parcourut avec insouciance.

« La main et le style d'un gentilhomme, dit-il ; mais, tout compté, j'ai mes scrupules sur l'article religion, et la malice éclata de nouveau dans son grand œil bleu. Le pays est presque ruiné en religiosité blanche : nous avons, pour la veille des élections, un débordement de pieux politiques ; tant de pieuses gens se poussent dans toutes les dignités de l'Église et de l'État, qu'on ne sait, en vérité, à qui se fier. J'ignore d'ailleurs quel est au juste le cours de la religion, à l'heure qu'il est. Je n'ai de longtemps consulté les journaux pour voir comment elle est cotée. A combien de centaines de dollars évaluez-vous l'article religion ?

— Vous aimez à rire, à ce que je vois, reprit le marchand, mais au fond il y a du bon sens dans votre dire. Moi aussi je connais des religions de différents calibres ; et je sais qu'il y a du déchet parfois. Vous avez vos as-

semblées de cagots; vos dévots qui s'égosillent à chanter,
et qui, blancs ou noirs, sonnent creux.—Mais cette piété-
ci est de bon aloi. Je l'ai observée, chez des nègres
comme chez des blancs; ça vous rend les gens doux,
tranquilles, fermes, honnêtes : pour rien au monde ils
ne se laisseraient tenter à faire ce qu'ils se figurent être
mal. D'ailleurs, vous avez vu dans la lettre ce que l'ancien maître de Tom dit de lui.

—Allons, reprit d'un ton sérieux le jeune homme,
feuilletant ses billets de banque, si vous me certifiez que
c'est une piété sans tare, et qui sera inscrite à mon débit,
dans le grand livre de là-haut, comme à moi appartenant,
j'en ferai la folie. Combien avez-vous dit ?

—Le dernier point dépasse ma garantie, répliqua le
marchand. Je crois qu'à la bourse de là-haut chacun joue
pour son compte.

— Il serait dur cependant qu'un brave homme se
ruinât en religion, et ne pût trafiquer de l'article, là où il
est en hausse. Et le jeune homme qui, tout en parlant,
avait fait un rouleau des billets, les tendit au marchand.
Tenez! comptez vos dollars, vieux madré.

—Ça va! dit Haley la face rayonnante; et, sortant de
sa poche un vieil encrier de corne, il écrivit la quittance
qu'il remit à Saint-Clair.

— Je serais curieux de savoir, dit ce dernier tout en
parcourant le papier, ce que je pourrais valoir, moi, si
j'étais convenablement détaillé et inventorié :—tant pour
la forme de la tête;—le front haut, tant,—et les bras, et
les mains, et les jambes! — et en outre, l'éducation, la
science, les talents, la probité, la religion! — Eh là! ce
dernier article n'enflerait guère le mémoire. Mais viens,
Éva, poursuivait-il; et prenant l'enfant par la main, il la
conduisit de l'autre côté du bateau; là, passant négligemment le doigt sous le menton du noir, il dit d'un air
de bonhomie : Lève les yeux, Tom, et vois comment tu
goûtes ton nouveau maître. »

Tom le regarda. On ne pouvait contempler cette figure gaie, jeune, ouverte, charmante, sans un sentiment de plaisir, et les larmes jaillirent presque des yeux du brave nègre lorsqu'il dit du plus profond de son cœur : « Dieu vous bénisse, maître ! »

— Amen ! En tout cas tu as encore plus de chances d'être exaucé que moi. Comment t'appelles-tu?... Tom? Sais-tu conduire, Tom?

— J'ai toujours eu soin des chevaux ; — maître Shelby en élevait des quantités.

— Eh bien, je pense que je ferai de toi un cocher, à condition que tu ne te griseras qu'une fois la semaine, à moins d'urgence. »

Tom eut l'air surpris, un peu blessé, et répondit : « Je ne bois jamais, maître.

— Vieille histoire ! connue, Tom. Enfin, nous verrons. Peste ! tu compteras comme une acquisition capitale, si cela est vrai. Allons, ne te chagrine pas, mon garçon, poursuivit-il d'un air de bonne humeur, en remarquant la figure allongée de Tom ; je ne doute pas que tu ne fasses de ton mieux.

— C'est sûr et certain, maître.

— Et vous aurez du bon temps, dit Éva. Papa est très-bon pour tous ; seulement il aime à se moquer de tout le monde.

— Papa te rend grâces de l'éloge, » dit en riant Saint-Clair, comme il tournait sur le talon, et s'éloignait avec l'enfant.

———

CHAPITRE XVI

D'un nouveau maître et de son entourage.

La vie de notre héros venant se mêler à celle de gens de la haute volée, force nous est de présenter ces derniers au lecteur.

La famille d'Augustin Saint-Clair, établie dans la Louisiane, était originaire du Canada. De deux frères d'humeurs, de caractères, de natures analogues, l'un alla gouverner une belle ferme dans l'État de Vermont; l'autre, resté dans la Louisiane, en devint l'un des plus opulents planteurs. La mère d'Augustin descendait des premiers colons français qui avaient traversé l'Atlantique. Elle n'eut que deux fils : Augustin, le dernier, hérita de l'extrême délicatesse de constitution de sa mère, et, sur l'ordre exprès des médecins, fut envoyé tout jeune à la ferme de son oncle, afin de fortifier son tempérament à l'air vivifiant du Nord.

Si la sensibilité presque féminine qu'Augustin laissait voir, dans son enfance, avait disparu en apparence, lorsqu'il parvint à l'âge d'homme, elle n'en gardait pas moins au fond toute sa vivacité, toute sa fraîcheur. Ses talents distingués, en le portant vers les études littéraires et philosophiques, l'éloignaient des affaires et de la vie positive, et à peine terminait-il son éducation qu'il fut absorbé par une passion profonde. Son heure, — celle qui ne sonne qu'une fois, avait sonné; son étoile, — celle qui si souvent n'éclaire que des rêves, avait paru à l'horizon; bref, il aima, fut aimé, se fiança à une charmante fille des États du Nord, et partit pour hâter les préparatifs du mariage.

Il n'était arrivé que depuis peu dans le Sud, lorsqu'il y reçut un paquet contenant toutes ses lettres d'amour. Elles lui étaient renvoyées avec un mot du tuteur de sa fiancée, qui le prévenait qu'elle avait fait un autre choix, et serait mariée au moment où il recevrait cet avis. Frappé au cœur, mais trop fier pour demander une explication ou faire entendre une plainte, Augustin essaya, par un effort désespéré, d'arracher le trait qui le navrait. Lancé dans le tourbillon du monde, il fit la cour à la jeune beauté à la mode, parvint à se faire agréer promptement, et, dès que la chose fut possible, devint l'époux d'un beau visage, de deux brillants yeux noirs, d'une dot de cent mille dollars, et fut réputé le plus heureux des mortels.

Le couple fortuné savourait sa lune de miel, en faisant à de nombreux amis les honneurs d'une splendide villa, située sur les bords du lac Pontchartrain. Augustin, au milieu d'une réunion brillante, plaisantait gaiement avec ses convives, lorsqu'on lui remit une lettre, d'une écriture trop connue. Il pâlit, mais sut se contenir, et continua la conversation. Dès qu'il le put il s'éclipsa, et alla seul, dans sa chambre, ouvrir le fatal écrit; heureux s'il ne l'eût jamais pu lire! C'était d'elle; c'était le récit des longues persécutions auxquelles elle avait su résister. La famille de son tuteur voulait la contraindre à l'épouser et interceptait les lettres d'Augustin. Elle avait écrit, écrit encore, succombant presque à la douleur et au doute; sa santé fléchissait sous le poids des anxiétés; mais, parvenue enfin à découvrir la fraude dont ils étaient victimes, elle venait lui prodiguer les assurances d'une confiance sans bornes, et de l'inaltérable affection qui faisait maintenant le désespoir d'Augustin. Il répondit immédiatement :

« Votre lettre arrive trop tard — j'ai cru tout ce que l'on m'écrivait;—dans mon désespoir, *je me suis marié.* — C'en est fait! Oubliez, oubliez! l'oubli est notre dernier refuge. »

Ainsi finirent pour Augustin le romanesque et l'idéal de la vie. La réalité resta; — la réalité semblable au lit vaseux que laisse la marée, lorsque les vagues étincelantes et bleues se sont retirées, avec leur couronne de blanches voiles, et leur harmonieuse musique d'eaux jaillissant sous le battement régulier des rames,—quand il ne reste plus qu'une fange limoneuse, plate, gluante, nue, — la réalité enfin!

Dans un roman les cœurs se brisent, les gens meurent, c'est chose terminée. Il n'en est pas ainsi de la vie réelle :

quand tout ce qui la faisait aimer a disparu, elle vous demeure. Boire, manger, s'habiller, marcher, faire des visites, acheter, vendre, lire, parler, cette part de l'existence restait à Augustin. Si sa femme avait eu les vertus de la femme, elle aurait pu renouer les fils rompus de la vie, et refaire la trame du bonheur. Mais Marie Saint-Clair se doutait-elle seulement qu'il y eût des fils brisés? On le sait : ce n'était qu'un beau visage, deux yeux superbes, cent mille dollars, et tous ces avantages n'offrent rien qui puisse soulager un cœur navré.

Augustin, pâle comme un mort, étendu sur un sofa, allégua une migraine subite, et sa femme lui recommanda des sels volatils : la pâleur et le mal de tête persistèrent semaine après semaine en dépit du remède : « Vraiment, dit Marie, j'étais loin de me douter que M. Saint-Clair fût valétudinaire! Ses maux de tête continuels sont très-désagréables pour moi; on peut trouver étrange qu'étant si nouvellement mariée, je me montre toujours seule dans le monde. » Au plus profond de son cœur, Augustin s'applaudissait du peu de discernement de celle qu'il avait épousée; mais il put observer, à mesure que le vernis des premiers jours de noces s'effaçait, une métamorphose d'ailleurs assez commune. Il vit la jeune beauté admirée, adulée, servie dès l'enfance, devenir, dans la vie domestique, une maîtresse dure et impérieuse. Marie n'avait pas été douée par la nature d'une sensibilité vive, ni d'une grande puissance d'affection; le peu qu'elle en avait se perdit dans un égoïsme effréné, et sans ressource parce qu'il était complétement naïf. Entourée dès le berceau de serviteurs qui ne vivaient que pour étudier ses caprices, fille unique d'un père opulent qui ne lui refusait rien, jamais l'idée d'un sentiment, d'un droit chez autrui, pas plus que d'un devoir chez elle-même, n'avait effleuré son esprit. Riche héritière, jeune, belle, parée, le monde, dès qu'elle y parut, l'accueillit en reine; des adorateurs de toutes classes se pressèrent autour d'elle, et lorsque Augustin l'emporta sur ses rivaux, elle le regarda naturellement comme trop heureux. Le manque de cœur est loin de rendre indulgent en fait d'échange d'affection. Il n'est peut-être pas sur terre plus impitoyable créancier que la femme égoïste; elle se montre exigeante et jalouse à proportion de son insensibilité et de sa froideur; elle veut être d'autant plus aimée qu'elle est moins aimable. Madame Saint-Clair, qui n'admettait pas que le mari pût se relâcher des attentions et des galanteries de l'amant, fit la plus vigoureuse défense pour retenir Augustin sous le joug. Il y eut des pleurs, des bouderies, des accès de colère, force humeur, caprices, plaintes, reproches. Le naturel aimable et conciliant de Saint-Clair le poussa tout d'abord à s'efforcer d'acheter la paix par des présents et des flatteries; puis, quand Marie lui donna une charmante petite fille, il sentit se réveiller en lui des éclairs de tendresse. Sa mère avait été remarquable par une élévation de caractère et une pureté d'âme peu communes. En nommant l'enfant du nom révéré de son aïeule, il espéra la douer en partie de ses vertus; mais ce mélange de vénération filiale et de tendresse paternelle remarqué par madame Saint-Clair, éveilla toutes ses jalouses susceptibilités. Il semblait que l'affection prodiguée à sa fille fût un vol fait à elle-même. Dès lors sa santé avait commencé à s'altérer. Une constante inaction de corps et d'âme, le travail rongeur de l'ennui et d'une humeur acariâtre, joints à la faiblesse inhérente aux premiers temps de la maternité, changèrent en peu d'années la florissante et belle jeune fille en une femme jaune, languissante, flétrie, dont une variété de maux imaginaires consumait la vie, et qui se considérait comme la plus souffrante et la plus malheureuse des créatures humaines.

Il n'y avait ni fin ni trêve à ses doléances : la migraine, entre autres, la confinait dans sa chambre trois jours sur six; les soins du ménage retombaient en entier sur les domestiques, et Saint-Clair n'avait nulle raison de trouver son intérieur agréable. Sa fille unique était fort délicate : on pouvait craindre que sa santé, sa vie peut-être, fussent sacrifiées à l'impéritie, à l'incapacité de la mère. Augustin se décida donc à faire une tournée chez ses parents de l'État de Vermont ; il y mena sa petite Évangeline, et parvint à persuader à sa cousine, miss Ophélia Saint-Clair, de venir s'établir près d'elle et de lui dans leur résidence du Sud. Il l'y conduisait, lorsqu'ils furent rencontrés sur le bateau par notre ami Tom.

Tandis que les dômes et les flèches de la Nouvelle-Orléans brillent encore à travers les vapeurs du soir aux yeux des passagers, faisons un peu connaissance avec miss Ophélia.

Quiconque a voyagé dans la Nouvelle-Angleterre se rappelle, au sein de quelque frais village, une grande ferme avec sa cour gazonnée, si propre, sous l'ombrage épais d'un érable à sucre. Ne lui souvient-il pas de cette atmosphère d'ordre, de paix, de pureté, de durée, d'immuable repos qu'on respire alentour ? Rien de perdu, rien hors de place, pas un pieu de travers dans les clôtures, pas un brin de paille oublié sur les tapis de gazon, pas un bouquet arraché aux lilas qui fleurissent sous les fenêtres. Au dedans sont de vastes pièces, tellement tranquilles et nettes, qu'il semble impossible que l'on y ait vécu, que l'on y agisse encore. Les meubles, mis en place, le sont une fois pour toutes ; et les arrangements domestiques suivent des révolutions périodiques, aussi ponctuelles que celles de l'horloge qui, de son coin, les règle et les surveille. Certes le voyageur n'oubliera pas le *grand salon*, comme on le nomme dans la famille, avec sa respectable bibliothèque vitrée, où l'Histoire de Rollin, le Paradis perdu de Milton, les Progrès du Pèlerin de Bunyan, et la Bible de Famille de Scott s'alignent côte à côte avec une suite de volumes, non moins solennels et non moins vénérables. Point de servante au logis. La maîtresse, avec son bonnet d'un blanc de neige, ses lunettes sur le nez, s'assied l'après-midi, cousant au milieu de ses filles, comme si jamais aucune d'elles n'eût mis la main aux vulgaires soins du ménage. C'est à une époque des plus reculées de la journée, pleinement oubliée depuis, que toutes ont dépêché l'entière besogne, et, à quelque heure que vous les rencontriez, *l'ouvrage est terminé*; le plancher de la cuisine ne connaît plus ni tache ni souillure; les ustensiles, les chaises, les tables n'ont jamais été salis ou dérangés, du moins serait-il impossible de le supposer : et pourtant on fait là trois et quatre repas par jour; la lessive et le repassage de toute la famille se confectionnent là; et là, par quelque procédé muet et mystérieux, se fabriquent d'énormes quantités de fromage et de beurre.

C'est dans une ferme semblable, au sein d'une famille de ce caractère, que miss Ophélia avait vu s'écouler doucement environ quarante-cinq automnes, lorsque son cousin l'invita à visiter sa résidence du Sud. Bien qu'elle fût l'aînée d'une lignée nombreuse, Ophélia, aux yeux des siens, n'était toujours qu'une « enfant ». L'idée de l'envoyer à la Nouvelle-Orléans parut prodigieuse à tous. Le vieux père, à cheveux blancs, sortit l'atlas de Morse de la bibliothèque; il y chercha les latitudes et longitudes de cette contrée lointaine; et pour s'édifier sur la nature du pays, il lut consciencieusement les voyages de Flint au Sud et à l'Ouest. La bonne mère demanda avec anxiété « si Orléans n'était pas une ville bien perverse! » Pour son compte, elle aimerait autant s'exiler « aux îles Sandwich, ou dans n'importe quelle autre région païenne. »

Chez le ministre, chez le docteur, dans la boutique de miss Peabody, la modiste, se murmurait la grande nouvelle : Ophélia Saint-Clair ne parlait-elle pas d'accompagner son cousin à Orléans! Le village entier ne pouvait mieux faire que d'aider à élaborer une question aussi complexe; en conséquence, c'était à qui en parlerait. Le ministre, inclinant vers les abolitionnistes, craignait que ce pas, fort grave, n'encourageât les habitants du Sud à maintenir l'esclavage. Le docteur, vigoureux appui de la fédération, jugeait le départ de miss Ophélia nécessaire; il était bon de prouver aux citoyens de la Nouvelle-Orléans, qu'au fond on ne pensait pas trop mal d'eux dans le Nord : les gens du Sud avaient vraiment besoin d'être encouragés. Quand, enfin, la décision prise entra dans le domaine public, Ophélia fut, pendant une quinzaine de jours, solennellement invitée, par ses amis et connaissances, à prendre le thé chez chacun à tour de rôle, et tous ses projets et plans furent discutés et approfondis à loisir. Miss Moseley, appelée dans la ferme comme couturière, acquit soudain un certain degré d'importance, vu les développements apportés à la garde-robe d'Ophélia. Des gens dignes de foi affirmèrent que le *squire Sanclare*, façon usuelle de prononcer le nom dans le pays, avait remis à miss Ophélia cinquante dollars bien comptés, en l'engageant à acheter ce qu'elle trouverait de plus beau; et deux robes neuves en soie, avec un superbe chapeau, lui avaient été expédiés de Boston.

Quant à la convenance de ces déboursés extravagants, l'esprit public hésitait : les uns trouvaient qu'on pouvait se permettre du luxe une fois dans la vie; d'autres affirmaient que l'argent eût été plus fructueusement employé par les missionnaires; mais tous s'accordaient sur la beauté de l'incomparable ombrelle envoyée de New-York; et, quelque chose qu'on pût dire d'Ophélia, du moins était-il avéré qu'une de ses robes se tenait debout toute seule. Certaines rumeurs se propagèrent sur des mouchoirs à points à jour, et même, le croirait-on? garnis de dentelles! on alla jusqu'à dire qu'ils étaient brodés aux coins! Le dernier fait, douteux, n'a jamais pu être éclairci.

Voyez maintenant, dans le bateau à vapeur, la voilà!

miss Ophélia en personne, revêtue de son habit de voyage neuf, d'indienne brune calandrée; grande, roide, avec sa charpente osseuse, ses contours anguleux, son visage effilé, ses lèvres minces, comprimées par l'habitude de prendre en toute occurrence un parti décisif, ses yeux noirs et perçants, sur l'éveil pour découvrir quelque soin à prendre, quelque désordre à rectifier. Ses mouvements sont vifs, secs, énergiques. Assez taciturne d'ailleurs, elle dit cependant tout ce qu'elle veut dire, et ses mots vont droit au but. Enfin, elle est, dans son ensemble, la vivante personnification de l'ordre, de la méthode, de l'exactitude. Sa ponctualité défie celle de la meilleure pendule, et se montre aussi inexorable que le balancier d'une machine à vapeur.

A ses yeux, le péché des péchés, l'essence de tous les maux, se résume en un mot : *désordre!* et ce mot revient souvent. Tout son mépris se condense dans l'emphase avec laquelle elle le prononce. Tout acte qui n'est pas la suite d'un dessein arrêté, les gens qui ne font rien, ceux qui ne savent ce qu'ils feront, ceux qui ne prennent pas les moyens de terminer ce qu'ils entreprennent, « désordonnés, désordre ! » Mais, la plupart du temps, le dédain d'Ophélia se congèle en une expression rêche et refrognée, plutôt qu'il ne s'exhale en paroles.

Son intelligence est cultivée; son esprit net, actif, vigoureux. Elle a lu, et bien lu, l'histoire. Elle connaît ses vieux auteurs classiques; et sa pensée, dans un cercle restreint, est droite et forte. Ses règles de morale, ses dogmes religieux, bien distincts, bien complets, dûment coordonnés, sont étiquetés, rangés, classés, comme les nombreux paquets de sa boîte à ouvrage. Il y en a juste le compte, et il n'y en aura jamais ni plus ni moins. Il en est de même de ses notions sur tout ce qui concerne la vie pratique : — tenue de ménage dans toutes ses branches; opinions politiques, sociales et privées en cours dans son village natal; enfin, au fond de tout, comme au-dessus de tout, se trouve le principe même de ses actes et de ses pensées, *sa conscience*; et nulle part la conscience ne se montre aussi dominante, aussi exclusivement reine et maîtresse que parmi les femmes de la Nouvelle-Angleterre. C'est la base, la roche vive, le granit primitif qui s'enfonce dans les profondeurs de la terre, et s'élève sur les crêtes des plus hautes montagnes.

Miss Ophélia est l'aveugle esclave du devoir. Dès qu'elle soupçonne que le *sentier du devoir*, c'est son expression favorite, court dans une direction, elle s'y élance, et ni l'eau ni le feu ne l'en feraient dévier. Elle marchera à travers l'ouverture béante d'un puits, ou droit à la bouche d'un canon, n'importe, si le sentier y mène. Malheureusement pour son repos, son type de perfection est si haut placé, comprend un si grand nombre de détails, et fait abstraction si complète de la fragilité humaine, que la pauvre Ophélia, en dépit d'héroïques efforts, reste un peu en route; —aussi son humeur et sa piété contractent-elles quelque amertume dans le douloureux sentiment d'une continuelle insuffisance.

Mais qui, au nom du ciel, a pu combiner des éléments aussi hétérogènes, miss Ophélia et Augustin Saint-Clair? —Augustin, gai, facile, étourdi, sceptique, foulant aux pieds, avec une insouciance hardie ou une insolente liberté, les habitudes les plus chères, les opinions les plus révérées de l'excellente fille?—S'il le faut dire, c'est presque l'amour maternel. Jadis, c'est d'Ophélia que le petit garçon apprenait son catéchisme; elle a raccommodé ses hardes, peigné ses cheveux, soigné les maux de son enfance; enfin, coutumier du fait, Augustin a dès longtemps accaparé la plus grande part des affections d'un cœur qui est loin d'être froid; il n'a donc pas eu grand'peine à persuader à miss Ophélia que « le sentier du devoir » conduit droit à la Nouvelle-Orléans, où elle *doit* venir avec lui prendre soin d'Éva, et sauver d'une ruine complète

sa maison désorganisée par l'état maladif de sa femme.
L'idée d'un ménage à l'abandon remue d'ailleurs les entrailles d'Ophélia ; puis elle s'est prise d'affection pour
la charmante petite fille, qu'il est difficile de voir sans
l'aimer ; enfin, quoiqu'elle considère Augustin comme
une espèce de païen, elle l'aime, rit de ses plaisanteries,
excuse ses fautes, et montre pour ses erreurs une indulgence, dont s'étonneraient ceux qui connaissent à fond
lui ou elle. Mais c'est en la voyant agir que nous achèverons de juger miss Ophélia.

La voilà donc dans la chambre de l'arrière, entourée
d'une multitude confuse de petits et de grands sacs de
nuit, de boîtes, de paniers, renfermant chacun quelque
lourde responsabilité. Elle lie, elle enveloppe, elle attache, elle ficelle avec feu.

« Éva, avez-vous compté vos paquets ? — Vous n'y avez
pas songé, j'en étais sûre ! — C'est l'histoire de tous les
enfants. Il y a le sac de nuit moucheté en moquette, et
le carton à bordure bleue où se trouve votre plus beau
chapeau, — cela fait deux. Il y a le petit sac en caout-
chouc, trois ; mon coffret de rubans et d'aiguilles, quatre ;
mon carton, cinq ; la boîte aux fichus, six ; et cette petite
malle en cuir, sept. Qu'avez-vous fait de votre ombrelle ? — donnez-la-moi, que je l'enveloppe de papier
et l'attache à mon parapluie avec la mienne : — là ! voilà
qui est fait.

— Mais, tante, puisque nous allons tout droit à la
maison, à quoi bon ?

— A bien conserver, enfant ; il faut prendre soin de
ce que l'on a, si l'on veut avoir quelque chose ; — et
votre dé, à présent, est-il serré ?

— En vérité, tante, je n'en sais rien.

— Jamais d'attention ! Allons, je m'en vais faire la
revue de votre ménagère : — un dé, la cire, deux bobines,
les ciseaux, le poinçon, l'aiguille à passer. — A merveille !
— mettez-la-moi là. Mais, en vérité, ma pauvre en-

fant, comment vous en tirez-vous donc quand vous êtes seule avec votre père? vous devez tout perdre!

— Eh bien, tante, quand je perds mes affaires, papa m'en rachète d'autres plus jolies.

— Le ciel nous préserve, enfant! — quelle méthode!

— Fort commode, tante, je vous assure.

— Mais c'est d'un désordre qui passe toutes bornes!

— Eh! là! comment allez-vous faire, à présent, tante? voilà la malle qui ne ferme plus, elle est trop pleine.

— Elle *fermera*, » dit la tante de l'air d'un général d'armée commandant la charge. Elle presse, serre, enfonce les effets rebelles, et s'élance sur le couvercle; — les bords rapprochés ne joignaient pas encore tout à fait :

« Ici, Éva, montez! s'écrie-t-elle courageusement; ce qui s'est fait se peut faire. Il n'y a pas à dire, elle a fermé, elle fermera! » Intimidée sans doute par l'énergique affirmation, la malle se rendit; l'anneau entra dans la serrure, et miss Ophélia, triomphante, ferma et empocha la clef.

« Bien; nous voilà prêtes! — Mais votre père, où est-il? Il est temps, je pense, de faire enlever nos bagages. Regardez donc un peu là autour, Éva, si vous l'apercevez.

— Le voilà tout là-bas, à l'autre bout de la chambre des messieurs; il mange une orange.

— Il ne songe donc pas que nous arrivons? Ne feriez-vous pas mieux, Éva, de courir l'appeler?

— Oh! papa ne se presse jamais, et nous ne sommes pas encore au débarcadère. Venez donc sur la galerie, tante. Tenez, voyez! voilà notre maison! là! tout au haut de cette rue... »

Le bateau commença alors, avec de sourds grognements, monstre colossal et fatigué, à se frayer une route entre les nombreux navires et à se rapprocher du quai. Éva, toute joyeuse, indiquait du doigt les flèches, les clochers, les dômes de sa ville natale, à mesure qu'elle les reconnaissait.

« Oui, oui, ma chère, c'est bel et bon; mais voilà le bateau qui s'arrête !... et votre père, encore un coup? »

On en était au tumulte habituel de l'arrivée; — les garçons d'hôtels allaient, venaient, se heurtaient; — les portefaix s'arrachaient les caisses, les sacs de nuit, les coffres; — les femmes appelaient leurs enfants avec inquiétude, et une foule compacte se pressait vers la planche d'abordage.

Miss Ophélia, campée résolûment sur la malle récemment vaincue, tous ses biens et effets rangés en bel ordre militaire, se montrait déterminée à les défendre jusqu'au bout.

« Prendrai-je votre malle, madame? — Enlèverai-je votre bagage? — Maîtresse veut-elle pas laisser moi tout porter? — Eh! madame, je me charge de vos colis? » — Demandes, instances, prières, pleuvaient en vain autour d'elle. Miss Ophélia, assise, immuable, impassible, droite comme un *i*, tenait son faisceau de parapluies et d'ombrelles en guise de fusil au repos, et ses courtes et fermes répliques eussent décontenancé un cocher de fiacre. A chaque assaut cependant elle en appelait à Éva : —

« A quoi votre père pense-t-il donc?... pourvu qu'il ne soit pas tombé par-dessus bord ! — Il faut qu'il lui soit arrivé quelque chose? »

Enfin son inquiétude devenait sérieuse, quand il parut, s'avança avec son indolence habituelle, et dit, comme il tendait à Éva un quartier d'orange :

« Eh bien, notre cousine du Vermont, sommes-nous prêtes?

— Voilà plus d'une heure que nous le sommes, prêtes, et je commençais vraiment à être fort en peine de vous !

— Trop heureux, cousine. Eh bien, la voiture attend; la foule s'est éclaircie, nous pouvons maintenant sortir d'une façon décente et chrétienne, sans être poussés et suffoqués. Ici, dit-il au cocher debout derrière lui, enlève-moi ces paquets.

— Je m'en vais les voir charger, dit Ophélia.

— Et non vraiment, cousine, à quoi bon?

— En tous cas j'emporte ceci, ceci, — encore cela, dit miss Ophélia, mettant à part trois boîtes et un petit sac de nuit.

— Mais, ma chère miss Saint-Clair de Vermont, il ne faut pas fondre sur nous de la sorte du haut de vos Montagnes Vertes; adoptez, croyez-moi, quelque peu de nos coutumes méridionales; on vous prendrait sous ce faix pour une femme de peine. Abandonnez le tout à ce brave homme, et je garantis qu'il posera chaque objet avec autant de précaution que si c'étaient des œufs. »

Miss Ophélia vit avec désespoir son cousin ordonner l'enlèvement de ses trésors, et ne respira qu'en se retrouvant en voiture, entourée de tout son bagage sain et sauf.

« Où est Tom? demanda Éva.

— Juché quelque part, en dehors de la voiture, Minette: Je conduis Tom à ta mère en façon de rameau d'olivier. Il faut qu'il fasse ma paix pour ce malheureux ivrogne qui nous a versés.

— Je suis sûre que Tom est une perfection de cocher, et qu'il ne se grisera jamais, dit Éva. »

La voiture s'arrêta devant un antique hôtel d'une architecture bizarre; mélange du style espagnol et du style français. Le corps de logis enfermait une vaste cour dans le genre moresque, où la voiture pénétra en traversant un portail cintré. L'intérieur était d'un goût élégant et voluptueux; de larges galeries couraient tout autour, et les minces et légers arceaux, les grêles pilastres, les ornements, les arabesques reportaient l'imagination vers le règne des Orientaux en Espagne, vers l'Alhambra et les Abencerrages. Au milieu de la cour, les eaux jaillissantes d'une fontaine retombaient écumeuses dans un bassin de marbre blanc, qu'entourait une épaisse bordure

d'odorantes violettes. Des myriades de poissons d'or et
d'argent, vivantes pierreries, étincelaient çà et là en
se jouant à travers les eaux cristallines. Une mosaïque
de cailloux, disposés en fantastiques dessins et encadrés
dans un gazon fin et ras comme du velours, environnait la fontaine, et une allée sablée pour les voitures
circulait autour du parterre. Deux grands orangers, alors
en fleur, projetaient leur ombre, exhalaient leurs parfums. De nombreux vases en marbre blanc de sculpture
arabe, rangés en cercle, ornaient les marges de gazon, et
contenaient les plus rares fleurs des tropiques; c'étaient
de beaux grenadiers, avec leurs feuilles d'émeraude et
leurs fleurs couleur de flamme, des jasmins d'Arabie à
feuilles sombres, à étoiles d'argent; ceux d'Espagne à
fleurs d'or, des géraniums panachés; de magnifiques
rosiers courbés sous leurs guirlandes embaumées, des
verveines à odeur de citronnelle. Toutes ces fleurs prodi-
guaient leurs parfums, leurs éclatantes couleurs; et, de
loin en loin, un triste et mystique aloès, aux feuilles
étranges, massives, éternelles, vieux sorcier, regardait
en pitié les grâces fugitives, les passagères fraîcheurs qui
foisonnaient à ses pieds.

Des rideaux d'étoffes moresques relevés, mais qu'on
pouvait abaisser à volonté pour exclure les rayons du soleil, festonnaient les galeries qui tournaient autour de
cette enceinte, où tout respirait le luxe et l'élégance.

Lorsque la voiture arriva dans la cour, Éva avait l'air
d'un oiseau prêt à s'échapper de sa cage, elle ne pouvait
contenir sa joie.

« N'est-ce pas, n'est-ce pas délicieux! notre maison,
notre chère, notre ravissante maison! Oh! n'est-ce pas
bien beau, chère tante?

—Pas mal, si cela n'avait pas l'air si antique et si
païen, » dit Ophélia en sortant du fiacre.

Tom, déjà descendu, regardait autour de lui dans une
calme béatitude. Le nègre, plante exotique, arraché

aux régions les plus splendides du monde, garde au plus profond de son cœur un amour désordonné pour tout ce qui est beau, riche, fantastique, et cette passion qu'il satisfait comme il peut, grossièrement et sans goût, excite le dédain de la race blanche, plus exacte, plus correcte et plus froide.

Épicurien et poëte dans l'âme, Saint-Clair sourit à la remarque de miss Ophélia, et se tournant vers Tom, qui, tout pétrifié d'admiration, promenait partout ses regards ravis, et dont la noire face reluisait de plaisir :

« Tom, mon garçon, lui dit-il, il me semble que cela te va?

— Oh, maître! — un vrai paradis! »

Ces paroles s'échangeaient tandis que les malles étaient déposées, le cocher congédié, et qu'une cohue de gens de tout âge, de toutes tailles, de toutes couleurs —hommes, femmes, enfants, accouraient par les galeries du haut et du bas pour voir arriver le maître. En tête de la foule, un jeune mulâtre, personnage important, vêtu à la dernière mode, agitait un mouchoir de batiste parfumé, et s'efforçait, avec grand zèle, de faire reculer toute la troupe vers l'autre bout de la véranda.

« Arrière, vous autres, arrière donc! criait-il d'un ton d'autorité : je rougis pour vous! Oseriez-vous bien importuner le maître au premier moment de son retour, et le gêner dans ses épanchements de famille! »

A cet élégant discours, prononcé d'un grand air, tous se retirèrent confus, et restèrent à distance respectueuse, formant une masse compacte, de laquelle deux portefaix seulement se détachèrent pour enlever les bagages.

M. Adolphe, parvenu à demeurer seul en vue, lui, son gilet de satin, sa chaîne d'or et son pantalon blanc, salua, avec une mansuétude rare et une grâce exquise, dès que Saint-Clair, qui venait de payer le cocher, se retourna.

« Oh, c'est toi, Adolphe? comment te va, mon garçon? » dit le maître lui tendant la main.

Le mulâtre se hâta de débiter, avec un grand flux de

paroles, l'improvisation qu'il préparait depuis trois semaines.

« C'est bon! c'est bon! dit Saint-Clair de son air
habituel d'insouciante raillerie; fort bien récité, Adolphe.
Veille à ce que les bagages soient mis en place, je reviendrai tout à l'heure à nos gens. » En parlant, il conduisait miss Ophélia au salon.

Pour Éva, elle avait pris son vol jusqu'au petit bou-
doir qui donnait sur la véranda; là, une grande femme
jaune, aux yeux noirs, était étendue sur un lit de repos;
en apercevant la petite fille, elle se souleva.

« Maman! cria Éva, se jetant à son cou avec transport, et l'embrassant à plusieurs reprises.

—Assez, assez!—Prenez donc garde, enfant! — Vous
m'ébranlez toute la tête! » dit sa mère après avoir lan-
guissamment effleuré de ses lèvres le front d'Éva.

Saint-Clair entrait; il embrassa sa femme, d'une façon
plus orthodoxe que tendre, en lui présentant sa cousine,
qu'elle accueillit poliment, langoureusement, et avec
une nuance de curiosité.

Dans la foule amassée en ce moment à la porte se
poussait en avant, toute tremblante d'espérance et de
joie, une mulâtresse entre deux âges et d'un extérieur
respectable.

« Oh, te voilà, Mamie! » Et, volant à elle, Éva s'é-
lança dans ses bras, et l'étreignit de toutes ses forces.

La femme ne se plaignit point de sa tête; loin de là,
elle enleva de terre l'enfant qu'elle avait nourrie, la
mangea de caresses, et, à demi folle de joie, finit par
fondre en larmes. A peine remise à terre, Éva courut de
l'un à l'autre, distribuant les serrements de mains, et les
embrassades, avec une prodigalité qui, au dire de miss
Ophélia, lui tournait sur le cœur.

« Si cela vous arrange, à merveille! mais vous autres,
gens du Sud, vous faites des choses auxquelles, moi, je ne
saurais me résoudre.

— Quelles choses, je vous prie? demanda Saint-Clair.

— Pour l'univers entier je ne voudrais humilier qui que ce fût; — mais, quant à embrasser...

— Ah, les nègres! j'entends. Vous n'y êtes pas faite, je vois.

— Non, vraiment; comment a-t-elle ce courage!

Saint-Clair sourit et entra dans le passage en appelant :

— Holà! ici, tous tant que vous êtes! — que je paye ma bienvenue, allons, tous! — Mamie, Jemmy, Polly, Soukey, — est-on content de revoir maître? disait-il, passant de l'un à l'autre, échangeant des poignées de main : « Gare aux marmots! ajouta-t-il en trébuchant contre un négrillon qui cheminait à quatre pattes : Si j'écrase quelqu'un, qu'il m'avertisse! »

Une averse d'éclats de rire joyeux et de bénédictions entassées sur « bon maître » accueillirent les petites pièces d'argent qu'il distribuait à la ronde.

« Maintenant, allez tous à votre besogne comme de braves filles et d'honnêtes garçons, » reprit-il, et la foule bigarrée se dispersa aussitôt, suivie d'Éva chargée du grand sac, qu'à son retour au logis elle avait rempli, tout le long de la route, de pommes, de noix, de sucre candi, de rubans, de galons, de dentelles et de diverses autres babioles.

Saint-Clair s'en retournait lorsque ses yeux tombèrent sur Tom, qui, tout décontenancé, se dandinait d'un pied sur l'autre, sous les regards d'Adolphe; ce dernier, appuyé contre la balustrade, le lorgnait avec l'impertinence d'un dandy achevé.

« Eh bien! Jocko! dit le maître, rabattant le lorgnor d'un revers de sa main, est-ce ainsi qu'on accueille un camarade? — Eh, vraiment! poursuivit-il, le regardant de plus près, et posant l'index sur le brillant gilet qu'étalait Adolphe : Qu'est-ce que tu as là? Il me semble que ceci est de ma connaissance!

— Oh, maître! tout taché de vin; maître n'est pas

fait, dans sa position, pour porter un pareil gilet! J'ai compris qu'il me revenait; bon tout au plus pour un pauvre nègre comme moi. » Et Adolphe secouant sa tête, passa avec grâce ses doigts dans ses cheveux parfumés.

« C'est là ton avis, hé? reprit nonchalamment Saint-Clair. Ah çà, écoute un peu; je vais présenter Tom à sa maîtresse, après quoi tu le conduiras à l'office, et songes-y! ne t'avise pas de prendre des airs avec lui. Il vaut deux fois un freluquet de ton espèce.

— Maître a toujours le mot pour rire, répliqua Adolphe d'un air radieux; je suis ravi de voir maître en si belle humeur.

— Ici Tom! » dit Saint-Clair, et il le fit entrer dans la chambre.

Le nègre demeura immobile sur le seuil, l'œil attaché fixement sur ces splendeurs inimaginables de miroirs, de peintures, de statues, de draperies, et, ravi en esprit comme la reine de Saba devant Salomon, il n'osait poser le pied nulle part.

« Regardez, Marie, dit Saint-Clair à sa femme, je vous ai enfin acheté un cocher en règle. — C'est, vous dis-je, un véritable cocher de corbillard, pour la noirceur et la sobriété. Si cela vous agrée, il vous mènera comme un enterrement. Allons, ouvrez les yeux, examinez-le, et ne dites plus que, dès que j'ai le dos tourné, je cesse de penser à vous. »

Marie, sans bouger, leva les yeux sur Tom.

« Je suis sûre qu'il se grisera, dit-elle.

— Non, non; il est garanti pieux et sobre.

— Soit; je désire qu'il tourne bien, beaucoup plus que je ne l'espère.

— Dolphe, reprit Saint-Clair, fais descendre Tom, et prends garde encore un coup, ajouta-t-il, rappelle-toi ce que je viens de te dire. »

Adolphe marcha devant d'un pas leste, et Tom le suivit d'un pas lourd.

« C'est un véritable *Béhémoth !* dit Marie.

— Allons à présent, ma chère, reprit Saint-Clair, s'asseyant sur un petit tabouret au chevet du sofa, soyons aimables. Avez-vous quelque chose de gracieux à dire à un pauvre garçon ?

— Vous avez été de quinze jours en retard, sur ce que vous aviez promis, murmura la dame en faisant la moue.

— Ne vous en ai-je pas écrit le motif ?

— Une lettre si glaciale, si courte !

— Eh ! chère, le courrier partait ; il n'y avait pas le temps : il fallait abréger, ou ne pas écrire du tout.

— Toujours le même ! plein d'excellentes raisons pour faire vos voyages longs et vos lettres courtes !

— Là, regardez un peu ceci, je vous prie. Il tira de sa poche un élégant écrin de velours, et l'ouvrit : Je vous apporte ce cadeau de New-York. »

C'était le daguerréotype d'Éva et de son père se tenant par la main. Les figures étaient admirablement bien venues.

Marie considéra les portraits d'un air mécontent.

« Où avez-vous donc été choisir une pose si gauche ?

— Gauche, soit ! la pose est affaire de goût. Mais, que dites-vous de la ressemblance ?

— Vous ne feriez pas plus cas de mon opinion sur ce point que sur tout autre, à ce que je présume, répliqua Marie, et elle referma l'écrin.

— Peste soit de la femme ! pensa tout bas Saint-Clair, et il reprit tout haut : Allons, Marie, assez d'enfantillages comme cela ; dites, les trouvez-vous ressemblants ?

— Il faut être aussi insouciant que vous l'êtes pour me tourmenter de la sorte, et me contraindre à parler et à regarder, quand vous savez que je suis demeurée tout le jour couchée avec le plus affreux mal de tête ! Depuis votre arrivée c'est un bruit, un remue-ménage ! j'en suis à demi morte.

— Vous êtes sujette à la migraine, madame ? dit

miss Ophélia, sortant tout à coup des profondeurs de la bergère, où elle était demeurée ensevelie, faisant, à part elle, l'inventaire du mobilier et en calculant la dépense.

— Oh ! je suis un véritable martyr, soupira la dame.

— Le thé de genièvre est bon pour les maux de tête, dit miss Ophélia ; au moins Augusta, la femme du diacre Abraham Perry, avait coutume de le dire, et c'est la meilleure des gardes-malades.

— J'aurai soin de faire apporter ici les premières graines de genièvre qui mûriront dans notre jardin des bords du lac, dit Saint-Clair, tirant gravement la sonnette. En attendant, cousine, vous devez avoir besoin de vous retirer dans votre appartement, et de vous reposer un peu après ce long voyage. Dolphe, ajouta-t-il, envoyez-nous Mamie. L'honnête mulâtresse qu'Éva avait si tendrement caressée entra presque aussitôt. Elle était très-proprement vêtue, la tête ornée d'un turban rouge et jaune, récent cadeau d'Éva, que l'enfant avait elle-même ajusté.

— Mamie, dit Saint-Clair, je te confie cette dame, elle est fatiguée. Conduis-la dans sa chambre, et veille bien à ce que rien ne lui manque. » Miss Ophélia suivit Mamie et disparut.

CHAPITRE XVII

La maîtresse de Tom et ses opinions.

« Aujourd'hui, Marie, votre âge d'or commence, dit Saint-Clair ; notre cousine, alerte et entendue comme une vraie fille de la Nouvelle-Angleterre, va décharger vos épaules du lourd fardeau des soins domestiques, vous donner le temps de vous reposer, et de redevenir belle et jeune tout à loisir. Et plus vite se fera la cérémonie de la remise des clefs, mieux cela vaudra.

Ceci se passait pendant le déjeuner, peu de jours après l'arrivée de miss Ophélia.

— Elle est la bien venue, répondit Marie, laissant avec nonchalance tomber sa tête sur sa main : elle s'apercevra bien vite à l'épreuve que les véritables esclaves, ici, ce sont les maîtresses.

— Certainement, elle découvrira cela, et un monde d'autres vérités salutaires, dans le même genre; sans nul doute.

— On parle d'avoir des esclaves! comme si c'était pour notre bien-être! Si nous consultions notre bonheur et notre repos, nous leur donnerions à tous la volée d'un seul coup. »

Évangeline fixa sur la figure de sa mère ses grands yeux sérieux, avec une ardente expression d'anxiété, et dit simplement : « Pourquoi les gardez-vous alors, maman?

— A coup sûr, je n'en sais rien, si ce n'est comme pénitence; ils sont la croix de ma vie, l'unique et véritable cause de tous mes maux. Ce sont les plus mauvais esclaves dont personne ait jamais été affligé.

— Allons, cela n'est pas, vous le savez, Marie; vous avez des vapeurs ce matin. Tenez, Mamie n'est-elle pas la meilleure des créatures? que deviendriez-vous sans elle?

— Mamie est la meilleure que j'aie rencontrée, et cependant Mamie elle-même devient égoïste, atrocement égoïste; c'est le défaut de la race.

— L'égoïsme est un atroce défaut, en effet, dit gravement Saint-Clair.

— Voilà Mamie, n'est-ce pas égoïste à elle de dormir si profondément, quand elle sait que presqu'à toute heure de la nuit j'ai besoin de petites attentions? Elle est si difficile à réveiller pendant mes plus grandes souffrances! Je suis plus malade ce matin, grâce aux efforts que j'ai faits pour l'appeler.

— N'est-elle pas restée debout plusieurs nuits de suite, près de vous ces temps-ci, maman? demanda Éva.

— Qu'en savez-vous? répondit aigrement Marie; elle s'est plaint, je suppose?

— Elle ne s'est pas plaint; elle m'a seulement parlé de tant de mauvaises nuits que vous aviez eues.

— Pourquoi ne prendriez-vous pas Jane ou Rosa une nuit ou deux, pour la laisser reposer? interrompit Saint-Clair.

— Vous êtes fou, Saint-Clair, de me faire une pareille proposition! Nerveuse comme je le suis, le moindre souffle me trouble, et une main maladroite me rendrait frénétique. Si Mamie avait pour moi l'attachement qu'elle devrait avoir, elle s'éveillerait au moindre bruit; — c'est son devoir. J'ai entendu parler de gens qui possédaient des serviteurs dévoués; tel n'a jamais été mon lot, » soupira Marie.

Miss Ophélia avait écouté cette conversation d'un air grave et observateur; à ce moment elle serra fortement les lèvres, comme une personne décidée à reconnaître son terrain avant de se risquer.

« Mamie a bien une sorte de bonté, continua Marie; elle est douce, respectueuse, mais égoïste au fond. Le souvenir de son mari la troublera et l'agitera toujours. A l'époque de mon mariage et de ma venue ici, j'ai été obligée, vous le savez, de l'emmener avec moi; mon père ne pouvait se passer du mari; c'est un forgeron, et partant il lui était très-nécessaire. Je pensais, et je le dis alors, que Mamie et lui feraient bien de se rendre réciproquement leur liberté, car il était plus que probable qu'ils ne se reverraient jamais. Aujourd'hui je regrette de n'avoir pas insisté davantage, et donné à Mamie un autre mari; mais je fus faible, sotte, et je cédai. J'avertis Mamie qu'elle ne pouvait s'attendre à le revoir plus d'une ou deux fois dans sa vie, que je ne retournerais pas à l'habitation de mon père, l'air ne m'en étant pas favorable; je lui conseillai donc de changer d'époux, mais elle ne voulut pas, absolument pas. Il y a des points sur lesquels Mamie est d'un entêtement qui passe toute croyance!

— A-t-elle des enfants? demanda miss Ophélia.

— Oui, elle en a deux.

— Il doit lui être pénible d'en être séparée.

— Je ne pouvais les emmener, certes. Ce sont de dégoûtantes petites créatures! Il n'y avait pas à y songer; d'ailleurs ils lui prenaient beaucoup trop de temps. Mais je soupçonne que Mamie m'en a toujours gardé une sorte de rancune. Elle n'a pas voulu se remarier; et, quoiqu'elle sache à quel point elle m'est nécessaire, et combien je suis faible de santé, je crois qu'elle irait rejoindre dès demain son mari, si elle le pouvait : je n'en fais pas doute, en vérité. Les meilleurs d'entre eux sont devenus si égoïstes aujourd'hui!

— C'est un désolant sujet de méditation, » dit Saint-Clair d'un ton sec.

Miss Ophélia lui jeta un coup d'œil, et vit sur son visage une légère rougeur de honte, et l'expression de dédain et d'ironie qui comprimait ses lèvres.

« J'ai toujours traité Mamie en enfant gâtée, reprit Marie. Je voudrais qu'une de vos servantes du Nord pût voir ses armoires, et tout ce qu'elles renferment; des robes de soie, de mousseline, jusqu'à de la vraie batiste. J'ai quelquefois travaillé des après-midi entières à lui arranger ses coiffes et ses habits, afin qu'elle fût prête pour une fête. Quant à être grondée, elle ne sait ce que c'est : elle n'a été fouettée qu'une fois ou deux dans toute sa vie; le matin, elle prend son thé ou son café noir, avec du sucre blanc. C'est absurde! je le sais; mais Saint-Clair aime la prodigalité pour lui, et autour de lui, et laisse faire à ses domestiques comme ils l'entendent. Nos gens sont gâtés, c'est un fait, et la faute en est à nous s'ils agissent comme des égoïstes et des enfants pillards; mais j'ai tant et si souvent prêché Saint-Clair là-dessus que j'en suis fatiguée.

« — Et moi aussi, » répondit Saint-Clair en prenant le journal.

Éva, la belle Éva était restée debout à écouter sa mère, avec cette expression de profonde et mystique ardeur qui lui était particulière. Elle s'approcha doucement d'elle, et lui passa ses bras autour du cou.

« Eh bien ! Éva, qu'y a-t-il encore? dit Marie.

— Maman, pourrais-je vous veiller une nuit, une seule? Je ne vous impatienterai pas, et je ne dormirai pas, j'en suis sûre ; souvent dans mon lit je ne dors pas, — je pense.

— Folie, folie! dit Marie. Vous êtes une enfant si étrange!

— Me le permettrez-vous, maman? reprit-elle avec timidité ; je crois que Mamie n'est pas bien ; elle m'a dit dernièrement que la tête lui faisait grand mal.

— Oh! c'est une des perpétuelles complaintes de Mamie ; Mamie est comme eux tous, — faisant grand bruit d'un bobo au doigt ou à la tête ; jamais je n'encouragerai cela, jamais! J'ai à ce sujet des principes arrêtés, » dit-elle en se tournant du côté de miss Ophélia ; « vous en reconnaîtrez la nécessité. Si vous laissez les domestiques se lamenter à chaque léger ennui, ou à chaque petit malaise, vous serez bientôt assourdie. Je ne me plains jamais, moi ; — personne ne se doute de ce que j'endure : je sens que c'est un devoir de le supporter en silence, et je le fais. »

A cette péroraison, les yeux ronds de miss Ophélia exprimèrent un ébahissement, qui parut si comique à Saint-Clair, qu'il éclata de rire.

« Saint-Clair rit toujours quand je fais la plus petite allusion à mes maux, » dit Marie de la voix d'un martyr expirant. « Dieu veuille qu'il ne s'en souvienne pas un jour avec amertume! » Et Marie porta son mouchoir à ses yeux.

Il y eut un silence embarrassant. A la fin Saint-Clair se

leva, regarda sa montre, dit qu'il avait un rendez-vous, et sortit.

Éva se glissa derrière lui, miss Ophélia et Marie restèrent seules à table.

« C'est bien de Saint-Clair! dit celle-ci, en retirant son mouchoir avec dépit, dès que le criminel fut hors d'atteinte; jamais il ne pourra, jamais il ne voudra comprendre ce que je souffre, et cela depuis des années! Si j'étais une de ces femmes douillettes, faisant grand bruit de leurs maux, ce serait excusable. Une femme qui se plaint fatigue naturellement les hommes. Mais j'ai tout gardé pour moi, et souffert en silence; si bien que Saint-Clair a fini par croire que je pouvais tout supporter. »

Miss Ophélia ne savait pas au juste quelle réponse on attendait d'elle.

Tandis qu'elle y songeait, Marie sécha peu à peu ses larmes, et remit en ordre sa toilette, avec la coquetterie d'une colombe qui lisse son plumage après une ondée. Elle entama une harangue toute féminine sur les armoires, la lingerie, le garde-meuble, etc., départements que, d'un commun accord, miss Ophélia allait prendre sous sa direction; — et elle entassa, à la fois, tant de recommandations et de renseignements, qu'une tête moins bien ordonnée, et moins systématique que celle de miss Ophélia, en eût été complétement déroutée et ahurie.

« A présent, je crois vous avoir tout dit. A ma prochaine indisposition, vous serez en état de me remplacer, sans même me consulter. — Encore un mot sur Éva : — elle a grand besoin d'être surveillée.

— Elle me paraît une excellente enfant, dit miss Ophélia; je n'en ai jamais rencontré de meilleure.

— Éva est très-étrange; il y a des choses sur lesquelles elle est si originale! elle ne me ressemble en rien. » Et Marie soupira, comme si elle eût pensé que ce fût là un grand sujet de tristesse.

Miss Ophélia se dit en son for intérieur : « J'espère

bien qu'elle ne vous ressemble pas » ; mais elle eut la prudence de garder cette réflexion pour elle.

« Éva s'est toujours plu au milieu des esclaves. Pour certains enfants, cela n'a pas d'inconvénient. Moi, je jouais toujours avec les négrillons de mon père, et cela ne me fit jamais aucun mal. Mais Éva traite d'égal à égal avec toutes les créatures qui l'approchent. C'est une étrange manie de cette enfant. Je n'ai jamais pu l'en corriger ; et je serais assez portée à croire que Saint-Clair l'y encourage. Il est de fait que Saint-Clair, sous son toit, est indulgent pour tous, excepté pour sa femme. »

Miss Ophélia garda derechef le plus profond silence.

« Ce n'est pas la voie qu'on doit suivre avec les esclaves ; il faut les mettre à *leur place*, et les y maintenir. Cela me fut toujours naturel, même tout enfant. A elle seule Éva gâterait une habitation entière. Comment fera-t-elle quand il lui faudra mener sa maison ; je n'en sais rien. On doit être bon avec ses gens ;—je l'ai toujours été ; mais on doit aussi leur *apprendre leur place*. Éva jamais ne le fait ; il n'y a pas dans la tête de cette enfant la première idée de ce qu'est un esclave. Vous l'avez entendue tout à l'heure offrir de me veiller pour laisser dormir Mamie. Eh bien ! c'est un échantillon de ce qu'elle ferait constamment, si on la laissait à elle-même !

— Mais, s'écria impétueusement miss Ophélia, vous admettez, je pense, que vos esclaves sont des créatures humaines, et doivent avoir besoin de repos quand ils sont épuisés de fatigue ?

— Certainement, c'est justice. Je suis très-attentive à ce qu'ils aient ce qui leur faut, pourvu que cela n'aille pas jusqu'à l'abus ; vous comprenez. Mamie peut, à une heure ou l'autre, rattraper son sommeil ; cela ne fait pas difficulté. D'ailleurs, c'est la masse la plus endormie que j'aie jamais vue ! Debout, assise, causant ou marchant, elle dort partout, envers et contre tous. Il n'y a pas à craindre que Mamie ne dorme pas assez ! Mais traiter les esclaves comme des fleurs exotiques ou des vases de Chine, c'est aussi par trop ridicule! » Marie s'arrêta pour se plonger dans les molles profondeurs d'un énorme coussin, et attirer à elle un élégant flacon de cristal taillé.

« Vous le voyez, continua-t-elle, d'une voix languissante et douce, comme pourrait l'être le dernier souffle d'un jasmin d'Arabie, ou toute autre chose aussi éthérée; vous le voyez, cousine Ophélia, je parle rarement de moi. Ce n'est ni dans mes goûts, ni dans mes habitudes; à dire vrai, je n'en ai pas la force. Mais il y a des points sur lesquels je diffère de Saint-Clair. Saint-Clair ne m'a jamais comprise, ne m'a jamais appréciée, et c'est même là, je crois, la source de tous mes maux. Il se propose le bien, je veux le croire; mais les hommes sont égoïstes par constitution, et sans égards pour leurs femmes. Du moins, c'est mon impression. »

Miss Ophélia n'avait pas reçu en partage un petit lot du génie prudent de la Nouvelle-Angleterre; elle avait, en outre, une horreur particulière des dissensions de famille; elle fut donc alarmée de cette espèce d'appel: aussi, donnant à son visage l'expression d'une sévère neutralité, elle tira de sa poche un tricot long d'une aune, qu'elle gardait comme un spécifique contre ce que le docteur Watts assurait être une des plus efficaces embûches de Satan, c'est-à-dire l'oisiveté des mains.

Elle se mit à tricoter rapidement, serrant les lèvres d'une façon énergique, qui disait mieux que les mots : « Vous ne me ferez pas parler : ce sont vos affaires, non les miennes; je n'ai rien à y voir. » Elle n'avait pas l'air plus sympathique, que ne l'aurait eu à sa place un lion de pierre; mais Marie s'en souciait peu. Elle avait à qui parler, elle en sentait le besoin, cela lui suffisait; et pour se remonter respirant son flacon, elle poursuivit :

« J'apportais, en épousant Saint-Clair, ma dot et mes

esclaves, et la loi m'autorisait à les conduire à ma guise.
Saint-Clair, lui aussi, avait sa fortune et ses gens, et j'eusse
été charmée qu'il les menât à sa façon, s'il n'était inter-
venu dans mes affaires. Il a quelques idées saugrenues,
extravagantes, sur certains chapitres, entre autres sur
le traitement des esclaves. Il les fait presque passer avant
moi, et même avant lui; il leur laisse faire toutes sortes
de dégâts sans jamais lever le doigt. Parfois, pourtant,
Saint-Clair est effrayant. — Il m'effraie, dans certains
cas, moi-même, doux comme il le paraît d'ordinaire! Il a
mis les choses sur un pied tel, que, quoiqu'il arrive, il ne
doit pas dans sa maison y avoir un seul coup donné, excepté par lui ou par moi; et sa volonté sur ce point est si
absolue que je n'ose la contrecarrer. Vous pouvez deviner
où cela mène! Saint-Clair ne les battrait pas, quand ils
le fouleraient aux pieds! et moi... jugez si on peut, sans
cruauté, m'infliger une pareille fatigue! Vous le savez,
les esclaves ne sont que de grands enfants.

— Je n'en sais rien, et remercie Dieu de l'ignorer,
répondit brièvement miss Ophélia.

— Vous l'apprendrez, et à vos dépens, si vous restez
ici. Vous ne vous doutez pas de ce qu'est ce troupeau de
méchantes, paresseuses, ingrates créatures! » Ce sujet,
quand elle l'abordait, semblait toujours merveilleusement surexciter Marie; ses yeux s'étaient ouverts, sa langueur s'était envolée, lorsqu'elle reprit, avec plus de
véhémence :

« Vous n'imaginez pas, vous ne pouvez imaginer les
épreuves qu'ils suscitent tous les jours, à toutes heures,
en tout et pour tout, à leur maîtresse. Je ne m'en plains
pas à Saint-Clair; il a là-dessus les principes les plus
étranges. Ne prétend-il pas que, les ayant faits ce qu'ils
sont, nous devons les supporter! Que leurs défauts viennent des nôtres, et qu'il serait cruel de les leur donner,
et de les en châtier. Il dit qu'à leur place nous en ferions
tout autant, comme s'ils pouvaient nous être comparés!

— Croyez-vous que Dieu les ait tirés du même limon? demanda laconiquement miss Ophélia.

— Non, vraiment, non, je ne le crois pas! Belle fable, en vérité! c'est une race inférieure!

— Leur accordez-vous des âmes immortelles? s'écria miss Ophélia, dont l'indignation grandissait.

— Oui, répondit-elle en bâillant, c'est avéré; personne ne le conteste. Mais les égaler à nous, en quoi que ce soit, les comparer à nous, c'est impossible! Eh bien! Saint-Clair m'a parlé de la séparation de Mamie d'avec son mari, comme il m'eût parlé de ma séparation d'avec mon mari, à moi! Il n'y a aucun parallèle à établir. Mamie ne peut sentir ce que j'aurais senti. Ce sont choses si différentes, n'est-il pas vrai? Et cependant Saint-Clair assure ne pas le comprendre. Comme si, par exemple, Mamie pouvait aimer ses sales petits diablo-tins noirs comme j'aime Éva! Croiriez-vous que Saint-Clair essaya une fois, sérieusement, de me persuader qu'il était de mon devoir, malgré ma faible santé et ce que je souffre, de renvoyer Mamie à ses enfants et à son mari, et de prendre quelque autre à sa place? C'était par trop rude à supporter, même pour moi! Je ne laisse pas souvent voir ce que j'éprouve; je me suis fait une loi de tout souffrir en silence; c'est le dur partage de la femme, et je l'accepte. Mais cette fois j'éclatai; et depuis il n'y a jamais fait la plus petite allusion. Je n'en vois pas moins, par ses regards et quelques mots de temps en temps, qu'il pense toujours de même; et c'est impatientant, c'est agaçant! »

Miss Ophélia parut craindre de rompre le silence; mais, dans le mouvement rapide et saccadé de ses aiguilles, il y avait des volumes, si Marie eût été capable de les com-prendre.

« Vous êtes maintenant, poursuivit-elle, au courant de ce que vous avez à diriger. Une maison sans règle, où les serviteurs ont et font ce qui leur plaît, à l'exception de ce que, malgré ma pauvre santé, j'ai pu sauvegarder d'autorité. Je prends mon nerf de bœuf, et leur en applique parfois quelques coups; mais c'est un exercice beaucoup trop fatigant pour moi. Si Saint-Clair voulait seulement faire comme les autres !

— Et que font-ils ?

— Ils les envoient à la Calebousse, ou ailleurs, pour qu'on les fouette. C'est l'unique moyen. Si je n'étais pas une pauvre femme souffreteuse, je crois que je les conduirais avec deux fois l'énergie de Saint-Clair.

— Comment parvient-il donc à en être obéi ? vous dites qu'il ne les frappe jamais.

— Les hommes, vous le savez, ont un plus grand air de commandement que nous; cela leur est plus facile. Puis, si vous avez jamais observé les yeux de Saint-Clair avec attention (c'est très-singulier), vous aurez vu que, quand il parle d'un ton ferme, ses yeux étincellent. J'en suis parfois presque interdite, et les esclaves savent alors qu'ils doivent plier. Je ne puis en obtenir autant, avec une tempête et des cris, que Saint-Clair avec un éclair de ses yeux, quand il est monté. Ils se taisent devant Saint-Clair, et de là vient son indifférence pour ce que j'endure, moi ! Vous verrez, quand il vous faudra les faire marcher, qu'on n'en peut rien obtenir sans sévérité. Ils sont si mauvais, si trompeurs, si paresseux !

— Toujours le vieux refrain ! interrompit Saint-Clair entrant nonchalamment. Et quel beau modèle ont à copier ces méchantes créatures, surtout pour la paresse ! Voyez, cousine, ajouta-t-il, en se jetant tout de son long sur le sopha opposé à celui de Marie, voyez, cousine, si leur paresse n'est pas tout à fait impardonnable, lorsque nous leur donnons, Marie et moi, un si brillant exemple !

— Allons ! Saint-Clair, vous êtes par trop maussade ?

— Moi aussi ? je croyais tout à fait bien parler, d'une façon remarquable pour moi ! Je fortifie toujours vos observations, Marie.

— Vous savez bien que vous faites tout le contraire !

— C'est qu'alors je me trompe; je vous remercie, ma chère, de me remettre dans le droit chemin.

— Vous voulez m'irriter, s'écria Marie.

— Oh ! je vous en prie, Marie; la chaleur est accablante, et je viens d'avoir avec Dolphe une prise qui m'a exténué; ainsi, je vous en supplie, montrez-vous aimable, et laissez un pauvre garçon épuisé se raviver à l'éclat de votre sourire.

— Qu'a fait Dolphe ? son impudence s'est accrue à tel point que ce drôle m'est devenu insupportable. Je souhaiterais l'avoir, pendant quelque temps, sous ma direction exclusive. Je le romprais, je vous en réponds.

— Ce que vous dites là, ma chère, est marqué au coin de votre esprit et de votre bon sens habituels. Quant à Dolphe, voici le fait : il s'est exercé si longtemps à imiter mes grâces et autres perfections, qu'il a fini par se prendre pour son maître, et j'ai été obligé de lui faire sentir sa méprise.

— Comment ?

— Je lui ai fait comprendre d'une façon explicite, que je désirais garder quelques-uns de mes habits pour mon usage personnel; j'ai arrêté aussi sa munificence à l'égard de mon eau de Cologne, et j'ai même été assez cruel pour le restreindre à une douzaine de mes mouchoirs de batiste. Ceci surtout a fortement humilié Dolphe, et pour le consoler je lui ai parlé en père.

— Oh ! Saint-Clair, quand donc apprendrez-vous à conduire vos esclaves ! vous les perdez par votre faiblesse.

— Après tout, où est le mal que le grand pauvre diable désire ressembler à son maître? et si je l'ai élevé de façon à ce qu'il plaçât son bonheur suprême dans l'eau de Cologne et les mouchoirs de batiste, pourquoi ne lui en donnerais-je pas ?

— Pourquoi plutôt ne l'avez-vous pas mieux élevé?

demanda miss Ophélia, avec une soudaine résolution.

— Trop de peine à prendre; la paresse, cousine, l'invincible paresse, qui ruine plus d'âmes qu'on ne mettrait de gens en fuite en faisant le moulinet. Sans la paresse, j'aurais été un ange. Je serais porté à croire que cette paresse est ce que votre vieux docteur du Vermont appelait : « L'essence du mal moral. » C'est à coup sûr un triste sujet de méditation.

— Je pense qu'une responsabilité terrible pèse sur vous, maîtres d'esclaves ! je ne voudrais pas l'avoir pour des mondes. Vous devez élever vos esclaves, et les traiter comme des créatures raisonnables, des créatures immortelles, dont vous rendrez un jour compte devant Dieu. C'est là ma pensée, s'écria miss Ophélia cédant à l'élan d'indignation qui, tout le jour, s'était amassée dans son sein.

— Allons ! allons ! cousine ! répondit Saint-Clair en se levant vivement; vous ne nous connaissez pas encore ! » Il s'assit au piano et attaqua un air de bravoure. Saint-Clair avait le génie de la musique, son exécution était brillante et ferme, ses doigts volaient sur les touches avec le mouvement rapide et léger d'un oiseau. Il joua air après air, en homme qui essaye de se remettre de belle humeur; à la fin, repoussant les cahiers de musique, il se leva et dit gaiement: « Eh bien, cousine, vous nous avez donné une leçon un peu verte, mais vous avez fait votre devoir, et en somme, je ne vous en estime que plus. Je ne mets pas en doute que vous ne m'ayez jeté un pur diamant, mais il m'a si rudement atteint en plein visage, qu'au premier choc je ne l'ai pas apprécié tout ce qu'il vaut.

— Pour moi, je ne vois pas le but de cette mercuriale, reprit Marie. S'il est au monde quelqu'un qui traite mieux que nous ses esclaves, je serais enchantée qu'on me le montrât. Cela ne les rend pas meilleurs d'un atome; au contraire, ils deviennent de plus en plus mauvais. Quant

à les sermonner ou à les reprendre, je l'ai fait à m'é-
gosiller, leur disant leurs devoirs et le reste. Ils peuvent
aller à l'église autant qu'ils le veulent, quoiqu'ils ne
comprennent pas plus le prêche que ne le comprendraient
des porcs. En sorte que, vous le voyez, cela ne leur est
pas de grande utilité; mais ils y vont; ainsi les moyens
de s'instruire leur sont donnés. Mais, comme je vous l'ai
déjà dit, c'est une race inférieure; toujours elle le sera. Il
n'y a pas de rachat pour elle. Vous n'en pourrez rien faire,
si vous l'essayez. Vous ne l'avez pas encore tenté, cousine Ophélia; moi, je l'ai tenté; je suis née et j'ai été
élevée au milieu d'eux, je les connais. »

Miss Ophélia pensait en avoir assez dit, et elle garda
le silence. Saint-Clair se mit à siffler.

« Saint-Clair, je vous prierai de ne pas siffler; cela
augmente mon mal de tête.

— Je me tais, dit Saint-Clair. Est-il encore quelque autre chose que vous désiriez que je ne fasse pas?

— Je désirerais que vous eussiez quelque sympathie
pour mes souffrances : vous n'avez aucun égard pour
moi.

— Cher ange accusateur!

— C'est insoutenable de s'entendre parler sur ce ton!

— Comment dois-je vous parler? dites, et je parlerai
au commandement — de la manière que vous indiquerez,
rien que pour vous plaire. »

Un frais éclat de rire, parti de la cour, pénétra à travers les courtines de soie de la véranda. Saint-Clair
s'avança, souleva le rideau, et rit aussi.

« Qu'y a-t-il? » demanda miss Ophélia s'approchant du
balcon.

Tom était assis dans la cour sur un petit banc de
mousse; chaque boutonnière de sa veste était ornée de
branches de jasmin, Éva lui passait en riant une guirlande de roses autour du cou, puis, riant toujours, elle se
percha sur ses genoux, comme un moineau apprivoisé.

« O Tom, vous êtes si drôle! »

Tom avait un bon et discret sourire, et semblait, en sa paisible façon, être aussi réjoui de sa drôlerie que l'était sa petite maîtresse. En apercevant son maître, il leva les yeux vers lui, d'un air demi confus, demi suppliant.

« Comment pouvez-vous la laisser aussi familièrement avec *eux?* demanda miss Ophélia.

— Et pourquoi pas? demanda à son tour Saint-Clair.

— Je ne sais; mais cela me répugne.

— Vous ne trouveriez pas mal que l'enfant caressât un gros chien, fût-il noir; mais une créature raisonnable, sensible, immortelle, vous répugne! Je connais là-dessus les sentiments de vos habitants du Nord : non qu'il y ait de notre part la plus petite parcelle de vertu à ne pas les éprouver; mais l'habitude fait chez nous ce que devrait faire la charité chrétienne : elle détruit la répugnance. J'ai eu l'occasion, pendant mes voyages, d'observer combien cette répugnance était plus vive chez vous que chez nous. Ils vous dégoûtent comme autant de serpents ou de crapauds, et cependant leur misère vous révolte. Vous ne voulez pas les maltraiter, mais vous ne voulez avoir avec eux aucun contact. Vous les expédieriez en Afrique, loin de votre vue et de votre odorat, puis, vous leur enverriez un ou deux missionnaires, qui auraient l'abnégation de les instruire de la façon la plus brève possible, n'est-ce pas?

— Hélas! cousin, répondit, d'un ton pensif, miss Ophélia, il y a du vrai dans ce que vous dites.

— Que deviendrait l'humble et le pauvre sans les enfants? reprit Saint-Clair, revenant au balcon et montrant Éva, qui gambadait auprès de Tom. L'enfant est le seul vrai démocrate. Tom, en ce moment, est un héros pour Éva; ses histoires lui paraissent merveilleuses; ses hymnes et ses chants méthodistes, plus beaux qu'un opéra; les petites amorces et autres babioles, qui emplissent ses poches,

une mine féconde de joyaux! Il est à ses yeux le plus
merveilleux Tom qu'une peau d'ébène ait recouvert! —
Éva est une de ces fleurs du ciel envoyées par Dieu, surtout pour le pauvre et pour l'humble, qui, sur terre, ont
si peu d'autres joies !

— C'est singulier, cousin, à vous entendre parler on
vous prendrait presque pour un *prédicant*.

— Un prédicant? se récria Saint-Clair.

— Oui, pour un prédicant religieux.

— Ah! certes non; et, en tous cas, pas pour un de vos
prédicants en vogue; et ce qu'il y a de plus triste, pas
pour un *pratiquant*, à coup sûr.

— Pourquoi donc alors parlez-vous ainsi?

— Rien de plus facile que de parler. Shakespeare, je
crois, fait dire à un de ses personnages : « Il me serait plus
aisé d'enseigner à vingt disciples ce qu'il est bon de faire,
que d'être un des vingt. » Il n'est rien de tel que la di-
vision du travail. Ma verve passe en paroles, cousine; la
vôtre, en actions. »

A cette époque, la situation extérieure de Tom n'était
pas, selon le monde, celle d'un homme à plaindre. Dans
sa prédilection pour lui, et poussée aussi par l'instinct
d'une noble nature reconnaissante et affectueuse, la petite Éva avait prié son père d'attacher Tom à son service
personnel, pour l'escorter pendant ses promenades à
pied ou à cheval. Tom avait donc reçu l'ordre formel de
tout quitter pour se mettre à la disposition de miss Éva;
ordre qui, comme nos lecteurs l'imaginent, fut loin de
lui déplaire. Sa mise était soignée, Saint-Clair étant sur
ce chapitre scrupuleux jusqu'à la minutie. Son service d'é-
curie, vraie sinécure, consistait simplement à inspecter
et diriger tous les jours un palefrenier. Marie Saint-
Clair avait déclaré qu'elle ne pouvait souffrir l'odeur des

chevaux, et que ceux de ses gens qui l'approchaient ne devaient être employés à aucun service désagréable. Son système nerveux ne supporterait pas une pareille épreuve. La moindre mauvaise odeur, à son dire, la pouvait tuer, et terminer d'un seul coup tous ses tourments terrestres. Tom avec son ample habit, son chapeau bien brossé, ses bottes luisantes, son col et ses manchettes d'un blanc irréprochable, sa grave et bonne figure noire, eût pu paraître digne d'être évêque de Carthage, comme le furent en d'autres temps des hommes de sa couleur.

Il habitait une somptueuse résidence; considération à laquelle cette race impressionable n'est jamais indifférente. Il jouissait, avec un bonheur calme et recueilli, de la lumière, des oiseaux, des fleurs, des fontaines, des parfums qui embellissaient la cour, des tentures de soie des tableaux, des lustres, des statues, des lambris dorés, qui faisaient pour lui, de la suite de ces riches salons, une espèce de palais d'Aladin.

Si jamais l'Afrique se civilise et s'élève — et son tour de figurer dans le grand drame du progrès humain arrivera en son temps — la vie s'éveillera chez elle avec une splendeur, une surabondance, qu'à peine peuvent concevoir nos froides tribus de l'Occident. — Sur cette terre lointaine et mystérieuse, fertile en or, en pierreries, en myrtes, en palmiers aux feuilles ondoyantes, en fleurs rares, surgiront des arts nouveaux, d'un style neuf et splendide. Et cette race noire, si longtemps méprisée et foulée aux pieds, donnera peut-être au monde les dernières et les plus magnifiques révélations de la puissance humaine. En tous cas, elle sera, — par sa douceur, son humble docilité d'âme, sa confiance en ses supérieurs, son obéissance à l'autorité, son enfantine simplicité de tendresse, son admirable esprit de pardon, — elle sera certainement la plus haute expression de la *vie chrétienne*. Et peut-être, comme Dieu châtie ceux qu'il aime, peut-être n'a-t-il précipité la pauvre Afrique dans la fournaise

20.

de l'affliction, que pour la rendre la plus noble, la plus
grande dans le royaume qu'il élèvera, quand tous les
autres royaumes auront été essayés et rejetés, car « les
premiers seront les derniers, et les derniers seront les
premiers ! »

Étaient-ce donc là les préoccupations de Marie Saint-
Clair, tandis que debout, somptueusement parée sur la
véranda, un dimanche matin, elle attachait à son poignet délié un riche bracelet de diamants? Ce devait être
cela, ou des pensées du même genre, car Marie avait le
culte des belles choses; et elle allait se rendre dans tout
son éclat de diamants, de soie, de dentelles, de joyaux, à
une église à la mode, pour y faire admirer sa toilette et
sa piété. Marie s'était toujours fait une loi d'être très-re-
ligieuse les dimanches. A l'église, à genoux ou debout,
souple, élégante, aérienne, flexible en tous ses mouvements, enveloppée de son écharpe de dentelle comme
d'un nuage, c'était une gracieuse créature; elle le sentait, et se savait bon gré d'être si distinguée et si pieuse.
Miss Ophélia, à ses côtés, formait avec elle un parfait
contraste : non qu'elle n'eût sa belle robe de soie, son
riche cachemire, son beau mouchoir; mais une raideur
anguleuse et carrée lui prêtait je ne sais quoi d'indéfini,
aussi sensible cependant que l'était la grâce de son élégante voisine;—non la grâce de Dieu, entendez bien, —
c'est tout autre chose.

« Où est Éva? dit Marie.

—Elle s'est arrêtée sur l'escalier pour parler à Mamie.

Que disait Éva à Mamie sur l'escalier? Écoutez lecteurs,
et vous l'entendrez, quoique Marie ne l'entendit pas.

« Chère Mamie, je sais que ta tête te fait grand mal.

— Le Seigneur vous bénisse, miss Éva; ma tête me fait
toujours mal, à présent, mais ne vous en tracassez pas.

— Je suis bien aise de te voir sortir; et la petite fille
jeta ses deux bras autour d'elle. Tiens, prends mon flacon, Mamie.

— Quoi! votre belle affaire d'or, avec ses diamants! Seigneur, miss Éva, ça être beaucoup trop beau pour moi!

— Pourquoi? tu en as besoin, et moi pas. Maman s'en sert toujours quand elle a mal à la tête, — cela te fera du bien. Prends-le, je t'en prie, pour l'amour de moi!

— L'entendez-vous, la chère mignonne! s'écria Mamie, comme Éva lui glissait le flacon dans son fichu, et, après l'avoir embrassée, courait rejoindre sa mère.

— Pourquoi vous êtes-vous arrêtée? demanda Marie.

— Pour donner mon flacon à Mamie, afin qu'elle s'en serve à l'église.

— Éva! dit Marie, frappant du pied avec impatience, vous avez donné votre flacon d'or à Mamie! Quand donc comprendrez-vous ce qui se fait, et ce qui ne se fait pas? Allez, allez! reprenez-le-lui tout de suite. »

Éva, chagrine et déconcertée, se retourna avec lenteur.

« Marie, laissez faire l'enfant! qu'elle agisse comme elle l'entendra! intervint Saint-Clair.

— Comment se conduira-t-elle alors dans le monde?

— Dieu le sait; mais elle se conduira certainement mieux, selon le ciel, que vous ou moi.

— O papa! chut! dit Éva en lui touchant doucement le coude. Ne chagrinez pas maman.

— Eh bien, cousin, êtes-vous prêt à nous accompagner? demanda miss Ophélia, se tournant de son côté tout d'une pièce.

— Je ne vais pas au prêche, je vous remercie, répondit Saint-Clair.

— Je voudrais que Saint-Clair m'accompagnât quelquefois à l'église, dit Marie, mais il n'a pas un atome de religion. C'est vraiment inconvenant.

— Je le sais, répondit Saint-Clair. Vous autres femmes, vous allez, je suppose, à l'église, pour apprendre à vous conduire dans le monde, et votre piété rejaillit sur nous,

en considération. Si je faisais tant que d'y aller, moi,
j'irais où va Mamie. Là, du moins, il y a chance de se
tenir éveillé.

— Quoi, parmi ces braillards de méthodistes! fi!
l'horreur!

— Tout ce que vous voudrez, Marie, excepté la mer
morte de vos vénérables chapelles! C'est trop exiger d'un
homme. Est-ce que tu aimes à y aller, Éva? Viens, reste
à la maison; tu joueras avec moi.

— Merci, papa, j'aime mieux aller au sermon.

— N'est-ce pas affreusement ennuyeux?

— Oui, un peu, quelquefois, dit Éva, et je m'y endors
aussi; mais je tâche de me tenir éveillée.

— Alors, pourquoi y vas-tu?

— Voyez-vous, papa, lui murmura-t-elle à l'oreille,
cousine dit que Dieu désire cela de nous, et il nous
donne tant! s'il le désire? au fond ce n'est pas grand'-
chose; puis ce n'est pas si ennuyeux après tout.

— Tu es une douce et bienveillante petite âme, dit
Saint-Clair en l'embrassant. Va, ma chère fillette, va,
et prie pour moi.

— Certes oui; je n'y manque jamais, » répondit l'enfant, comme elle s'élançait après sa mère dans la voiture.

Saint-Clair resta debout sur le perron, et de la main lui
envoya un baiser, tandis que la voiture s'éloignait; de
grosses larmes roulaient dans ses yeux.

« O Évangeline, la bien nommée! Dieu ne t'a-t-il pas
donnée à moi comme un Évangile vivant! »

Il pensa et sentit ainsi une seconde; puis il alluma son
cigare, lut le journal et oublia son petit Évangile. Diffé-
rait-il en cela de beaucoup d'autres gens?

« Faites attention, Évangeline, dit Marie; il est toujours bien et convenable d'être bon envers les domestiques; mais il est inconvenant de les traiter comme nous
traiterions des parents, ou des gens de notre caste. Si

Mamie était malade, vous ne la mettriez pas dans votre lit, n'est-ce pas?

— Si fait, maman, répondit Éva, parce que ce serait plus commode pour la soigner, et puis aussi parce que mon lit est beaucoup meilleur que le sien, vous savez. »

Le manque complet de sens moral que dénotait cette réponse, jeta Marie dans le plus profond désespoir.

« Que faire pour être comprise de cette enfant? s'écria-t-elle.

—Rien, » répondit miss Ophélia d'un ton péremptoire.

Éva fut un moment chagrine et déconcertée; mais par bonheur les impressions des enfants sont fugitives, et peu de minutes après, Éva riait gaiement à chaque objet nouveau qu'elle apercevait à travers les portières de la voiture.

. . . .

« Eh bien, mesdames, demanda Saint-Clair au dîner, quand ils furent commodément assis, que vous a-t-on servi aujourd'hui à l'église?

— Le docteur G... a fait un magnifique sermon, répondit Marie, juste un sermon comme il vous le faudrait; il exprimait précisément toutes mes idées.

— En ce cas, il devait être des plus édifiants, dit Saint-Clair, et d'un point de vue large !

— Oh! simplement mes idées sur la société et ses différentes classes. Le texte était : « Dieu fit toute chose belle en sa saison. » Le prédicateur a démontré que tous les rangs et toutes les distinctions sociales venaient en droite ligne de Dieu; qu'il était admirablement juste que les uns fussent placés au sommet et les autres à la base, plusieurs étant nés pour commander, et plusieurs pour obéir; et ainsi de suite. Enfin il a parfaitement appliqué ces paroles au jargon ridicule qu'on débite sur l'esclavage; il a prouvé clair comme le jour que la Bible était pour nous, et soutenait nos institutions. Je souhaiterais que vous l'eussiez entendu!

— Grand merci, je n'en ai que faire; j'en apprendrai tout autant dans le *Picayune*[1], et, de plus, je fumerai mon cigare, ce que je ne pourrais faire à l'église.

— Vous ne partagez donc pas ces vues? demanda miss Ophélia.

— Qui, moi! je suis un si mauvais sujet que ce pieux aspect de la question ne m'édifie pas du tout. Si j'étais appelé à définir l'esclavage, je dirais bel et bien: « Nous l'avons, nous en jouissons et nous le gardons, dans notre intérêt et pour notre bien-être. » C'est là le fort et le faible, et, en somme, tout le fond de ce bavardage hypocrite. Je crois qu'en parlant ainsi, je serais compris de tous et partout.

— Vraiment, Augustin, c'est par trop irrévérent, s'écria Marie. C'est chose choquante que de vous entendre!

— Choquante est le mot. Pourquoi vos beaux parleurs religieux ne poussent-ils pas la complaisance un peu plus loin? Que ne démontrent-ils la beauté — en sa saison — d'un coup de vin de trop? des veilles passées au jeu? de plusieurs autres accidents providentiels de même nature, auxquels nous sommes sujets, nous autres jeunes gens? Nous nous accommoderions fort de cette sanction humaine et divine.

— Enfin, dit miss Ophélia, croyez-vous l'esclavage un bien ou un mal?

— Je déteste l'horrible logique de votre Nouvelle-Angleterre, cousine, dit gaiement Saint-Clair; si je réponds à cette question, vous m'en poserez une demi-douzaine, toutes plus ardues les unes que les autres, et je ne me soucie pas de définir ma position. Je suis de ceux qui aiment à lancer des pierres aux maisons de verre des voisins; je n'ai donc garde de m'en élever une pour la faire lapider.

---

[1] Journal populaire de la Nouvelle-Orléans, qui tire son nom de la petite monnaie avec laquelle on le paye.

— C'est bien de lui! vous n'en tirerez rien; il vous échappera toujours, dit Mario; et je crois, ma parole, que c'est son peu de religion qui lui fait prendre tous ces faux fuyants.

— Religion! dit Saint-Clair d'un ton qui fit lever les yeux aux deux dames. Appelez-vous religion ce qu'on vous prêche à l'église? Appelez-vous religion ce qui peut se courber, se tourner, descendre, monter, pour justifier chaque phase tortue d'une société égoïste et mondaine? Est-ce la religion qui est moins généreuse, moins juste, moins scrupuleuse, moins tolérante, que ma nature profane, aveugle et terre à terre? Non; si je cherchais une religion, je regarderais au-dessus de moi, jamais au-dessous.

— Vous ne croyez donc pas que la Bible justifie l'esclavage? demanda miss Ophélia.

— La Bible était le livre de ma *mère*, répondit Saint-Clair; il l'aidait à vivre; il l'a aidée à mourir : Dieu me préserve de croire qu'il justifie l'esclavage! J'aimerais autant qu'on voulût me prouver que ma mère buvait de l'eau-de-vie, mâchait du tabac et jurait, pour me convaincre que j'ai raison d'en faire autant. Je n'en serais pas plus content de moi-même, et j'y perdrais la consolation de la respecter. Et c'est une grande consolation en ce monde que d'avoir quelque chose à respecter! Bref, vous le voyez, dit-il en reprenant tout d'un coup sa gaieté; tout ce que je veux, c'est que chaque chose reste à sa place, en son casier. Le cadre de la société en Europe, comme en Amérique, se compose d'une infinité d'éléments qui ne soutiendraient pas l'examen d'une moralité scrupuleuse; ce qui prouve que les hommes ne peuvent aspirer au bien absolu, mais seulement suivre de leur mieux la route battue. Maintenant si un homme vient me dire : «L'esclavage nous est nécessaire, nous ne pouvons vivre sans lui ; si nous l'abolissons, nous sommes réduits à la mendicité, et nous prétendons le garder. » C'est là un langage clair, net et fort; il a du moins pour lui le mérite de la vérité; et si nous en jugeons par l'expérience, la majorité le soutiendra. Mais si un homme, au contraire, prenant une mine hypocrite, s'en vient d'un ton cafard me citer l'Écriture, je le soupçonne aussitôt de n'être pas à beaucoup près aussi saint qu'il voudrait le paraître.

— Vous êtes bien peu charitable! s'écria Marie.

— Supposons un moment, dit Saint-Clair, qu'un événement imprévu fasse baisser le coton tout d'un coup et pour toujours, et réduise à rien sur le marché la valeur des esclaves. Ne pensez-vous pas que nous aurions aussitôt une autre version de la sainte Écriture? Quels flots de lumière inonderaient l'Église! Combien vite ne découvrirait-on pas que la raison et la Bible sont de l'autre bord !

— En tous cas, répondit Marie, se renversant sur le sofa, je rends grâce au ciel d'être née dans un pays où l'esclavage existe; je le crois bon et permis; je sens qu'il doit l'être; et quoi qu'il arrive, je ne m'en saurais passer.

— Et toi, qu'en penses-tu, Minette, dit Saint-Clair à Éva, qui entrait en ce moment une fleur à la main.

— De quoi, papa?

— Qu'aimerais-tu mieux, vivre comme on vit chez ton oncle, là-haut, dans le Vermont, ou bien dans une maison pleine de domestiques comme la nôtre?

— Oh! notre maison est la plus agréable, à coup sûr.

— Et pourquoi? lui demanda Saint-Clair en lui caressant la tête.

— Parce que cela fait autour de soi tant de gens de plus à aimer! n'est-ce pas? dit Éva le regardant avec ardeur.

— C'est bien tout juste, Éva, s'écria Marie. Une de ses idées baroques !

— Est-ce que c'est baroque, papa? murmura Éva comme elle grimpait sur ses genoux.

— Peut-être, selon ce monde, Minette, répondit Saint-Clair. Mais, où était ma petite Éva pendant tout le dîner?

— J'étais là-haut, dans la chambre de Tom, à l'écouter chanter : tante Dinah m'y a porté mon dîner.

— Ah! — à écouter chanter Tom?

— Oh oui! il chante de si belles choses sur la Nouvelle-Jérusalem, sur les anges, sur la terre de Canaan!

— C'est plus beau qu'un opéra, je parie?

— Oui ; et il va me les apprendre.

— Quoi, t'apprendre à chanter? et tu fais des progrès?

— Oui; il chante pour moi, et moi je lui lis la Bible; il m'explique ce que cela veut dire, vous savez.

— C'est, ma parole, dit Marie en riant, la plus piquante plaisanterie de la saison.

— Tom n'est pas un mauvais commentateur, j'en jurerais, reprit Saint-Clair; il a de nature un certain génie religieux. Ce matin, de bonne heure, j'avais besoin des chevaux; je suis monté au bouge de Tom, au-dessus des écuries. Là, il *tenait une assemblée* à lui tout seul. De fait, il y avait longtemps que je n'avais rien entendu d'aussi onctueux que sa prière; il m'y faisait figurer avec un zèle tout à fait apostolique.

— Peut-être se doutait-il que vous l'écoutiez? — Je suis au fait de ces momeries-là.

— S'il s'en doutait, il ne se montrait guère politique, car il donna au Seigneur son opinion sur mon compte en toute liberté. Tom semblait penser qu'il y avait marge à correction, et demandait ma conversion au ciel avec une édifiante ardeur.

— J'espère que vous en prenez bonne note au fond de l'âme, dit miss Ophélia.

— Je vois que vous partagez l'avis de Tom, reprit Saint-Clair. Eh bien, nous verrons; — n'est-ce pas, Éva?

21

CHAPITRE XVIII

Défense d'un homme libre.

L'après-midi touchait à sa fin; on se hâtait doucement dans la maison des quakers. Rachel Halliday, toujours calme, allait et venait, choisissant parmi ses provisions de ménage ce qui pouvait tenir le moins de place dans le bagage des voyageurs. Les ombres s'allongeaient vers l'Est, le disque rouge du soleil atteignait l'horizon, et ses rayons, d'un jaune d'or, éclairaient la petite chambre à coucher. Georges était assis, son enfant sur ses genoux, la main de sa femme dans la sienne. Tous deux avaient l'air pensif, et leurs joues conservaient des traces de larmes.

« Oui, Éliza, reprit Georges; je sais que ce que tu dis est vrai. Tu es une bonne et digne créature, beaucoup meilleure que moi : j'essaierai de faire ce que tu désires; je m'efforcerai d'agir en homme libre, de sentir en chrétien. Dieu tout-puissant sait que j'ai eu l'intention de bien faire, — que j'ai lutté, alors que tout était contre moi. Maintenant j'oublierai le passé, je ferai taire tout sentiment amer et vindicatif; je lirai la Bible, et j'apprendrai à devenir bon.

— Une fois au Canada, je pourrai te seconder, dit Éliza. Je suis habile couturière; je sais blanchir, repasser, et à nous deux nous trouverons moyen de vivre.

— Oui, Éliza, à *nous deux*, et avec notre enfant. Oh! si les gens pouvaient savoir ce qu'il y a de joie pour un homme à penser que sa femme et son enfant lui appartiennent! Je me suis souvent étonné de voir des blancs, en pleine possession de leurs enfants, de leur femme, se créer à plaisir des chagrins, des tourments! Moi, je me sens riche et fort, bien que nous n'ayons chacun que nos dix doigts. À peine oserais-je demander à Dieu d'autres faveurs. Oui, quoique j'aie péniblement travaillé tous les

jours de ma vie, et qu'à vingt-cinq ans je n'aie pas un
denier, pas un toit pour me couvrir, pas un pouce de
terre que je puisse appeler mien, si on me laissait en
paix, — je serais heureux, — reconnaissant. Je travail-
lerai, et j'enverrai l'argent du rachat de toi et de mon fils.
Quant à mon vieux maître, il a quintuplé et au-delà ce
que j'ai pu lui coûter; — je ne lui dois rien.

— Nous ne sommes pas hors de danger, dit Éliza;
nous ne sommes pas encore au Canada.

— C'est vrai, mais il me semble en respirer déjà l'air
libre, et il me remonte. »

En ce moment des voix se firent entendre dans la pièce
voisine. On parlait avec vivacité : peu après on frappa à
la porte, Éliza ouvrit.

Siméon Halliday était là, accompagné d'un confrère
quaker, qu'il annonça sous le nom de Phinéas Fletcher.
Phinéas était grand, efflanqué, roux; sa physionomie
exprimait beaucoup de perspicacité et passablement de
ruse : il n'avait ni l'air placide de Siméon, ni son détache-
ment des choses de ce monde. Tout au contraire, il était
on ne peut plus éveillé, et *au fait*, comme un homme qui
se pique de savoir de quoi il retourne, et d'avoir l'œil au
guet, particularités qui contrastaient d'une étrange façon
avec son chapeau à larges bords, et sa phraséologie mé-
thodique.

« Notre ami Phinéas, dit Siméon, *r.* découvert quelque chose d'important pour toi et les tiens, Georges; il
est bon que tu l'entendes.

— En effet, reprit Phinéas, et cela prouve, comme je
l'ai toujours dit, qu'en certains endroits, un homme ne
doit jamais dormir que d'une oreille. La nuit dernière je
m'arrêtai dans une petite auberge isolée sur la route d'en
bas; tu te rappelles, Siméon, la même où nous vendîmes
quelques pommes l'an passé à une grosse femme qui
avait d'énormes pendants d'oreilles. Eh bien, j'étais las
d'avoir longtemps roulé, et après souper je m'étendis

sur un tas de sacs dans un coin, et je tirai sur moi une peau de buffle, en attendant que mon lit fût prêt. Voilà que je m'avise de m'endormir : oh mais, comme une souche !

— D'une oreille, Phinéas? dit tranquillement Siméon.

— Non, des deux cette fois ! je dormis oreilles et tout, plus d'une bonne heure; car j'étais furieusement fatigué. Quand je commençai à m'éveiller un peu, je m'aperçus qu'il y avait dans la chambre des hommes assis autour d'une table, qui buvaient et causaient. Je pensai, à part moi, qu'avant de bouger, je ferais bien de savoir un peu ce qui les amenait là, d'autant mieux qu'ils avaient marmotté quelque chose des quakers. « C'est sûr, dit l'un, ils sont dans la colonie, ça ne fait pas de doute. » Pour lors, j'écoutai de mes deux oreilles, et je compris qu'il s'agissait de vous autres. Je ne soufflai mot; ils développèrent tous leurs plans. Le jeune homme doit être renvoyé au Kentucky, à son maître, qui en veut faire un exemple, pour dégoûter les nègres de s'enfuir. Deux d'entre eux doivent s'emparer de la femme et l'aller vendre pour leur compte à la Nouvelle-Orléans; ils calculent qu'ils en auront de seize à dix-huit cents dollars. Quant au petit, il doit revenir au marchand qui l'a acheté. Restent encore Jim et sa vieille mère qu'on rendra tous deux à leur maître. Ils ont dit aussi qu'il y avait deux constables, dans une ville située un peu plus haut, qui viendraient avec eux arrêter les fugitifs. La jeune femme sera menée devant un juge; et un des drôles, qui est petit et qui a la langue bien pendue, jurera qu'elle lui appartient, et se la fera adjuger pour la conduire au Sud. Ils savent au juste de quel côté nous allons cette nuit, et ils seront sur nos talons, en force, comme qui dirait six ou huit. Voilà ! Qu'y a-t-il à faire à présent?

Le groupe qui venait d'entendre cette communication restait pétrifié, dans des attitudes diverses. Rachel Halliday avait cessé de pétrir sa pâte pour écouter la nouvelle, et levait au ciel ses mains enfarinées, d'un air de détresse : Siméon paraissait profondément pensif; Éliza entourait son mari de ses bras, et le regardait. Georges, debout, les poings serrés, les yeux étincelants, avait l'expression terrible d'un homme dont la femme doit être vendue à l'encan, et le fils livré à un marchand d'esclaves, le tout sous la protection des lois d'une nation chrétienne.

« Que ferons-nous, Georges ? demanda Éliza d'une voix faible.

— Je sais ce que j'ai à faire, moi, dit Georges; et rentrant dans la petite chambre, il examina ses pistolets.

— Aïe! aïe! dit Phinéas, faisant de la tête un signe au maître du logis; tu vois, Siméon, comment cela va tourner.

— Je vois, répliqua Siméon en soupirant; et je prie Dieu qu'on n'en vienne pas là.

— Je ne veux compromettre personne avec moi, ou pour moi, dit Georges. Si vous voulez seulement me prêter votre chariot, et m'indiquer la route, j'irai seul à la prochaine station. Jim est d'une force de géant, intrépide comme la mort et le désespoir, et moi, je suis résolu.

— A merveille! ami, reprit Phinéas, tu n'en auras pas moins besoin d'un guide. Tu es bien venu à te servir de tout ton savoir de bataille; mais je sais, moi, une chose ou deux, concernant la route, que tu ne sais pas.

— Je ne voudrais pas vous compromettre, dit Georges.

— Me compromettre! répéta Phinéas d'un air singulièrement pénétrant et rusé. Quand tu me compromettras, tu m'obligeras de m'en avertir.

— Phinéas est sage et habile, dit Siméon. Tu feras bien, Georges, de t'en rapporter à son jugement; et posant affectueusement sa main sur l'épaule du fugitif, il indiqua du doigt les pistolets : Ne prends pas conseil de ceux-ci, et ne sois pas trop prompt! — Dans la jeunesse le sang est chaud.

—Je n'attaquerai point, dit Georges, tout ce que je demande au pays c'est de me laisser partir en paix. Mais — il fit une pause, son front s'obscurcit, et ses traits se contractèrent. — J'ai eu ma sœur vendue au marché de la Nouvelle-Orléans. — Je sais pourquoi on les vend et ce qu'en font ceux qui les achètent. Et je me laisserais enlever ma femme, et je la laisserais vendre, quand Dieu m'a donné pour la défendre deux bras robustes ! Non ; que le Seigneur m'assiste ! je combattrai jusqu'au dernier souffle, avant de laisser prendre ma femme et mon fils. M'en blâmez-vous ?

—Aucun homme mortel ne saurait te blâmer, Georges. La chair et le sang t'y poussent. Malheur au monde à cause des scandales, mais malheur à celui par qui le scandale arrive.

—Vous-même n'en feriez-vous pas autant à ma place ?

—Que Dieu m'épargne la tentation, dit Siméon. La chair est faible.

—Je crois que ma chair serait passablement forte en pareil cas, reprit Phinéas, déployant deux bras pareils à deux ailes de moulin. Je ne dis pas, ami Georges, que je ne te prête main-forte, pour tenir en respect un de ces drôles, pendant que tu régleras tes comptes avec lui.

—Si l'homme devait *toujours* résister au mal, dit Siméon, Georges aurait toute raison d'en agir ainsi ; mais les sages conseillers de notre peuple nous ont enseigné une plus haute doctrine ; car la colère de l'homme n'accomplit point la justice de Dieu. Sa grâce est en opposition avec notre volonté corrompue, et personne ne saurait l'avoir, si elle ne lui est donnée d'en-haut. Prions donc le Seigneur de n'être point tentés.

—C'est bien aussi ce que je lui demande, dit Phinéas, car si la tentation est trop forte, qu'ils prennent garde à eux : Voilà !

—On voit bien que tu n'es pas Ami de naissance,

reprit Siméon en souriant. Le vieil homme prend encore vigoureusement le dessus. »

A dire vrai, Phinéas avait été longtemps un hardi pionnier, un intrépide chasseur, un excellent tireur de daim; mais devenu amoureux d'une jolie quakeresse, il s'était laissé entraîner par ses charmes à faire partie de la secte des Amis; et bien qu'il fût un honnête, sobre et serviable membre de la communauté, les plus spiritualistes ne lui trouvaient pas assez d'onction, du moins dans le discours.

« L'ami Phinéas en veut toujours faire à sa guise, dit Rachel Halliday avec un sourire. Mais nous savons tous qu'il a le cœur droit.

— Ne vaudrait-il pas mieux presser notre fuite? demanda Georges.

— J'étais debout à quatre heures, et je n'ai point perdu de temps: nous avons de l'avance sur eux, s'ils partent comme ils l'ont arrêté. En tout cas, il ne serait pas sûr de se mettre en route avant la nuit close: car il y a dans les villages d'en haut des gens de mauvais vouloir qui seraient disposés à nous chercher noise, s'ils voyaient notre chariot, et cela nous retarderait plus que l'attente. Je crois que dans deux heures nous pourrons nous risquer. Je vais aller engager Michel Cross à nous suivre à cheval, pour inspecter de près la route, et nous avertir de l'approche de l'ennemi. Michel a une bête qui, sans se gêner, damerait le pion à toutes ses pareilles. En un temps de galop, il nous rejoindrait, s'il y avait danger. Je dirai en passant à Jim et à la vieille de se tenir prêts, et de voir aux chevaux. Nous avons chance d'arriver à la station avant qu'ils nous atteignent. Ainsi, bon courage, ami Georges. Ce n'est pas le premier guêpier d'où je me serai tiré avec des compagnons de ta race! Phinéas sortit et ferma la porte.

Phinéas est adroit, dit Siméon; il fera pour toi ce qu'il y a de mieux à faire, Georges.

— Ce qui me chagrine surtout, reprit le jeune homme, c'est qu'il y ait risque pour vous.

— Tu m'obligeras, ami Georges, de n'en pas parler davantage. Ce que nous faisons est affaire de conscience. Nous ne pouvons pas agir autrement. Et toi, mère, dit-il en se tournant vers Rachel, hâte tes préparatifs, car il ne faut pas laisser partir nos amis à jeun. »

Tandis que Rachel et ses enfants accéléraient, de leur mieux, la cuisson des galettes de la volaille, du jambon et des entremets du souper, Georges et Éliza, les bras enlacés, assis dans leur petite chambre, s'entretenaient comme le peuvent faire un mari et une femme, à la veille d'une séparation peut-être éternelle.

« Éliza, dit Georges, les gens qui ont des amis, des maisons, des terres, de l'argent, et tout à souhait, ne peuvent s'aimer comme nous nous aimons, nous autres, qui n'avons au monde que nous. Avant que je te connusse, Éliza, personne ne m'avait aimé que ma malheureuse mère, au cœur brisé, et ma sœur. Je vis Émilie le matin même où le marchand l'emmenait. Elle vint dans le coin où j'étais couché, et dit : « Pauvre Georges ! ta dernière amie s'en va. Que vas-tu devenir, pauvre garçon ! » Je me levai, je jetai mes deux bras autour d'elle. Je criais, je sanglotais : elle pleurait aussi. Ce furent les seules paroles affectueuses que j'entendis pendant dix longues années. Aussi mon cœur était-il desséché et réduit en cendres quand je te rencontrai. Me sentir aimé, — oh ! c'était presque ressusciter d'entre les morts. J'ai été un nouvel homme depuis : et maintenant on ne t'enlèvera à moi qu'avec la dernière goutte de mon sang. Pour t'avoir il faudra marcher sur mon cadavre.

— Le Seigneur aie pitié de nous ! dit Éliza toute en larmes. Qu'il nous permette seulement de sortir de ce pays ensemble, et je ne lui demande plus rien.

— Dieu est-il donc de leur côté ? murmura Georges, donnant cours à l'amertume de ses pensées plutôt qu'il ne répondait à sa femme. Voit-il tout ce qu'ils font? Pourquoi laisse-t-il arriver ces choses? Ils nous disent que la Bible est pour eux : certes, ils ont le pouvoir! Ils sont riches, bien portants, heureux : ils sont membres des églises, et comptent sur le ciel : leur vie coule facile en ce monde. Tout leur vient à souhait! Et de pauvres, honnêtes, fidèles chrétiens, — aussi bons, ou meilleurs chrétiens qu'eux, — sont couchés dans la fange sous leurs pieds! ils les achètent; ils les vendent; ils trafiquent de leur sang, de leur cœur, de leurs gémissements, de leurs larmes, — et Dieu le permet!

— Ami Georges, dit Siméon, de la pièce voisine, écoute ce psaume, il te fera du bien. »

Georges approcha sa chaise de la porte; Éliza essuya ses pleurs, et tous deux prêtèrent l'oreille. Siméon lisait :

« Quant à moi, mes pieds m'ont presque manqué, et il s'en est peu fallu que mes pas n'aient glissé.

« Car j'ai porté envie aux insensés, en voyant la prospérité des méchants.

« Lorsque les hommes sont en travail, ils n'y sont point; ils ne sont point frappés avec les autres hommes.

« C'est pourquoi l'orgueil les environne comme un collier, et la violence les recouvre comme un vêtement.

« Leurs yeux sont bouffis de graisse; ils ont plus que leur cœur ne désire.

« Ils sont dissolus et parlent malicieusement d'opprimer; ils parlent avec hauteur.

« Ils portent leur bouche jusqu'au ciel, et leur langue parcourt la terre.

« C'est pourquoi son peuple en revient à ceci, quand on lui fait boire en abondance les eaux de l'affliction.

« Et il dit : comment le Dieu Fort connaîtrait-il, et comment y aurait-il de la connaissance dans le Très-Haut? »

— N'est-ce pas là ce que tu sens, Georges?

— Oui, en vérité, répondit-il ; ce sont mes pensées, comme si je les eusse écrites.

— Eh bien, écoute encore, dit Siméon.

« Toutefois j'ai tâché de connaître ; mais cela m'a paru fort difficile :

« Jusqu'à ce que je sois entré aux sanctuaires du Dieu Fort, et que j'aie considéré la fin de ces gens là

« Quoi qu'il en soit, tu les as mis en des lieux glissants ; tu les fais tomber en des précipices.

« Ils sont comme un songe quand on s'est réveillé. O Seigneur, tu mettras en mépris leur éclat apparent, quand tu te réveilleras.

« Je serai donc toujours avec toi ; tu m'as pris par la main droite.

« Tu me condui. as par ton conseil, et puis tu me recevras dans ta gloire.

« Pour moi, approcher de Dieu, est mon bien ; j'ai mis toute mon espérance au Seigneur éternel. »

Ces saintes paroles de foi descendaient des lèvres du vieillard comme une musique sacrée ; elles pénétrèrent dans l'esprit irrité de Georges, et ses beaux traits prirent peu à peu une expression douce et résignée.

« Si tout finissait en ce monde, Georges, reprit Siméon, c'est alors que tu pourrais dire : Où est le Seigneur ? mais c'est souvent à ceux qui ont la moindre part en cette vie, qu'il réserve son royaume. Mets donc en lui ton espérance, et quoi qu'il te puisse arriver ici-bas, il te rendra justice un jour. »

Ces paroles, dites par quelque prédicant, austère pour autrui, indulgent pour lui-même, et débitées comme un lieu commun de pieuse rhétorique à l'usage des affligés, eussent manqué leur effet ; mais, venant d'un homme qui s'exposait tous les jours, avec calme, à l'amende et à la prison, pour servir une cause humaine et divine, elles avaient un poids immense : et les pauvres fugitifs désolés y puisèrent un surcroît de force et de courage.

Rachel prit Éliza par la main, et la conduisit à table : à peine étaient-ils à souper qu'on frappa doucement : Ruth entra.

« J'ai couru bien vite, dit-elle, apporter ces petits bas pour le garçon : il y en a trois paires en laine, bonnes et chaudes. Il fait si froid au Canada ! Tu ne te laisses pas abattre, j'espère, ajouta-t-elle en faisant le tour de la table pour arriver à Éliza. Elle lui serra cordialement la main et glissa un gâteau de maïs dans celle de Henri. J'en ai apporté un petit paquet, dit-elle en faisant des efforts désespérés pour le tirer de sa poche. Les enfants ont toujours faim, tu sais.

— Oh merci, vous êtes trop bonne, dit Éliza.

— Mets-toi là, et soupe avec nous, Ruth, dit Rachel.

— Impossible. J'ai laissé des biscuits au four et John avec le petit ; si je reste une minute de trop, John laissera brûler les biscuits, et donnera au petit tout ce qu'il y a de sucre dans le sucrier. Il n'en fait jamais d'autres, dit la petite quakeresse en riant. Au revoir donc, Éliza — au revoir, Georges. Que le Seigneur vous accorde un bon voyage ! Et sur ce, elle partit d'un pied léger.

Un grand chariot couvert s'arrêta bientôt devant la porte. La nuit était claire, et les étoiles brillaient au ciel. Phinéas sauta lestement à bas du siége pour donner un coup de main aux arrangements des voyageurs. Georges sortit de la maison, donnant le bras à sa femme d'un côté, et de l'autre portant son fils. Il marchait d'un pas ferme ; sa figure était calme et résolue. Rachel et Siméon le suivaient.

« Sortez un moment, vous autres, dit Phinéas à ceux qui étaient déjà dans la voiture, afin que j'assujettisse la banquette de derrière pour les femmes et l'enfant.

— Voilà deux peaux de buffle, dit Rachel ; arrange les siéges aussi commodément que possible. C'est une fatigue de voyager toute une nuit ! »

Jim s'élança hors du chariot le premier, et en fit descendre avec soin sa vieille mère, qui, cramponnée à son bras, regardait avec anxiété autour d'elle, s'attendant à voir se glisser quelque traqueur dans l'ombre.

« Jim, tes pistolets sont-ils prêts, et armés? demanda Georges à voix basse.

— Oui, tout prêts, répliqua Jim.

— Et tu sais ce que tu as à faire, s'*ils* viennent? Tu n'hésiteras pas?

— Hésiter? oh non! » Jim ouvrit sa large poitrine et aspira l'air fortement : « Me crois-tu disposé à leur rendre ma mère? »

Pendant ce bref colloque, Éliza prit congé de Rachel; Siméon l'aida à monter en voiture, et se faufilant au fond avec son fils, elle s'assit sur les peaux de buffle : la vieille vint ensuite. Georges et Jim se placèrent sur la banquette de devant, et Phinéas sur le siége.

« Adieu, amis! leur cria Siméon du dehors.

— Dieu vous bénisse! » répondirent-ils tous de l'intérieur.

Et le chariot s'ébranla, sautant et cahotant sur la route glacée.

Le bruit des roues, l'inégalité du chemin, interdisaient toute conversation. La voiture roula donc à travers de longs espaces couverts de bois, à travers d'immenses plaines arides et solitaires, gravissant des collines, descendant des vallées, et avançant cahin-caha, heure après heure. L'enfant, profondément endormi, reposait sur les genoux de sa mère. La pauvre vieille avait enfin oublié ses terreurs. L'anxiété même d'Éliza cédait au sommeil, à mesure que s'avançait la nuit. Phinéas seul, toujours sur l'éveil, charmait les longueurs de la route, en sifflant certains airs peu édifiants, et fort anti-quakers.

Vers trois heures du matin, Georges distingua le cliquetis rapide et pressé d'un pas de cheval, arrivant derrière eux. Il poussa Phinéas du coude. Phinéas arrêta ses chevaux : il écouta.

« Ce doit être Michel, dit-il ; je crois reconnaître le galop de sa bête. » Il se leva debout sur le siège, et regarda en arrière.

Un cavalier, accourant à toute bride, apparut au sommet d'une colline éloignée. « C'est lui, ou je me trompe fort, » dit Phinéas. Georges et Jim avaient sauté à terre, avant de savoir ce qu'ils faisaient : immobiles et muets, ils attendaient, la figure tournée vers le messager. Celui-ci approchait ; tout à coup, il disparut dans un vallon, mais ils entendaient encore le piétinement fougueux et précipité du cheval ; enfin, il surgit sur le haut d'une éminence, à portée de la voix.

« C'est Michel en chair et en os, dit Phinéas ; et il appela : Michel ! holà hé !

— Phinéas ! est-ce toi ?

— Oui ; quelles nouvelles ? — viennent-ils ?

— A cent pas derrière moi ! huit ou dix, échauffés d'eau-de-vie, sacrant, écumant, comme une bande de loups. »

Il parlait encore, la brise apporta le son affaibli d'une troupe au galop.

« Rentrez, — et vivement ! dit Phinéas. S'il faut se battre, attendez que je vous mène un bout de chemin plus loin. » Georges et Jim sautèrent sur la banquette, et Phinéas lança ses chevaux à fond de train. Michel les escortait. Le chariot roula, bondit, vola presque sur la terre durcie, mais le bruit des cavaliers qui accouraient derrière devenait de plus en plus distinct. Les femmes l'entendirent ; elles regardèrent avec terreur au dehors, et virent, à la cime d'une colline distante, un groupe d'hommes qui se détachait sur le fond rouge du ciel rayé par les premières lueurs de l'aube. Encore une autre colline franchie ; les traqueurs viennent d'apercevoir le chariot, que sa bâche blanche signale de loin : un brutal hurlement de triomphe arrive jusqu'aux fugitifs. Éliza, qui se sent défaillir, presse fortement son enfant sur son sein; la vieille gémit et prie : Georges et Jim arment leurs pistolets avec l'énergie du désespoir. L'ennemi gagne du terrain. La voiture a fait un soudain détour, et s'arrête en vue d'une chaîne de rochers escarpés, surplombant, formant une masse isolée et gigantesque au milieu d'un terrain plane et découvert. Ce solitaire amas de rocs, qui se dresse, noir et massif, sur le ciel coloré du matin, semble offrir une retraite assurée.

Ce lieu était bien connu de Phinéas, qui l'avait exploré mainte et mainte fois dans ses excursions de chasse, et c'était pour l'atteindre qu'il avait impitoyablement fouetté ses chevaux.

« Maintenant à l'assaut ! dit-il, sautant à bas de son siége. Sortez tous en un clin d'œil et grimpez là-haut avec moi ! Michel, attache ton cheval au chariot; pousse jusque chez Amariah; décide-le à venir, lui et ses fils, nous aider à mettre ces drôles à la raison. »

Tous furent à terre en une seconde.

« Là, dit Phinéas, s'emparant de Henri; chargez-vous des femmes, vous autres, et courez aussi vite que vous ayiez jamais couru ! »

L'exhortation était inutile. Tous, plus agiles que la parole, franchirent la palissade et s'enfuirent vers les rochers, tandis que Michel, attachant par la bride son cheval au chariot, s'éloignait à toute vitesse.

« En avant, dit Phinéas, lorsque arrivé au pied des rocs il distingua, à la clarté mixte des étoiles et de l'aube, les traces d'un sentier mal frayé; voilà un de nos vieux repaires de chasse. Alerte ! »

Il marchait le premier, gravissant le rocher comme une chèvre, l'enfant toujours dans ses bras. Jim venait après, portant sur ses épaules sa vieille mère tremblante, Georges et Éliza formaient l'arrière-garde.

La troupe des cavaliers, arrivée aux palissades, maugréait, jurait, et, mettant pied à terre, se disposait à poursuivre sa proie.

De leur côté, les pauvres malheureux traqués avaient atteint le sommet de la chaîne. Là, le sentier fuyait à travers un étroit défilé, où l'on ne pouvait passer qu'un à un. Tout à coup ils se trouvèrent arrêtés par une crevasse large de plus d'un mètre : au delà, une pile de rocs, séparée du reste de la chaîne, élevait à trente pieds de hauteur ses flancs nus et perpendiculaires comme les murailles d'un château fort. Phinéas franchit d'un bond la crevasse, et déposa l'enfant sur une plate-forme tapissée de mousse, à la cime du rocher.

« A votre tour ! cria-t-il. Sautez ferme, si vous tenez à la vie ! » L'un après l'autre ils franchirent le précipice, et escaladèrent le roc. Des fragments de pierres mobiles leur servaient de rempart, et les empêchaient d'être vus d'en bas.

« Eh bien ! nous y voilà tous ! dit Phinéas, retranché derrière les fragments de granit, d'où il épiait les assaillants qui montaient en désordre. Qu'ils nous attrapent, s'ils peuvent ! Personne n'arrivera ici sans passer d'abord seul dans le défilé entre ces deux rocs, tout juste à portée de vos pistolets, enfants. Voyez-vous !

— Je vois, répondit Georges : mais comme ceci nous regarde, laissez-nous courir tout le risque, et livrer la bataille.

— A ton aise, Georges, donne-t'en à cœur joie ! reprit Phinéas en mâchant quelques feuilles de thym ; mais tu ne m'interdis pas le plaisir du spectacle, je suppose. Vois donc comme ils se consultent là-bas ! ils ont l'air de poules qui se préparent à grimper sur le perchoir. Ne ferais-tu pas bien de leur envoyer un mot d'avis, avant de les laisser se mettre en route ? ne fût-ce que pour les avertir loyalement qu'ils se feront tuer ? »

Le groupe au-dessous, éclairé par les premières lueurs du jour, était maintenant très-visible. Il se composait de nos anciennes connaissances, Tom Loker et Marks, de deux constables, et d'un ramas de vagabonds enrôlés avec un verre d'eau-de-vie à la prochaine taverne, pour prendre part au divertissement de traquer des nègres marrons.

« Eh bien, Tom, voilà vos racoons pris au gîte, dit l'un.

— Oui, je les ai vus grimper là-haut, repartit Tom, et le chemin est par ici. Je suis d'avis de monter tout droit. Je les défie de faire le saut, et nous les aurons bientôt dénichés !

— Mais, Tom, ils peuvent tirer sur nous de derrière les pierres, rep'it Marks; et nous passerions un mauvais quart d'heure.

— Pouah ! dit Tom, avec un ricanement ironique. Tu en es toujours pour sauver ta peau, Marks. N'y a pas de danger — les nèg' sont diablement trop poltrons.

— Je ne vois pas pourquoi je n'aurais pas soin de ma peau, dit Marks, vu que je n'en ai pas de rechange. Les nèg' se battent quelquefois comme des démons. »

A ce moment, Georges parut sur le sommet du roc au-dessus, et dit d'une voix sonore et calme :

« Messieurs, qui êtes-vous, et que voulez-vous ?

— Nous voulons une bande de nèg' fuyards, répondit Tom Loker. Un Georges Harris, Éliza Harris et leur fils, de plus Jim Selden et une vieille. Nous avons ici des officiers de justice et un mandat pour les arrêter. Et nous les aurons, entendez-vous ? Toi-même, n'es-tu pas Georges Harris, appartenant à M. Harris, du comté de Shelby, dans le Kentucky ?

— Je suis Georges Harris. Un M. Harris, du Kentucky, m'appelait son esclave. Mais maintenant je suis libre, debout sur le sol que Dieu a fait libre, avec la femme et l'enfant que j'ai le droit d'appeler miens. Jim et sa mère sont avec nous. Nous avons des armes pour nous défendre, et nous nous défendrons. Vous pouvez monter, si vous le voulez; mais le premier qui arrive à portée de nos pistolets est un homme mort, et ainsi du second, du troisième, et des autres jusqu'au dernier.

— Allons, allons, dit un gros homme essoufflé qui s'avança en se mouchant : ce n'est pas là une manière de parler convenable, jeune rebelle. Nous sommes officiers de justice, comme vous voyez; nous avons de notre côté la loi, le pouvoir et le reste; vous ferez donc mieux de vous rendre tout tranquillement, puisqu'il vous faudra tôt ou tard en venir là.

— Je sais très-bien que vous avez pour vous la loi et le pouvoir, dit Georges avec amertume. Vous voulez prendre ma femme pour la vendre à la Nouvelle-Orléans, mon enfant pour le parquer comme un veau dans les étables d'un marchand d'esclaves, et la vieille mère de Jim pour la rendre à la bête féroce qui l'a insultée et fouettée par dépit de ne pouvoir plus maltraiter son fils. Vous voulez renvoyer Jim et moi au fouet, à la torture, pour être broyés sous les talons de ceux que vous appelez nos maîtres, et vos lois vous prêtent leur appui pour le faire. Honte à elles! honte à vous! Mais vous ne nous tenez pas. Vos lois, nous les renions! votre pays n'est pas le nôtre. Nous sommes ici, sous le ciel de Dieu, aussi libres que vous : et, par le Tout-Puissant qui nous a créés, nous défendrons notre liberté jusqu'à la mort ! »

Georges était beau à voir, sur la cime de ce roc, faisant sa déclaration d'indépendance. Les rougeurs du matin teignaient de pourpre ses joues basanées, et les premiers feux du jour allumaient une flamme dans ses yeux noirs, alors que la main levée vers le ciel, il en appelait de l'homme à Dieu.

Si c'eût été un jeune Hongrois défendant avec courage, dans quelque gorge de montagne, la retraite de fugitifs échappés de l'Autriche, en Amérique on l'eût proclamé un héros! mais nous sommes trop bien appris et trop bons patriotes pour voir rien d'héroïque dans la défense de gens de couleur, de race africaine, s'enfuyant de l'Amérique au Canada. Ceux de nos lecteurs qui ne verraient pas la chose du même œil, en doivent prendre toute la responsabilité. Que des réfugiés hongrois, parvenus à se soustraire aux mandats et aux autorités de leur légitime gouvernement, mettent le pied en Amérique, la presse et les législateurs rivalisent d'applaudissements et de félicitations. Mais que des fugitifs africains au désespoir en fassent autant, c'est... hélas! que *n'est-ce* pas?

Quoi qu'il en soit, il est certain que l'attitude, l'œil, la voix, le geste frappèrent un moment de mutisme le groupe au dessous. Il y a quelque chose dans la hardiesse et la décision qui impose, même aux plus grossières natures. Marks, seul, ne fut pas ému. Il arma secrètement son pistolet, et profitant du silence qui suivit le discours de Georges, il le visa et tira.

« La somme à toucher dans le Kentucky est la même, qu'il soit mort ou vif, » dit-il froidement en essuyant son pistolet sur la manche de son habit.

Georges fit un bond en arrière, — Éliza poussa un cri, — la balle, après avoir effleuré les cheveux de son mari, avait passé près de sa joue, et s'était logée dans l'arbre au-dessus.

« Ce n'est rien, Éliza, dit vivement Georges.

— Tu feras mieux de te tenir hors de vue, et de ne plus pérorer, reprit Phinéas : c'est de la vraie racaille.

— Jim, dit Georges, regarde si tes pistolets sont en état, et veille avec moi au défilé. Je tire sur le premier qui se montre, toi sur le second, et ainsi de suite. Il ne faut pas, vois-tu, perdre deux coups sur un seul homme.

— Mais, si tu ne touches pas?

— Je *toucherai*, dit Georges froidement.

— Bien ! murmura Phinéas entre ses dents; il y a de l'étoffe dans ce garçon. »

Après le feu de Marks, l'ennemi parut un instant indécis.

« Je crois que le coup a porté, dit un des hommes. J'ai entendu un cri perçant.

— Je monte tout droit, pour mon compte, dit Tom. Je

n'ai jamais eu peur de ces chiens de nèg', et je ne commencerai pas à présent. Qui me suit? » Et il s'élança sur les rocs.

Georges entendit distinctement ces mots; il arma son pistolet, l'examina, et visa le point du défilé où le premier qui arriverait en haut devait se montrer.

Un des plus courageux de la bande suivit Tom, et, l'impulsion donnée, tous se précipitèrent à la suite les uns des autres; — la queue poussant la tête plus vite qu'il ne lui convenait d'aller. Ils avançaient; bientôt la forme massive de Tom apparut de l'autre côté, presque sur le bord de la crevasse.

Georges fit feu; la balle pénétra dans le flanc droit; mais, quoique blessé, il ne recula pas : poussant le mugissement d'un taureau furieux, il mesura l'espace et prit son élan.

« Ami, dit Phinéas, se plaçant tout à coup en face, et lui allongeant une rude poussée à mi-chemin avec ses longs bras, on n'a que faire de toi ici. »

Il roula dans le gouffre, dégringolant au milieu de souches, d'arbustes, de pierres détachées, que son poids entraînait avec lui, jusqu'à ce qu'il arrivât, meurtri et gémissant, à une profondeur de trente pieds. La chute l'eût tué, si elle n'eût été amortie par les branches d'un grand arbre qui accrochèrent ses habits au passage. Il n'en descendit pas moins avec une rapidité qui ne lui fut en rien agréable ou commode.

« Le Seigneur nous assiste! Ce sont de vrais diables! » s'écria Marks, battant en retraite au bas du rocher, avec beaucoup plus d'empressement qu'il n'en avait mis à monter. Les autres descendaient pêle-mêle après lui; en particulier le gros constable, haletant et soufflant de la façon la plus énergique.

« Vous autres, dit Marks, faites le tour, et allez-vousen ramasser là-bas ce pauvre Tom, tandis que je vais monter à cheval et courir à toute bride chercher de l'aide!

C'est entendu,» Et sans prendre garde aux railleries et aux huées de ses compagnons, Marks tint parole, et s'éloigna au grand galop.

« A-t-on jamais vu plus rampante vermine? dit un des hommes. Nous amener ici pour faire ses affaires, et détaler en nous laissant dans la nasse!

— Ne nous faut-il pas aller ramasser son camarade? dit un autre. Le diable m'emporte si je me soucie qu'il soit vivant ou mort! »

Guidés par les gémissements, ils se frayèrent une route à travers les souches et les buissons jusqu'à l'endroit où gisait Tom, se plaignant et jurant tour à tour avec une égale véhémence.

« Vous vous tenez joliment en haleine, hé Tom! dit l'un. Êtes-vous fort blessé?

— Je n'en sais rien. Tâchez de me soulever; aie! aie! maudit soit cet infernal quaker! Sans lui j'en expédiais quelques-uns ici, en bas, pour voir si la promenade était de leur goût. »

On parvint, non sans beaucoup d'efforts et de peine, à remettre sur pied le héros déchu, et à le conduire, soutenu sous chaque bras, jusqu'au lieu où attendaient les chevaux.

« Si vous pouviez seulement me ramener à un mille en arrière, dans cette taverne. Donnez-moi un mouchoir, quelque chose à tamponner là, pour arrêter ce maudit sang. »

Georges regarda par-dessus les rocs; il vit les hommes essayer de hisser sur la selle le gigantesque corps de Tom, qui, après deux ou trois tentatives infructueuses, tournoya sur lui-même, et retomba lourdement à terre.

« Oh! j'espère qu'il n'est pas tué! s'écria Éliza, qui regardait de loin avec les autres.

— Pourquoi pas, dit Phinéas; il a été servi selon ses mérites.

— Oh! c'est qu'après la mort vient le jugement! dit la jeune femme.

— Oui, reprit la vieille, qui avait passé tout le temps du combat à geindre et à marmotter des prières méthodistes. C'est tout de même un terrible passage pour l'âme de la pauvre créature !

— Sur ma parole, je crois qu'ils le plantent-là ! » dit Phinéas.

C'était la vérité. Après quelques pourparlers, quelque apparence d'hésitation, tous remontèrent à cheval et partirent. Dès qu'ils furent hors de vue, Phinéas se remit en mouvement.

« Il nous faut descendre et faire un bout de chemin, dit-il. J'ai recommandé à Michel d'aller en avant chercher de l'aide et de revenir avec le chariot, mais nous ferons bien d'aller à sa rencontre. Fasse le Seigneur qu'il ne tarde pas trop ! Il est de bonne heure ; et de quelque temps encore il n'y aura pas grand piétons sur la route ; nous ne sommes pas à plus de deux milles de notre halte. Si le chemin n'avait pas été si mauvais cette nuit, nous les aurions certainement dépassés. »

Comme ils approchaient des palissades, ils découvrirent à distance sur la route, le chariot, escorté de cavaliers.

« Voilà Michel, Étienne et Amariah ! s'écria joyeusement Phinéas. A présent, nous pouvons nous croire aussi en sûreté que si nous étions déjà là-bas.

— Alors, arrêtons-nous un peu, dit Éliza, et faisons quelque chose pour ce pauvre homme. Il gémit à faire pitié !

— Ce n'est qu'agir en chrétiens, dit Georges. Relevons-le et emmenons-le avec nous.

— Pour le donner à soigner aux quakers ? dit Phinéas. C'est là ce qui serait joli ! ma foi, pour mon compte, je ne m'y oppose pas. Voyons un peu où il en est ? » et Phinéas qui, dans le cours de sa vie de pionnier et de chasseur, avait acquis quelque expérience de chirurgie pratique, s'agenouilla près du blessé et l'examina attentivement.

« Marks, dit Tom d'une voix faible, est-ce toi, Marks?

— Non, pas précisément, l'ami, réplique Phinéas. Marks ne s'inquiète que de sa peau, et fort peu de toi. Il a décampé depuis longtemps.

— Je crois que mon affaire est faite, dit Tom. Le maudit chien de poltron, me laisser mourir seul! Ma pauvre vieille mère m'a toujours dit que ça tournerait comme ça.

— Seigneur bon Dieu! entendez-vous la pauv' créature? il a une maman aussi! se récria la vieille négresse. Je peux pas m'empêcher de le plaindre.

— Doucement, doucement! ne t'avise pas d'aboyer ou de mordre, l'ami, dit Phinéas à Tom, qui faisait mine de vouloir ruer, et qui le repoussait de la main. Tu n'as de chance de salut que si j'arrête le sang. » Il s'occupa aussitôt à faire des compresses et des bandes avec son mouchoir de poche, et le linge que ses compagnons purent lui fournir.

« C'est vous qui m'avez poussé en bas, dit Tom faiblement.

— Eh bien, si je n'avais pris les devants, c'est toi qui nous dépêchais à ta place, tu vois! dit Phinéas, en se penchant pour appliquer l'appareil. Là, là, — laisse-moi fixer ce bandage. Nous te voulons du bien et ne te gardons pas rancune. Tu seras conduit dans une maison où tu seras supérieurement soigné, — comme par ta propre mère. »

Tom gémit et ferma les yeux. Chez les hommes de cette classe, la vigueur et la résolution sont tout à fait physiques et s'écoulent avec le sang. L'abattement de ce pauvre géant était pitoyable à voir.

Les nouveaux venus avaient maintenant rejoint. On enleva les banquettes du chariot. Des peaux de buffle doublées en quatre furent étendues dans un des côtés, et quatre hommes y transportèrent, à grand'peine, la lourde masse de Tom. Dès qu'il fut dans la voiture, il s'évanouit. La vieille négresse, dans son ardeur de compassion, s'assit auprès et lui soutint la tête sur ses genoux. Éliza, Georges et Jim se casèrent comme ils purent dans ce qui restait d'espace, et on se mit en route.

« Que pensez-vous de la blessure? demanda Georges, assis sur le siége à côté de Phinéas.

— Elle a pénétré assez avant dans les chairs, et les culbutes qu'il a faites, les écorchures qu'il a attrapées en dégringolant de là-haut, ne l'ont pas précisément remis. Il a copieusement saigné, — ce qui l'a mis à sec de sang et de courage, tout à la fois; — mais il en reviendra, et peut-être y aura-t-il appris une ou deux choses essentielles...

— Je suis bien aise de ce que vous me dites-là, reprit Georges. La pensée d'avoir été cause de sa mort, même dans une juste défense, m'eût toujours pesé.

— Oui, dit Phinéas, tuer est une vilaine besogne, qu'elle s'attaque à homme ou à bête! J'ai été grand chasseur en mon temps, et j'ai vu un daim, blessé à mort et mourant, me regarder avec des yeux qui me donnaient à penser que j'étais un méchant d'avoir tué la pauvre bête. Quand il y va d'une créature humaine, la chose est encore plus grave; car, comme le dit ta femme, après la mort vient le jugement. Je ne crois donc pas que les scrupules de nos gens, en pareille matière, soient par trop stricts; et vu la manière dont j'ai été élevé, il m'a fallu leur faire joliment de concessions.

— Que ferons-nous de ce pauvre homme? dit Georges.

— Eh! nous le porterons chez Amariah. Il y a la grand'mère d'Étienne, Dorcas, qu'on l'appelle, qui est une fameuse garde. C'est comme qui dirait de nature chez elle; jamais elle n'est plus contente que quand elle a un malade à soigner. Nous pouvons le lui laisser pour une bonne quinzaine. »

Au bout d'une heure de route, on atteignit une belle ferme, où un déjeuner abondant attendait les voyageurs fatigués. Tom Loker fut bientôt déposé dans un lit beaucoup plus propre et plus moelleux qu'aucun de ceux qu'il eût jamais occupés. Sa blessure fut pansée et bandée avec soin. Ouvrant et fermant, comme un enfant fatigué, ses yeux languissants, il regardait les rideaux blancs de la fenêtre, et les douces ombres qui glissaient sans bruit dans sa chambre et autour de son lit.

Nous allons pour l'instant prendre congé de lui et de ses compagnons.

CHAPITRE XIX

Expériences et opinions de miss Ophélia.

Notre ami Tom, en ses innocentes rêveries, comparait souvent son heureux sort d'esclave à celui de Joseph, en Égypte : et plus il avait occasion d'agir sous l'œil du maître, plus le temps s'écoulait, plus le parallèle devenait frappant.

Indolent et faisant peu de cas de l'argent, Saint-Clair avait jusqu'alors abandonné le soin d'approvisionner la maison à son valet de chambre, Adolphe, pour le moins aussi insouciant et aussi prodigue que lui. Entre eux deux ils avaient mené les choses grand train. Tom, accoutumé, depuis longues années, à faire passer les intérêts du maître bien avant les siens, voyait, avec une inquiétude qu'il pouvait à peine réprimer, une prodigalité si folle; de temps à autre, il hasardait un avis, de la façon tranquille et discrète habituelle à ceux de sa race.

D'abord Saint-Clair l'employa par hasard ; puis, frappé de son bon sens, de sa capacité, il s'en remit de plus en plus à lui, si bien qu'il finit par être chargé de l'approvisionnement de la maison et de la plupart des emplettes.

« Non, non; dit Saint-Clair, un jour qu'Adolphe se plaignait que le pouvoir passât en d'autres mains, laisse

Tom à son affaire. Tu sais ce dont tu as envie, il sait, lui, ce qu'il en coûte; et nous pourrions fort bien voir la fin de nos écus, si quelqu'un n'y veillait de près. »

Jouissant de la confiance illimitée d'un maître, qui lui passait un billet sans le regarder, et qui empochait la monnaie sans compter, Tom n'avait pour sauvegarde contre les tentations que son inébranlable droiture, fortifiée de sa foi chrétienne; mais cela suffisait : s'en fier à lui était la plus sûre garantie de sa scrupuleuse loyauté.

Avec Adolphe, le cas était tout différent : étourdi, égoïste, gâté par un maître, qui trouvait plus facile de laisser faire que de régenter, il en était venu à confondre le *tien* et le *mien*, au point que Saint-Clair lui-même en était parfois troublé. Son bon sens lui disait que sa façon d'agir avec les inférieurs était injuste et dangereuse. Une sorte de remords chronique le poursuivait, sans lui donner la force de changer d'habitude : ce remords même se traduisait en excès d'indulgence. Il passait légèrement sur les fautes les plus graves, se disant que s'il eût rempli son devoir, ses gens eussent mieux fait le leur.

Ce jeune maître, beau, spirituel, dissipé, inspirait à Tom un respect bizarrement mêlé d'inquiétude et de sollicitude paternelle. Qu'il ne lût jamais la Bible, qu'il n'allât jamais à l'église, qu'il plaisantât librement de tout ce qui s'offrait à la pointe de son esprit, qu'il passât les soirées du dimanche à l'Opéra ou au théâtre, qu'il fréquentât les clubs, les tavernes, et soupât plus souvent dehors qu'il n'était convenable, — c'est ce que Tom ne pouvait s'empêcher de voir, comme tous. Il en avait conclu que « le maître n'était pas chrétien » : mais il se fût bien gardé de faire part à d'autres de cette conclusion; seulement, il en faisait le sujet de mainte et mainte prière, le soir, dans sa chambrette. Il lui arrivait aussi de dire quelquefois sa façon de penser, mais toujours avec un certain tact : comme, par exemple, lorsque Saint-Clair, invité par de bons vivants à se réunir à eux, fut rapporté chez lui, entre une et deux heures du matin, dans un état d'anéantissement qui ne prouvait que trop la victoire des appétits physiques sur le moral. Tom et Adolphe aidèrent à le coucher; le dernier, regardant la chose comme une excellente plaisanterie, riait aux éclats du rustique effroi de Tom, assez simple pour passer le reste de la nuit debout, en prières, près de son maître.

« Eh bien, qu'attends-tu donc? dit Saint-Clair, assis le lendemain dans la bibliothèque, en robe de chambre et en pantoufles, comme il venait de donner à Tom de l'argent et l'ordre de faire quelques emplettes. Est-ce que tout n'est pas en règle? ajouta-t-il en le voyant immobile à la même place.

— J'ai peur que non, maître, » dit Tom d'un air grave.

Saint-Clair posa sur la table son journal et sa tasse de café, et regarda Tom.

« Eh bien, qu'y a-t-il? Tu as l'air à peu près aussi réjouissant qu'un catafalque!

— Je me sens pas bien, maître. J'avais toujours cru maître bon envers tout le monde.

— Est-ce que je ne l'ai pas été? Voyons, Tom, que veux-tu? tu as envie de quelque chose, j'imagine, et c'est là ta préface.

— Oh! maître a toujours été bon pour moi : je n'ai pas sujet de me plaindre; mais il y a quelqu'un pour qui maître n'est pas bon.

— Que diable as-tu dans l'esprit, Tom? Parle! que veux-tu dire?

— La nuit dernière, entre une et deux heures, j'y ai pensé; j'ai bien retourné la chose dans ma tête. Le maître n'est pas bon pour *lui.* »

Tom avait le dos tourné et la main sur le bouton de la porte. Saint-Clair devint pourpre, mais il rit.

« Oh! c'est tout? dit-il gaiement.

— Tout! s'écria Tom, se retournant et tombant à genoux. Oh! mon cher jeune maître! j'ai peur que ce ne soit la perdition de *tout*, — *tout*, corps et âme. Le bon livre ne dit-il pas : « Il mord par derrière comme un serpent, et il pique comme un basilic[1]? »

La voix de Tom se brisait; des larmes inondaient ses joues.

« Pauvre niais! pauvre fou! dit Saint-Clair, ses yeux se mouillant aussi. Lève-toi donc; je ne veux pas qu'on pleure sur moi! »

Mais Tom ne voulait pas se lever, et le regardait d'un air suppliant.

« Eh bien! je ne serai plus de leurs maudites orgies, Tom, dit Saint-Clair; sur mon honneur, je n'irai plus. Je ne sais pourquoi je n'y ai pas renoncé plus tôt; j'ai toujours méprisé ce genre de vie, et m'en suis voulu de le mener. — Ainsi, Tom, essuie tes yeux, et va à tes affaires. Pas de bénédictions! ajouta-t-il; je ne suis pas encore un converti bien édifiant; — et il poussa doucement Tom vers la porte. — Je t'engage mon honneur, Tom, que tu ne me reverras plus comme tu m'as vu. »

Tom s'en alla, le cœur content, s'essuyant les yeux.

« Je lui tiendrai parole, » dit Saint-Clair quand la porte se fut refermée.

Il le fit; car ce n'était pas vers un grossier sensualisme qu'inclinait sa délicate nature.

Mais qui dira les innombrables tribulations de miss Ophélia, au début de ses labeurs de ménagère?

Dans les États du Sud les domestiques des habitations diffèrent entre eux du tout au tout, selon le caractère et la capacité des maîtresses qui les ont formés.

Au midi comme au nord, il existe des femmes qui réunissent à la fois la science du commandement et le

---

[1] Ne regarde point le vin quand il se montre rouge et quand il donne sa couleur dans la coupe... Il mord par derrière comme un serpent, etc.

Proverbes de Salomon.

tact nécessaire pour élever. Sans user de sévérité, et avec une facilité apparente, elles gouvernent les différents sujets de leur petit royaume, tirant parti même des défauts, et compensant ce qui manque aux uns par ce que les autres ont de trop, de manière à créer un système des plus harmonieux et des mieux ordonnés.

Madame Shelby, que nous avons vue à l'œuvre, était une de ces excellentes maîtresses de maison, telles que nos lecteurs en ont peut-être rencontré une ou deux. Rares partout, elles ne sont pas communes dans le Sud, où cependant elles se trouvent quelquefois, et où l'état social leur offre de brillantes occasions de se signaler.

Marie Saint-Clair n'était pas de ce nombre. Elle n'avait jamais, non plus que sa mère avant elle, pris grand souci de sa maison. Indolente et puérile, imprévoyante et désordonnée, elle avait élevé ses domestiques à son image, et sa description à miss Ophélia du profond désordre de son intérieur était parfaitement juste; seulement elle ne l'attribuait pas à sa véritable cause.

Le premier jour de sa régence, miss Ophélia était debout à quatre heures du matin. Après avoir vaqué à l'arrangement de sa propre chambre, ainsi qu'elle l'avait toujours fait depuis son arrivée à la grande stupéfaction des filles de service, elle se mit en devoir de livrer un vigoureux assaut aux armoires et aux cabinets, dont elle avait les clefs.

L'office, la lingerie, le placard aux porcelaines, la cuisine, la cave, tout fut soumis à une sévère inspection. Les œuvres de ténèbres apparurent au grand jour, et toute chose cachée fut mise en lumière, à ce point que les principautés et puissances inférieures prirent l'alarme, et firent entendre de sourds murmures contre « ces mesdames du Nord. »

La vieille Dinah, cuisinière en chef, et de droit suzeraine en son département, était furieuse de voir ainsi usurper ses priviléges. Aucun baron féodal, signataire de la grande charte, n'eût plus vivement ressenti un empiétement de la couronne.

Dinah était un personnage en son genre, et il serait injuste pour sa mémoire de n'en pas donner quelque idée au lecteur. Née cuisinière, tout autant que la tante Chloé, car cette vocation est indigène à la race africaine, elle n'avait pas eu, comme sa consœur, l'avantage d'être élevée et dressée méthodiquement. Son génie, à elle, était tout spontané,—et comme les génies, en général, opiniâtre, tranchant et irrégulier à l'excès.

De même qu'une certaine classe de philosophes modernes, Dinah professait un souverain mépris pour la logique et la raison; elle s'enfermait comme en un fort dans sa conviction intime, et y demeurait tout à fait imprenable. Il n'y avait pas de frais d'éloquence, d'autorité, ou d'explication, qui pussent l'amener à croire une autre méthode supérieure à la sienne, ou à modifier en quoi que ce soit sa manière de faire. Dès longtemps, sa vieille maîtresse, la mère de Marie, lui avait concédé ce point, et miss Marie, ainsi qu'elle continuait à nommer madame Saint-Clair depuis son mariage, avait trouvé plus commode de se soumettre que de contester. Aussi Dinah régnait-elle sans contrôle. Ce qui l'y aidait encore, c'est qu'habile diplomate, elle unissait une grande souplesse de formes à une grande inflexibilité de fond.

Dinah était passée maître dans l'art de trouver des excuses: elle en connaissait toutes les rubriques, et avait pour axiome qu'une cuisinière ne peut jamais avoir tort. Dans les cuisines du Sud, il ne manque ni de têtes ni d'épaules subalternes sur qui faire retomber le poids de ses péchés. Un dîner était-il manqué, il y avait cinquante bonnes raisons pour qu'il en fût ainsi, et autant de délinquants en faute, contre lesquels Dinah vitupérait avec un zèle infatigable.

Il est vrai qu'elle échouait rarement en dernier résul-

tat. Quoique sa façon de procéder fût quinteuse, inter-
mittente, et qu'elle dédaignât de tenir compte du temps
et du lieu, quoique sa cuisine eût généralement l'air
d'avoir été dévastée par quelque ouragan terrible, et
qu'elle eut, pour mettre ses ustensiles, autant de places
diverses qu'il y a de jours dans l'an, si l'on avait la patience d'attendre que le monde surgit du chaos, le dîner
finissait par arriver en bon ordre, et tel qu'un épicurien
n'y eût pu trouver à redire.

C'était le moment des préliminaires du repas. Dinah,
qui soignait ses aises, et qui éprouvait le besoin de se ménager de grands intervalles de repos avant l'action, était
assise sur le plancher, et fumait une vieille pipe tronquée,
sorte d'encensoir qu'elle allumait pour aider à ses inspi-
rations : c'était sa manière d'invoquer les muses domestiques.

Groupée autour d'elle, la génération naissante, qui
abonde toujours dans une habitation du Sud, s'occupait
à écosser des pois, à peler des pommes de terre, à
plumer des volailles. De temps à autre, Dinah, interrompant le cours de ses méditations, allongeait un coup de
sa cuillère de bois à quelques-uns des jeunes travailleurs :
car Dinah gouvernait ces petites têtes crépues avec un
sceptre de fer: «ces jeunesses» n'étant crées et mises au
monde, selon elle, que « pour lui épargner des pas. »
Élevée dans ce système, elle l'appliquait rigoureuse-
ment.

Après avoir fait la revue de diverses parties de la maison, miss Ophélia fit son entrée dans la cuisine. Infor-
mée par de nombreux rapports de ce qui se passait,
Dinah avait résolu de se tenir sur la défensive, et de
n'opposer aux nouvelles mesures qu'une feinte ignorance, sans en venir à une guerre ouverte.

La cuisine était une vaste pièce carrelée, dont une immense et antique cheminée occupait tout un côté. Saint-
Clair avait en vain tenté d'y substituer un foyer moderne

à fourneaux. Aucun puseyiste [1], aucun conservateur encroûté, ne se montra jamais plus inflexiblement attaché aux usages consacrés par le temps.

A son retour du Nord, Saint-Clair, frappé de l'ordre qui présidait aux détails du ménage chez son oncle, et se berçant de l'espérance illusoire d'aider Dinah dans ses arrangements, l'avait libéralement pourvue d'armoires et de buffets : autant eut valu en pourvoir un écureuil, ou une pie. Plus il y avait de tiroirs, de resserres, plus Dinah trouvait de cachettes pour les chiffons, les peignes, les vieux souliers, les rubans, les fleurs artificielles fanées, et autres articles de toilette qui faisaient ses délices.

Quand miss Ophélia entra dans la cuisine, Dinah ne se leva pas, et continua de fumer avec une tranquillité stoïque, suivant du coin de l'œil les mouvements de l'ennemi, mais absorbée en apparence dans l'inspection des travaux qui s'opéraient autour d'elle.

Miss Ophélia débuta par ouvrir le buffet. Dès le premier tiroir elle demanda :

«Que mettez-vous ici, Dinah?

—Presque tout, pa'ce que c'est commode et sous la main. »

C'était en effet le réceptacle universel, à en juger par la variété de son contenu. Miss Ophélia en tira d'abord une belle nappe damassée, tachée de sang, qui avait évidemment servi à envelopper de la viande crue.

« Qu'est ceci, Dinah? vous n'allez pas à la boucherie avec les plus fines nappes de votre maîtresse?

—Oh! Seigneur! non, miss : comme y avait pas un seul torchon, j'ai pris la nappe; mais je l'ai mise de côté pour la laver, et voilà pourquoi elle est là.

— Toujours et partout le désordre! » se dit miss Ophélia, continuant l'inventaire du tiroir, où elle trouva une

---

[1] Disciples du docteur Pusey, qui a récemment ramené une portion de l'Église anglicane aux traditions et coutumes catholiques.

râpe à muscade, deux ou trois noix, un recueil d'hymnes méthodistes, un couple de madras sales, une pelotte de laine et un tricot, un sac à tabac et une pipe, quelques pétards, une ou deux soucoupes de porcelaine dorée remplies de pommade, un ou deux vieux escarpins, un morceau de flanelle soigneusement attaché avec des épingles et renfermant de petits oignons blancs, plusieurs serviettes damassées, quelques gros torchons, des aiguilles à ravauder, et une foule de petits papiers déchirés, d'où s'échappait un déluge d'herbes aromatiques.

« Où tenez-vous vos noix muscades, Dinah? dit miss Ophélia de l'air d'un martyr qui demande à Dieu le don de patience.

— Quasiment partout, miss. Y en a là-haut sur la planche, dans cette tasse fêlée, et aussi là dans l'armoire.

— Et ici dans la râpe, dit miss Ophélia les lui montrant.

— Eh Seigneur, oui! je les y ai mises pas plus tard que ce matin. Il me faut mes choses sous la main, reprit Dinah. Allons, Jakes, que je te voie te reposer! — Que je t'y prenne! — Veux-tu bien rester tranquille! — Et elle fit un plongeon avec sa cuillère de bois du côté du coupable.

— Qu'est ceci? reprit miss Ophélia élevant la soucoupe de pommade.

— Ça? c'est ma graisse à cheveux! je l'ai posée là sous ma main.

— Et c'est à cela que vous employez les plus belles soucoupes!

— Seigneur! j'étais-t-i pas dans mon coup de feu! j'avais pas le temps de me retourner! je vas justement l'ôter aujourd'hui.

— Et ces deux serviettes damassées?

— C'est pour la lessive, un de ces jours.

— N'avez-vous donc pas d'endroit où mettre ce que vous devez donner à blanchir?

— Oh! que si bien! maître Saint-Clair a fait faire tout exprès ce grand coffre-là; mais je pétris dessus; j'y mets un tas de choses; et c'est pas commode à lever, voyez-vous!

— Pourquoi ne pas pétrir vos biscuits sur la table à pâtisserie?

— Seigneur, miss! est-ce qu'elle est pas toujours encombrée de plats, d'assiettes, d'une chose, de l'autre? n'y a pas plus de place qu'il en faut! Allez!

— Mais vous pourriez *laver* vos plats et les ranger à mesure.

— Laver mes plats! s'écria Dinah à tue tête, sa colère prenant le dessus de son respect habituel. Je voudrais bien savoir en quoi les dames s'entendent à notre ouvrage? Quand donc le maître aurait-il son dîner, si je passais mon temps à laver la vaisselle et à ranger? En tout cas, c'est ce que miss Marie ne m'a jamais commandé.

— Eh bien! voilà encore ici des oignons!

— Eh Seigneur, oui, reprit Dinah, les voilà!... Impossible de me rappeler où je les avais mis! et dire que je les avais serrés dans cette vieille flanelle ces petits amours d'oignons! tout juste pour le ragoût d'aujourd'hui. C'est-il de la chance! »

Miss Ophélia souleva un des paquets d'herbes aromatiques.

« Pour ce qui est de ça, je prie miss de n'y pas toucher, dit résolument Dinah. J'aime à avoir mes choses, là où je sais les trouver.

— Mais vous n'avez pas besoin de trous aux papiers, je suppose?

— C'est commode, tout de même, pour faire passer les herbes au travers.

— Oui, mais elles ont passé aussi dans le tiroir, comme vous voyez.

— Je crois bien! pour peu que miss continue de mettre

tout sens dessus dessous, il en passera bien d'autres! Miss en a déjà répandu un gros tas par ici, dit-elle en s'approchant avec malaise des tiroirs. — Si miss voulait seulement remonter au salon, et attendre mon jour de nettoyage, miss verrait après ! mais je ne peux rien faire tant que les dames sont là sur mon dos. — Sam ! veux-tu bien ne pas donner ce sucrier au petit! — Je t'allongerai une taloche, si tu ne fais pas attention.

— Je vais visiter la cuisine, et mettre tout en place une *bonne* fois, Dinah; vous n'aurez plus qu'à maintenir l'ordre.

— Seigneur Dieu ! miss Phélie, ce n'est pas là de l'ouvrage de dames : de ma vie je ne leur ai vu faire chose pareille. Jamais ça ne serait venu à l'esprit de vieille maîtresse, ni de miss Marie, et je vois pas trop à quoi ça sert. »

Dinah indignée arpentait majestueusement son empire, tandis que miss Ophélia assortissait les plats, empilait les assiettes, vidait dans une grande boîte le contenu d'une douzaine de sucriers improvisés, triait les serviettes, les nappes, les torchons pour le blanchissage, lavant, essuyant, et rangeant de ses propres mains, avec une promptitude et une adresse qui confondaient la cuisinière.

« Seigneur bon Dieu ! si c'est là comme s'y prennent ces « mesdames du Nord », ce ne sont pas de vraies dames, pour sûr, dit-elle à quelques-uns de ses satellites, dès qu'elle fut assez loin pour n'être pas entendue. Je m'en tire pour le moins aussi bien le jour de mes nettoyages, mais je n'ai que faire de tracassières qui tournent autour de moi, se mettent dans mon chemin, et fourrent toutes mes choses là où je ne peux plus les trouver. »

Dinah avait, il est vrai, à certaines époques ses accès de réforme, qu'elle appelait ses jours de nettoyage. Elle commençait alors avec un grand zèle à vider de fond en comble les tiroirs et les armoires, déversant tout sur le plancher et les tables, de manière à quintupler la confusion ; puis, elle allumait sa pipe, et ruminait à loisir sur ses rangements. Elle examinait chaque objet, discourait dessus, mettait tout le menu fretin à fourbir vigoureusement les ustensiles de cuivre, et tenait la maison pendant plusieurs heures dans un état d'énergique désordre, pleinement justifié, selon elle, par l'annonce que c'était « jour de nettoyage. » — Les choses ne pouvaient « durer comme ça ; » et elle tiendrait la main, dorénavant, à ce que ces « petits drôles » fussent mieux ordonnés : car Dinah nourrissait l'agréable illusion qu'elle était l'ordre incarné, et que c'était de la faute « de ces jeunesses » et de tous les habitants du logis, si l'on restait cou t en fait de perfection.

Quand les casseroles étaient récurées, les tables grattées et lavées à blanc, et que tout ce qui pouvait offusquer la vue avait été relégué dans les trous et recoins, Dinah, vêtue de ses plus beaux atours, un tablier blanc devant elle, coiffée d'un brillant madras, signifiait à tous les jeunes maraudeurs qu'ils eussent à s'interdire l'entrée de sa cuisine, où elle prétendait faire régner une propreté exemplaire.

Ces accès périodiques avaient bien leurs inconvénients ; Dinah contractait un respect immodéré pour l'éclat de sa batterie de cuisine fourbie à neuf, et ne pouvait se résoudre à la risquer au feu, jusqu'à ce que l'ardeur du jour de nettoyage fût un peu ralentie.

En une semaine miss Ophélia parvint à réformer une grande partie de la maison ; mais dès qu'il lui fallait la coopération des domestiques, ses labeurs devenaient aussi infructueux que ceux de Sisyphe et des Danaïdes. Un jour elle en appela, dans son désespoir, à Saint-Clair.

« Il n'y a vraiment pas moyen d'obtenir ici la moindre régularité.

— J'en suis convaincu, dit Saint-Clair.

— Toujours aux expédients! une prodigalité folle! un désordre tel que je n'en ai jamais vu!

— Je gagerais qu'en effet c'est pour vous une nouveauté.

— Vous ne le prendriez pas avec ce sang-froid, si vous étiez maîtresse de maison.

— Ma chère cousine, comprenez donc une bonne fois pour toutes, que nous sommes divisés, nous autres maîtres, en deux classes : les oppresseurs et les opprimés. Ceux qui, comme moi, sont d'un bon naturel et détestent la sévérité, prennent leur parti d'une foule d'inconvénients. S'il nous plaît de *garder* dans la république, pour notre convenance, une masse d'êtres gauches, paresseux, ignares, il nous faut bien en subir les conséquences. J'ai vu, en certains cas fort rares, des personnes douées d'un tact particulier, obtenir de leurs gens de la tenue, de la méthode, sans user de rigueur. Je ne suis pas de ces privilégiés; — aussi me suis-je résigné depuis longtemps à laisser aller les choses comme elles vont. Je ne veux pas que les pauvres diables soient fouettés et tailladés au vif; ils le savent, — et abusent naturellement de leurs priviléges.

— Mais n'avoir ni heure fixe, ni temps, ni lieu, ni ordre; — laisser ainsi tout aller à l'aventure!

— Ma chère de Vermont, vous autres natifs du pôle nord, vous attachez trop de valeur au temps! Que voulez-vous qu'en fasse un homme, qui en a deux fois plus qu'il n'en peut employer? Quant à l'ordre et à la méthode, qu'importe une heure de retard ou d'avance pour le déjeuner ou le dîner, si l'on n'a rien à faire qu'à lire, étendu sur un sofa? Tenez, voilà Dinah qui vous fera un excellent dîner, — soupe, ragoût, volaille rôtie, dessert, glaces, et le reste; — elle tire tout cela du chaos et des ténèbres de sa cuisine : j'en suis émerveillé quand j'y pense, et je trouve son art sublime. Mais, le ciel nous assiste! si nous venions à descendre dans ces noires profondeurs, et à voir tout ce qui fume, tout ce qui court, tout ce qui grouille là, si nous assistions à certains procédés préparatoires, mais nous ne mangerions plus. Croyez-moi, chère cousine, dispensez-vous de cette pénitence! elle est rude et ne sert à rien; vous y perdriez votre bonne humeur; Dinah y perdrait la tête. Laissez-la en faire à sa guise!

— Mais, Augustin, vous ne savez pas dans quel état j'ai trouvé les choses.

— Moi! ne sais-je pas que le rouleau à pâte réside d'ordinaire sous son lit, la râpe à muscade dans sa poche à tabac; — qu'il y a soixante-cinq sucriers différents, un dans chaque coin de la maison; — qu'un jour elle lave les assiettes avec une serviette de table, et le lendemain avec un lambeau de son vieux jupon? Tout cela ne l'empêche pas d'apprêter d'admirables dîners, de faire du café exquis! et il faut la juger, comme les guerriers et les hommes d'État, par *ses succès*.

— Mais le gaspillage, la dépense, le désordre!

— Eh bien! enfermez tout ce qui se peut enfermer, et gardez la clef; donnez par petite mesure, et ne vous informez pas des restes, — c'est ce qu'il y a de mieux.

— Cela me chagrine, Augustin : je ne puis m'empêcher de craindre que vos domestiques ne soient pas *strictement honnêtes*. Êtes-vous sûr qu'on puisse s'y fier?

Augustin poussa d'immodérés éclats de rire devant la longue figure que faisait miss Ophélia en articulant cette question.

— Oh! cousine, c'est trop fort! *Honnêtes!* — Comme si c'était chose à espérer. *Honnêtes!* Non, certes, ils ne le sont pas! Pourquoi le seraient-ils? — Qui les y pousserait?

— Ne pouvez-vous donc les instruire?

— Les instruire! Tarare! Quel genre d'instruction leur donnerais-je! cela m'irait bien, d'ailleurs! Quant à Marie, elle a certainement assez de nerf pour tuer tous les esclaves d'une plantation, si je la laissais faire; mais

24

elle ne parviendrait pas à exorciser le démon de la ruse.

— N'y en a-t-il donc pas d'honnêtes ?

— Si ; par-ci, par-là, il s'en trouve un que la nature a fait si simple, si opiniâtrément véridique et fidèle, que les pires influences ne le peuvent gâter. Dès le sein de la mère, l'enfant de couleur voit et sent que les voies souterraines lui sont seules ouvertes. Il n'a pas d'autre issue pour se faufiler dans les bonnes grâces de ses parents, de sa maîtresse, du jeune maître et de ses compagnons. La ruse, le mensonge, lui deviennent des habitudes familières, inévitables. Il y aurait injustice à attendre de lui autre chose. On ne doit pas l'en punir. Quant à la probité, l'esclave, à demi enfant, est tenu dans cet état de dépendance où il lui est presque impossible de comprendre le droit de propriété, et de ne pas considérer les biens de son maître comme siens, dès qu'il peut se les approprier. Quant à moi, je ne vois pas comment il *pourrait* être honnête. Un homme tel que Tom, ici, est — ma foi ! — est un miracle moral !

— Et que deviennent leurs âmes ? demanda miss Ophélia.

— Ce n'est pas là mon affaire, que je sache, repartit Saint-Clair. Je ne me mêle que de la vie présente. Du reste, il est à peu près admis que, pour notre bien-être, la race entière est dévolue au diable en ce monde, quoi qu'il puisse advenir de l'autre.

— C'est horrible ! dit miss Ophélia, vous devriez rougir de vous-même !

— Cela m'arrive bien quelquefois. Mais que voulez-vous ? on est en si bonne compagnie, reprit Saint-Clair, tant de gens suivent la route battue ! Regardez en haut, en bas, d'un bout à l'autre de l'univers, n'est-ce pas la même histoire ? Les classes inférieures ne s'usent-elles pas, esprit, corps et âme, au profit des classes supérieures ? Il en est ainsi en Angleterre ; il en est de même partout ; et cependant toute la chrétienté s'émeut et s'indigne de ce que nous agissons comme elle, avec un peu de différence de forme.

— Il n'en est pas ainsi dans l'État de Vermont.

— Je conviens que dans la Nouvelle-Angleterre et dans les États libres, vous avez le pas sur nous. Mais j'entends la cloche du dîner. Allons, cousine, mettons de côté nos préjugés respectifs, et signons l'amnistie à table. »

A une heure plus avancée de l'après-midi, miss Ophélia était dans la cuisine, lorsque les petits négrillons crièrent : « Tiens ! tiens ! Prue *li* venir là-bas ! — *li* grogue ren marchant comme toujours ! »

Une femme de couleur, grande et décharnée, entra portant sur sa tête un panier de biscottes et de petits pains chauds.

« Oh ! Prue ! te voilà enfin ! » s'écria Dinah.

Prue avait une physionomie hargneuse, et une voix sourde et grommelante. Elle posa son panier à terre, s'accroupit à côté, et ses coudes sur ses genoux, elle dit :

« Ah ! Seigneur ! que je voudrais donc être morte !

— Et pourquoi voudriez-vous être morte ? demanda miss Ophélia.

— Pour en finir de ma misère, répliqua la femme d'un ton bourru, sans lever les yeux de terre.

— Aussi, qu'as-tu besoin de te griser, pour être fouettée après, Prue ? » dit une élégante femme de chambre quarteronne en agitant ses boucles d'oreilles de corail.

La femme la regarda de travers.

« Tu pourras ben en venir là un de ces jours, toi ! j serai contente de t'y voir ; et tu seras peut-êt' ben aise, comme moi, de boire la goutte, pour noyer ta misère.

— Allons, Prue, reprit Dinah ; voyons tes biscottes : voilà miss qui te les payera. »

Miss Ophélia en choisit deux douzaines.

« Y a des cachets dans cette vieille cruche cassée, sur la planche, là-haut, reprit Dinah. Grimpe, Jakes, et aveins-les.

— Des cachets ! pourquoi faire ? dit miss Ophélia.

— Nous achetons les cachets à son maître, et elle nous donne des pains en échange.

— Et il compte l'argent et les billets quand je rentre, et si le compte n'y est pas, il m'éreinte de coups à me tuer !

— Il te traite comme tu le mérites, dit Jane, la fringante femme de chambre, puisque tu prends son argent pour aller boire. — C'est ce qu'elle fait constamment, miss.

— Et c'est ce que je *ferai* encore. Je peux pas vivre autrement. Je *veux* boire, et oublier ma misère.

— C'est très-stupide, et très-mal à vous de voler l'argent de votre maître pour vous abrutir, dit miss Ophélia.

— Ça peut être mal, ma'ame, mais je le ferai encore, je le ferai toujours. O Seigneur ! que je voudrais donc être morte ! — Oui, morte, et en avoir fini ! » La vieille créature se releva lentement tout d'une pièce, et rechargea son panier sur sa tête ; mais, avant de sortir, elle regarda la jolie quarteronne qui continuait à faire dans ses boucles d'oreilles.

« Te voilà ben faraude, toi, avec tes pendeloques, et tu te donnes des airs ; tu regardes le pauv'e monde du haut en bas ! Eh ben, attends ; tu vivras peut-être assez pour être une pauv'e vieille carcasse déchiquetée, comme moi. Le Seigneur te donnera ton compte à toi aussi, j'espère, et nous verrons si tu ne te mets pas à boire — boire — boire jusqu'à l'enfer ! Ce sera bien fait, va ! Et poussant un hurlement haineux, elle sortit.

— La dégoûtante vieille bête ! dit Adolphe, qui venait chercher de l'eau chaude pour la toilette de Saint-Clair. Si j'étais son maître je la fouetterais encore plus au vif.

— Ah ! pour ça, je vous en défie, reprit Dinah. Son dos n'est qu'une plaie — elle ne peut pas seulement attacher ses hardes.

— Vraiment, on ne devrait pas envoyer des créatures

de cette espèce dans des maisons comme il faut, dit miss Jane. Qu'en pensez-vous, monsieur Saint-Clair? » ajouta-t-elle en faisant des agaceries à Adolphe.

Entre autres empiétements sur le bien de son maître, Adolphe s'était approprié son nom et son adresse. Dans les cercles des gens de couleur de la Nouvelle-Orléans, on ne le nommait que *monsieur Saint-Clair.*

« Je suis tout à fait de votre avis, miss Benoir. » Benoir était le nom de famille de madame Saint-Clair, et Jane était sa femme de chambre.

« Puis-je vous demander, miss Benoir, si ces boucles d'oreilles doivent figurer au bal de demain? Elles sont ravissantes, parole d'honneur!

— Je ne sais, en vérité, monsieur Saint-Clair, où s'arrêtera l'impudence de vous autres hommes! dit Jane agitant sa jolie tête pour faire scintiller ses pendants d'oreilles. Je ne danserai pas avec vous de toute la soirée, si vous me faites une question de plus.

— Ah! vous ne serez pas si cruelle! Je meurs d'envie, reprit Adolphe, de savoir si vous mettrez votre jolie robe de tarlatane rose.

— Qu'y a-t-il? dit Rosa, petite quarteronne des plus piquantes, qui descendait lestement l'escalier.

— C'est M. Saint-Clair qui est d'une impudence!

— Sur mon honneur, dit Adolphe, j'en fais juge miss Rosa.

— Je sais qu'il est insupportable, reprit Rosa, se balançant sur un de ses petits pieds, et jetant un regard malin à Adolphe. Il me met sans cesse en colère contre lui.

— Oh! mesdames, mesdames, vous finirez, à vous deux, par me briser le cœur! On me trouvera mort dans mon lit un de ces matins, et vous en répondrez!

— L'entendez-vous, le fat! s'écrièrent les deux dames avec des éclats de rire immodérés.

— Allons, débarrassez-moi de vous, interrompit Diuah. Je ne veux pas vous avoir à caqueter dans ma cuisine, et à vous pavaner dans mon chemin.

— Tante Dinah est furieuse de ne pouvoir aller au bal! dit Rosa.

— Je me moque pas mal de vos bals de couleurs, reprit Dinah; vous avez beau faire des mines et singer les blancs, vous n'êtes que des nèg', ni plus ni moins que moi.

— Tante Dinah graisse sa laine tous les jours pour la rendre lisse, dit Jane.

— Et c'est encore de la laine, après tout, dit malignement Rosa, en secouant sa longue et soyeuse chevelure.

— Eh ben, est-ce qu'aux yeux du bon Dieu la laine ne vaut pas le crin? Je voudrais que maîtresse dise un peu ce qui lui porte le plus de profit d'une couple de paresseuses comme vous, ou d'une travailleuse comme moi! Allons, hors d'ici, oripeaux! je veux pas de vous à rôder là autour! »

La conversation fut interrompue par un double incident : Saint-Clair appelait Adolphe du haut de l'escalier, et lui demandait s'il comptait lui faire attendre toute la nuit l'eau chaude pour sa barbe? et miss Ophélia sortant de la salle à manger, dit aux chambrières :

« Jane et Rosa, pourquoi perdre ainsi votre temps? allez à votre ouvrage. »

Notre ami Tom, qui se trouvait à la cuisine pendant la conversation avec la vieille porteuse de pain, l'avait suivie dans la rue. Il la vit marcher, en poussant de temps à autre un sourd gémissement. Enfin, elle déposa son fardeau sur le seuil d'une porte, et ramena autour de ses épaules le vieux châle fané qui les couvrait à peine.

« Je porterai votre panier un bout de chemin, dit Tom d'un ton compatissant.

— Pourquoi faire? dit la femme. Je vous demande pas de m'aider.

— Vous avez l'air malade?... vous avez l'a r en peine? Bien sûr vous avez quelque chose! dit Tom.

— Je ne suis point malade, répliqua brusquement la femme.

— Oh! si je pouvais, dit Tom, si je pouvais seulement vous détourner de boire! et il la regarda avec anxiété. Savez-vous pas que c'est la perdition de l'âme et du corps?

— Je sais, de reste, que je m'en vais en enfer, dit la femme avec amertume. Vous n'avez pas besoin de me le dire! Je suis laide, je suis vieille, je suis méchante! Je m'en y vais tout droit, en enfer. Oh! Seigneur! je voudrais déjà y être!

Tom frissonna à ces terribles paroles et à leur accent de vérité.

— Le Seigneur ait pitié de vous, pauvre créature! on ne vous a donc jamais parlé de Jésus-Christ?

— Jésus-Christ — qui est ça?

— Eh! mais c'est *le Seigneur.*

— Je crois ben leur avoir entendu dire qué'que chose du Seigneur, du jugement et de l'enfer! Oui, j'ai entendu ça.

— Personne ne vous a-t-il jamais dit comment le Seigneur Jésus nous a aimés, pauvres pécheurs! comment il est mort pour nous?

— Non; je sais rien de tout ça, répliqua la femme. Personne m'a jamais aimée depuis que mon vieux est mort.

— D'où êtes-vous? demanda Tom.

— De là-haut, du Kentucky. J'étais à un homme qui me faisait élever mes enfants pour le marché, et qui les vendait au fur et à mesure qu'ils étaient sevrés : et en dernier il m'a vendue aussi, moi, à un trafiquant, de qui mon maître m'a rachetée.

— Qui a pu vous pousser à boire?

— La misère! J'ai eu un enfant depuis que je suis ici,

et je croyais qu'on me le laisserait, puisque le maître n'en trafiquait pas. C'était ben la pus gentille petite créature! Maîtresse en était comme affolée d'abord. Jamais ça ne pleurait! — Si dodu, si vivace! — Mais maîtresse tomba malade; moi, je la veillais. Je gagnai la fièvre; mon lait passa et l'enfant dépérit, vu que maîtresse ne voulait pas lui faire acheter du lait. J'avais beau dire qu'il ne m'en restait pas une goutte; elle ne m'écoutait pas! ou elle disait que je pouvais ben nourrir l'enfant avec ce que tout le monde mangeait; et le pauv' petit agneau devenait maigre à faire peur! Il n'avait pus que la peau et les os! il ne jetait qu'un cri de nuit comme de jour. Ça ennuya maîtresse qui se fâcha : elle dit que je le gâtais, qu'elle voudrait le voir crevé! Elle me défendit de le garder à côté de moi, parce qu'il me tenait réveillée, et que je n'étais pus bonne à rien le lendemain. Elle me fit coucher dans sa chambre; il me fallut porter mon pauv' petit dans un grenier, où il pleura et cria toute la nuit à mort! — Et il mourut. Je me suis mise à boire pour chasser son cri de mes oreilles. J'ai bu — et je boirai! quand même ça me mènerait droit en enfer! le maître dit que j'irai en enfer! moi, je dis que j'y suis déjà!

— Oh! pauvre chère créature! penser que personne ne vous a jamais dit que le Seigneur Jésus vous aime, qu'il est mort pour vous! On ne vous a pas dit qu'il viendrait à votre aide, que vous pourriez aller au ciel et vous y reposer à la fin?

—Moi! que j'aie la chance d'aller au ciel! dit la femme; est-ce pas là que vont les blancs? supposons qu'ils me rattrapent encore là-haut? j'aime mieux aller en enfer et en avoir fini des maîtres et des maîtresses! oui, je l'aime mieux!» dit-elle; et, rechargeant son panier sur sa tête avec son gémissement habituel, elle s'éloigna.

Tom reprit tristement le chemin du logis. Dans la cour il rencontra la petite Éva, une guirlande de tubéreuses sur la tête, et les yeux rayonnants de joie.

« Oh Tom! vous voilà! je suis bien aise de vous avoir trouvé! papa veut que vous atteliez tout de suite les poneys, pour me mener promener dans ma petite voiture neuve, dit-elle. Mais qu'y a-t-il, Tom? vous avez l'air si grave!

— Je ne suis pas à mon aise, miss Éva, dit Tom; je vais tout de même atteler les chevaux.

— Dites-moi, Tom, qu'y a-t-il? je vous ai vu causer longtemps avec cette vieille grognon de Prue. »

Tom conta l'histoire de la femme à Éva, en son langage simple et naïf.

Elle ne se récria pas, ne s'étonna pas, ne pleura point, comme l'eussent fait d'autres enfants. Ses joues devinrent pâles, et une ombre profonde voila l'éclat de ses yeux. Elle appuya ses deux mains sur sa poitrine, et soupira péniblement.

CHAPITRE XX

Suite des expériences et opinions de miss Ophélia.

« Tom, il est inutile de mettre les chevaux, je ne sortirai pas.

— Pourquoi, miss Éva?

— Ces choses m'entrent dans le cœur, Tom, dit Éva; elles m'y entrent si avant! répéta-t-elle d'un air grave; non, je ne sortirai pas. » Et laissant Tom, elle rentra dans la maison.

Peu de jours après, une autre femme vint à la place de Prue apporter des biscottes. Miss Ophélia était à la cuisine.

« Eh Seigneur! s'écria Dinah, qu'est-ce que Prue a donc attrapé?

— Prue ne reviendra plus, dit mystérieusement la femme.

« — Pourquoi? demanda Dinah; elle n'est pas morte?

« — Nous ne le savons pas au juste. Elle est en bas, dans la cave, » répliqua la femme, jetant un coup d'œil du côté de miss Ophélia. Celle-ci choisit les biscottes, et Dinah suivit la porteuse dehors.

« Qu'a donc Prue? »

La femme, qui semblait partagée entre le désir de parler et une certaine crainte, répondit à voix basse :

« Eh bien! vous ne le direz à personne : Prue s'est encore grisée; — ils l'ont descendue dans la cave; ils l'y ont laissée tout le jour, — et je leur ai entendu dire que les *mouches s'étaient mises après elle, et elle est morte!* »

Dinah leva les mains au ciel; elle se retourna, et aperçut à ses côtés la figure aérienne d'Évangeline : ses grands yeux mystiques étaient dilatés d'horreur, et le sang avait abandonné ses joues et ses lèvres.

« Dieu nous bénisse! miss Éva se trouve mal! A quoi que je pensais de lui laisser entendre ça! Son papa va être comme fou!

« — Je ne me trouverai pas mal, dit l'enfant avec fermeté. Et pourquoi ne l'entendrais-je pas? Ce n'est pas si douloureux pour moi de l'entendre que pour la pauvre Prue de l'endurer.

« — Seigneur bon Dieu! de pareilles histoires sont pas faites pour de gentilles et délicates demoiselles comme vous! — y aurait de quoi les tuer! »

Éva soupira et remonta l'escalier à pas lents.

Miss Ophélia s'enquit de ce qui était arrivé : Dinah le lui conta à sa façon prolixe, et Tom ajouta ce qu'il avait appris de la malheureuse femme, le matin où il l'avait suivie.

« C'est une chose abominable, horrible! s'écria-t-elle, comme elle entrait dans le salon où Saint-Clair lisait le journal.

« — Quelle nouvelle iniquité y a-t-il encore sous le soleil! demanda-t-il.

— Quelle iniquité?... ces misérables ont fait mourir Prue sous le fouet! » Et elle commença le récit avec vivacité, en insistant sur les détails.

« Je pensais que cela finirait ainsi un jour ou l'autre, dit Saint-Clair, continuant de lire son journal.

— Vous le pensiez !... et n'allez-vous pas faire quelque chose? N'y a-t-il pas des magistrats qui puissent intervenir, faire une enquête?

— On suppose généralement que l'intérêt du propriétaire est une garantie suffisante pour la propriété. S'il plaît aux gens de se ruiner, je ne sais trop qu'y faire. Il paraît que la pauvre créature s'enivrait et volait, ce qui ne contribuera pas à exciter les sympathies en sa faveur.

— Mais c'est infâme! — c'est odieux, Augustin! cela crie vengeance contre vous!

— Ma chère cousine, je n'y suis pour rien, et n'y puis rien. La chose eût-elle dépendu de moi, je l'aurais empêchée. Si des gens bornés et brutaux suivent leurs instincts grossiers, que voulez-vous que j'y fasse? Ils ont un pouvoir absolu : ce sont des despotes irresponsables. A quoi servirait d'intervenir? Il n'y a pas de lois applicables à de pareils cas. Le mieux est donc de fermer les yeux et les oreilles, et de laisser passer. C'est l'unique ressource qui nous reste.

— Comment pouvez-vous fermer vos yeux et vos oreilles? Comment pouvez-vous laisser passer de pareilles choses!

— Ma chère enfant, comment espérer mieux? voilà toute une classe avilie, irritante, indolente par nature, livrée, sans contrat ni conditions, aux mains de ceux dont se compose la majorité de *notre* monde : gens peu scrupuleux, sans nulle habitude de se dominer, qui ne sont pas même éclairés sur leurs propres intérêts, — et c'est le cas de la plus grande moitié du genre humain. Dans une république ainsi organisée, que peut faire un homme d'honneur, sinon fermer les yeux tant fort qu'il peut, et so cuirasser le cœur? Je ne peux pas acheter chaque pauvre misérable que je rencontre. Je ne puis pas m'ériger en chevalier errant, et entreprendre de redresser chaque tort individuel dans une ville comme celle-ci. Tout ce que je puis, c'est de m'en tenir à l'écart. »

La belle figure de Saint-Clair s'assombrit un moment, il prit l'air soucieux ; mais, évoquant presque aussitôt un gai sourire, il dit :

« Allons, cousine, ne restez pas là debout comme une des inflexibles parques. — Vous n'avez fait qu'appliquer votre œil au trou du rideau, qu'entrevoir ce qui se passe, sous une forme ou sous l'autre, dans le monde entier. Si nous voulions sonder toutes les lugubres profondeurs de la vie, nous n'aurions plus le cœur à rien. Je vous l'ai déjà dit, c'est aussi périlleux que d'examiner de trop près les mystères de la cuisine de Dinah. » Saint-Clair se rejeta en arrière sur le sofa, et se replongea dans son journal.

Miss Ophélia s'assit, tira son ouvrage, et se mit à tricotter avec la verve de l'indignation : elle se taisait ; mais le feu couvait au dedans ; enfin, il éclata :

« Je vous dis, Augustin, que si vous pouvez prendre votre parti de semblables choses, moi, je ne le puis. C'est abominable à vous de défendre un pareil système ! — voilà *mon* avis.

— Quoi? dit Saint-Clair en levant les yeux. Encore!...

— Je répète que c'est tout à fait abominable à vous de défendre un tel système ! s'écria miss Ophélia avec une chaleur croissante.

— *Moi*, le défendre! qui a jamais dit que je le défendais?

— Certainement, vous le défendez, — vous tous, — vous autres gens du Sud! sinon pourquoi auriez-vous des esclaves?

— Êtes-vous assez innocente, ma chère cousine, pour

supposer que personne en ce monde ne fait que ce qu'il croit être bien? vous-même n'avez-vous jamais rien fait, ne faites-vous jamais rien qui s'écarte de la droite ligne?

— Si cela m'arrive, je m'en repens, j'espère, dit miss Ophélia faisant jouer ses aiguilles avec énergie.

— Moi aussi, reprit Saint-Clair en pelant une orange; je passe ma vie à me repentir.

— Pourquoi continuez-vous alors?

— N'avez-vous jamais continué de faire mal, après vous être repentie, ma bonne cousine?

— Peut-être; quand la tentation était très-forte, dit miss Ophélia.

— Eh bien! pour moi aussi la tentation est forte, reprit Saint-Clair. C'est là que gît la difficulté.

— Mais, du moins, je suis toujours résolue à rompre avec le mal, et j'y tâche.

— J'ai pris la même résolution plus de cent fois depuis dix ans; mais je ne sais comment cela se fait, je n'en suis pas plus avancé. Vous êtes-vous débarrassée de tous vos péchés, vous, cousine?

— Cousin Augustin, dit miss Ophélia avec sérieux en interrompant son tricot, vous avez sans doute raison de réprouver mes erreurs. Je sais que tout ce que vous dites est vrai,—personne ne le sent plus que moi; mais il me semble, cependant, qu'il y a quelque différence entre nous. Je crois que je me couperais la main droite plutôt que de continuer à faire, de jour en jour, ce que je juge être mal. Ma conduite, il est vrai, n'est pas toujours d'accord avec ma profession de foi, et c'est en quoi je mérite votre blâme.

— Maintenant, cousine, dit Augustin s'asseyant sur le parquet, et posant sa tête sur les genoux de miss Ophélia, n'y mettez pas tant de solennité! Vous savez que j'ai toujours été un impertinent garçon, un franc vaurien; j'aime à vous taquiner, — voilà tout, — pour vous voir un peu en colère. Je vous crois parfaite, d'une bonté désespérante! Rien que d'y penser, m'énerve, me tue presque!

— Mais il s'agit d'un sujet grave, mon cher enfant, mon Auguste, reprit miss Ophélia posant sa main sur le front du jeune homme.

— Dites lugubre! et je ne peux jamais parler sérieusement quand il fait chaud. Avec les moustiques et le reste, impossible de prendre l'essor vers les sublimes hauteurs de la morale. Mais, j'y pense, dit Saint-Clair se relevant tout à coup, voilà une théorie toute trouvée! Je comprends maintenant pourquoi les peuples du Nord sont plus vertueux que ceux du Sud,—je saisis les causes et les effets.

— Oh! Augustin, vous êtes un vrai brise-raison!

— Le suis-je? eh bien, je l'admets. Mais, par extraordinaire, je veux être sérieux : passez-moi cette corbeille d'oranges. — Si je fais cet effort, tenez-vous prête à me « faire revenir le cœur avec du vin, et faites-moi une couche de pommes[1]. » — A présent, dit Augustin en tirant à lui la corbeille, je commence : Lorsque, dans le cours des événements humains, un homme juge nécessaire de tenir captifs deux ou trois douzaines de ses semblables, vers de terre comme lui, une certaine déférence pour les préjugés de la société exige...

— Je ne vois pas que vous deveniez plus sérieux, dit miss Ophélia.

— Attendez! j'y arrive. Vous allez voir. Le fait est, cousine, dit-il, sa belle figure prenant tout à coup une expression grave et réfléchie, que, sur cette question abstraite de l'esclavage, il ne peut y avoir, à mon sens, qu'une seule opinion. Les planteurs, qui en tirent de l'argent, — les hommes d'église, qui veulent plaire aux planteurs, — les politiques, qui s'en servent pour gouverner, — peuvent fausser la langue et plier la morale à

_____
[1] *Cantique des Cantiques de Salomon,* ch. 2, verset 5.

un degré qui émerveillera le monde; ils peuvent enrôler à leur service la nature, la Bible, et qui sait encore quoi! mais, après tout, ni eux ni le monde n'en croient une syllabe. Bref, la chose vient du diable; et, à mon avis, c'est un assez joli échantillon de ce qu'il sait faire. »

Miss Ophélia cessa de tricoter et le regarda toute surprise. Saint-Clair paraissait jouir de son étonnement.

« Vous ouvrez de grands yeux! Puisque vous m'avez mis sur ce chapitre, j'en aurai le cœur net. Cette institution maudite, maudite de Dieu, maudite de l'homme, quelle est-elle? Dépouillez-la de tous ses ornements, pénétrez à la racine et au cœur, qu'y trouvez-vous? parce que mon frère Quashy[1] est ignorant et faible — et que je suis intelligent et fort, — parce que je sais comment m'y prendre, et que je le *peux*, il m'est loisible de lui voler tout ce qu'il a, de le garder, et de ne lui donner que ce qui me convient. Ce qui est trop pénible, trop sale, trop déplaisant pour moi, sera de droit la besogne de Quashy. Parce que je n'aime pas à travailler, Quashy travaillera; — parce que le soleil me brûle, Quashy endurera l'ardeur du soleil. Quashy gagnera l'argent, je le dépenserai. Quashy se couchera dans les mares du chemin, afin que je passe à pied sec. Quashy fera ma volonté, non la sienne, tous les jours de sa vie, avec la chance de gagner le ciel à la fin, si je le juge convenable. Voilà, en résumé, tout ce qu'*est* l'esclavage. Je défie qui que ce soit de lire notre Code noir, tel qu'il existe dans nos livres de lois, et d'en tirer autre chose. On parle des *abus* de l'esclavage! hâblerie. *La chose elle-même* est l'essence de tout abus. Et si la terre ne s'enfonce pas sous nous, comme Sodome et Gomorrhe, c'est que nous

---

[1] Sobriquet donné au noir, qui vient du verbe anglais *quash*, écraser, faire pâtir, et qui correspond à l'épithète familière de *pâtiras*.

en *usons* encore d'une façon discrète. Moitié par pitié, moitié par honte, parce que nous sommes des hommes nés de femmes, et non des bêtes sauvages, la plupart d'entre nous ne se servent pas, — n'osent pas se servir du terrible pouvoir que nos impitoyables lois mettent entre nos mains. Celui qui va le plus loin, celui qui fait le pire, reste encore dans les limites que la loi lui assigne. »

Saint-Clair s'était levé, et cédant à son exaltation, il marchait à pas précipités. Son beau visage, d'une pureté de ligne grecque, brûlait du feu de l'indignation. Ses grands yeux bleus flamboyaient, et ses gestes se passionnaient à son insu. Miss Ophélia ne l'avait jamais vu ainsi ; elle le contemplait en silence.

« Je vous déclare, dit-il, s'arrêtant tout à coup devant sa cousine, — mais que sert de sentir, que sert de parler ? — je vous déclare qu'il y a eu des moments où j'ai pensé que si le pays venait à être englouti, avec toutes ses iniquités et toutes ses misères, je disparaîtrais de bon cœur avec lui. Lorsque, pendant mes tournées de propriétaire, pendant mes voyages sur les fleuves à bord de nos bateaux, j'ai rencontré quelque brute, ignoble, dégoûtante, indigne du nom d'homme, et que je me suis dit : Nos lois l'autorisent à devenir le despote absolu d'autant de créatures humaines qu'il en peut acheter avec l'argent du vol, de la fraude ou du jeu, — quand j'ai vu de pareils êtres en souveraine possession de faibles enfants, de jeunes filles, de femmes, — j'ai été tenté de maudire mon pays, de maudire ma race !

— Augustin ! Augustin ! vous en avez assez dit, certes. De ma vie je n'ai rien entendu de semblable, même dans le Nord.

— Dans le Nord, dit Saint-Clair changeant tout à coup d'expression, et reprenant son ton habituel d'insouciance. Pouah ! vos gens du Nord ont le sang glacé. Vous êtes froids en tout. Vous ne pouvez vous décider à maudire à tort et à travers comme nous, une fois que nous nous y mettons.

— Mais, reprit miss Ophélia, la question est...

— Oui, assurément, la *question est* — et c'est une diable de question! — comment en êtes-*vous* venus à cet excès de souffrance et de mal? Eh bien, je vous répondrai avec les bonnes vieilles paroles que vous aviez contume de m'enseigner les dimanches: «J'y suis venu par le péché originel.» Mes esclaves étaient ceux de mon père, et qui plus est, ceux de ma mère; maintenant ils sont miens, eux et leur descendance, qui ne laisse pas que d'être un *item* assez considérable. Mon père, vous le savez, arriva du Nord : il était précisément de la même trempe que le vôtre, — un vieux Romain, énergique, droit, doué d'une âme noble et d'une volonté d'acier. Votre père s'établit dans la Nouvelle-Angleterre pour régner sur des rocs, des pierres, et forcer la nature de pourvoir à son existence; le mien s'établit dans la Louisiane pour régner sur des hommes, des femmes, et les forcer de pourvoir à sa vie.

« Ma mère, poursuivit Saint-Clair se levant, et s'arrêtant à l'autre bout de la chambre devant un portrait, qu'il contempla avec une vénération fervente, ma mère était *divine!* Ne me regardez pas ainsi! — Vous savez ce que je veux dire. Elle pouvait être de race mortelle, mais jamais je n'ai pu découvrir en elle une trace de faiblesse humaine ou d'erreur ; et tous ceux qui se la rappellent, esclaves ou hommes libres, serviteurs ou amis, en disent autant. Eh bien, cousine, depuis des années cette mère s'est dressée, seule, entre moi et l'abîme d'une complète incrédulité. Elle était une incarnation de l'Évangile; une preuve vivante de sa vérité, un être inexplicable et inexpliqué, autrement que par la foi. O mère! mère! » dit Saint-Clair, joignant les mains avec transport: puis, réprimant son émotion, il revint s'asseoir sur l'ottomane et continua :

25.

« Nous étions jumeaux mon frère et moi. On prétend que les jumeaux doivent se ressembler; nous, nous différions de tous points. Il avait les yeux noirs et ardents, des cheveux d'ébène, un profil romain très-accentué, un teint brun et robuste. J'avais les yeux bleus, les cheveux blonds, la ligne grecque, le teint blanc et délicat. Il était actif et observateur; j'étais rêveur et indolent. Généreux envers ses amis et ses égaux, il était orgueilleux, dominateur, arrogant avec les inférieurs, et impitoyable pour tout ce qui prenait parti contre lui. Tous deux nous avions le respect de la vérité : lui, par hauteur et par courage; moi, par amour de l'idéal. Nous nous aimions comme s'aiment les garçons, par accès et par éclipses. Il était le favori de mon père; j'étais celui de ma mère.

« J'avais sur tous les sujets possibles une sensibilité maladive, une intensité de sensations, que mon père et mon frère ne comprenaient pas le moins du monde, et avec lesquelles ils ne pouvaient sympathiser. Il en était autrement de ma mère. Quand je m'étais querellé avec Alfred, et que mon père me regardait d'un œil sombre, j'avais coutume d'aller la trouver dans sa chambre, et de m'asseoir près d'elle. Je me rappelle son attitude, ses joues pâles, ses yeux profonds, doux et sérieux, ses vêtements blancs; — elle portait toujours du blanc, — et je pensais à elle quand je lisais, dans l'Apocalypse, la description des saints revêtus de robes de fin lin d'une blancheur éblouissante. Elle avait du génie pour beaucoup de choses, mais surtout en musique. Souvent assise devant son orgue, elle jouait les beaux et majestueux airs de l'Église catholique; elle les chantait de sa voix d'ange; et j'appuyais ma tête sur ses genoux, je pleurais, je sentais, je rêvais, — sans bornes ni mesure, —des choses pour lesquelles je n'avais point de mots.

« En ces jours-là, cette question de l'esclavage n'avait jamais été soulevée, discutée, comme maintenant. Personne n'y voyait de mal.

« Mon père était né aristocrate. Je me figure que, dans quelque préexistence, il avait occupé un haut rang parmi les esprits qui composent la hiérarchie céleste, et qu'il en avait gardé l'orgueil ; tant cet orgueil de cœur était inné et incarné en lui, quoiqu'il fût originairement d'une famille pauvre et nullement noble. Mon frère était créé à son image.

« Or, un aristocrate, comme vous savez, n'a, dans le monde entier, aucune sympathie humaine, par delà une certaine limite sociale. En Angleterre, cette limite s'arrête à certain point ; dans l'empire Birman à tel autre ; en Amérique, à un autre encore ; mais l'aristocrate de ces divers pays ne la franchit jamais. Ce qui serait abus, détresse, injustice dans sa propre classe, devient dans une autre une froide nécessité. La ligne de démarcation de mon père était la couleur. Jamais il n'y eut homme plus juste, plus généreux *parmi ses égaux* ; mais il considérait le nègre, à travers toutes les dégradations possibles de nuance, comme un lien intermédiaire entre l'homme et la brute, et basait sur cette hypothèse toutes ses idées de justice et de générosité. Je présume que si on lui eût demandé, à brûle-pourpoint : « Croyez-vous que ces gens-là aient des âmes immortelles ? » il eût fini, après quelques « hem ! ha ! » par répondre : « Oui. » Mais mon père n'était pas homme à se troubler beaucoup de spiritualisme. Tous ses sentiments religieux se bornaient à vénérer Dieu, comme le chef suprême et accepté des hautes classes.

« Mon père occupait environ cinq cents nègres. Il était inflexible, exigeant, pointilleux en affaires : tout devait marcher par système, avec une exactitude rigoureuse. Maintenant, si vous mettez en ligne de compte que cette précision mathématique était exigée d'une bande d'esclaves paresseux, pillards, désordonnés, qui, de leur vie, n'avaient eu pour stimulant que le désir d'esquiver le travail et « d'escroquer le temps, » comme vous dites, vous autres gens de Vermont, vous comprendrez qu'il dut se passer sur la plantation nombre de choses des plus horribles et des plus douloureuses pour un enfant sensitif comme moi.

« De plus, il y avait un commandeur, — grand, efflanqué, muni de deux poings vigoureux, renégat de l'État de Vermont (pardonnez, chère cousine), qui, après avoir fait un apprentissage régulier d'endurcissement et de brutalité, prenait ses degrés dans la pratique. Ma mère n'avait jamais pu le souffrir, ni moi non plus; mais il exerçait sur mon père un très-grand ascendant, et cet homme était le despote absolu du domaine.

« J'étais alors un petit garçon; j'avais le même amour que j'ai encore pour toutes choses humaines, — une sorte de passion pour l'étude de l'humanité, n'importe sous quelle forme. Je fréquentais les cases, je me glissais dans les cultures, parmi les travailleurs, dont j'étais naturellement le grand favori : toute espèce de plaintes, de griefs, m'arrivaient aux oreilles; je les rapportais à ma mère, et à nous deux nous formions une sorte de comité pour le redressement des torts. Nous avions empêché et réprimé beaucoup de cruautés, et nous nous félicitions d'avoir fait tant de bien, lorsque, comme il arrive souvent, mon zèle outrepassa les bornes. Stubbs se plaignit de ne pouvoir plus gouverner les esclaves, et menaça d'abandonner son poste. Bien que tendre et indulgent mari, mon père ne reculait jamais devant ce qu'il jugeait nécessaire. Il posa son pied, comme un roc, entre nous et les travailleurs des champs. Il signifia à ma mère, dans un langage parfaitement respectueux, mais très-positif, qu'elle était entièrement maîtresse des serviteurs du dedans, mais qu'elle n'eût pas à se mêler de ceux du dehors. Il la respectait plus qu'aucun être vivant; mais il en eût dit autant à la Vierge Marie si elle eût entravé son système.

« J'entendais quelquefois ma mère raisonner avec lui,

et s'efforcer d'éveiller ses sympathies. Il écoutait ses plus touchants appels avec une politesse désespérante. « Tout aboutit à ceci, disait-il : dois-je renvoyer Stubbs ou le garder ? Stubbs est la ponctualité, l'honnêteté même, un homme d'affaires essentiel, et aussi humain que la plupart des gens. Nous ne pouvons avoir la perfection ; si je le garde, je dois maintenir son administration dans son *ensemble*, quand même il se passerait, de temps à autre, des choses exceptionnelles. Tout gouvernement implique une sévérité nécessaire. On ne peut juger les règles générales d'après les cas particuliers. » Mon père semblait considérer cette dernière maxime comme une décision souveraine en matière de cruauté. Après l'avoir prononcée, il s'étendait ordinairement sur le sofa, en homme qui en a fini des affaires, et qui se dispose à faire un somme, ou à lire le journal, selon l'occasion.

« Le fait est que mon père avait de la vocation pour être homme d'État. Il eût partagé la Pologne aussi aisément qu'une orange, ou foulé systématiquement aux pieds la pauvre Irlande, sans le moindre scrupule. Enfin, ma mère céda, en désespoir de cause. On ne saura qu'au jour du Jugement Dernier ce que de nobles et sensitives natures comme la sienne ont souffert de leur impuissance, plongées dans ce gouffre d'injustice et de cruauté, dont elles comprennent seules les ténébreuses horreurs. Pour ces âmes d'élite, *notre* monde est un enfer anticipé ! Que lui restait-il, à *elle?* ses enfants, et la consolation de les élever dans ses vues, avec ses sentiments. Eh bien, après tout ce qu'on a dit de l'éducation, l'homme demeure ce qu'il est par nature, et rien de plus. Alfred était aristocrate au berceau ; à mesure qu'il grandit, toutes ses sympathies, tous ses raisonnements prirent cette direction, et les exhortations de ma mère furent jetées aux vents. Elles pénétrèrent, au contraire, profondément en moi. Jamais elle ne contredisait ouvertement ce que disait mon père ; jamais elle ne semblait différer d'avis avec lui ;

mais elle burinait au fond de mon âme, en caractères de
feu, de toute la force de sa noble et ferme conviction,
l'idée de l'excellence suprême de l'âme humaine. Je la
regardais en face avec un respect mêlé d'effroi, lorsque,
me montrant le ciel étoilé, elle me disait : «Vois-tu, Auguste ! toutes ces étoiles s'éteindront, mais l'âme du plus
pauvre, du dernier de nos esclaves, leur survivra. —
L'âme vit autant que Dieu ! »

« Elle avait quelques vieux tableaux, un entre autres
qui représentait Jésus guérissant un aveugle. Ils étaient
très-beaux, et me faisaient une vive impression. «Regarde,
Auguste, disait-elle; l'aveugle était un mendiant, pauvre,
repoussant à voir; c'est pourquoi IL ne voulut pas le
guérir *de loin !* IL l'appela, et apposa *ses mains sur lui.*
Rappelle-toi cela, mon enfant.» Ah ! s'il m'eût été donné
de grandir près d'elle, elle m'eût élevé à je ne sais quel
degré d'enthousiasme. — J'aurais pu devenir un saint,
un réformateur, un martyr. — Mais, hélas ! hélas ! je la
quittai que je n'avais que treize ans, et je ne l'ai plus
revue ! »

Saint-Clair se cacha la figure dans ses mains, et se tut
pendant quelques minutes. Enfin il releva la tête, et
poursuivit :

« Quelle pauvre et mesquine prétention que la vertu
humaine ! Affaire de latitude, de longitude, de position
géographique, jointe aux instincts naturels : un hasard,
pour la plupart d'entre nous. Votre père, par exemple,
s'établit dans l'État de Vermont, où, par le fait, tous sont
égaux et libres; il devient membre régulier d'une église,
diacre; il fait partie, avec le temps, d'une Société Abolitionniste, et nous regarde tous à peu près comme des
païens. Cependant, de constitution, d'habitudes, c'est le
duplicata de mon père. Je vois pointer de cinquante façons
le même esprit, orgueilleux et dominateur. Vous savez à
merveille qu'il serait impossible de persuader à quelques-
uns des gens de votre village, que le *squire* Saint-Clair se

roit de la même pâte qu'eux. Le fait est que, bien qu'il soit tombé à une époque de démocratie, et qu'il ait embrassé la théorie démocratique, il est aristocrate de cœur, tout autant que mon père, qui régnait sur cinq à six cents nègres. »

Miss Ophélia eût envie de contester la vérité de cette peinture; elle posa son tricot pour commencer : Saint-Clair ne lui en laissa pas le temps.

« Je sais d'avance ce que vous m'allez dire. Je ne prétends pas qu'ils se ressemblassent exactement. L'un se trouva placé dans une position où tout réagissait contre sa tendance naturelle; l'autre, dans une situation où tout la favorisait : en sorte que l'un tourna au vieux démocrate, passablement volontaire et têtu; l'autre, au vieux despote inflexible et arrogant. Si tous deux eussent possédé des plantations à la Louisiane, ils auraient été aussi semblables que deux balles jetées au même moule.

—Quel garçon irrévérencieux vous faites ! dit miss Ophélia.

—Je ne veux pas leur manquer de respect, reprit Saint-Clair; d'ailleurs, vous savez que le respect n'est pas mon fort. Mais, pour en revenir à mon histoire :

« Mon père en mourant légua toute sa propriété à ses fils jumeaux, mon frère et moi, pour être partagée comme nous l'entendrions. Il n'y a pas sous le soleil une âme plus noble, un homme plus généreux qu'Alfred, en ce qui touche ses égaux. Aussi cette question de propriété fut-elle vidée entre nous sans un seul mot d'aigreur ou de dissentiment. Nous convînmes de faire valoir ensemble; et Alfred, dont la vie extérieure et les occupations avaient doublé les forces, devint un planteur enthousiaste et des plus prospères.

« Mais deux ans d'épreuve me convainquirent que l'association ne pourrait durer. Posséder un troupeau de sept cents êtres humains, sans les connaître personnellement, sans y prendre un intérêt individuel; les voir

achetés, vendus, parqués, nourris, dressés à une précision militaire, exploités comme autant de bêtes à cornes;
— le problème, sans cesse renaissant, d'en obtenir tout
le travail possible en réduisant le plus possible les jouis-
sances les plus communes de la vie; la *nécessité* de
surveillants, de commandeurs; l'indispensable fouet,
premier, dernier et unique argument : — tout cela
m'était nauséabond; et quand je pensais à l'estime que
faisait ma mère d'une pauvre âme humaine, oh! alors,
c'était effroyable!

« Qu'on ne vienne pas me dire que les esclaves *jouis-
sent* de cet état de choses! je n'ai pas la patience d'entendre les incroyables sottises que débitent quelques-uns
de vos *protectionnistes* du Nord, dans leur zèle à justifier
nos péchés. Nous savons à quoi nous en tenir. Oser prétendre qu'un homme vivant peut se complaire à travailler
tous les jours, depuis l'aube jusqu'à la nuit, sous l'œil
constant d'un maître, sans pouvoir se permettre un seul
acte de sa volonté propre, sans cesse appliqué à la même
fatigante et stérile besogne, le tout pour deux pantalons et une paire de souliers par an, et juste assez de
nourriture et d'abri pour le maintenir sur pied : c'est
par trop abuser aussi de la parole! Un homme qui sou-
tient que des créatures humaines peuvent, en général,
s'accommoder de cette façon de vivre tout aussi bien que
d'une autre, mérite d'en essayer. Pour mon compte,
j'achèterais le misérable, et le mettrais à la tâche, sans
le moindre remords.

— J'avais toujours supposé, dit miss Ophélia, que vous
autres gens du Sud approuviez ces choses, et les croyiez
justifiées par la sainte Écriture.

— Mensonges! nous n'en sommes pas encore réduits
là. Alfred, qui est un despote des plus déterminés, n'a
jamais eu recours à ce genre de défense. Non; dans son
orgueil il se tient de pied ferme sur ce bon, vieux et respectable terrain, *le droit du plus fort.* Il dit, avec assez

de justesse, à mon sens, que le planteur américain ne
fait, sans une autre forme, que ce que l'aristocratie et
les capitalistes font en Angleterre pour les classes inférieures : à savoir, les *approprier*, os et chair, âme et
corps, à leur usage et convenance. Il défend son système
et le leur au moins d'une façon logique. Il dit qu'il ne
peut y avoir de haute civilisation sans l'esclavage des
masses, nominal ou réel. Il faut (toujours selon lui) une
classe subalterne, adonnée aux travaux physiques et
bornée à la vie animale, afin de ménager à la classe supérieure des richesses et du loisir pour se cultiver, développer son intelligence, et devenir l'âme dirigeante des
infimes. Il raisonne ainsi, parce que, comme je vous l'ai
dit, il est né aristocrate; moi, je n'en crois rien, parce
que je suis né démocrate.

— Comment comparer deux choses si différentes? reprit miss Ophélia. Le travailleur anglais n'est ni acheté,
ni vendu, ni séparé de sa famille, ni fouetté.

— Il dépend autant de celui qui l'emploie que s'il lui
était vendu. Le planteur peut faire mourir l'esclave ré-
fractaire sous le fouet; le capitaliste peut l'affamer. Quant
à la sécurité de la famille, il est difficile de décider lequel
vaut le mieux, de voir vendre ses enfants, ou de les voir
mourir de faim au logis.

— Mais, prouver que l'esclavage n'est pas pire que tel
autre abus, ce n'est pas le justifier.

— Ce n'est pas non plus ce que je prétends faire; je
dirai même que *notre* violation des droits humains est la
plus audacieuse et la plus flagrante. Acheter un homme
comme on achèterait un cheval, examiner ses dents, faire
craquer ses jointures, essayer son pas, et le payer à beaux
deniers comptants, autoriser des spéculateurs, des nour-
risseurs, des marchands, des courtiers, à brocanter d'â-
mes et de corps humains, — c'est traduire aux yeux du
monde civilisé, sous sa forme la plus saisissante, ce qui
n'est au fond que la même chose, la confiscation d'une

classe au profit de l'autre, sans grand souci du bien-être de la classe confisquée.

— Je n'avais jamais envisagé la question de ce point de vue.

— Eh bien, j'ai voyagé quelque peu en Angleterre, j'ai parcouru bon nombre de documents sur l'état de ses classes inférieures, et je ne crois pas qu'on puisse contester l'assertion d'Alfred, que ses esclaves sont mieux traités qu'une grande portion de la population anglaise. Il ne faut pas conclure de ce que je vous ai dit qu'Alfred soit ce qu'on appelle un dur maître; c'est un despote impitoyable pour toute insubordination. Il tirerait sur un nègre qui lui tiendrait tête, avec aussi peu de remords que sur un daim; mais, en général, il met une sorte d'orgueil à ce que ses esclaves soient bien nourris et bien logés.

« Lorsque nous étions associés, j'insistai pour qu'il leur fît donner de l'instruction. Dans son désir de me complaire il eut un chapelain, et les fit catéchiser le dimanche; mais je suis convaincu, qu'à part lui, il pensait qu'autant eût valu donner un aumônier à ses chiens et à ses chevaux. De fait, que peuvent quelques heures d'enseignement, un jour sur sept, pour la réforme d'une créature stupéfiée, abrutie, livrée à toutes sortes de mauvaises influences depuis sa naissance, et courbée toute la semaine sous le poids d'un écrasant travail? Les instituteurs des écoles du dimanche dans les districts manufacturiers de l'Angleterre, et sur nos plantations, pourraient peut-être témoigner des mêmes résultats, *ici* et *là*. Cependant il y a chez nous quelques exceptions frappantes, qui tiennent au sentiment religieux, plus développé chez le nègre que chez le blanc.

— Enfin, dit miss Ophélia, comment en êtes-vous venu à renoncer à votre vie de planteur?

— Nous cheminions ensemble tant bien que mal, poursuivit Saint-Clair; mais Alfred s'aperçut que je ne pouvais me faire à cette vie. Après avoir réformé, changé, amélioré selon mes idées, il trouvait absurde que je ne fusse jamais content. — Après tout, c'était la chose même que je haïssais : le servage de ces hommes, de ces femmes! l'ignorance, la brutalité, le vice à perpétuité, battant monnaie pour moi!

« De plus, j'intervenais toujours dans les détails. Moi, le plus paresseux des mortels, je compatissais trop aux paresseux; et quand les pauvres diables, en cherche d'expédients, mettaient des pierres au fond des paniers de coton pour les faire peser davantage, ou remplissaient leurs sacs de terre, masquée d'une légère couche de duvet, je me disais que j'en aurais fait tout autant à leur place; et je ne pouvais pas, je ne voulais pas permettre qu'on les fouettât. C'était naturellement la ruine de toute discipline : et Alfred et moi nous en vînmes précisément au même point où j'en étais venu avec mon digne père, plusieurs années auparavant. Il me dit que j'étais senti-mental, efféminé, que je n'entendrais jamais rien à la vie active; il me conseilla de placer mes fonds dans la ban-que, de me retirer dans la maison patrimoniale, à la Nou-velle-Orléans, de faire de la poésie, et de lui laisser gérer la plantation. C'est ainsi que nous nous séparâ-mes, et que je vins ici.

— Pourquoi n'avoir pas alors affranchi vos esclaves?

— Je n'étais pas à cette hauteur. En faire des outils à gagner de l'argent me répugnait; — mais les avoir pour aider à le dépenser n'avait pas un si vilain aspect. Quel-ques-uns étaient de vieux serviteurs de la maison, aux-quels j'étais attaché, et les plus jeunes étaient les enfants des vieux. Tous étaient satisfaits de leur sort. » Il fit une pause, et se promena de long en large d'un air pensif.

« Il y a eu un temps de ma vie, reprit-il, où j'avais des projets, et l'espérance de faire autre chose en ce monde, que d'y flotter à la dérive. J'aspirais vaguement à être une sorte d'émancipateur, — à purger ma terre natale de cette tache, de cette souillure! Tous les jeunes gens ont eu de ces accès de fièvre, à ce que je suppose. — Mais alors...

— Pourquoi ne pas essayer? dit miss Ophélia. Vous deviez mettre la main à la charrue et ne pas regarder en arrière.

— Oh! les choses ne tournèrent pas selon mon attente, et, comme Salomon, je pris la vie en dégoût. J'imagine que c'était une conséquence nécessaire de notre sagesse à tous deux. Quoi qu'il en soit, au lieu d'être acteur et régénérateur dans l'ordre social, je devins un bâton flottant, et j'ai toujours depuis surnagé et tournoyé au gré des courants. Alfred me gronde, chaque fois que nous nous revoyons, et il a bon marché de moi; car lui, il accomplit quelque chose. Sa vie est le résultat logique de ses opinions, tandis que la mienne n'est qu'un méprisable avortement.

— Mon cher cousin, pouvez-vous être satisfait de passer de la sorte ce temps d'épreuve?

— Satisfait! ne viens-je pas de vous dire que je m'en méprisais? Mais, où en étions-nous?... Ah! à la grande affaire de l'affranchissement. Je ne crois pas que mes sentiments sur l'esclavage me soient particuliers. Beaucoup d'hommes, au fond de leur cœur, pensent comme moi. La terre gémit sous le poids de cette iniquité: fatale à l'esclave, elle est, pour le moins, aussi funeste au maître. Il n'est pas besoin de lunettes pour voir qu'une classe nombreuse d'êtres vicieux, imprévoyants, avilis, est un double fléau, pour elle et pour nous. Le capitaliste, l'aristocrate anglais ne sentent pas de même, parce qu'ils ne se mêlent pas à la classe qu'ils dégradent. Nous, au contraire, nous l'avons dans nos maisons; ce sont les compagnons de nos enfants, et ils exercent plus d'influence que nous sur leurs jeunes esprits, car c'est une race à laquelle l'enfance s'attache et s'assimile. Si Éva ne tenait pas de la nature des anges, elle serait déjà perdue. Nous pourrions tout aussi bien laisser circuler la petite vérole dans nos familles, et nous flatter que nos enfants ne l'attrapperont pas, que de les croire à l'abri des dangers du contact impur de créatures ignorantes et vicieuses. Cependant, nos lois interdisent formellement un système d'éducation générale, et elles font sagement : car du jour où une génération sera élevée, il y aura explosion jusqu'aux nues. Si nous ne leur donnions pas la liberté, ils la prendraient.

— Et comment pensez-vous que cela doive finir?

— Je ne sais. Une chose certaine, c'est que dans le monde entier les masses s'entendent et s'appellent, et que tôt ou tard viendra un *Dies iræ*. Le même travail s'opère en Europe, en Angleterre et dans ce pays-ci. Ma mère avait coutume de me parler de l'accomplissement prochain des temps, alors que régnerait le Christ, alors que tous les hommes seraient libres et heureux. Elle m'enseigna quand j'étais enfant à dire : « Que votre règne arrive. » Je me prends quelquefois à penser que tous ces soupirs, tous ces gémissements, tout ce fracas frémissant d'ossements desséchés, sont les avant-coureurs de ce qu'elle croyait proche. Mais qui pourra soutenir SA présence? qui pourra résister au jour de SA venue?

— Augustin, il me semble parfois que vous n'êtes pas loin du royaume céleste, dit miss Ophélia. Elle interrompit son travail et le regarda avec anxiété.

— Merci de votre bonne opinion! — J'ai mes hauts et mes bas, — à la porte du ciel en théorie et rampant dans la poussière en pratique. Mais j'entends la cloche du déjeuner. — Allons, venez! — Vous ne direz pas maintenant que je n'ai pu avoir, de ma vie, une conversation vraiment sérieuse. »

A table, Marie fit allusion à l'incident de Prue. « Je suppose, cousine, dit-elle, que vous nous prenez tous pour des barbares.

— L'acte me paraît d'une révoltante barbarie, répliqua miss Ophélia, mais je n'en conclus pas que vous soyez tous des barbares.

— Quant à moi, reprit Marie, je sais qu'il est impossible de venir à bout de quelques-unes de ces créatures. Elles sont si mauvaises qu'elles ne méritent pas de vivre. Je n'ai pas l'ombre de sympathie pour des malheurs de ce genre. Cela ne leur arriverait pas, si elles voulaient so bien conduire.

— Mais, maman, dit Éva, la pauvre femme était trop malheureuse : c'est ce qui la poussait à boire.

— Sottises ! Bah ! comme si c'était là une excuse ! Est-ce que je ne suis pas malheureuse, moi, bien souvent ! Certes, dit-elle d'un air pensif, j'ai eu de plus rudes épreuves qu'elle n'en a jamais eues ! C'est de la méchanceté toute pure. Il y a de ces gens-là qu'on ne peut rompre par aucune espèce de sévérité. Je me rappelle que mon père avait un nègre si paresseux, qu'il s'enfuyait, rien que pour échapper au travail : il couchait dans les marais, volait, et faisait toutes sortes de choses horribles. Il fut rattrapé et fouetté, je ne sais combien de fois, et ne s'en amenda pas davantage. Après la dernière correction, quoi qu'il pût à peine marcher, il se traîna jusqu'au marais et y mourut. Il n'y avait pour cela aucun motif, car les nègres de mon père étaient toujours humainement traités.

— Une fois, dit Saint-Clair, j'ai rompu un homme sur lequel tous les surveillants et contre-maîtres s'étaient essayés en vain.

— Vous ! se récria Marie, je serais charmée de savoir quand vous avez jamais fait pareil exploit.

— Je vais vous le dire. C'était un géant d'une force prodigieuse, Africain de naissance, et qui avait au suprême degré l'instinct sauvage de la liberté. Un véritable lion d'Afrique ! On le nommait Scipion. Personne n'en pouvait rien faire. Il fut vendu et revendu, passa de surveillant en surveillant, jusqu'à ce qu'enfin Alfred l'acheta, persuadé qu'il pourrait le dompter. Un beau jour, le noir terrassa le contre-maître, et décampa dans les marais. J'étais en visite sur la plantation, car nous avions déjà cessé d'être associés mon frère et moi. Alfred était exaspéré : je lui dis qu'il y avait de sa faute, et j'offris de parier que je materais ce terrible rebelle; bref, il fut convenu que si je l'attrappais, on me le livrerait pour expérimenter dessus. Une bande de six ou sept hommes se mit en campagne avec chiens et fusils. Les gens, comme vous savez, peuvent apporter juste autant d'ardeur à chasser un homme qu'un daim : c'est affaire de coutume; j'étais moi-même passablement excité, quoique je ne m'en mêlasse que comme médiateur, au cas où il serait pris.

« Eh bien! les chiens aboyèrent, hurlèrent. Nous galopions à leur suite, et nous finîmes par faire lever le gibier. Il bondit, courut comme un cerf, et nous distança pendant quelque temps; mais, à la fin, il se fourvoya dans un épais fourré de roseaux, et là, réduit aux abois, je vous assure qu'il tint vaillamment tête aux chiens. Il les lançait à droite, à gauche, et en avait assommé trois avec ses poings, quand un coup de fusil le jeta bas : il tomba presque à mes pieds, blessé et saignant. Le pauvre diable me regardait avec des yeux pleins de courage et de désespoir. Je fis reculer les chiens et les hommes qui accouraient à la curée; je le réclamai comme mon prisonnier. C'est tout ce que je pus faire que de les empêcher de l'achever dans le feu du triomphe : mais je tenais à mon marché, et Alfred me le vendit. Eh bien, je me mis à l'œuvre, et au bout d'une quinzaine, il fut apprivoisé : il devint aussi soumis, aussi souple, qu'on pouvait le désirer.

— Que lui aviez-vous donc fait? demanda Marie.

— Mon procédé était des plus simples. Je l'installai dans ma propre chambre, je lui fis faire un bon lit; je pansai ses blessures et le soignai moi-même, jusqu'à ce qu'il fût de nouveau sur pied. Puis, en temps voulu, je fis dresser son acte d'affranchissement, et lui déclarai qu'il pouvait aller où bon lui semblerait.

— S'en alla-t-il ? dit miss Ophélia.

— Non. Le pauvre niais déchira le papier en deux, et refusa absolument de me quitter. Je n'ai jamais eu un plus brave et meilleur garçon — fidèle et franc comme l'acier. Il embrassa plus tard le christianisme, et devint doux comme un enfant. Je lui avais confié la surveillance de mon habitation sur le lac; il s'en acquittait admirablement. Je le perdis à la première invasion du choléra. De fait, il donna sa vie pour moi. J'étais à la mort, et lorsque, cédant à une terreur panique, tout le monde fuyait, Scipion resta, et s'escrima sur moi comme un géant, si bien qu'il me ramena de fort loin. Mais, pauvre garçon! il fut pris à son tour, et il n'y eut pas moyen de le sauver. Jamais perte ne m'a été plus amère. »

Pendant ce récit, Éva s'était peu à peu rapprochée de son père; les lèvres entr'ouvertes, les prunelles dilatées, elle l'écoutait avec un intérêt passionné.

Quand il eut fini, elle jeta ses deux bras autour de son cou, fondit en larmes et sanglota convulsivement.

« Éva, chère fille! qu'as-tu? qu'y a-t-il? dit Saint-Clair, comme le petit corps de l'enfant tremblait de la violence de ses émotions. Il ne faut pas, ajouta-t-il, qu'elle écoute ces sortes d'histoires. Elle est trop nerveuse.

— Non, papa, je ne suis pas nerveuse, dit Éva, se dominant tout à coup, avec une force de résolution peu commune à cet âge. Je ne suis pas nerveuse, mais ces choses-là m'*entrent dans le cœur.*

— Que veux-tu dire, Éva?

— Je ne sais pas l'expliquer, papa. Je pense beaucoup, beaucoup de choses! Je vous les dirai peut-être un jour.

— Eh bien, pense tant que tu voudras, ma chérie; —

mais surtout ne pleure pas, et ne tourmente pas papa, dit Saint-Clair. Regarde! quelle belle pêche j'ai cueillie pour toi! »

Éva la prit et sourit, quoique les coins de sa bouche fussent encore agités d'un tressaillement nerveux.

« Allons voir les poissons dorés, » ajouta-t-il en lui donnant la main; et ils se dirigèrent vers la véranda.

Peu de moments après, on entendait de joyeux rires derrière les courtines de soie; Éva et Saint-Clair, courant l'un après l'autre dans les allées du jardin, se lapidaient avec des roses.

Entraînée par les aventures de gens du monde, peut-être avons-nous trop négligé notre humble ami Tom. Mais si le lecteur veut bien nous suivre dans une petite soupente, au-dessus de l'écurie, nous le remettrons au courant. C'est une chambrette propre, contenant un lit, une chaise et une grossière petite table, sur laquelle est posée la Bible de Tom , auprès de son livre d'hymnes; il est assis devant, et, penché sur son ardoise, il s'applique, de toutes ses forces, à une chose qui semble lui causer une grande anxiété.

Le fait est que les aspirations de Tom vers sa case étaient devenues si fortes, qu'il avait demandé à Éva une feuille de papier. Rassemblant tout le petit fonds de savoir littéraire qu'il devait aux instructions de Georgie, il avait conçu l'idée audacieuse d'écrire tout seul à tante Chloé, et il s'essayait à faire un brouillon sur son ardoise. Il y était fort empêché, car il avait complétement oublié la forme de certaines lettres, et il ne savait trop comment se servir de celles qu'il se rappelait. Tandis qu'il travaillait et que, dans son labeur, il respirait haut et péniblement, Éva se percha comme un oiseau sur le dossier de sa chaise , et regarda par dessus son épaule.

« Oh ! oncle Tom, quelles drôles de petites choses vous faites-là !

— Je tâche d'écrire à ma pauvre chère femme, miss Éva, et aux petits, dit Tom, passant le revers de sa main sur ses yeux : mais j'ai peur de pas en venir à bout.

— Si je vous aidais, Tom ? J'ai appris à écrire un peu. L'année dernière je savais faire toutes les lettres, mais j'ai peur aussi d'avoir oublié. »

Éva mit sa petite tête dorée à côté de celle de Tom, et tous deux entamèrent une grave discussion, chacun également plein de zèle et d'ignorance. Après s'être consultés et avoir pesé chaque mot, la composition commença, grâce à leur ardente bonne volonté, à ressembler presque à de l'écriture.

« Oui, oncle Tom, c'est tout à fait joli à regarder ! dit Éva ; elle contempla le griffonnage d'un air ravi. Comme votre femme va être contente et vos pauvres petits enfants ! C'est pitié qu'on vous les ait fait quitter. Je demanderai à papa de vous laisser retourner là-bas.

— Maîtresse a dit qu'elle enverrait l'argent pour me racheter dès qu'elle pourrait, dit Tom, et j'espère que ça ne tardera pas. Il y a aussi le jeune maître, massa Georgie, qui a promis de venir me chercher ; et il m'a donné pour gage le dollar que voilà ! » Tom tira la précieuse petite pièce de dessous ses habits.

« Oh ! alors il viendra, bien sûr ! dit Éva. Que je suis donc contente !

— Je voulais leur envoyer une lettre, voyez-vous, miss Éva, pour leur faire savoir où je suis, et dire à pauvre Chloé que je me trouve bien ; elle avait pris la chose si fort à cœur, pauvre âme ! »

« Tom ! » C'était la voix de Saint-Clair qui appelait ; au moment même il parut à la porte.

Tom et Éva tressaillirent.

« Qu'est ceci ? dit Saint-Clair en s'approchant et regardant l'ardoise.

— C'est la lettre de Tom. Je lui aide à l'écrire, dit Éva. N'est-ce pas qu'elle est bien?

— Je ne voudrais pas vous décourager tous deux, reprit Saint-Clair; mais je crois, Tom, qu'il vaudra mieux que j'écrive la lettre pour toi; et c'est ce que je ferai à mon retour de la promenade.

— Il est très-important qu'il écrive, s'écria Éva, parce que, vous saurez, papa, que sa maîtresse va envoyer de l'argent pour le racheter. Il m'a dit qu'on le lui avait promis. »

Saint-Clair pensa, à part lui, que c'était une de ces promesses en l'air que des maîtres affectueux font à leurs esclaves, pour leur alléger l'horreur d'être vendus, sans nulle intention de remplir l'attente qu'ils ont éveillée; mais il n'en dit rien, et commanda seulement à Tom de lui amener les chevaux pour sortir.

Ce soir-là même la lettre fut régulièrement écrite par lui, et jetée à la poste.

Cependant, miss Ophélia persévérait toujours dans ses labeurs de ménagère, et toute la maison, depuis Dinah jusqu'au dernier marmiton, s'accordait à dire que c'était décidément une personne *curieuse*, terme par lequel un domestique du Sud témoigne de son antipathie pour ses supérieurs.

La haute compagnie de l'office, Adolphe, Jane et Rosa, déclarèrent que ce ne pouvait être une *dame*, vu que les dames ne travaillaient pas ainsi sans relâche; de plus, miss Ophélia n'avait pas de belles façons : ils s'étonnaient vraiment qu'elle pût être parente des Saint-Clair. Marie, elle-même, assurait qu'elle était harassée de voir la cousine Ophélia toujours à l'ouvrage. Il est vrai que son activité était assez incessante pour justifier ces plaintes. Du matin au soir, elle ourlait, piquait, cousait avec l'énergie de quelqu'un qui se sent aiguillonné par la nécessité; quand le jour baissait et que la couture avait disparu, l'inévitable tricot la remplaçait, et elle y allait du même train. La voir était un vrai labour!

CHAPITRE XXI

Topsy.

Un beau matin, miss Ophélia se livrait à ses occupations domestiques, lorsque la voix de Saint-Clair, qui l'appelait, se fit entendre au pied des escaliers.

« Descendez donc, cousine, j'ai quelque chose à vous montrer.

— Qu'y a-t-il? demanda miss Ophélia, descendant, son ouvrage en main.

— J'ai fait une acquisition qui vous concerne, voyez ici! » Et Saint-Clair poussa devant elle une petite négrillonne qui pouvait avoir huit à neuf ans.

Elle était des plus noires de sa race; ses yeux ronds, brillants, inquiets, promenaient incessamment sur tout ce que contenait la chambre leurs étincelantes prunelles de jais. Sa bouche, entr'ouverte d'étonnement en présence des merveilles que renfermait le salon du nouveau maître, laissait apercevoir deux rangées de dents d'un éclatant émail. Ses cheveux laineux, divisés par tresses serrées en une multitude de petites queues droites, les plus drôles du monde, se hérissaient en tous sens. Il y avait dans sa physionomie un singulier mélange de sagacité et d'astuce, à demi voilé sous une solennelle expression de gravité dolente. Elle était à demi couverte d'un affreux et dégoûtant sarreau de toile à sac en guenilles, et se tenait droite, les mains modestement croisées devant elle. Tout l'ensemble répondait à l'idée qu'on se fait d'un lutin, d'un malin esprit. Comme l'avoua plus tard miss Ophélia, « cette petite mine sauvage et païenne lui avait tout d'abord fait peur; » aussi, se tournant vers Saint-Clair :

« Au nom du ciel, dans quel but nous amenez-vous *cette chose ?*

— Pour vous l'offrir, cousine ; vous ferez son éducation ; vous la conduirez dans le droit chemin. Il m'a semblé que c'était un fort drôle de petit échantillon du genre burlesque. — Holà ! Topsy ! — et Saint-Clair la siffla comme on siffle un chien, — régale-nous d'une petite chanson et de quelques cabrioles. »

Les yeux de jais étincelèrent d'une gaieté diabolique, et la petite chose lança dans l'air, d'une voix perçante, la plus étrange mélodie nègre qu'accompagnèrent les trépidations grotesques de son corps et de tous ses membres : elle tournait, virait, battait des mains, cognait ses genoux l'un contre l'autre à l'improviste, et tirait de son gosier ces bizarres sons gutturaux qui distinguent la musique primitive de sa race. Enfin, après deux prodigieuses culbutes, poussant, en façon de point d'orgue final, une note aiguë et prolongée, plus semblable au sifflet sauvage d'une machine à vapeur qu'à aucun autre son connu, elle retomba debout sur le tapis, les mains pieusement jointes, avec ce même air béat et solennel que démentaient les éclairs rusés, furtifs, obliques, échappés du coin de ses yeux.

Miss Ophélia, pétrifiée, gardait le silence.

Saint-Clair, en vrai vaurien, jouissait avec un malin plaisir de sa stupéfaction, et s'adressant à l'enfant :

« Topsy, lui dit-il, regarde ! c'est là ta nouvelle maîtresse ; je lui fais cadeau de toi. A présent, vois à te bien comporter.

— Oui, maître ! dit la petite sainte nitouche, toujours grave et solennelle, mais avec un nouveau scintillement de l'œil.

— Tu vas être sage, très-sage ; tu comprends, Topsy ?

— Oh ! oui, maître, répliqua Topsy, les mains toujours dévotement jointes, les yeux toujours miroitants.

— Or ça, Augustin, qu'est-ce que cela signifie ? dit

27

miss Ophélia. La maison regorge déjà de ces petites pestes : on ne saurait marcher sans mettre le pied dessus. Ce matin, je me lève, un négrillon roule endormi de derrière ma porte; une tête noire se dresse de dessous la table; je heurte un troisième moricaud couché sur le paillasson. De tous côtés, sur les balcons, sur les balustrades, on voit grimacer quelque face de suie; partout moricauds, moricaudes, négrillons, négrillonnes, dorment, rient, pleurent, cabriolent, se roulent à terre, et fourmillent sur le plancher de la cuisine. Au nom du ciel, pourquoi nous embarrasser d'une de plus?

— Pour vous la donner à élever; — ne vous l'ai-je pas dit? — Vous la formerez. — Votre grand thème n'est-il pas l'éducation? — Eh bien, cousine, je vous donne un sujet tout neuf, tout frais, pour vous exercer la main.

— A moi? je n'en ai que faire; j'ai de quoi m'exercer dans la maison, je vous assure.

— Vous voilà bien, vous autres parfaits chrétiens! vous créez des sociétés de bienfaisance, vous envoyez quelque infortuné missionnaire user ses tristes jours au milieu de païens de cette espèce; mais s'agit-il de recevoir chez soi, près de soi, l'un de ces infidèles, de se charger personnellement de sa conversion : nenni vraiment! Arrivé là on trouve le néophyte désagréable et sale, l'œuvre trop ennuyeuse, et ainsi du reste.

— Vous savez assez, Augustin, que ce n'est pas là mon point de vue.— Miss Ophélia, cela était clair, se radoucissait. — Il se peut qu'il y ait là une tâche vraiment chrétienne.» Elle jeta sur l'enfant un regard moins défavorable. Saint-Clair avait touché la corde sensible, car la conscience de miss Ophélia était toujours sur l'éveil. « Pourtant, ajouta-t-elle, je ne puis voir la nécessité d'acheter cette enfant, quand il y a certes dans votre maison de quoi employer tout mon temps, toute ma science et au delà.

— Eh bien donc, cousine, et Saint-Clair la prit à

part, je vous demande tout d'abord pardon des fariboles que je viens de vous débiter; vous êtes si parfaitement bonne qu'elles ne sauraient avoir de portée avec vous. Le fait est que l'objet en question appartenait aux propriétaires, mari et femme, d'une gargotte devant laquelle je passe tous les jours. J'étais las d'entendre l'enfant crier, et ses maîtres, un couple d'ivrognes, l'assommer de coups et d'injures. Elle a un certain air si comique, si vivace, qu'il m'a semblé qu'on pourrait en tirer parti; je l'ai donc achetée, et je vous en fais cadeau. Essayez-vous-y, et donnez-lui une de vos bonnes éducations orthodoxes de la Nouvelle-Angleterre : nous verrons ce qui en résultera. Vous savez que je n'ai pas le don du professorat; mais j'aimerais fort à vous voir à l'œuvre.

— Soit! je ferai ce que je pourrai, dit miss Ophélia, et elle s'avança vers sa nouvelle propriété, comme on pourrait s'approcher d'une grosse araignée noire, en supposant qu'on n'eût pour l'insecte que de bénévoles intentions.

— Elle est à moitié nue et d'une affreuse malpropreté!

— Eh bien! faites-la descendre, et que quelqu'un là-bas la récure et l'habille. »

Miss Ophélia emmena sa prise dans les régions de la cuisine.

« Je vois pas que maît' Saint-Clair ait besoin d'aut' négrillons ici! » Ce fut la remarque de Dinah, qui considérait la nouvelle emplette d'un air peu amical : « Je veux toujours pas l'avoir à rouler sous mes pieds!

— Pouah! dirent Jane et Rosa avec un suprême dégoût; elle fera bien de se tenir à distance. Je vous demande un peu si maître n'a pas déjà plus qu'assez de cette engeance de nègres!

— Passez votre chemin! Engeance vous-même, miss Rosa! reprit Dinah, qui sentit l'allusion : vous croyez être blanche peut-être, vous n'êtes ni blanche ni noire.

et j'aime mieux pour moi être, tout franc, l'un ou l'aut'. »

Personne, miss Ophélia le vit de reste, n'était disposé à laver et à habiller la nouvelle venue; la bonne miss se chargea donc elle-même de la corvée, aidée de Jane, qui prêta son concours d'assez mauvaise grâce.

De délicates oreilles ne sauraient entendre les particularités de cette première toilette. Hélas! en ce bas monde, nombre de créatures vivent et meurent dans un état dont les nerfs de leur prochain n'endureraient pas même la description. Miss Ophélia, pleine d'une force pratique, s'acquitta scrupuleusement des plus repoussantes opérations; mais son air, il le faut avouer, n'avait rien de flatteur, et la tâche atteignait les dernières limites de son courage. Cependant, lorsqu'elle vit les épaules et le dos de la petite négresse sillonnés de cicatrices profondes, de bourrelets de chair, de callosités, marques ineffaçables du régime sous lequel la malheureuse avait grandi, son cœur s'émut de pitié.

« Voyez! dit Jane montrant les marques rouges ou livides, voilà qui prouve quel démon ça fait! elle nous en donnera du fil à retordre, j'en réponds! Je hais ces négrillonnes; elles sont si dégoûtantes! Comment maître a-t-il pu se résoudre à acheter ça! »

La négrillonne écoutait ces obligeants commentaires de l'air humble, soumis, dolent, rivé sur son visage, et son regard furtif épiait de côté les ornements qui pendaient aux oreilles de Jane. Quand elle fut enfin revêtue d'un costume décent et complet, quand sa tête fut rasée, miss Ophélia déclara, avec une nuance de satisfaction, que « la petite avait l'air plus chrétien; » et, préoccupée déjà de ses plans d'éducation, elle s'assit, et commença l'interrogatoire.

« Quel âge avez-vous, Topsy?

— Sais pas, maîtresse, dit l'image avec une grimace qui laissa voir toutes ses dents.

— Quoi! vous ne savez pas votre âge?... jamais persomme ne vous l'a dit ? — Qui était votre mère, voyons ?

— Jamais eu de mère du tout, dit l'enfant, et elle répéta sa grimace.

— Vous n'avez point eu de mère ! Que voulez-vous dire ? Où êtes-vous née ?

— Jamais née, moi, » persista Topsy avec une autre contorsion diabolique. Pour peu que miss Ophélia eût été nerveuse, elle aurait pu se croire en possession de quelque noir gnome, sorti du pays des lutins. Mais Ophélia était positive, allait droit au but, et elle ajouta, avec quelque sévérité :

« Vous ne devez pas me répondre sur ce ton, enfant ; je ne plaisante pas avec vous. Dites-moi où vous êtes née, et qui étaient vos parents, père et mère ?

— Suis jamais été née, moi, répéta le petit être avec plus d'emphase, jamais eu ni père, ni mère, ni rien du tout. Un *espéculateur* m'a nourrie avec un tas d'autres, et vieille tante Soué prenait soin du tas. »

L'enfant était évidemment sincère.

« Seigneur, miss Phélie, dit Jane avec un ris moqueur, il y en a des masses de ceux-là ! les spéculateurs les achètent tout petits, à bon compte, et les élèvent pour le marché.

— Combien avez-vous passé de temps avec vos derniers maîtres ? reprit miss Ophélia.

— Sais pas, maîtresse.

— Est-ce un an ? plus ? moins ?

— Sais pas, maîtresse.

— Seigneur ! miss, ces engeances-là ne peuvent pas répondre ! ça ne connaît rien au monde, ni jour ni an, reprit Jane. Ils ne savent seulement pas leur âge, à eux-mêmes !

— N'avez-vous jamais entendu parler de *Dieu*, Topsy ? »

L'enfant prit l'air effaré, et répéta sa grimace usuelle.

« Savez-vous qui vous a faite ?

— Personne, bien sûr, » dit l'enfant avec un court éclat de rire.

L'idée parut la divertir beaucoup, car ses yeux ronds brillèrent tandis qu'elle ajoutait :

« Moi ai poussé, v'là tout! je crois pas que personne m'a jamais faite.

— Savez-vous coudre ? demanda miss Ophélia, convaincue qu'il fallait descendre à des questions terre à terre et plus positives.

— Non, maîtresse ?

— Que savez-vous faire ? — que faisiez-vous chez vos anciens maîtres ?

— Je portais l'eau, je lavais les assiettes, je nettoyais les couteaux, et je servais le monde.

— Étaient-ils bons pour vous ?

— P't-être bien qu'oui ! » et l'enfant examina sa maîtresse du coin de son œil rusé.

Enfin, lorsque en ayant assez de l'encourageant dialogue, miss Ophélia se leva, elle vit Saint-Clair appuyé sur le dos de sa chaise.

« Vous trouvez ici un sol vierge, cousine, semez-y vos propres idées. Vous n'aurez pas la peine d'en extirper beaucoup d'autres. »

Les principes de miss Ophélia étaient, en éducation comme en beaucoup de choses, fixes et bien définis. C'étaient ceux qui avaient cours, il y a environ un siècle, à la Nouvelle-Angleterre, et dont on retrouverait des traces, dans plusieurs coins reculés, loin du voisinage des chemins de fer. Ils se résument en peu de mots : apprendre aux enfants à faire attention à ce qu'on leur dit, leur enseigner leur catéchisme, leur montrer à coudre, à lire, et les fouetter s'ils mentent. Bien que les flots de lumières qui illuminent, de nos jours, le grand sujet de l'éducation jettent dans l'ombre ces vieux errements, on ne saurait nier que nos grands-pères et nos grand'-mères n'aient élevé, sous ce régime, des citoyens et citoyennes passa-

blement recommandables, comme plusieurs d'entre nous
en peuvent témoigner. Quoi qu'il en soit, miss Ophélia
n'en savait pas davantage; elle se mit donc de tout cœur
à sa petite païenne, résolue de déployer en sa faveur tout
ce que pourraient le zèle et la vigilance.

L'enfant avait été présentée dans la maison comme la
propriété de miss Ophélia; celle-ci la savait mal vue à la
cuisine, et choisit en conséquence, pour centre de ses
opérations, sa propre chambre; sacrifice qui sera peut-
être apprécié par quelques-unes de nos lectrices. Au lieu,
comme par le passé, de faire elle-même son lit, de balayer, en dépit des offres empressées de toutes les
femmes de chambre du logis, d'épousseter à son plaisir,
elle se condamna à enseigner à Topsy ces divers exercices. O malheureux jour! celles qui ont entrepris pareille tâche peuvent seules en comprendre les misères.

Miss Ophélia, dès le premier matin, s'établit dans
sa chambre, y confina Topsy, et commença avec solennité son cours d'enseignement.

Voilà donc Topsy lavée, récurée, tondue de toutes les
petites queues, orgueil de son cœur, et revêtue d'une
robe propre, d'un tablier bien empesé, debout révéren-
cieusement devant miss Ophélia, avec une expression
lugubre, tout à fait convenable pour un enterrement.

« A présent, Topsy, je vais vous montrer comment on
fait un lit. Je suis vétilleuse pour tout ce qui concerne
mon coucher. Il faut vous y prendre exactement comme
moi.

— Oui, ma'am', dit Topsy avec un profond soupir, et
la face de plus en plus allongée.

— Voyez, Topsy, voilà le drap; ceci est l'ourlet : là est
l'envers, ici l'endroit; vous le rappellerez-vous bien?

— Oui, ma'am', et Topsy soupira de nouveau.

— Bon; maintenant le drap de dessous doit être
tourné très-uni par-dessus le traversin, — de cette façon;

— et remployé au pied sous le matelas, bien égal, bien lisse comme je fais : — vous voyez?

— Oui, ma'am', dit Topsy avec une grande attention.

— Mais quant au drap de dessus, il doit être rabaissé et remployé dessous, bien ferme et bien droit; ainsi — l'ourlet le plus étroit aux pieds.

— Oui, ma'am',» répliqua Topsy, toujours sur le même diapason.

Nous ajouterons, ce que n'avait pas vu miss Ophélia : tandis que la bonne dame, le dos tourné, était dans le feu de la démonstration, sa jeune disciple avait lestement escamoté et fourré dans ses manches une paire de gants, un ruban; puis elle avait pieusement recroisé ses mains devant elle.

« Maintenant, Topsy, voyons comment vous vous y prenez, » dit miss Ophélia qui défit les draps, et s'assit pour regarder opérer son élève.

Avec la même gravité solennelle et non sans adresse, Topsy exécuta toute la manœuvre, à la complète satisfaction de miss Ophélia. Elle mit les draps, effaça chaque ride, et le sérieux qu'elle apportait à remplir ses fonctions édifia grandement l'institutrice. Par malheur, un petit bout de ruban échappé du bord de la manche, juste au moment où Topsy terminait la besogne, attira l'attention de miss Ophélia. Elle fondit dessus : « Qu'est cela? s'écria-t-elle. Vous, mauvaise petite fille, méchant petit être, vous avez volé ce ruban!»

Le corps du délit fut tiré de la propre manche de Topsy, sans qu'elle parût le moins du monde déconcertée : elle le considéra, d'un air de surprise, avec la plus candide innocence.

«Seigneur! hé, mais! c'est-i-pas la ceinture à miss Phélie? Comment qu'elle s'a fourrée dans ma manche?

— Topsy, vilaine enfant, n'allez pas me faire un mensonge : vous avez volé ce ruban?

— Oh! maîtresse, jamais, pour sûr; moi, l'avoir seulement pas vu, jusqu'à cette bénie minute.

— Topsy, ne savez-vous pas que c'est très-mal de mentir?

— Moi, jamais mentir, jamais, miss Phélie, dit Topsy avec une vertueuse gravité. C'est vérité toute pure que je dis, et rien autre.

— Topsy, je serai obligée de vous fouetter, si vous mentez; songez-y!

— Seigneur, maîtresse, quand je serai été fouettée tout le long du jour, dit Topsy, commençant à pleurnicher, je pourrai rien dire autre. J'avais pas vu ça du tout : ça aura attrapé mon bras! Miss Phélie l'avoir laissé sur le lit, ça s'être pris dans les draps et fourré dans ma manche! »

Miss Ophélia fut tellement indignée de tant d'effronterie qu'elle saisit l'enfant par les épaules, et la secoua.

« Ne me répétez pas cela! ne me le répétez pas! »

L'énergique secousse fit tomber les gants de l'autre manche.

« Là, voyez! me direz-vous encore que vous n'avez pas pris le ruban? »

Pour le coup, Topsy avoua le vol des gants, mais persista à nier l'autre larcin.

« Allons, Topsy, reprit miss Ophélia, si vous confessez tout, vous ne serez pas fouettée cette fois. » Ainsi adjurée, Topsy avoua le double crime, et, du ton le plus lamentable, protesta de son repentir.

« Voyons! dites une bonne fois la vérité. Je sais que vous avez dû prendre autre chose depuis que vous êtes dans la maison, car je ne vous ai que trop laissé courir hier tout le jour. Si vous avez confisqué quoi que ce soit, confessez-le, et, je vous le promets, on ne vous fouettera pas.

— Eh là! maîtresse, moi avoir pris ces belles choses rouges qui sont autour du cou de miss Éva.

« — Volé! vilaine enfant! Et qu'avez-vous pris encore?

— Les affaires qui pendent aux oreilles de miss Rosa... les rouges.

— Apportez tout cela, ici, à l'instant même.

— Eh là! peux pas, maîtresse, — moi l'avoir grillé!

« — Grillé! — quel conte! — Que cela se retrouve sur l'heure, entendez-vous? ou je vous fouette. »

Avec de bruyantes protestations, des larmes, des gémissements, Topsy déclara qu'elle ne pouvait pas. Tout était grillé! brûlé!

« Et pourquoi avoir tout brûlé? demanda miss Ophélia.

— Parce que moi est mauvaise. — C'est com'ça! — moi est très, très-mauvaise, — peux pas m'en empêcher. »

Par hasard, juste à ce moment, Éva entra innocemment dans la chambre, ayant au cou l'identique collier de corail en litige.

« Éva! où avez-vous donc retrouvé votre collier? s'écria miss Ophélia.

— Retrouvé? Eh, je l'ai eu tout le jour.

— Mais le portiez-vous hier?

— Oui, vraiment, tante, et, ce qu'il y a de plus drôle, c'est que je l'ai gardé toute la nuit : j'avais oublié de l'ôter en me couchant. »

Miss Ophélia eut l'air d'autant plus désorienté que Rosa entra, portant sur sa tête, en équilibre, une corbeille de linge fraîchement repassé, et les deux pendeloques de corail se balançaient à ses oreilles.

« Non, je ne sais plus que faire de cette enfant! dit miss Ophélia d'un air désespéré. Pourquoi, — le ciel ait pitié de nous! — pourquoi m'avoir dit que vous aviez volé tout cela, Topsy?

— Maîtresse a dit il fallait que je *confisque*, et j'avais rien autre à confisquer, dit Topsy se frottant les yeux.

— *Confesser*, et non confisquer : mais je ne vous disais point de confesser ce que vous n'aviez pas fait, reprit miss Ophélia. C'est mentir d'une autre façon, mais c'est toujours mentir !

— Seigneur, moi pas savoir, dit Topsy d'un air ingénu.

— Bah ! est-ce qu'il y a un grain de vérité dans cette engeance ! s'écria Rosa, lançant à Topsy un regard d'indignation. Si j'étais tant seulement maître Saint-Clair, je vous la fouetterais jusqu'au sang ! oui, pour sûr, et elle l'aurait bien gagné.

— Non, non, Rosa, dit Èva de cet air d'autorité que l'enfant savait prendre parfois. « No parlez pas ainsi ; je ne puis pas le souffrir.

— Là ! le Seigneur nous assiste ! reprit Rosa ; vous êtes par trop bonne aussi, miss Èva ; vous n'entendez rien à mener les nègres. Il n'y a d'autres moyens que de les rouer de coups ; c'est moi qui vous le dis.

— Rosa ! paix, encore une fois ; pas un mot de plus ! » Les yeux de l'enfant étincelèrent, et ses joues devinrent pourpres.

A l'instant Rosa fut matée ; elle sortit de la chambre en murmurant à demi-voix :

« Miss Èva est du sang des Saint-Clair, ça se voit. C'est qu'elle peut parler juste comme son papa. »

Èva demeura immobile, les yeux attachés sur Topsy.

Là se trouvaient face à face deux êtres qui représentaient les points extrêmes de l'échelle sociale. L'enfant, belle, blanche, aristocratique, avec sa tête dorée, son front intelligent, élevé, ses mouvements nobles et gracieux ; et l'autre petite créature, noire, vivace, souple, rampante, et cependant subtile. Elles étaient là, types vivants de leurs races : l'une, Saxonne, née d'une succession de siècles de culture, de domination, de supériorité physique et morale : l'autre, Africaine, produit d'une longue série d'opprobres, d'oppression, de servitude, de travail et de vice.

Quelques douteuses idées de ce genre roulaient peut-être vaguement dans l'esprit d'Éva. Mais les pensées enfantines ne sont encore que des instincts mal définis. On sentait poindre au fond de cette noble nature nombre de réflexions latentes, d'élans en germes, d'obscures perceptions que l'enfant ne pouvait formuler. Lorsque miss Ophélia s'étendit, au large et au long, sur les crimes de Topsy, l'angélique figure d'Éva se couvrit d'un nuage de tristesse, et elle dit doucement :

« Pauvre Topsy, qu'avais-tu besoin de voler!... Maintenant l'on aura bien soin de toi.—Sais-tu, Topsy, j'aimerais mieux te donner tout ce que j'ai que de te le voir prendre ? »

C'étaient les premiers mots affectueux que l'enfant eût entendus de sa vie. Le ton doux, l'air amical, touchèrent étrangement ce cœur inculte et grossier ; quelque chose d'humide scintilla dans l'œil rond et perçant, mais le ricanement court et glacé reparut presque aussitôt. L'oreille qui ne s'est ouverte qu'à l'injure se refuse à comprendre quelque chose d'aussi divin que la bonté. Topsy trouva les paroles d'Éva bizarres, inexplicables; — elle n'y crut pas.

Mais que faire de la petite négresse? C'était une véritable énigme pour miss Ophélia; ses règles d'éducation devenaient inapplicables. Pour se donner le temps d'y réfléchir, et dans la vague espérance qu'au fond d'un cabinet noir se trouve toujours quelque vertu cachée, elle y mit Topsy en prison, en attendant que ses idées à elle se fussent un peu éclaircies.

« Je ne sais, en vérité, dit-elle à Saint-Clair, comment venir à bout de l'enfant, sans la fouetter.

— Fouettez-la, si le cœur vous en dit ; vous avez plein pouvoir ; agissez à votre guise.

— On a fouetté les enfants de tous temps, reprit miss Ophélia. Je n'ai jamais ouï parler d'éducation sans un peu de fouet, plus ou moins.

— A merveille, répliqua Saint-Clair, faites pour le

mieux. Seulement je me permettrai une légère observation : j'ai vu battre cette enfant avec un fourgon à tison-
ner le feu ; je l'ai vu terrasser avec la pelle, les pincettes,
tout ce qui tombait sous la main ! Elle me paraît tellement familiarisée avec ce procédé d'éducation, que votre
fouet devra être terriblement énergique pour la stimuler
tant soit peu.

— Que faire alors ? que faire ? demanda miss Ophélia.

— Vous soulevez là une grave question, cousine, et
je souhaite que vous arriviez à la résoudre. Que faire, en
effet, d'un être humain gouverné seulement par le bâton,
— si le bâton fait défaut ? — et chez nous cet état de
choses est des plus ordinaires.

— Le fait est que je suis à bout ! Jamais je ne vis
enfant pareil !

— Les enfants, et même les hommes et les femmes de
cette espèce, sont loin d'être rares ici. Comment les gouverner ? dit Saint-Clair.

— C'est plus que je ne puis dire ! soupira miss Ophélia.

— Je n'en sais pas plus que vous. Les cruautés horribles, les atrocités qui, de temps à autre, se font jour
dans les gazettes, — les incidents du genre de celui de
Prue, par exemple, — d'où viennent-ils ? — Ce n'est la
plupart du temps qu'un endurcissement progresssif des
deux parts. — Le propriétaire devient cruel à proportion que l'esclave devient insensible. Le fouet et les
injures sont comme l'opium, il faut doubler la dose
quand la sensibilité s'émousse. Devenu propriétaire d'assez bonne heure, j'ai compris la situation, et j'ai résolu
de ne jamais commencer, parce que je ne savais pas où je
m'arrêterais : — tout au moins ai-je voulu protéger ma
propre moralité. Il en résulte que mes serviteurs se conduisent en enfants gâtés ; ce qui me semble meilleur
pour eux et pour moi que de nous abrutir de compagnie.
Vous en avez dit long, cousine, sur nos responsabilités en
fait d'éducation. J'éprouve vraiment le besoin de voir vos

essais sur une enfant, qui n'est que l'échantillon de milliers d'autres parmi nous.

— C'est votre système qui produit de pareils enfants, dit miss Ophélia.

— Je le sais; mais ils sont là! —ils existent... qu'en faire?

— Allons! je ne vous remercierai toujours pas de l'expérience; mais comme il semble qu'il y ait là un devoir à remplir, je vais persévérer et faire de mon mieux, » dit miss Ophélia. En effet, elle travailla, avec un redoublement de zèle et d'énergie, sur son nouveau sujet. Elle institua des heures régulières d'études, et entreprit de lui enseigner à lire et à coudre.

La petite fille se montra alerte dans le premier art. Elle apprit ses lettres comme par magie, et fut bientôt en état de lire des phrases simples; mais la couture alla moins bien. Aussi souple qu'un chat, aussi leste qu'un singe, toute assiduité lui devenait insupportable. En conséquence, elle cassait ses aiguilles, les jetait par la fenêtre à la dérobée, ou les faisait filer par quelques fentes; elle emmêlait et salissait son fil, ou d'un geste adroit et léger lançait au loin les bobines. Ses mouvements étaient aussi prestes que ceux d'un jongleur de profession, et elle maîtrisait l'expression de ses traits avec non moins de puissance. Bien que miss Ophélia ne pût croire qu'une telle multiplicité d'accidents entrât dans l'ordre naturel des choses, il lui aurait fallu une vigilance de tous les moments pour prendre son élève en flagrant délit.

Topsy fut bientôt célèbre dans tout l'hôtel. Ses facultés pour toute espèce de bouffonneries, de grimaces, d'imitations burlesques, — ses talents pour danser, cabrioler, grimper, chanter, siffler, reproduire les sons qui frappaient son oreille, semblaient inépuisables. Aux heures de récréations, elle entraînait après elle tous les enfants, qui la suivaient émerveillés et bouche béante,— sans excepter Éva, fascinée par les diableries de Topsy,

comme une tourterelle charmée aux regards d'un serpent. Miss Ophélia, inquiète de la voir rechercher autant la société de son élève, en appela à Saint-Clair.

« Baste! laissez l'enfant tranquille, dit-il, Topsy lui
fera du bien.

— Mais une petite fille si dépravée! — n'avez-vous
pas peur qu'elle ne lui enseigne quelques méchancetés?

— Éva ne les pourrait apprendre. Topsy, à la rigueur,
peut être dangereuse pour d'autres; non pour Éva. Le
mal glisse sur son esprit, comme roule la goutte de rosée
sur une feuille de chou, — sans y entrer.

— Ne soyez pas trop confiant, reprenait miss Ophélia, je vous assure que jamais je ne laisserais mes enfants, si j'en avais, jouer avec Topsy.

— Eux, à la bonne heure; mais pour ma fille, c'est
sans danger. Si Éva avait pu être gâtée, il y a des siècles
qu'elle le serait. »

Topsy, tout d'abord souffre-douleur, objet des dédain.
et du mépris des principaux domestiques, les força vite
à changer de note. On s'aperçut bientôt que le moindre
outrage fait à la petite négresse était constamment expié
par un accident fortuit.— Une paire de boucles d'oreilles
ou autres colifichets favoris disparaissaient soudain; un
précieux chiffon de toilette se trouvait taché ou perdu ; le
coupable bronchait contre un chaudron d'eau bouillante,
ou recevait un déluge d'eau sale sur son habit de gala.
Une enquête avait-elle lieu : il ne se trouvait point de
délinquant. Topsy, plus d'une fois citée à la barre des
domestiques, devant tout un aréopage, soutint l'examen
avec sa gravité habituelle, et fit plein étalage de la plus
édifiante innocence. Personne qui doutât de sa culpabi-
lité; personne qui pût arriver à une preuve, et miss
Ophélia était trop juste pour punir sur des présomptions.

Les malices prenaient aussi singulièrement bien leur
temps, et l'agresseur savait se mettre à l'abri. Les vengeances sur Rosa et sur Jane, les deux femmes de

chambre, avaient lieu juste lorsqu'elles se trouvaient (ce qui n'était pas rare) en pleine disgrâce avec leur maîtresse, et lorsque nulle plainte de leur part n'aurait eu chance d'éveiller la sympathie. Bref, Topsy sut parfaitement faire comprendre à chacun qu'il était plus sain de respecter son repos, et, en conséquence, on la laissa tranquille.

Elle était d'une rare adresse, et apportait aux travaux manuels autant d'énergie que d'activité. Elle apprenait avec beaucoup de promptitude ce qu'on lui enseignait; peu de leçons la mirent si parfaitement au fait de tout ce qui concernait la chambre de miss Ophélia, que la plus minutieuse exigence n'aurait pu la trouver en défaut. Jamais doigts humains n'auraient su étendre, aplanir mieux les draps, ajuster les oreillers plus méthodiquement, balayer, épousseter, ranger avec plus de perfection que ceux de Topsy, lorsqu'elle le voulait bien; — mais elle ne voulait pas toujours. — Si miss Ophélia, après trois ou quatre jours de scrupuleuse surveillance, se figurait pouvoir s'en fier à Topsy, et vaquer à d'autres soins, Topsy tenait, pendant une heure ou deux, dans la chambre, un vrai carnaval. Au lieu de faire le lit, elle le défaisait, enlevait les taies d'oreillers, et roulait dedans sa tête laineuse, jusqu'à ce qu'elle se fût fait une grotesque perruque de plumes. Elle grimpait comme un chat le long des colonnettes qui soutenaient le baldaquin; et, arrivée en haut, se suspendait la tête en bas; elle faisait le moulinet avec les draps, qu'elle traînait par tout l'appartement : elle habillait le traversin de la toilette de nuit de sa maîtresse, pour lui faire ensuite jouer toutes sortes de pantomimes — chantant, sifflant, et se régalant elle-même devant le miroir des plus comiques grimaces. Bref, elle faisait le diable à quatre, ou, selon l'expression de miss Ophélia, « elle évoquait Caïn. »

Une fois, la maîtresse, par une négligence inouïe chez elle, ayant oublié sa clef sur un tiroir, trouva son élève affublée d'un magnifique turban rouge, fait de son plus beau châle de crêpe de Chine, que Topsy avait tortillé autour de sa tête, tandis qu'elle déclamait pompeusement devant la glace.

« Topsy, s'écriait la pauvre miss à bout de patience, comment pouvez-vous agir de la sorte?

— Je sais pas, maîtresse, — c'est p't-être parce que je suis si méchante!

— Je ne sais plus que faire de vous, Topsy!

— Seigneur! maîtresse, — faut me fouetter. Vieille maîtresse me fouettait toujours. — Moi pas savoir travailler sans être battue.

— Mais, Topsy, je n'ai pas la moindre envie de vous frapper; vous pouvez bien faire si vous voulez! Pourquoi ne le voulez-vous pas!

— Eh, là, maîtresse, je suis toujours été fouettée; — p't-être bien que c'est bon pour moi! »

Miss Ophélia essaya de la recette. Topsy faisait invariablement le plus horrible vacarme, criant, gémissant, hurlant, suppliant; puis, perchée un quart d'heure après sur quelque saillie de balcon, entourée d'un cercle admiratif de petits moricauds, elle exprimait hautement son mépris de toute l'affaire.

« Seigneur! miss Phélie, fouetter! — tuerait pas seulement un moustique avec sa fouaillerie! — Fallait voir vieux maître! — I faisait voler la chair tout partout, lui! c'est ça fouetter! Maîtr' savait s'y prend'! »

Topsy tirait grand orgueil de ses sottises et crimes, qu'elle considérait comme une distinction toute particulière.

« Seigneur! vous aut' neg's, disait-elle à quelques-uns de ses auditeurs, vous savez p't-être pas que vous êtes des pécheurs? Eh bien, vous l'êtes; — tout le monde est des pécheurs, les blancs tout de même, — miss Phélie l'a dit. Je crois, les nèg's être les plus gros! Mais, Seigneur! c'est rien à côté de moi. Je suis si méchante, si

méchante, que personne peut rien faire de moi, rien du
tout. Je faisais fièrement enrager vieille maîtresse, allez!
Fallait voir comme elle jurait après moi! — Ah! ah! je
suis pour sûr la plus méchante des méchantes créatures
du monde! »

Là-dessus Topsy faisait la cabriole, montait d'un cran
plus haut sur son perchoir, et se rengorgeait, glorieuse
de tant de distinction.

Tous les dimanches miss Ophélia, avec une fervente
gravité, faisait réciter à Topsy son catéchisme. L'enfant avait la mémoire des mots, et répétait avec une facilité qui encourageait l'institutrice.

« Quel bien voulez-vous que cela lui fasse? demanda
Saint-Clair.

— Mais le catéchisme a toujours été bon aux enfants;
c'est ce qu'ils apprennent, vous le savez bien, répondit
miss Ophélia.

— Qu'ils le comprennent ou non? insista Saint-Clair.

— Oh! ils ne le comprennent jamais tout d'abord;
mais, à mesure qu'ils grandissent, cela leur revient.

— Le mien ne m'est pas encore revenu, et, pourtant,
je le reconnais hautement, cousine, vous me l'aviez appris à fond quand j'étais petit.

— Ah! vous étudiiez à merveille, Augustin; vous étiez
un enfant de grande espérance.

— Les ai-je démenties, cousine?

— Je voudrais, Augustin, que vous fussiez aussi bon,
maintenant, que vous étiez excellent alors.

— Moi aussi, cousine. Ainsi donc, courage, et conti-
nuez de catéchiser Topsy à cœur joie; nous verrons ce
qui en adviendra. »

L'objet du colloque, resté debout, les mains pieusement croisées comme une petite statue de bronze, poursuivit alors d'une voix claire, sur un signe de miss
Ophélia :

« Nos premiers parents, abandonnés à leur propre volonté, tombèrent de l'état où Dieu les avait créés.... »

Les yeux de Topsy scintillèrent de curiosité.

« Qu'y a-t-il, Topsy? dit miss Ophélia.

— Si vous plaît, maîtresse, c'est-il pas l'État du Kin-tuck[1]?

— Comment, Topsy, quel État?

— C't état d'où ils sont été tombés? — Maît' disait com' ça que nous étions venus du Kintuck? »

Saint-Clair partit d'un éclat de rire.

« Si vous ne lui donnez des explications, elle s'en fera, dit-il; je vois poindre là toute une théorie d'émigration.

— De grâce, Augustin, taisez-vous. Comment puis-je arriver à quelque résultat, si vous raillez sans cesse?

— Eh bien, d'honneur, je ne troublerai plus vos exercices. » Et Saint-Clair, prenant les journaux, s'assit au salon jusqu'à ce que Topsy eût fini de réciter. Elle répétait fort bien; seulement de temps à autre elle transposait, de la façon la plus comique, quelques mots importants, et persistait dans l'erreur, quoique fréquemment redressée. En dépit de toutes ses promesses d'être sage et muet, Saint-Clair, qui prenait un malin plaisir à ces méprises, appelait à lui Topsy lorsqu'il voulait se divertir un peu, et, bravant les remontrances de miss Ophélia, lui faisait redire les passages scabreux.

« Comment voulez-vous que je fasse quelque chose de l'enfant, si vous vous y prenez de la sorte, Augustin! s'écriait la cousine.

— Là, c'est très-mal, — je n'y reviendrai plus; mais c'est si amusant d'entendre la drôle de petite image trébucher sur ces grands mots!

— Vous la fortifiez dans ses fautes.

— Qu'importe! pour elle, un mot vaut l'autre.

— Vous désirez que je l'élève bien : vous devriez alors vous rappeler que c'est une créature raisonnable, et user sagement de votre influence sur elle.

[1] Kentucky.

— Oh! tragique! Oui, cousine, je devrais! — mais, comme le dit Topsy d'elle-même, — je suis si méchant! »

L'éducation de la petite négresse se continua sur ces errements pendant une ou deux années. La persécution journalière de miss Ophélia était devenue pour elle une sorte de mal chronique, auquel Topsy se faisait, ainsi que d'autres s'habituent à la migraine ou à la névralgie. Saint-Clair s'amusait de l'enfant comme d'une perruche ou d'un chien d'arrêt, et lorsque les sottises de Topsy l'avaient fait tomber en disgrâce, elle savait fort bien se réfugier derrière la chaise du maître, qui, de façon ou d'autre, faisait sa paix. Elle tirait aussi de lui, de temps en temps, de petites pièces de menue monnaie, bien vite échangées contre des noix et du sucre candi, qu'elle distribuait ensuite avec une insouciante libéralité à tous les négrillons de la maison ; car, pour rendre justice à Topsy, elle était généreuse et d'un bon naturel. Ses rancunes, ses malices, pouvaient, à vrai dire, passer pour de la défense personnelle.

CHAPITRE XXII

Au Kentucky.

Nous allons pour un court intervalle ramener le lecteur à la ferme du Kentucky, et voir ce qui s'y passe.

C'était par une chaude après-midi d'été, vers le soir. Les portes et fenêtres, toutes grandes ouvertes, invitaient la brise à entrer, pour peu qu'il lui en prît envie. Dans le large vestibule qui régnait le long de la maison, attenait au salon, et se terminait par un balcon aux deux bouts, M. Shelby, se balançant dans une berceuse, les talons appuyés sur une chaise, savourait avec délices l'encens de son cigare. Sa femme causait, assise près de la porte. Elle semblait avoir quelque chose sur le cœur, et attendre l'occasion de parler.

« Savez-vous, dit-elle enfin, que Chloé a reçu une lettre de Tom?

— Ah! vraiment! alors Tom a trouvé là-bas quelque ami. Comment va-t-il, le pauvre diable?

— Il a été acheté par une famille que je crois très-distinguée, dit madame Shelby; il est bien traité, et n'a pas beaucoup à faire.

— Ah! tant mieux! j'en suis enchanté! reprit cordialement M. Shelby. Je suppose qu'il est tout à fait réconcilié avec sa résidence du Sud, — et ne s'inquiète plus guère de revenir ici?

— Au contraire, il demande avec beaucoup d'anxiété si l'argent de son rachat sera bientôt prêt.

— Ma foi, je n'en sais rien. Quand les affaires tournent mal, il n'y a pas de raison pour en finir. C'est comme si l'on sautait de tourbière en tourbière, à travers un marécage. Il faut emprunter à l'un pour payer l'autre, puis réemprunter à l'autre pour payer l'un; — et ces damnés billets pleuvent dru comme grêle, avant qu'un homme ait le temps de fumer un cigare ou de se retourner : lettres de créanciers, messages pressants et pressés, — tout vous tombe à la fois sur le dos.

— Il me semble, mon ami, que l'on pourrait y remédier. Supposons que nous vendions tous nos chevaux et une de nos fermes; nous pourrions alors payer comptant.

— Oh! c'est absurde, Émilie! vous êtes la femme la plus accomplie du Kentucky; mais vous n'avez pas le sens commun en affaires. Les femmes ne s'y entendent pas, et ne s'y entendront jamais.

— Ne pourriez-vous, du moins, me donner un aperçu des vôtres? — la liste de ce que vous devez, par exemple, et de ce qu'on vous doit, et je tâcherais de voir si je puis vous aider à économiser.

— Oh! de grâce, ne me persécutez pas, Émilie! — je

ne puis rien vous dire de positif. Je sais à peu près où en sont les choses ; mais les affaires ne se tranchent pas, ne s'ajustent pas carrément comme les croûtes à pâté de Chloé. Vous ne vous doutez pas de ce qui en est, je vous le dis. »

Et M. Shelby renforça ses idées de toute l'étendue de sa voix ; manière d'argumenter commode et concluante, quand un gentilhomme discute d'affaires avec sa femme.

Madame Shelby se tut ; elle étouffa un soupir. Le fait est que, bien qu'elle ne fût qu'une femme, ainsi que le disait son mari, elle avait une intelligence lucide, vigoureuse, pratique, et une force de caractère très-supérieure à celle de son époux : en sorte qu'il n'eût pas été aussi absurde que le supposait M. Shelby de lui ménager une part dans l'administration des biens. Fermement résolue à tenir la promesse faite à Chloé et à l'oncle Tom, elle s'affligeait des nombreux obstacles qui paralysaient son bon vouloir.

« N'imaginez-vous pas quelque moyen d'amasser cet argent ? Pauvre tante Chloé ! elle l'a si fort à cœur !

—J'en suis fâché. J'ai promis trop vite. Je ne sais s'il ne vaudrait pas mieux le dire à Chloé, et l'engager à prendre son parti. Dans un an ou deux Tom aura une autre femme, et elle fera aussi bien de se pourvoir de son côté.

—Jamais je ne pourrais donner un pareil conseil à Chloé, monsieur Shelby. J'ai enseigné à mes gens que leurs mariages étaient aussi sacrés que les nôtres.

—C'est pitié que vous les ayiez surchargés d'une moralité fort au-dessus de leur situation et de leurs espérances. Je l'ai toujours pensé.

—Ce n'est que la morale de la Bible, monsieur Shelby.

—Bien, bien, Émilie. Je ne prétends pas intervenir dans vos idées religieuses : seulement elles me paraissent fort peu à l'usage des gens de cette condition.

—C'est vrai, et voilà pourquoi je hais du fond de l'âme l'esclavage et tout ce qui en résulte. Je vous le répète, mon ami, je ne saurais m'absoudre des promesses que j'ai faites à ces pauvres créatures. Si je ne puis me procurer l'argent d'aucune autre façon, je donnerai des leçons de musique : je sais que j'aurais aisément assez d'écoliers pour gagner à moi seule la somme nécessaire.

—Vous ne vous dégraderiez pas à ce point, Émilie ! Jamais je n'y consentirai.

—Me dégrader ! — ne serait-il pas mille fois plus dégradant de manquer de parole à de pauvres abandonnés ?

—A merveille ! vous êtes toujours héroïque; vous planez dans les nues ! reprit monsieur Shelby; mais, avant de vous lancer dans ce don quichottisme, vous ferez bien d'y réfléchir. »

Ici la conversation fut interrompue par l'apparition de tante Chloé, au bout de la véranda.

« Maîtresse, vouloir venir une minute ?

— Quoi, Chloé? qu'y a-t-il? dit madame Shelby se levant, et allant au balcon.

—Si maîtresse voulait regarder un brin ce lot de *volage* ? » Chloé avait la fantaisie d'appeler la volaille *volage* ; elle y persistait malgré les fréquents avis des jeunes membres de la famille.

« Seigneur bon Dieu ! disait-elle, je vois pas la différence. Volaille ou volage être juste la même chose; avoir des plumes et voler, et être bon à manger; voilà !» Et elle se confirmait ainsi dans son erreur.

Madame Shelby sourit à la vue de poulets et de canards gisant à terre en un tas, que Chloé contemplait d'un air méditatif.

« Peut-êt', maîtresse, aimerait bien en avoir un ou deux en pâté ?

— En vérité, tante Chloé, cela m'est à peu près égal : accommode-les comme tu voudras. »

Chloé continuait à palper les volailles d'un air distrait. Évidemment son esprit était ailleurs. Enfin, avec le rire bref qui, chez les gens de sa race, précède souvent une proposition hasardée, elle dit :

« Seigneur bon Dieu ! pourquoi donc maître et maîtresse se tracasseraient-ils à faire de l'argent, au lieu de se servir de leurs mains?—Et elle se mit à rire de nouveau.

— Je ne te comprends pas, Chloé, dit madame Shelby, devinant à certains indices que chaque parole de la conversation qui venait d'avoir lieu entre elle et son mari avait été entendue.

— Eh! Seigneur, maîtresse, dit Chloé toujours riant, les autres mait's louent leurs nèg's, et en tirent gros : ils s'amusent pas à garder un tas de monde pour gruger la maison, et tout !

— Eh bien Chloé, qui nous proposerais-tu de louer?

— Seigneur! je propose rien du tout, maîtresse! seulement Sam, le noir, dit qu'il y a à Louisville un de ces *confesseurs,* comme on les appelle, qui voudrait trouver une bonne faiseuse de gâteaux et de pâtisserie. Il a dit qu'il lui donnerait quatre dollars par semaine : il l'a dit !

— Eh bien, Chloé?

— Eh bien, maîtresse! il me paraît être grand temps que Sally mette un peu la main à la pâte. Sally a pris bonnes leçons de moi, et elle fait quasi aussi bien;—c'est-à-dire quand elle s'applique. Et si maîtresse voulait me laisser aller, j'aiderais à faire l'argent. Je crains pas de mettre mes gâteaux, ni mes pâtés non plus, à côté de ceux de n'importe quel *confesseur.*

— Confiseur, Chloé.

— Seigneur bon Dieu! maîtresse! y a pas grand'différence : c'est si *curieux* les mots ! ça veut pas toujours se laisser dire par pauv' monde.

— Mais, Chloé, il te faudrait laisser tes enfants.

— Oh! les garçons être bien assez grands pour se tirer

d'affaire, pas manchots du tout! et Sally prendra soin de la petite — elle est si avancée, la mignonne! y a presque plus besoin de la suivre.

— Louisville est bien loin.

— Las, Seigneur! moi pas m'effaroucher! c'est du côté de basse rivière; quelque part près de mon pauvre homme, peut-êt', dit Chloé avec un accent interrogatif, en regardant madame Shelby.

— Non, Chloé; c'est à plusieurs centaines de milles. »

La figure de Chloé s'allongea.

« N'importe! en allant à Louisville tu te rapprocheras de lui. Oui, tu peux partir, et tous tes gages, jusqu'au dernier sou, seront mis de côté pour le rachat de ton mari. »

Parfois un brillant rayon de soleil change en argent un nuage sombre, ainsi la noire face de Chloé s'illumina tout à coup et devint resplendissante.

« Seigneur! maîtresse toujours si bonne, trop bonne! moi, avoir ruminé la chose depuis longtemps : n'avoir plus besoin d'user robe, souliers, ni plus rien. Mettre tout de côté, tous les sous. Combien qu'il y a de semaines dans un an, maîtresse?

— Cinquante-deux.

— Tant que ça! et quatre dollars pour chaque semaine, qu'est que ça peut faire?

— Deux cent huit dollars, répondit madame Shelby.

— Ah! oh! dit Chloé d'un air étonné et ravi. Et combien de temps qu'il faudra travailler, maîtresse, pour avoir tout l'argent?

— Quatre ou cinq ans, Chloé; mais tu n'auras pas à gagner tout; j'y ajouterai quelque chose.

— Oh! je peux pas souffrir l'idée que maîtresse donne des leçons, ni rien. Maître a grand'raison de pas vouloir! Ça peut pas aller. Personne de la famille en venir jamais là, j'espère, tant que pauv'e Chloé a des bras.

— Sois tranquille, Chloé, je veillerai à l'honneur de

la famille, dit madame Shelby en souriant. Mais quand comptes-tu partir?

— Oh! je comptais pas; seulement, y a Sam le noir, qui descend à la rivière demain avec les poulains; et il a dit qu'il pourrait m'amener; de sorte que j'ai justement fait mon paquet. Si maîtresse veut, moi partir avec Sam demain matin; maîtresse me donner ma passe, et m'é-crire un petit mot de *commandation*.

— Eh bien, Chloé, je m'en occuperai, si M. Shelby y consent. Je vais lui en parler. »

Madame Shelby monta, et tante Chloé, ravie, retourna chez elle faire ses préparatifs.

« Eh bien, massa Georgie, vous savez pas? je m'en y vas à Louisville, demain! dit-elle au jeune maître qui, en en'rant dans la case, la trouva occupée à réunir les pe-tites hardes de Polly. Je pensais visiter toutes les petites affaires et les rélargir un brin. Mais je m'en y vas, massa Georgie! — Je m'en y vas gagner quatre dollars par se-maine! et maîtresse les mettra tous de côté pour racheter mon vieux!

— Hourra! dit Georgie, voilà un coup d'État! Com-ment t'en vas-tu, tante Chloé?

— Demain avec Sam. A présent, massa Georgie, faut vous asseoir là pour écrire à mon vieux, et lui conter tout ça. — Vous voulez bien?

— Certes oui, dit Georgie. Oncle Tom sera joliment content d'avoir de nos nouvelles. Je vais courir à la mai-son chercher du papier et de l'encre. Et je pourrai lui annoncer en même temps la naissance des petits pou-lains, et le reste: tu sais, tante Chloé.

— Certainement, massa Georgie. Allez vite pendant que je vais vous accommoder un brin de poulet, ou quel-que autre bonne bouchée. Vous ne ferez plus de bons soupers comme chez votre pauv' tantine! »

CHAPITRE XXIII

L'herbe se flétrit, la fleur se fane.

Pour tous, la vie coule jour par jour ; elle fila ainsi pour Tom, et deux années se passèrent. Séparé de tout ce qu'il aimait, sa pensée le reportait par douloureux élans vers ceux qu'il avait laissés derrière lui, et cependant il ne se sentait pas tout à fait malheureux. L'harmonie de l'âme est si parfaite que le choc suprême, qui brise à la fois toutes les cordes, peut seul en détruire l'accord. Si nous repassons en notre mémoire de longues années d'épreuves et de souffrances, nous trouverons que chaque heure y versait sa part d'allégement, de distractions imprévues ; et que, sans pouvoir se dire heureux, encore n'était-on pas complétement misérable.

Dans le livre qui, à lui seul, faisait toute sa bibliothèque, Tom avait lu :

« Reçois volontiers tout ce qui t'arrivera, et supporte avec douceur les changements qui t'affligeront. »

Cette sage doctrine s'accordait au mieux avec les habitudes réfléchies, avec la douce sérénité qu'il avait puisées dans la lecture constante de ce même livre.

La réponse à sa lettre, reçue en son temps, était écrite, nous l'avons dit, par massa Georgie, d'une bonne main d'écolier, ronde et ferme. Selon les propres paroles de Tom, « cela pouvait quasi se lire d'un bout de la chambre à l'autre. » On y voyait comment tante Chloé, par son savoir en pâtisserie, gagnait de gros gages chez un confiseur de Louisville, argent qui s'amassait pour compléter la rançon de Tom ; comment prospéraient Moïse et Pierrot ; comment la petite mignonne trottinait, par toute la maison, sous la surveillance de la famille en général, et de Sally en particulier. La chère case, à la vérité, était fermée pour l'heure, mais Georgie ne ta-

rissait pas sur les embellissements et additions qui devaient signaler le retour de l'oncle Tom.

Le reste de l'épître contenait : la liste des études de
Georgie; chaque article orné en tête d'une superbe ma-
juscule; plus le nom de quatre poulains, nés depuis le
départ de Tom; et, d'une même haleine, Georgie annonçait que papa et maman se portaient bien. Cette lettre,
d'un style naïf et concis, paraissait à l'oncle Tom la plus
rare pièce d'éloquence des temps modernes. Il ne se pouvait lasser de la lire et relire, et il eut, avec Éva, une
grande consultation pour savoir s'il ne la ferait pas enca-
drer, afin de la suspendre dans sa chambre. La difficulté
d'exposer à la fois les deux côtés de la page put seule
annuler ce projet.

L'amitié de Tom et d'Éva croissant avec l'âge de
celle-ci, il serait difficile de dire quelle place l'aimable
enfant occupait dans ce cœur tendre et dévoué. Tom
l'aimait comme quelque chose de terrestre et de frêle, et
rendait en même temps une sorte de culte à cette nature
toute céleste. Le matelot italien ne contemple pas l'enfant Jésus avec plus de vénération et de tendresse. Son
bonheur était d'aller au-devant des innocentes fantaisies,
de prévenir les mille désirs, arc-en-ciel changeant et
coloré de l'enfance. Le matin, au marché, ses yeux parcouraient les étalages de fleurs, cherchant pour Éva les
plus rares. La pêche la plus veloutée, l'orange la plus
dorée, étaient glissées dans sa poche pour être au retour
offertes à la petite fille qui le guettait de la porte. Les délices de Tom, c'était de voir cette figure radieuse, c'était
d'entendre l'enfantine question : « Oncle Tom, que m'ap-
portez-vous aujourd'hui? »

Pour reconnaître ces attentions affectueuses, Éva n'é-
tait point en reste. Quoique enfant, elle lisait admirablement bien; — son oreille musicale, son tour d'esprit poétique et vif, sa native sympathie pour le noble et le beau,
lui donnaient, surtout lorsqu'elle lisait la Bible, des

accents qui remuaient, jusqu'au fond, le cœur de Tom. D'abord elle n'avait voulu que lui faire plaisir; bientôt, toutes les aspirations de son ardente nature s'attachèrent, s'enlacèrent au livre saint. Elle l'aima pour lui-même; parce qu'il soulevait en elle d'étranges élans, parce qu'il la pénétrait de ces émotions indistinctes, profondes, dans lesquelles les jeunes imaginations, actives et passionnées, se complaisent.

C'étaient surtout l'Apocalypse et les Prophéties qui la ravissaient. — Leurs images obscures et merveilleuses, leur langage fervent, l'impressionnaient d'autant plus qu'elle n'en pouvait clairement saisir le sens. — Elle et son naïf ami, le vieil enfant et la petite fille, sentaient juste de même. Tous deux savaient que le livre parlait d'une gloire qui se révélerait un jour, de prodiges à venir, — merveilles dans lesquelles leurs âmes s'épanouissaient sans savoir pourquoi. Il n'en est pas des sciences morales comme des sciences physiques, l'incompréhensible n'y est pas toujours sans profit. L'âme s'éveille, pauvre étrangère, tremblante entre deux mystérieuses éternités, — l'éternel passé, l'éternel futur. Un seul point s'éclaire autour d'elle, et sans cesse elle aspire à l'inconnu. Les appels confus, les signes indistincts qui lui viennent de cette colonne de feu et de nuées, qui marche devant les générations, comme jadis devant les enfants d'Israël, éveillent en elle de puissants échos. Les mystiques images de la Bible lui sont comme autant de talismans, pierres précieuses empreintes d'hiéroglyphes inconnus; elle les recueille dans son sein, en attendant que le voile du temple se déchire, et qu'elle puisse les lire à cette lumière, qui dissipera toute obscurité.

Les chaleurs de l'été ayant chassé de la ville, étouffante et malsaine, tous ceux qui pouvaient aller respirer à la campagne les fraîches brises de mer, Saint-Clair émigra avec toute sa maison à sa villa du lac Pontchartrain.

C'était un charmant cottage indien, entouré de légères

et élégantes vérandas de bambous, et situé au centre de jardins et de parcs. Le grand salon de réunion ouvrait sur un parterre, où abondaient les plantes pittoresques, les superbes fleurs des tropiques; plusieurs sentiers ondulaient au milieu de cette magnifique végétation, et conduisaient jusqu'au bord du lac, dont la nappe argentée s'élevait et s'abaissait sous les rayons du soleil : — aspect admirable, et qui, sans cesse varié, paraissait toujours plus beau !

Le soleil à son déclin enflammait l'horizon; le lac semblait un autre ciel rayé de rose et d'or que traversaient, comme autant d'angéliques esprits, les blanches ailes des navires. S'éveillant au sein de cette gloire de pourpre, de petites étoiles commençaient à scintiller, et regardaient frémir leur faible image à la surface des eaux. Là, sous le berceau au bord du lac, par une belle soirée de dimanche, Éva et Tom s'étaient assis sur un tertre de mousse; la Bible d'Éva était ouverte sur ses genoux, elle lut :

« Après cela, l'ange me fit voir un fleuve d'eau vive clair « comme du cristal, et qui sortait du trône de Dieu... »

« Tom, dit Éva s'arrêtant tout à coup et montrant le lac : le voilà !

— Quoi, miss Éva ?

— Ne le voyez-vous pas ? — là ! répéta l'enfant, montrant les eaux transparentes, et les vagues qui reflétaient la pourpre et l'or du ciel.

— C'est vrai, miss Éva, dit Tom; et Tom chanta :

> Que l'aube me prête ses ailes,
> Qu'un ange me tende la main,
> Afin qu'aux rives éternelles,
> Vers la Jérusalem nouvelle,
> Je vole aux lueurs du matin !

— Où croyez-vous qu'elle soit, la nouvelle Jérusalem, oncle Tom ?

— Oh! bien haut dans les nuages, miss Éva!

— Alors, je la vois, je pense. — Regardez ces nuages! c'est comme de grands portails de nacre; et au delà, loin, loin au delà, — c'est tout d'or, Tom. Chantez-moi donc les *esprits brillants.* »

Tom chanta l'hymne bien connue des méthodistes :

> Je les vois ces esprits brillants,
> Au sein de l'éternelle gloire,
> Tout couverts de vêtements blancs :
> Ils chantent l'hymne de victoire!

« Oncle Tom, *je les ai vus!* dit Éva. »

Tom n'éprouva ni doute ni surprise. Éva lui aurait dit qu'elle avait été ravie au ciel, qu'il eût trouvé la chose assez naturelle.

« Ils viennent me visiter quand je dors, ces esprits, » dit-elle; et ses yeux se voilèrent, comme elle chantait tout bas :

> Je les vois ces esprits brillants,
> Au sein de l'éternelle gloire,
> Tout couverts de vêtements blancs.

« Oncle Tom, poursuivit-elle, j'y vais...

— Où, miss Éva? »

L'enfant, debout, de sa petite main, montra le ciel; et les yeux levés en haut, plongée qu'elle était dans les splendeurs du couchant, ses cheveux dorés, ses joues rougissantes, brillèrent d'un éclat divin.

« Je vais là! répéta-t-elle, vers les esprits brillants, Tom! j'irai *avant peu.* »

Le tendre et fidèle cœur ressentit un choc soudain. Tom se souvint que, depuis six mois, les petites mains d'Éva lui avaient souvent paru grêles; sa peau devenait plus transparente, son souffle plus court. Elle se fatiguait vite, et demeurait toute languissante pour p u qu'elle essayât de jouer au jardin, où jadis elle s'ébattait gaiement des heures entières. Tom avait entendu miss Ophélia parler de la toux opiniâtre que tous ses médicaments ne pouvaient guérir; et, à ce moment même, cette ardente joue, ces petites mains diaphanes; brûlaient d'une fièvre lente.

Et cependant la triste pensée qu'évoquaient les paroles d'Éva ne lui était jamais venue.

Y a-t-il eu des enfants semblables à Éva? Oui, il y en a eu; mais leurs noms sont inscrits sur des tombes, et leurs doux sourires, leurs yeux célestes, leurs paroles, leurs actes étranges, restent enfouis, douloureux trésors, au fond de plus d'un cœur navré. N'avez-vous pas connu ces légendes de famille, ces récits des grâces, de la bonté de celle qui est partie? celle dont l'attrait céleste surpassait de si loin les charmes de tant d'autres qui demeurent? Ne dirait-on pas que là-haut l'emploi d'une troupe d'anges est de se détacher, un à un, pour venir séjourner un temps sur la terre, et s'y faire aimer de cœurs égarés, qu'ils entraînent ensuite après eux, en s'en retournant au ciel? Aussi, quand vous voyez le regard profond s'illuminer d'une lueur surnaturelle, quand la jeune âme se révèle en paroles plus suaves, plus sensées qu'il n'appartient à l'enfance, n'espérez pas retenir l'être chéri. Il est marqué du sceau divin, et l'immortalité rayonne dans son œil.

Ainsi de toi, Éva la bien-aimée, étoile radieuse de ton logis! tu vas t'éclipser, et ceux qui t'aiment le plus, hélas! s'en doutent peu.

Le dialogue d'Éva et de Tom fut interrompu par les appels répétés de miss Ophélia.

« Éva! Éva! Allons donc, enfant! le serein tombe; vous ne devriez pas être dehors. »

Éva et Tom se hâtèrent de rentrer.

Miss Ophélia n'était plus jeune, et son expérience de garde-malade avait été longue. Née à la Nouvelle-Angle-

terre, elle ne connaissait que trop la marche perfide de
ce mal insidieux qui moissonne les plus beaux, les plus
aimés, et qui les marque de l'irrévocable sceau de la
mort, avant que la moindre fibre de vie paraisse atteinte.
Elle avait remarqué cette toux légère et sèche, ces joues
plus brillantes de jour en jour. L'éclat de l'œil, l'agitation
fébrile des mouvements ne pouvaient lui faire illusion.

Elle essaya de communiquer ses inquiétudes à Saint-
Clair, mais il les rejeta bien loin, avec une impatience
nerveuse, toute différente de sa nonchalance habituelle.

« Oh! trêve aux croassements, cousine, je les ai en horreur! Ne voyez-vous pas que l'enfant grandit? — Il n'y
a pas, au moment de la croissance, jeune fille qui ne
maigrisse.

— Mais cette toux!...

— Sottises! la toux! — ce n'est rien; — un léger
rhume, peut-être.

— Mais, c'est justement ainsi que cela commença
pour la pauvre Éliza Jane, et pour Hélène, et pour Maria
Sanders...

— Oh! faites-nous grâce des listes funéraires et des
contes de revenants. Vous devenez si prévoyantes et pré-
disantes, vous autres matrones, qu'un enfant ne saurait
éternuer ou s'éclaircir le gosier, que vous n'évoquiez le
désespoir et la ruine. Prenez seulement soin d'elle; pré-
servez-la de l'air du soir, ne la laissez pas trop jouer, et
elle se portera à merveille! »

Ainsi parlait Saint-Clair, mais il était nerveux, agité;
il surveillait Éva avec une sollicitude fébrile, que laissaient percer de continuelles affirmations: «L'enfant allait
bien, — très-bien; — ce n'était rien que cette toux;
— elle venait de l'estomac; — il n'y avait pas d'enfant
qui n'y fût sujet. » Il disait, mais ses yeux ne quittaient
plus Éva. Il voulait qu'elle l'accompagnât à cheval dans
ses promenades; il apportait sans cesse pour elle des pâ-
tes, des recettes, des mets fortifiants. — « Non qu'elle en

ait le moindre besoin, répétait-il, mais cela ne lui fera toujours pas de mal. »

S'il le faut dire, ce qui navrait ce cœur paternel, c'était la maturité croissante de l'âme et des pensées d'Éva. Sans rien perdre de ses grâces enfantines, elle laissait tomber parfois des mots si profonds, des aperçus d'une telle portée, qu'ils ressemblaient à l'inspiration. Alors Saint-Clair tressaillait; il la serrait entre ses bras, comme si l'étreinte passionnée avait pu la sauver; et d'énergiques, de frénétiques résolutions de la conserver, de ne jamais se séparer d'elle, gonflaient sa poitrine.

L'âme et le cœur de l'enfant semblaient absorbés dans des œuvres de bienfaisance et d'amour. Généreuse, elle l'avait toujours été d'instinct, tandis qu'aujourd'hui on remarquait en elle je ne sais quoi de féminin, de sensible, qui dépassait son âge. Elle aimait encore à jouer avec Topsy, avec les autres enfants de toute nuance; mais, spectateur plutôt qu'acteur, elle restait assise des demi-heures entières à rire des espiègleries de Topsy; — puis soudain, une ombre passait sur son doux visage, son œil se troublait, et sa pensée errait au loin.

« Maman, dit-elle un jour tout à coup à sa mère, pourquoi ne pas enseigner à lire à nos esclaves?

— Belle question, enfant! Personne ne le fait.

— Pourquoi non? insista Éva.

— Parce que la lecture ne leur serait bonne à rien. Elle ne leur enseignerait pas à travailler, et c'est pour cela qu'ils sont faits.

— Pourtant, ne faut-il pas qu'ils lisent la Bible pour connaître la volonté de Dieu?

— Oh! ils n'ont qu'à se faire lire le peu dont ils ont besoin.

— Mais, maman, il me semble que la Bible c'est le livre de tous? chacun doit le pouvoir lire. Souvent ils en auraient tant d'envie, et il ne se trouve personne pour les aider!

— Quelle drôle d'enfant vous faites, Éva !

— Miss Ophélia a bien enseigné à lire à Topsy, continua l'enfant.

— Oui ; citez-la, je vous le conseille ! La science lui a merveilleusement profité. Topsy est bien la plus mauvaise petite créature que j'aie jamais vue.

— La pauvre Mamie, persista Éva, elle qui aime sa Bible comme ses yeux ! serait-elle heureuse de pouvoir la lire ! Lorsqu'elle ne m'aura plus là, comment s'y prendra-t-elle ? »

Marie continuait de bouleverser un tiroir, tout en répondant :

« Le temps viendra, c'est clair, où vous ne pourrez plus lire la Bible à tous nos esclaves, à tour de rôle, — non que je vous en blâme, je faisais de même, lorsque j'avais un peu plus de santé ; — mais après votre entrée dans le monde, quand il faudra s'habiller, recevoir et rendre des visites, vous n'en trouverez plus le temps. — Regardez, ajouta-t-elle, voici les bijoux que je vous donnerai alors. Je les portais à mon premier bal, — et, je puis vous l'assurer, Éva, je fis sensation. »

Éva prit l'écrin, souleva une rivière de diamants, et demeura rêveuse, ses grands yeux fixés sur le collier, et sa pensée voyageant au loin.

« Quelle mine sage et discrète, enfant !

— Maman, cela vaut-il beaucoup, beaucoup d'argent ?

— Je crois bien ! Mon père avait fait acheter ces brillants à Paris ; à eux seuls c'est une fortune !

— Je voudrais bien les avoir à moi et pouvoir en faire ce qui me plairait ! dit Éva.

— Et qu'en feriez-vous ?

— Je les vendrais ; j'achèterais une terre dans les États libres, j'y mènerais tous nos esclaves, et je payerais des maîtres pour leur enseigner à lire et à écrire. »

Elle fut interrompue par un éclat de rire de sa mère.

« A merveille, vous ouvririez école ; et j'espère que

vous leur montreriez aussi à jouer du piano, à peindre sur velours?...

— Je leur apprendrais à lire leur Bible, à écrire leurs lettres, à lire celles qu'on leur écrit, dit Éva avec assurance. Je sais, maman, qu'il est très-dur pour eux de ne pouvoir rien faire de tout cela. — C'est un chagrin pour Tom, — pour Mamie, pour d'autres encore; — et puis maman, je pense que c'est mal.

— Allons, allons, Éva; vous n'êtes qu'une enfant! vous ne comprenez mot à tout cela, dit Marie, et votre babil me casse la tête. »

La migraine était toujours aux ordres de Marie dès que la conversation prenait un tour qui ne lui allait pas. Éva se retira tout doucement; mais, à partir de ce jour, elle donna assidûment à Mamie des leçons de lecture.

CHAPITRE XXIV

Henrique.

Vers ce temps, Alfred, le frère de Saint-Clair, vint, avec son fils, garçon âgé de douze ans, passer un ou deux jours à la maison du lac, dans la famille de son frère.

L'aspect de ces jumeaux réunis avait, à la fois, quelque chose de beau et d'étrange. La nature, en les formant, s'était complu de tous points à créer, au lieu de ressemblances, de frappantes oppositions, et pourtant un lien mystérieux semblait resserrer leur amitié fraternelle.

Bras dessus, bras dessous, ils erraient dans les allées du jardin, en haut, en bas, partout; Augustin, avec ses yeux bleus, ses cheveux d'or, ses formes souples et élégantes, ses traits animés, expressifs : Alfred, avec ses yeux noirs, son profil romain, hautain, inflexible, ses

membres fortement articulés, et son ferme maintien.
Sans cesse ils s'attaquaient mutuellement sur leurs opinions, leurs habitudes, leurs actes, et n'en étaient pas
moins absorbés dans la société l'un de l'autre, comme si,
pour les unir, la contradiction eût joué entre eux le rôle
que l'attraction remplit entre les pôles opposés de l'aimant.

Henrique, le fils aîné d'Alfred, noble garçon, aux
yeux noirs, à la tournure de prince, rempli d'ardeur et
de vivacité, avait à peine vu sa cousine Évangeline que
déjà il était fasciné par la grâce toute céleste de l'enfant.

Le poney favori d'Éva, doux comme elle, d'une blancheur de neige, et d'une allure à la bercer mollement,
venait d'être amené par Tom à l'arrière-véranda, tandis
qu'un mulâtre, d'environ treize ans, y conduisait le petit
cheval noir arabe, importé depuis peu, à grands frais,
pour Henrique.

Fier comme un jeune garçon de sa nouvelle monture,
Henrique s'avança, prit les rênes des mains du petit
groom, regarda attentivement le cheval, et son front se
rembrunit aussitôt.

« Qu'est ceci, Dodo, petit chien de paresseux? tu n'as
pas étrillé l'animal ce matin!

— Si fait, maître, répondit le mulâtre avec soumission. C'est lui-même qui s'est encore sali.

— Tais-toi, drôle! dit Henrique avec violence, en levant sa cravache. Comment oses-tu ouvrir la bouche? »

Le groom était un joli mulâtre aux yeux brillants,
juste de la taille d'Henrique, et ses cheveux bouclés encadraient un front haut et fier. Le sang des blancs qui
bouillait dans ses veines colora tout à coup sa joue, et
fit éclater son œil, comme il commençait vivement à
dire :

« Maître Henrique!... »

Henrique lui cingla un coup de cravache à travers

30

la face, le prit par le bras, le força à se mettre à genoux,
et le battit jusqu'à en être hors d'haleine.

« Là, impudent chien! je t'apprendrai à riposter!
Emmène ce cheval, et qu'il soit nettoyé comme il faut. Je
te remettrai à ta place, entends-tu!

— Jeune maître, reprit Tom, je me doute de ce qu'il
allait dire; le cheval s'est roulé par terre au sortir de
l'écurie. C'est si jeune! si fougueux! — Voilà comment
la bête s'est éclaboussée; je l'avais vu panser au matin.

— Retiens ta langue, toi, jusqu'à ce qu'on te parle; »
et Henrique, tournant sur le talon, monta les degrés pour
aller rejoindre Éva, déjà toute prête en habit de cheval.

« Chère cousine, pardon si cet imbécile me force à
vous faire attendre un moment. Asseyons-nous là. Il ne
saurait tarder. Mais qu'y a-t-il, cousine? vous avez l'air
tout fâché.

— Comment pouvez-vous être si cruel, si méchant,
avec ce pauvre Dodo? dit Éva.

— Cruel! — méchant! reprit le jeune garçon, et sa
surprise n'avait rien de joué. Que voulez-vous dire, chère
Éva?

— Ne m'appelez pas « chère Éva » quand vous agissez
ainsi.

— Mais, chère cousine, vous ne connaissez pas Dodo;
il n'y a pas deux façons de le conduire; il n'en finit jamais d'excuses et de mensonges. Il faut le mater tout
d'abord, — ne pas lui laisser ouvrir la bouche. — Papa
n'agit pas autrement.

— L'oncle Tom a dit que c'était un simple accident,
et il ne dit jamais que la vérité.

— C'est un prodige de vieux nègre alors. Dodo dit
autant de mensonges, lui, que de paroles.

— Il ment, parce que vous l'effrayez. C'est lui enseigner le mensonge, que le traiter comme vous faites!

— Si vous prenez si fort le parti de Dodo, Éva, vous
allez m'en rendre jaloux.

— Vous l'avez frappé sans qu'il eût rien fait pour être battu...

— Un petit arriéré soldé. C'est pour toutes les fois qu'il mérite d'être rossé, sans que je le batte. Quelques bons coups de fouet sont toujours de mise avec Dodo. C'est, je vous l'assure, un franc vaurien. Mais, allons, puisque cela vous contrarie, je ne le frapperai plus jamais devant vous. »

Éva était loin d'être contente, mais elle sentit qu'elle essaierait en vain de se faire comprendre de son beau cousin.

A l'instant reparut le petit mulâtre amenant les deux chevaux.

« A merveille, Dodo: cette fois tu t'en es tiré fort joliment, dit son jeune maître d'un air gracieux. Approche, et tiens le poney de miss Éva, pendant que je l'aide à le monter. »

Dodo se tint debout devant le cheval d'Éva; mais sa figure était bouleversée, et à ses yeux on voyait assez qu'il avait pleuré.

Henrique se piquait de galanterie et d'adresse; il eut bientôt mis sa belle cousine en selle, et réunissant les rênes, il les lui présenta.

Mais Éva se penchait du côté où se trouvait Dodo, et comme le petit mulâtre venait de lâcher la bride, elle lui dit :

« Vous êtes un bon garçon, Dodo; — grand merci! »

Dodo, ébahi, regarda cette douce figure, ses joues se colorèrent et les larmes lui vinrent aux yeux.

« Ici, Dodo! » cria son maître d'un ton impérieux.

Le mulâtre s'élança, et tint le cheval arabe pendant que son maître le montait.

« Voilà un picayune pour toi, Dodo; va t'acheter du sucre candi; va! »

Et Henrique s'éloigna au petit galop avec Éva. Dodo suivit longtemps des yeux les deux enfants. De l'un, il avait reçu de l'argent; de l'autre, ce qui lui manquait le plus, ce dont il avait le plus ardent besoin, — un mot de bonté, affectueusement dit.—Il n'y avait que peu de mois que Dodo était séparé de sa mère; le père d'Henrique l'avait acheté dans un entrepôt d'esclaves, à cause de sa jolie tête, afin d'en faire l'accompagnement assorti du joli poney. Maintenant c'était l'affaire du jeune maître de le rompre et de le dompter.

Les deux frères, se promenant d'un autre côté du jardin, avaient cependant vu appliquer la correction.

Augustin rougit, mais dit seulement de son air d'insouciance sardonique :

« C'est sans doute là ce qu'on appelle une éducation républicaine, Alfred?

— Henrique est un petit démon, pour peu qu'on le stimule, répondit négligemment Alfred.

— Je suppose que tu considères ce genre d'exercice comme faisant partie de son instruction. —La voix d'Augustin devenait sèche.

— Il en serait autrement, que je ne pourrais l'empêcher. Henrique est une espèce d'ouragan; depuis longtemps sa mère et moi avons lâché les rênes! D'ailleurs, avec Dodo, il a affaire à un parfait lutin, qui ne sent pas les coups. Le fouet ne l'incommode nullement.

— Serait-ce là ta méthode pour fixer dans la mémoire de Henrique le premier axiome du catéchisme républicain : « Tous les hommes sont nés libres et égaux? »

— Bah! une des sentimentales farces françaises de Tom Jefferson. Il est vraiment ridicule que de pareilles fadaises aient cours encore aujourd'hui parmi nous.

— Parfaitement ridicule! dit Saint-Clair d'un ton significatif.

— Attendu, poursuivit Alfred, que nous pouvons assez voir qu'il n'est *point vrai* que tous les hommes naissent libres, *point vrai* que tous naissent égaux. C'est précisément le contraire. Pour ma part, il y a beau temps que moitié de cette phraséologie républicaine n'est pour moi que du fatras. Ce sont les gens bien élevés, intelligents, riches, raffinés, qui doivent avoir des droits égaux; jamais la *canaille.*

— Pourvu que vous puissiez maintenir la *canaille* dans cette opinion, répliqua Augustin. Elle a pris une fois sa *revanche,* en France.

— Certes, cette race doit être assujettie avec fermeté, avec constance, *comprimée,* comme je la *comprimerais;* et Alfred pesa sur le sol comme s'il eût foulé quelqu'un aux pieds.

— La glissade comptera, si l'opprimé se relève, dit Augustin; — à Saint-Domingue, par exemple.

— Bah! nous y aurons l'œil, dans ce pays-ci. Nous devrions rompre en visière à tous ces phraseurs, à ces promoteurs d'éducation qui prennent trop leurs ébats; la basse classe ne doit jamais être instruite.

— C'est passé cure, reprit Augustin; elle le sera. — Il s'agit de savoir comment, voilà tout. Notre système est de la former à la brutalité et à la barbarie! Nous brisons tous les liens de l'humanité pour faire de ces hommes des bêtes brutes. S'ils gagnent le dessus, eh bien, nous les trouverons ce que nous les avons faits!

— Jamais ils ne le gagneront, le dessus!

— Fort bien : poussez la vapeur, fermez solidement la soupape de sûreté, asseyez-vous dessus, et voyez où vous prendrez terre.

— Soit : *nous verrons!* Je n'ai pas peur de m'asseoir sur la soupape, tant que la chaudière est solide et que les rouages marchent bien.

— Les nobles sous Louis XVI pensaient comme toi; l'Autriche et Pie IX sont de nos jours du même avis; mais par quelque beau matin, vous courez risque de vous rencontrer au haut des airs, *quand la chaudière éclatera.*

— *Dies declarabit,* s'écria Alfred en riant.

— Je te le répète, reprit Augustin, s'il est de nos jours

30.

une éclatante vérité, qui vienne aux yeux comme une manifestation divine, c'est que le jour des masses arrivera : ce jour « où les derniers seront les premiers. »

— Bravo! une des bouffonneries de vos républicains rouges, Augustin! Pourquoi ne pas t'enrôler dans les énergumènes, les orateurs des défrichements, et discourir, grimpé sur une souche[1]? Prêche, prédis, mon cher. J'espère que je serai mort avant qu'advienne pour nous ce grand millénium de tes masses crottées.

—Crottées ou non, reprit Augustin, leur temps venu, elles vous gouverneront, et vous aurez les maîtres que vous vous serez faits. La noblesse française voulut avoir un peuple de *sans-culottes*, elle n'en a eu que trop, des gouvernants *sans-culottes!* Le peuple d'Haïti....

— Pour le coup, assez, Augustin! comme si nous n'en avions pas eu par-dessus les yeux et les oreilles, de cet abominable Haïti! Les maîtres d'Haïti n'étaient pas Anglo-Saxons. S'ils l'eussent été, nous aurions toute une autre histoire. La race anglo-saxonne est la reine du monde et *le sera toujours.*

—A la bonne heure; mais il y a une assez jolie infusion de sang anglo-saxon chez nos esclaves, ce me semble, dit Augustin. Nombre d'entre eux n'ont gardé du sang africain que ce qu'il en faut pour ajouter l'effervescente chaleur des tropiques, à notre fermeté, à notre prévoyance calculatrice : que l'heure de Saint-Domingue vienne à sonner, et le sang anglo-saxon aura le pas et l'honneur de la journée. Des fils de pères blancs, dont nos sentiments orgueilleux échauffent les veines, ne seront pas toujours vendus, achetés; on ne trafiquera pas

---

[1] *Take to the stump*, prendre le tronc d'arbre, comme on dirait grimper à la tribune. Dans les États de l'ouest, où se précipite toute une population d'aventuriers, pour ceux qui se posent candidats et vont vanter eux-mêmes leurs propres mérites, comme pour les prédicateurs errants qui cherchent à se former une congrégation, le meilleur piédestal est le tronc de l'arbre que la hache des pionniers vient d'abattre.

éternellement de cette denrée humaine; ils surgiront un jour, et élèveront avec eux la race de leurs mères.

— Fatras, — sottises!

— Juste, le vieux dicton, poursuivit Augustin; il en sera comme aux jours de Noé : — « Les hommes mangeaient et buvaient, se mariaient et donnaient en mariage; ils plantaient et ils bâtissaient, et ils ne pensèrent au déluge que quand il survint et emporta tout. »

— Ma parole, Augustin, je te crois fait pour être prédicateur ambulant! — et Alfred se mit à rire. — Rassure-toi, va, possession vaut titre. Nous tenons le pouvoir et nous le tenons bien. La race sujette, — il frappa du pied la terre, — restera sujette. Nous avons assez d'énergie pour ménager notre poudre.

— Des garçons élevés comme Henrique font de fameux gardiens pour vos poudrières, dit Augustin; si froids, si maîtres d'eux! Le proverbe le dit : Celui qui ne peut se gouverner lui-même ne peut gouverner autrui.

— Il y a là quelque chose qui cloche, c'est vrai, dit Alfred en réfléchissant. Je ne puis nier que les enfants ne soient difficiles à élever sous notre régime. Il lâche la bride aux passions, déjà trop exaltées par la chaleur du climat. Henrique me donne du souci : l'enfant est généreux, franc, le cœur chaud; mais un vrai brûlot dès qu'on l'excite. Pour venir à bout de lui, il me faudra, je crois, l'envoyer dans le Nord, où l'obéissance est plus de mise, et où il vivra davantage avec ses égaux, moins avec ses subordonnés.

— S'il est vrai que l'éducation des enfants soit la grande affaire de la race humaine, reprit Augustin, c'est chose à noter qu'en cela notre régime fonctionne si mal.

— Mal en quelques points, bien sur d'autres. Il rend nos garçons fermes, courageux. Les vices mêmes d'une race abjecte tendent à fortifier en eux les vertus contraires. Henrique, je le parierais, apprécie d'autant mieux la vérité, et la trouve d'autant plus belle, qu'il a vu le mensonge, la fourberie, être un des sceaux indélébiles de l'esclavage.

— C'est assurément un aperçu fort chrétien du sujet!

— Chrétien ou non, il est juste, et pas plus anti-chrétien au fond que la plupart des choses de ce monde.

— C'est ce que je ne prétends pas nier, ajouta Saint-Clair.

— Allons, n'est-ce pas assez tourner dans le même cercle, comme nous l'avons déjà fait cinq cents fois, plus ou moins? Que dirais-tu d'une partie de trictrac? »

Les deux frères montèrent les marches de la véranda, et bientôt, assis devant un léger support de bambou, ne furent plus séparés que par le trictrac.

« Je te dirai, Augustin, reprit Alfred, tout en rangeant ses dames, que si je partageais tes opinions, je ne me croiserais pas les bras : je ferais quelque chose.

— J'en suis convaincu; — tu es homme d'action; — mais quoi?

— Eh bien, que ne donnes-tu de l'éducation à tes esclaves? fais-en des modèles, des façons de spécimen! Et un sourire dédaigneux se joua sur les lèvres d'Alfred.

— Tu pourrais aussi bien leur rouler le mont Etna sur le dos, et leur ordonner de se tenir debout, que de me dire, à moi, d'élever mes serviteurs quand la masse de la société pèse sur eux. Un homme ne saurait s'opposer seul à l'influence d'une population entière. Pour amener des résultats, l'éducation doit partir de l'État même, ou tout au moins d'un groupe assez nombreux pour établir un courant.

— A toi de jeter les dés, » dit Alfred, et les deux frères, absorbés dans leur partie, n'en furent tirés que lorsque le galop des chevaux se fit entendre.

« Ah! voici les enfants, s'écria Augustin, et il se leva. Regarde donc, Alfred, as-tu jamais rien vu d'aussi beau?

C'était, en effet, un spectacle radieux. Henrique, avec

son front hardi, ses abondantes boucles lustrées, ses joues écarlates, riait gaiement, penché vers sa belle cousine, comme ils arrivaient: Éva portait une amazone bleu de ciel, un chapeau de même nuance, et l'exercice, en colorant ses joues de leurs teintes les plus éclatantes, faisait ressortir l'admirable harmonie de sa peau blanche et transparente, et de ses cheveux à reflets d'or.

« Par le ciel, quelle éblouissante et parfaite beauté! s'écria Alfred. Je te le déclare, Augustin, elle blessera plus d'un cœur avant qu'il soit longtemps.

— Trop vrai, peut-être, hélas! — Dieu sait si je le redoute! » murmura Saint-Clair avec une soudaine amertume; et, s'élançant au bas des degrés, il courut enlever sa fille de dessus la selle.

« Éva, chérie! n'es-tu pas trop fatiguée? demanda-t-il, comme il l'emportait dans ses bras.

— Non, papa, dit l'enfant. Mais sa respiration courte et bruyante alarma son père.

— Comment peux-tu galoper si fort, quand tu sais que cela ne t'est pas bon?

— J'étais si bien, papa, et je m'amusais tant, que je n'ai songé à rien. »

Saint-Clair la porta jusqu'au salon, où il la déposa sur un sofa.

« Henrique, il faut prendre un peu plus garde à ta cousine; tu l'as menée trop vite.

— Je vais en avoir bien soin, dit le jeune garçon, confiez-la moi; » et, s'asseyant près du sofa, il prit la main de la petite fille.

Bientôt Éva se sentit mieux : son père et son oncle retournèrent à leur partie, et les enfants furent laissés ensemble.

« Si vous saviez, Éva, je suis si fâché que papa ne demeure ici que deux jours! Je vais être après cela si longtemps sans vous voir! Si je restais avec vous, je tâcherais d'être bon, de ne plus quereller Dodo, ni personne. Ce n'est pas que j'aie la moindre envie de le maltraiter; non vraiment! Je suis trop vif, voilà tout. D'ailleurs, je ne suis point mauvais pour lui : je lui donne un picayune par-ci par-là. Vous voyez qu'il est bien vêtu. — Allez, tout compté, Dodo est un heureux garçon.

— Seriez-vous heureux, Henrique, s'il n'y avait pas une seule créature près de vous qui vous aimât?

— Moi! — non; cela va sans dire.

— Et vous avez enlevé Dodo à tous les amis qu'il avait jamais eus! Il ne voit plus maintenant une seule personne qui l'aime; — comment pourrait-il être bon?

— Eh bien, que voulez-vous que j'y fasse, cousine?— Je ne puis acheter sa mère, pas plus que me mettre à l'aimer, moi, ou personne autre, que je sache.

— Pourquoi pas vous? dit Éva.

— Moi, *aimer* Dodo! Éva, y songez-vous? Je peux le trouver gentil et le protéger, à la bonne heure. Mais vous, est-ce que vous *aimez* vos gens?

— Oui, vraiment, dit Éva.

— Quelle drôle d'idée!

— La Bible ne nous dit-elle pas de nous aimer les uns les autres?

— Oh, la Bible! la Bible dit tant de choses! mais personne ne s'en inquiète. — Vous le savez-bien, Éva. Qui est-ce qui songe à faire ce qu'il y a dans la Bible? »

Éva demeura muette quelques minutes; ses yeux restèrent fixes et rêveurs.

« Quoi qu'il en soit, dit-elle enfin, cher cousin, aimez le pauvre Dodo, et soyez bon avec lui pour l'amour de moi.

— J'aimerais qui que ce fût, quoi que ce soit, pour l'amour de vous, chère cousine; et je pense, du fond de l'âme, que vous êtes bien la plus charmante, la plus gentille créature que j'aie jamais vue! » Henrique parlait avec une ardeur qui empourpra son charmant visage. Éva accueillit ces paroles, sans qu'il se fît le moindre changement sur sa calme et angélique figure, et elle répondit avec une parfaite simplicité :

« Merci, cher cousin, de ce que vous me dites là. — J'espère, je crois que vous vous rappellerez ma prière. »

La cloche du dîner, en sonnant, mit fin au tête à tête.

CHAPITRE XXV

Sinistres présages.

Deux jours après, Alfred et Augustin Saint-Clair se séparèrent. Éva, que la compagnie de son cousin entraînait à des exercices au-dessus de ses forces, commença dès lors à décliner rapidement. Pour ne pas admettre une vérité douloureuse, son père s'était refusé avec terreur à recourir aux médecins : — cette fois il y consentit. Depuis deux jours, Éva, trop souffrante, n'avait pu sortir de chez elle ; le docteur fut appelé.

Marie Saint-Clair, toute absorbée dans l'étude de deux ou trois nouvelles maladies dont elle se croyait victime, n'avait fait nulle attention au dépérissement graduel de sa fille. Pour premier article de foi, elle se tenait assurée que jamais personne n'avait souffert et ne pouvait souffrir comme elle, et autant qu'elle. La moindre insinuation que quelque autre pût être malade sous son toit, était repoussée avec une indignation virulente. « Ce n'était rien que paresse, manque d'énergie. Ah ! si l'on avait la dixième partie de ses maux, on saurait ce que c'est ! on sentirait la différence ! »

Plusieurs fois miss Ophélia essaya d'éveiller les craintes maternelles ; ce fut en vain.

« Je ne vois pas, répondait Marie, qu'Éva ait la moindre des choses ! elle ne fait que causer et jouer.

— Mais, sa toux...

— Sa toux ! Ce n'est pas à *moi* qu'il faut parler de

toux! J'y suis sujette depuis que je suis au monde. A l'âge d'Éva, on m'a crue poitrinaire. Mamie passait toutes les nuits à me veiller. Ah! qu'est-ce que la toux d'Éva en comparaison!

— Mais elle s'affaiblit; sa respiration devient courte.

— Seigneur! je connais assez cela, et depuis des années! — Une affection nerveuse.

— Mais elle a des sueurs la nuit.

— C'est moi qui ai eu, ces dix dernières années, des transpirations prodigieuses! à tordre tout ce que je porte. Pas un fil de sec dans mes habillements de nuit, et Mamie est forcée de faire sécher mes draps! Certes, les sueurs d'Éva ne sont pas à comparer. »

Miss Ophélia fut donc pour le moment réduite à se taire. Mais aujourd'hui qu'Éva se trouvait sérieusement atteinte, visiblement abattue, et qu'un médecin était appelé, Marie changea de note tout à coup.

« Elle le savait! — elle l'avait toujours pressenti! elle était condamnée à devenir la plus malheureuse des mères! Avec sa misérable santé, voir son unique enfant dépérir, descendre sous ses yeux dans la tombe! » Et Marie, en vertu de ce nouveau chagrin, mettait chaque nuit le sommeil de la pauvre Mamie en déroute, et persécutait, tracassait, tourmentait tout le long du jour.

« Ma chère Marie, ne dites pas ces choses-là, de grâce! insistait Saint-Clair; nous n'en sommes point à désespérer.

— Vous n'avez pas le cœur d'une mère, Saint-Clair; jamais vous n'avez pu me comprendre : — comment me comprendriez-vous aujourd'hui!

— Mais ne parlez pas du moins comme si tout était perdu.

— Je n'ai pas votre heureuse indifférence, Saint-Clair. Si le danger de votre unique enfant vous laisse calme, vous; moi, c'est autre chose. Ce coup est trop affreux, après tout ce que j'ai supporté.

— Il est vrai, reprenait Saint-Clair, qu'Éva est fort délicate : j'ai toujours craint qu'elle ne le fût. Une croissance rapide a épuisé ses forces, et la situation est critique; mais ce n'est qu'un abattement passager, qu'expliquent l'excessive chaleur, le trop d'exercice, et l'agitation causée par la visite de son cousin. Le médecin a de l'espoir.

— A merveille; si vous pouvez regarder les choses du bon côté, faites. C'est un bonheur ici-bas que de n'avoir pas une profonde sensibilité. Certes, je souhaiterais fort ne pas sentir ce que j'éprouve, et qui ne sert, hélas! qu'à me rendre profondément malheureuse. Plût à Dieu que je pusse être aussi tranquille que vous l'êtes tous! »

Tous auraient eu d'excellentes raisons de s'unir à cette prière, car Marie, se drapant dans sa nouvelle infortune, s'en faisait un droit pour harasser chacun. On ne pouvait dire une parole, faire ou ne pas faire quoi que ce soit, sans qu'elle en tirât une nouvelle preuve de la révoltante insensibilité de ceux qui l'environnaient, — tous également indifférents, disait-elle, à ses profondes angoisses. La pauvre petite Éva entendait parfois ces doléances; alors elle s'épuisait en larmes de tendre compassion sur les douleurs de sa mère, et s'affligeait profondément d'être cause de tant de chagrin.

Une ou deux semaines s'écoulèrent, et il se manifesta dans tous les symptômes une grande amélioration, — un de ces leurres de l'inexorable mal qui entretient l'espoir jusque sur les bords de la fosse. Le pas léger glissa de nouveau dans les jardins, sur les balcons; — Éva joua, Éva rit encore. — Son père déclara, dans les transports de sa joie, qu'il la verrait bientôt aussi robuste que jamais. Miss Ophélia et le docteur seuls ne tirèrent aucun encouragement de cette trève illusoire. Un autre cœur aussi partageait leur conviction, et c'était le petit cœur d'Éva. Qu'est-ce donc qui parle quelquefois au fond de l'âme d'une façon si calme, si lucide, pour lui apprendre

que son temps sur terre sera court? Est-ce l'instinct
secret de la nature défaillante? Sont-ce les palpitations,
les battements d'ailes de l'âme qui entrevoit l'immortalité? Quelle que soit la cause, au fond du cœur d'Éva
reposait la paisible, douce et prophétique assurance que
le ciel était proche : persuasion sereine comme les rayons
adoucis du soleil couchant, suave comme les placides
beautés de l'automne, et dans laquelle se reposait ce
pur esprit, troublé seulement par la douleur de ceux qui
l'aimaient.

Quant à elle, quoique entourée dès le berceau de si
vives tendresses, quoique voyant se déployer devant elle
les perspectives dorées et séduisantes de l'opulence et de
l'amour, elle ne regrettait rien, et ne pleurait pas sur
elle-même.

À travers les récits du livre qu'elle et son humble ami
lisaient si souvent ensemble, elle avait entrevu, et avait
accueilli en son jeune sein, l'image de celui qui aimait
les petits enfants : à mesure qu'elle la contemplait en
ses pensées ingénues, l'image, cessant peu à peu de n'être
qu'un souvenir, un divin et lointain reflet, arriva presque
à la rayonnante réalité. Son âme émue se fondit en une
tendresse surhumaine, et c'était vers Lui, disait-elle,
c'était vers son royaume, qu'elle se sentait glisser.

Puis elle se reprenait, avec une touchante sollicitude,
à s'attendrir sur ceux qu'elle laissait en arrière, — son
père surtout. Éva, d'instinct, et sans qu'elle s'en fût
rendue compte, savait qu'au fond de ce cœur-là elle pénétrait plus avant que dans tous les autres. Elle aimait
aussi sa mère, — n'était-elle pas tout amour? — Le féroce
égoïsme, sur lequel il était si difficile de fermer totalement les yeux, l'inquiétait un peu dans sa naïve croyance
en l'infaillibilité maternelle; mais, ce qu'elle définissait
mal, et n'aurait pu justifier, elle le palliait en se disant
qu'après tout c'était maman, et qu'elle l'aimait bien
fort.

Elle s'affligeait aussi pour les affectionnés et fidèles serviteurs, dont elle était la lumière et le soleil. Les enfants ne généralisent guère; mais ce que Évangeline avait entrevu des horreurs du régime sous lequel les esclaves gémissent, était entré dans les profondeurs de cette âme recueillie, méditative, et d'une maturité précoce. Elle avait de vagues aspirations, d'ardents et douloureux désirs de faire quelque chose pour eux; — de sauver, de rendre heureux, non-seulement ceux qu'elle connaissait, mais tous! — élans passionnés, fervents, trop peu d'accord avec sa frêle enveloppe.

« Oncle Tom, dit-elle un jour, interrompant sa lecture à son humble ami, je puis mieux comprendre à présent que Jésus ait *voulu* mourir pour nous.

— Pourquoi, miss Éva?

— Parce que je sens un peu de même.

— Comment? miss Éva? — Comprends pas bien.

— Je ne sais pas l'expliquer; mais, quand je voyais ces pauvres gens sur le bateau, — vous savez, lorsque vous descendiez la rivière avec nous, — il y en avait qui regrettaient leurs mères, — d'autres leurs maris; — d'autres pleuraient leurs petits enfants; et aussi la pauvre Prue, quand j'ai entendu son histoire! — Oh! n'était-ce pas terrible! — et, tant d'autres fois encore, j'ai senti que je serais contente de mourir, si en mourant j'empêchais tout ce mal. — Je *voudrais mourir* pour eux, oncle Tom, si je pouvais! » dit l'enfant avec ferveur, et elle posa sur les robustes doigts de Tom sa petite main diaphane.

Tom regarda l'enfant avec respect; et lorsque, appelée par son père, elle s'éloignait doucement, il essuya ses yeux à plusieurs reprises, et la suivit longtemps du regard.

« Pas possible de la retenir avec nous! pas possible garder miss Éva! dit-il à Mamie qu'il rencontra un instant après. Le signe du Seigneur est sur son front!

— Eh! là! là! Hélas! oui, soupira Mamie, levant les mains au ciel. Moi, le dire toujours! — Jamais elle a été une enfant à vivre, — toujours là, au fin fond de ses yeux, un je ne sais quoi. — J'ai tant dit à maîtresse! — et voilà que ça devient vrai! — Nous le voir tous aujourd'hui! — Oh! chère! oh! doux petit agneau béni! »

Éva courait, remontant les marches pour aller rejoindre son père; le soir approchait, les lueurs du soleil couchant couronnaient sa tête d'une sorte d'auréole, comme elle s'avançait toute aérienne, dans ses vêtements blancs, ses cheveux ondés rayonnant autour de ses joues brillantes, ses yeux allumés par la fièvre lente qui la consumait.

Saint-Clair l'appelait pour lui montrer une statuette qu'il lui avait achetée; mais son aspect, au moment où elle le rejoignit, le frappa au cœur. Il est un genre de beauté, à la fois si intense et si frêle, qu'on ne le saurait contempler sans angoisse, et son père, oubliant ce qu'il allait lui dire, l'étreignit soudain dans ses bras.

« Éva chérie! tu te sens mieux ces jours-ci, n'est-ce pas?

— Papa! — la voix d'Éva prit une fermeté inaccoutumée, — il y a des choses que j'ai envie de vous dire depuis bien longtemps, — je voudrais le faire maintenant, avant que je devienne plus faible. »

Saint-Clair frissonna; Éva s'assit sur ses genoux et appuya sa tête contre son sein. « Il ne sert à rien, papa, de vous le cacher davantage. Le temps approche où il faudra que je vous quitte. — Je m'en vais pour ne plus revenir jamais. » Éva étouffa un sanglot.

« Allons, allons, ma chère petite, mon Éva; et, tout tremblant, Saint-Clair prenait une voix animée et joyeuse; voilà que tu te décourages et que tu te fais nerveuse. Il ne faut pas se laisser aller à de sombres pensées. — Tiens, regarde la jolie figurine que j'ai achetée pour toi!

— Non, papa, dit Éva; et elle repoussa doucement la

statuette. Ne vous abusez pas; — il n'y a pas de mieux, je le sais très-bien. — Je m'en vais, je le sens. — Je ne suis pas nerveuse, je ne suis point découragée; — si ce n'était vous, cher papa, — si ce n'étaient tous ceux que j'aime, je serais parfaitement heureuse. — Je l'ai désiré, — je soupire après!

— Eh quoi, cher trésor, qui peut rendre ton pauvre petit cœur si triste? N'as-tu pas tout ce que tu souhaites, tout ce qui peut te contenter?

— J'aime mieux être au ciel; seulement, pour l'amour de mes amis, je voudrais encore vivre; mais il y a tant de choses ici qui me font peine, et qui me semblent terribles, que j'ai envie de m'en aller tout de suite là-haut. Ce n'est pas que je n'aie bien du chagrin de vous quitter; — oh! c'est là ce qui me fend le cœur!

— Mais, qu'y a-t-il qui puisse t'affliger? Que vois-tu de si terrible, mon enfant?

— Oh! des choses qui se font tous les jours, sans cesse! Je suis triste pour nos pauvres domestiques; ils m'aiment tant! ils sont tous si attentifs, si bons pour moi. — Je voudrais, papa, qu'ils fussent tous *libres*.

— Comment, Éva! petite fillette, ne les trouves-tu donc pas heureux comme ils sont?

— Mais, papa, si quelque malheur vous arrivait, que deviendraient-ils? Il y a si peu d'hommes comme vous, papa! Oncle Alfred, ce n'est pas la même chose; maman non plus; et songez aux maîtres de la pauvre vieille Prue! tant d'horribles choses qui se font, qui se peuvent faire! et l'enfant frissonna.

— Chère bien-aimée, tu es trop compatissante, trop sensitive! je suis désolé de t'avoir laissé entendre de pareilles histoires!

— Oh! papa, c'est là ce qui me chagrine. Vous me voulez si heureuse? vous n'endurez pas que j'aie la plus légère peine; — que je souffre de quoi que ce soit; — vous ne voudriez pas même rae laisser entendre une histoire triste, quand d'autres pauvres créatures n'ont que peines et chagrins toute leur vie; — ah! papa, cela semble si égoïste! Eh! ne dois-je pas le savoir pour y compatir? J'y songe tant! cela m'entre tout au fond du cœur. J'y pense et repense sans cesse. Papa, est-ce qu'il n'y a pas moyen que tous les esclaves soient libres?

— C'est une question fort compliquée, ma chérie. Notre voie est fatale, il n'y a pas de doute; notre système fâcheux; beaucoup de gens le pensent ainsi, et moi avec eux. Je souhaiterais de toute mon âme qu'il n'y eût plus un seul esclave sur terre; mais comment y arriver? Quels moyens prendre? Je n'en sais rien.

— Papa, vous êtes si bon, si noble, si tendre; vous avez une façon si agréable de dire tout ce que vous dites; si vous alliez de l'un à l'autre essayer de persuader aux gens de faire ce qui serait juste et bien! Après que je serai morte, papa, vous y penserez, n'est-ce pas? Vous le ferez pour l'amour de moi? Je voudrais tant le faire, si je pouvais!

— Quand tu seras morte, Éva! s'écria Saint-Clair avec un élan de désespoir. Oh! enfant, ne me parle pas ainsi! n'es-tu pas tout ce que j'ai sur terre!

— L'enfant de la vieille Prue était aussi tout ce qu'elle possédait au monde; et pourtant elle l'a entendu crier jusqu'à mourir, sans pouvoir aller à lui! Papa, ces pauvres gens aiment leurs chers petits comme vous m'aimez, moi. — Oh! faites quelque chose pour eux! N'y a-t-il pas la pauvre Mamie que j'ai vue pleurer bien des fois en parlant de ses enfants; et Tom qui aime tant les siens! N'est-ce pas affreux, cher papa, que de telles choses existent, et pourtant elles arrivent tous les jours!

— Là, ma chérie, là, mon Éva, dit Saint-Clair s'efforçant de la calmer. Ne t'affecte pas, ne me parle plus de mourir, et je ferai tout ce que tu voudras.

— Promettez-moi, papa, que Tom aura sa liberté, aussitôt que... — elle s'arrêta; puis dit avec hésitation, — quand je n'y serai plus.

— Où, chère, je ferai tout au monde; — tout ce que tu peux me demander.

— Cher père, dit l'enfant, appuyant sa joue brûlante contre celle de Saint-Clair, que je voudrais que nous pussions y aller ensemble !

— Aller, où, mon trésor?

— A la maison de notre père, de notre sauveur, où il y a paix, douceur, — où l'on s'aime tant ! — L'enfant en parlait comme d'un lieu qu'elle aurait vu. — N'y voulez-vous pas venir aussi, papa?

Saint-Clair la serra plus fortement contre son sein et se tut.

— Vous viendrez à moi, papa, et l'argentine voix avait ce grave accent de conviction qu'Éva prenait parfois sans s'en apercevoir.

— Oui, je te suivrai, — je ne puis pas te quitter. »

Le soir les enveloppait de ses ombres, de plus en plus épaisses et solennelles. Saint-Clair tenait toujours le frêle petit corps serré contre sa poitrine : il ne voyait plus cet œil profond et expressif, mais la douce voix enfantine, qui soupirait à son oreille, semblait le souffle d'un esprit. Comme en une vision suprême, soudain son passé tout entier se leva devant lui : — les hymnes et les prières de sa mère; — ses premières ardentes aspirations vers la justice et la vertu; — puis, entre ces temps lointains et l'heure présente, des années de scepticisme, de vie mondaine, de ce que les hommes appellent une existence honorable. — Nous pouvons entasser *beaucoup*, beaucoup de pensées en une seconde. Saint-Clair vit, sentit, mais ne parla point, et comme la nuit s'avançait, il porta l'enfant à sa chambre; et quand elle fut prête à mettre au lit, il renvoya les servantes, et berça Éva dans ses bras, en chantant doucement jusqu'à ce qu'elle fût endormie.

CHAPITRE XXVI

La petite évangéliste.

On était au dimanche après midi. Saint-Clair, étendu sur un canapé de bambou, savourait son cigare dans la véranda. En face, devant la fenêtre ouverte du salon, défendue des atteintes des moustiques par un rempart de gaze hermétiquement fermé, sa femme, ensevelie dans les coussins d'un sofa, tenait à la main, vu le jour, un livre de prières élégamment relié. Elle s'imaginait avoir lu, — quoique par le fait elle eût seulement laissé le livre ouvert devant elle, pendant une succession de siestes.

Miss Ophélia, parvenue enfin à découvrir, à peu de distance, une petite congrégation méthodiste, s'était rendue en voiture à l'assemblée, accompagnée d'Éva et conduite par Tom.

« Décidément, Augustin, dit Marie, après s'être assoupie un moment, il faut envoyer en ville chercher mon vieux docteur Posey. J'ai une maladie de cœur, je le sens.

— Mais pourquoi le docteur Posey? Le médecin qui soigne Éva me semble fort habile.

— Oh! je ne me fierais pas à lui en pareil cas. C'est grave : je ne puis me faire illusion! Je n'ai fait qu'y songer ces deux ou trois dernières nuits. Ce sont de telles angoisses, des sensations si extraordinaires !

— Oh! Marie, vous broyez du noir! Je n'ai pas foi à cette maladie de cœur!

— Je le savais d'avance, je m'y attendais, je vous assure ! Si Éva tousse le moins du monde, si elle a le plus léger bobo, vous êtes tout alarmes; mais moi, que vous importe!

— Si vous tenez absolument à avoir une maladie de cœur, soit; je ne veux que ce qui peut vous être agréable, dit Saint-Clair; seulement, prévenez-moi.

— Je souhaite qu'un jour vous ne vous affligiez pas lorsqu'il sera trop tard! mais, que vous le croyiez ou non, mes inquiétudes pour Éva, les fatigues au-dessus de mes forces, prises pour la chère enfant, ont développé ce que depuis longtemps j'avais tout lieu de craindre. »

Il eût été difficile de préciser les *fatigues* dont se plaignait Marie. Ce fut la réflexion que se permit secrètement Saint-Clair, et, comme un être impitoyable qu'il était, il continua de fumer son cigare jusqu'au retour de la voiture, d'où Éva et miss Ophélia descendirent.

Celle-ci, selon sa coutume invariable, avant de prononcer une parole, marcha droit à sa chambre pour y serrer son châle et son chapeau.

Éva, appelée par son père, courut s'asseoir sur ses genoux, et lui conter tout ce qu'elle avait vu et entendu.

Bientôt, de vives exclamations et une grêle de reproches, tombant on ne savait sur qui, firent explosion dans la chambre de miss Ophélia, qui donnait sur la galerie.

« Quelle nouvelle diablerie nous aura brassé ce lutin de Topsy? demanda Saint-Clair. Elle est l'origine de cette tempête, je le parierais! »

La minute d'après miss Ophélia parut, traînant la coupable, et dans un violent accès d'indignation :

« Arrivez ici, s'écria-t-elle, venez; je veux le dire à votre maître.

— Qu'y a-t-il, cousine?

— Il y a, que je ne puis être plus longtemps harcelée par cette enfant; c'est passé toute constance : la chair et le sang n'y sauraient tenir. Je l'enferme là, je lui donne un hymne à apprendre par cœur, et de quoi s'avise-t-elle? de m'épier quand je cache ma clef, d'ouvrir mon chiffonnier, d'y prendre ma plus belle garniture de bonnet, et de la couper en morceaux pour en faire des robes de poupées! Je n'ai, de ma vie, rien vu de pareil!

— Je vous l'avais assez dit, cousine, reprit Marie, de pareilles créatures ne se gouvernent pas avec des pa-

roles. Si j'étais libre d'agir, — et Marie lança sur Saint-
Clair un regard de reproche, — j'enverrais cette enfant à
la calabouse ' pour qu'on la fouette d'importance, et
jusqu'à ce qu'elle ne puisse plus se tenir sur ses jambes.

— Je n'en doute pas, reprit Saint-Clair; parlez-moi
des femmes et de leurs chaînes de fleurs! Je n'en ai pas
connu une douzaine, je crois, qui ne fussent prêtes à
éreinter, à tuer à demi, cheval ou domestique, pour peu
qu'on les laissât faire! Un homme n'est rien à côté d'elles!

— Vos sornettes sentimentales, Saint-Clair, sont hors
de saison tout à fait. Notre cousine est une femme sensée,
et maintenant elle voit assez que j'étais dans le vrai. »

Miss Ophélia n'avait que juste la dose d'indignation
qui appartient à la maîtresse de maison accomplie, et
que justifiaient de reste les nombreuses malices, les gas-
pillages sans fin de Topsy; mais l'énergie de Marie dépassait de trop loin sa colère, et toute son effervescence
tomba.

« Pour le monde entier, je ne voudrais pas que l'enfant fût traitée de la sorte, dit-elle; mais le fait est, Augustin, que je suis à bout de patience et d'expédients.
J'ai enseigné, remontré, parlé, grondé jusqu'à m'en-
rouer; je l'ai fouettée, je l'ai punie, et je suis juste aussi
avancée que le premier jour!

— Ici, singe, venez-là! » dit Saint-Clair appelant
l'enfant près de lui.

Topsy s'avança. Une certaine terreur, mêlée à sa drôle
d'expression habituelle, faisait briller et clignoter ses
yeux perçants et ronds.

« Qui t'a poussée à te conduire ainsi, voyons? dit
Saint-Clair, qui avait peine à s'empêcher de rire en la
regardant.

— Pour sûr, c'est mon mauvais cœur, dit solennellement Topsy; miss Phélie l'a dit.

' *Calaboose*, maison de châtiment.

— Ne vois-tu pas toute la peine que se donne miss Ophélia? elle ne sait plus que faire de toi; tu l'entends?

— Seigneur, oui, maître! Vieille maîtresse disait tout d'même; elle me fouettait, ah! elle me fouettait autrement dru! elle m'arrachait les cheveux, elle me cognait la tête cont' la porte, et ça n'y faisait rien du tout; ça ne me faisait pas aucun bien. Pour sûr, elle m'aurait ôté par poignées tous les cheveux de ma tête que ça ne m'aurait pas fait aucun bien non plus. — Je suis si méchante, Seigneur! et puis, je ne suis qu'une nèg' après tout!

— J'abandonne la partie, reprit miss Ophélia; j'en ai assez : je ne puis en endurer davantage.

— Permettez-moi une toute petite question seulement, dit Saint-Clair.

— Une question! laquelle?

— Si votre Évangile n'a pas la force de réformer, et de sauver une seule petite païenne que vous gouvernez absolument à votre guise, à quoi bon expédier un ou deux pauvres missionnaires, pour porter ce même livre au loin, à des milliers d'êtres de même espèce? car l'enfant, je le présume, n'est qu'un bon échantillon de ce que sont tous vos autres païens de par delà les mers. »

Miss Ophélia ne répondit pas immédiatement. Éva, qui jusque-là avait écouté en silence, fit signe à Topsy de la suivre, et les deux enfants se glissèrent ensemble dans un petit cabinet vitré, au coin de la véranda, où Saint-Clair allait quelquefois lire.

« Que va faire Éva? demanda Saint-Clair; il faut que je le voie. »

Marchant sur la pointe des pieds, il s'avança doucement, écarta un peu le rideau de la porte, et presque aussitôt, posant le doigt sur ses lèvres, il appela d'un geste silencieux miss Ophélia près de lui. Les deux enfants étaient assises l'une vis-à-vis de l'autre sur le plancher : Topsy, avec son air mutin, comique et insouciant, Éva, la figure animée, attendrie, et les yeux pleins de larmes.

« Qu'est-ce qui te rend si mauvaise, Topsy? Pourquoi ne veux-tu pas essayer d'être bonne? Est-ce que tu n'aimes rien, Topsy? disait Éva.

— Sais pas. — Moi, bien aimer le suc' candi et les aut' bonnes choses, c'est tout.

— Mais, tu aimes quelqu'un, ton papa, ta maman?

— Moi avoir jamais eu ni maman, ni papa, vous savez. Moi vous l'avoir déjà dit, miss Éva.

— Ah! je sais, dit tristement la petite fille; mais n'as-tu ni frère, ni sœur, ni tante, ni....

— Oh! jamais eu rien, jamais eu personne, personne du tout.

— Mais, Topsy, — il ne tiendrait qu'à toi d'être bonne.

— Je puis être qu'une nèg', — rien aut', — bonne ou pas bonne, dit Topsy. Si je pouvais m'ôter ma peau noire et venir tout blanc, oh! je dis pas!

— Mais les gens peuvent t'aimer, quoique noire, Topsy; miss Ophélia t'aimerait, si tu étais bonne. »

Le rire court, brusque, saccadé, habituelle expression de l'incrédulité de Topsy, fut sa seule réponse.

« Tu ne le crois pas?

— Non; elle peut pas me souffrir parce que je suis une nèg'. — Elle, aimer mieux un crapaud que moi la toucher! Personne aimer nèg's, nèg's pouvoir rien faire de bon; — mais tant pis, — *moi* m'en moque! Et Topsy se mit à siffler.

— Oh! Topsy, ma pauvre enfant, *moi* je t'aime! s'écria Éva avec un élan d'âme passionné; et elle appuya avec tendresse sa main transparente sur l'épaule noire de Topsy; — je t'aime parce que tu n'as ni père, ni mère, ni amis, parce que tu es une pauvre petite fille malheureuse et abandonnée! je t'aime et je te voudrais bonne! Vois-tu, Topsy, je suis bien malade, je ne vivrai pas longtemps, et j'ai tant de chagrin de te voir méchante! Sois bonne pour l'amour de moi, j'ai si peu de temps à rester avec toi, Topsy! »

Les yeux ronds et perçants de la petite négresse se voilèrent tout à coup; de larges gouttes brillantes roulèrent lentement une à une, et tombèrent sur la petite main blanche. Oui, en ce moment, un rayon de foi, de céleste charité, avait traversé les ténèbres de cette âme païenne, et Topsy cacha sa tête entre ses genoux, elle pleura, elle sanglota, tandis que la belle enfant, courbée avec amour sur elle, semblait l'ange brillant penché sur le pécheur qu'il vient racheter.

« Pauvre chère Topsy, dit Éva, ne sais-tu pas que Jésus nous aime tous de même? toi tout autant que moi? Il t'aime comme je t'aime; mais beaucoup, beaucoup plus, parce qu'il est bien plus grand, bien meilleur. Il t'aidera à devenir bonne, et tu peux aller au ciel à la fin, pour être un ange à jamais, tout comme si tu étais blanche. — Penses-y un peu! Songe, Topsy, il ne tient qu'à toi d'être un de ces esprits bienheureux et brillants que chante l'oncle Tom!

— Oh! chère miss Éva! chère! chère! moi vouloir, moi tâcher être bonne. — Je m'en souciais pas avant, pas du tout. »

Saint-Clair laissa retomber le rideau.

« La douce enfant me rappelle ma mère, dit-il à miss Ophélia; ce qu'elle me disait est vrai. Si nous voulons rendre la vue à l'aveugle, nous devons, comme Jésus, l'appeler à nous et *lui imposer les mains*.

— J'ai toujours eu une sorte de dégoût des nègres, c'est un fait, dit miss Ophélia; je n'aimais pas que l'enfant me touchât; mais je n'allais pas imaginer qu'elle s'en aperçût.

— Fiez-vous aux enfants pour ces découvertes-là, répondit Saint-Clair. Impossible de leur dissimuler l'impression qu'ils produisent. Les efforts les plus bienveillants, les services, les bienfaits, rien ne saurait exciter en eux une ombre de gratitude, tant que cette répugnance existe. Cela peut sembler étrange, mais cela est.

32

— Qu'y faire? dit miss Ophélia; ils me sont si désagréables, — cette petite surtout; je ne puis changer mes impressions, au bout du compte!

— Éva en a de différentes.

— Oh! Éva, c'est autre chose; elle est si aimante! — Et ce n'est qu'être chrétienne, après tout, ajouta miss Ophélia d'un ton réfléchi. — Je voudrais de bon cœur lui ressembler, et je crois qu'elle m'a donné là une salutaire leçon.

— Peut-être bien, fit observer Saint-Clair. Ce ne serait pas la première fois qu'un petit enfant serait envoyé pour instruire un vieux disciple. »

CHAPITRE XXVII

Mort.

Plaignez, plaignez la fleur nouvelle
Qui meur faucée en son bouton,
Et le petit de l'hirondelle
Tombé du nid, pauvre avorton!
Mais ne pleurez pas sur l'enfance
Qui, dans un soupir vers le ciel,
Exhale, avec son innocence,
Son âme au pied de l'Éternel.

La chambre d'Éva, spacieuse comme toutes celles de la maison, donnant aussi sur la véranda, entre l'appartement de ses parents et celui de miss Ophélia, communiquait aux deux, par des portes opposées. Saint-Clair, en sa tendre affection, s'était plu à orner cette pièce; son goût exquis avait su la mettre en harmonie avec la charmante petite créature qui l'habitait. La fine natte qui recouvrait le plancher, faite à Paris d'après les dessins qu'il avait composés lui-même, offrait au centre un ravissant bouquet de roses épanouies entouré d'une guirlande de boutons et de feuilles. Des rideaux de mousseline rose et blanche se drapaient aux fenêtres;

le lit, les chaises, les sofas, étaient de bambou travaillé, tourné en formes gracieuses de fantaisie. Au chevet du lit, sur une console d'albâtre, un ange, aux ailes reployées, tenait la couronne de myrthe d'où descendait, en plis vaporeux, la gaze rose lamée d'argent, qui remplaçait la moustiquaire indispensable dans ce climat. De légères statues soutenaient des rideaux semblables, au-dessus de chacun des sofas garnis de coussins de damas rose; sur l'élégante table du milieu, toujours de bambou, un vase de Paros, en forme de lis entouré de ses blancs boutons, et constamment garni des plus belles fleurs, s'élevait au-dessus des livres, des bijoux d'Éva, et de la charmante écritoire d'albâtre; don de son père, lorsqu'elle avait commencé à prendre goût à l'étude. La tablette de marbre de la cheminée était ornée d'une charmante statuette de Jésus appelant à lui les enfants. De chaque côté, deux vases de marbre s'emplissaient tous les matins des magnifiques bouquets que Tom apportait, avec tant d'orgueil et de plaisir. Deux ou trois tableaux de maîtres, représentant des enfants dans des attitudes gracieuses, paraient les lambris; enfin, en s'ouvrant chaque jour, les yeux d'Éva ne rencontraient que d'heureuses images de beauté, d'innocence et de paix.

La force factice qui, pendant quelques semaines, l'avait soutenue, déclinait rapidement. On entendait de moins en moins son pas léger sous la véranda : et on la trouvait de plus en plus souvent couchée sur une chaise longue, devant la fenêtre ouverte, suivant du profond regard de ses grands yeux le mouvement alternatif des eaux du lac.

Vers le milieu de l'après-midi, comme elle était ainsi penchée, — sa Bible entr'ouverte, et ses frêles petits doigts oubliés entre les feuillets, — elle entendit tout à coup la voix de sa mère montée à un aigre diapason.

« Allons, petite effrontée! — quel nouveau tour de ton

métier as-tu fait là? arraches-tu les fleurs, à présent?
Et un soufflet bien appliqué résonna presque aux oreilles
d'Éva.

— Seigneur, maîtresse! — ça être tout pour miss
Éva, répondit la voix de Topsy.

— Éva! beau prétexte! — que veux-tu qu'elle fasse
de tes fleurs, petite négresse bonne à rien? — Voyons!
te sauveras-tu! »

A la minute Éva s'élança de sa couche, et parut sous
la véranda.

« Oh! maman, ne la renvoyez pas! — J'aime ses
fleurs, — donnez-les-moi. J'en ai tant d'envie!

— Éva! — mais votre chambre en est déjà toute
pleine?

— Je n'en saurais avoir trop. Topsy, apporte-les-moi
donc. »

La petite négresse, demeurée à l'écart, tête basse et
toute renfrognée, se rapprocha, et présenta ses fleurs,
non plus de son air mutin, hardi, insouciant, mais avec
une timidité, une hésitation, un respect, tout à fait nouveaux chez elle.

« Quel beau bouquet! » dit Éva, le considérant.

L'épithète d'original eût été plus juste; — c'était un
brillant géranium écarlate, avec un seul camélia blanc
entouré de ses feuilles lustrées. Le même goût bizarre,
qui s'était plu au contraste si tranché des couleurs, avait
scrupuleusement étudié la disposition de chacune des
feuilles.

Topsy parut charmée lorsque Éva lui dit : « Sais-tu
que tu arranges fort joliment les fleurs? — Tiens, voilà
ce vase qui est vide. — Je serais bien aise d'avoir tous
les jours, pour le garnir, un bouquet de ta façon, Topsy.

— Quelle idée baroque! reprit Marie; à propos de quoi,
et pourquoi faire?

— Qu'importe, maman, vous aimez autant que Topsy
fasse cela qu'autre chose, — n'est-ce pas?

« — Oh! tout ce qu'il vous plaira, ma chère. — Topsy, tu entends ta jeune maîtresse? Songe à être exacte! »

Topsy fit une courte révérence, baissa les yeux, et comme elle se détournait pour s'en aller, Éva vit une larme rouler sur sa joue noire.

« Voyez-vous, maman, j'étais sûre que la pauvre Topsy avait envie de faire quelque chose pour moi, dit à demi voix Éva à sa mère.

— Quelle enfance! le fait est tout uniment qu'elle se plaît au mal. On lui a défendu de toucher aux fleurs, — alors elle les arrache. — Voilà ce qu'il en est; mais, si c'est votre fantaisie qu'elle dépouille les parterres, à la bonne heure.

— Je crois, maman, que Topsy n'est plus la même; elle est en train de devenir bonne.

— Elle aura du chemin à faire pour y parvenir, dit Marie avec un ricanement dédaigneux.

— Mais vous savez, maman, que la pauvre Topsy a trouvé constamment tout contre elle.

— Pas depuis qu'elle est à la maison, assurément. Elle a été assez prêchée, catéchisée, grondée; chacun s'en est mêlé, et y a fait tout ce qui se pouvait faire; — eh bien, elle est tout aussi laide, et le sera toujours. On ne tirera jamais rien de bon de cette créature-là!

— C'est si différent, chère maman, d'être élevé comme je l'ai été, entouré d'amis et de tout ce qui me pouvait rendre heureuse et bonne, ou bien d'être abandonné comme cette pauvre Topsy, si malheureuse avant d'entrer chez nous!

— Cela se peut, reprit en bâillant Marie. — Quelle chaleur! il n'y a pas moyen d'y tenir!

— Ne croyez-vous pas, maman, que Topsy pourrait, tout aussi bien que nous, devenir un ange, si elle était chrétienne?

— Topsy, un ange! quelle idée biscornue! Il n'y a que vous, Éva, pour avoir de ces imaginations de l'autre monde. — Pour ce que j'en sais, cependant c'est possible.

— Maman, est-ce que Dieu n'est pas son père, à elle, tout comme à nous? Jésus n'est-il pas aussi son Sauveur?

— Je ne dis pas non. Je présume que Dieu a créé tout le monde. — Où est donc mon flacon?

— Quel malheur! — Oh! quelle pitié! murmura Éva se parlant à elle-même, ses yeux attendris fixés au loin sur le lac mobile.

— Qu'y a-t-il de si malheureux? demanda Marie.

— Que tant de créatures qui pourraient monter là-haut pour briller au milieu des anges, vivre avec les anges! tombent, tombent si bas, si bas, sans personne qui les aide! — Hélas!

— Puisqu'on n'y peut rien, à quoi bon s'en tracasser l'esprit, Éva! Pour ma part, je n'y vois pas de remède. Il nous suffit d'être reconnaissants des dons qui nous sont accordés, à nous.

— Je puis à peine être reconnaissante; — c'est si triste de songer à ces pauvres gens qui n'ont rien reçu, eux!

— La singulière enfant! Quant à moi, ma religion me fait un devoir de me réjouir, et de rendre grâces des avantages dont je jouis.

— Maman, reprit Éva quelques minutes après, — je voudrais que l'on coupât une partie de mes cheveux, — une bonne partie.

— Pourquoi faire?

— Pour les donner à mes amis, maman, tandis que je le puis faire moi-même. Voudriez-vous prier petite tante de venir me les couper? »

Marie éleva la voix, et appela miss Ophélia qui travaillait dans sa chambre.

Lorsqu'elle entra, l'enfant, soulevée à demi sur ses oreillers, secouait ses longues boucles d'or bruni, et elle lui dit, souriante et enjouée :

« Allons, tante, venez tondre l'agneau.

— Qu'y a-t-il? demanda Saint-Clair, comme il entrait, apportant des fruits rares qu'il venait de chercher pour Éva.

— C'est moi, papa, qui priais tante de couper un peu mes cheveux : — j'en ai trop. Ils me chargent la tête, — puis, je voudrais en donner. »

Miss Ophélia s'avança avec ses ciseaux.

« Prenez garde, — n'allez pas gâter cette belle chevelure! dit le père; coupez bien en dessous; qu'il n'y paraisse pas. C'est mon orgueil, à moi, que les boucles d'Éva.

— Oh! papa, dit-elle tristement.

— Oui, certes; je tiens à les conserver dans leur beauté, pour le temps où je te mènerai à la plantation de ton oncle voir le cousin Henrique. Et Saint-Clair prenait son ton gai.

— Je n'irai jamais, papa. — Je vais dans un plus beau pays. — Oh! croyez-le! — Ne voyez-vous pas, cher papa, que chaque jour je m'affaiblis?

— Éva, cruelle enfant! Pourquoi insister ainsi?

— Parce que c'est la *vérité*, papa; si vous y vouliez croire à présent, peut-être en viendriez-vous à sentir là-dessus comme moi. »

Saint-Clair, les lèvres comprimées, demeura debout, immobile, l'œil rivé sur ces belles boucles qui, à mesure que les ciseaux les séparaient de la tête de l'enfant, étaient déposées une à une sur ses genoux. Éva les prenait, les considérait, les enroulait autour de ses doigts grêles, puis reportait vers son père un regard anxieux.

« C'est comme je l'avais prédit, tout juste! gémit Marie. C'est ce qui mine de jour en jour ma pauvre santé; ce qui me fait descendre dans la tombe, sans qu'on y prenne seulement garde! — Il y a assez longtemps que je me tuais à vous le dire, Saint-Clair! vous le verrez à la fin, vous verrez que j'avais raison!

— Ce qui vous sera d'une grande consolation, sans nul doute! » dit amèrement Saint-Clair.

Marie se rejeta sur sa chaise longue, et se couvrit la figure de son mouchoir de batiste.

L'œil d'azur d'Éva passa de l'un à l'autre, avec une expression profonde; c'était le regard calme, lucide, d'une âme affranchie à demi de ses liens terrestres. Elle sentait, elle appréciait pleinement la différence des deux.

Elle fit de la main signe à son père. Il vint, et s'assit près d'elle.

« Papa, mes forces déclinent de plus en plus; je sens que je m'en vais. Il y a des choses pourtant que je voudrais dire et faire, et vous êtes si fâché quand j'en dis seulement un mot... Mais il le faut, il n'y a plus à différer. — Si vous le permettiez, papa, je parlerais tout de suite.

— Mon Éva, je le permets, dit Saint-Clair. Il se couvrit le visage d'une de ses mains, dans l'autre il serrait celle de l'enfant.

— Alors, je voudrais voir tout notre monde réuni. Il y a quelque chose que je dois leur dire, à tous, reprit-elle.

— Soit, » dit Saint-Clair d'une voix altérée et sèche.

Un message, envoyé par miss Ophélia, amena en peu de minutes tous les serviteurs dans la chambre.

Éva était retombée sur ses oreillers, ses cheveux étaient épars autour de sa figure, les vives couleurs de ses joues formaient un pénible contraste avec la blancheur mate de son teint et la délicate maigreur de ses traits purs; ses yeux encore agrandis, où respirait toute son âme, étaient fixés avec ferveur sur chacun.

Tous furent saisis : cette figure idéale, éthérée; ces longues boucles de cheveux coupés, rangées près d'elle; la face détournée du père, les sanglots de Marie, c'était plus qu'il n'en fallait pour émouvoir vivement une race impressionnable et tendre.

A mesure que les serviteurs entraient, ils se regardaient l'un l'autre, soupiraient, secouaient la tête; parmi eux régnait un silence de mort.

Éva se souleva, attacha tour à tour sur chacun son regard pénétrant. Tous paraissaient tristes, alarmés; plusieurs femmes se cachaient le visage dans leurs tabliers.

« Je vous ai demandés, chers amis, dit Éva, parce que je vous aime. Je vous aime *tous*, et ce que j'ai à vous dire, je veux que vous vous le rappeliez toujours... Je vous quitte; — je m'en vais. Encore quelques semaines, et vous ne me verrez plus. »

Une explosion de gémissements, de lamentations, dans lesquels se perdait la faible voix de l'enfant, l'interrompit. Elle attendit une minute, puis elle reprit avec effort, d'un ton qui réprima leurs sanglots :

« Si vous m'aimez, il ne faut pas m'interrompre. Écoutez-moi ! — C'est de vos âmes que j'ai à vous parler... Plusieurs n'y songent pas, j'ai peur; vous ne pensez qu'à ce monde. Je vous en prie, rappelez-vous qu'il y en a un plus beau, où est Jésus ! — c'est là que je vais, et vous y pouvez venir aussi : il est à vous autant qu'à moi. Mais, pour y venir, il ne faut pas mener une vie oisive, insouciante; il faut être chrétien. Songez-y ! Chacun de vous peut devenir un ange, un ange à tout jamais... Si vous avez bien envie d'être chrétien, Jésus vous y aidera. Priez-le; lisez... »

L'enfant s'arrêta, les regarda d'un air attendri, et dit avec tristesse :

« Oh, chers ! vous ne *pouvez pas* lire. Pauvres âmes ! » Elle cacha son visage dans son oreiller, et sanglota. Les sanglots étouffés de ceux qui l'entouraient à genoux lui répondirent, et la rappelèrent à eux.

« Qu'importe ! reprit-elle, et sur sa figure radieuse un sourire brilla au travers de ses larmes. J'ai prié pour vous. Si vous ne pouvez pas lire, Jésus est là, qui vous entend. Faites de votre mieux, tous !... Priez !... demandez-lui de vous aider. Quand vous le pourrez, faites-vous lire la Bible; et, je l'espère, je vous reverrai tous là-haut, dans le ciel !

— Amen ! » murmurèrent Tom, Mamie et quelques-uns

des vieux serviteurs qui appartenaient à l'Église méthodiste. Les plus jeunes, les plus étourdis, dominés par leur
émotion, sanglotaient, la tête courbée sur leurs genoux.

« Je sais, reprit Éva, que vous m'aimez tous.

— Oui, — oh oui! chère miss Éva! Le Seigneur la
bénisse! » D'involontaires exclamations partaient de
tous côtés.

« Je le sais, je le crois : il n'y a pas un de vous qui n'ait
été bon pour moi ; et je veux vous donner quelque chose
que vous ne pourrez voir sans vous souvenir d'Éva! —
C'est une boucle de mes cheveux; toutes les fois que vous
la regarderez, pensez que je vous aimais, que je suis
allée au ciel la première, et que je vous y attends tous!»

La scène qui suivit ne se peut décrire : ils sanglotaient, ils pleuraient, ils se pressaient autour de la chère
petite créature, pour recevoir de ses mains cette dernière
marque de son amour. A genoux, prosternés, ils gémis-
saient, baisaient le bord de ses vêtements, et les plus
âgés lui adressaient de tendres et caressantes paroles,
mêlées de prières et de bénédictions, à la façon de leur
race affectionnée et impressionnable.

Miss Ophélia, redoutant l'émotion pour sa petite malade, faisait signe à chacun de ceux qui avaient reçu le
don précieux de sortir de l'appartement.

A la fin il ne resta plus que Tom et Mamie.

« Tenez, oncle Tom, dit Éva, en voilà une belle pour
vous. Oh! je suis si contente, oncle Tom, de penser que
je vous reverrai là-haut ! — car je suis sûre que vous y
viendrez, vous! — et toi, Mamie! — chère bonne Mamie! Et elle jeta avec transport ses bras autour du cou de
sa vieille nourrice. — Tu y viendras aussi, toi!

—Oh! miss Éva, comment, pauvre vieille Mamie, pouvoir vivre quand vous serez plus là! dit la fidèle créature.
Tout sera parti, — maison vide, — plus rien! » Et la
pauvre nourrice s'abandonna à un transport de douleur.

Miss Ophélia la poussa doucement avec Tom hors de

la chambre, et elle les croyait tous partis, lorsqu'en se retournant elle aperçut Topsy debout.

« Eh! d'où sortez-vous? se récria-t-elle surprise.

— Moi, être là tout le temps, dit Topsy chassant de son mieux les larmes qui obscurcissaient sa vue. Oh! miss Éva, moi avoir été bien méchante! mais voudrez-vous pas en donner une aussi à *moi?*

— Oui, pauvre Topsy! oui, je le veux. Tiens, voilà! — Chaque fois que tu la regarderas, pense que je t'aime, et que j'ai tant d'envie que tu sois bonne fille.

— Oh! miss Éva! moi, tâche tant que je peux : mais, Seigneur! c'être si difficile se faire bon! — pas habituée du tout, — sais pas m'y prendre!

— Jésus te voit, Topsy; il te plaint; il t'aidera. »

Topsy, la figure couverte de son tablier, passa silencieuse devant miss Ophélia; elle avait déjà caché dans son sein la précieuse boucle.

Tous étaient sortis; miss Ophélia ferma la porte. Elle avait pleuré plus d'une fois durant cette scène; mais ce qui la préoccupait surtout, c'étaient les suites de cette vive excitation pour sa chère petite malade.

Saint-Clair était demeuré assis tout le temps, la main devant ses yeux, dans la même attitude. Après le départ des domestiques, il ne bougea pas davantage.

« Papa! » dit doucement Éva, posant sa main sur la sienne.

Il tressaillit et frissonna sans répondre.

« Cher papa!

— *Je ne le puis!* s'écria-t-il en se levant. Non! cela ne se peut pas! Le Tout-Puissant me frappe sans pitié.» Le ton était plus âpre encore que les paroles.

« Augustin! Dieu n'a-t-il pas le droit de faire ce qu'il veut des siens? dit miss Ophélia.

— Peut-être; mais ce n'en est pas plus aisé à supporter. » Le ton de Saint-Clair était sec, dur; c'était une douleur poignante et sans larmes.

« Papa, vous me brisez le cœur! s'écria Éva, se redressant et se jetant dans ses bras. Il ne faut pas, il ne faut pas! » L'enfant sanglotait et pleurait avec une violence qui les alarma tous. A l'instant les pensées de son père prirent un autre cours.

« Là, Éva, — là, ma chérie! paix, paix! j'avais tort; j'ai mal fait: je me repens. — Je sentirai, je parlerai comme tu voudras; — calme-toi seulement; ne pleure plus. Je serai résigné. »

Comme une colombe fatiguée, Éva resta blottie dans le sein de son père qui, penché sur elle, cherchait à la calmer par les plus tendres, les plus caressantes paroles.

Marie se leva, s'élança hors de la pièce, et alla tomber chez elle, en proie aux attaques de nerfs.

« Et, à moi, Éva, dit le père souriant avec tristesse, tu ne m'as pas donné une boucle?

— Ne sont-elles pas toutes à vous, papa? à vous et à maman? répondit-elle avec un sourire. Vous en laisserez prendre à tante autant qu'elle en voudra. Si je les ai données moi-même à nos pauvres gens, c'est que, voyez-vous, papa, ils pourraient être oubliés quand je serai partie! C'est aussi pour les aider à se rappeler... Vous, papa, vous êtes chrétien, n'est-ce pas? dit Éva avec un léger doute.

— Pourquoi me le demandes-tu?

— Je ne sais. Vous êtes si bon que vous ne pourrez vous empêcher d'être chrétien.

— Mais, qu'est-ce qu'être chrétien, Éva?

— C'est aimer le Christ par-dessus tout.

— Et tu l'aimes ainsi, Éva?

— Oh! oui, certainement!

— Tu ne l'as pourtant jamais vu?

— Qu'est-ce que cela fait? dit Éva. Je crois en lui, et je le verrai bientôt! » Le jeune visage rayonna de joie et d'espoir.

Saint-Clair se tut; il avait connu chez sa mère cette

même ferveur de foi; mais en lui nul sentiment ne vibrait à l'unisson.

A partir de ce moment, le déclin fut rapide. Il n'y avait plus la possibilité d'un doute, et les plus ardentes espérances n'auraient pu s'aveugler. La ravissante retraite d'Éva était devenue une chambre de malade, où miss Ophélia remplissait, de jour, de nuit, l'office de la garde la plus dévouée; — jamais ses amis n'avaient eu lieu de l'apprécier aussi haut. L'œil, la main si exercés, tant d'adresse, une si parfaite pratique de tous les petits soins qui peuvent maintenir l'ordre, la propreté, soulager la souffrance, écarter de la vue tous les incidents pénibles de la maladie; — une appréciation si juste du temps; une tête toujours ferme, toujours présente, une mémoire sûre, une ponctualité scrupuleuse à suivre les ordonnances des médecins; c'était sur elle seule que se reposait Saint-Clair. Après avoir souri jadis de ses petites singularités, de ses habitudes minutieuses, si opposées à l'insouciante liberté de manières des habitants du Sud, on reconnaissait maintenant son inestimable prix.

L'oncle Tom se tenait souvent dans la chambre d'Éva: l'enfant, qui souffrait d'une agitation nerveuse, éprouvait un vrai soulagement à être portée, et la plus grande joie de Tom était de tenir entre ses bras, sur un oreiller, le frêle et fragile petit être, qu'il transportait çà et là dans la chambre, sous la véranda. Et quand soufflait la fraîche brise de mer, quand au matin Éva se sentait un peu plus forte, il la promenait quelquefois sous les orangers du jardin, ou bien, s'asseyant un moment dans quelques-uns des endroits qu'elle aimait, il lui chantait ses hymnes favoris.

Son père la portait aussi; mais, moins fort que Tom, il se fatiguait plus vite.

« Oh! papa, lui disait Éva, laissez Tom me prendre. — Le pauvre cher oncle Tom! cela lui fait tant de plaisir! —

33

C'est l'unique chose qu'il ait à faire à présent. — Et il a si grand besoin de se rendre utile !

— Moi aussi, Éva ! dit son père ; j'ai le même besoin.

— Oh ! mais, vous, papa, vous pouvez tout faire, et vous êtes tout pour moi. — C'est vous qui me lisez, — vous qui me veillez la nuit. — Tom ne peut que me porter ou me chanter des chansons ; et je sais d'ailleurs que je le fatigue moins que vous ; il est si fort ! »

Tom n'était pas le seul qui souhaitât faire quelque chose pour Éva ; tous les gens de la maison le désiraient avec une ardeur presque égale, et chacun rendait tous les services en son pouvoir.

Le cœur de la pauvre Mamie soupirait sans cesse après sa chère enfant, sans qu'elle trouvât un moment de liberté, ni jour ni nuit. Madame Saint-Clair avait déclaré que son état d'esprit ne lui permettait nul repos ; il était en conséquence contre ses principes d'en laisser à personne. Vingt fois par nuit Mamie devait se relever pour lui frotter les pieds, bassiner sa tête avec de l'eau fraîche, lui chercher son mouchoir de poche, voir pourquoi on faisait du bruit dans la chambre d'Éva, baisser un rideau parce qu'il faisait trop clair, le lever parce qu'il faisait trop sombre ; et de jour, quand tout son désir eût été de prendre sur elle une petite part des soins que réclamait l'enfant qu'elle avait nourri, sa maîtresse se montrait ingénieuse à l'occuper dans un coin ou l'autre de l'habitation, si elle ne l'employait autour de sa personne : de sorte que tout ce que pouvait la pauvre nourrice, c'était d'entrevoir la petite malade quelques moments et à la dérobée.

« Je le sens, disait madame Saint-Clair, c'est pour moi aujourd'hui un devoir impérieux de me ménager, faible comme je le suis, et lorsque sur moi seule roulent tous les soucis et tous les soins que réclame la pauvre enfant !

— En vérité, ma chère, reprenait Saint-Clair, j'aurais cru que notre cousine vous allégeait singulièrement cette tâche.

— Que c'est bien parler en homme, Saint-Clair ! — Comme si une mère pouvait être allégée des soins qu'exige sa fille en un pareil état ! — Du reste, c'est tout simple. — Qui jamais saura ce que je souffre ! — Je ne puis, moi, secouer les choses comme vous faites ! »

Saint-Clair souriait. Excusez-le ; comment s'en empêcher !—car il pouvait sourire encore. Le voyage d'adieu de la petite âme toute divine était si brillant, si serein ! — La frêle barque voguait, poussée par de si douces, de si favorables brises vers les rivages célestes ! — Impossible de songer que la mort approchait !—L'enfant n'éprouvait nulle douleur ; — ce n'était qu'un affaiblissement graduel, lent, presque insensible. A la voir si belle, si aimante, si remplie de confiance et de bonheur, nul ne pouvait se soustraire à la suave influence de l'atmosphère de paix qui semblait émaner d'elle. Saint-Clair sentait descendre en son âme un calme étrange : ce n'était pas de l'espoir, il n'était plus possible ; — ce n'était pas de la résignation ; c'était comme une tranquille halte dans le présent, trop beau pour qu'on voulût songer à l'avenir ; — c'était ce délicieux repos que l'on ressent à l'automne, lorsque, dans les grands bois silencieux, on jouit d'autant plus de la fébrile et brillante rougeur du feuillage, de l'éclat des dernières fleurs penchées au bord des ruisseaux, que ces beautés éphémères sont prêtes à vous échapper.

L'ami qui portait si souvent Éva pénétrait dans sa confiance plus avant que personne. C'était à Tom que l'enfant, qui eût craint d'affliger son père, faisait confidence de ces pressentiments qui vibrent dans l'âme à mesure que ses liens terrestres se détendent, et qu'elle s'apprête à laisser pour jamais sa prison d'argile.

Tom finit par ne plus coucher dans sa chambre ; il

passait les nuits étendu par terre dans la véranda, prêt
à courir au premier bruit.

« Quelle singulière fantaisie avez-vous, oncle Tom,
de dormir comme un chien, n'importe où? lui demanda
miss Ophélia. Je vous prenais pour un homme rangé,
qui aime à se coucher tout chrétiennement dans son
lit.

— Oui, bien, auparavant, miss Phélie, dit Tom avec
mystère; mais à présent....

— Eh bien, qu'y a-t-il, à présent?

— Faut pas parler haut; maître Saint-Clair ne veut
pas y entendre! mais, miss Phélie, vous savez bien, faut-
il pas quelqu'un qui veille pour attendre l'époux?

— Que voulez-vous dire, Tom?

— Il est dit dans l'Écriture : « Sur le minuit, on entendit crier : Voici l'époux qui vient! » c'est lui que j'attends, miss Phélie; — d'ailleurs, je pourrais pas dormir
loin, faut que je sois tout près pour entendre...

— Mais, oncle Tom, d'où vous vient cette pensée?

— Miss Éva a parlé à moi. Le Seigneur envoie son
messager à l'âme. Faut que je sois là, miss Phélie. Quand
cette enfant bénie entrera dans le royaume, la porte s'ouvrira si grande que nous entreverrons tous la gloire.

— Oncle Tom, est-ce que miss Éva vous a dit qu'elle
se sentit plus mal ce soir?

— Non; mais elle a dit ce matin que le temps était
proche. — Il y a quelqu'un qui avertit l'enfant, miss
Phélie; ce sont les anges. « C'est le son de la trompe
avant l'aube du jour! » ajouta Tom, citant un de ses
hymnes favoris.

Ce dialogue entre miss Ophélia et Tom se passait de
dix à onze heures, un soir, lorsque après avoir terminé
tous ses arrangements pour la nuit, elle le trouva, couché sur le seuil, en allant verrouiller la porte extérieure.

Elle n'était ni nerveuse, ni impressionnable; mais le
ton solennel, l'aspect ému et grave de Tom, la frappè-

rent. Toute l'après-midi, Éva s'était montrée plus vive, plus joyeuse, plus forte de beaucoup. Assise dans son lit, elle s'était fait apporter tous ses petits joyaux, et elle avait désigné ceux de ses amis auxquels elle destinait chaque objet. Depuis plusieurs semaines, elle n'avait pas paru aussi animée; sa voix était plus ferme, plus naturelle, et son père, heureux de la trouver, comme il disait, plus elle-même qu'elle ne l'avait encore été depuis sa maladie, après l'avoir embrassée en la quittant, murmura à l'oreille de miss Ophélia : « Cousine, nous la garderons, après tout ! Certainement elle va mieux ! » Et il s'était allé coucher le cœur plus léger qu'il ne l'avait eu depuis longtemps.

Mais à minuit, — heure étrange et mystique ! — quand le voile entre l'éphémère présent et l'éternel avenir devient plus transparent, — alors vint le messager !

Il y eut un son dans la chambre muette : d'abord des pas pressés, c'étaient ceux de miss Ophélia, qui avait résolu de veiller toute la nuit, et qui, à cette heure, discerna ce que les gardes expérimentées appellent un *changement*. La porte du dehors fut ouverte : Tom, aux aguets, était sur pied.

« Appelez le docteur, Tom, dit miss Ophélia; ne perdez pas une minute ! Et, traversant la chambre, elle frappa doucement à la porte de Saint-Clair.

— Cousin, dit-elle, il faudrait venir. »

Ces mots tombèrent sur le cœur de Saint-Clair comme les mottes de terre sur un cercueil... Pourquoi ?... Debout à l'instant même, il est au chevet du lit, il se courbe sur Éva : — Éva dort.

Qu'a-t-il vu, que le battement de son cœur s'arrête ? Pourquoi pas un mot échangé entre eux ? Tu le peux dire, toi qui as vu la même expression sur la face qui t'était la plus chère ! — l'aspect qu'aucun mot ne décrit, qui n'admet aucun doute, qui tue l'espoir, et crie si haut : Le bien-aimé ne t'appartient plus !

Rien d'effrayant n'était empreint sur ce doux visage.
— Non; c'était une expression noble, presque sublime;
— était-ce l'ombre diaphane des ailes brillantes des
anges? — était-ce l'aube radieuse de l'éternité dans cette
âme enfantine?

Ils la contemplaient muets, immobiles : un tel silence! le tic-tac de la montre semblait trop fort!

Au bout de peu de minutes Tom ramena le docteur;
il entra, jeta un coup d'œil sur la malade, et demeura
immobile et muet comme eux.

« A quelle heure a eu lieu ce changement? murmura-
t-il enfin à l'oreille de miss Ophélia.

— Vers le milieu de la nuit. »

Marie, réveillée par l'entrée du médecin, accourait
effarée.

« Augustin! cousine! oh! qu'y a-t-il?... demanda-
t-elle vivement.

— Chut! dit Saint-Clair d'une voix rauque et basse,
elle se meurt! »

Mamie comprit, et courut éveiller les domestiques. En
moins de rien, toute la maison fut sur pied. — Les lumières allaient, venaient; des pas se faisaient entendre,
des visages bouleversés se pressaient sous la véranda.
Tous regardaient, les yeux en pleurs, à travers les portes
vitrées : — Saint-Clair n'entendait rien, ne disait rien;
il ne voyait plus que cet *aspect* irrévocable sur les traits
de l'enfant endormie.

« Oh! si elle s'éveillait! si elle parlait encore une fois,
une fois encore! » Et, courbé sur elle, il murmura à son
oreille : « Éva, chérie! »

Les larges yeux bleus se sont ouverts, — un sourire
a passé, — elle essaye de soulever sa tête; — elle veut
parler.

« Me connais-tu, Éva!

— Cher papa! » Et, par un suprême effort, elle entoura le cou de Saint-Clair d'un bras défaillant qui re-

tomba aussitôt. Lorsqu'il releva la tête, il vit sur ce visage bien-aimé le spasme de l'agonie.—Elle luttait pour respirer,—elle agitait ses petites mains.

« Oh! Dieu, c'est affreux! » s'écria-t-il, se détournant avec angoisse, et tordant la main de Tom sans savoir ce qu'il faisait : «Oh! Tom, mon garçon! ah! cela me tue! »

Tom pressait entre les siennes les deux mains de son maître; les larmes ruisselèrent de ses yeux levés au ciel; il cherchait l'aide là-haut, d'où il l'attendait toujours.

« Prie que ce soit court! murmura Saint-Clair.— C'est une horrible torture.

— Oh! béni soit le Seigneur! c'est passé,— c'est fini! cher maître, regardez! »

L'enfant palpitante restait renversée sur ses oreillers à demi pâmée : — ses grands yeux limpides et fixes tournés en haut. — Ah! que disaient ces yeux qui parlaient tant du ciel? La terre et ses souffrances avaient fui; mais l'éclat triomphant de ce visage était si solennel, si mystérieux, qu'il réprimait jusqu'aux sanglots de la douleur. Tous se serraient autour d'elle dans un silence sans souffle.

« Éva! » dit doucement Saint-Clair.

Elle n'entendit pas.

« O Éva! dis-nous ce que tu vois? que vois-tu? » s'écria son père.

Un brillant, un glorieux sourire illumina toute sa figure, et elle dit en mots entrecoupés : « O amour, — joie, — paix! » Puis un soupir, et elle avait passé de la mort à la vie.

Adieu, enfant bien-aimée! les portes brillantes, les portes éternelles sont closes sur toi. Nous ne reverrons plus ton doux visage! Malheur à ceux qui t'ont vue entrer aux cieux lorsqu'ils se réveilleront, pour ne plus trouver que le jour terne et gris de la terre, et toi, sa lumière, à jamais éclipsée!

CHAPITRE XXVIII

Voici la fin de ce qui est terrestre.

JOHN QUINCY ADAMS.

Dans la chambre d'Éva, les statuettes et les tableaux sont voilés de blanc : des pas assourdis, des souffles étouffés en troublent seuls le silence solennel ; un demi jour pâle pénètre à travers les jalousies fermées.

Le lit est drapé de blanc ; là, sous les ailes de l'ange en prières, repose une forme endormie, — endormie pour ne plus s'éveiller ! Elle gît — vêtue d'une des simples robes blanches qu'elle avait coutume de porter durant sa vie. Les reflets roses des rideaux répandent sur la pâleur rigide de la mort une teinte chaude. Les longs cils s'abaissent sur ces joues si pures ! La tête est un peu tournée sur le côté, comme dans le sommeil ; mais chaque trait du visage est empreint de cette expression céleste, mélange de ravissement et de paix, qui annonce que ce n'est plus le sommeil passager et terrestre, mais le long et suave repos que le Seigneur accorde à ses bien-aimés.

« Il n'y a pas de mort pour toi et tes pareilles, chère Éva ! ni ses épouvantements, ni ses ténèbres ; rien qu'un brillant crépuscule, comme quand l'étoile du matin pâlit devant les feux de l'aube. Tu as remporté la victoire sans le combat, — la couronne, sans la lutte. »

Ainsi pensait Saint-Clair, tandis que debout, les bras croisés, il la contemplait en silence. Ah ! qui eût pu sonder l'abîme de sa douleur ! Depuis l'heure funeste où, dans la chambre mortuaire, une voix avait dit : « Elle a passé ! » un brouillard enveloppait tout ; nuit ténébreuse de l'âme en ses angoisses ! Il avait entendu parler autour de lui : on l'avait questionné, il avait répondu. On lui avait demandé quand il voulait que se fissent les funérailles, et où il souhaitait qu'elle fût déposée : il avait dit, avec impatience, que peu lui importait !

Adolphe et Rosa avaient rangé la chambre. Malgré leur étourderie et leur légèreté, ni l'un ni l'autre ne manquait de cœur; et pendant que miss Ophélia présidait à l'ordre général et à la propreté, ils mettaient les dernières touches de poésie et de sentiment, qui enlèvent à la mort et à son entourage l'aspect lugubre et terrible qu'elle revêt à la Nouvelle-Angleterre.

Il y avait sur toutes les étagères des fleurs blanches, délicates, parfumées, aux feuilles gracieuses et retombantes. Sur la petite table d'Éva, recouverte d'une blanche batiste, était son vase favori, contenant un seul bouton de rose blanche mousseuse. Les plis des rideaux, les draperies avaient été disposés avec un goût noble et sévère. Pendant que Saint-Clair était là, toujours immobile, Rosa se glissa dans la chambre, apportant une corbeille de fleurs. A la vue du maître, elle s'arrêta et fit quelques pas en arrière; mais s'apercevant qu'il ne bougeait pas, elle se rapprocha du lit. Il la vit, comme en un rêve, placer entre les petites mains jointes une branche de jasmin, puis disposer les fleurs autour de la couche.

La porte se rouvrit, et Topsy, les yeux gros de pleurs, parut sur le seuil : elle cachait quelque chose sous son tablier. Rosa lui fit de la main un geste impérieux, mais elle avait déjà un pied dans la chambre.

« Veux-tu bien t'en aller! dit Rosa, à voix basse, et d'un ton absolu. Tu n'as que faire ici, *toi!*

— Oh! laissez! laissez faire à moi! j'ai porté une fleur, — une fleur si jolie! dit l'enfant en montrant une rose-thé à peine éclose. Je vous en prie, laissez-moi la mett' là!

— Va-t'en! dit Rosa avec insistance.

— Qu'elle reste! s'écria Saint-Clair en frappant du pied. Qu'elle approche, je le veux! »

Rosa sortit en hâte; Topsy s'avança et déposa son offrande au pied du corps : puis, tout à coup, poussant un cri lugubre, sauvage, elle se roula par terre auprès du lit, et pleura et gémit à haute voix. Miss Ophélia accourut; elle essaya de relever l'enfant, de la faire taire; mais en vain.

« O miss Éva!... miss Éva! moi voudrais être morte, aussi! — moi le voudrais! »

Il y avait dans ce cri un accent si déchirant, que le visage de marbre de Saint-Clair en rougit; le sang y afflua, et les premières larmes qu'il eût répandues depuis la mort d'Éva jaillirent de ses yeux.

« Levez-vous, enfant, dit miss Ophélia d'une voix adoucie. Ne pleurez pas si fort! miss Éva est partie pour le ciel! C'est un ange, à présent.

— Mais je peux pas la voir! — je la verrai plus jamais! et Topsy sanglota de nouveau. Il y eut un moment de silence.

— Elle a dit qu'elle *m'aimait*, reprit Topsy, — oui, elle l'a dit! — Oh là! mon Dieu! il ne reste plus *personne* à présent, plus personne!

— Ce n'est que trop vrai, murmura Saint-Clair se tournant vers miss Ophélia. Voyez, tâchez de consoler la pauvre créature.

— Je voudrais avoir jamais été née, dit Topsy; j'avais pas besoin d'être née!... — A quoi ça sert? »

Miss Ophélia la releva avec douceur et fermeté, et l'emmena hors de la chambre.

« Topsy, pauvre enfant! dit-elle, et des larmes tombaient de ses yeux. Ne vous désolez-pas! je puis vous aimer aussi! — Quoique je ne vaille pas à beaucoup près notre chère Éva, j'espère avoir appris d'elle un peu de l'amour de Jésus pour les affligés. Je puis vous aimer; je vous aime, Topsy; et je m'efforcerai de vous aider à devenir une brave fille, une bonne chrétienne. »

La voix de miss Ophélia en disait plus que ses paroles, et plus expressives encore que les mots, étaient les pleurs qui coulaient sur ses joues. A dater de ce moment elle acquit sur l'esprit de la pauvre petite délaissée une influence qu'elle ne perdit plus.

« O mon Éva, si ton heure si courte passée sur la terre a fait tant de bien, pensa Saint-Clair, quel compte aurai-je à rendre, moi, de mes longues années! »

Des murmures étouffés, des pas furtifs se succédèrent dans la chambre, comme tous venaient, l'un après l'autre, contempler la morte une dernière fois. Puis on apporta le petit cercueil; puis vint le jour des funérailles, les voitures se rangèrent devant la porte; des étrangers entrèrent et s'assirent: on déploya des voiles blancs, des rubans blancs, des crêpes noirs; des gens en deuil défilèrent lentement: on lut des paroles de la Bible; on fit des prières; et Saint-Clair vécut, marcha, agit, comme un homme qui n'a plus de larmes à répandre. Jusqu'au dernier moment, il ne vit qu'une chose, la petite tête blonde dans le cercueil; puis il vit le suaire la recouvrir et le cercueil se refermer; et quand on le mit à son rang, près des autres, il marcha jusqu'au bas du jardin. Là, près du banc de mousse où elle et Tom avaient si souvent causé et chanté, la petite fosse était béante. Saint-Clair s'arrêta sur le bord et y plongea un vague regard. Il y vit descendre le cercueil; il entendit confusément les mots sacrés: « Je suis la Résurrection et la Vie; celui qui croit en moi, encore qu'il soit mort, vivra! » Et quand la terre retomba sur la bière et que la fosse fut comblée, il ne pouvait se persuader que ce fût son Éva qu'on enfouissait ainsi loin de ses yeux.

Non, ce n'était pas elle, — ce n'était pas Éva! ce n'était que la frêle semence de la forme immortelle et radieuse, sous laquelle elle apparaîtra au jour du Seigneur Jésus.

Tous se dispersèrent, les affligés regagnèrent la maison où *elle* ne devait plus rentrer. Marie ne voulait pas voir le jour; elle avait fait fermer les volets, s'était jetée sur son lit, et s'abandonnait sans frein aux pleurs et aux gémissements : à chaque minute elle réclamait les soins de tous ses domestiques. Ils n'avaient pas le temps de pleurer, eux. — Pourquoi pleureraient-ils? Cette douleur était *sa* douleur à elle, et elle était bien convaincue que personne au monde ne sentait, — ne pouvait sentir comme elle.

« Saint-Clair n'a pas versé une larme! disait-elle. Il n'a pas l'ombre de sympathie! C'est de sa part une dureté de cœur incroyable, une insensibilité inouïe, sachant ce que je souffre! »

La foule est tellement dupe de ce qu'elle voit, de ce qu'elle entend, que la plupart des domestiques se persuadèrent que « maîtresse » était en effet la plus à plaindre; surtout quand Marie eut des attaques de nerfs, envoya chercher le médecin, et déclara qu'elle se mourait. Les allées et venues, les applications de bouteilles d'eau bouillantes, de flanelles chaudes, les frictions, le bruit, l'embarras étaient autant de diversions salutaires.

Cependant, Tom se sentait au fond du cœur attiré vers son maître. Il le suivait partout avec inquiétude et tristesse; et lorsqu'il le voyait si pâle et si calme, assis dans la chambre d'Éva, tenant la petite Bible devant lui, mais n'y pouvant distinguer ni un mot, ni une lettre, il comprenait qu'il y avait dans cet œil sec et fixe plus de douleur que dans tous les gémissements et toutes les lamentations de Marie.

Au bout de peu de jours la famille Saint-Clair rentra en ville, Augustin espérant échapper à ses pensées en changeant de lieu. La maison, le jardin, la petite tombe furent délaissés, et Saint-Clair parcourut de nouveau les rues de la Nouvelle-Orléans, s'efforçant de combler le vide de son cœur par le tourbillon du monde et des affaires. Ceux qui le rencontraient, sur la place publique ou au café, ne voyaient de son deuil que le crêpe noir de son chapeau; car il souriait, causait, lisait les journaux, parlait politique, et s'informait du cours de la bourse. Qui eût pu deviner que tous ces semblants de vie n'étaient que le masque creux d'un cœur désolé, et muet comme le sépulcre?

« M. Saint-Clair est un homme étrange! dit un jour Marie à miss Ophélia d'un ton lamentable; je m'étais imaginée que notre chère petite Éva était tout ce qu'il aimait au monde; eh bien! il semble déjà l'avoir oubliée! Je ne puis l'amener à m'en parler. J'aurais vraiment cru qu'il montrerait plus de cœur.

— Les eaux dormantes sont les plus profondes, dit-on, reprit miss Ophélia d'un ton sentencieux.

— Oh! je n'en crois pas un mot; c'est bon pour parler. Les gens qui ont de la sensibilité la montrent; ils ne sauraient faire autrement. C'est un grand malheur d'être sensible. J'aimerais bien mieux être faite comme Saint-Clair. Ma sensibilité me consume!

— C'est mait' Saint-Clair qui maigrit, maîtresse! ce n'est quasiment qu'une ombre! dit Mamie; il ne mange plus du tout : il n'oublie pas miss Éva, bien sûr; et qui pourrait l'oublier, la chère petite âme bénie! ajouta-t-elle en s'essuyant les yeux.

— En tous cas il n'a guère d'égards pour moi, reprit Marie : il ne m'a pas adressé une parole de consolation, et il doit savoir qu'une mère sent autrement qu'un homme. ···

— Le cœur connait seul sa propre amertume, dit gravement miss Ophélia.

— C'est précisément ce que je pense. Il n'y a que moi qui sache ce que je sens. — Personne ne paraît s'en douter. — Éva le devinait, elle; mais elle n'est plus là! » Et Marie se rejeta sur son sofa en sanglotant.

Elle était de ces gens, malheureusement organisés, qui, indifférents aux biens qu'ils possèdent, leur prêtent une valeur centuple dès qu'ils les ont perdus. Tant qu'une chose lui appartenait, elle n'en cherchait que les défauts: venait-elle à lui manquer, les éloges ne tarissaient plus.

Tandis que cette conversation se passait au salon, une autre avait lieu dans la bibliothèque.

Tom, qui suivait partout son maître avec inquiétude, l'avait vu entrer, quelques heures auparavant, dans la « chambre aux livres » ; après l'avoir vainement attendu à la sortie, il se résolut à pénétrer dans la bibliothèque sous un prétexte quelconque, et ouvrit doucement la porte. Saint-Clair, étendu sur un lit de repos à l'autre bout de la pièce, était couché sur la figure ; à peu de distance devant lui, la Bible d'Éva était ouverte. Tom s'approcha, et se tint debout près du lit. Il hésitait, et, pendant son hésitation, Saint-Clair se souleva tout à coup. L'honnête visage, plein de tristesse, exprimait tant de suppliante affection, tant de sympathie, que le maître en fut frappé. Il posa sa main sur celle de Tom, et y appuya son front.

« Oh ! Tom, mon garçon, le monde entier est vide, aussi vide qu'une coquille d'œuf !

— Je le sais, maître, — je le sais. Mais si maître pouvait seulement regarder là-haut, — là-haut où est notre chère miss Éva, — là-haut où est le cher seigneur Jésus !

— Ah ! Tom, je regarde ; mais, hélas ! je ne vois rien. Plût au ciel que je visse quelque chose ! »

Tom soupira profondément.

« Il semble qu'il soit donné aux enfants et aux humbles, innocents comme toi, Tom, de voir ce que nous ne pouvons voir, dit Saint-Clair. D'où cela vient-il ?

— « Tu as caché ces choses aux sages et aux intelligents, et tu les as révélées aux petits enfants, murmura Tom ; il est ainsi, ô mon père ! parce que telle a été ta volonté [1]. »

— Tom, je ne crois pas — je ne peux pas croire ; j'ai pris l'habitude du doute, dit Saint-Clair. Je voudrais croire à la Bible, et je ne peux pas.

— Cher maître, priez le seigneur Jésus. — Dites : « Je

[1] Évangile de saint Mathieu, ch. 21, verset 26.

crois, Seigneur! Aidez-moi dans mon incrédulité[1]! »

— Qui sait rien sur rien? dit Saint-Clair, le regard vague, et se parlant à lui-même. Tout ce pur amour, toute cette admirable foi, ne seraient-ils qu'une des phases changeantes des sensations humaines, ne s'appuyant sur rien de réel, passant avec ce petit souffle d'un jour? N'y a-t-il donc plus d'Éva?—point de ciel?—point de Christ? — rien?

— O cher maître! il y a tout cela; je le sais; j'en suis sûr, s'écria Tom, tombant à genoux. Croyez-le, cher maître! croyez-le!

— Comment sais-tu qu'il y a un Christ, Tom? tu ne l'as jamais vu.

— Je l'ai senti, maître! —je l'ai senti dans mon âme! je l'y sens à présent! O maître! quand j'ai été vendu, séparé de ma chère femme, de mes petits enfants, j'étais quasi brisé aussi. Je croyais qu'il ne me restait plus rien au monde; mais le bon Seigneur était là, près de moi; il a dit : « Ne crains pas, Tom. » Il illumine et réjouit l'âme du dernier des derniers. — Il y met la paix. Je suis si heureux! J'aime tout le monde! Je ne demande qu'à être au Seigneur, et que sa volonté soit faite en moi, et partout, où, et comme il lui plaira. Je sais bien que cela ne peut venir de moi, qui ne suis qu'une pauvre créature sujette à la plainte : c'est un don du Seigneur, et je sais qu'il le tient tout prêt pour maître. »

Tom parlait en pleurant et d'une voix étouffée. Saint-Clair appuya sa tête sur l'épaule de Tom, et étreignit convulsivement sa main rude et fidèle.

— Tu m'aimes, Tom? dit-il.

— Je donnerais ma vie de bon cœur, ce même jour béni, pour voir maître chrétien.

— Pauvre bon fou! dit Saint-Clair, se soulevant à demi; je ne suis pas digne de l'amour d'un brave et honnête cœur comme le tien.

_____

[1] Évangile de saint Marc, ch. IX, verset 24.

— O maître! il n'y a pas que moi qui vous aime, — le bienheureux seigneur Jésus vous aime aussi.

— Comment le sais-tu, Tom?

— Je ne le sais pas, je le sens. O maître! « l'amour du Christ passe l'intelligence. »

— N'est-il pas étrange, dit Saint-Clair, en se détournant, que l'histoire d'un homme, qui a vécu et qui est mort depuis dix-huit cents ans, émeuve ainsi les cœurs? Mais ce n'était pas un homme, ajouta-t-il tout à coup. Nul homme n'a exercé ce long et vivant pouvoir! Oh! que je pusse croire ce que m'enseignait ma mère! que je pusse prier, comme je priais enfant!

— S'il vous plaît, maître, dit Tom, miss Éva avait coutume de lire si bien cette page! Peut-être maître aurait la bonté de la lire pour moi? Je n'entends presque plus jamais le saint livre depuis que miss Éva n'est plus là. »

C'était le onzième chapitre de l'Évangile de saint Jean, le touchant récit de la résurrection de Lazare. Saint-Clair le lut haut; de temps à autre il s'arrêtait pour dominer son émotion. A genoux devant lui, Tom écoutait les mains jointes, son calme visage rayonnant d'amour, d'espérance et de foi.

« Tom, dit son maître, tu crois tout cela vrai, *réel?*

— Je le *vois,* maître, répondit Tom.

— Que n'ai-je tes yeux, Tom!

— Maître les aura s'il plaît au cher Seigneur!

— Mais, Tom, tu sais que je suis beaucoup plus éclairé que toi. Si je te disais que je ne crois pas à la Bible?

— Oh, maître! dit Tom élevant les mains avec un geste suppliant.

— Ta foi n'en serait-elle pas ébranlée, Tom?

— Pas un brin, maître!

— Et pourtant, Tom, tu ne doutes pas que je n'en sache plus long que toi?

— N'avez-vous pas lu, maître, qu'il révèle aux petits

enfants et aux humbles ce qu'il cache aux sages et aux savants? Mais, maître n'était pas sérieux tout à l'heure; maître ne disait pas ça tout de bon, bien sûr? Et Tom regarda Saint-Clair avec anxiété.

— Non, Tom, je ne suis pas tout à fait incrédule; je crois qu'il y a de fortes raisons de croire, et cependant je ne crois pas. C'est une mauvaise habitude que j'ai contractée, Tom.

— Si maître voulait seulement prier!

— Qui te dit que je ne prie pas?

— Maître prie!

— Je prierais si je voyais là quelqu'un à qui adresser mes prières; mais il n'y a personne, et c'est comme si je parlais dans le vide. Tu sais prier, toi! montre-moi comment on prie. »

Le cœur de Tom était plein, il l'épancha en prières; elles coulaient de ses lèvres comme des eaux vives long-temps contenues. Ce qui était évident, c'est que Tom croyait être entendu, bien qu'il ne vît personne. En-traîné par le rapide courant de cette foi ardente, trans-porté presque aux portes de ce ciel que le pauvre esclave pressentait si vivement, Saint-Clair se retrouvait plus près de son Éva.

« Merci, mon brave garçon, dit-il quand Tom eut fini. J'aime à t'entendre prier. Mais laisse-moi seul mainte-nant. J'y reviendrai quelque autre jour. »

Tom sortit en silence.

CHAPITRE XXIX

Réunion.

Les semaines se succédaient, et le flot de la vie avait repris son cours, là même où avait sombré la frêle petite barque. L'impitoyable réalité, indifférente à nos douleurs, nous ressaisit et nous plie à sa marche monotone. Il faut vaquer aux soins de chaque jour, poursuivre des milliers d'ombres qui ne nous touchent plus. La froide et mécanique habitude de vivre persiste, alors que ce qui en faisait l'intérêt et le charme a disparu.

Tout l'avenir de Saint-Clair s'était, à son insu, concentré dans sa fille. Il avait agrandi ses propriétés, embelli sa demeure pour Éva. C'était pour Éva qu'il voulait régler l'emploi de son temps. Acheter, améliorer, changer, disposer quelque chose pour Éva, était devenu une si douce et si longue habitude, qu'il lui semblait maintenant n'avoir plus rien à prévoir, plus rien à faire ici-bas.

Il y a, il est vrai, une autre vie, — une vie qui, dès qu'on y croit, se dresse, chiffre immuable et solennel devant les zéros du temps, et leur prête une valeur mystérieuse, inouïe. Saint-Clair le savait; souvent, en ses heures de solitude, il entendait la voix faible et enfantine l'appeler du haut des cieux; il voyait la petite main lui indiquer le sentier de vie; mais la léthargie de la douleur l'accablait,—il ne pouvait « se lever et marcher.» Sa nature était de celles qui perçoivent plus clairement les idées religieuses, et les comprennent mieux par instinct que beaucoup de chrétiens positifs et pratiques. La faculté d'apprécier les nuances les plus délicates, de saisir les rapports les plus intimes de la morale, se rencontre souvent chez ceux-là même qui affichent pour elle le plus insouciant dédain. Moore, Byron, Goëthe ont mieux défini le sentiment religieux que les hommes qui en ont fait la règle suprême de leur vie. Chez de tels esprits l'indifférence religieuse est une haute trahison, — un péché doublement mortel.

Saint-Clair ne s'était jamais plié aux devoirs religieux. Il comprenait toute la portée de ceux qu'impose le Christianisme, et reculait devant les exigences de sa conscience, une fois qu'il serait entré dans la voie des réformes. Triste inconséquence de la nature humaine, qui

aime mieux ne rien entreprendre que de s'exposer à
faillir :

Cependant, à certains égards, Saint-Clair était devenu
un autre homme. Il lisait attentivement la Bible de sa
petite Èva. Ses rapports avec ses domestiques le préoc-
cupaient davantage, — assez pour le rendre mécontent
de sa conduite passée et présente. Peu après son retour
en ville, il commença les démarches nécessaires à l'é-
mancipation de Tom. Cependant chaque jour l'attachait
davantage à ce fidèle serviteur. Personne, dans le monde
entier, ne semblait lui rappeler autant Èva. Il aimait à
l'avoir constamment près de lui, et muet, inabordable
sur tout ce qui touchait ses sentiments intimes, il pensait presque haut devant Tom. Qui eût pu s'en étonner
en voyant avec quelle expression tendre et dévouée Tom
suivait partout son jeune maître!

« Eh bien, Tom, dit Saint-Clair le lendemain du jour
où il avait entamé les formalités légales pour son affranchissement, je vais faire de toi un homme libre; ainsi
corde ta malle, et tiens-toi prêt à partir pour le Kentucky. »

L'éclair soudain de joie qui brilla sur la figure de Tom
lorsque, levant ses mains au ciel, il s'écria : « Béni soit
le Seigneur! » déconcerta Saint-Clair. Il était fâché que
Tom fût si joyeux de le quitter.

« Tu n'as pas si mal passé ton temps ici, que tu doives
être ravi d'en sortir, Tom, dit-il sèchement.

— Non, non, maître! ce n'est pas ça, — c'est d'être
un *homme libre!* C'est là ce qui me réjouit.

— Eh! Tom, ne penses-tu pas, qu'en ce qui te touche,
tu ne t'es que mieux trouvé de n'être pas libre?

— Non, *en vérité*, maître Saint-Clair, dit Tom avec
un énergique élan; non, en vérité!

— Mais, Tom, jamais avec tes dix doigts tu n'eusses
pu gagner de quoi te vêtir et te nourrir, comme tu l'as
été chez moi.

— Je sais tout ça, maître Saint-Clair : maître a été bien bon, — trop bon ; mais j'aimerais mieux avoir pauvres habits, pauvre case, tout pauvre, et l'avoir *à moi*, que d'avoir tout beau à un autre homme ! je l'aimerais *mieux*, maître ; je crois que c'est de nature.

— Je le suppose, Tom ; ainsi donc, dans un mois environ, tu vas partir et me laisser? dit-il d'un ton chagrin. Au fait, je ne vois pas de raison pour que tu fasse autrement, ajouta-t-il avec un accent plus gai. Il se leva et se promena dans la chambre.

— Non ; pas tant que maître est dans la peine, dit Tom. Je resterai avec maître tant qu'il aura besoin de moi ; — si je pouvais seulement lui être bon à quelque chose.

— Tant que je serai dans la peine, Tom? dit tristement Saint-Clair en regardant par la fenêtre. Hélas ! quand *ma* peine finira-t-elle !

— Le jour où maître Saint-Clair sera chrétien, dit Tom.

— Et tu voudrais rester jusqu'à ce jour? reprit Saint-Clair, souriant à demi comme il se détournait, et posait sa main sur l'épaule de Tom. Ah ! pauvre innocent garçon ! je ne te garderai pas jusque-là. Va retrouver ta femme et tes enfants, et dis-leur que je les aime pour l'amour de toi !

— J'ai foi que le jour viendra, reprit Tom avec ferveur et les larmes aux yeux ; le Seigneur a de l'ouvrage pour maître.

— De l'ouvrage, hé ! dit Saint-Clair ; eh bien, Tom, à quel genre d'ouvrage me crois-tu appelé? Voyons un peu.

— Si un pauvre homme comme moi a reçu du Seigneur une tâche, que ne pourra pas faire pour le Seigneur maître Saint-Clair, lui qui a le savoir, la richesse, les amis !

— Tom, tu me parais penser que le Seigneur a grand besoin de nous, dit Saint-Clair avec un sourire.

— Ce que nous faisons pour ses créatures, nous le faisons pour Lui.

— Excellente théologie, Tom ; meilleure assurément que celle que prêche le docteur B.... »

Ici la conversation fut interrompue par l'annonce de quelques visites.

Marie Saint-Clair ressentait la perte d'Éva aussi profondément qu'il lui était donné de sentir ; et, comme elle possédait au suprême degré la faculté de rendre tous ceux qui l'entouraient malheureux, pour peu qu'elle le fût, les domestiques n'avaient que trop de raison de regretter leur jeune maîtresse, dont les manières douces et caressantes les avaient si souvent protégés contre les tyranniques exigences de sa mère. La pauvre Mamie, qui, sevrée de ses affections de famille, n'avait eu de consolation qu'en cette chère enfant, si belle, si gracieuse, était surtout navrée. Elle pleurait nuit et jour, et l'excès de sa douleur, la rendant moins habile et moins alerte près de sa maîtresse, attirait sans cesse sur sa tête sans défense un tonnerre d'invectives.

Miss Ophélia ressentait aussi cette perte, mais son âme loyale et vaillante en tirait un enseignement pour l'éternelle vie. Elle avait plus de douceur, plus d'aménité, et toujours également assidue à ses devoirs, elle les remplissait avec calme et recueillement, comme quelqu'un qui n'a pas en vain sondé son propre cœur. Elle était plus patiente avec Topsy, dans ses explications du saint texte ; elle n'évitait plus le contact de l'enfant, et n'avait pas à dissimuler un dégoût mal réprimé, car elle ne l'éprouvait plus. Elle la voyait maintenant telle qu'Éva la lui avait montrée, à travers cette charité radieuse qui en faisait une créature immortelle, que Dieu même lui avait envoyée pour la conduire à la vertu, à l'éternelle gloire. Topsy n'était pas devenue une sainte : mais la vie et la mort d'Éva avaient opéré en elle un changement marqué. Son insouciance opiniâtre avait disparu. La sensibilité, l'espoir, le désir d'arriver au bien s'étaient éveillés. La lutte était maintenant commencée; lutte irrégulière, inégale, suspendue souvent, mais toujours reprise.

Un jour que miss Ophélia avait envoyé chercher Topsy, elle entra en cachant précipitamment quelque chose dans son sein.

« Que fais-tu là, méchante petite sorcière? je parierais que tu as encore volé! dit l'impérieuse Rosa, et elle la saisit en même temps par le bras avec rudesse.

— Voulez-vous bien me lâcher, miss Rosa! dit Topsy se débattant; ce sont pas vos affaires!

— Ne t'avise pas d'être impertinente! je t'ai vue cacher quelque chose; — je connais tes tours. » Et Rosa essaya de la fouiller, tandis que Topsy, furieuse, défendait vaillamment, à coups de pieds et de poings, ce qu'elle regardait comme son droit. La clameur et la confusion de la bataille attirèrent miss Ophélia et Saint-Clair.

« Elle a volé! dit Rosa.

— C'est pas vrai! vociféra Topsy sanglotant avec passion.

— Donnez-le-moi, n'importe ce que c'est! » dit miss Ophélia d'un ton ferme.

Topsy hésitait; mais, sur un second ordre, elle tira de son sein un petit paquet roulé dans le pied d'un vieux bas.

Miss Ophélia retourna le bas. Il s'y trouvait un petit livre donné à Topsy par Éva, contenant un verset de l'Écriture sainte pour chaque jour de l'année, et un papier renfermant la boucle de cheveux qu'elle avait reçue, au jour mémorable où Éva avait fait ses derniers adieux.

Saint-Clair était profondément ému. Le petit livre avait été roulé dans une longue bande de crêpe noir, arrachée aux draperies mortuaires.

« Pourquoi as-tu entouré ce livre de *cela?* dit Saint-Clair en soulevant le crêpe.

—Pa'ce que, — pa'ce que — ça venait de miss Éva. Oh! ne l'ôtez pas! dit-elle; ne l'ôtez pas, s'il vous plaît! » Elle s'assit à terre, et, se couvrant la figure de son tablier, elle sanglota de toutes ses forces.

C'était un curieux mélange de pathétique et de grotesque : — ce vieux petit bas, — ce crêpe noir, — ce livre du saint texte, — cette blonde et soyeuse boucle, — Topsy et sa détresse.

Saint-Clair sourit; mais il y avait des larmes dans ses yeux, lorsqu'il dit : « Allons, allons, ne pleure pas; on te les rendra. » Il rassembla les objets épars, les jeta sur les genoux de la petite fille, et entraîna miss Ophélia au salon.

« Je crois réellement que vous pourrez *en* faire quelque chose, dit-il, désignant l'enfant du doigt par-dessus son épaule. Tout esprit capable de ressentir une *douleur sincère* est apte au bien. Essayez, tâchez d'en faire quelque chose.

— L'enfant a beaucoup gagné, dit miss Ophélia, et j'en ai bonne espérance; mais, Augustin, — elle appuya sa main sur le bras de Saint-Clair, — il faut que je vous demande une chose : à qui appartient-elle? — A vous, ou à moi?

— Eh, je *vous* l'ai donnée, répliqua Augustin.

— Non pas légalement. Je veux l'avoir à moi de par la loi, dit miss Ophélia.

— Fi donc, cousine! que pensera la Société Abolitionniste? Elle ordonnera au moins un jour de jeûne pour votre apostasie, si vous devenez propriétaire d'esclaves!

— Folies! je veux qu'elle soit à moi pour avoir le droit de la conduire dans un État libre, et de lui donner sa liberté. Alors tout ce que je m'efforce de faire ne sera pas perdu.

— Ah! cousine, que « de maux peut engendrer votre fureur de faire le bien! » Impossible à moi de vous encourager.

— Je vous demande de raisonner, non de plaisanter, dit miss Ophélia. Il est inutile que j'essaie de faire de cette enfant une chrétienne, si je ne la sauve de tous les hasards et de tous les revers de l'esclavage. Avez-vous réellement envie de me la donner? Alors faites-moi un acte légal, une donation en forme.

— Bien, bien, je le ferai, dit Saint-Clair. Il s'assit, et déploya le journal.

— Mais je veux que la chose se fasse tout de suite.

— Qu'est-ce qui vous presse tant?

— C'est qu'il n'y a que le présent pour agir, dit miss Ophélia. Allons! voilà du papier, une plume, de l'encre, écrivez. »

Saint-Clair, comme la plupart des gens de son humeur, haïssait cordialement le temps présent; et la rectitude positive et pressante de miss Ophélia lui était insupportable.

« Eh bien, qu'y a-t-il? ne pouvez-vous donc vous en fier à ma parole? On croirait que vous avez appris des juifs à harceler un pauvre hère.

— Je veux être sûre de mon droit, dit miss Ophélia. Vous pouvez mourir ou faire faillite, et alors Topsy serait mise à l'encan, en dépit de tous mes efforts.

— Vous êtes, en vérité, d'une merveilleuse prévoyance! Eh bien, puisque je suis entre les mains d'une *Yankee* [1], il n'y a rien à faire qu'à céder. »

Saint-Clair écrivit rapidement un acte de donation ; chose d'autant plus facile pour lui, qu'il était très au fait des formalités de la loi; — il le signa en lettres majuscules, terminées par un magnifique paraphe.

« Là! j'espère que voilà du noir sur du blanc, miss de Vermont, dit-il; comme il le lui tendait.

— Vous êtes un brave garçon, dit-elle en souriant.

---

[1] Les aborigènes du Massachusetts, s'essayant à prononcer le mot *english*, anglais, en firent *yenghese* au pluriel, et *yankee* au singulier : de là ce surnom resté depuis aux habitants des États du Nord.

Mais n'y faut-il pas encore la signature d'un témoin?

—Oh! oui, c'est assommant!—Marie, dit-il, en ouvrant la porte de l'appartement de sa femme, ma cousine désire avoir un de vos autographes; apposez là votre nom, s'il vous plaît.

—Qu'est ceci? demanda Marie en parcourant des yeux le papier. C'est ridicule! Je croyais la cousine Ophélia trop pieuse pour commettre de telles horreurs! et elle signa avec insouciance: mais si elle a pris à gré ce joli article, elle est assurément bien venue à le garder.

—Topsy est maintenant à vous corps et âme, dit Saint-Clair lui présentant l'acte.

—Elle n'est pas plus à moi qu'auparavant, reprit miss Ophélia. Personne que Dieu n'a le droit de me la donner. Mais du moins je puis la protéger, maintenant.

—Eh bien, elle est à vous, par une fiction légale, » dit Saint-Clair. Il rentra dans le salon et reprit son journal.

Miss Ophélia, peu soucieuse de rester en tête à tête avec Marie, le suivit après avoir soigneusement serré l'acte.

« Augustin, dit-elle tout à coup en interrompant son tricot, avez-vous fait des dispositions pour vos gens, en cas de mort?

—Non, répliqua Saint-Clair, et il continua sa lecture.

—Alors toute votre indulgence pour eux peut, d'un moment à l'autre, devenir une grande cruauté. »

Saint-Clair avait eu souvent la même pensée; mais il répondit avec insouciance :

« Je compte faire des dispositions.

—Quand?

—Oh! un de ces jours.

—Et si vous veniez à mourir auparavant?

—Ah ça, mais, cousine, qu'y a-t-il donc? dit Saint-Clair; il mit son journal de côté et la regarda. Apercevez-vous par hasard en moi quelque avant-coureur de la fièvre jaune ou du choléra, que vous mettez tant de zèle à mes arrangements d'*outre-tombe?*

— Au milieu de la vie nous touchons à la mort, » reprit gravement miss Ophélia.

Saint-Clair se leva, et posant le journal sur la table, il se dirigea vers la porte donnant sur la galerie, pour couper court à une conversation qui ne lui était rien moins qu'agréable. Il répétait machinalement les derniers mots : « *la mort!* » — Appuyé sur la balustrade, il regardait l'eau jaillissante s'élever et retomber dans le bassin de marbre ; il voyait, comme à travers un vague brouillard, les fleurs, les arbustes, les vases qui ornaient la cour, et ses lèvres murmuraient encore le mot mystérieux, si souvent proféré par tous, et d'un sens si terrible : — MORT !

« C'est étrange, dit-il, qu'il y ait un tel nom, une telle chose, et que nous l'oublions sans cesse ! qu'une créature puisse être aujourd'hui vivante, belle, animée, remplie d'espoir, de désirs, et demain, immobile, froide, inerte, disparue pour toujours !»

La soirée était chaude et lumineuse ; il alla jusqu'au bout de la galerie et y trouva Tom absorbé dans sa Bible, suivant du doigt chaque mot, et se le murmurant à demi-voix avec ferveur.

« Veux-tu que je lise pour toi, Tom? dit Saint-Clair s'asseyant près de lui.

— S'il plaît à maître, dit Tom avec reconnaissance ; c'est bien plus clair quand maître lit... »

Saint-Clair prit le livre, et cherchant des yeux, il commença un des passages que Tom avait le plus surchargé de raies d'encre, ses marques habituelles :

« Quand le fils de l'Homme viendra, environné de sa gloire et accompagné de tous ses saints anges, alors il s'assiéra sur le trône de sa gloire. Et toutes les nations seront assemblées devant lui; et il séparera les uns d'avec les autres, comme le berger sépare les brebis d'avec les boucs. »

Saint-Clair lut d'une voix animée jusqu'à ce qu'il en vînt aux derniers versets :

« Alors le Roi dira à ceux qui seront à sa gauche : Maudits, retirez-vous de moi, et allez au feu éternel ! — car j'ai eu faim, et vous ne m'avez pas donné à manger ; j'ai eu soif, et vous ne m'avez pas donné à boire ; j'étais étranger, et vous ne m'avez pas recueilli ; j'ai été nu, et vous ne m'avez point vêtu ; j'ai été malade et en prison, et vous ne m'avez point visité. Alors ceux-là aussi lui répondront, en disant : Seigneur, quand est-ce que nous t'avons vu avoir faim, ou avoir soif, ou être étranger, ou nu, ou malade, ou en prison, et que nous ne t'ayons point secouru? Alors il leur répondra, en disant : En vérité, je vous dis, que parce que vous n'avez point fait ces choses à l'un de ces plus petits, vous ne me l'avez point fait aussi. »

Saint-Clair parut frappé de ce dernier verset ; il le lut une première fois, puis une seconde plus lentement, comme s'il en pesait chaque mot.

« Tom, dit-il, ces gens si sévèrement châtiés me semblent n'avoir fait précisément que ce que j'ai fait : — mener une vie douce, facile, honorable, sans s'inquiéter de la foule de leurs frères qui avaient faim, qui avaient soif, qui étaient malades ou en prison. »

Tom ne répondit pas.

Saint-Clair se leva et marcha du haut en bas de la véranda, enseveli dans ses pensées. Il fallut qu'à deux reprises Tom lui rappelât que la cloche du thé avait sonné.

Il se rendit au salon, toujours distrait et pensif.

Après le thé, Marie s'étendit sur une chaise longue, et, recouverte d'une moustiquaire, fut bientôt profondément endormie. Miss Ophélia tricotait activement en silence. Saint-Clair s'assit au piano, et improvisa sur un mode doux et mélancolique. Plongé dans une profonde rêverie, il semblait s'entretenir avec lui-même en une langue mélodieuse. Il s'interrompit, ouvrit un tiroir, en tira un vieux cahier de musique, et se mit à en tourner les feuilles jaunies par le temps.

« C'était un des cahiers de ma mère, dit-il à miss Ophélia ; voilà de son écriture ; — venez-voir. — Elle avait copié et arrangé ce chant d'après le *Requiem* de Mozart.

Miss Ophélia s'était avancée et regardait.

— Elle le chantait souvent, reprit Saint-Clair : je crois encore l'entendre.

Il préluda par quelques tons graves, et commença l'antique et solennelle prose latine du *Dies Iræ.*

Tom, qui entendait de la galerie extérieure, arriva jusqu'à la porte, attiré par le son, et y demeura tout ému. Il ne comprenait pas les mots, mais la musique et la voix lui remuaient l'âme, surtout aux passages les plus pathétiques. Tom aurait sympathisé bien davantage encore avec ce chant, s'il en eût compris les belles paroles :

> Recordare, Jesu pie,
> Quod sum causa tuæ viæ,
> Ne me perdas illa die :
> Quærens me sedisti lassus,
> Redemisti crucem passus ;
> Tantus labor non sit cassus [1] !

Saint-Clair y mettait une expression profonde et pénétrante ; cette obscure vallée de larmes lui semblait close,

---

[1]
> O doux Jésus, qu'il te souvienne
> Que tu daignas, dans ton amour,
> Pour rendre mon âme chrétienne,
> Naître, vivre, et mourir un jour.
>
> Ne laisse pas choir dans l'abîme
> L'âme que tu venais sauver !
> Sur la croix, auguste victime,
> Ton sang coula pour me laver.

et il croyait entendre la voix de sa mère se mêler à la sienne. La voix et l'instrument vibraient et palpitaient d'une même vie sous les accords puissants trouvés, pour son dernier *Requiem*, par l'âme de Mozart prête à s'échapper de sa prison.

Quand Saint-Clair eut fini de chanter, il resta quelques moments la tête penchée sur sa main ; enfin il se leva, et marcha de long en large.

« Quelle sublime conception que celle du jugement dernier ! dit-il ; le redressement de tous les torts, de tous les griefs amassés depuis des siècles ! la solution de tous les problèmes moraux par une sagesse infinie ! Oui, c'est une grande pensée !

— Terrible pour nous ! reprit miss Ophélia.

— Pour moi, surtout, à ce que je suppose, dit Saint-Clair s'arrêtant d'un air rêveur. Je lisais ce soir à Tom le chapitre de saint Mathieu qui décrit ce moment ; j'en ai été frappé. On s'attend à quelque crime affreux, à quelque énormité, mis à la charge de ceux qui sont bannis du ciel ; mais non, — ils sont condamnés pour n'avoir pas fait le bien, comme si cette omission renfermait tout le mal imaginable.

— Peut-être est-il impossible à celui qui ne fait aucun bien de ne pas faire le mal, dit miss Ophélia.

— Alors, poursuivit Saint-Clair se parlant à lui-même avec émotion, que dire de l'homme appelé par son propre cœur, par son éducation, par les maux de la société, à une noble tâche, et appelé en vain ? de l'homme qui, au lieu de mettre la main à l'œuvre, a flotté, spectateur neutre, irrésolu, des luttes, des agonies, des misères de ses frères ?

— Je dis qu'il doit se repentir, reprit miss Ophélia, et commencer sur l'heure.

— Toujours pratique, toujours allant droit au but, dit Saint-Clair, un demi sourire éclairant son visage. Vous n'accordez jamais un quart d'heure aux réflexions générales. Sans cesse vous m'arrêtez court devant la minute actuelle; vous avez une sorte d'éternel *présent*, toujours présent à l'esprit.

— Le présent est le seul temps avec lequel j'aie rien à démêler, reprit miss Ophélia.

— Chère petite Éva, pauvre enfant! dit Saint-Clair; elle m'avait trouvé, dans la simplicité de son âme, une grande œuvre à faire. »

C'était la première fois, depuis la mort d'Éva, qu'il en parlait un peu longuement. Il s'efforça de se dominer, et poursuivit : « D'après mes vues sur le christianisme, je ne crois pas qu'un homme puisse se dire chrétien, et ne pas protester énergiquement contre le système monstrueux d'injustice qui fait la base de notre société, dût-il mourir à la peine. Moi, du moins, je ne pourrais être chrétien qu'à ce prix; non que je n'aie rencontré bon nombre de gens, éclairés et pieux, qui ne songeaient à rien de semblable. Je le confesse, l'apathie des gens religieux sur ce point, leur aveuglement sur des atrocités qui me remplissent d'horreur, ont surtout contribué à me rendre sceptique.

— Avec de tels sentiments, pourquoi ne rien faire? dit miss Ophélia.

— Oh! parce que je n'avais que la bienveillance qui consiste à s'étendre sur un sofa, et à y maudire l'Église et le clergé de n'être pas une armée de martyrs et de confesseurs. Rien de plus simple, comme vous savez, que d'indiquer aux autres la voie du martyre.

— Eh bien! agirez-vous différemment désormais? demanda miss Ophélia.

— Dieu seul sait l'avenir, répliqua Saint-Clair. Je suis plus brave que je ne l'étais, parce que j'ai tout perdu; et celui qui n'a rien à perdre peut tout risquer.

— Qu'allez-vous faire?

— Mon devoir, j'espère, envers les pauvres et les humbles, à commencer par mes propres domestiques, pour lesquels je n'ai encore rien fait. Un jour peut-être, plus tard, on verra que je puis accomplir quelque chose pour la classe entière, quelque chose pour laver mon pays de la honte que lui inflige, aux yeux de toutes les nations civilisées, la fausse position qu'il a prise.

— Croyez-vous possible que la nation en vienne à une émancipation volontaire?

— Je n'en sais rien. Le temps est aux grandes actions. L'héroïsme et le désintéressement apparaissent, çà et là, sur la terre. Les nobles hongrois, au détriment d'immenses fortunes, ont affranchi des millions de serfs. Il peut se trouver aussi parmi nous des âmes généreuses, qui n'escomptent pas l'honneur et la justice par dollars et deniers.

— J'ose à peine y croire, dit miss Ophélia.

— Supposons que, nous levant en masse demain, nous en venions à émanciper; qui élèvera ces millions d'êtres? qui leur apprendra à user de la liberté? Ils n'arriveront jamais à se classer parmi nous. Le fait est que nous sommes nous-mêmes trop indolents, trop inhabiles, pour leur donner l'idée de l'énergie nécessaire à former des hommes. Il leur faudra émigrer dans le Nord, où le travail est à la mode, et passé dans les mœurs. Or, dites-moi, votre philanthropie chrétienne sera-t-elle assez robuste pour se charger de les élever, de les classer? Vous envoyez des milliers de dollars aux missions étrangères, mais admettriez-vous des païens dans le sein de vos villes? leur donneriez-vous votre temps, vos préoccupations, votre argent, pour en faire des chrétiens? Voilà ce que je veux savoir. Si nous émancipons, élèverez-vous? Combien se trouvera-t-il de familles dans votre village disposées à recevoir chacune un nègre et sa femme, à les instruire, à supporter leurs défauts, à s'efforcer de les rendre meilleurs? Quels négociants me prendront Adolphe, si j'en veux faire un commis? Quels ouvriers, si je désire qu'il apprenne un métier? Combien y a-t-il d'écoles dans les États du Nord où Jane et Rosa fussent reçues? et cependant elles sont aussi blanches que beaucoup de femmes du Nord ou du Sud. Vous le voyez, cousine, je veux que justice nous soit rendue. Notre position est mauvaise, en ce que nous sommes les oppresseurs *avoués* du nègre, mais le préjugé anti-chrétien du Nord l'opprime presque autant.

—Je le sais, dit miss Ophélia : j'ai partagé ce préjugé jusqu'à ce que j'aie compris qu'il était de mon devoir de le vaincre, et j'espère l'avoir vaincu. Je suis persuadée qu'il y a dans le Nord beaucoup de braves gens, qui n'ont besoin que d'être bien renseignés sur ce devoir pour le remplir. Il y aurait certainement plus d'abnégation à recevoir des païens parmi nous, qu'à leur envoyer des missionnaires, mais je crois que nous le ferions.

—Vous le feriez, *vous*, dit Saint-Clair, je n'en doute pas. Que ne feriez-vous pas, du moment que vous le considérez comme un devoir!

— Je ne suis pas d'une si rare perfection, reprit miss Ophélia. Les autres agiraient de même s'ils voyaient les choses du même point de vue. Je compte ramener Topsy à la maison quand j'y retournerai. J'imagine qu'on ouvrira d'abord de grands yeux, mais je crois qu'on finira par voir comme moi. De plus, je sais qu'il y a beaucoup de gens dans le Nord qui font exactement ce que vous dites.

—Oui, une minorité; mais si nous commencions à émanciper un peu largement, nous aurions bientôt de vos nouvelles! »

Miss Ophélia ne répliqua rien. Il y eut un silence de quelques moments, et la vive physionomie de Saint-Clair prit une expression triste et rêveuse.

« Je ne sais, dit-il, ce qui me fait tant penser à ma mère ce soir! J'ai une étrange sensation; il me semble qu'elle est là, près de moi. Tout ce qu'elle avait coutume de me dire me revient à l'esprit. C'est bizarre que les choses du passé se ravivent ainsi tout à coup! »

Il se promena de long en large pendant quelques minutes, puis il dit:

« Je crois que je vais aller faire un tour dehors, et savoir les nouvelles du soir. »

Il prit son chapeau, et sortit.

Tom le suivit, hors de la cour, sous la voûte, et lui demanda s'il devait l'accompagner.

« Non, mon garçon, dit Saint-Clair; je serai de retour dans une heure. »

Tom s'assit sous la galerie. C'était par un beau clair de lune : il suivait des yeux le jet lumineux des eaux et leur chute écumante dans la fontaine; il écoutait leur murmure. Il songea au logis : il allait bientôt être un homme libre; — libre de retourner là-bas à sa volonté. Avec quelle ardeur ne travaillerait-il pas pour racheter sa femme et ses enfants! Il roidit les muscles de ses bras robustes, joyeux de l'idée qu'ils lui appartiendraient sous peu, et qu'ils l'aideraient à affranchir sa famille. Puis sa pensée se reporta vers son noble jeune maître, et il récita la prière qu'il faisait tous les jours pour lui. Éva vint ensuite; — la belle Éva, qui était maintenant un ange parmi les anges; — il y pensa si longtemps, qu'il lui semblait voir le brillant visage, encadré de cheveux dorés, le regarder à travers la brume vaporeuse. Tout en songeant, il s'endormit; il vit en rêve Éva, qui accourait à lui en bondissant, comme c'était sa coutume, une guirlande de jasmin dans les cheveux, les joues rosées et les yeux rayonnants de joie. Mais, comme il la contemplait, elle s'éleva peu à peu de terre, — ses joues pâlirent, — ses yeux prirent un éclat céleste et profond, une auréole d'or entoura sa tête, — et elle disparut. Tom fut réveillé en sursaut par de grands coups frappés à la porte, et par le son de plusieurs voix au dehors.

Il se hâta d'ouvrir : des hommes entrèrent à pas lourds et parlant bas; ils portaient un corps, enveloppé d'un manteau, couché sur une civière. La lueur du réverbère éclaira le visage : Tom poussa un cri d'épouvante et de désespoir qui retentit au loin sous les galeries; et les hommes s'avancèrent, avec leur fardeau, vers la porte ouverte du salon, où miss Ophélia tricotait toujours.

Saint-Clair était entré dans un café pour parcourir le journal du soir. Tandis qu'il lisait, deux hommes à moitié ivres s'étaient pris de querelle; il avait joint ses efforts à ceux de quelques assistants pour les séparer; et, en cherchant à arracher des mains d'un de ces furieux un couteau-poignard, il avait reçu un coup mortel dans le côté.

La maison s'emplit de cris, de gémissements, de lamentations sauvages. Les domestiques s'arrachaient les cheveux, se roulaient à terre, couraient de toutes parts d'un air égaré. Tom et miss Ophélia conservaient seuls quelque présence d'esprit : Marie avait des convulsions et des attaques de nerfs. Sur l'ordre de miss Ophélia, un des sofas du salon fut préparé en hâte, et on y déposa le corps saignant. Saint-Clair s'était évanoui par suite de la douleur et de la perte du sang; mais les soins de miss Ophélia le ranimèrent; il rouvrit les yeux, regarda fixement ceux qui l'entouraient, puis ses regards, errant vaguement dans la chambre, s'arrêtèrent sur le portrait de sa mère.

Le médecin vint et examina; son visage disait assez qu'il n'y avait plus d'espoir; mais il se mit à panser la blessure; miss Ophélia et Tom l'y aidaient avec calme, au milieu des sanglots et des cris des domestiques, amassés à l'entrée des portes et aux fenêtres de la véranda.

« Maintenant, dit le médecin, il nous faut chasser dehors toute cette cohue; le plus grand repos est nécessaire. »

Saint-Clair ouvrit les yeux, et regarda les pauvres affligés que miss Ophélia et le docteur tâchaient de renvoyer de l'appartement. « Pauvres créatures! » murmura-t-il, et une expression amère de remords se peignit sur ses traits. Adolphe refusa obstinément de sortir. La terreur lui avait paralysé l'esprit : il s'était jeté par terre, et rien ne put lui persuader de se lever. Les autres cédèrent devant l'insistance de miss Ophélia, qui leur disait que la vie de leur maître dépendait de leur promptitude à obéir.

Saint-Clair pouvait difficilement parler. Il restait les yeux fermés; mais il n'était que trop évident qu'il luttait avec des pensées douloureuses. Il posa sa main sur celle de Tom, agenouillé près de lui, et dit : « Tom! pauvre garçon!

— Quoi, maître? dit Tom avec anxiété.

— Je me meurs! ajouta-t-il en lui pressant la main. Prie!

— Si vous désiriez un ministre... » reprit le médecin.

Saint-Clair secoua la tête, et dit de nouveau à Tom avec instance : « Prie! »

Et Tom pria de tout son esprit, de toutes ses forces, pour l'âme qui partait, — pour l'âme qui, du fond de ces grands yeux bleus et mélancoliques, semblait le regarder si tristement. C'était bien la prière offerte avec larmes et déchirement de cœur.

Quand Tom cessa de parler, Saint-Clair fit un effort, saisit sa main et le regarda avec émotion; mais ne dit rien. Il ferma les yeux sans relâcher son étreinte; car, aux portes de l'éternité, la main noire et la main blanche se ferment avec la même crispation. Il murmurait doucement, à intervalles brisés :

> Recordare, Jesu pie.
>
> . . . .
>
> Ne me perdas — illa die :
> Quærens me — sedisti lassus.

Les paroles qu'il avait chantées ce même soir, — paroles suppliantes adressées à une Miséricorde Infinie. Ses

lèvres remuaient à mesure qu'en sortaient les fragments
de l'hymne sacrée.

« Son esprit s'égare, dit le médecin.

— Non! il arrive! il arrive... enfin! dit Saint-Clair
avec énergie : enfin! enfin! »

L'effort l'épuisa; la pâleur de la mort couvrit son visage; mais avec elle descendit, comme sur les ailes d'un
ange compatissant, l'admirable expression de paix d'un
enfant fatigué qui s'endort.

Il demeura ainsi quelques secondes. On voyait que la
main toute-puissante était étendue sur lui. Un peu avant
le moment suprême, il rouvrit les yeux; et, avec un
éclair soudain de joie et de reconnaissance, il s'écria :
« *Ma mère!* »

Puis, il rendit l'esprit.

CHAPITRE XXX

Les délaissés.

Il n'est pas sur la terre de créature plus isolée, plus
dépourvue de protection, plus à plaindre, que l'esclave
qui perd un bon maître.

Après la mort d'un père il reste encore à l'enfant
des amis et l'appui de la loi. Il est quelqu'un; il peut
faire quelque chose; — il a des droits et une position
reconnue : pour l'esclave, rien de pareil. — Aux yeux
de la loi c'est un immeuble, et pas plus. Les seules sa-
tisfactions accordées aux besoins, aux désirs légitimes
d'une créature humaine et immortelle, lui viennent à
travers la volonté souveraine du maître, et quand le
maître disparaît, tout finit avec lui.

Peu d'hommes usent avec justice et générosité d'un
pouvoir sans limites : tout le monde sait cela; mais l'es-

clave le sait mieux que personne. Il sent que, pour un maître bienveillant, affectueux, il s'en trouve dix cruels et tyranniques; aussi le deuil d'un bon maître est-il long et profond pour les pauvres abandonnés qu'il laisse derrière lui.

Saint-Clair avait à peine rendu le dernier soupir que la terreur et la consternation s'emparaient de tous. Il avait été foudroyé dans la force et la fleur de sa jeunesse : les salons, les galeries, la maison tout entière retentissaient de sanglots, de cris de désespoir.

Marie, énervée par l'habitude constante de s'écouter, restait terrassée sous le choc, et s'évanouissait de minute en minute durant l'agonie de son mari : celui auquel l'unissait le lien mystérieux et sacré du mariage la quitta pour jamais sans un mot d'adieu.

Miss Ophélia, douée d'une énergie et d'une force de volonté peu communes, resta jusqu'à la fin près de Saint-Clair, — tout yeux, tout oreilles, tout attention, faisant le peu qui se pouvait faire, et se joignant de toute son âme aux tendres et ferventes prières du pauvre esclave pour l'âme de son maître mourant.

Lorsqu'ils lui rendirent les derniers devoirs, ils trouvèrent sur son sein un petit médaillon à ressort. Il renfermait un portrait de femme, — un noble et beau visage, — et sur le revers, une mèche de cheveux noirs. Ils remirent sur la poitrine inerte, — cendres sur cendres, — ces tristes reliques d'un passé qui jadis avait fait battre si vite ce cœur immobile.

L'âme de Tom était tout entière aux pensées de l'éternité; et devant cette froide dépouille, il ne songea pas une seule fois que ce coup imprévu scellait à jamais son esclavage. Il était tranquille sur son maître; car, à l'heure solennelle où il épanchait sa prière dans le sein du Père céleste, il avait senti descendre en lui une quiétude parfaite, et comme l'assurance qu'il était exaucé. La profondeur de ses affections lui faisait pressentir la plénitude.

de l'amour divin; car un vieil oracle a écrit : « Celui qui habite dans l'amour habite en Dieu, et Dieu en lui. » Tom croyait, Tom espérait, et Tom était en paix.

Le jour des funérailles arriva, avec son cortège obligé de crêpes funèbres, de prières, de figures graves; puis les vagues fangeuses de la vie quotidienne roulèrent comme auparavant; puis vint l'éternelle question : Qu'y a-t-il à faire encore? Marie se la posa, tandis qu'enveloppée d'un peignoir du matin, entourée de visages inquiets, elle examinait, du fond de sa bergère, des échantillons d'étoffes de deuil. Miss Ophélia se l'était posée aussi : elle songeait à regagner le Nord et la maison paternelle. Mais la question se dressait surtout, pleine de muettes terreurs, dans l'esprit des domestiques, qui ne connaissaient que trop la tyrannique insensibilité de leur maîtresse. Tous savaient que les douceurs dont ils avaient joui leur venaient du maître seul, et que maintenant qu'il n'était plus, rien ne les pourrait garantir des caprices despotiques d'un caractère que les revers aigrissaient encore. Environ une quinzaine après l'enterrement, miss Ophélia, occupée dans sa chambre, entendit frapper doucement à la porte. Elle ouvrit : c'était Rosa, la jolie femme de chambre quarteronne, les cheveux en désordre et les yeux gonflés de pleurs.

« Oh! miss Phélie, dit-elle, tombant à genoux et saisissant le pan de la robe de miss Ophélia; je vous en supplie, allez trouver maîtresse! allez la prier pour moi! elle veut m'envoyer là pour y être fouettée, — regardez.. » Elle tendit un papier à miss Ophélia.

C'était l'écriture élégante et fine de Marie; un ordre au maître d'une maison de châtiment de donner au porteur quinze coups de fouet.

« Qu'avez-vous donc fait? demanda miss Ophélia.

— Vous savez, miss Phélie, j'ai un si mauvais caractère! c'est bien mal à moi. J'essayais une robe à maîtresse Marie; elle m'a frappé au visage, et j'ai parlé sans y penser; j'ai été insolente. Elle a dit qu'elle me réduirait, qu'elle m'apprendrait, une fois pour toutes, à ne plus faire la princesse comme par le passé. Elle a écrit ce billet, et m'a dit de le porter: mais j'aime mieux qu'elle me tue tout de suite. »

Miss Ophélia tenait le papier, et réfléchissait. « Voyez-vous, miss Phélie, poursuivit Rosa ce n'est pas tant la peur des coups; — je les endurerais bien de votre main ou de celle de miss Marie; — mais être envoyée à un *homme!* à un si horrible homme! — c'est à en mourir de honte! »

Miss Ophélia savait que l'usage général était d'envoyer aux maisons de châtiment, pour y être brutalement exposées et soumises à de honteuses corrections, des pauvres femmes, des jeunes filles, livrées ainsi aux derniers des hommes, — à des hommes assez vils pour faire un tel métier. Elle l'avait *su;* mais elle n'en comprit l'odieuse réalité qu'en voyant la délicate jeune fille se tordre d'angoisse à ses genoux. Tout le sang de la pudeur féminine, le libre et vigoureux sang de la Nouvelle-Angleterre, empourpra ses joues, et reflua vers son cœur indigné. Mais, avec sa prudence et son habituelle fermeté, elle se domina, et, froissant le papier dans sa main, elle dit simplement à Rosa:

« Asseyez-vous, enfant, tandis que j'irai parler à votre maîtresse.

« C'est odieux, barbare, infâme! » se disait-elle en traversant le salon.

Elle trouva Marie assise dans sa bergère; Mamie, debout derrière elle, lui démêlait les cheveux; Jane, accroupie à terre, lui frottait les pieds.

« Comment vous portez-vous aujourd'hui? » demanda miss Ophélia.

Marie poussa un profond soupir, ferma les yeux, et ne répondit pas. Enfin, au bout d'un moment, elle dit avec langueur: « En vérité, je n'en sais rien, cousine; je suppose que je me porte aussi bien que je puis me porter désormais! Elle s'essuya les yeux avec un mouchoir de batiste, encadré d'une large bordure noire.

« — Je venais, dit miss Ophélia, et elle fut prise de la petite toux sèche qui précède d'ordinaire un sujet difficile, — je venais vous parler de la pauvre Rosa. » Les yeux de Marie s'ouvrirent tout grands cette fois, et ses joues jaunes se teignirent de rouge, comme elle répondait aigrement :

« Eh bien! qu'avez-vous à m'en dire?

— Elle est très-fâchée de sa faute.

— Vraiment! Elle en sera encore plus fâchée avant que j'en aie fini avec elle. J'ai enduré trop longtemps son insolence : maintenant je prétends l'humilier, — la faire descendre dans la boue!

— Mais ne pourriez-vous la punir de quelque autre façon, d'une façon moins honteuse?

— Je veux lui faire honte; c'est précisément ce que je veux. Toute sa vie elle a tiré vanité de sa taille, de sa figure, de ses airs de dame, à ce point qu'elle en a oublié ce qu'elle est; je lui donnerai une leçon qui le lui rappellera.

— Mais, cousine, réfléchissez que si vous détruisez toute délicatesse, toute pudeur dans une jeune fille, vous la dépravez.

— De la délicatesse! dit Marie avec un rire de mépris; un grand mot qui va bien à elle et à ses pareilles! Je lui apprendrai que, malgré tous ses grands airs, elle ne vaut pas mieux que la dernière fille déguenillée qui court les rues. Elle ne s'avisera plus d'en prendre avec moi, des airs!

— Vous aurez à répondre à Dieu d'une telle cruauté! dit miss Ophélia.

— De la cruauté! je voudrais bien savoir en quoi je suis cruelle? je n'ai écrit l'ordre que pour quinze coups, encore ai-je ajouté de ne pas les donner trop forts. Assurément il n'y a pas là de cruauté!

— Pas de cruauté! reprit miss Ophélia. Je suis

sûre que toute jeune fille préférerait cent fois mourir!

— Vous jugez cela de votre point de vue, mais toutes ces créatures y sont faites : c'est le seul moyen de les ranger à l'ordre. Laissez leur une fois se donner des airs de délicatesse, et tout ce qui s'en suit, elles vous grimperont bien vite sur le dos, et vous mangeront dans la main, comme ont toujours fait ici mes filles de service. J'ai commencé à les ramener sous ma férule; et j'entends qu'elles sachent bien que je les enverrai fouetter, l'une comme l'autre, si elles bronchent! » Et Marie regarda autour d'elle d'un air décidé.

Jane baissa la tête et se courba davantage encore, car elle sentait que la menace était à son adresse.

Miss Ophélia eut l'air un moment d'avoir avalé de la poudre à canon et d'être prête à sauter. Mais se rappelant l'inutilité de toute discussion avec une nature semblable, elle ferma résolument ses lèvres, se leva, et sortit de la chambre.

Ce lui fut chose rude que d'annoncer à Rosa qu'elle avait échoué. Bientôt, un domestique vint dire que sa maîtresse lui avait donné ordre de conduire la jeune quarteronne à la maison de châtiment, où elle fut traînée en dépit de ses larmes et de ses prières.

Peu de jours après, Tom songeait debout sur le balcon, lorsqu'il fut accosté par Adolphe, qui, déchu de toutes ses splendeurs, était inconsolable depuis la mort de son maître. Le mulâtre connaissait l'antipathie que lui avait vouée Marie; mais tant que son maître vécut, il s'en inquiéta peu. Maintenant, il était en proie à des transes continuelles et tremblait de ce qui pouvait lui advenir. Marie avait eu plusieurs conférences avec son avoué : elle avait pris l'avis du frère de Saint-Clair, et il avait été arrêté qu'on vendrait l'habitation ainsi que tous les esclaves, hors ceux qui lui appartenaient en propre, et qu'elle devait ramener avec elle à son retour chez son père.

« Savez-vous, Tom, que nous allons tous être vendus?
dit Adolphe.

— Comment le savez-vous? dit Tom.

— J'étais caché derrière les rideaux pendant que maîtresse parlait à l'avoué. Dans quelques jours d'ici nous
serons tous envoyés au marché.

— La volonté du Seigneur soit faite! dit Tom, les bras
croisés et poussant un profond soupir.

— Nous ne retrouverons jamais un maître comme le
nôtre, reprit Adolphe d'un ton inquiet; mais j'aime encore mieux être vendu et courir ma chance que de rester
avec maîtresse. »

Tom se détourna; son cœur était trop plein. L'espoir
de la liberté, le souvenir de sa femme, de ses enfants,
apparut à son âme patiente, comme apparaît au matelot
naufragé à l'entrée du port, la vision de son clocher, des
toits aimés de son village natal, entrevus du haut de la
sombre houle qui va l'engloutir pour toujours. Il serra
fortement ses bras sur sa poitrine, refoula ses larmes
amères, et s'efforça de prier. Le pauvre homme avait un
préjugé, bizarre, inexplicable, en faveur de la liberté, et
la lutte pour l'extirper était rude; plus il répétait « que
ta volonté soit faite! » plus il se sentait malheureux.

Il alla trouver miss Ophélia, qui, depuis la mort d'Éva,
l'avait toujours traité avec bienveillance, et même avec
une sorte de respect.

« Miss Phélie, dit-il, maître Saint-Clair m'avait promis ma liberté; il avait commencé à faire ce qu'il fallait
pour me la rendre. Peut-être que, si miss Phélie avait
la bonté d'en parler à maîtresse, elle voudrait bien finir
la chose, rien que pour faire comme voulait maître
Saint-Clair.

— Je parlerai pour vous, Tom, et ferai de mon mieux,
dit miss Ophélia; mais si la chose dépend de madame
Saint-Clair, je n'ai pas grande espérance : j'essaierai,
néanmoins. »

C'était peu après l'incident de Rosa, et miss Ophélia s'occupait de ses préparatifs de départ.

Elle réfléchit sérieusement, et se reprocha d'avoir été peut-être trop vive dans ce premier plaidoyer. Résolue à modérer son zèle, et à être aussi conciliante que possible, elle prit son tricot, composa son visage, et s'achemina vers la chambre de Marie pour y négocier l'affaire de Tom, avec toute la diplomatie dont elle était capable.

Madame Saint-Clair, étendue sur une chaise longue, le coude appuyé sur une pile de coussins, regardait diverses étoffes noires que Jane avait rapporté de plusieurs magasins et qu'elle étalait devant elle.

« Celle-là me convient, dit Marie en désignant une des pièces; seulement je ne suis pas sûre que ce soit assez deuil.

— Seigneur, maîtresse ! dit Jane avec volubilité, madame la générale Derbennon n'a pas porté autre chose à la mort du général, l'été dernier. Ça sied si bien!

— Qu'en pensez-vous? demanda Marie à miss Ophélia.

— C'est une question de coutume, je suppose, dit miss Ophélia. Vous en pouvez juger mieux que moi.

— Le fait est que je n'ai pas au monde une seule robe à mettre, et comme je vais faire maison nette et partir la semaine prochaine, il faut absolument que je décide quelque chose.

— Partez-vous donc si tôt?

— Oui, le frère de Saint-Clair a écrit; lui et l'avoué pensent qu'il vaut mieux mettre d'abord en vente les esclaves et les meubles, quitte à laisser l'habitation aux mains de l'homme de loi pour être vendue plus tard.

— Il y a une chose dont je voulais vous parler, dit miss Ophélia. Augustin avait promis à Tom de lui rendre la liberté; il avait même commencé les démarches légales nécessaires. J'espère que vous userez de votre influence pour qu'elles se terminent.

— Je n'en ferai rien, en vérité, dit Marie avec aigreur. Tom est de tous les domestiques de l'habitation celui qui a le plus de valeur. On ne saurait faire un pareil sacrifice. D'ailleurs, qu'a-t-il besoin de liberté? Il est infiniment mieux comme il est.

— Mais il désire très-ardemment être libre, et son maître le lui a promis, insista miss Ophélia.

— Je ne doute pas qu'il ne le désire, répliqua Marie : ils en sont tous là, précisément parce que c'est un ramas de mécontents qui veulent toujours avoir ce qu'ils n'ont pas. J'ai pour principe de n'émanciper en aucun cas. Tenez le nègre sous la férule du maître, et il se comportera à peu près bien; mais si vous l'affranchissez, il ne voudra plus travailler; il deviendra paresseux, ivrogne, et tout ce qu'il y a de pis. J'en ai vu des centaines d'exemples. Ce n'est point leur rendre service que de les affranchir.

— Mais Tom est si sobre, si bon travailleur, si pieux!

— Oh! vous n'avez que faire d'insister! j'en ai vu cent comme lui; il marchera bien tant qu'on y aura l'œil, voilà tout.

— Mais considérez, dit miss Ophélia, qu'en le mettant en vente vous l'exposez à tomber à un mauvais maître.

— Ce sont là des balivernes! reprit Marie; il n'arrive pas une fois sur cent qu'un bon sujet tombe à un mauvais maître. La plupart des maîtres sont bons, quoi qu'on en dise. J'ai vécu, j'ai grandi dans le Sud, et je n'y ai jamais connu personne qui ne traitât bien ses esclaves, aussi bien du moins qu'ils le méritent. Je n'ai pas la moindre inquiétude là-dessus.

— Eh bien! dit miss Ophélia avec énergie, je sais qu'un des derniers vœux de votre mari était que Tom eût sa liberté; c'est une des promesses qu'il a faites à la chère petite Éva mourante, et je n'imaginais pas que vous pussiez vous en croire dégagée. »

A cet appel Marie se couvrit le visage de son mouchoir, et eut recours à son flacon de sels.

« Tout le monde se tourne contre moi! dit-elle; personne n'a le moindre égard! Je ne devais pas m'attendre
à un pareil procédé! Venir ainsi réveiller tous mes chagrins! c'est d'une telle inattention! mais on ne veut pas
réfléchir à tout ce que mes épreuves, à moi, ont de particulier. Il est bien dur, quand je n'avais qu'une fille
unique, de me la voir enlevée! — Quand j'avais un mari
qui me convenait si parfaitement, — et je suis si difficile,
— il est dur de le perdre! Il faut avoir bien peu de sentiment pour venir me rappeler tout cela avec tant d'insouciance, — lorsque vous savez à quel point je suis
faible! Je veux croire que vous avez de bonnes intentions; mais c'est d'un manque d'égards inouï! » Et Marie
sanglota, respira convulsivement, cria à Mamie d'ouvrir
la fenêtre, de lui apporter le camphre, de lui frotter la
tête et de la délacer. Au milieu de la confusion générale
qui s'en suivit, miss Ophélia s'esquiva, et rentra dans
son appartement.

Elle vit qu'elle ne gagnerait rien à dire un mot de
plus, car Marie avait une capacité d'attaques de nerfs
sans limites, et elle la mettait en jeu toutes les fois qu'on
faisait allusion aux derniers désirs de son mari ou d'Éva
en faveur des domestiques. Miss Ophélia fit donc ce qui
lui restait de mieux à faire pour Tom; elle écrivit pour
lui une lettre à madame Shelby, lui exposant ses peines,
et la pressant d'envoyer à son aide.

Le lendemain, Tom, Adolphe et une demi-douzaine
de leurs compagnons de servitude furent conduits à un
dépôt d'esclaves, afin d'y attendre la convenance du
marchand qui réunissait un lot pour la vente.

CHAPITRE XXXI

Le dépôt d'esclaves.

Un dépôt d'esclaves! Ce mot évoque peut-être d'horribles visions chez quelques-uns de mes lecteurs. Ils se figurent un antre obscur, immonde, un affreux Tartare, *informis, ingens, cui lumen ademptum*. Mais non, innocent ami! De nos jours l'art de faire le mal s'est perfectionné; on y met de l'adresse, de la recherche; on évite avec soin tout ce qui pourrait choquer les yeux, offenser les sens d'une société respectable. La propriété humaine est en hausse; en conséquence, on la nourrit bien, on la nettoie, on l'étrille, on la soigne, afin qu'elle arrive au marché propre, forte, et luisante. Un dépôt d'esclaves à la Nouvelle-Orléans est une maison bien tenue, qui ne diffère pas essentiellement des autres magasins, et où vous pouvez voir chaque jour, alignés sous une espèce de hangar, au dehors, des rangées d'hommes et de femmes, enseigne de la marchandise qui se vend au dedans.

On vous priera, de la façon la plus courtoise, d'entrer, d'examiner, et vous trouverez abondance de maris, de femmes, de frères, de sœurs, de pères, de mères, de jeunes enfants, à vendre séparément ou par lots, selon la convenance de l'acquéreur. L'âme immortelle, rachetée jadis par le sang et les angoisses du Fils de Dieu fait homme, alors que « la terre trembla, que les pierres se fendirent, et que les sépulcres s'ouvrirent, » se vend là, s'y loue, s'hypothèque, se troque contre de l'épicerie ou tout autres denrées sèches, suivant les phases du commerce et la fantaisie de l'acheteur.

Tom, Adolphe et leurs compagnons d'infortune avaient été confiés à la bienveillante sollicitude de M. Skeggs, gardien d'un dépôt dans la rue de ***, pour y attendre la vente du lendemain.

Tom, ainsi que la plupart de ses camarades, apportait avec lui une malle remplie de vêtements. On les introduisit dans une longue salle où ils devaient passer la nuit, et où étaient déjà rassemblés des hommes de tout âge, de toute taille et de toutes nuances, qui, livrés à une gaieté factice, riaient aux éclats.

« Ah! ah! voilà qui va bien! Donnez-vous-en! dit M. Skeggs le gardien. Mon monde est toujours si réjoui! C'est Sambo, à ce que je vois, » dit-il d'un ton approbateur à un gros nègre, qui exécutait quelque ignoble bouffonnerie, cause des bruyants éclats de rires qui avaient accueillis les nouveaux venus.

Tom, comme on l'imagine, n'était pas d'humeur à prendre part au divertissement. Il déposa donc sa malle le plus loin possible du bruyant groupe, et s'assit dessus, le visage tourné vers le mur.

Les trafiquants d'articles humains font des efforts systématiques pour propager parmi leur marchandise une grossière et tapageuse gaieté, comme moyen d'étouffer la réflexion, et de rendre les esclaves insensibles à leur sort. Le régime auquel le nègre est soumis, du moment qu'il est acheté dans le Nord jusqu'à son arrivée au Sud, a pour but unique de tuer sa pensée, de l'abrutir. Le marchand d'esclaves recrute son troupeau dans la Virginie et le Kentucky; il le conduit ensuite à quelque endroit bien situé et salubre, — souvent à des eaux thermales — pour y être engraissé. Là, les esclaves mangent à discrétion; et, comme il s'en trouve toujours quelques-uns enclins à la mélancolie, on fait jouer du violon tout le jour, et on les oblige à danser. Celui qui se refuse à être gai, — dont l'âme est encore hantée du souvenir de sa femme, de ses enfants, de son logis, — est noté comme un être sournois, dangereux, et livré par suite à tous les maux que peut engendrer la malveillance d'un homme endurci et irresponsable. La vivacité, l'entrain, les apparences de la gaieté, surtout devant des regardants, leur

sont constamment imposés, tant par l'espérance de trouver un bon maître, que par la crainte de tout ce que peut
leur infliger la colère du marchand, s'il ne parvient pas
à s'en défaire.

« Quoi qu'i fait là ce nèg'!» dit Sambo en s'approchant
de Tom, après que M. Skeggs eut quitté la salle. Sambo
était d'un noir foncé, de grande taille, vif, bavard et
grand faiseur de tours et de grimaces.

« Quoi que vous faire là? ajouta Sambo lui allongeant
facétieusement son poing dans les côtes. Vous ruminer,
hein?

— Je dois être vendu demain à l'encan, répondit Tom
d'un ton calme.

— Vendu à l'encan. — Hé! ho! garçons! c'est ça qui
est amusant! Je voudrais en être, moi! — Comme je vous
les ferais rire! Dites donc, hé! c'est-i là tout le lot qui
s'en va demain? ajouta-t-il en posant familièrement sa
main sur l'épaule d'Adolphe.

— Laissez-moi tranquille, s'il vous plaît! dit Adolphe
d'un ton farouche, en se redressant avec dégoût.

— Eh là! vous aut's! en v'là un de vos nèg' blav.s!
une façon de couleur de crème qui embaume! Et, se
rapprochant d'Adolphe, il le flaira. Seigneur! bon pour
un débit de tabac; lui, embaumer toute la boutique!
faire venir grands chalands, — ah oui!

— Tenez-vous tranquille! je vous l'ai déjà dit, s'écria
Adolphe furieux.

— Comme nous prend' la mouche! nous nèg's blancs!
Regardez-nous, vous autr'! — Et Sambo singea d'une
façon grotesque les manières d'Adolphe. C'est ça des
airs, et des grrrâces! Nous sommes été dans une bonne
maison, que je suppose?

— J'avais un maître, dit Adolphe, qui aurait pu vous
acheter tous, rien qu'en échange de ses vieux rebuts!

— Seigneur! pensez un peu, dit Sambo; nous être
gentilhomme! grande noblesse!

— J'appartenais à la famille Saint-Clair, reprit Adolphe avec orgueil.

— Vrai!... Moi vouloir être pendu si eux pas contents
se débarrasser de vous! Une chance, quoi! Peut-être
bien vous va être troqué contre un lot de pots cassés et
vieilles théières fêlées!» dit Sambo, avec une provocante
grimace.

Adolphe, poussé à bout par ces railleries, s'élança sur
son adversaire, jurant et le frappant à tour de bras. Les
autres riaient, applaudissaient : le tumulte attira le gardien.

« Qu'y a-t-il, garçons? A l'ordre! à l'ordre! » dit-il
comme il entrait, en faisant claquer son long fouet.

Tous s'enfuirent de différents côtés, excepté Sambo;
enhardi par la faveur dont il jouissait comme bouffon en
titre, il maintint son terrain, faisant un plongeon de la
tête avec une facétieuse grimace, toutes les fois que le
gardien arrivait sur lui.

« Seigneur maître, c'est pas être nous; — nous bien
tranquilles; — c'est nouveaux venus, là; — être méchants, colères! — toujours après pauv' monde! »

Sur ce, le gardien se tourna vers Tom et Adolphe, distribua, sans plus d'enquête, quelques coups de pieds et
de poings; et, après une recommandation générale d'être
bons enfants et de dormir, il s'en alla.

Tandis que cette scène se passait au dortoir des hommes,
jetons un coup d'œil dans l'appartement des femmes. Là,
étendues sur le plancher, gisent, en diverses attitudes,
d'innombrables créatures endormies, de toutes couleurs, depuis le noir d'ébène jusqu'au blanc de l'ivoire,
de tout âge, depuis l'enfance jusqu'à la vieillesse. Ici,
c'est une belle fille de dix ans, dont la mère a été vendue hier, et qui a tant pleuré, sans que personne prît
garde à elle, qu'elle a fini par s'endormir. Là, c'est
une vieille négresse usée, dont les bras amaigris, les
doigts rugueux témoignent de durs travaux : article

de rebut, elle sera vendue demain pour ce que l'on en voudra donner. Une cinquantaine d'autres, la tête enveloppée de couvertures, ou bizarrement accoutrées, se groupent alentour. Mais, dans un coin, deux femmes se tiennent à l'écart. L'une, mulâtresse de quarante à cinquante ans, proprement vêtue, a une physionomie aimable et des yeux doux et limpides; elle porte en turban un beau et fin madras; sa robe bien ajustée, de belle et bonne étoffe, montre qu'une maîtresse attentive a pourvu à sa toilette. Serrée contre elle, et blottie comme en un nid, est une enfant de quinze ans, — sa fille. C'est une quarteronne au teint clair; mais sa ressemblance avec sa mère n'en est pas moins frappante : ce sont les mêmes yeux doux et noirs, voilés de longs cils, la même chevelure brune opulente et bouclée. Sa mise est aussi d'une grande netteté, et ses mains blanches et délicates n'ont évidemment jamais fait de travaux serviles. Toutes deux doivent être vendues demain, dans le même lot que les domestiques de Saint-Clair. Le propriétaire, auquel le montant de la vente sera transmis, est membre d'une église chrétienne à New-York. Il recevra l'argent, et sans plus y penser se présentera à la table du Seigneur, du Dieu, qui est aussi leur Dieu à elles !

Suzanne et Emmeline étaient attachées au service personnel d'une pieuse et charitable dame de la Nouvelle-Orléans, qui les avait instruites et élevées avec le plus grand soin. On leur avait enseigné à lire, à écrire; on les avait entretenues des vérités de la religion, et leur sort avait été aussi heureux qu'il pouvait l'être. Mais le fils unique de leur protectrice, chargé de faire valoir les biens, les avait compromis avec insouciance par une folle prodigalité, et venait de faire faillite. La respectable maison des frères B. et compagnie, de New-York, ayant une des plus fortes créances, les chefs écrivirent à leur chargé d'affaires de la Nouvelle-Orléans, qui fit saisir la propriété réelle. (Elle se réduisait à peu de chose près aux deux femmes, et à un lot d'esclaves pour les planta-tions.) Il en donna avis à ses fondés de pouvoirs.

L'un des frères étant, ainsi que nous l'avons dit, un chrétien, habitant d'un État libre, se sentit pris de quel-ques scrupules. Il ne se souciait pas de trafiquer d'esclaves et d'âmes immortelles, — la chose lui répugnait; mais d'autre part, il y avait trente mille dollars en jeu, et c'é-tait trop d'argent à sacrifier à un principe. En sorte qu'après avoir beaucoup réfléchi, et demandé l'opinion de ceux qu'il savait être de son avis, le frère B. écrivit à son chargé d'affaires de disposer des immeubles de la manière qui lui semblerait le plus convenable, et de lui faire passer la somme.

Le lendemain du jour où la lettre arriva, Suzanne et Emmeline furent envoyées au dépôt, pour y attendre la vente générale.

La pâle clarté de la lune, qui filtre à travers les fenêtres grillées, éclaire la mère et la fille. Toutes deux pleurent, mais chacune à part et sans bruit, afin que l'autre ne puisse l'entendre.

« Mère, posez votre tête sur mes genoux, et essayez de dormir un peu, dit la jeune fille, s'efforçant de paraître calme.

— Je n'ai pas le cœur de dormir, Emmeline! Je ne peux pas. C'est peut-être la dernière nuit que nous pas-sons ensemble!

— Oh! mère, ne dites pas cela! Peut-être serons-nous vendues au même maître, — qui sait?

— S'il s'agissait de toute autre, je dirais aussi, peut-être? reprit la femme; mais j'ai si grand'peur de te per-dre, Emmeline, que je ne vois que le danger.

— Pourquoi, mère? L'homme nous a trouvé bonne mine, et il a dit que nous ne manquerions pas d'a-cheteurs. »

La mère se rappelait trop bien les regards et les pa-roles de l'homme. Elle se rappelait, avec un affreux ser-

rement de cœur, comment il avait examiné les mains de
la jeune fille, soulevé les boucles de ses cheveux, et déclaré que c'était un article de premier choix. Suzanne,
élevée en chrétienne, nourrie de la lecture de la Bible,
avait autant d'horreur de voir vendre sa fille pour une
vie infâme qu'en pourrait éprouver toute autre mère
pieuse ; mais elle n'avait point d'espérance, point de
protection.

« Je crois, mère, que nous nous en tirerons à merveille, si nous tombons à quelque bonne maison, où
vous puissiez être cuisinière et moi femme de chambre,
ou couturière. Nous aurons cette chance, j'espère. Il
nous faut prendre un air avenant, alerte, aussi gai que
nous le pourrons, dire tout ce que nous savons faire ; et
peut-être y arriverons-nous ?

— Demain tu brosseras tes cheveux, lisses, tout droits,
entends-tu ? dit Suzanne.

— Pourquoi, mère ? cela ne me va pas moitié si bien.

— Oui ; mais tu ne t'en vendras que mieux.

— Je ne comprends pas pourquoi ! dit la jeune fille.

— Des gens respectables seront plus disposés à t'a-
cheter en te voyant simple et modeste, que si tu essayais
de te faire belle. Je connais leurs idées mieux que toi,
dit Suzanne.

— Eh bien, mère, je ferai comme vous voulez.

— Emmeline, si, après le jour de demain, nous ne de-
vions plus nous revoir ; si j'étais vendue pour aller quelque part sur une plantation, et toi sur une autre ; —
rappelle-toi toujours comment tu as été élevée, et tout
ce que maîtresse t'a dit. Emporte avec toi ta Bible et
ton livre d'hymnes. Si tu es fidèle au Seigneur, le Seigneur te sera fidèle. »

Ainsi parle la pauvre âme en sa profonde détresse ;
car elle sait que demain tout homme vil et brutal, impitoyable et impie, peut devenir propriétaire de sa fille,
corps et âme, s'il a seulement assez d'argent pour l'a-

cheter. Et comment alors la pauvre enfant gardera-
t-elle sa foi? Elle pense à tout cela, et, tenant sa fille
entre ses bras, elle la voudrait moins belle. Elle se rappelle l'éducation qu'Emmeline a reçue, si pure, si chaste,
si fort au-dessus de sa condition, et elle s'en afflige
presque. Sa seule ressource est de *prier.* Du fond de ces
dépôts-prisons, si bien tenus, si propres, si convenables,
que de prières ont montées jusqu'à Dieu! —prières que
Dieu ne met pas en oubli, comme on le verra au jour à
venir, car il est écrit: « Quiconque scandalisera l'un de
ces petits qui croient en moi, il lui vaudrait mieux qu'on
mit une pierre de meule autour de son cou, et qu'on le
jetât dans la mer¹. »

Un doux et calme rayon de la lune descend d'en haut,
et dessine, sur les groupes endormis, l'ombre des bar-
reaux de la fenêtre. La mère et la fille chantent ensemble, sur un air bizarre et triste, un cantique composé par des esclaves, sorte d'hymne funèbre consacré
parmi eux.

> Où donc est la pauvre Marie,
> Qui pleurait, pleurait sans répit?
> Où donc est la pauvre Marie?
> Elle a gagné le paradis!
>
> Personne plus ne l'injurie,
> Ne la frappe, ne la maudit;
> Morte, elle est l'heureuse Marie,
> Elle a gagné le paradis!

Ces paroles, chantées par des voix douces et mélancoliques, au milieu d'une atmosphère imprégnée des soupirs
du désespoir exhalés vers le ciel, résonnaient à travers
les sombres salles de la prison avec un accent pénétrant.

> Oh! chers amis, qui peut nous dire

¹ Évangile selon saint Marc, ch. IX, verset 42.

Où sont cachés Paul et Silas?
Leur sort ne pouvait être pire
Qu'il ne le fut sur terre, hélas!

Ici-bas c'était leur martyre,
Mais là-haut, dans le ciel bénis,
Ils ont ce que tout cœur désire,
Ils ont gagné le paradis ! »

Chantez, pauvres âmes, chantez! La nuit est courte, et demain vous arrachera pour toujours l'une à l'autre!

C'est le matin, tout le monde est sur pied : le digne M. Skeggs, alerte et affairé entre tous, dispose son lot pour la vente. Il y a une sévère inspection des toilettes; il est enjoint à chacun de prendre son meilleur visage, son air le plus éveillé. Maintenant tous, rangés en cercle, vont être passés en revue une dernière fois avant le départ pour la Bourse.

M. Skeggs, coiffé de son chapeau de fibres de palmier tressées, et fumant son cigare, fait sa tournée; il met une dernière touche à sa marchandise.

« Comment cela? dit-il, s'arrêtant en face de Suzanne et d'Emmeline; qu'as-tu fait de tes boucles, la fille? »

La jeune fille regarda timidement sa mère, qui, avec l'adresse polie, habituelle à sa classe, répondit :

« Je lui ai dit hier soir d'unir ses cheveux bien proprement, au lieu de les avoir tout ébouriffés en boucles; c'est plus honnête, plus décent.

— Bêtises! dit l'homme; et se tournant d'un air impérieux vers Emmeline : Va-t'en te friser, et vite! ajouta-t-il en faisant craquer son rotin. Ne te fais pas attendre! — Et toi, va l'aider! dit-il à la mère. Rien que ces boucles peuvent faire une différence de cent dollars sur la vente! »

. . . .

Des hommes de toutes les nations vont et viennent, sous un dôme splendide, sur un pavé de marbre. De chaque côté de l'arène circulaire s'élèvent de petites tribunes, à l'usage des commissaires-priseurs et des crieurs. Deux d'entre eux, gens instruits et de bonne mine, s'efforcent à l'envi, en un jargon moitié anglais, moitié français, de vanter la marchandise et de faire hausser les enchères. Une troisième tribune, encore vide, est entourée d'un groupe qui attend que la vente commence. Au premier rang figurent les domestiques de Saint-Clair : — Tom, Adolphe et leurs camarades ; là aussi Suzanne et Emmeline, inquiètes, abattues, se serrent l'une contre l'autre. Différents spectateurs, venus sans intention précise d'acheter, sont réunis autour des articles à vendre, les palpent, les inspectent, et discutent sur leur valeur et leurs dehors, avec la même liberté qu'en pourrait mettre une bande de jockeys à commenter les mérites d'un cheval.

« Holà, Alf! qui vous amène ici? dit un jeune *beau*, en frappant sur l'épaule d'un autre élégant, occupé à examiner Adolphe à travers son lorgnon.

— On m'a dit que les gens de Saint-Clair se vendaient aujourd'hui ; j'ai besoin d'un valet de chambre : j'ai voulu voir si le sien m'irait.

— Qu'on m'y prenne à acheter un seul des gens de Saint-Clair ! des nègres gâtés, du premier au dernier ! impudents comme le diable !

— Ne craignez rien, dit le beau ; une fois à moi, je les ferai bien changer de ton. Ils verront qu'ils ont affaire à un autre maître que *monsieur* Saint-Clair. — Sur ma parole, le drôle me revient ! je l'achèterai. J'aime sa tournure.

— Il absorbera tout votre avoir, rien que pour son entretien. Il est d'une dépense extravagante !

— Oui ; mais *milord* s'apercevra qu'on ne *peut pas* se permettre d'extravagances avec *moi*. Quelques visites à la Calabousse l'auront bien vite redressé ; c'est un moyen infaillible, je vous assure, de lui faire sentir l'inconvenance de ses façons! Oh! je le réformerai des pieds à la tête; vous verrez plutôt. Je l'achète, décidément. »

Tom cherchait avec anxiété, dans la foule qui se pressait autour de lui, une figure à laquelle il eût souhaité donner le nom de maître. —Si jamais vous vous trouviez, monsieur, dans la dure nécessité de choisir entre deux cents hommes un maître absolu, arbitre souverain de votre destinée, peut-être, comme Tom, en trouveriez-vous bien peu auxquels vous fussiez aise d'appartenir. Tom vit des individus de toutes sortes d'allures, gros, grands, sournois, fluets, petits, bavards, à la face allongée, ronde, osseuse ; mais la majorité se composait de gens grossiers, endurcis, qui achètent leurs semblables comme on achète des copeaux, pour les mettre, avec une égale insouciance, au panier ou au feu, selon le besoin. Tom eut beau chercher, il ne vit pas un seul Saint-Clair.

Un peu avant l'ouverture de la vente, un personnage, trappu et musculeux, dont la chemise sale, à raies de couleur, laissait voir la poitrine nue, et qui portait un pantalon râpé, moucheté de boue, coudoya la foule, et se fit faire passage en homme qui expédie activement les affaires. Il s'avança vers le groupe, et commença un minutieux examen. Dès que Tom l'aperçut, il se sentit pris d'une horreur instinctive; cette répulsion augmenta encore quand il le vit de plus près. Gros et ramassé, il était évidemment d'une force gigantesque. Son crâne, rond comme un boulet, ses yeux d'un gris clair, surmontés d'épais sourcils roux, ses cheveux droits, roides, brûlés du soleil, ne rendaient pas, il faut l'avouer, son extérieur attrayant. Sa large et vulgaire bouche, dilatée par le tabac, en lançait de temps en temps le jus au loin avec une rare vigueur d'expectoration. Ses mains énormes, velues, couvertes de taches de rousseur, étaient d'une ignoble saleté et garnies d'ongles à l'avenant. Continuant la revue individuelle du lot, il saisit Tom par la

mâchoire, inspecta ses dents, lui commanda de relever
sa manche pour montrer ses muscles, le fit tourner, sauter, courir, afin de juger son pas.

« Où avez-vous été dressé? demanda-t-il, après toutes
ces investigations.

— Dans le Kentucky, dit Tom, cherchant de l'œil un
libérateur.

— Qu'y faisiez-vous?

— Je régissais la ferme du maître.

— Probable! quel conte! » et il passa outre. Il fit une
pause devant Adolphe, regarda ses bottes vernies, les
inonda d'un énorme jet de décoction de tabac, et avec
un méprisant : «pouah!» continua sa ronde. Il s'arrêta de
nouveau devant Suzanne et Emmeline. Il saisit la jeune
fille, et la tira vers lui de sa main lourde et sale ; il la lui
passa sur le cou, sur la taille, sur les bras; il regarda ses
dents, puis la repoussa auprès de sa mère, dont la figure
pâle exprimait ses angoisses à chaque mouvement du
hideux étranger.

La jeune fille, effrayée, fondit en pleurs.

« Finissez-en, petite mijaurée! dit le courtier; on ne
pleurniche pas ici. La vente va commencer. » En effet, la
vente commençait.

Adolphe fut adjugé pour une assez grosse somme au
jeune élégant qui l'avait pris à gré. Les autres domestiques
du lot Saint-Clair échurent à différents enchérisseurs.

« A ton tour, garçon! n'entends-tu pas? » dit le crieur
à Tom.

Tom monta sur l'estrade, et jeta autour de lui un regard inquiet.

Tous les sons se mêlent en un bourdonnement confus :
— le bavardage du crieur qui énumère, en anglais et en
français, les qualités de l'article, le feu croisé des enchères qui se succèdent dans les deux langues, les coups
de marteau, et enfin le coup final qu'accompagne le
retentissement sonore de la dernière syllabe du mot *dol-*

lars, au moment où le commissaire-priseur proclame le prix de l'adjudication. C'en est fait,—Tom a un maître.

On le pousse hors de l'estrade. Le gros homme à tête de taureau le prend rudement par l'épaule, le tire à l'écart, et lui dit d'une voix rauque : « Reste-là, *toi!* »

Tom ne comprenait qu'à demi. Cependant la vente va son train, — le vacarme redouble, — tantôt en français, tantôt en anglais. Le marteau levé retombe... Suzanne est vendue. Elle descend de l'estrade, s'arrête, se retourne avec anxiété vers sa fille, qui lui tend les bras. Dans son agonie, elle regarde son nouveau maître : — c'est un homme entre deux âges, d'un aspect respectable, d'une physionomie bienveillante.

« O maître, achetez ma fille, je vous en supplie!

— Je le voudrais; mais j'ai peur de n'en avoir pas les moyens, » dit le brave homme en suivant de l'œil avec intérêt la jeune fille, qui monte sur l'estrade et promène autour d'elle des regards effrayés et timides.

*Son sang agité colore ses joues pâles, le feu de la fièvre allume ses yeux, et la mère frémit en la voyant plus belle qu'elle ne l'a jamais vue. Le crieur aussi profite de sa chance, et discourt avec volubilité en son mauvais jargon anglo-français; les enchères montent rapidement.

« Je ferai tout ce que je pourrai, » dit le bienveillant gentilhomme, se joignant aux enchérisseurs et offrant son prix; mais en quelques secondes il est dépassé; tout ce que contient sa bourse n'y suffirait pas. Il se tait : le commissaire-priseur s'échauffe; les enchères se ralentissent; maintenant, la lutte n'est engagée qu'entre un vieil aristocrate de la Nouvelle-Orléans et notre ignoble connaissance au crâne dur et rond. Le noble personnage, mesurant de l'œil avec dédain son adversaire, fait encore quelques offres; mais le manant persiste; il l'emporte sur l'autre de toute la force de son obstination, et de toute la profondeur d'une bourse bien garnie; aussi la rixe ne dure-t-elle qu'un moment : le marteau tombe... Il a la jeune fille, corps et âme, à moins que Dieu ne lui vienne en aide!

Le maître d'Emmeline est un M. Legris, propriétaire d'une plantation de coton sur la rivière Rouge. Elle est poussée vers le lot dont Tom fait partie, ainsi que deux autres, et s'éloigne toute en pleurs.

Le brave propriétaire de Suzanne est vexé; mais « ces choses-là arrivent tous les jours. Il n'y a presque point de ventes où l'on ne voie pleurer des mères et des filles! on ne sait qu'y faire!» et il se dirige d'un autre côté avec sa nouvelle emplette.

Deux jours après, l'homme d'affaires de la maison très-chrétienne, B*** et compagnie, de New-York, expédiait l'argent à ses correspondants. Qu'ils inscrivent au dos de cette traite, prix de larmes et de sang, les paroles du Souverain Rémunérateur, avec lequel ils régleront un jour : « Quand il tire vengeance du sang versé, il n'oublie pas le cri du faible. »

CHAPITRE XXXII

La traversée.

> Tu as les yeux trop purs pour voir le mal, et tu ne saurais prendre plaisir à regarder le mal qu'on a fait à autrui. Pourquoi regarderais-tu les perfides, et te tairais-tu quand le méchant dévore son prochain qui est plus juste que lui.
>
> HABACUC, ch. 1, verset 13.

Tom, assis au fond d'un mauvais petit bateau, les fers aux pieds et aux mains, a sur le cœur un poids plus lourd que ses chaînes. Tout s'est effacé du ciel, — étoiles et lune; tout a fui pour ne plus revenir, comme fuient maintenant les arbres et les rives de chaque côté du fleuve. Sa case du Kentucky, avec sa femme, ses enfants, sa bonne maîtresse madame Shelby, Saint-Clair

et sa splendide demeure; la tête dorée d'Éva et ses
yeux célestes; son jeune maître, si fier, si gai, si beau,
si affectueux sous ses dehors insouciants; les heures faciles, les doux loisirs, — tout a disparu! et que reste-
t-il à la place?

C'est là une des plus grandes misères de l'esclavage.
Le noir dont la nature sympathique s'assimile aisément
à tout ce qui l'entoure est sans cesse exposé, après avoir
vécu au sein d'une bonne famille, et y avoir puisé un
certain raffinement de goûts et de sensations, à devenir
l'esclave du plus grossier, du plus brutal manant;
de même qu'une chaise ou une table, qui ornait jadis
un splendide salon, finit boiteuse et déformée dans
quelque sale bouge ou dans quelque hideux repaire de
débauche. L'énorme différence c'est que la table et la
chaise sont insensibles, et que l'*homme* ne l'est pas; car
l'acte légal qui le déclare « propriété personnelle, » sai-
sissable, vendable et taillable à merci, ne saurait lui
enlever son âme et tout ce qu'elle contient de souvenirs, d'espérances, d'amour, de craintes, de désirs.

M. Simon Legris avait acheté, à la Nouvelle-Orléans,
huit esclaves, qu'il conduisait pieds et poings liés, accouplés deux à deux, à bord du vapeur *le Pirate*, qui
stationnait à la levée, prêt à remonter la rivière Rouge.

Après avoir embarqué sa marchandise et congédié le
bateau, il vint faire sa ronde avec l'air de grossière activité qui le caractérisait. Il s'arrêta vis-à-vis de Tom,
qui avait revêtu, par ordre, pour paraître à la vente, son
meilleur habit de drap, son linge le plus blanc, ses
bottes les plus propres, et lui dit :

« Lève-toi! »

Tom se leva.

« Ote-moi cette cravate! » Gêné par ses menottes,
Tom procédait lentement à l'opération; Legris l'y aida,
il la lui arracha brusquement du cou, et la mit dans sa
poche.

Il revint à la malle qu'il avait déjà fouillée, il en tira un vieux pantalon et une veste déchirée qui servaient à Tom pour le travail de l'écurie; puis, lui dégageant les mains, et lui montrant du doigt un recoin parmi les bagages :

« Va-t'en là changer d'habits! »

Tom obéit, et revint au bout d'un moment.

« Ote tes bottes. »

Tom ôta ses bottes.

« Tiens, mets ça! » Il lui jeta une grosse paire de souliers comme en portent les esclaves.

Heureusement que, malgré sa hâte, Tom n'avait pas oublié dans son habit sa chère Bible; car, après lui avoir remis ses menottes, M. Legris commença l'inventaire des poches; il en tira un foulard, qu'il s'appropria, et quelques petits jouets, pauvres reliques que Tom gardait comme un trésor, parce que Éva s'en était amusée. Legris les considéra avec un sourd grognement de mépris, et les lança par-dessus son épaule à la rivière. Un recueil d'hymnes méthodistes était resté : il prit le volume et le feuilleta.

« Hum! nous sommes dévot, à ce qu'il paraît! — Ainsi — comment t'appelle-t-on? — tu tiens à l'Église? hein?

— Oui, maître, dit Tom d'un ton ferme.

— Je te la ferai bientôt *lâcher!* Je ne veux point chez moi de nègres beuglant, priant, psalmodiant, je t'en avertis. Prends garde à toi! Écoute! dit-il en frappant du pied et dirigeant sur Tom le regard farouche de ses yeux gris : c'est *moi* qui suis ton Église, à présent! Tu entends? — tu seras ce que je voudrai que tu sois. »

Le noir garda le silence; mais au dedans de lui quelque chose disait *non!* et les paroles d'une antique prophétie qu'Éva lui avait souvent lue, revenaient à son esprit, comme répétées par une voix invisible.

« Ne crains pas; car je t'ai racheté. Je t'ai appelé par mon nom, tu es à moi! »

Simon Legris n'entendit pas la voix; jamais il ne l'entendra. Il regarda une minute la figure abattue de Tom, puis s'éloigna.

La malle contenait encore une garde-robe bien montée : il la porta sur le gaillard d'arrière, où elle fut aussitôt entourée d'une partie de l'équipage. Les effets furent rapidement vendus, à l'un, à l'autre, avec force plaisanteries aux dépens des *nèg's* qui veulent faire les messieurs, enfin le coffre vide fut aussi mis à l'encan. C'était, aux yeux de tous, une excellente plaisanterie, d'autant meilleure que Tom assistait à la saisie et à la vente de tout ce qu'il possédait. La criée de la malle avait surtout excité la gaieté et les bons mots.

Cette petite affaire terminée, Simon revint à ses emplettes.

« A présent, Tom, te voilà soulagé d'un supplément de bagages, vois-tu! Prends soin de tes vêtements; de longtemps tu n'en auras d'autres. Je m'entends à rendre les nègres soigneux. Il faut qu'un habillement leur dure au moins un an chez moi. »

Il s'approcha de l'endroit où était assise Emmeline, enchaînée à une autre femme.

« Eh bien! pouponne, dit-il en lui passant la main sous le menton, tiens-toi le cœur gai! »

L'expression involontaire d'horreur, d'effroi, qu'exprimait le visage de la jeune fille en le regardant, ne lui échappa point : il fronça le sourcil d'un air féroce.

« Pas de tes simagrées, la fille! Veille à prendre l'air riant quand je te parle, — entends-tu? — Et toi, vieille macaque, couleur de la lune, dit-il en poussant du poing la mulâtresse, à laquelle Emmeline était accouplée, ne t'avise pas de me faire cette face de carême! Arrange-toi pour avoir la mine plus éveillée, je te le conseille.

« Je vous le dis à tous, — il se retira en arrière d'un pas ou deux, — regardez-moi bien! — regardez-moi là,

— dans l'œil, — face à face! » dit-il en frappant du pied à chaque pause.

Tous les yeux, comme fascinés, fixèrent l'œil luisant et verdâtre de Simon.

« A présent, dit-il en fermant sa grosse et lourde main en manière de marteau de forge, voyez-vous ce poing? — Pesez-le! — et il l'abattit sur la main de Tom. — Regardez-moi ces os!... Eh bien, je vous déclare que ce poing est devenu aussi dur que du fer à *terrasser des nègres!* Je n'en ai pas encore vu *un*, que je n'aie pu jeter bas d'un seul coup. Il ramena ce redoutable poing si près du visage de Tom, que celui-ci sourcilla et se recula un peu. Je ne m'amuse pas à payer de vos damnés commandeurs; je commande moi-même; et j'y ai l'œil et la main. Vous n'aurez donc qu'à emboîter le pas, — à marcher vite et droit, dès que je parle. C'est le seul moyen de vous en tirer. Vous ne trouverez pas un seul point mou dans toute ma personne; non, pas un. Ainsi, prenez garde à vous! car je suis impitoyable! »

Les femmes retenaient leur souffle, et toute la bande demeura consternée. Simon tourna sur le talon, et alla se faire servir un verre de rhum à la buvette.

« C'est là ma façon de débuter avec mes nègres, dit-il s'adressant à un homme, d'une tournure distinguée, qui avait assisté à son discours. J'ai pour système de commencer par le plus fort, afin qu'ils sachent à quoi s'en tenir.

— En vérité! dit l'étranger, le regardant avec la curiosité d'un naturaliste qui étudie quelque rare spécimen.

— Oui, vraiment. Je ne suis point de vos gentilshommes planteurs, à doigts de lis, qui se laissent mener et flouer par quelque vieux renard de commandeur! Tâtez seulement mes charnières; — et il présenta ses articulations à l'examen. — Regardez-moi ce poing! voyez plutôt si la chair n'en est pas devenue comme de la pierre, à force de s'escrimer sur les nègres. — Tâtez! tâtez!

L'étranger toucha du bout du doigt le formidable outil, et dit simplement :

« Fort dur, en effet. Je suppose, ajouta-t-il, que la pratique a rendu votre cœur pour le moins aussi dur?

— Oui, je m'en flatte, dit Simon avec un gros rire. Je ne crois pas que là-dessus personne puisse me damer le pion. Il n'y a pas de jérémiades ou de câlineries de nègres qui me fassent broncher d'un pouce; — c'est un fait.

— Vous avez là un beau lot.

— Beau et bon, reprit Simon. Il y a un certain Tom, qu'ils m'ont dit être quelque chose de rare. Je l'ai payé un peu cher, parce que j'en veux faire un gardien, une espèce de régisseur. Une fois qu'il sera purgé des sottes idées qu'il a prises en se voyant traité comme les nègres ne doivent jamais l'être, il fera fameusement l'affaire! Quant à la femme jaune, j'ai été attrapé. Je la crois maladive; mais je m'arrangerai pour en tirer ce qu'elle me coûte. Ce sera bien le diable si elle ne dure pas un an ou deux! Je ne suis pas pour épargner le nègre, moi. Usez et achetez, c'est ma maxime. Ça donne beaucoup moins de tracas, et en résumé je suis sûr qu'il y a économie; et Simon sirota son rhum.

— Combien durent-ils, en général? demanda l'étranger.

— Ma foi, je ne sais pas; c'est selon leur constitution. Les plus robustes vont de six à sept ans; les plus faibles sont à bout après deux ou trois années. Au commencement, je me donnais un mal du diable pour tâcher de les faire durer; — c'étaient des médecines quand ils étaient malades, des couvertures, des habits, tout un tremblement, pour les tenir un peu propres. Eh bien, ça ne servait absolument à rien : j'y perdais des masses d'argent, sans compter ma peine. A présent, voyez-vous, je les fais marcher malades ou bien portants. Quand un nègre crève, j'en achète un autre; et, en définitive, c'est meilleur marché et plus simple. »

L'étranger s'éloigna, et alla s'asseoir près d'un monsieur qui avait écouté la conversation avec un malaise évident.

« Il ne faut pas prendre cet homme pour un échantillon des planteurs du Sud, dit le dernier.

— J'espère que non, répliqua le jeune homme avec emphase.

— C'est un misérable, brutal, grossier, ignoble !

— Cependant vos lois lui permettent de tenir un nombre indéfini d'êtres humains courbés sous sa volonté absolue, sans l'ombre de protection ; et, tout ignoble qu'il est, vous ne pouvez nier qu'il n'est pas le seul de son espèce.

— Il se rencontre aussi parmi les planteurs des hommes humains et modérés.

— Je l'accorde ; mais, selon moi, vous autres, hommes humains et modérés, vous êtes responsables de toutes les brutalités, de tout le mal que font ces misérables. Sans votre sanction et votre influence, le système ne tiendrait pas une heure. S'il n'y avait de planteurs que les pareils de cet homme, dit-il, en désignant du doigt Legris, qui leur tournait le dos, la chose croulerait d'elle-même. C'est votre considération, c'est votre humanité qui autorisent et protégent sa barbarie.

— Vous avez, en tout cas, une haute opinion de mon bon naturel, dit le planteur en souriant ; mais je vous conseille de ne pas parler si haut, car il se trouve à bord des gens qui ne seraient pas tout à fait aussi tolérants que moi. Vous ferez mieux d'attendre notre arrivée à ma plantation ; là, vous pourrez nous injurier tous, à votre bon plaisir. »

Le jeune homme rougit et sourit ; tous deux se mirent à faire une partie de trictrac. Pendant ce temps, une autre conversation avait lieu à l'extrémité opposée du bateau, entre Emmeline et la mulâtresse enchaînée avec elle. Elles échangeaient mutuellement quelques détails de leur histoire.

« A qui étiez-vous? demanda Emmeline.

— A M. Ellis. C'était le nom de mon maître; — il demeurait dans la rue de la Lovée. Peut-être bien que vous avez vu la maison?

— Était-il bon pour vous?

— Assez bon, avant de tomber malade; mais il a été couché près de six mois; ça allait, ça venait, et il était terriblement difficile. Il ne voulait pas qu'on dorme ni nuit ni jour : ça l'agaçait; il ne s'arrangeait de personne, et toujours il empirait. J'ai resté des nuits et des nuits debout; je ne pouvais plus me tenir éveillée; et parce qu'une fois je m'étais endormie, il se mit si fort en colère! il dit qu'il me vendrait pour sûr au plus méchant maître qui se pourrait trouver. Il m'avait pourtant promis que j'aurais ma liberté après sa mort.

— Aviez-vous des parents? reprit Emmeline.

— Oui, mon mari; c'est un forgeron. Le maître l'envoyait à loyer au dehors. Ils m'ont emmenée si vite que je n'ai pas eu le temps de le voir : et j'ai quatre petits enfants. Oh! Seigneur, Seigneur! » dit la femme, se couvrant la figure de ses mains.

C'est un sentiment naturel chez tous, en entendant un douloureux récit, de chercher quelques paroles consolantes. Emmeline eût voulu dire quelque chose, mais elle ne trouvait rien... De quoi eût-elle pu parler? Toutes deux, comme d'un commun accord, évitaient avec terreur la moindre allusion à l'homme horrible qui était devenu leur maître.

Même aux heures les plus sombres, la foi religieuse nous reste. Membre de l'Église méthodiste, la mulâtresse avait une piété peu éclairée, mais sincère. Emmeline lui était fort supérieure en intelligence; elle avait appris à lire, à écrire, et une maîtresse éclairée et pieuse lui avait enseigné les vérités de la Bible. Mais n'est-ce pas une bien rude épreuve pour la foi du plus ferme chrétien que de se sentir, en apparence abandonné de Dieu, à la merci d'une impitoyable violence? Comment la foi de ces pauvres, de ces « petits » du Christ, ignorants, faibles, jeunes, y pourrait-elle résister?

Le bateau remontait — avec son lourd fret d'angoisses et de douleur — le courant fangeux et trouble qui serpente à travers les brusques sinuosités de la rivière Rouge; et des yeux tristes et fatigués contemplaient l'argile rougeâtre des berges abruptes qui se prolongent avec une sombre monotonie. Enfin le bateau s'arrêta devant une petite ville, où débarquèrent Legris et sa vivante cargaison.

CHAPITRE XXXIII

Les ténèbres extérieures.

> La terre est couverte de ténèbres épaisses
> et remplie de repaires de violence.
> Ps. LXXIV, verset 20.

Se traînant derrière un rude chariot, sur un chemin plus rude encore, Tom et ses compagnons avançaient péniblement.

Dans le chariot siégeait Simon Legris, et sur l'arrière les deux femmes, toujours enchaînées ensemble, avaient été arrimées avec les bagages. Toute la troupe se rendait à la plantation de Legris, située à quelque distance.

La route est sauvage, déserte; tantôt elle tournoie à travers ces arides solitudes qu'on nomme *barrens*, où le vent gémit et siffle tristement dans les branches des pins; tantôt, sur des troncs alignés, inégale chaussée, elle franchit d'interminables marécages spongieux, parsemés de cyprès. L'arbre lugubre, enguirlandé de funèbres mousses noires, monte en spirale du marais; de temps à autre le serpent mocassin apparaît, enroulant de ses dégoûtants replis les souches et les branches vermoulues qui pourrissent dans la fange.

Désolée, même aux yeux du voyageur qui, la poche bien garnie, va et revient sur un bon cheval, en vue de quelque affaire, la contrée est bien autrement sauvage et terrible pour de malheureux esclaves, que chaque pas éloigne de tout ce qu'ils aiment, de tout ce qui charmait leur vie. '

C'était ce qui se pouvait aisément lire sur ces physionomies abattues et sombres, dans ces regards douloureux, patients, tristement attachés à chaque objet qui fuyait des deux côtés de la route.

Simon, lui, voyageait plus gaiement, puisant de temps à autre un redoublement d'entrain dans le flacon de rhum qu'il tirait fréquemment de sa poche.

« Holà, hé ! *vous autres*, cria-t-il se retournant et jetant un coup d'œil sur les malheureux qui le suivaient : une chanson, hein ! Allons, mes drôles, — allons donc ! »

Les hommes s'entre-regardèrent ; le *allons !* fut répété, et Simon fit claquer le fouet qu'il tenait à la main.

Tom essaya de chanter une hymne méthodiste.

> Jérusalem, ô ma patrie !
> Nom si cher, nom si respecté !
> Dans mes peines vers toi je crie,
> Implorant ta félicité !...

— Paix ! Te tairas-tu, damné nègre ! reprit Legris. Qu'ai-je à faire de tes infernales brailleries méthodistes ? Qu'on m'entonne quelque chose de gaillard ! allons, et vite ! »

L'un des hommes commença une de ces insignifiantes chansons, qui ont cours parmi les esclaves.

> C'est un vrai raccoun que moi prendre,
> Hè hi ! hò ho ! hò hi ! ho hà !
> Mait' à moi v'là qui rit à s' fendre.
> Quoi donc que tu fais là mon gas ?

Hè hi ! — hè hà ! — La lune
S'est fait voir sur la brune!
Ho ! — ho ! — aïe ! — hola là !
Oh yo ! — oh hi ! — oh — ha !

Le chanteur paraissait improviser à sa fantaisie, saisissant çà et là une rime au hasard, sans s'inquiéter autrement du sens et de la raison. Toute la bande reprenait en chœur par intervalle :

Ho ! — ho ! — aïe ! — hola là !
Oh yo ! — oh hi ! — oh ha !

C'était chanté impétueusement, avec de bruyants efforts pour se montrer gais; mais jamais lamentables gémissements, jamais accents de douleur, jamais prières ferventes n'auraient pu atteindre à l'expression déchirante, désespérée, des notes sauvages de ce refrain. On eût dit que ces pauvres âmes muettes, menacées, — emprisonnées, — se réfugiant dans le sanctuaire de l'harmonie, avaient recours à des sons inarticulés, mélodieux langage, pour exhaler leurs prières à Dieu! prières que Simon ne pouvait comprendre. Il entendait les éclats de la voix des esclaves; il ne lui en fallait pas plus : « il les avait remontés ! »

« Eh bien, la petite mignarde, dit-il, se tournant vers Emmeline, et allongeant sa rude main sur l'épaule veloutée de la jeune fille : nous voilà quasiment rendus au gîte ! »

Les vociférations, les fureurs de Legris terrifiaient la pauvre Emmeline; mais lorsqu'il posait la main sur elle, comme il venait de le faire, en prenant le ton cajoleur, elle eût préféré mille fois qu'il la frappât. L'expression de ses yeux la faisait défaillir, et elle se sentait frémir en sa chair. Involontairement elle se cramponna à la mulâtresse assise à ses côtés, comme si c'eût été sa mère.

« N'as-tu jamais porté de pendeloques, hein? dit-il,

maniant de ses doigts grossiers sa délicate petite oreille.

— Non, maître, répondit Emmeline tremblante et les yeux baissés.

— Eh bien, je t'en donnerai une paire dès que nous serons chez nous, si tu es bonne fille, s'entend. Allons donc! n'aie pas peur, je ne te mettrai pas à de rudes besognes, va! tu auras du bon temps avec moi;—tu vivras, ma foi, comme une reine! — pourvu que tu sois bonne fille! »

Legris avait bu à un degré qui l'inclinait à se faire gracieux; et l'approche de la plantation, dont l'enceinte commençait à paraître, achevait de le bien disposer. La propriété avait d'abord appartenu à un homme bien né, riche et plein de goût, qui avait mis beaucoup d'argent aux embellissements et améliorations; mais il était mort insolvable, et Legris s'était porté acquéreur, ne voyant là, comme en toute autre chose, qu'un moyen de plus de gagner de l'argent. L'habitation avait ce triste aspect de délaissement, de désordre, suite habituelle de l'abandon des plans d'un premier propriétaire.

Ce qui avait été jadis une pente de gazon ras et uni au-devant de la façade, pelouse ornée çà et là de bouquets de fleurs et d'arbustes, n'était plus qu'une jachère, où se dressaient de place en place des poteaux pour attacher les bêtes. Tout autour l'herbe était foulée, et la terre dénudée, était couverte de vieux baquets, de seaux brisés et d'autres débris. Un jasmin demi mort, un chèvrefeuille flétri, se suspendaient encore à quelques colonnettes, légers ornements dégradés, hors d'aplomb, pour avoir servi de piquets à attacher les chevaux. A travers les flots de mauvaises herbes, sous lesquelles le jardin était enseveli, pointaient un petit nombre de plantes exotiques, plus vivaces que les autres, qui semblaient protester contre leur abandon. Ce qui avait été une serre, maintenant sans vitres ni châssis, étalait, sur des restes de gradins, quelques pots à fleurs garnis de baguettes, dont le feuillage desséché attestait qu'autrefois les bâtons avaient été des plantes.

Le chariot roula sur une allée de cailloutage entremêlé de mauvaises herbes, sous la noble avenue ombragée d'arbres de la Chine, dont les formes gracieuses et le feuillage toujours vert semblaient seuls prospérer au milieu de la décadence universelle; comme la droiture, la bonté, enracinées dans de grandes et nobles âmes, fleurissent et s'affermissent au milieu des souffrances et des découragements.

La maison, qui avait été belle et spacieuse, était construite sur un plan assez ordinaire dans les États du Sud : une véranda, à deux étages (le premier, supporté par des piliers de briques), entourait l'édifice, et chaque pièce ouvrait sur ces larges galeries. Mais partout régnait le même aspect de délabrement et d'abandon. Quelques fenêtres étaient bouchées par des planches; les vitres des autres étaient brisées ; les volets pendaient aux murailles, retenus par un seul gond. La négligence, la désolation frappaient de tous côtés les yeux.

Le terrain était jonché d'immondices de tous genres : bois, paille, tonnes défoncées, caisses en pièces. Trois ou quatre féroces boule-dogues, excités par le bruit des roues, accoururent gueules béantes, et les efforts d'un petit nombre d'esclaves en guenilles qui les suivaient, suffirent à peine pour les empêcher de se jeter sur la bande dont Tom faisait partie.

« Hein! voyez-vous, mes drôles! s'écria Legris, se retournant vers eux, tout en caressant ses chiens avec une hideuse satisfaction, vous voyez ce qui vous attend, s'il vous prenait fantaisie de gagner au large! Ces bons gardiens-là, savez-vous? sont dressés à chasser au nègre, et se régaleraient d'un de vous comme du meilleur souper. Ainsi, gare à votre peau!

—Eh bien! Sambo, dit-il à un noir couvert de hail-

lons, dont le chapeau était complétement dépourvu do
bord, et qui se montrait fort obséquieux autour de
lui ; comment les choses ont-elles marché par ici ? hein?

— A ravir, maît'.

— Quimbo! cria Legris à un autre, qui se morfondait
en efforts pour attirer son attention, a-t-on fait ce que
j'avais dit?

— Pas de danger qu'on y manque, maît! »

Ces deux hommes étaient les principaux agents de Legris sur sa plantation, et il les avait systématiquement
dressés à la brutalité, à la cruauté, comme ses boule-
dogues, avec lesquels ils pouvaient rivaliser de férocité.
La remarque, assez générale, que le commandeur nègre
est plus tyrannique et plus cruel que le blanc, signifie
simplement que l'un a été plus avili, plus maltraité
que l'autre. Peu importe la couleur ou la race, tout esclave sera le pire des tyrans dès qu'il aura chance de
l'être.

Comme quelques-uns des potentats dont nous lisons
l'histoire, Legris divisait pour régner. Sambo et Quimbo
se haïssaient cordialement; tous les esclaves de la plantation les abhorraient, et en encourageant les délations
mutuelles, le maître était sûr d'être, d'une façon ou d'une
autre, mis au fait de tout ce qui se tramait autour de
lui.

Qui pourrait renoncer complétement à toute société?
Personne. Legris lui-même encourageait chez ces principaux satellites noirs une sorte de familiarité, qui devenait aisément un piége ; car, à la moindre provocation,
le maître n'avait besoin que d'un signe, et l'un des deux
devenait le ministre de ses vengeances sur l'autre.

Là, devant le maître, leurs traits grossiers et bas, leur
sombre expression, leurs regards d'envie et de haine
qu'ils échangeaient en roulant les larges prunelles, les
haillons que le vent faisait flotter autour d'eux, leur langage barbare, leurs intonations gutturales, les rava-

aient au-dessous même des animaux; et leur aspect était en parfaite harmonie avec l'abjecte désolation du lieu qu'ils habitaient.

« Ici, Sambo! emmène-moi ces gaillards-là aux quartiers. T'avais-je pas promis de t'acheter une femme? — Tiens, la voilà! » ajouta-t-il, et séparant Emmeline de la mulâtresse, il poussa cette dernière vers le nègre.

La femme tressaillit, et recula en s'écriant:

« Oh! maître, j'ai laissé mon homme à la Nouvelle-Orléans!

— Qu'est-ce que tu me viens chanter, toi! — Tu en auras un autre ici. Pas tant de paroles, — et marche! dit Legris, levant son fouet. Viens çà, maîtresse, poursuivit-il, se retournant vers Emmeline; c'est par ici, avec moi. Allons, entre donc! »

Une figure sauvage et sombre, jetant un coup d'œil par une des fenêtres, parut et s'éclipsa, et quand Legris ouvrit la porte, une voix de femme dit quelques mots d'un ton bref et impérieux. Tom, dont le regard plein d'anxiété avait suivi Emmeline, le remarqua, et entendit le maître répondre: « Retiens ta langue, toi; j'en ferai à ma guise: que cela t'arrange ou non! »

Tom n'en entendit pas plus, car il lui fallut suivre Sambo aux quartiers des esclaves, espèce de rue étroite entre deux rangées de grossières huttes, dans une partie de la plantation éloignée de la maison principale. Toutes avaient l'air délabré et misérable. Le cœur de Tom lui défaillit en les regardant. Il s'était encouragé un peu dans la pensée qu'il aurait sa case, grossière sans doute, un trou, mais qu'il pourrait rendre propre, tranquille, où il placerait une tablette pour sa Bible, et où il trouverait une paisible retraite durant les intervalles du travail. Il parcourut de l'œil l'intérieur de plusieurs de ces bouges, — ce n'était pas autre chose, — dépourvus de toute espèce de mobilier, où il ne se trouvait qu'un tas de paille souillée, sale litière éparse sur le sol nu, foulé, endurci par d'innombrables pas.

« Laquelle des cases sera pour moi? demanda-t-il à Sambo d'un ton soumis.

— Sais pas; — là, p't-être y a encore place pour un, dit Sambo; ici, pour un autre. Y a un fier tas de nèg's tout d'même dans chacune pour l'heure. Par ma foi, s'il en revient d'autres, c'est pas moi qui sais quoi en faire ! . . . .
. . . .

La soirée s'avançait lorsque les habitants des huttes, troupeau harassé de fatigue, parurent — hommes et femmes à demi couverts de dégoûtants lambeaux, tristes, hargneux, mal disposés à faire accueil aux nouveaux venus. Les sons qui animèrent alors le pauvre village n'étaient rien moins qu'agréables : de grossières voix, rauques et gutturales, se disputaient les moulins à bras qui devaient moudre la petite provision de blé sur laquelle roulait l'espoir du souper de chacun. Depuis l'aube ils étaient aux champs, à l'ouvrage, travaillant, se hâtant, sous le fouet des piqueurs; car on était au fort de la saison, et rien n'était épargné pour tirer de chaque main tout ce qui pouvait en être obtenu. « Bah! dira le nonchalant oisif, ce n'est pas un pénible travail, après tout, que de cueillir du coton! » Vraiment? Il n'est pas pénible non plus de recevoir une goutte d'eau sur le front : et cependant la plus cruelle torture que l'inquisition ait pu infliger, ce sont ces gouttes tombant incessamment, une à une, toujours à la même place. Le plus léger travail, s'il est imposé, pressé, exigé avec une uniformité implacable, devient le plus rude des labeurs, surtout si nul libre exercice de la volonté n'en allège l'insipide monotonie.

Tom, à mesure que la foule arrivait, passait en vain en revue tous ces sombres visages, cherchant une physionomie sympathique. Il ne voyait qu'hommes abrutis et revêches, que femmes découragées, à demi défail-

lantes, ou bien qui n'étaient plus femmes que de nom.
Le fort repoussait le faible : — partout se montrait à
découvert l'égoïsme grossier, brutal, d'êtres dont on ne
pouvait rien attendre, rien espérer de bon : traités
comme la brute, ils arrivaient à son niveau. Le grincement criard des moulins à bras se prolongea bien
avant dans la nuit; car il y avait beaucoup d'affamés,
les moulins étaient rares, et les faibles, les épuisés, chas-
sés par les forts, n'arrivaient qu'en dernier.

« Hé! holà! à toi! dit Sambo jetant un sac de blé au
pied de la mulâtresse; quel est ton satané nom?

— Lucie, répondit-elle.

— Eh bien, Luce, te voilà ma femme : va-t'en me
moudre mon blé et me faire cuire mon souper, entends-tu?

— Je suis pas, je veux pas être votre femme, dit la
mulâtresse avec l'impétuosité du désespoir, laissez-moi!

— Je t'arrangerai, va! dit Sambo, et il leva un pied
menaçant.

— Vous pouvez me tuer si vous voulez! le plus tôt sera
le mieux. — Oh! je voudrais être morte! s'écria-t-elle.

— Je dis, Sambo, que tu vas détériorer nos mains.
Moi, pas tarder à prévenir maît', vois-tu! » grommela
Quimbo, en train de moudre au moulin, d'où il avait
brutalement chassé deux ou trois débiles créatures, qui
attendaient là pour préparer leur blé.

— Et je lui dirai, moi, que tu laisses seulement pas approcher les femmes du moulin! entends-tu, vieux nèg'!
reprit Sambo; mêle-toi de ce qui te regarde. »

Tom, après avoir marché tout le jour, mourant de
faim, se sentait défaillir faute de nourriture.

« A toi, cria Quimbo, lui jetant un sac grossier qui
pouvait contenir environ neuf litres de blé. Agrippe-moi
ça, nèg', et prends-y garde! ménage; c'est la pitance
de ta semaine. »

Tom n'eut place aux moulins qu'à une heure fort

avancée de la nuit, et, touché de l'extrême détresse de deux pauvres femmes auxquelles la force manquait, il se mit à moudre pour elles, ranima les brandons à demi éteints d'un feu, où beaucoup d'autres avaient les premiers fait cuire leurs pains, et ne s'occupa qu'ensuite de son propre souper. C'était chose bien nouvelle, bien étrange en ce lieu-là, et le léger acte de charité éveilla une vibration dans ces âmes engourdies; une expression affectueuse éclaira leurs figures; elles pétrirent son pain, en surveillèrent la cuisson; et Tom, accroupi près du feu, profita de la lueur pour lire quelques mots de sa Bible : il avait tant besoin de consolation !

« Qu'est ça? demanda une des femmes.

— Une Bible, répondit Tom.

— Seigneur, je n'en ai pas tant seulement vu une depuis que j'ai quitté le Kintuck!

— Avez-vous donc été élevée au Kintuck?

— Oui, et bien élevée, et soignée aussi, reprit en soupirant la femme; pouvais pas m'attendre à en venir là!

— Et qu'est que c'est que ce liv'? demanda la seconde femme.

— Comment! mais c'est la Bible.

— Eh Seigneur! quoi qu'elle dit la Bible?

— Ce qu'elle dit? Vous n'en savez rien du tout? reprit l'autre femme. Oh! maîtresse m'en lisait quelquefois au Kintuck. Mais, misère! pour ce qui est d'ici, on n'y entend que menteries et jurons.

— Lisez-nous-en un brin, » reprit au bout d'un moment la première femme avec curiosité, en voyant combien Tom était absorbé dans son livre.

Tom lut : « Venez aussi à moi, vous tous qui êtes travaillés et chargés, et je vous soulagerai [1]. »

« Ce sont là de bonnes paroles, approuva la femme; mais qui est-ce donc qui les dit?

[1] Saint Mathieu, ch. xi, verset 28.

— Le Seigneur, répliqua Tom.

— Je voudrais savoir tant seulement où il est! moi y aller bien vite. Semble plus jamais possible reposer à présent : os et chair n'y tiennent plus. Je tremble de partout. Sambo m'aboie après tout le long du jour, parce que je vas pas assez vite à cueillir. C'est nuit noire, et les minuit avant que je sois à gagner mon pauv'e manger; et j'ai pas tant seulement commencé de m'étendre et de fermer l'œil, que v'là le cornet qui sonne, et v'là le matin, et v'là qu'il faut recommencer. Ah! que j'irais bien lui dire tout ça au Seigneur, si je savais où le trouver!

— Il est ici, il est partout, reprit Tom.

— Miséré! c'est pas à moi que vous ferez accroire qu'il est ici! N'y a pas le Seigneur ici du tout, du tout, dit la femme; mais à quoi sert parler! Je m'en vas me camper par terre, et dormir pendant que je peux. »

Les femmes se rendirent à leurs cases, et Tom resta seul près du feu à demi éteint, qui éclairait d'un reflet rouge sa noire face. La tranquille lune, au front argenté, se dessinait dans le bleu du ciel; et calme, impassible, comme le regard que Dieu laisse tomber d'en haut sur les scènes de misère et d'oppression, la silencieuse lueur descendait sur le pauvre nègre abandonné, seul, assis, les bras croisés, sa Bible sur ses genoux.

« Dieu est-il donc ici? » Oh! comment l'ignorant gardera-t-il sa foi immuable? comment ne chancellera-t-il pas à l'aspect du désordre et de l'iniquité qui règnent sans contrôle? La lutte qui s'élève dans cette âme candide est déchirante : Tom se sent anéanti en présence du triomphe absolu du mal. C'est une angoisse sans nom; c'est le pressentiment d'une misère sans limites; c'est le naufrage de toutes les espérances passées que ses souvenirs tumultueux roulent devant lui, comme les vagues forcenées ballottent sous l'œil du naufragé expirant les cadavres sans vie de sa femme, de ses enfants, de tout ce qui lui fut cher. Oh! qu'il est difficile de croire et de

39.

s'attacher avec une inébranlable ardeur au grand mot
d'ordre du chrétien : « Dieu est celui qui est, celui qui
récompense ceux qui le cherchent et ne se lassent pas. »

Tom se leva désespéré, et se rendit, en trébuchant, dans
la case qui lui était assignée. Le plancher était déjà jonché de dormeurs accablés de lassitude, et les exhalai-
sons infectes le firent presque reculer. Mais la rosée de
la nuit était morbide et glacée, ses membres fatigués se
raidissaient, il s'enveloppa d'une couverture en lambeaux qui formait tout son lit, s'étendit sur la paille, et
tomba endormi.

Alors une douce voix murmura dans son oreille; il
était assis sur le siége de mousse, au bord du lac Pont
chartrain. Éva, ses yeux doux et sérieux abaissés sur le
livre, lui lisait la Bible, et il entendit ces paroles:

« Quand tu passeras par les eaux, je serai avec toi; et
quand tu passeras par les fleuves, ils ne te noieront point;
quand tu marcheras dans le feu, tu ne seras point brûlé,
et la flamme ne t'embrasera point, car je suis le Seigneur
ton Dieu, le saint d'Israël ton Sauveur[1]. »

Les mots, peu à peu, semblèrent se dissoudre dans l'air
et monter comme une musique céleste; l'enfant releva
ses grands yeux, et attacha sur Tom avec amour son profond et doux regard, d'où partaient des rayons chauds
et vivifiants qui venaient lui épanouir le cœur. Elle semblait planer avec les sons, portée à demi par eux; soudain
elle déploya de blanches ailes d'où pleuvaient de brillantes
étincelles, des flocons d'or, une averse d'étoiles; puis —
Éva avait disparu.

Tom s'éveilla: était-ce un rêve? Soit. Mais qui dira qu'à
ce doux, jeune esprit, pénétré durant sa vie d'un si ardent désir de soulager, de consoler les malheureux, qui
dira que Dieu eût interdit après sa mort ce divin minis-
tère?

---

[1] Isaïe, ch. XLIII, v. 8.

Douce et consolante croyance,
Qu'autour de la couche où tu dors
Planent, voltigeant en silence,
Les esprits vénérés des morts.

CHAPITRE XXXIV

Cassy.

Voyez les larmes de ceux qu'on opprime
et qui n'est point de consolation.
ECCLES., ch. IV, verset 1.

Tom fut bientôt familiarisé avec tout ce qu'il y avait
à espérer ou à craindre de son nouveau genre de vie.
Travailleur habile et expérimenté, il étoit, de plus, prompt
et fidèle, par habitude et par principe. Dans sa disposition paisible, il espérait, à force d'application et de zèle,
se préserver, du moins en partie, des maux de sa situation. Il voyait autour de lui assez de souffrance et de
misère pour avoir le cœur navré ; mais il se promit de
travailler avec une religieuse patience, et de s'en remettre à Celui qui juge dans sa justice, tout en nourrissant
une vague espérance qu'un moyen de salut pourrait encore s'offrir.

Legris prenait note en silence de la capacité de Tom.
Il le considérait comme un manœuvre des plus profita-
bles ; mais il ressentait pour lui un éloignement secret,
antipathie naturelle du méchant pour le bon. Il voyait
clairement que toutes les fois que sa violence et sa brutalité tombaient sur le faible, Tom le remarquait. L'atmosphère de l'opinion est si subtile, qu'elle se fait sentir
sans paroles, et que même la pensée muette d'un esclave peut fatiguer le maître. Tom manifestait de diverses façons une tendresse de cœur pleine de pitié qui,
étrange et nouvelle pour ses compagnons de souffrance,

était épiée d'un œil jaloux par Legris. En achetant
Tom, il se proposait d'en faire plus tard une sorte de
contre-maître, auquel il pourrait confier parfois ses affaires, durant de courtes absences. A son point de vue,
la première, seconde et troisième condition requise
pour ce poste, était la *dureté*. Legris, ne trouvant point
à Tom cette qualité essentielle, résolut de la lui donner;
et peu de semaines après son arrivée sur la plantation,
il se mit à l'œuvre

Un matin, au moment où les esclaves allaient partir
pour les champs, Tom remarqua parmi eux avec surprise
une nouvelle venue, dont l'aspect attira son attention.
C'était une femme grande, svelte, d'une mise décente
et propre. Ses mains et ses pieds étaient d'une extrême
délicatesse. A en juger par ses traits, elle pouvait avoir
de trente-cinq à quarante ans. Sa figure était de celles
qui, une fois vues, ne s'oublient pas, — de celles qui,
au premier coup d'œil, éveillent en nous l'idée d'une
destinée pénible, étrange, romanesque. Elle avait le front
haut et les sourcils dessinés avec une pureté rare. Son
nez droit et bien formé, sa bouche fine et mobile, le gracieux contour de sa tête et de son cou, montraient qu'elle
avait dû être fort belle; mais son visage était profondément sillonné par les rides, traces d'une souffrance en-
durée avec orgueil et amertume. Elle avait le teint jaune
et maladif, les joues creuses, les traits aigus, et tout le
corps d'une effrayante maigreur; ses yeux étaient surtout remarquables, — si grands, si noirs, si mornes,
ombragés de longs cils également ténébreux; des yeux
d'une expression de désespoir si profond, si terrible!—Il y
avait dans chaque ligne de sa tête, dans chaque courbure
de sa lèvre frémissante, dans chacun de ses mouvements,
un hautain et sauvage défi. Mais la nuit de l'angoisse
semblait concentrée dans son œil — ce regard terne,
fixe, sans espoir, formait un effrayant contraste avec la
révolte et le dédain qu'exprimait toute sa personne.

D'où venait-elle? qui était-elle? Tom l'ignorait. Il la voyait pour la première fois, marchant à ses côtés, droite et altière, à la lueur grisâtre du crépuscule. Le reste de la bande la connaissait cependant, car plusieurs se retournaient et la regardaient, et parmi les misérables créatures en haillons, à demi affamées, qui l'entouraient, il y avait une sorte de triomphe, à demi comprimé, à demi apparent.

« L'y voilà venue à la fin! — J'en suis contente! dit l'une d'elles.

— Hi, hi, hi, reprit une autre. Vous en tâterez aussi la madame. Vous saurez le bien que ça fait.

— Nous allons la voir à la besogne!

— Je m'étonne si elle sera battue ce soir, comme nous autres!

— Je serais bien aise de la voir couchée à terre pour être fouettée; oui, ma foi! j'en serais aise!»

La femme ne prenait pas garde à ces invectives, et continuait à marcher avec son air altier et méprisant, comme si elle n'eût rien entendu. Tom, qui avait toujours vécu parmi des gens distingués, sentait d'instinct, à son port, à son air, qu'elle appartenait à une classe supérieure; mais pourquoi, comment était-elle tombée dans cet état de dégradation? C'est ce qu'il ne pouvait dire. Elle ne le regardait, ni ne lui parlait, quoique cheminant à ses côtés, pendant tout le trajet de l'habitation aux champs.

Tom fut bientôt absorbé dans son travail; mais la femme se trouvant à peu de distance de lui, il jetait de temps en temps un regard vers elle. Il vit d'un coup d'œil qu'une adresse native lui rendait la tâche plus facile qu'aux autres. Elle cueillait le coton très-vite et très-proprement, d'un air de dédain, comme si elle eût méprisé ce genre d'ouvrage et l'humiliation qui lui était imposée.

Dans le courant du jour Tom travailla auprès de la mu-

Maîtresse achetée dans le même lot que lui. Elle était évidemment très-souffrante ; il l'entendait prier, tandis qu'elle chancelait et tremblait, prête à défaillir. Tom s'approcha d'elle, et sans rien dire fit passer plusieurs poignées de coton de son sac dans le panier de la pauvre créature.

« Oh ! non, non, s'écria la femme toute surprise : ne faites pas ça ! il vous en arrivera malheur. »

Au moment même Sambo survint : il semblait avoir une rancune particulière contre la femme ; il fit claquer son fouet, et dit d'un ton guttural : « Que fais-tu là, Luce ? Tu fraudes, hein ? » Il lança en même temps un coup de son lourd soulier de cuir à la malheureuse, et cingla son fouet à travers la figure de Tom.

Celui-ci reprit sa tâche en silence ; mais la femme, arrivée au dernier degré de l'épuisement, s'évanouit.

« Je la ferai bien revenir ! dit le surveillant avec un sourire féroce. Je lui donnerai mieux que du camphre ! Il prit une épingle sur la manche de sa veste et l'enfonça jusqu'à la tête dans les chairs. La femme gémit et se souleva à moitié.

— Lève-toi tout à fait, brute ! et travaille, sinon je te montrerai d'autres tours de mon métier. »

La femme, ainsi aiguillonnée, retrouva pour quelques instants une vigueur surnaturelle, et, d'un effort désespéré, se remit au travail.

« Veille à ne pas t'alanguir, reprit l'homme, ou bien tu te souhaiteras morte ce soir ; je ne te dis que ça.

— Je voudrais l'être, morte ! » murmura la femme. Tom l'entendit. Elle disait aussi : « O Seigneur ! pourquoi ne pas nous venir en aide ? »

Au risque de ce qui pouvait en résulter, Tom s'approcha de nouveau, et mit tout le coton de son sac dans la corbeille de la femme.

« Oh, faut pas ! Vous ne savez point ce qu'ils vous feront ! dit-elle.

— Je puis mieux l'endurer que vous, » reprit Tom, et il regagna sa place. Ce fut l'affaire d'une seconde.

Tout à coup l'étrangère que nous avons décrite, et qui, dans le cours de son travail, était arrivée assez près pour entendre les dernières paroles de Tom, leva sur lui ses grands yeux noirs et mornes; puis, prenant dans sa corbeille une certaine quantité de coton, elle le mit dans le sac de Tom.

« Vous ne connaissez rien de cet endroit-ci, dit-elle, sinon vous n'agiriez pas de la sorte. Quand vous y aurez passé un mois, vous en aurez fini d'aider qui que ce soit! vous aurez assez de peine à sauvegarder votre peau!

— Le Seigneur m'en préserve, maîtresse! dit Tom, donnant d'instinct à sa compagne de travail le titre respectueux qu'il employait jadis avec les personnes supérieures au milieu desquelles il avait vécu.

— Le Seigneur ne visite jamais ces lieux, » dit la femme avec amertume, comme elle poursuivait activement sa tâche : et le même sourire dédaigneux boucla encore sa lèvre.

Mais, de l'autre côté du champ, le piqueur l'avait vue; il accourut le fouet levé :

« Comment! comment! dit-il d'un air de triomphe; vous vous avisez aussi de frauder, vous? avancez un pas! vous êtes sous ma main, à présent, — faites attention, ou je vous cingle. »

Un éclair foudroyant partit des grands yeux noirs; elle se retourna, la lèvre frémissante, les narines dilatées, et se redressant de toute sa hauteur, elle fixa sur le gardien des regards flamboyants de rage et de mépris : « Chien! dit-elle, touche-*moi*, si tu l'oses! J'ai encore assez de pouvoir pour te faire déchirer par les chiens, te faire brûler vif, ou hacher pouce à pouce. Je n'ai qu'à dire un mot!

— Pourquoi diable êtes-vous ici, en ce cas? dit

l'homme atterré et battant en retraite d'un air sournois. Je vous veux pas de mal, demoiselle Cassy!

— Alors, tiens-toi à distance!» dit la femme. L'homme y paraissait tout disposé; car, feignant d'avoir affaire à l'autre bout du champ, il décampa au plus vite.

Elle se remit à l'ouvrage, et le dépêcha avec une activité qui émerveillait Tom. Elle travaillait comme par magie. La journée n'était pas finie que sa corbeille était pleine, comble, et pressée, quoiqu'elle eût à plusieurs reprises partagé largement avec Tom. Longtemps après la tombée de la nuit, les travailleurs, fatigués, portant leurs corbeilles sur leurs têtes, défilèrent pour se rendre au bâtiment où se faisaient le pesage et l'emmagasinage du coton. Legris y était déjà, en grande conversation avec ses deux surveillants.

« Ce Tom va nous donner joliment de tracas, dit Sambo; a-t-il pas fourré de son coton dans le panier de la Lucie! En voilà un capable de nous débaucher tous les nèg's et de leur faire accroire qu'ils sont maltraités, si le maît' y a pas l'œil.

— Ah! oui-dà! Le maudit noir! dit Legris; il a besoin qu'on le rompe à fond, n'est-ce pas, garçons? »

Les deux nègres grimacèrent un rire atroce.

« Oui, oui! Laissez faire à maît' Legris! i le rompra, lui! Le maît' en remontrerait au diable pour ça! dit Quimbo.

— Eh bien, enfants, le meilleur moyen pour commencer, c'est de le charger de donner le fouet aux autres, jusqu'à ce qu'il ait pris le dessus de ses idées, ça lui fera la main!

— Seigneur! le maît' aura du mal à tirer ça de lui!

— Il faudra bien qu'il y vienne, bon gré, mal gré, dit Legris en roulant dans sa bouche une chique de tabac.

— Y a aussi cette Lucie, poursuivit Sambo, la pus laide, la pus insupportable de toute la bande.

— Prends garde, Sambo! je commence à me douter du motif de ta haine contre Lucie.

— Le mait' sait bien qu'elle a tenu bon cont' lui, et qu'elle n'a jamais voulu de moi quand i lui a dit de me prendre.

— Je l'y aurais bien amenée avec le fouet, n'était la presse de l'ouvrage, dit Legris en crachant; ce n'est pas la peine de la mettre à bas pour l'instant. Elle n'est pas forte, avec ça; et ces filles minces se laissent tuer plus d'à moitié pour en faire à leur tête!

— Eh bien, la Lucie a été diablement fainéante et sournoise toujours! ça ne voulait rien faire du tout, — et c'est Tom qui a cueilli pour elle.

— Ah! il l'a aidée, hein? Eh bien, Tom aura le plaisir de la fouetter. Ce lui sera un excellent exercice, et il ménagera la fille; il n'ira pas à tour de bras comme vous autres, démons!

— Ho! ho! ha! ha! ha! rirent les deux misérables: et les sons diaboliques confirmaient le caractère démoniaque que leur reconnaissait le maître.

— Mais Tom et demoiselle Cassy, mait', ont rempli à eux deux le panier de la Lucie. Je gagerais qu'y a plus que le poids, mait'!

— *Je ferai le pesage*, dit Legris avec emphase. »

Les deux surveillants poussèrent le même rire infernal.

— Ainsi, continua Legris, demoiselle Cassy a fait sa tâche?

— Elle cueille comme le diable et tous ses anges!

— Elle est possédée d'eux tous, je crois! » grommela Legris avec un brutal juron, et il se rendit à la salle du pesage.

. . . .

Les malheureuses créatures, épuisées, abattues, défilent lentement une à une, et présentent, avec terreur, leurs paniers.

Legris note le poids sur une ardoise, en regard de la liste des noms.

Le panier de Tom a été pesé et approuvé : il attend avec anxiété le succès de la femme qu'il a aidée.

Chancelante de faiblesse, elle s'est approchée. Sa corbeille a plus que le poids requis : Legris s'en aperçoit, mais il s'écrie, avec une feinte colère :

« Quoi! paresseuse brute! tu es encore à court cette fois. Range-toi de côté! tu auras ton compte tout à l'heure. »

La femme poussa un gémissement de désespoir et tomba sur un banc.

Celle qu'on avait appelée demoiselle Cassy s'avança à son tour; comme elle donnait son panier d'un air hautain et insouciant, Legris plongea dans ses grands yeux un regard ironique et interrogateur.

Elle le regarda fixement, ses lèvres remuèrent, et elle dit quelques mots en français. Personne n'avait compris; mais la figure de Legris prit une expression satanique; il leva la main à demi comme pour la frapper. — Elle ne broncha pas, le considéra un moment avec un farouche mépris, et lui tournant le dos, elle s'éloigna.

« Maintenant, à nous deux, Tom! dit Legris : approche. Je t'ai averti déjà que je ne t'avais pas acheté pour faire l'ouvrage commun. Je prétends te donner de l'avancement et faire de toi un gardien. Dès ce soir, tu vas commencer à t'exercer la main. Empoigne-moi cette fille là-bas, et fouette-la! tu en as vu assez pour savoir comment on s'y prend.

— Je demande pardon au maître, dit Tom, mais j'espère que le maître ne me mettra pas à cette besogne. Je n'y suis point habitué. — Je ne l'ai jamais faite — et ne saurais la faire : ça ne m'est pas possible.

— Tu auras beaucoup de choses à apprendre que tu ne sais pas, avant que j'en aie fini avec toi! dit Legris. Il prit un nerf de bœuf et le lui cingla à travers les joues :

ce premier coup fut suivi d'une grêle d'autres. Là! dit-il, s'arrêtant pour reprendre haleine; me diras-tu encore que tu ne saurais le faire?

— Oui, maître, reprit Tom, tandis que du revers de sa main il essuyait le sang qui ruisselait le long de son visage. Je suis tout prêt à travailler de nuit comme de jour, à travailler tant qu'il y aura en moi un souffle de vie; mais, quant à faire ce que je crois n'être pas bien, je ne le ferai pas : je ne le ferai jamais, maître — *jamais!* »

La voix douce de Tom, ses manières habituellement respectueuses avaient fait croire à Legris qu'il serait lâche et facile à dompter. Lorsqu'il proféra ces dernières paroles, un frisson d'épouvante courut parmi les assistants. La pauvre femme joignit les mains, et s'écria : « O Seigneur!» Tous s'entre-regardèrent involontairement, et retinrent leur souffle dans l'attente de l'orage qui allait éclater.

Legris était stupéfait, confondu : enfin sa rage se fit jour.

« Comment! maudite bête noire! tu oses me dire que tu ne crois pas *bien* de faire ce que je te commande! Qu'avez-vous à vous inquiéter, vous autres, damné bétail, de ce qui est bien? J'y couperai court! Que croyez-vous donc être? Tu t'imagines être un monsieur, maître Tom, que tu en veux remontrer à ton maître et lui apprendre ce qui est bien et ce qui ne l'est pas! Ainsi tu prétends que c'est mal de fouetter cette fille?

— Je le crois, maître, répliqua Tom. La pauvre créature est faible et malade; ce serait pure cruauté, et c'est ce que je ne ferai jamais; ni ne commencerai-je. Maître, si vous voulez me tuer, tuez-moi; mais, quant à lever la main contre quelqu'un ici, je ne le ferai pas, jamais, — je mourrai auparavant. »

Tom parlait avec un calme qui ne laissait aucun doute sur la fermeté de sa décision. Legris tremblait de fureur;

ses yeux verdâtres étincelaient d'un feu sauvage, et le
poil de sa barbe se hérissait de colère; mais, comme une
bête féroce qui joue avec sa proie avant de la dévorer, il
tenait en bride sa rage et se complaisait à d'amères railleries.

« Eh bien, voilà, j'espère, un pieux chien lâché à la
fin parmi nous autres pécheurs ! — un saint, — un
gentilhomme, — pas moins que ça, pour nous prêcher
sur nos péchés! quel miracle de saint ça fait! Ici, drôle,
qui te piques de faire le dévot, ne sais-tu pas qu'il y a dans
la Bible : « Serviteurs, obéissez à vos maîtres! » Suis-je
pas ton maître? n'ai-je pas payé douze cents dollars, en
bons écus sonnants, pour tout ce qu'il y a dans ta maudite carcasse noire? N'es-tu pas à moi, corps et âme?
dit-il, en donnant à Tom un violent coup de pied de sa
lourde botte. Réponds! »

Plongé dans un abîme de souffrance physique, terrassé sous une brutale oppression, Tom, à cette demande, sentit un rayon de joie et de triomphe traverser
son âme. Il se redressa tout à coup, et contemplant le ciel
avec ardeur, à travers le sang et les larmes qui se mêlaient sur son visage, il s'écria :

« Non, non, non ! mon âme n'est pas à vous, maître !
vous ne l'avez pas achetée, — vous ne pouvez pas l'acheter! Elle a été rachetée et payée par Celui qui a puissance
pour la garder! qu'importe le reste! vous ne pouvez pas
me faire de mal.

— Ah! je ne le peux pas? dit Legris avec un hideux
rugissement. Nous allons voir! Ici, Sambo! Quimbo! donnez-moi à ce chien une roulée dont il ne se relèvera pas
d'un mois!»

Les deux gigantesques nègres qui s'emparèrent alors
de Tom, avec une joie démoniaque, semblaient de véritables suppôts de Satan. La pauvre mulâtresse poussa un
cri d'effroi, et tous, comme par une impulsion générale,
se levèrent, au moment où Tom, qui n'opposait aucune

résistance, était traîné hors de la salle par ses bourreaux.

CHAPITRE XXXV

Histoire de la quarteronne.

> La force est du côté des oppresseurs; c'est pourquoi j'estime plus les morts qui sont déjà morts, que les vivants qui sont encore vivants.
>
> Ecclés., ch. IV, verset 2.

La nuit s'avançait, et Tom, gémissant et ensanglanté, gisait seul sur le sol, sous une espèce de hangar attenant au magasin, parmi des tronçons de machines brisées, des piles de coton avarié et autres débris accumulés là par la négligence et le temps.

La nuit était moite, étouffante; l'air épais fourmillait de myriades de moustiques, dont les cruelles morsures avivaient encore l'incessante douleur de ses plaies. Une soif brûlante, — de toutes les tortures la plus intolérable, — comblait la mesure de ses maux physiques.

« O bon Seigneur ! abaissez vos regards ! — Donnez la victoire à votre serviteur; — donnez-lui la victoire dans ses épreuves! » priait le pauvre Tom en son angoisse.

Un pas résonna derrière lui; la lueur d'une lanterne l'éblouit tout à coup.

« Qui est là? Oh! pour l'amour du Sauveur, un peu d'eau! » Cassy, — car c'était elle, — posa sa lanterne à terre, versa de l'eau d'une bouteille, souleva la tête de Tom et le fit boire; il vida un premier verre, puis un second, avec la même ardeur fiévreuse.

« Buvez à votre soif, dit-elle; je savais d'avance ce qu'il en serait. Ce n'est pas la première fois que je sors la nuit pour porter de l'eau à des malheureux tels que vous.

— Merci, maîtresse, dit Tom, quand il eut bu.

— Ne m'appelez pas maîtresse, interrompit-elle avec

amertume; je ne suis qu'une misérable esclave comme
vous, — plus avilie que vous ne pourrez jamais l'être; —
mais, reprit-elle, s'approchant de la porte, et attirant au
dedans une petite paillasse qu'elle avait couverte de
draps imbibés d'eau froide, essayez, mon pauvre garçon,
de vous rouler là-dessus. »

Raide et endolori de blessures et de contusions, Tom
fut lent à accomplir ce mouvement; mais, quand il y fut
parvenu, cette fraîcheur lui fit aussitôt éprouver un soulagement sensible.

La femme, qu'une longue pratique auprès des victimes
le la brutalité avait rendue adroite dans l'art de guérir,
employa tous ses soins pour Tom, et il se sentit mieux.

« Maintenant, dit-elle, après lui avoir posé la tête sur
un ballot de coton avarié en guise de traversin, voilà, je
crois, tout ce que je puis faire pour vous. »

Tom la remercia; elle s'assit à terre, entoura ses genoux de ses deux bras, et regarda fixement devant elle,
avec une amère et douloureuse expression. Son chapeau
de paille se détacha, et les longs flots ondoyants de sa
noire chevelure encadrèrent en tombant son étrange et
mélancolique visage.

« C'est peine perdue, mon pauvre garçon ! s'écria-t-elle
enfin; il ne sert à rien d'essayer ce que vous avez tenté.
Vous avez été brave, — vous aviez le bon droit pour vous;
mais, croyez-moi, lutter est inutile et hors de question.
Vous êtes dans les griffes du diable, il est le plus fort; il
faut céder.»

Céder! hélas! la faiblesse humaine, l'angoisse physique ne le lui avaient-elles pas déjà murmuré? Tom
tressaillit, car cette femme, avec son accent amer, ses
yeux sauvages, sa voix douloureuse, lui apparut comme
la tentation incarnée contre laquelle il s'était débattu
tout le jour.

« O Seigneur ! ô Seigneur ! gémit-il. Comment céde-
rais-je?

— A quoi sert d'en appeler au Seigneur? — Il n'entend pas, dit la femme d'un ton ferme. Il n'y a pas de Dieu, je crois; ou, s'il en est un, il a pris parti contre nous. Contre nous tout est ligué, ciel et terre. Tout nous pousse à l'enfer. Pourquoi n'irions-nous pas? »

A ces paroles athées et funèbres, Tom ferma les yeux et frissonna.

« Vous le voyez, poursuivit-elle, *vous ne savez rien d'ici*; mais moi *je sais*. Ici, pendant cinq ans, j'ai été foulée âme et corps sous le pied de cet homme, et je le hais comme je hais Satan! Ici, vous êtes sur une plantation isolée, à dix milles de toutes les autres, au milieu des marais. Pas un blanc pour porter témoignage, si on vous brûle vif, — si on vous échaude, si on vous coupe en morceaux, si on vous jette en pâture aux chiens, si on vous pend, après vous avoir fouetté à mort. Ici, pas de loi divine ou humaine qui puisse vous protéger, vous ni aucun de nous. Et *lui*, cet homme, il n'est pas d'indignités sur terre dont il ne soit capable. Je pourrais faire dresser les cheveux sur la tête, claquer les dents des plus courageux, si je disais seulement ce que j'ai vu, ce que j'ai su ici. Et il n'y a pas de résistance possible! Voulais-je, *moi*, vivre avec lui? N'étais-je pas une femme délicatement élevée? Et *lui*, — bonté du ciel! qu'était-il, et qu'est-il? Et pourtant j'ai vécu avec lui pendant ces cinq années, maudissant chaque heure de ma vie, nuit et jour. Maintenant il s'est procuré une nouvelle créature, — une enfant d'à peine quinze ans : elle a, dit-elle, été pieusement élevée. Une bonne maîtresse lui a enseigné à lire la Bible, et elle a apporté sa Bible avec elle, — dans cet enfer! »

Et la femme se tordit dans un éclat de rire lugubre et strident, dont le son résonna sous la vieille grange ruinée, comme l'écho d'un autre monde.

Tom joignit les mains; tout était horreur et ténèbres.

« O Jésus! Seigneur Jésus! avez-vous tout à fait délaissé vos pauvres créatures? s'écria-t-il. A l'aide, Seigneur, je succombe! »

La femme continua d'une voix dure.

« Et que sont les misérables chiens couchants, vos
compagnons de labeur? méritent-ils que vous souffriez
pour eux? Pas un qui, pour le plus petit lucre, ne se
tournât contre vous! Ils sont tous, l'un envers l'autre,
ingrats, cruels, dénaturés. Pourquoi vous faire marty-
riser à leur profit?

— Pauvres gens! dit Tom; qui les a rendus méchants? Si je cède une fois je m'y ferai, et petit à petit je
deviendrai endurci comme eux! Non! non, maîtresse!
J'ai tout perdu, — femme, enfants, case, et bon maître,
qui m'aurait fait libre s'il eût vécu une semaine de plus.
J'ai tout perdu en *ce* monde, à jamais et pour toujours:
maintenant je *peux pas* perdre le ciel aussi! Non, je ne
veux pas devenir méchant!

— Mais le Seigneur ne peut nous l'imputer à crime, dit
la femme. N'a-t-on pas forcé notre volonté? Il en demandera compte à nos persécuteurs!

— Oui, dit Tom; mais ça ne nous empêchera pas
d'être devenus cruels. Si jamais je venais à être aussi
sans cœur, aussi dur que Sambo, la façon dont j'y serais
arrivé ne ferait pas grande différence; c'est d'*être* mauvais, — c'est ça qui me fait peur. »

La femme attacha sur Tom ses yeux hagards et sombres, comme si une pensée nouvelle la frappait; elle
poussa un sourd gémissement et s'écria :

« O miséricorde! vous dites vrai! Oh! oh! oh! » Et elle
tomba sur le plancher, avec des sanglots comme une
personne écrasée, se tordant sous l'excès des souffrances
morales.

Il y eut un silence pendant lequel leurs souffles s'entendaient, puis Tom dit faiblement :

« Oh! s'il vous plaît, maîtresse? »

La femme se releva; son visage reprit son expression habituelle, amère et triste.

« S'il vous plaît, maîtresse, je les ai vus jeter ma veste dans ce coin là-bas, et dans la poche de ma veste est ma Bible; si maîtresse voulait bien l'aveindre pour moi? »

Cassy chercha dans la poche et en retira le livre. Tom l'ouvrit tout de suite à une page marquée et fort usée. C'étaient les dernières scènes de la vie de Celui dont les plaies nous ont guéris.

« Si maîtresse était si bonne que de me lire ce passage, — ça fait encore plus de bien que l'eau. »

Cassy prit le livre d'un air d'orgueil et d'indifférence et parcourut la page; puis elle lut d'une voix douce et vibrante, avec une justesse d'intonation remarquable, ce touchant récit de gloire et d'angoisse. Souvent, en lisant, sa voix s'altérait et lui manquait totalement; alors elle s'arrêtait, composait son visage jusqu'à ce qu'elle se fût tout à fait maîtrisée. Quand elle en vint à ces mots : « Mon père, pardonnez-leur, car ils ne savent ce qu'ils font, » elle jeta le livre à terre, et ensevelissant son visage dans les masses épaisses de ses cheveux, elle sanglota tout haut avec une violence convulsive.

Tom pleurait aussi et murmurait une prière étouffée.

« Si nous pouvions seulement faire comme lui! soupira-t-il. Dire que cela semble si naturel à lui, et nous, il nous faut combattre si fort! O Sauveur, aidez-nous! oh! aidez-nous, béni Seigneur Jésus!

« Maîtresse, dit Tom au bout d'un moment, je vois bien que vous êtes fort au-dessus de moi en tout; mais il est une chose que vous pourriez apprendre même du pauvre Tom. Vous dites que le Seigneur prend parti contre nous, parce qu'il nous laisse être injuriés et frappés; mais voyez ce qui est advenu de son propre Fils, — le béni Seigneur de gloire! N'a-t-il pas toujours été pauvre? et aucun de nous est-il descendu aussi bas que lui? Le Seigneur nous a pas oubliés, j'en suis comme sûr!

Si nous souffrons avec lui, nous régnerons aussi, l'Écriture le dit : mais si nous le renions, lui aussi nous reniera. N'ont-ils pas tous souffert — le Seigneur et les siens? Le livre ne dit-il pas qu'ils ont été lapidés et sciés par le milieu du corps; qu'ils allaient par les chemins, vêtus de peaux de chèvres, persécutés, humiliés, torturés. Les souffrances, ce sont pas des raisons pour faire penser que le Seigneur détourne de nous sa face; mais juste le contraire, pourvu que nous nous tenions ferme à lui, et ne cédions pas au péché.

— Mais pourquoi nous place-t-il là où nous ne pouvons nous empêcher de faillir? dit la femme.

— Je pense que nous *pouvons* toujours nous en empêcher.

— Vous verrez! reprit Cassy; que ferez-vous demain? Ils vous tortureront de nouveau. Je les connais; j'ai assisté à tous leurs actes; je ne puis supporter la pensée de ce qu'ils vous feront subir — ils vous feront céder à la fin!

— Seigneur Jésus, s'écria Tom, je remets mon âme entre vos mains! vous la préserverez, ô Seigneur! — Ne me laissez pas faillir!

— J'ai déjà entendu tous ces cris, toutes ces prières, dit Cassy, et cependant tous ont été rompus et subjugués. Voilà Emmeline qui essaye de résister; vous aussi, vous tâchez; — à quoi bon? il vous faudra céder ou mourir pied à pied, pouce à pouce.

— Eh bien! je *mourrai!* dit Tom. Qu'ils fassent durer le mal tant qu'ils voudront, ils ne m'empêcheront pas de mourir à la fin! — Et, après, ils ne peuvent plus rien! je suis délivré! je suis libre! Je sais que le Seigneur m'aidera; il me conduira à travers la fournaise! »

La femme ne répondit rien; elle s'assit, ses yeux noirs attentivement fixés à terre.

« Peut-être est-ce la voie! murmura-t-elle; mais pour ceux qui ont cédé, il n'y a plus d'espérance. — plus! Nous

vivons dans l'impureté et la fange jusqu'à ce que nous
ayons dégoût de nous-mêmes! — Nous avons soif de
mourir, et nous n'osons nous tuer! — Plus d'espoir,
plus d'espoir! — Cette enfant, — elle a juste l'âge que
j'avais.

« Regardez-moi, dit-elle, parlant rapidement, regardez, et voyez ce que je suis! Eh bien! j'étais née dans
l'opulence. Mes plus lointains souvenirs me repor-
tent à la splendide demeure que j'habitais enfant. —
J'étais alors vêtue avec luxe, le monde et les amis de la
maison me comblaient de louanges. Les fenêtres du salon ouvraient sur un jardin, et c'était là que je jouais à
cache-cache sous les orangers, avec mes frères et sœurs.
On me mit au couvent; j'y appris la musique, le français, la broderie, que sais-je? A quatorze ans j'en sortis
pour assister aux funérailles de mon père. Il mourut subitement, et quand on voulut vendre ses propriétés, on
trouva à peine de quoi payer les dettes. Les créanciers
firent l'inventaire; j'y fus portée. Ma mère était esclave,
et mon père avait toujours eu l'intention de m'affranchir; mais il ne l'avait pas fait, et je fus comprise dans
la liste. Bien que je susse qui j'étais, je n'y avais jamais
beaucoup réfléchi. Qui s'attend à voir mourir un homme
plein de vigueur et de santé? Mon père se portait à merveille quatre heures avant sa mort. Il fut une des premières victimes du choléra à la Nouvelle-Orléans. Le
lendemain des funérailles, sa femme prit ses enfants
et partit avec eux pour la plantation de son père à elle.
Je pensais qu'on me traitait d'une façon étrange; mais
je ne comprenais pas pourquoi. Un jeune avocat chargé
de mettre ordre aux affaires venait tous les jours, parcourait la maison, et me parlait avec égards. Un après-
dîner, il amena un jeune homme avec lui que je trouvai plus beau que tous les jeunes gens que j'eusse encore vus. De ma vie je n'oublierai cette soirée; je me
promenai dans les jardins avec lui. J'étais abandonnée,

désolée, et il fut si bon, si tendre pour moi! Il me dit
m'avoir vue avant mon entrée au couvent, et m'avoir
toujours aimée depuis; il promit d'être mon protecteur
et mon ami;—bref, quoiqu'il ne m'en dit rien, il m'avait
payée deux mille dollars, et j'étais sa propriété. —
Je devins volontairement son esclave; car je l'aimais. Je
l'aimais! répéta la femme en s'arrêtant. Oh! combien
j'ai aimé cet homme! combien je l'aime encore, — je
l'aimerai jusqu'à mon dernier souffle! Il était si beau,
si noble, si grand! Il m'installa dans une maison magnifique remplie d'esclaves, de chevaux, d'équipages; il me
combla de toilettes et de bijoux; tout ce que l'argent
peut faire il le fit; mais je n'attachais nulle valeur à ses
dons. Je n'avais souci que de lui! Je l'aimais plus que
mon Dieu, plus que mon âme; et, quand j'aurais voulu
lui résister, mon amour ne me l'eût pas permis.

« Je ne souhaitais ardemment qu'une chose, — une
seule, — devenir sa femme, sa femme légitime. Je pensais que s'il m'aimait comme il le disait, que si j'étais
ce qu'il paraissait croire, il m'eût épousée et affranchie;
mais il me convainquit que c'était chose impossible; il
m'assura que si nous étions fidèles l'un à l'autre, nous
étions mariés devant Dieu. Si cela est vrai, ne fus-je pas
la femme de cet homme? Ne lui fus-je pas fidèle? Pendant sept ans n'ai-je pas étudié chacun de ses regards,
chacun de ses mouvements; n'ai-je pas vécu, respiré
uniquement pour lui? Il eut la fièvre jaune, et pendant
vingt nuits je le veillai. — Moi seule je lui donnai ses
breuvages et le soignai sans relâche; il m'appelait son
bon ange, il me remerciait de lui sauver la vie. »

« Nous eûmes deux beaux enfants. L'aîné était un garçon; nous l'appelâmes Henri comme son père; c'était sa
vivante image : il avait les mêmes beaux yeux, le même
front, les mêmes cheveux bouclés; il tenait aussi de lui
son esprit, son intelligence, sa fierté. La petite Élise, disait-il, me ressemblait. Il assurait que j'étais la plus

belle femme de la Louisiane; il était si fier de moi et des enfants! Il aimait à me les voir parer moi-même, à nous promener en voiture découverte, à recueillir avec orgueil les louanges de la foule; il m'en emplissait ensuite les oreilles et la tête. Ce furent là des temps heureux! Nulle femme au monde (je le pensais du moins) ne pouvait avoir plus de bonheur que moi; mais alors arrivèrent les mauvais jours. Un de ses cousins vint à la Nouvelle-Orléans; un intime ami, — dont il pensait merveille. — Du moment que je le vis, je le redoutai sans savoir pourquoi. Je pressentais qu'il nous porterait malheur. Il sortait avec Henri, et ce dernier ne rentrait plus qu'à deux ou trois heures du matin. Je n'osais rien dire, car Henri était altier, et j'avais peur de le fâcher. Cet ami l'entraîna dans des maisons de jeu. Henri était du nombre de ceux qui, entrés là, n'en sortent plus. Il le présenta à une autre femme, et je vis aussitôt son amour se retirer de moi. Il ne me le dit jamais, mais je le vis, — je le sentis jour par jour. — Mon cœur se brisa sans que je lui adressasse un reproche. A cette époque, le maudit tentateur offrit à Henri de m'acheter, moi et mes enfants, pour couvrir ses dettes de jeu, qui l'empêchaient de se marier comme il le désirait, et *il nous vendit.* Il me dit un jour qu'il avait affaire au loin, qu'il serait absent deux ou trois semaines. Il me parla plus tendrement que de coutume, et assura qu'il reviendrait; mais je n'y fus pas trompée. Je savais l'heure venue : je restai pétrifiée, je ne pouvais ni parler ni pleurer. Il m'embrassa; il embrassa les enfants à plusieurs reprises, et partit. Je le vis monter à cheval : je le suivis des yeux jusqu'à ce qu'il fût tout à fait hors de vue, et alors je tombai évanouie.

« Le misérable, l'autre, vint! — il vint prendre possession. Il dit avoir acheté moi et mes enfants; il me montra les titres. Je le maudis, et lui déclarai que je mourrais plutôt que de vivre avec lui.

« A votre aise, répondit-il : si vous ne voulez pas entendre raison, je vendrai les deux enfants en un lieu où vous ne les reverrez jamais. » Il me dit m'avoir désirée du jour où il m'avait vue, n'avoir séduit Henri, ne l'avoir endetté que dans le but unique de l'amener à me vendre. Il ajouta que c'était lui, Butler, qui l'avait lié avec une autre femme, et que je pouvais présumer qu'après tant de peines il ne se laisserait pas rebuter par des cris, des larmes et autres simagrées.

« Je cédai, car j'avais les mains liées. Il était le maître de mes enfants : si je résistais à sa volonté en quoi que ce fût, il parlait aussitôt de les vendre, et alors je devenais aussi souple, aussi obéissante qu'il le désirait. Oh ! quelle odieuse vie ! vivre le cœur brisé chaque jour, gardant mon amour qui n'était plus que misère, et liée corps et âme à un homme que j'exécrais. J'aimais à lire à haute voix pour Henri, à jouer pour lui, à valser avec lui, à chanter pour lui, et toutes ces choses faites pour l'autre m'étaient un odieux supplice. — Et cependant je n'osais refuser : il était avec les enfants si dur, si impérieux ! Élise était une timide et douce petite fille, mais Henri avait le caractère hardi et emporté de son père, et personne ne l'avait jamais contrarié. L'homme lui cherchait toujours noise, le trouvait toujours en faute, le querellait sans cesse : je vivais dans l'épouvante et dans des transes continuelles. J'essayai de rendre le garçon respectueux, — j'essayai de faire vivre les deux enfants à part, car je tenais à eux plus qu'à la vie, mais tous mes efforts ne servirent à rien. *Il les vendit tous deux !* Un jour, il me fit faire une promenade à cheval, et quand je rentrai, il n'y avait plus d'enfants ! Il me dit les avoir vendus : il me montra l'argent, le prix de leur sang ! Alors il me sembla que tout ce qui restait en moi de bon sombrait : je délirai, je blasphémai, — je maudis Dieu et les hommes, et je crois qu'un moment le misérable eut peur de moi ! mais il tint bon. Il dit que mes

enfants étaient vendus, que lui seul pouvait me les faire
revoir, et que si je n'étais calme, il leur en cuirait. On
peut tout obtenir d'une femme en la menaçant dans ses
enfants. Il me soumit encore et m'apaisa : il me flatta
de l'espoir qu'il les rachèterait peut-être, et ainsi se passèrent, tant bien que mal, une semaine ou deux.

« Un jour je me promenais, et je passai devant la calabousse : je vis de la foule amassée devant la porte ;
j'entendis une voix d'enfant : — soudain mon Henri s'é-
chappa, en se débattant, des mains de deux ou trois
hommes qui le tenaient ; il s'élança en criant de mon
côté : il se suspendit à moi. Les hommes lui coururent
sus, avec d'effroyables jurons : l'un d'eux, dont je n'oublierai jamais la face, lui dit qu'il n'en serait pas quitte
ainsi, qu'il allait le ramener dans la calabousse, et lui
infliger là une leçon qu'il n'oublierait de sa vie. Je priai,
je suppliai : — ils se rirent de moi ! Le pauvre enfant
gémissait et ne détachait pas ses yeux de mon visage ; il
se cramponna à moi, jusqu'à ce qu'on me l'arrachât avec
un lambeau de ma robe, et ils l'emportèrent... l'enfant
criant toujours : Mère, mère, mère ! — Un homme, un
curieux, debout près de la porte, sembla me prendre en
pitié. — Je lui offris tout l'argent que je possédais pour
qu'il intervînt. Il secoua la tête. « Le maître de l'enfant
assure, dit-il, qu'il a toujours été insolent et indocile : il
veut le rompre une fois pour toutes.» Je m'enfuis en courant : à chaque pas il me semblait entendre les cris de
mon fils. J'entrai au salon, hors d'haleine ; j'y trouvai
Butler. Je lui contai tout ; je le suppliai d'aller, d'intervenir. Il rit, et me répondit que l'enfant n'avait que ce
qu'il méritait ; qu'il avait bon besoin d'être rompu, et —
que le plus tôt serait le mieux. Qu'attendez-vous encore. demanda-t-il.

« Il me sembla en ce moment sentir quelque cnose se
briser dans ma tête. Je devins folle, je devins furieuse. J'ai
un confus souvenir d'avoir vu un couteau sur la table, de

l'avoir pris, de m'être jetée sur l'homme : puis tout devint noir; et pendant des semaines, je ne vis, je ne compris plus rien.

« Quand je revins à moi, j'étais dans une chambre propre, mais non la mienne. Une vieille négresse me gardait. Un médecin me visitait, et on prenait grand soin de moi. Peu de temps après, j'appris que Butler était parti, laissant ordre de me vendre; c'est pourquoi on me soignait si bien.

« Je n'avais nul désir de recouvrer la santé, et j'espérais ne pas me rétablir; mais en dépit de mes souhaits, la fièvre me quitta, je me remis peu à peu, et me levai à la fin. Alors ils me forcèrent à me parer tous les jours; des hommes venaient fumer des cigares, me regarder, me questionner et débattre mon prix. J'étais si morne et si triste que pas un ne voulait de moi. On me menaça de me fouetter, si je ne me faisais plus gaie, et si je ne prenais la peine de me rendre plus avenante. A la fin, un jour, vint un gentilhomme nommé Stuart. Il parut avoir compassion de moi. Il devina que j'avais sur le cœur un poids accablant; il vint me voir seul plusieurs fois, et finit par me persuader de lui confier ma peine. Il m'acheta, et promit de faire tout son possible pour retrouver mes enfants. Il se rendit à l'hôtel où était mon Henri; on lui dit qu'il avait été vendu à un planteur de la rivière Perle; ce furent les dernières nouvelles que j'eus du pauvre enfant. Il découvrit aussi où était ma petite fille; elle appartenait à une vieille dame. Il en offrit une somme énorme, mais on refusa de la lui vendre. Butler apprit que c'était pour moi que M. Stuart la désirait, et il me fit savoir que je ne l'aurais jamais. Le capitaine Stuart était bon, affectueux; il possédait une magnifique plantation, il m'y conduisit. J'eus un fils dans le courant de l'année. Oh! le pauvre cher petit, — combien je l'aimais! il ressemblait tant à mon pauvre Henri! mais en mon cœur j'avais pris une réso-

lution, oui, je l'avais prise, et c'était de ne plus élever
d'enfant! Je serrai mon petit garçon dans mes bras, il
avait quinze jours, je le baisai; je pleurai sur lui; puis,
je lui fis boire de l'opium, et le tins pressé contre mon
sein jusqu'à ce qu'il s'endormit dans la mort. Combien
je le regrettai! combien je le pleurai! On crut que je lui
avais fait prendre de l'opium par méprise; personne ne
soupçonna la vérité. Cet acte est du petit nombre de
ceux dont je m'applaudis. Je ne m'en repens pas : lui,
du moins, est hors de peine. Que pouvais-je donner de
mieux que la mort, au pauvre enfant? — Peu de temps
après, une nouvelle épidémie du choléra emporta le capitaine Stuart; tous ceux qui désiraient vivre, moururent, — et moi, — bien que descendue aux portes du
tombeau, — je vécus! Je fus vendue de nouveau, et
passai de main en main jusqu'à ce que, ridée, flétrie,
dégradée, j'eus une mauvaise fièvre. Alors ce pervers
m'acheta et m'amena ici; — et ici je suis! »

La femme s'arrêta : elle avait pressé son récit avec
une sauvage énergie, tantôt s'adressant à Tom, tantôt
à elle-même. Si vive et si entraînante était la passion
avec laquelle elle parlait, que, pendant un moment, Tom
fut distrait, même de la douleur de ses blessures. Se soulevant sur le coude, il la regardait, tandis que, dans son
agitation fébrile, elle allait et venait, ses longs cheveux
noirs épars et flottants autour d'elle.

« Vous dites, reprit-elle après une pause, qu'il y a un
Dieu, — un Dieu qui abaisse sur nous ses regards, et
voit tout. Peut-être en est-il ainsi? Les religieuses qui
m'ont élevée m'ont souvent parlé du jugement dernier,
quand ce qu'il y a de plus caché apparaîtra au grand
jour! — Ne sera-ce pas alors l'heure de la vengeance?

« On compte pour rien nos douleurs; — pour rien,
celles de nos enfants! C'est peu de chose, dit-on; cependant, j'ai erré par les rues, portant un poids de douleurs assez lourd pour que la ville s'abîmât sous moi!

J'ai souhaité que les toits m'écrasassent, que la terre s'entr'ouvrît sous mes pieds. Oui, et à l'heure du jugement, je me tiendrai debout devant Dieu, et témoignerai contre ceux qui m'ont ruinée, moi et mes enfants, corps et âme!

« Quand j'étais jeune fille, je me croyais pieuse, et j'aimais à prier Dieu. Maintenant, je suis une âme perdue, vouée aux démons qui me tourmentent sans relâche; ils me poussent en avant!— et je sens que je *le ferai* un de ces jours! dit-elle, la main crispée et menaçante, tandis qu'une flamme rouge étincelait dans ses sombres prunelles. —Je l'enverrai où il mérite d'aller, —et par le chemin le plus court, —une de ces nuits, —dût-on après me brûler vive! » Un rire sauvage et saccadé résonna à travers la grange déserte, et finit en un sanglot convulsif. Elle se jeta par terre, criant et se débattant.

Au bout de quelques secondes, cette frénésie s'apaisa; elle se leva lentement, et parut reprendre empire sur elle-même.

« Que puis-je faire encore pour vous, mon pauvre compagnon? dit-elle en s'approchant de Tom; vous donnerai-je un peu d'eau? »

Il y avait dans sa voix et son geste, quand elle prononça ce peu de mots, une douceur gracieuse et compatissante qui contrastait étrangement avec sa première amertume.

Tom but l'eau, et la regarda en face, ému et fervent.

« O maîtresse, que je voudrais que vous alliez à CELUI qui peut vous donner les eaux vives!

—Aller à lui? où est-il? qui est-il?

—Celui dont vous lisiez tout à l'heure la mort : — le Seigneur.

—J'ai vu sa croix sur l'autel, quand j'étais jeune fille, dit Cassy, ses yeux noirs perdus dans une triste et profonde rêverie; mais *Il n'est pas ici!* —Il n'y a rien ici, que péché, et lent, lent désespoir! — Oh! » Elle appuya la main sur sa poitrine et respira avec effort, comme oppressée par un poids accablant.

Tom eût voulu parler encore; elle l'arrêta d'un geste impérieux.

« Assez, mon pauvre compagnon. Essayez de dormir, si vous le pouvez. » Elle mit de l'eau à portée de sa main, l'arrangea sur sa couche du mieux qu'elle put, et quitta la grange.

CHAPITRE XXXVI

Les souvenirs.

Et légères parfois peuvent être les choses
Qui ramènent soudain sur le cœur oppressé
Le poids que, pour jamais, il croyait repoussé;
C'est un son, — c'est un chant, — un soir d'été, — la brise
Une fleur, — l'Océan, qui, dans l'âme surprise,
Vient, de l'obscure chaîne où chacun est lié,
Toucher un seul chaînon, — et tout l'être a crié.

CHILDE HAROLD.

Le salon de l'habitation de Legris était une vaste pièce, ornée d'une haute et spacieuse cheminée. Un papier coûteux, à couleurs tranchantes, le décorait jadis, et se détachait aujourd'hui des murs humides, en lambeaux moisis et décolorés. Une odeur nauséabonde et malsaine, mélange d'humidité, de poussière et de pourriture, odeur particulière aux vieilles maisons désertes et longtemps fermées, s'y faisait sentir. Des taches de bière et de vin souillaient le papier, barbouillé de notes et d'additions à la craie, comme si là quelqu'un se fût livré à l'étude de l'arithmétique. On avait placé sur l'âtre un brasier plein de charbons ardents, quoique le temps fût doux, car dans cette vaste pièce les soirées paraissaient toujours nébuleuses et glaciales : d'ailleurs, il fallait à Legris du feu pour allumer ses cigares et faire bouillir l'eau de son punch. La lueur rougeâtre du charbon dévoilait le repoussant et confus aspect de la salle, —encombrée du haut en bas de selles, de harnais de toutes formes, de fouets, de manteaux et autres vêtements amoncelés, au milieu desquels campaient les bouledogues, s'en accommodant à leur guise, et se mettant à l'aise.

Legris s'apprêtait un bol de punch, et tout en versant de l'eau chaude d'une cruche ébréchée, grommelait entre ses dents :

« Peste soit de ce maudit Sambo! qu'avait-il besoin de me mettre aux prises avec les nouveaux venus! Voilà ce drôle hors d'état de travailler pour une semaine! — juste au moment où la besogne presse le plus!

— Oui, et c'est bien de vous! dit une voix derrière sa chaise. Cassy venait d'entrer et avait surpris son monologue.

— Ah! c'est toi, démon-femelle! tu mets les pouces? tu reviens?

— Oui, je reviens, dit-elle froidement, mais pour en faire à ma tête.

— Tu mens, sorcière! Je te tiendrai parole. Ainsi marche droit, ou reste aux cases, à travailler et à manger avec le troupeau.

— J'aimerais dix mille fois mieux, répondit la femme, vivre là-bas dans le plus sale trou, que d'être ici sous votre griffe.

— Mais tu y *es* sous ma griffe, après tout, lui dit-il, se tournant vers elle avec une grimace sauvage, et c'est ce qui m'en plait. Ainsi, assieds-toi là, sur mes genoux, ma belle, et entends raison. Et de sa main de fer il lui saisit le poignet.

— Simon Legris, prenez garde! » s'écria la femme. Son œil darda un éclair si foudroyant, un regard si aigu et si égaré, qu'elle était effrayante à voir.

— Vous avez peur de moi, Simon, dit-elle d'un ton

résolu, et vous avez raison d'avoir peur. Soyez sur vos
gardes, car le démon me possède et me pousse! » Elle
lui siffla ces derniers mots à l'oreille.

« Va-t'en! sur mon âme, je crois que tu l'es, possédée! Et Legris la repoussa loin de lui, et l'examina
avec malaise.

« Après tout, Cassy, reprit-il, pourquoi ne serions-
nous pas bons amis, comme par le passé?

— Comme par le passé! » répéta-t-elle avec amertume.
Elle s'arrêta court, — un monde de sentiments surgit
dans son cœur, l'étouffa, la rendit muette.

Cassy avait toujours eu sur Legris l'espèce d'influence
qu'une femme énergique et passionnée exerce sur
l'homme le plus brutal; mais depuis peu, elle était devenue de plus en plus irritable, de plus en plus impa-
tiente du joug hideux de sa servitude, et son irritation
allait parfois jusqu'au délire : ces accès en faisaient un
objet de terreur pour Legris, qui avait des fous cet effroi
superstitieux, fréquent chez les esprits grossiers et ignorants. Quand il avait amené Emmeline à l'habitation,
tous les sentiments féminins, toutes les douleurs couvées
longtemps sous les cendres, se ranimèrent dans le cœur
usé de Cassy, et elle prit parti pour la jeune fille : il s'ensuivit une querelle farouche entre elle et Legris. Dans sa
fureur, il jura que, si elle ne voulait se tenir en paix,
il l'enverrait à la cueille du coton avec les esclaves.
Cassy déclara, dans son orgueilleux dédain, qu'elle *irait*.
Elle y alla et accomplit sa tâche, pour montrer le cas
qu'elle faisait de la menace.

Legris avait été secrètement mal à l'aise tout le jour,
car il ne pouvait s'affranchir de l'empire de Cassy.

Il avait espéré, lorsqu'elle apporta son panier au pesage, obtenir quelque concession, et il lui avait parlé
d'un ton demi conciliant, demi impérieux : elle lui avait
répondu avec le plus outrageant mépris.

L'indigne traitement infligé au pauvre Tom l'avait

encore exaspérée, et elle n'avait suivi Legris qu'afin de lui reprocher sa brutalité.

« Je te conseille, Cassy, dit-il, de te conduire avec un peu plus de modération.

— C'est *vous* qui parlez de modération, après ce que vous avez fait ! Vous qui n'avez pas même le bon sens de vous retenir, qui mettez hors de service un de vos meilleurs manœuvres, juste au plus fort de la besogne, et cela grâce à votre caractère diabolique !

— J'ai été un sot, c'est le fait, de laisser s'allumer la poudre, dit Legris; mais le drôle s'entêtait, il fallait bien le rompre.

— Je vous avertis que vous ne le romprez pas.

— Je ne le romprai pas? s'écria Legris se levant en fureur. Je voudrais bien voir cela ! Il serait le premier nègre qui me tint tête. Je lui broyerai, s'il le faut, tous les os du corps, mais il *pliera!* »

A ce moment la porte s'ouvrit, et Sambo parut : il s'avança avec force saluts, et présenta quelque chose dans un papier.

« Qu'est cela, chien?

— C'est une sorcellerie, maître.

— Une quoi?

— Une chose que les sorciers donnent aux nèg'! Ça les empêche de sentir le fouet quand on les bat. Il avait ça pendu au cou avec un ruban noir.

Legris, comme beaucoup d'hommes cruels et impies, était superstitieux. Il prit le papier et l'ouvrit avec répugnance.

Il en sortit un dollar d'argent, et une longue et brillante mèche de beaux cheveux blonds et bouclés, — qui, comme choses vivantes, s'enroulèrent autour des doigts de Legris.

« Damnation! s'écria-t-il dans un soudain accès de colère, frappant du pied le plancher et arrachant de ses doigts les cheveux avec fureur, comme s'ils le brûlaient :

d'où ça vient-il? Otez-les! — jetez-les au feu! — au
feu! — au feu ! »

Il criait, jurait, les tiraillait et les jeta enfin dans le
brasier : « Pourquoi diable m'apporter ça? »

Sambo, abasourdi, demeurait immobile, la bouche
béante, et Cassy, qui se disposait à laisser la salle, s'arrêta et le considéra tout étonnée.

« Ne t'avise plus de m'apporter de tes diaboliques sor-
tiléges ! » dit-il en menaçant du poing Sambo, qui battit
vivement en retraite du côté de la porte; et, prenant le
dollar, Legris le lança dans l'obscurité à travers les vitres
qui volèrent en éclats.

Sambo s'esquiva au plus vite. Après son départ, Legris
sembla honteux de son accès d'alarme. Il se rassit dans
sa chaise d'un air hargneux, et se mit à déguster avec
lenteur son bol de punch.

Cassy, se glissant inaperçue hors de la salle, profita de
ce moment pour aller porter secours au pauvre Tom.

Que s'était-il donc passé dans l'esprit de Legris? Qu'y
avait-il dans une simple boucle de cheveux blonds pour
exaspérer cet homme brutal, familiarisé depuis longtemps avec tous les raffinements de la cruauté? Endurci
et réprouvé comme le paraissait aujourd'hui cet impie,
il avait été autrefois bercé sur le sein d'une mère, — endormi au chant des hymnes et des prières, ce front,
maintenant marqué du sceau de l'enfer, avait été arrosé
des eaux saintes du baptême. Dans sa première enfance une
femme, aux cheveux blonds, l'avait conduit, au son de la
cloche du dimanche, prier et adorer. Au fond d'une partie reculée de la Nouvelle-Angleterre, cette femme avait
élevé son fils unique avec un patient et fervent amour.
Né d'un homme au cœur dur, pour lequel la douce femme
avait dépensé un monde de tendresses incomprises, Legris avait suivi les traces de son père. Violent, sans frein,
tyrannique, il méprisa les conseils de sa mère, se rit de
ses reproches, et, tout jeune encore, se sépara d'elle pour

aller tenter la fortune sur l'Océan. Depuis, il n'était revenu qu'une fois au logis. Elle, avec l'élan passionné d'un cœur qui a besoin d'aimer, et qui n'a rien autre à aimer, se cramponna à lui, le supplia avec d'ardentes prières, pour le bien éternel de son âme, de rompre avec sa vie de péché.

Ce fut le jour de grâce accordé à Legris. Les anges le sollicitèrent; il fut presque gagné; la miséricorde divine lui tendait la main. Son cœur s'amollit—il y eut lutte—le péché l'emporta. Il opposa l'énergie de son âpre et mauvaise nature aux convictions de sa conscience. Il but, il jura, il devint plus féroce, plus brutal que jamais. Un soir que sa mère, dans l'agonie du désespoir, s'était jetée à ses genoux, il la repoussa rudement; elle tomba sans connaissance sur le parquet, et il s'enfuit, avec de sauvages imprécations, rejoindre son vaisseau. Legris n'entendit plus parler de sa mère qu'une fois. C'était la nuit, il s'enivrait avec ses compagnons de débauche; on lui remit une lettre, il l'ouvrit : une longue mèche de cheveux se déroula, s'enlaça autour de ses doigts. La lettre lui annonçait la mort de sa mère : mourante, elle l'avait béni et lui avait pardonné.

Il y a dans le mal une puissance magique et impie, qui change en fantômes d'horreur et d'effroi les plus saintes, les plus douces choses. Cette mère aimante, au pâle visage,—ces prières,—ce pardon plein d'amour, envoyé de son lit de mort, — ne furent pour ce cœur endurci par le péché qu'une sentence de damnation, effrayant avant-coureur du jugement de Dieu et de l'irrévocable châtiment. Legris brûla la lettre, brûla les cheveux, et quand il les vit se tordre et siffler dans les flammes, il frissonna en pensant aux feux éternels. Il but, il festoya, il s'efforça de conjurer ce souvenir; mais souvent, au profond de la nuit, dont le calme solennel cite l'âme devant son propre tribunal, il avait vu cette pâle figure se dresser à ses côtés; il avait senti, autour de ses doigts, les enlacements de ces cheveux, jusqu'à ce qu'une sueur froide lui inondât la face, et qu'il s'enfuît de son lit en proie à l'épouvante.

Vous qui vous êtes étonnés de lire dans le même Évangile : « Dieu est amour, et Dieu est un feu dévorant; » ne comprenez-vous pas que, pour l'âme vouée au mal, l'amour est la plus cruelle torture, l'arrêt et le sceau du plus horrible désespoir!

« Malédiction! se disait Legris en buvant son punch; où diable a-t-il déniché cela? — C'est que c'était tout juste pareil... Ouf! — je croyais l'avoir oublié. Mais le diable m'emporte si l'on oublie rien, quoi qu'on fasse! Peste soit de la mémoire et de ses tours! Je suis seul comme un hibou! Je vais appeler Em. Elle me hait, — la macaque! C'est égal, — il faudra bien qu'elle vienne! »

Legris sortit dans un grand vestibule qui communiquait avec l'étage supérieur par un escalier tournant, autrefois splendide. Le palier était sale, délabré, encombré de caisses et de toutes sortes d'ignobles rebuts. Les marches montaient et tournoyaient dans l'obscurité, conduisant on ne savait où. La pâle lueur de la lune filtrait par un judas brisé au-dessus de la porte : l'air était malsain et glacial comme celui d'une cave.

Legris s'arrêta au pied de l'escalier, et entendit une voix qui chantait. Elle résonnait d'une façon étrange et surnaturelle dans la déserte et sombre demeure. Peut-être aussi ses nerfs surexcités lui prêtaient-ils un accent lugubre. Écoutez!

Une voix, inculte et mélancolique, chante un hymne familier aux esclaves :

> « On versera des pleurs, des pleurs, des pleurs, des pleurs,
> Au tribunal du Christ, on versera des pleurs! »

« Maudit soit la fille! s'écria Legris. Je l'étranglerai. — Em! Em! » appela-t-il d'un ton dur; mais l'écho moqueur des vieilles murailles lui répondit seul. La douce voix continua :

« Vous serez séparés pour la vie éternelle,
  Mères, enfants, frères et sœurs,
Vous serez séparés pour la vie éternelle ! »

Et le lugubre refrain résonna, haut et clair, à travers les salles vides :

« On versera des pleurs, des pleurs, des pleurs, des pleurs,
Au tribunal du Christ, on versera des pleurs ! »

Legris s'arrêta. Il eût rougi d'avouer que de larges gouttes de sueur perlaient sur son front; que son cœur, oppressé, alourdi, battait de peur. Il crut même voir une ombre blanche s'élever et se glisser devant lui dans les ténèbres. Il frissonna à la pensée que la figure de sa mère morte allait peut-être lui apparaître.

« Je sais ce que je ferai, se dit-il, comme il rentrait en chancelant dans le salon et s'affaissait sur sa chaise, je laisserai le drôle en repos! Qu'avais-je besoin de son maudit papier? Je crois, le diable m'emporte! que je suis ensorcelé! Je n'ai fait que suer et trembler depuis! Où a-t-il attrapé ces cheveux? Ce ne peut être les *mêmes*! je les ai brûlés — les autres, — j'en suis sûr! Il serait curieux que des cheveux pussent ressusciter! »

Ah! Legris! ces boucles dorées avaient en elles un charme magique! Chaque cheveu t'apportait une terreur, un remords; envoyés par un pouvoir divin, ils auraient dû lier tes mains cruelles, et t'empêcher de torturer le faible sans défense.

« Allons! dit Legris, frappant du pied et sifflant ses chiens, éveillez-vous, vous autres, et tenez-moi compagnie! » Mais les chiens ouvrirent un œil, le regardèrent d'un air somnolent, et se rendormirent.

« Je vais faire venir Sambo et Quimbo : leurs chants

leurs danses infernales chasseront de ma tête ces horribles cauchemars. » Legris mit son chapeau, s'avança sur la véranda, et donna du cor pour appeler ses deux noirs piqueurs.

Quand il était en gracieuse humeur, il faisait souvent venir ces dignes satellites; et, après les avoir échauffés de whisky, s'amusait à les faire chanter, danser ou s'entre-battre, selon son caprice du moment.

Cassy rentrait, après sa visite au pauvre Tom: il pouvait être une heure ou deux du matin; elle entendit partir du salon des cris sauvages, des hurlements, des chants barbares, mêlés aux aboiements des chiens, sorte de tintamare diabolique.

Elle franchit les marches de la véranda, et regarda dans l'intérieur. Legris et ses deux compagnons, ivres et furieux, criaient, vociféraient, tourbillonnaient, renversaient les chaises, et se faisaient les uns aux autres de hideuses et repoussantes grimaces.

Sa petite main délicate posée sur la persienne, elle les considérait d'un œil fixe. Tout un monde d'angoisse, de mépris, de farouche amertume passa dans ses yeux noirs.

« Serait-ce donc péché que de débarrasser la terre d'un pareil misérable? » se demanda-t-elle.

Elle se détourna précipitamment, et, faisant le tour pour gagner une entrée dérobée, elle se glissa dans l'escalier, et alla frapper à la porte d'Emmeline.

CHAPITRE XXXVII

Emmeline et Cassy.

Cassy ouvrit, et aperçut Emmeline, pâle d'épouvante, blottie dans le coin le plus reculé de la chambre. A son entrée, la jeune fille eut un tressaillement nerveux; mais elle la reconnut, s'élança au-devant d'elle, lui saisit le bras, et s'écria :

« O Cassy, est-ce vous ? Je suis si contente que vous veniez ! J'avais si grand'peur que ce fût... Oh ! vous ne savez pas quel effroyable bruit il y a eu là-bas toute la soirée !

— Je dois le connaître, répondit sèchement Cassy ; je l'ai assez entendu !

— Oh ! dites, Cassy ! ne pourrions-nous fuir ? n'importe où ! — dans les marais, au milieu des serpents, partout ! Ne pourrions-nous nous sauver *quelque part*, hors d'ici ?

— Nulle part que dans nos tombes, dit Cassy.

— N'avez-vous jamais tenté ?

— J'ai vu assez de tentatives, et ce qui en résulte, répliqua-t-elle.

— Je préférerais vivre dans les marais, ronger l'écorce des arbres. Les serpents ne me font pas peur ! J'aimerais mieux en voir un auprès de moi que cet homme, dit Emmeline avec énergie.

— Bien d'autres ici ont pensé de même ; mais vous ne pourriez rester dans le marais ; — vous y seriez traquée par les chiens et ramenée, et alors, — alors...

— Que ferait-il ? demanda la jeune fille regardant Cassy en face et perdant haleine d'anxiété.

— Demandez plutôt ce qu'il *ne ferait pas* ! Il a bien appris son métier parmi les pirates des Indes occidentales. Vous ne dormiriez plus si je vous contais les choses que j'ai vues ; — les choses qu'il cite, parfois, comme de bons tours. J'ai entendu ici des cris tels que je ne pouvais les chasser de ma tête pendant des semaines et des mois. Là-bas, près des cases, il y a un endroit où vous pourriez voir un arbre calciné par le feu, au pied duquel sont amoncelées des cendres noires. Demandez-leur ce qui s'est passé là : vous verrez s'ils osent vous répondre !

— Oh! que voulez-vous dire?

— Rien; je ne vous le dirai pas. J'en hais même la pensée; mais je vous affirme que le Seigneur seul sait ce que nous pouvons voir demain, si ce pauvre garçon persiste comme il a commencé.

— Horreur! » s'écria Emmeline, tout son sang abandonnant ses joues. « O Cassy, dites-moi, que ferai-je?

— Ce que j'ai fait. Faites pour le mieux; faites ce qu'on vous force à faire, et comblez la mesure en haine et en malédictions.

— Il a voulu me faire boire de son exécrable eau-de-vie, dit Emmeline; je la déteste!

— Vous ferez mieux d'en boire, dit Cassy; je la détestais aussi, moi; maintenant, je ne saurais m'en passer. On a besoin de s'étourdir, et les choses apparaissent sous un jour moins affreux quand on a bu cela.

— Ma mère m'a défendu d'y jamais toucher.

— *Votre mère* vous a défendu, dit Cassy, appuyant avec une emphase triste sur le mot mère. A quoi servent les défenses des mères? Ne devez-vous pas toutes être vendues, payées? et vos âmes n'appartiennent-elles pas à quiconque vous achète? Ainsi va le monde. Je vous le répète : *Buvez* de l'eau-de-vie; buvez tant que vous pourrez, cela rendra les choses plus faciles.

— O Cassy! prenez pitié de moi!

— Pitié de vous! n'ai-je pas pitié de vous? n'avais-je pas une fille? — Le Seigneur sait où elle est, et ce qu'elle est aujourd'hui! Elle suit, je suppose, le chemin que sa mère a suivi avant elle, et que ses enfants suivront à leur tour! Il n'y a pas de fin à cette malédiction éternelle!

— Je souhaiterais n'être jamais née, dit Emmeline en se tordant les mains.

— C'est un vieux souhait, dit Cassy; je me suis lassée à le faire. Je me serais tuée, si je l'avais osé. »

Elle s'arrêta; son regard, perdu dans l'obscurité de la

nuit, prit l'expression de désespoir fixe et morne qui lui était habituelle au repos.

— Ce serait mal de se tuer, dit Emmeline.

— Je n'en sais rien; ce ne serait pas plus mal, en tous cas, que de faire ce que nous faisons tous les jours; mais les religieuses m'ont dit, pendant que j'étais au couvent, des choses qui me font craindre de mourir. Si tout finissait là, oh! alors.... »

Emmeline se détourna, et voila son visage de ses deux mains.

Tandis que cette conversation se passait en haut dans la chambre, au-dessous, Legris, dominé par l'ivresse, succombait au sommeil. Cet état ne lui était pas habituel. Sa grossière et musculeuse nature avait besoin d'excès, et supportait à merveille ce qui eût épuisé une constitution plus faible. Mais un instinct invétéré de prudence soupçonneuse l'empêchait de se livrer à ses appétits brutaux au point de perdre conscience de lui-même.

Cette nuit, cependant, ses efforts fébriles pour chasser de son esprit l'épouvante et le remords qui l'obsédaient, lui avaient fait dépasser les bornes; et, dès qu'il eut congédié ses noirs serviteurs, il tomba pesamment sur un siége et s'endormit.

Oh! comment l'âme mauvaise ose-t-elle aborder le monde fantastique du sommeil, empire dont les contours indécis touchent de si près aux mystères de l'autre vie? Legris eut un rêve. Dans son lourd et fiévreux sommeil, il vit, debout à ses côtés, une forme vague qui posa sur lui une main froide et douce. Il lui sembla la reconnaitre, et il frissonna d'horreur, quoique la figure fût voilée; puis, il sentit la *mèche de cheveux* s'enrouler à ses doigts, se glisser doucement autour de son cou, et l'étreindre, —l'étreindre, jusqu'à ce qu'il en perdit le souffle. Il crut entendre des voix lui murmurer tout bas des mots pleins d'épouvante. Tout à coup, il se trouva sur le bord d'un abîme sans fond, criant et luttant, en proie à de mortelles terreurs, tandis que des mains noires, sorties du précipice, le saisissaient et l'attiraient à elles; Cassy survint derrière lui et le poussa en riant. Alors la solennelle figure voilée s'avança et se découvrit. C'était sa mère. Elle se détourna de lui, et il roula au plus profond du gouffre, au bruit de cris, de huées, d'éclats de rire diaboliques, — et... Legris s'éveilla.

La lueur calme et rosée de l'aube se glissait dans la chambre. L'étoile du matin, comme un œil divin, avec sa chaste et solennelle clarté, regardait, du haut du ciel de plus en plus radieux, l'homme de péché. Quelles fraîches et saintes splendeurs accompagnent le lever du jour! Ne semblent-elles pas dire à l'insensé : « Regarde! voici une chance de plus! *efforce*-toi de conquérir la gloire immortelle! » Il n'y a ni langue, ni pays où cette voix ne s'entende; mais l'homme endurci dans le mal ne la comprend pas. Legris s'éveilla, une imprécation à la bouche. Que lui importaient l'or et la pourpre du miracle quotidien de l'aube? Que lui importait la sainteté de cette étoile que le Fils de Dieu a bénie en la prenant pour emblème? Abruti comme il l'était, il voyait sans percevoir. Il se leva en chancelant, se versa un verre d'eau-de-vie, et en avala moitié.

« J'ai passé une nuit infernale, dit-il à Cassy qui entrait.

— Vous en aurez beaucoup de pareilles avant peu, dit-elle sèchement.

— Qu'entends-tu par là, coquine?

— Vous le saurez un de ces jours, répondit Cassy du même ton. Maintenant, Simon, j'ai un mot d'avis à vous donner.

— Ah diable! un avis à moi?

— Oui, reprit Cassy avec fermeté, en remettant un peu d'ordre dans la chambre; je vous conseille de laisser Tom en repos.

— Qu'as-tu à y voir? ce ne sont pas tes affaires.

— Non, à coup sûr, et je ne sais pourquoi je m'en mêlerais. S'il vous prend fantaisie de payer douze cents dollars un esclave et de l'éreinter au moment le plus pressé de l'année, rien que pour satisfaire votre dépit, ce ne sont, certes, pas mes affaires! J'ai fait pour lui ce que je pouvais.

— Ce que tu pouvais? Qu'as-tu besoin de te mêler de ce qui me regarde?

— Aucun, assurément. Je vous ai économisé quelques milliers de dollars, à différentes reprises, en prenant soin de vos manœuvres, c'est le remercîment que j'en reçois. Si vous avez au marché plus petite récolte que les autres, ne perdrez-vous pas votre gageure? Tompkins ne chantera-t-il pas victoire? et vous payerez à beaux deniers comptants, n'est-ce pas? il me semble déjà vous y voir! »

Legris, comme beaucoup d'autres planteurs, n'avait qu'une ambition: — faire la plus belle récolte de la contrée. Et il avait engagé, à ce sujet, plusieurs paris à la ville voisine. Cassy avait donc, avec le tact féminin, touché la seule corde qui pût vibrer en lui.

« Eh bien, je l'en tiendrai quitte pour ce qu'il a reçu, dit Legris; mais il me demandera pardon et promettra de s'amender.

— Il ne le fera pas, répondit Cassy.

— Il ne le fera pas! hein?

— Non, il n'en fera rien, répéta Cassy.

— Je voudrais bien savoir *pourquoi*, maîtresse? dit Legris avec un suprême dédain.

— Parce qu'il a bien agi, qu'il le sait, et qu'il ne dira pas qu'il a eu tort.

— Qui diable s'inquiète de ce qu'il sait? Le maudit nègre dira ce qu'il me plaît de lui faire dire, ou bien...

— Ou bien, vous perdrez vos paris sur la récolte, en l'éloignant du champ au moment de la presse.

— Mais il cédera, il cédera! Ne connais-je pas les nègres? Il rampera comme un chien, ce matin...

— Non, Simon; vous ne connaissez rien à cette espèce-là. Vous pouvez le tuer pouce à pouce, mais vous n'en tirerez pas un mot de repentir.

— Nous verrons! Où est-il? dit Legris en sortant.

— Dans le hangar du magasin, » répondit Cassy.

Legris, quoiqu'il eût si résolûment parlé à Cassy, s'éloigna de la maison avec un doute qui ne lui était pas ordinaire. Ses rêves de la nuit passée, venant se mêler aux prudentes suggestions de Cassy, lui obsédaient l'esprit. Il décida que personne ne serait témoin de son entrevue avec Tom, et se promit, s'il ne pouvait le soumettre par la menace, d'ajourner sa vengeance à une époque plus favorable.

A travers le grossier vitrail de la grange où gisait Tom, la douce lumière de l'aube, la gloire angélique de l'étoile du matin avaient pénétré, semblant apporter avec elles ces paroles solennelles : « Je suis la tige et le rejeton de David ; je suis l'étoile brillante du matin ! » Les réticences, les avis mystérieux de Cassy, loin d'abattre son âme, l'avaient fortifiée, comme un appel d'en haut. Il ne savait si c'était le jour de sa mort qui se levait au ciel, et son cœur palpitait de joie et de désir en songeant à toutes les merveilles, sujet constant de ses méditations. Le grand trône blanc, entouré de son arc-en-ciel toujours radieux, la multitude en robes blanches, murmurante comme le bruit des grandes eaux, les couronnes, les palmes et les harpes d'or, pouvaient tous éclater à sa vue avant le coucher du soleil! Il entendit donc, sans effroi et sans frisson, la voix de son persécuteur au moment où il approcha.

« Eh bien! mon garçon, dit Legris en le frappant avec mépris du pied, comment te va? Ne t'avais-je pas prédit que je t'apprendrais une chose ou deux? T'en trouves-tu bien? La leçon te plaît-elle? tes geignements t'ont-ils profité? Es-tu tout à fait aussi crâne que tu l'étais hier? Ne saurais-tu régaler un pauvre pécheur d'un petit brin de sermon? Tâche! »

Tom ne répondit rien.

« Lève-toi, brute! » s'écria Legris en lui donnant un second coup de pied. C'était chose difficile, brisé, affaibli comme l'était le pauvre Tom; et pendant qu'il essayait d'obéir, Legris se mit à rire brutalement. « Qui te rend si peu alerte ce matin, Tom? Tu as peut-être reçu un coup d'air cette nuit? »

Tom était parvenu à se lever, et regardait son maître en face, avec un front impassible et serein.

« Ah! diable, tu peux bouger! dit Legris le considérant : je crois que tu n'en as pas encore assez. Maintenant, à genoux, Tom, et demande-moi pardon de tes grimaces d'hier soir. »

Tom ne bougea pas.

« A genoux, chien! répéta Legris, en le frappant de sa cravache.

— Maître Legris, dit Tom, je ne le peux pas. Je n'ai fait que ce que je croyais être bien. Je recommencerais, juste de même, si l'occasion venait. Je ne ferai jamais une cruauté. Arrive ce qui pourra!

— Oui, mais tu ne sais pas ce qui peut arriver, maître Tom. Tu crois que ce que tu as reçu hier est quelque chose? Eh bien, moi, je te dis que ce n'est rien, rien du tout. — Aimerais-tu à être lié à un arbre et brûlé à petit feu? Ne serait-ce pas un agréable passe-temps? — hein, Tom!

— Maître, répondit Tom, je sais que vous pouvez faire d'effroyables choses! mais, — il se redressa et joignit les deux mains, — mais quand vous aurez tué le corps, vous ne pourrez plus rien, — rien! Et après! oh! après! viendra l'*éternité*, toute l'ÉTERNITÉ! »

L'ÉTERNITÉ! — A ce mot, l'âme du pauvre noir tressaillit, inondée de lumière et de puissance; — celle du pécheur aussi tressaillit comme sous la morsure du scorpion. Muet de rage, Legris broya le mot sous ses dents. Tom, semblable à un captif délivré de ses chaînes, parlait d'une voix claire et joyeuse.

« Maître Legris, vous m'avez acheté, et je vous serai un loyal et fidèle serviteur. Je vous donnerai tout l'ouvrage de mes mains, tout mon temps, toute ma force, mais je n'abandonnerai jamais mon âme à une créature mortelle. Que je doive vivre ou mourir, je persévérerai dans le Seigneur, et mettrai ses commandements avant toutes choses; vous pouvez en être sûr. Je n'ai pas peur de la mort : j'aime autant mourir que vivre. Il ne tient qu'à vous de me battre, de m'affamer, de me brûler, je n'en irai que plus tôt là où j'ai soif d'aller.

— Je te ferai bien céder avant d'en finir avec toi, dit Legris furieux.

— Jamais vous ne pourrez, dit Tom; j'aurai de l'aide.

— Qui diable t'aidera? reprit Legris avec mépris.

— Le Seigneur tout-puissant!

— Sois damné! » dit Legris, et d'un coup de son poing il terrassa Tom.

Une main glacée toucha la sienne. Il se retourna : — c'était Cassy. Mais ce toucher froid et doux évoqua son rêve de la nuit, et toutes les horribles images du cauchemar, qui l'avait torturé, se dressèrent dans son cerveau et le remplirent d'épouvante. « Agirez-vous donc toujours comme un fou? dit Cassy en français. Laissez-le tranquille! Je veillerai à ce qu'il soit bientôt en état de retourner aux champs. N'est-ce pas tout juste comme je vous l'avais dit? »

On assure que le rhinocéros et le crocodile, quoique revêtus d'une cuirasse à l'épreuve de la balle, ont cependant un point vulnérable. Chez les réprouvés les plus endurcis et les plus impies, ce point est d'ordinaire une terreur superstitieuse.

Legris se détourna, décidé à en rester là pour l'instant.

« Eh bien! fais-en à ta fantaisie, dit-il à Cassy d'un ton bourru.

— Écoute, ajouta-t-il en s'adressant à Tom, je ne veux pas en finir avec toi aujourd'hui, parce que la besogne presse, et que j'ai besoin de toutes mes mains. Mais je n'oublie *jamais*; j'en tiens note, et quelque jour ta vieille carcasse noire me payera au centuple ce que tu me dois. Comptes-y! »

Après cette menace il sortit.

« Va! dit Cassy, le regardant d'un air sombre comme il s'éloignait, tu auras aussi un compte à régler un jour!— Eh bien, mon pauvre garçon, comment vous sentez-vous?

— Le Seigneur Dieu a envoyé son ange, et il a fermé la gueule du lion pour cette fois, dit Tom.

— Oui, pour cette fois, répéta-t-elle. Mais désormais sa haine est attachée à vous; elle vous suivra de jour en jour, accrochée comme un chien à votre gorge; elle sucera votre sang, et pompera votre vie goutte à goutte! Je connais l'homme! »

CHAPITRE XXXVIII

La liberté.

> Quelle que soit la solennité du sacrifice offert sur l'autel de l'esclavage, dès que l'esclave touche le sol sacré de la Grande-Bretagne, l'autel et le Dieu croulent dans la poussière, et l'homme se redresse, racheté, régénéré, affranchi, de par l'irrésistible génie de l'émancipation universelle.
>
> CURRAN.

Abandonnant un moment Tom aux mains de ses persécuteurs, retournons en arrière dans la ferme du bord de la route, où nous avons laissé Georges et sa femme entre des mains amies.

On se rappelle Tom Loker gémissant et s'agitant dans un lit quaker, d'une blancheur immaculée, sous la surveillance maternelle de tante Dorcas, qui trouvait son patient d'humeur aussi traitable qu'un bison malade.

Imaginez une grande femme, digne et spiritualiste, dont le bonnet de mousseline claire surmonte les ondes de cheveux argentés; au-dessous d'un front large et pur s'ouvrent des yeux gris et pensifs; un fichu de crêpe lisse, blanc comme neige, se croise sur sa poitrine; sa robe de soie, brune et luisante, fait entendre un paisible et doux frou-frou, quand elle va et vient dans la chambre.

« Diable! se récrie Tom Loker jetant de côté les draps.

— Je t'en prie, Thomas, ne te sers pas de pareils mots, dit tante Dorcas, qui rajuste tranquillement le lit.

— Eh bien, je ne dirai plus diable, bonne maman, si je peux m'en empêcher, dit Tom; mais, vous tenir ainsi dans une étuve, il y a de quoi faire jurer un saint!»

Dorcas enleva le couvre-pied, unit les draps et les borda; en sorte que Tom avait l'air d'une chrysalide.

« Je voudrais bien, ami, dit-elle, tout en remettant le lit en ordre, qu'au lieu de jurer et de tempêter, tu songeasses un peu à tout ce que tu as fait.

— Pourquoi, de par l'enfer! y songerais-je? reprit Tom. C'est la dernière chose à laquelle je me soucie de penser! Que tout aille au diable! « Et Tom bondit de nouveau, dégageant les couvertures et créant autour de lui un désordre universel.

« L'homme et la fille sont ici, je suppose? demanda-t-il d'un ton bourru, au bout d'un moment.

— Ils sont ici, répliqua Dorcas.

— Ils feront bien de gagner le lac; le plus tôt sera le mieux.

— C'est probablement ce qu'ils comptent faire; et la tante Dorcas continua paisiblement à tricoter.

43

— Écoutez bien, dit Tom; nous avons des correspondants à Sandusky, qui visitent les bateaux pour nous, je vous en avertis. Ma foi tant pis! —J'espère qu'ils se *sauveront*, quand ça ne serait que pour faire enrager ce chien de Marks, — le maudit lâche! — Dieu le damne!

— Thomas! Thomas! se récria tante Dorcas.

— Je vous dis, bonne maman, que si vous bouchez la bouteille trop fort, elle craque, et moi de même! Mais, pour en revenir à la fille, dites-lui de se déguiser. Ils ont son signalement là-bas à Sandusky.

— Nous y veillerons, » dit Dorcas avec son calme caractéristique.

Avant de prendre congé de Tom Loker, nous devons ajouter qu'après trois semaines passées dans la maison quaker, malade d'une fièvre rhumatismale, qui s'était jointe à tous ses autres maux, Tom se releva un tant soit peu plus triste et plus sage. Renonçant à traquer les esclaves, il s'établit dans une colonie nouvelle, où ses talents se développèrent de la façon la plus heureuse; chassant et prenant au piége nombre de loups, d'ours et autres habitants des forêts, il se fit un véritable renom dans toute la contrée. Lorsqu'il parlait des quakers, c'était toujours avec estime : « De braves gens! disait-il; ils auraient voulu me convertir, mais il y avait toujours quelque chose qui clochait. Par exemple, ils n'ont pas leurs pareils pour soigner un malade! Quel fameux bouillon! et quelles bonnes petites broutilles, pour vous remettre en appétit! »

D'après les renseignements donnés par Tom, les fugitifs jugèrent prudents de se séparer. Jim et sa vieille mère partirent des premiers. Une ou deux nuits après, Georges, sa femme et son enfant furent conduits à Sandusky, et logés sous un toit hospitalier, en attendant qu'ils s'embarquassent le lendemain sur le lac.

La nuit touchait au matin, et l'étoile de la liberté brillait maintenant devant eux. Liberté! mot électrique

Qu'es-tu donc? N'y a-t-il en toi qu'un nom, qu'une figure de rhétorique?

Pourquoi, Américains, le sang de votre cœur bouillonne-t-il à ce mot? ce mot, pour lequel vos pères sont morts, pour lequel vos mères, encore plus courageuses, consentirent à voir mourir les meilleurs et les plus nobles de leurs fils?

Ce qui est cher et glorieux pour une nation, n'est pas moins cher et moins glorieux pour un homme! Qu'est-ce que la liberté d'un peuple, sinon la liberté des individus qui le composent? Qu'est-ce que la liberté pour ce jeune homme, assis là, les bras croisés sur sa large poitrine, la teinte du sang africain sur ses joues, son feu sombre dans les yeux, — qu'est-ce que la liberté pour Georges Harris? Pour vos pères, la liberté était le droit qu'a toute nation d'être une nation. Pour lui, c'est le droit qu'a tout homme d'être un homme, non une brute : le droit d'appeler la femme de son choix, sa femme, et de la défendre contre d'injustes violences; le droit de protéger et d'élever son enfant; le droit d'avoir une demeure à soi, une religion à soi, un caractère à soi, indépendants de la volonté d'un autre. Toutes ces pensées fermentaient dans l'esprit de Georges, tandis que, la tête appuyée sur sa main, il regardait sa femme svelte et délicate, revêtir à la hâte les vêtements d'homme, dont il avait été jugé nécessaire qu'elle s'affublât pour le départ.

« Maintenant, il faut s'exécuter, dit-elle, tandis que, debout devant la glace, elle détachait et secouait les noires et soyeuses ondes de son abondante chevelure. C'est presque dommage, n'est-ce pas, Georges? et elle en souleva quelques boucles; c'est pitié qu'il faille tout couper! »

Georges sourit tristement et ne répondit pas.

Les ciseaux brillants se firent jour dans l'épaisse forêt, et les longues mèches tombèrent l'une après l'autre.

« Là! voilà qui est fait! dit-elle en prenant la brosse;

encore quelques touches de fantaisie et ce sera complet. Ne suis-je pas un gentil garçon? elle se tourna vers son mari, riant et rougissant à la fois.

— Tu seras toujours jolie, quoi que tu fasses, dit Georges.

— Qu'est-ce qui te rend si pensif? demanda Élisa, mettant un genou en terre devant lui et posant sa main sur la sienne. Nous ne sommes plus, dit-on, qu'à vingt-quatre heures du Canada. Un jour et une nuit sur le lac, et puis, — et puis!

— O Élisa! et Georges l'attira vers lui; c'est là ce qui me serre le cœur! Maintenant tout notre sort se concentre sur un point. Arriver si près, — être en vue, et tout perdre! Je n'y survivrais pas, Élisa.

— Ne crains rien, reprit-elle, le cœur plein d'espoir. Le Seigneur, dans sa bonté, ne nous eût pas conduits ici s'il ne voulait nous protéger jusqu'au bout. Il me semble le sentir près de nous, Georges.

— Tu es une femme bénie, Élisa! et Georges, l'étreignit dans ses bras convulsivement. Mais, dis-moi, se peut-il que cette immense faveur nous soit accordée? Ces longues années de souffrance et de misère vont-elles donc finir? — Serons-nous libres?

— J'en suis sûre, Georges, dit Élisa, les yeux levés au ciel, tandis que des larmes d'espérance et d'enthousiasme brillaient sur ses longs cils. Je sens qu'aujourd'hui même Dieu va nous affranchir.

— Je te crois; je veux te croire, Élisa! s'écria Georges en se levant. Allons, il faut partir. Il l'éloigna de la longueur de son bras, et la regardant avec admiration : C'est vrai que tu fais un gentil petit homme. Ces boucles courtes te vont à ravir! Mets ta casquette, — ainsi — un peu de côté. Je ne t'ai jamais vue si jolie. Mais la voiture devrait être ici. Je pense que madame Smith aura équipé Henri.»

La porte s'ouvrit, et une respectable dame d'un certain âge entra, conduisant le petit garçon, habillé en fille.

« Quelle belle fillette cela fait! dit Élisa en le faisant tourner pour le mieux voir. Nous l'appellerons Henriette, n'est-ce pas? ce nom lui sied si bien! »

L'enfant regardait d'un air grave l'étrange et nouvel accoutrement de sa mère. Il se taisait, poussait de profonds soupirs, et l'examinait à travers les éclaircies de ses boucles noires.

« Est-ce que Henri ne reconnaît plus maman? » dit Élisa, et elle lui tendit les deux mains.

L'enfant se serra timidement contre la dame.

« Allons, Élisa, pourquoi essayer de l'apprivoiser, quand tu sais qu'il faut le tenir à distance?

— Je sais que c'est un enfantillage, mais je ne puis endurer qu'il m'évite. Partons. Où est mon manteau? Ah! le voilà! — Comment les hommes s'y prennent-ils pour mettre leurs manteaux, Georges?

— Porte-le ainsi! » et il le lui jeta sur les épaules.

Élisa imita son mouvement. « Ne me faudra-t-il pas frapper du pied, faire de longues enjambées, et tâcher d'avoir l'air hardi?

— Ne t'y exerce pas, dit Georges. On rencontre, de temps à autre, un jeune homme modeste, et il te sera plus facile de prendre ce rôle-là.

— Ah! quels gants! se récria Élisa. Miséricorde! mes mains s'y perdent tout à fait.

— Je te conseille de ne les pas ôter, dit Georges, ta petite menotte effilée nous trahirait tous. — Maintenant, madame Smith, vous voyagez avec nous, et vous êtes notre tante, — ne l'oubliez pas!

— J'ai ouï dire, reprit madame Smith, que des gens étaient descendus au lac pour signaler à tous les capitaines de paquebots un homme et une femme, avec un petit garçon.

— Vraiment! dit Georges. Eh bien, si nous les rencontrons, nous en donnerons avis là-bas. »

La voiture était à la porte, et la digne famille qui avait

43.

reçu les fugitifs se pressait autour d'eux pour leur dire adieu.

Madame Smith, qui habitait précisément au Canada, l'endroit même où se rendait Georges, et qui était à la veille de son départ, avait consenti à passer pour la tante du petit Henri. Afin de familiariser l'enfant avec cette nouvelle parente, on le lui avait confié pendant deux jours; beaucoup de caresses et une quantité considérable de gâteaux et de sucre candi, avaient cimenté une étroite liaison entre la bonne dame et sa prétendue nièce.

La voiture arriva au quai. Les deux jeunes gens, ou du moins ceux qui passaient pour tels, franchirent la planche, et entrèrent dans le bateau, Élisa donnant galamment le bras à madame Smith, et Georges s'occupant des bagages.

Il alla ensuite au bureau du capitaine : pendant qu'il réglait le prix de la traversée, il entendit deux hommes parler à son coude.

« J'ai examiné une à une toutes les personnes qui sont venues à bord, disait l'un, et je réponds qu'ils ne sont pas ici. — La voix était celle du commis du paquebot; il s'adressait à notre ancien ami Marks, qui, avec sa louable et habituelle persévérance, était venu jusqu'à Sandusky, flairant sa proie.

— Vous auriez peine à distinguer la femme d'une blanche, dit ce dernier. Le mulâtre est aussi d'une nuance très-claire; une de ses mains a été marquée au fer rouge. » La main que Georges avançait pour recevoir les billets et la monnaie trembla un peu; mais il se retourna froidement, fixa d'un œil indifférent celui qui parlait, et se dirigea à pas lents vers l'autre extrémité du bateau, où l'attendait Élisa.

Madame Smith et le petit Henri s'étaient réfugiés dans la chambre des dames, où la sombre et frappante beauté de la prétendue petite fille leur attirait force compliments.

La cloche donna le signal du départ, et Georges eut la satisfaction de voir Marks repasser la planche et gagner le rivage. Quand la marche du bateau eut mis entre eux une distance infranchissable, il poussa un soupir d'allégement.

Le jour était superbe; les vagues bleues du lac Érié scintillaient et dansaient au soleil; une fraîche brise soufflait du rivage, et le majestueux bateau sillonnait vaillamment le champ d'azur.

Oh! quel monde inédit contient un cœur humain! Tandis que Georges se promenait, calme, sur le pont, son timide compagnon à ses côtés, qui se fût douté de tout ce qui brûlait au-dedans de lui? Le bonheur qui approchait semblait trop grand, trop beau, pour devenir jamais une réalité : il ressentait à chaque instant une vague terreur de ce qui pourrait survenir et le lui arracher.

Cependant le bateau avançait rapidement; — les heures fuyaient, et la bienheureuse rive anglaise apparut enfin claire et distincte : rive enchantée par un tout-puissant talisman, dont le seul contact dissout la noire magie de l'esclavage, et dissipe ses conjurations, en quelque langue qu'elles aient été prononcées, quel que soit le pouvoir qui les confirme.

Le mari et la femme, debout, se tenaient par le bras au moment où le bateau approchait de la petite ville d'Amherstberg, en Canada. La respiration de Georges devint courte et pressée; un brouillard s'amassa devant ses yeux; il pressa en silence la petite main qui tremblait dans la sienne. La cloche sonnait : le bateau aborda. Sachant à peine ce qu'il faisait, il réunit les bagages et rassembla ses compagnons. Le petit groupe fut mis à terre.

Ils restèrent immobiles jusqu'à ce que le bateau se fût éloigné. Se jetant alors dans les bras l'un de l'autre, le mari, la femme, et l'enfant étonné, tombèrent à genoux, et élevèrent leurs cœurs à Dieu!

C'était — c'était passer de la mort à la gloire,
Et du funèbre glas à des chants de victoire ;
C'était du noir péché, l'empire anéanti,
Et des luttes du mal, l'esprit libre sorti ;
La chaîne de la mort et de l'enfer brisée,
Le mortel revêtu de l'immortalité,
Et la miséricorde, au seuil de l'Élysée,
Criant : *Soyez heureux durant l'Éternité!*

Madame Smith les conduisit à la demeure hospitalière d'un bon missionnaire, que la charité chrétienne a placé là, comme le pasteur des brebis errantes qui viennent sans cesse chercher un asile sur ce rivage.

Qui pourrait dire la plénitude de joie de ce premier jour de liberté? Ce *sens* de la liberté n'est-il pas plus précieux, plus noble, qu'aucun des cinq autres? Agir, parler, respirer, sortir, rentrer, sans un œil qui vous épie, affranchi de tout danger! Qui pourrait narrer le bien-être de ce repos descendu enfin sur la couche de l'homme libre, protégé par des lois qui lui assurent les droits que Dieu a donnés à tout homme? Combien le visage de ce cher enfant endormi apparaissait à sa mère plus beau à travers le souvenir des mille dangers qu'il avait courus! Quelle impossibilité de dormir en pleine possession de tant de bonheur! Et cependant ces deux réfugiés n'avaient pas un pouce de terre, pas un toit où s'abriter! ils avaient dépensé jusqu'à leur dernier dollar; il ne leur restait plus rien que les oiseaux de l'air et les fleurs des champs, — et, dans l'excès de leur joie, ils ne pouvaient dormir.

O vous qui enlevez la liberté à l'homme, quelles paroles trouverez-vous pour vous justifier devant Dieu! »

CHAPITRE XXXIX

Victoire.

> Grâces soient rendues au Seigneur qui
> donne la victoire.

Plus d'un parmi nous n'a-t-il pas senti, dans l'âpre et pénible route de la vie, combien, à certaines heures, il lui eût été plus facile de mourir que de vivre?

Le martyr, en face d'une horrible mort d'angoisses et de tortures, trouve, dans sa terreur même, un excitant, un puissant aiguillon. Il y a combat, lutte, et, par suite, une ardeur, un courage, un frisson vivifiant qui, à travers la crise douloureuse, porteront l'âme au seuil de l'éternelle gloire, de l'éternel repos.

Mais vivre pour s'user, jour après jour, sous une basse, amère, avilissante, écrasante servitude; sentir chaque nerf se relâcher, s'amortir; chaque sentiment s'émousser, chaque lueur de pensée s'éteindre, — lent, continu, dégradant supplice de l'âme, où la vie intérieure s'écoule, saignant goutte à goutte, heure par heure, — ah! c'est là qu'est la vraie pierre de touche de ce que renferme d'or pur le cœur d'un homme ou d'une femme!

Lorsque, face à face avec son bourreau, Tom écoutait ses menaces, et croyait, du fond de l'âme, que sa dernière heure avait sonné, son cœur se gonflait de courage. Il lui semblait qu'il pourrait supporter les tortures, le feu, tout, avec l'image de Jésus et du ciel si proche au delà. Mais le tyran une fois loin, l'ardeur intérieure apaisée, vinrent les angoisses de ses membres las et meurtris, la douloureuse et pleine connaissance d'une abjection, d'une misère, sans espoir, sans rachat, — et le jour fut long à porter.

Longtemps avant que ses plaies fussent fermées, Legris avait insisté pour qu'on remît le nègre aux travaux réguliers des champs. Alors recommencèrent les labeurs successifs, les fatigues accumulées sur les fatigues; les avanies de toutes les heures, aggravées par ce que peut inventer l'inimitié d'un esprit bas et pervers. Même dans l'aisance et la liberté, on sait ce qu'en dépit des adoucissements qui l'accompagnent la souffrance physique entraîne d'irritabilité. Tom cessa de s'étonner de l'humeur hargneuse et sombre de ses compagnons d'infortune : hélas! ce caractère placide, heureux, habitude de sa vie entière, cédait presque aux incessantes attaques des mêmes fléaux. Il s'était promis quelque peu de loisir pour lire sa Bible; mais là, il n'y avait pas de loisir. Au fort de la saison, plus de dimanches, ni arrêt, ni repos : Legris poussait toutes ses mains sans relâche. — Et pourquoi pas? Il faisait ainsi plus de coton et gagnait son pari. S'il usait quelques nègres de surplus? eh bien! il en rachèterait de meilleurs. D'abord Tom, au retour du travail, chaque soir, avait coutume de lire un ou deux versets, à l'éclat vacillant de la flamme. Mais après le cruel traitement qu'il avait subi, il revenait si épuisé, si endolori, que la tête lui tournait, ses yeux faiblissaient quand il s'efforçait de lire, et il se voyait contraint de s'étendre, avec les autres, dans le dernier état d'épuisement.

Faut-il s'étonner qu'au sein de si profondes ténèbres, la sérénité religieuse, la foi qui l'avaient jusque-là vigoureusement soutenu, fussent ébranlées? Le plus terrible problème de notre mystérieuse vie se présentait constamment devant lui : — des âmes écrasées, ruinées, le triomphe du mal, — et Dieu muet. Les semaines, les mois s'écoulèrent; Tom luttait, l'âme abattue et sombre. Il songeait à la lettre écrite à ses amis du Kentucky par miss Ophélia, et priait Dieu avec ardeur de lui envoyer la délivrance; puis, jour par jour, il veillait, dans une espérance vague de voir arriver quelqu'un envoyé pour le racheter. Personne ne venait, et il eût voulu arracher de son sein les amères pensées. — Était-ce donc en vain qu'il servait Dieu, que Dieu l'abandonnait ainsi! — Quelquefois il rencontrait Cassy; plus rarement, appelé à la maison, il apercevait à la dérobée la figure mélancolique d'Emmeline; mais il n'avait de communications ni avec l'une ni avec l'autre; et, vraiment, le temps manquait pour converser avec n'importe qui.

Un soir, tout anéanti, il s'était accroupi près des brandons à demi éteints, devant lesquels cuisait sa misérable pitance. Il jeta deux ou trois broutilles sur la braise, essaya d'exciter un peu de flamme, et ouvrit sa Bible. Là se trouvaient marqués tant et tant de *passages*, qui si souvent avaient pénétré son âme, — paroles des patriarches et des voyants, des poëtes, des sages, qui, depuis le commencement des siècles, ont enseigné le courage à l'homme : voix résonnant du sein de cette immense nuée de témoins, qui nous environnent durant les luttes de la vie. La Parole avait-elle donc perdu de sa force? ses yeux défaillants, ses sens émoussés, ne répondaient-ils plus à l'appel de cette inspiration puissante? Avec un profond soupir, il remit le livre dans sa poche. Un brutal éclat de rire le fit tressaillir. Il releva la tête. — Legris était debout en face de lui.

« Eh bien, vieux nèg', dit le maître, tu trouves que ta religion fonctionne mal, à ce qu'il paraît! Je me doutais que je ferais entrer quelque bon sens dans ta caboche, au travers de ta laine, à la fin! »

Le cruel sarcasme était pis que la faim, le froid, le dénûment : Tom se tut.

« Tu es un sot, car je te voulais du bien quand je t'ai acheté, poursuivit Legris. Il ne tenait qu'à toi d'être plus heureux que Sambo ou Quimbo, tous deux ensemble. Au lieu de te faire rosser, étriller, de deux jours l'un, tu aurais levé la tête parmi tes pareils, et rondiné à ton tour les autres nèg's! De temps en temps on t'aurait ragaillardi le cœur avec une bonne rasade de chaud punch au whisky. Allons! Tom, entends raison! — Flanque-moi ce vieux tas de jongleries au feu, et embrasse mon *Credo!*

— Le Seigneur m'en préserve! dit Tom avec ferveur.

— Tu vois que le Seigneur ne s'inquiète guère de toi; s'il en prenait souci, il ne t'aurait pas tout d'abord laissé choir dans *mes griffes*. Ta religion, entends-tu bien, n'est qu'un tas de mensonges et de duperies. Je sais ce qu'en vaut l'aune, Tom, et tu'ne perdras rien à te ranger de mon bord. Je suis quelqu'un, moi, et je puis quelque chose!

— Non, maître, dit Tom, je tiens bon. Que le Seigneur m'aide ou ne m'aide pas, je m'attacherai à lui, je croirai en lui jusqu'au bout!

— Double sot! vieille dupe! cria Legris lui crachant au visage, et le repoussant du pied. Ne t'inquiète pas, va! je te pourchasserai, je te soumettrai; — tu verras!» Et Legris s'éloigna.

Quand, sous un fardeau trop lourd, l'âme succombant oppressée, descend aux dernières limites d'humiliation et de découragement, soudain, par une réaction violente il arrive que toutes les fibres, tous les nerfs se tendent, et rejettent le poids écrasant; alors, de la plus accablante angoisse naît un retour inespéré de force et de courage. Il en fut ainsi pour Tom. Les railleries impies de son maître avaient fait reculer son âme lassée, jusqu'au point le plus bas : si la main de la foi le rattachait encore à l'impérissable roc, c'était avec l'étreinte glacée du désespoir. Tom était demeuré abasourdi, courbé près de son feu. Soudain, tout ce qui l'environnait s'effaça. Devant lui se dressait l'image du Fils de l'Homme, couronné d'épines, frappé, saignant. Tom, ému d'admiration et de respect, contemplait la face majestueuse et placide. Les yeux profonds, pleins d'une douloureuse tendresse, le pénétrèrent jusqu'au fond du cœur; son âme se réveilla; il tendit ses deux mains, prosterné, à

genoux. — Graduellement la vision s'éclairait ; les épines s'allongèrent en rayons lumineux, et dans une ineffable splendeur, il vit la face divine et glorieuse se
pencher sur lui, et une voix dit : « Celui qui vaincra
s'assoira sur mon trône avec moi ; car moi aussi j'ai
vaincu, et je suis assis à la droite de mon Père. »

Combien de temps Tom resta là, il ne le savait pas.
Quand il revint à lui, le feu s'éteignait, ses haillons
étaient trempés d'une rosée glaciale ; mais la redoutable
crise était passée ; et dans la joie qui l'inondait, il ne sentait plus ni faim, ni froid, ni abjection, ni abandon, ni
misère. Du plus profond de son âme, à partir de cette
heure, il secoua tous les liens terrestres, se sépara de toutes les espérances de la vie présente, et offrit sa volonté
propre en holocauste à l'Infini. Tom contempla, sur la
voûte sans bornes, les silencieuses et immortelles étoiles,
— imparfaites images des myriades d'êtres angéliques
dont les regards s'abaissent sur l'homme ; et la nuit résonna des paroles triomphantes d'un hymne qu'il avait
chanté souvent en de plus heureux jours, mais jamais
avec une telle plénitude de joie :

La terre fondra comme neige,
Et le soleil s'éclipsera ;
Mais le Seigneur, qui nous protége,
A ma droite se lèvera !

Quand mon existence mortelle,
La chair, les sens disparaîtront ;
Sans voile, la gloire éternelle,
Viendra rayonner sur mon front.

Des milliers de millions d'années,
Devant nous passeront en vain ;
Nos bienheureuses destinées
Jamais ne connaîtront de fin.

Pour peu qu'on soit au fait des histoires religieuses

qui circulent parmi les esclaves, on sait que rien n'est plus fréquent que les visions du genre de celle-ci. Nous avons eu occasion d'entendre souvent des récits merveilleux, racontés avec une foi naïve par ces hommes simples et croyants. Les psychologistes parlent d'un état dans lequel les émotions deviennent si impérieuses, l'imagination tellement puissante, que les sens leur obéissent, et revêtent l'idée immatérielle d'une forme visible. Qui limitera d'ailleurs l'emploi que le Tout-Puissant peut faire des facultés dont il nous a doués? Qui lui tracera ses voies pour ranimer l'âme oppressée? Ah! si l'esclave, abandonné de tous, croit que Jésus s'est manifesté à lui, que le Christ lui a parlé, qui osera le contredire? Lui, le Sauveur, n'a-t-il pas dit que sa mission, dans tous les siècles, est de guérir les cœurs brisés, et de relever libre celui qu'écrasait sa chaîne!

Quand les lueurs grisâtres du crépuscule du matin éveillèrent les dormeurs pour le labeur des plantations, parmi ces malheureux en haillons, frissonnants, il en était un qui marchait d'un pas joyeux et triomphal; car, plus ferme que le sol qu'il foulait, son inébranlable foi se fondait sur l'éternel amour du Tout-Puissant.

Ah! maintenant essaie tes forces, Legris! Les dernières angoisses, le malheur, l'abjection, le besoin, la perte de tout, ne feront plus que hâter l'heure où il se lèvera prêtre et roi, selon Dieu!

De ce moment, un inviolable horizon de paix environna le cœur de l'humble opprimé,—le Sauveur, toujours présent, l'avait élu pour son temple. Loin maintenant les douloureux déchirements des regrets terrestres; loin les fluctuations énervantes d'espérances, de désirs et de craintes; la volonté humaine si longtemps saignante dans la lutte, courbée aujourd'hui, s'était complétement fondue dans le vouloir divin. — C'était désormais si court à ses yeux que ce reste de vie! — Si proches, si éclatantes apparaissaient les béatitudes éter-

nelles, que les dernières souffrances, les angoisses su-
prêmes, devaient être secouées inaperçues. O mort! où
est ton aiguillon?

Ce changement fut évident à tous les yeux. La vivacité, l'allégresse étaient revenues à Tom, jointes à une
quiétude qu'aucune injure, aucune vexation ne pouvait
plus troubler.

« Quel diable possède Tom? demanda Legris à Sambo.
Ces derniers temps il était terrassé, et le voilà maintenant réveillé comme un grillon!

— Sais pas, maît'; p't-être bien qu'i trame qué'que
fuyade.

— J'aimerais assez voir ça, dit Legris avec un sauvage grincement de dents: qu'en dis-tu, Sambo?

— Y aurait de quoi éclater! ho! ho! ho! fit le noir
gnome, riant d'un rire obséquieux. Seigneur, quelle farce!
le voir s'enfoncer dans la bourbe, être chassé, et se démêler d'entre les épines avec les chiens à ses trousses!—
Ai-je ri à me tordre, cet' aut' fois que nous avons rattrapé Molly! Si j'ai pas cru qu'ils lui laisseraient que
les os avant que je pusse la leur tirer des dents! Oh!
elle doit garder encore de bonnes marques de cette bam-
boche-là!

— Je compte bien, reprit Legris, qu'elle les portera
jusqu'à sa fosse. Mais, Sambo, aie l'œil au guet; et si le
nèg' a quelque fantaisie de décamper, donne-lui le croc
en jambes.

— Fiez-vous-en à moi, maît'! Je vous brancherai le
raccoun, ho! ho! ho! »

Cette conversation se tenait pendant que Legris montait à cheval pour se rendre à la ville voisine. Revenant
de nuit, il eut l'idée de se détourner et de galoper autour des quartiers, pour voir un peu si tout s'y passait
dans les règles.

C'était par un magnifique clair de lune; les ombres
des gracieux arbres de l'avenue dessinaient sur le sol

leur élégant feuillage avec toutes ses découpures, et,
dans l'air, régnait cette silencieuse paix qu'il semblerait
impie de troubler. Legris approchait des cases lorsqu'il
crut distinguer un chant. Les sons de ce genre, en pareil
lieu, étaient chose rare. Il s'arrêta pour écouter. Une
voix de ténor, mélodieuse, pénétrante, chantait :

> Dès qu'aux célestes demeures
> Mon titre deviendra clair,
> Qu'importent les sombres heures,
> Les souffrances de la chair?
>
> Qu'importe que l'on m'outrage,
> Que m'importent les soucis!
> L'enfer, Satan, et sa rage,
> De tout cela je me ris.
>
> Ah! que fondent sur ma vie,
> Malheur, chagrin et dégoût,
> C'est là-haut qu'est ma patrie,
> Mon Dieu, mon ciel, et mon tout!

« Ah! ah! c'est comme ça! se dit Legris. Ho! vraiment? il en est logé là! — Que je hais ces maudits
hymnes méthodistes! Ici, nèg', s'écria-t-il, tombant à
l'improviste sur Tom, et levant sur lui sa cravache : comment oses-tu faire ce vacarme quand tu devrais être
couché?. Ferme-moi ta vieille damnée gueule noire, et
rentre au plus vite, entends-tu?

— Oui, maître, » dit Tom avec une soumission joyeuse,
et il se leva pour obéir.

L'air heureux et tranquille du noir mit Legris hors des
gonds; il détourna son cheval du côté de Tom, et lui travailla la tête et les épaules avec son fouet.

« Là! chien! dit-il, vois si cela te paraît bon! »

Mais les coups ne tombaient que sur la chair, non
plus comme autrefois sur le cœur. Tom demeura par-

faitement soumis et tranquille; et Legris ne put se dissimuler à lui-même qu'une grande part de son pouvoir
sur son humble esclave était détruite. Au moment où
celui-ci disparaissait dans la case, et où le maître faisait
rapidement pivoter son cheval, un éclair, une de ces
vives flammes que la conscience envoie parfois au travers des âmes les plus noires, les plus perverses, frappa
soudainement l'esprit de Legris. Il comprit que c'était
DIEU même qui se plaçait entre lui et sa victime, et il
le blasphéma. Ce nègre soumis, muet, que ni insultes,
ni menaces, ni coups, ni cruautés ne pouvaient troubler,
éveilla en lui cette voix que le Maître de Tom avait, aux
temps anciens, tiré du fond de la poitrine du possédé,
cette voix qui criait : « Qu'y a-t-il entre nous et toi,
Jésus de Nazareth? es-tu venu ici pour nous tourmenter
avant le temps? »

L'âme de Tom débordait en compassion, en tendres
sympathies pour les pauvres misérables qui l'entouraient.
Toute douleur personnelle avait disparu à jamais; mais
il se sentait dévoré de l'ardent désir de verser sur ses
compagnons d'infortune une part de l'inépuisable trésor
de consolation, de joie, de paix, qui du ciel descendait
en lui. Les occasions étaient rares, il est vrai; mais, en
allant et venant des plantations, et durant les heures de
travail, il trouvait moyen de tendre une main secourable
au fatigué, au misérable, au désespéré. D'abord ces
pauvres êtres abrutis pouvaient à peine comprendre;
mais, quand les compatissants efforts eurent duré des
semaines, des mois, au fond de ces cœurs engourdis, des
cordes longtemps muettes commencèrent à vibrer. Par
degrés imperceptibles, cet homme étrange, patient, silencieux, toujours prêt à porter le fardeau de ceux dont
jamais il ne réclamait l'aide, — qui se tenait à l'écart,
qui, servi le dernier, recevant le moins, se montrait
toujours prêt à partager ce peu avec celui qui en avait
besoin; — l'homme qui, dans les froides nuits, cédait son

lambeau de couverture pour soulager une pauvre femme tremblant de fièvre, et qui remplissait les paniers des plus faibles, au risque effroyable de trouver le sien inférieur en poids; — celui qui, poursuivi par l'implacable cruauté de leur commun tyran, ne joignait jamais son injure aux injures, sa malédiction aux malédictions, — cet homme, enfin, commença à prendre sur eux un ascendant extraordinaire. Quand, le plus fort de la saison passé, les dimanches furent rendus aux esclaves, plusieurs se rassemblèrent autour de Tom pour l'entendre parler de Jésus. Ils désiraient se réunir en quelque endroit que ce fût, pour l'écouter, pour chanter et prier ensemble; mais Legris ne le souffrit point : avec force serments et exécrations, il dispersa les groupes, et déjoua toutes les tentatives. — La bonne nouvelle ne put alors circuler qu'en secret, d'oreille à oreille. Mais qui dira avec quels ravissements plusieurs de ces pauvres proscrits, dont la vie n'avait été qu'un pesant et triste voyage vers un but sombre et inconnu, — avec quels transports ils accueillirent l'annonce d'un Rédempteur miséricordieux et d'une céleste patrie! Les missionnaires affirment que c'est la race africaine qui, entre toutes, reçoit l'Évangile avec le plus de docilité. En effet, sa nature n'est-elle pas toute confiance et foi? Des semences de la parole de vérité, jetées au hasard, portées par quelque brise favorable dans l'une de ces âmes naïves et ignorantes, y ont parfois germé, et produit des fruits plus abondants que ceux obtenus par une plus haute et plus savante culture.

La pauvre mulâtresse, dont les simples croyances avaient été bouleversées par l'avalanche de cruautés et d'injustices tombée sur elle, sentit son âme ranimée par quelques hymnes, quelques passages des saintes Écritures, que l'humble missionnaire murmurait de temps à autre à son oreille, lorsqu'ils allaient au travail et en revenaient. — Il n'y avait pas jusqu'à l'esprit sauvage et à demi égard de Cassy qui ne se calmât, qui ne s'adoucît à cette suave et discrète influence.

Poussée au désespoir, presque à la folie, par toute une vie d'agonie et d'angoisses, Cassy avait résolu en son âme qu'elle aurait son heure, et, de sa propre main, vengerait sur son oppresseur les cruautés dont elle avait été ou témoin ou victime.

Une nuit, tous les habitants de la case de Tom dormaient profondément, lorsqu'il fut réveillé en sursaut, et vit paraître la figure de Cassy à la fenêtre, ou plutôt au trou qui en tenait lieu. Elle l'appela au dehors d'un geste silencieux.

Tom sortit de la case; il pouvait être d'une à deux heures du matin. — La lune brillait, tranquille, large et pure. Lorsque la lueur calme tomba sur les grands yeux noirs de Cassy, Tom en remarqua le flamboyant éclair, si différent de leur expression habituelle de morne désespoir.

« Ici, père Tom, dit-elle, venez! Et posant sa petite main sur le robuste poignet du noir, elle l'entraîna avec autant de force que si ses doigts eussent été d'acier. — Venez! Il y a des nouvelles pour vous.

—Qu'est-ce, demoiselle Cassy? demanda Tom avec anxiété.

— Tom, souhaitez-vous la liberté?

— Je l'aurai, demoiselle, quand Dieu voudra.

— Vous pouvez l'avoir cette nuit même, dit Cassy avec énergie. — Venez! »

Tom hésita.

« Allons, murmura-t-elle fixant ses noirs yeux sur les siens. Vite! Il dort d'un lourd sommeil. — J'ai mis ce qu'il fallait dans son rhum pour que le sommeil dure. Que n'en ai-je eu davantage, et votre aide était superflue. Mais venez! la porte de derrière est entrebâillée; — il y a une hache tout contre.—Je l'y ai mise; — la porte de sa chambre est ouverte... Je l'eusse fait, mais j'ai les bras trop faibles. — Venez! venez!

— Non ; pas pour dix mille mondes, demoiselle Cassy !
dit Tom avec fermeté, s'arrêtant et la retenant comme
elle voulait l'entraîner.

— Mais pensez à tant de pauvres créatures que nous
pouvons affranchir d'un seul coup ! Nous irons après
quelque part dans les marécages, sur une île, vivre là
ensemble. Pareilles choses se sont faites, je le sais. Quelle
vie ne serait préférable à la nôtre !

— Non ! dit Tom résolûment, non ! Jamais le bien ne
vient du mal. Je couperais plutôt ma main droite !

— Alors je le ferai seule, dit Cassy marchant toujours.

— Oh ! demoiselle Cassy ! et Tom se jeta devant elle.
Pour l'amour du cher Seigneur, qui est mort pour vous,
ne vendez pas votre précieuse âme au démon ! Rien que
du mal ne peut venir du mal. Le Seigneur ne nous a pas
appelés à la vengeance ; nous devons souffrir et attendre
son heure.

— Attendre ! dit Cassy ; n'ai-je pas attendu ? attendu
jusqu'à ce que la tête me tourne, que le cœur me manque ! Que ne m'a-t-il pas fait souffrir ? que n'a-t-il pas
fait souffrir à des centaines de misérables créatures ? Ne
pressure-t-il pas le sang de vos veines ? Je suis appelée !...
entendez-vous !... Son heure est venue ; j'aurai le sang
de son cœur !

— Non, non, non ! dit Tom retenant entre les siennes
les deux petites mains crispées. Non, chère pauvre âme
perdue, vous ne le ferez pas ! Le cher béni Seigneur n'a
jamais répandu d'autre sang que le sien, et il l'a versé
pour nous, nous ses ennemis. Oh ! que le Seigneur nous
vienne en aide, et nous apprenne à le suivre, à aimer aussi
ceux qui nous haïssent !

— Aimer ! reprit Cassy avec un fauve regard, aimer de
tels ennemis ! oh ! ce n'est pas possible à des êtres de
chair et de sang !

— Non, demoiselle, ça ne l'est pas, et Tom leva ses

yeux en haut. Mais lui il peut nous l'inspirer, et là est *la victoire.* Quand nous pouvons aimer, prier pour tous, à travers tout, il n'y a plus combat, la victoire est gagnée. — Gloire soit à Dieu! » Et, avec une voix entrecoupée, des yeux ruisselants de larmes, le noir éleva son regard vers le ciel.

Et c'est là, ô Afrique! la dernière appelée parmi les nations : appelée à la couronne d'épines, au fouet, à la sueur de sang, à l'agonie de la croix, — c'est là *ta* victoire! c'est par là que tu régneras avec le Christ quand son royaume viendra sur terre.

La profonde ferveur des sentiments de Tom, la douceur pénétrante de son accent, ses larmes, tombaient comme une rosée céleste sur l'âme fiévreuse et violente de la pauvre femme. Le feu sombre de ses yeux s'amortit; elle abaissa ses paupières, et Tom sentit se relâcher l'étreinte nerveuse de sa main, lorsqu'elle reprit :

« Ne vous l'ai-je pas dit que le mauvais esprit me suivait? Oh! père Tom, je ne puis pas prier. — Ah! si je le pouvais! — mais je n'ai plus prié depuis que mes enfants ont été vendus! Ce que vous dites est bien, — je sais que ce doit être bien. Mais quand j'essaie de prier, je ne puis que haïr et maudire. — Je ne puis plus prier!

— Pauvre âme! dit Tom avec compassion. Satan veut vous gagner à lui. Il veut vous broyer comme le froment sur l'aire. — Je prierai le Seigneur pour vous. Oh! demoiselle Cassy, tournez-vous vers le cher Seigneur Jésus. Il est venu guérir les cœurs brisés et consoler ceux qui pleurent. »

Cassy demeurait debout, silencieuse, et les larmes tombaient en larges gouttes de ses yeux baissés.

« Demoiselle Cassy, reprit Tom en hésitant après l'avoir considérée un moment en silence; si vous pouviez vous tirer d'ici, vous? — Si la chose était possible, je vous conseillerais, à vous et à Emmeline, de fuir—si ça se peut sans meurtre ni sang répandu, — mais pas autrement.

— Voulez-vous essayer avec nous, père Tom?

— Non, dit Tom. Il y a eu un temps où je l'aurais voulu ; mais le Seigneur m'a donné de l'ouvrage parmi ces pauvres âmes, et je veux rester près d'elles, et porter ma croix avec elles jusqu'au bout. Vous, c'est différent. Il y a piége pour vous. — C'est trop fort pour que vous y teniez. — Mieux vaut se sauver, si c'est possible!

— Je n'y connais d'autre issue que la tombe, dit Cassy. Il n'y a pas de bête ou d'oiseau qui ne trouve son gîte. Les serpents mêmes, les alligators ont leur lieu de repos et leur abri; mais pour nous il n'y en a pas. Là-bas, au plus épais des marécages, leurs chiens nous traqueraient. Les gens, les choses, tout est contre nous. — Les bêtes mêmes se rangent contre nous. — Et où aller? »

Tom demeura muet; enfin il dit :

« Celui qui a sauvé Daniel de la fosse aux lions, qui a tiré les trois enfants de la fournaise;—celui qui a marché sur la mer et commandé aux vents de s'apaiser, — celui-là est vivant! J'ai foi qu'il peut vous délivrer. Essayez, et je prierai de toute mon âme; je prierai pour vous. »

Par quelle étrange loi se fait-il qu'une idée, longtemps repoussée, étincelle soudain d'une nouvelle lumière, et la pierre, jetée à nos pieds comme inutile, brille tout à coup de l'éclat du diamant?

Cassy avait tant et tant de fois roulé dans sa tête tous les plans de fuite probables ou possibles, et les avait rejetés comme impraticables : à ce moment, un projet illumina son esprit, et lui apparut si simple, si facile dans tous ses détails, que l'espérance s'éveilla aussitôt.

« Père Tom! j'essaierai, dit-elle soudain.

— Amen, reprit Tom, et que le Seigneur vous secoure!»

CHAPITRE XL

Le stratagème.

La voie des méchants est comme l'obscurité,
Ils ne savent où ils tomberont.
PROVERBES, ch. IV, verset 19.

Le grenier de la maison qu'occupait Legris était, comme la plupart des greniers, un vaste espace, désert, poudreux, tapissé de toiles d'araignée, sorte de capharnaüm encombré de rebuts et de meubles jadis splendides, aujourd'hui vermoulus, importés par l'opulente famille qui avait autrefois habité la plantation, puis oubliés par elle dans les chambres désertes, ou relégués dans les combles. Une ou deux immenses caisses, qui avaient servi au transport du mobilier, se dressaient, vides, contre les murailles. Une étroite lucarne laissait tomber, à travers des vitres sales et enfumées, une lueur avare et douteuse sur les chaises à haut dossier, sur les tables couvertes de poussière, qui avaient connu de meilleurs jours. L'aspect de ce lieu était repoussant et sépulcral; mais tout lugubre qu'il était, les légendes qui circulaient parmi les nègres superstitieux en centuplaient les terreurs. Peu d'années auparavant, une négresse, qui avait encouru le déplaisir de Legris, y avait été enfermée pendant plusieurs semaines. Que s'y passa-t-il alors? Nous ne le dirons point. Les esclaves n'en parlaient qu'en murmures ténébreux. Tout ce que l'on savait, c'est que le cadavre de la malheureuse avait été descendu de là-haut et enterré. Depuis lors, des blasphèmes, des imprécations, le bruit de coups violents mêlés à des cris lamentables, à des gémissements désespérés, se faisaient entendre, assurait-on, dans ce lieu redoutable. La première fois qu'il en parvint quelque

chose aux oreilles de Legris, il se mit en fureur, et jura
que ceux qui feraient des contes sur le grenier sauraient
ce qu'il en était : il les y enchaînerait une semaine. Cet
avis coupa court aux causeries, mais n'affaiblit en rien la
foi qu'on avait en l'histoire.

Cependant, chacun, de peur d'en parler, évita peu à
peu l'escalier qui conduisait au capharnaüm; le corridor même qui précédait les marches devint désert, et la
légende tombait en oubli, lorsqu'il vint à l'esprit de
Cassy d'en profiter pour aviver les terreurs supersti-
tieuses de Legris, et tenter l'évasion d'elle et de sa compagne de souffrance.

La chambre à coucher de Cassy était immédiatement
au-dessous du grenier. Un jour, sans consulter Legris,
elle prit sur elle, de la façon la plus ostensible, de faire
transporter tous les meubles dans une pièce à l'autre
extrémité de la maison. Les domestiques subalternes,
chargés d'opérer le déménagement, allaient, venaient,
couraient, rivalisant de zèle et de désordre, lorsque Legris rentra d'une promenade à cheval.

« Holà! hé! Cassy! qu'y a-t-il sous le vent?

— Rien; seulement, je veux changer de chambre, répliqua-t-elle d'un ton sournois.

— Et pourquoi, s'il te plaît?

— Parce que je le veux.

— Pourquoi, diable, le veux-tu?

— Je désirerais pouvoir dormir quelquefois.

— Dormir? Eh bien! qui t'empêche de dormir?

— Je pourrais vous le dire, si vous voulez l'entendre,
répliqua-t-elle sèchement.

— Parleras-tu, sorcière?

— Ce n'est pas la peine. D'ailleurs, je suppose que
vous n'en seriez pas troublé, *vous*. Ce n'est rien : des
gémissements, des coups, des corps se roulant sur le
plancher moitié de la nuit, depuis minuit jusqu'au jour.

— Des corps, là-haut, dans le grenier! dit Legris

avec malaise, mais grimaçant un rire forcé : les corps de quelles gens, Cassy ? »

Cassy leva ses grands yeux noirs et acérés; elle le regarda en face avec une expression qui le fit frémir jusque dans la moelle des os.

« De quelles gens, Simon ! répéta-t-elle; c'est à *vous* de me le dire; vous ne le savez pas, peut-être ! »

Legris jura et leva sa cravache pour la frapper, mais elle s'esquiva, franchit la porte, et lui dit, en se retournant :

« Si vous voulez coucher dans cette chambre, vous en saurez plus long ! Essayez-en ! » Et elle rentra et s'enferma à la clef. Legris rugit, tempêta, menaça d'enfoncer la porte; mais, sur plus mûre réflexion, il se dirigea vers le salon d'un air troublé. Cassy vit que le trait avait porté, et s'appliqua, dès lors, avec une rare adresse, à poursuivre l'œuvre commencée.

Elle avait enfoncé dans un trou de la toiture le goulot d'une vieille bouteille; le plus léger vent, rencontrant cet étroit passage, s'y engouffrait avec un sifflement lugubre et lamentable, qui, dans les bourrasques, devenait aigu, perçant, et résonnait aux oreilles effrayées comme des cris d'épouvante et de désespoir.

Ces sons, entendus de temps à autre par les domestiques, ravivèrent l'ancienne histoire de revenants. Une terreur panique s'empara de toute la maison; et, quoique personne n'osât en souffler mot à Legris, il se trouva plongé dans une atmosphère de terreur.

Il n'est pas d'homme plus superstitieux que l'athée. Le chrétien s'assure en sa croyance au Père céleste, sage, tout-puissant, dont la présence remplit le vide d'ordre et de lumière; mais, pour celui qui a détrôné Dieu, le monde des esprits n'est réellement, selon les paroles du poëte hébreu, que « une région ténébreuse à l'ombre de la mort, » où règne le désordre, et où la lumière n'est qu'obscurité. Pour lui, la mort et la vie sont hantées de fantômes, vagues objets d'horreur et d'effroi.

L'élément moral, si profondément engourdi chez Legris, s'était réveillé au contact de Tom — réveillé, pour être vaincu par la force enracinée du mal; mais une prière, une parole, un hymne, comme autant de chocs électriques, faisaient commotion au dedans, et y produisaient un effroi superstitieux.

L'empire de Cassy sur cet homme était d'une nature étrange. A la fois son possesseur, son tyran, son persécuteur, il la savait complétement en son pouvoir, dans l'impossibilité d'être aidée ou secourue, et cependant elle le dominait; car l'homme le plus brutal ne saurait vivre en rapports constants avec une femme énergique sans subir son influence. Lorsqu'il l'acheta, elle était encore délicate et distinguée; il ne se fit aucun scrupule de la fouler aux pieds; mais à mesure que le temps, l'avilissement, le désespoir eurent endurci le cœur de Cassy et allumé ses mauvaises passions, elle le maîtrisa à son tour, et il la redoutait, tout en la tyrannisant.

Cette influence était devenue plus fatigante et plus décisive depuis qu'une demi-folie prêtait à ses actes, à ses paroles, un caractère bizarre et surnaturel.

Un ou deux soirs après le déménagement, Legris était assis dans la vieille salle, devant un feu de bois qui jetait çà et là de douteuses clartés. C'était par une nuit d'ouragan; — une de ces nuits qui font courir à travers les vieilles maisons désertes des escadrons de bruits étranges et fantastiques. Les fenêtres s'ébranlaient, les persiennes battaient les murs, et le vent, prenant ses ébats, mugissait, grondait, s'engouffrait dans la cheminée, et en chassait la fumée et les cendres, comme les avant-coureurs d'une légion d'esprits. Legris réglait des comptes et lisait les journaux, tandis que Cassy, établie dans un coin, regardait le feu d'un œil morne. Il posa son journal sur la table, et voyant à côté un vieux livre ouvert que Cassy avait lu pendant la soirée, il le prit et le feuilleta. C'était un de ces recueils d'histoires de revenants, d'abominables meurtres, de visions surnaturelles, qui, grossièrement imprimés et enluminés, exercent sur le lecteur une sorte de fascination dès que l'on commence à les lire.

Legris fit la moue, haussa les épaules, mais continua la lecture page après page, jusqu'à ce qu'il finit par rejeter le livre avec un juron.

« Tu ne crois pas aux revenants, toi, Cassy? dit-il en prenant les pincettes et tisonnant le feu. Je te croyais assez de bon sens pour ne pas te laisser effrayer par des bruits.

— Peu importe ce que je crois, répliqua-t-elle d'un ton âpre.

— En mer, ils ont plus d'une fois essayé de me faire peur, reprit Legris, avec leurs damnés contes qui n'en finissaient pas; mais ils n'ont jamais pu y réussir. Je suis un peu trop coriace pour de pareilles fariboles, je t'en avertis. »

Du fond de son coin sombre, Cassy le regardait avec fixité. Elle avait dans les yeux cette lueur étrange qui impressionnait péniblement Legris.

« Qu'est-ce, après tout, que ces bruits? Rien, que les rats et le vent, poursuivit-il. Des rats, à eux seuls, font un vacarme du diable : je les entendais souvent à fond de cale, dans le vaisseau. Quant au vent — Seigneur! il n'y a pas de son qu'on n'en puisse tirer. »

Cassy savait que Legris était mal à l'aise sous le feu de ses yeux; elle ne répondit pas, mais continua d'attacher sur lui son regard fixe et morne.

« Allons, femme, parleras-tu? — Ne penses-tu pas comme moi?

— Des rats peuvent-ils monter l'escalier, traverser le corridor, ouvrir une porte fermée en dedans, et contre laquelle on a mis une chaise? Peuvent-ils marcher, marcher pas à pas, droit à votre lit, et poser la main sur vous... ainsi? »

Les yeux étincelants de Cassy étaient rivés sur ceux de Legris, tandis qu'elle parlait : il restait pétrifié comme dans un cauchemar, jusqu'à ce qu'elle appuyât sa main glacée sur la sienne : alors il fit un bond en arrière et jura.

« Femme, que prétends-tu dire? personne ne t'a fait ça!

— Oh! non, — personne; — vous ai-je dit qu'il y eût quelqu'un? reprit-elle avec un sourire de dérision glacial.

— Mais... as-tu réellement vu quelque chose? Voyons, qu'y a-t-il, Cass? — parle.

— Il ne tient qu'à vous de le savoir, couchez-y.

— Ça venait-il du grenier, Cassy?

— Ça — quoi?

— Eh bien, ce dont tu parles.

— Je n'ai parlé de rien, dit Cassy avec une sombre amertume. »

Legris marchait de long en large, d'un air troublé.

« Je veux aller au fond de cette affaire. J'y verrai cette nuit même. Je prendrai mes pistolets.

— Faites, dit Cassy; couchez dans cette chambre. Je voudrais vous y voir! Faites feu de vos pistolets, — faites! »

Legris frappa du pied, et jura avec emportement.

« Ne jurez pas! vous ne savez qui peut vous entendre... Chut!... qu'est-ce que cela?

— Quoi? » dit Legris en tressaillant.

Une vieille horloge hollandaise, qui se dressait dans un coin de la pièce, sonna lentement.

En proie à une vague terreur, Legris ne parlait ni ne remuait. Debout devant lui, Cassy le regardait de ses yeux étincelants, tout en comptant les coups.

« Minuit! dit-elle; *maintenant*, nous allons voir! » Elle ouvrit la porte qui donnait dans le corridor, et prêta l'oreille.

« Écoutez!... n'entendez-vous pas?... Elle leva le doigt.

— C'est le vent, dit Legris. Il souffle comme un enragé.

— Simon, venez ici, » murmura Cassy, posant sa main sur la sienne, et l'entraînant au bas des marches. Savez-vous ce qu'est *cela?...* écoutez! »

Un cri aigu retentit le long de l'escalier. Il partait des combles. Les genoux de Legris s'entre-choquèrent. Il devint blême de peur.

« Ne feriez-vous pas bien d'armer vos pistolets? dit Cassy avec une ironie qui glaça le sang de l'homme. C'est le moment de voir au fond de cette affaire. Que ne montez-vous? *Ils sont à l'œuvre!*

— Je ne veux pas monter! reprit Legris avec une imprécation.

— Pourquoi pas? il n'y a pas telle chose que des revenants, vous savez! venez! —Et Cassy s'élança sur les marches, et se retourna pour voir s'il la suivait : — Venez donc!

— Je crois que tu es le diable en personne! Veux-tu bien redescendre, sorcière! Ici, Cass! n'y vas pas! » Mais Cassy, poussant un éclat de rire insensé, montait toujours. Il l'entendit ouvrir la première porte qui conduisait au grenier. La chandelle qu'il tenait à la main s'éteignit, et une violente raffale descendit, apportant avec elle des cris perçants, lamentables, et qui semblaient poussés aux oreilles de Legris. Éperdu de terreur, il regagna la salle. Cassy l'y suivit au bout d'un moment, pâle, calme, impassible comme un esprit vengeur; dans ses yeux brillait toujours la même lueur sinistre.

« Vous en avez assez, j'espère? dit-elle.

— Que le diable t'étrangle, Cass!

— Pourquoi? J'ai monté et fermé les portes, voilà tout. Qu'imaginez-vous donc *qu'il y ait dans ce grenier*, Simon?

— Rien qui te regarde.

45.

— Soit! En tout cas, je suis fort aise de ne plus coucher au-dessous. »

Prévoyant que le vent augmenterait ce même soir, Cassy avait d'avance ouvert la lucarne ; et, dès que la porte avait donné issue au souffle furieux, il avait enfilé l'escalier et éteint la lumière.

Cassy continua le même jeu jusqu'à ce que Legris en vînt à ce point qu'il eût mieux aimé mettre sa tête dans la gueule d'un lion, que d'explorer le grenier maudit. Cependant, elle s'y rendait chaque nuit, et y accumula peu à peu assez de vivres pour y pouvoir subsister quelques jours. Elle y transporta aussi, à l'heure où tous dormaient, la plus grande partie de sa garde-robe et de celle d'Emmeline. Ces arrangements terminés, elle attendit une occasion favorable.

En cajolant Legris, et saisissant une éclaircie dans son humeur noire, elle avait obtenu de l'accompagner à la ville voisine, située sur la rivière Rouge. La mémoire merveilleusement aiguisée par l'espérance, elle observa, pendant l'allée et le retour, chaque tournant de la route, et se forma une idée juste du temps nécessaire pour la parcourir.

Enfin, le moment décisif approchait. Legris était allé à cheval visiter une ferme des environs. Depuis plusieurs jours, Cassy était d'une grâce et d'une aménité peu ordinaires, et ils étaient ensemble, du moins en apparence, sur les meilleurs termes.

La nuit tombait. Emmeline et Cassy, enfermées dans la chambre de la première, faisaient en hâte deux petits paquets.

« Ils suffiront, dit Cassy ; maintenant, mettez votre chapeau et partons : il est temps.

— Mais on peut encore nous voir.

— C'est ce que je veux, reprit froidement Cassy. Ne savez-vous pas qu'en tout cas ils nous donneront la chasse? Voilà mon plan : nous allons nous glisser dehors par la porte de derrière, et passer en courant devant les cases. Sambo ou Quimbo ne peuvent manquer de nous apercevoir. Ils se mettront à notre poursuite, et nous entrerons dans le marécage : impossible à eux de nous y suivre. Il leur faudra retourner en arrière, donner l'alarme, assembler les chiens; et tandis qu'ils se croiseront, qu'ils se culbuteront, comme ils le font régulièrement à tout événement imprévu, nous suivrons à gué la crique qui s'étend derrière la maison jusqu'à ce que nous nous trouvions en face de la porte. Cette contre-marche mettra les chiens en défaut, car l'eau rompt la piste. Tout le monde désertera la maison pour courir après nous, et nous y rentrerons par la porte de derrière, et gagnerons le grenier, où j'ai fait un bon lit dans une des grandes caisses. Nous habiterons forcément ce grenier quelque temps; car il soulèvera ciel et terre contre nous. Il enrôlera quelques vieux piqueurs des autres plantations, et se donnera le plaisir d'une grande chasse. Ils fouilleront pouce à pouce tout le sol du marais. C'est un de ses sujets d'orgueil que personne n'ait jamais pu lui échapper! Qu'il chasse donc tout à loisir!

— Cassy, comme votre plan est bien conçu! dit Emmeline. Vous seule pouviez l'imaginer. »

Les yeux de Cassy n'exprimèrent ni joie ni triomphe, rien que la fermeté du désespoir.

« Allons, » dit-elle, en tendant la main à Emmeline.

Les deux fugitives se glissèrent dehors sans bruit, et longèrent à travers les ombres du crépuscule le quartier des esclaves. Le croissant de la lune, se dessinant à l'ouest sur le ciel comme un sceau d'argent, retardait un peu les approches de la nuit. Ainsi que l'avait prévu Cassy, une voix leur cria de s'arrêter, au moment où elles atteignaient le bord du marais qui cernait la plantation. Ce n'était pas Sambo, mais Legris, qui les poursuivait en les accablant d'injures. Emmeline se sentit défaillir, et suspendue au bras de sa compagne, elle dit :

« O Cassy, je me trouve mal!

— Tenez bon, ou je vous tue!» Cassy tira de son sein un stylet; elle en fit briller la lame aux yeux de la jeune fille.

Ce moyen extrême lui réussit : Emmeline ne s'évanouit pas. Toutes deux se plongèrent dans le labyrinthe du marais, à un endroit si épais et si noir, qu'il eût été insensé à Legris de tenter de les y suivre sans renfort.

« Bien! dit-il avec un féroce ricanement, elles se sont prises d'elles-mêmes au piége, — les coquines! Elles sont en bon lieu. Elles me le payeront cher! Holà! hé! Sambo! Quimbo! tout le monde! cria Legris, arrivant aux cases comme les esclaves revenaient du travail. Il y a deux fuyardes dans le marais. Cinq dollars pour le nègre qui me les rattrape. Lâchez les chiens! lâchez Tigre, Furie, toute la meute! »

La nouvelle produisit une vive sensation. Plusieurs hommes s'élancèrent en avant pour offrir leurs services, dans l'espoir de la récompense, ou par suite de cette rampante servilité qui est un des plus odieux effets de l'esclavage. Les uns couraient à droite, les autres à gauche; quelques-uns allumaient des torches de résine, d'autres détachaient les chiens, dont les aboiements rauques et sauvages complétaient le tumulte.

« Tirerons-nous dessus, mait', si nous ne pouvons pas les dénicher? demanda Sambo à qui Legris venait de donner une carabine.

— Tu peux tirer sur Cassy, si tu veux : il est grand temps qu'elle aille au diable, à qui elle appartient. Mais pour la fille, non. — Maintenant, garçons, alertes et prestes! cinq dollars à celui qui les empoigne, et un verre de rhum à chacun de vous autres! »

A la lueur des torches flamboyantes et aux hurlements sauvages des bêtes et des hommes, toute la bande se dirigea vers le marais : les domestiques suivaient à distance; et la maison était complétement déserte quand Emmeline et Cassy s'y glissèrent à pas furtifs par la porte de derrière. Les cris, les rugissements des traqueurs emplissaient l'air. Des fenêtres de la salle, les fugitives pouvaient voir la troupe avec ses flambeaux se disperser sur les bords du marais.

« Voyez! dit Emmeline, la chasse commence! Voyez danser les lumières au loin! Écoutez!... les chiens! n'entendez-vous pas? Si nous étions là, notre chance ne vaudrait pas un picayune! Oh! par pitié! cachons-nous vite!

— Il n'y a point lieu à se presser, dit Cassy froidement. Les voilà tous lancés, — la chasse sera le divertissement du soir! Nous monterons tout à l'heure. En attendant — elle prit résolûment une clef dans la poche du surtout que Legris avait ôté en hâte, — il nous faut de quoi payer notre passage. »

Elle ouvrit le bureau, et en tira un rouleau de billets de banque, qu'elle compta rapidement.

« Oh! ne faisons pas cela, dit Emmeline.

— Pourquoi? reprit Cassy. Qu'aimez-vous mieux? que nous mourions de faim dans les marais, ou que nous puissions gagner un État libre? L'argent peut tout, enfant. Elle mit les billets dans son sein.

— Mais c'est voler, dit Emmeline d'une voix basse et triste.

— Voler! répéta Cassy avec un rire méprisant. Qu'ils nous prêchent, eux, qui volent le corps et l'âme! Chacun de ces billets a été volé, — volé à de pauvres créatures affamées, qui suent sang et eau, et qu'il livre au diable à la fin pour son profit. Qu'il parle de vol! Mais, allons; autant vaut gagner notre grenier : j'y ai fait provision de chandelles et de livres qui aideront à passer le temps. Tenez-vous pour assurée qu'ils ne viendront pas nous chercher *là*. S'ils le tentent... eh bien, je ferai mon rôle de revenant. »

Quand Emmeline atteignit le grenier, elle y trouva une immense caisse vide, couchée sur le côté, de ma-

nière à ce que l'ouverture fît face au mur, ou plutôt à la
charpente du toit. Cassy alluma une petite lampe, et se
glissant sous les solives, elles s'établirent dans ce réduit.
Il était garni de deux matelas et d'oreillers : tout à côté,
une boîte était remplie de chandelles, de vivres et de
tous les vêtements nécessaires au voyage, rassemblés en
paquets étonnamment petits et compacts.

« Là, dit Cassy, lorsqu'elle eut suspendu la lampe à
un crochet, qu'elle avait fixé tout exprès au bord de la
caisse ; voici notre maison pour le présent, vous plaît-
elle ?

— Êtes-vous bien sûre qu'ils ne viendront pas fouiller
le grenier ?

— Je voudrais voir Simon Legris essayer. Non, non ; il
préfère s'en tenir à distance. Quant aux domestiques, il
n'y en a pas un qui n'aimât mieux être fusillé que de
montrer son nez ici. »

Un peu rassurée, Emmeline s'arrangea sur son oreiller.

« Que vouliez-vous dire, Cassy, demanda-t-elle naïve-
ment, quand vous avez parlé de me tuer ?

— Je voulais vous empêcher de vous trouver mal, et
j'y ai réussi. Je vous préviens, Emmeline, qu'il vous faut
tenir bon, ne *pas* vous évanouir, quoi qu'il arrive.
C'est parfaitement inutile; si je n'y eusse coupé court,
vous seriez maintenant entre les mains de ce misérable. »

Emmeline frissonna.

Toutes deux gardèrent quelque temps le silence
Cassy se mit à lire un livre français, Emmeline, accablée de fatigue, s'endormit. Elle fut réveillée par de
violentes clameurs au dehors, le galop des chevaux
et l'aboiement des chiens. Elle se redressa en sursaut, et
poussa un faible cri.

« Ce n'est que la chasse qui revient, dit froidement
Cassy. Ne craignez pas. Regardez par ce trou. Ne les voyez-
vous pas tous là, en bas?—Simon y renonce pour cette nuit.

Voyez comme son cheval s'est couvert de boue, à force de se vautrer dans le marais! Les chiens aussi ont l'oreille basse. Ah! mon bon maître, vous aurez à recommencer la course plus d'une fois : — le gibier n'est pas là.

— Oh! de grâce, pas un mot! dit Emmeline. S'ils vous entendaient?

— S'ils entendent quelque chose, ils se tiendront d'autant plus à l'écart, reprit Cassy. Il n'y a pas de danger : nous pouvons faire tout le bruit qu'il nous plaira; l'effet n'en sera que meilleur. »

Enfin, à minuit, le silence se rétablit dans la maison: Legris se coucha maudissant sa mauvaise chance, et jurant de se venger le lendemain.

CHAPITRE XLI

Le martyr.

Ne crois pas que le ciel oublie
Le juste, qui, privé des plus vulgaires dons,
Doit épuiser les maux de son obscure vie,
Et, repoussé du pied, endurer les affronts.
Dédaigné de l'homme, qu'il meure!
Au ciel s'ouvre une autre demeure,
Là, chacun de ses pleurs compté
Prépara la joie immortelle
Où son Dieu, son Sauveur l'appelle
Pour l'ineffable éternité.

BRYANT.

La plus longue route a son terme; — la plus obscure nuit voit naître une aurore. Les heures, dans leur inexorable fuite, entraînent sans cesse le jour du méchant vers d'éternelles ténèbres, la nuit du juste vers un jour sans limites. Nous avons accompagné les pas de notre humble ami le long de la vallée de l'esclavage, traversant avec lui, d'abord les champs fleuris de l'aisance et de l'affection; puis, témoins de sa déchirante séparation d'avec tout ce qui est cher à l'homme, nous nous sommes arrêtés avec lui dans cette oasis dorée du soleil, où des mains généreuses cachaient ses chaines sous les fleurs. Enfin, nous l'avons suivi jusqu'où s'éteignait le dernier rayon des espérances terrestres, et alors nous avons vu le firmament du monde invisible se consteller pour lui d'étoiles d'un impérissable éclat.

Maintenant, l'astre du matin vient de poindre au sommet des montagnes, et les brises qui soufflent du ciel annoncent que les portes du jour s'entr'ouvrent.

La fuite de Cassy et d'Emmeline poussa le violent caractère de Legris au dernier degré d'irritation, et, comme il était aisé de le prévoir, toute sa rage tomba sur la tête sans défense de Tom. Lorsque, en toute hâte, le maître annonçait à ses nègres la nouvelle de l'évasion, l'éclair de joie qui jaillit des yeux de Tom, le mouvement instinctif de ses mains levées, ne lui échappèrent pas. Il vit que le noir ne se joignait point à la poursuite, et songea d'abord à l'y contraindre. Mais il avait l'expérience de sa résistance opiniâtre dès qu'il s'agissait de prendre part à un acte d'inhumanité, et il était trop pressé pour risquer le conflit.

Tom resta donc en arrière avec le petit nombre de ceux qui de lui apprenaient à prier, et tous adressèrent en commun leurs vœux au ciel pour le salut des fugitives.

Quand Legris revint tout penaud, la haine, qui fermentait dans son sein contre son humble esclave, prit tout à coup des proportions formidables. — Cet homme ne le bravait-il pas, — ferme, inflexible, indomptable, et cela du jour qu'il l'avait acheté? N'y avait-il pas dans ce nègre je ne sais quel esprit silencieux qui dardait sur lui, Legris, comme une flamme infernale?

« Je le *hais!* dit-il cette nuit-là, s'agitant dans son insomnie; je le *hais!* Et n'est-il pas MA PROPRIÉTÉ? Ne suis-je pas maître d'user de lui comme il me plaît? Qui pourrait m'en empêcher? » Serrant le poing, il le brandit dans le vide, comme pour écraser quelque adversaire invisible.

Tom, néanmoins, était un esclave de prix : serviteur fidèle, laborieux ; et, tout en le haïssant davantage en vertu de ses mérites, Legris hésitait.

Le matin suivant, il prit la résolution de se taire encore ; il allait réunir, des plantations voisines, quelques hommes armés, quelques couples de chiens, entourer le marais, faire une chasse à fond : s'il réussissait, eh bien, à la bonne heure ; s'il échouait ? alors il faisait comparaître Tom devant lui. — Il grinça des dents, ses veines se gonflèrent, — Tom céderait. Sinon ! — Il y eut un mot horrible, murmuré au dedans de lui, mot que son âme approuva.

L'*intérêt* du maître, dites-vous, est pour l'esclave une suffisante garantie ! Quoi ! dans la frénésie de la passion, l'homme, pour parvenir à ses fins, vend jusqu'à son âme, et l'on veut qu'il ménage le corps de son prochain !

« Eh bien ! dit Cassy, le lendemain, après avoir épié au trou de la lucarne, voilà leur chasse qui recommence ! »

Trois ou quatre cavaliers caracolaient devant la façade, et une ou deux paires de chiens étrangers luttaient contre les nègres qui les tenaient accouplés, aboyant et grondant les uns contre les autres.

Deux de ces hommes étaient surveillants des habitations les moins éloignées ; les autres, camarades de bouteille de Legris, venaient des tavernes de la ville voisine, amenés par l'attrait de la chasse. On aurait eu peine à imaginer une plus odieuse bande. Legris leur servait du rhum à profusion, et ne le ménageait pas non plus aux nègres, glanés pour ce service dans les diverses plantations, car il est d'usage de faire, autant que possible, de la chasse d'un esclave une fête pour les autres.

Cassy, l'oreille collée à la lucarne, entendait une partie des paroles qui s'échangeaient, et que lui apportait la brise du matin. Un rire sardonique venait encore assombrir sa triste physionomie, à mesure qu'elle les écoutait se partager le terrain, débattre le mérite des différents boule-dogues, donner des ordres pour faire feu, et décider de la façon de traiter, en cas de capture, chacune des fugitives.

Elle se recula, joignit les mains, et levant les yeux au ciel : «O Seigneur Dieu tout-puissant! dit-elle, nous sommes tous pécheurs; mais, pour être ainsi traités, qu'avons-nous fait, *nous*, de plus que les autres?»

Il y avait dans la voix, dans l'expression des traits, une terrible véhémence.

«Si ce n'était *vous*, enfant, poursuivit-elle, et son regard tomba sur Emmeline; si ce n'était vous, j'*irais* droit à eux, et je remercierais celui qui m'abattrait d'un coup de fusil. Qu'est-ce que la liberté pour moi désormais? me rendra-t-elle mes enfants? me rendra-t-elle ce que je fus jadis?»

Emmeline, dans son innocente simplicité, à demi effrayée des sombres fureurs de Cassy, la regarda, inquiète, émue, et ne fit nulle réponse. Seulement elle lui prit la main avec un mouvement de caresse timide.

«Non, dit Cassy, essayant de la repousser; vous m'amèneriez à vous aimer; et je ne peux plus, je ne veux plus rien aimer!

— Pauvre Cassy, dit Emmeline, ne désespérez pas. Si le Seigneur nous accorde la liberté, peut-être vous rendra-t-il votre fille; et quoi qu'il arrive, je serai une fille pour vous. Je sais que je ne reverrai jamais plus ma pauvre vieille mère! et, que vous m'aimiez ou non, je vous aimerai, Cassy!»

Le doux esprit enfantin triompha. Cassy, assise près de la jeune fille, l'entoura de ses bras, caressa ses soyeux cheveux bruns, et Emmeline s'émerveilla de la beauté de ses magnifiques yeux maintenant attendris et voilés de larmes.

« Oh ! Emmeline, dit Cassy, j'ai faim, j'ai soif de mes enfants ! Mes yeux s'usent à les chercher dans le vague. Là, s'écriait-elle se frappant le sein, là tout est désolé ! tout est vide ! Ah ! si Dieu me rendait mes enfants, alors je pourrais prier !

— Confiez-vous à lui, Cassy, dit Emmeline ; il est notre Père !

— Sa colère s'est allumée contre nous, repartit-elle. Il a détourné de nous son visage.

— Non, Cassy, non ; espérons en lui. Oh ! moi, j'espère, j'espère toujours ! »

. . . .

La chasse fut longue, tumultueuse, complète, mais à pure perte, et Cassy abaissa un regard d'ironique triomphe sur Legris, lorsque, déconfit, harassé, il descendit de cheval devant la maison.

« A présent, Quimbo, dit-il, lorsqu'il se fut étendu au salon, va-t-en me chercher ce vieux drôle ; fais-le monter ici, et au plus vite. Ce satané Tom est au fond de tout ceci, et je lui ferai sortir cette trame du corps à travers sa vieille peau noire. S'il se tait, ah ! il dira pourquoi ! »

Sambo et Quimbo, tout en se haïssant à la mort l'un l'autre, se réunissaient pour détester Tom non moins cordialement. Dès l'origine ils avaient su que Legris n'achetait ce nègre que pour en faire leur surveillant durant ses absences. L'aversion qu'ils conçurent en conséquence contre lui, s'accrut chez ces hommes bas et serviles à mesure que celui qui en était l'objet encourait le déplaisir du maître. Ce fut donc fort joyeusement que Quimbo s'acquitta de sa commission.

Tom reçut le message d'un cœur ferme et prévoyant ; car il était au fait du plan d'évasion, du lieu de refuge. Il n'ignorait, ni l'implacable et terrible nature de l'homme auquel il avait à faire, ni son despotique pouvoir ; mais, fort de l'aide de Dieu, il était prêt à braver la mort plutôt que de trahir en rien les pauvres fugitives.

Il posa son panier à son rang parmi les autres, et levant les yeux au ciel, il dit : « Je remets mon âme entre tes mains ! Tu m'as racheté, ô Seigneur Dieu de vérité ! » Et il s'abandonna aux rudes poignets de Quimbo, qui l'entraîna brutalement.

« Aye, aye ! dit le géant comme il le tirait après lui. Il t'en cuira ! Maître fait le gros dos pour tout de bon cette fois ; y a pas à fouiner ! Tu verras ce qui en revient d'aider nèg's à maître à décamper ! Ah ! tu vas en tâter ! Tu t'en tireras pas tout entier ! va ! »

Mais, de ces mots féroces, pas un n'atteignit l'oreille de Tom ! — Une voix plus haute lui criait : « Ne crains pas ceux qui ôtent la vie du corps et qui ne peuvent faire mourir l'âme. » Soudain les nerfs, les os du pauvre homme tressaillirent. On eût dit que le doigt de Dieu l'avait touché ; il sentit dans son sein l'énergie d'un millier d'âmes. Entraîné rapidement par Quimbo, il voyait arbres, buissons, cases, tous les témoins de sa dégradation, tourbillonner et disparaître, comme le paysage fuit derrière la course impétueuse d'un char ; son cœur battait au dedans de lui ; — sa céleste patrie apparaissait presque ; — l'heure de la délivrance sonnait !

« Ah ça, Tom, » dit Legris, marchant droit à lui, et le saisissant rudement au collet. Dans l'accès de sa rage il parlait, les dents serrées et par mots entrecoupés : « Sais-tu que j'ai pris la résolution de te TUER ?

— Je crois très-possible, maître, répondit Tom avec calme.

— Prends garde ! reprit Legris avec une détermination froide et terrible : c'est — un — parti — pris, — bien pris, — entends-tu, Tom ? À moins que tu ne me dises ce que tu sais de ces filles ! »

Tom demeura muet.

« M'entends-tu ? reprit Legris, frappant du pied avec la rugissement d'un lion courroucé, parle !

« — *J'ai rien à dire, maître,* reprit Tom d'une voix lente, ferme et déterminée.

« — Oseras-tu soutenir, chien de chrétien noir, que tu ne *sais rien?* » dit Legris.

Tom ne répondit pas.

« Parle! fulmina Legris, en le frappant avec fureur; sais-tu quelque chose?

« — Je sais, maître; mais je puis rien dire; *je puis mourir.* »

Legris respira fortement; et, contraignant sa fureur, prit Tom par le bras, approcha sa figure tout contre la sienne, et dit d'une voix terrible : « Écoute bien, Tom! — tu crois, parce que je t'ai lâché déjà, que je ne parle pas pour tout de bon; mais cette fois j'en ai pris mon parti et calculé les frais. Tu m'as toujours résisté : aujourd'hui, vois-tu, je te *soumets ou je te tue!* Je compterai chaque goutte de sang, à mesure que je les tirerai une à une de tes veines, jusqu'à ce que tu cèdes. »

Tom leva les yeux, regarda Legris et répondit: « Maître, si vous étiez malade, ou en trouble, ou mourant, pour vous sauver je *donnerais* tout le sang de mon cœur; si, le tirer goutte à goutte de ce pauvre vieux corps, ça pouvoit sauver votre précieuse âme, je le donnerais bien volontiers, comme le Sauveur a donné le sien pour moi. O maître! chargez pas votre âme d'un si gros péché! Il fera plus mal à vous que mal à moi! Allez au pire du pire, les tourments pour moi ça sera sitôt passé; mais pour vous, si vous ne vous repentez pas, ça n'aura *jamais* de fin! »

Ce fut comme un fragment de quelque étrange et céleste harmonie vibrant au travers des rugissements d'une tempête. Ce tendre élan de cœur amena une pause soudaine. Legris semblait pétrifié, et demeurait l'œil fixé sur Tom. Le silence était si profond que le bruit du balancier de la vieille horloge, marquant les dernières minutes de grâce et de merci accordées au repentir de cette âme endurcie, se faisaient entendre distinctement.

Ce ne fut qu'un instant; une hésitation de quelques secondes. — Le ressort se détendait; — mais l'esprit du mal revint sept fois plus terrible, sept fois plus furieux; Legris, écumant de rage, terrassa sa victime et la foula aux pieds.

. . . .

Les scènes de meurtre et de supplice sont horribles à voir, et l'oreille n'en supporte pas le récit. Ce que l'homme a la force de faire, il n'a pas toujours celle de l'entendre raconter. Ce qu'il faut que notre prochain, frère par le sang, frère par la religion, endure, ne peut nous être dit, même seul à seul, dans le secret de notre intérieur; car ce récit serait une angoisse! Et cependant, ô mon pays, ces actes se font à l'ombre de tes lois! O Christ, ton Église les voit et ne réclame pas!

Mais aux temps jadis est né CELUI dont les souffrances ont transformé l'instrument de supplice, d'abjection et de honte en un symbole de gloire, d'honneur et d'immortalité. Quand son divin esprit est là, l'avilissante verge, l'insulte dégradante, les sanglantes atteintes, rehaussent encore les sublimes et dernières luttes du chrétien.

Était-elle seule, l'âme héroïque et tendre, durant la longue, longue nuit, sous ce vieux hangar où *il* supporta les coups multipliés, les horribles tortures?

Non; près du martyr, vu seulement par ses yeux, « semblable à un fils de Dieu [1], » se tenait Celui qui a souffert.

Le tentateur était là aussi, — aveuglé par une volonté despotique et furieuse; — il pressait Tom, de moment en moment, d'échapper à cette agonie, et de livrer l'innocence; mais le loyal, le noble cœur demeura ferme, attaché au roc éternel. Comme son Rédempteur, il savait que pour sauver les autres il fallait se sacrifier lui-

[1] Daniel, ch. III, verset 25.

même, et les plus cruelles extrémités ne purent arracher de lui autre chose que de pieuses paroles, que de saintes prières...

« Lui être presque fini, maître, dit Sambo, touché quoi qu'il fit, de la patience de la victime.

— Frappez jusqu'à ce qu'il cède! Allons! ferme! Appliquez fort, hurla Legris. Je lui tirerai les dernières gouttes de son sang, à moins qu'il ne parle, qu'il n'avoue! »

Tom entr'ouvrit les yeux, et regarda son maître : « Pauvre misérable créature, dit-il, il y en a tout ce que vous en pouvez faire. Je vous pardonne de toute mon âme, et il s'évanouit.

— Je crois, le diable m'emporte, qu'il est à bas pour tout de bon, dit Legris qui marcha en avant et le regarda. Ma foi, c'est fait! Sa maudite gueule se taira à la fin. — C'est toujours ça de gagné. »

Oui, Legris; mais qui fera taire la voix qui crie au fond de ton âme? Cette âme fermée au repentir, à la prière, à l'espoir, et dans laquelle s'allume le feu qui jamais ne s'éteindra !

Cependant Tom n'était pas tout à fait mort. Les merveilleuses paroles échappées durant ses souffrances, ses douces prières avaient touché, même le cœur des nègres abrutis, instruments de son cruel bourreau ; et, dès que Legris eut disparu, ils s'empressèrent de relever le corps déchiqueté, et s'efforcèrent, dans leur ignorance, de le rappeler à la vie, — comme si la vie lui était un bien !

« Pour sûr que nous avons fait là, mauvaise, méchante besogne, dit Sambo. J'espère c'est au compte du maître; pas à nous à en répondre toujours ! »

Ils lavèrent ses blessures, ils lui dressèrent un lit grossier avec du coton de rebut, et l'y étendirent; l'un d'eux se glissa furtivement dans l'habitation, et sous prétexte que s'étant épuisé à frapper il avait besoin de se restaurer, il obtint de Legris quelques gouttes d'eau-de-vie qu'il revint verser aussitôt dans la gorge de Tom.

« Oh! Tom, dit Quimbo, nous avons été bien méchants, bien cruels pour toi!

— Je vous pardonne de tout mon cœur, murmura faiblement Tom.

— Oh! Tom, dis-nous qui est Jésus? — dis-le-nous, demanda Sambo. Ce Jésus que tu voyais toute la nuit à coté de toi, qui est-il? »

Ces mots rappelèrent l'âme défaillante prête à prendre son vol. Elle s'épancha en quelques énergiques paroles sur le miraculeux Sauveur, — sa vie, sa mort, sa présence éternelle, — sa puissance pour sauver.

Ils pleurèrent tous deux, — ces hommes farouches! ils pleurèrent.

« Pourquoi jamais rien entendre, rien savoir de tout ça? dit Sambo. Mais je crois! — je puis plus m'en empêcher! Seigneur Jésus, ayez pitié de nous.

— Pauvres créatures, dit Tom, je suis content d'avoir enduré tout ce que j'ai souffert si cela vous peut gagner à Jésus! O Seigneur, accorde-moi ces deux âmes, je t'en supplie! »

La prière fut exaucée.

***

CHAPITRE XLII

Le jeune maître.

Deux jours après, un jeune homme conduisait une voiture légère à travers l'avenue des arbres de Chine; jetant les rênes sur le cou du cheval, il s'élança à terre, et demanda à voir le propriétaire de l'habitation.

Ce voyageur était George Shelby. Pour savoir comment il se trouvait là, il faut nécessairement retourner un peu en arrière.

Par quelques malheureuses circonstances, la lettre de miss Ophélia à madame Shelby avait été retenue un ou deux mois dans un bureau de poste reculé, et, quand elle atteignit sa destination, Tom était déjà hors de vue, perdu dans les lointains marécages de la rivière Rouge.

Madame Shelby lut avec une profonde peine les tristes renseignements qui lui arrivaient, mais toute action immédiate était impossible. Elle se trouvait alors au chevet du lit de son mari atteint d'une maladie grave, et dans le délire de la fièvre. Massa Georgie qui n'était plus alors un écolier, mais un jeune homme, fidèle assistant de sa mère dans les soins à rendre au malade, était aussi le seul conseiller auquel elle put s'en rapporter dans la gestion des affaires. Miss Ophélia avait eu la précaution d'envoyer le nom de l'avoué chargé de la succession de Saint-Clair, et tout ce qu'on put faire, ce fut d'écrire à cet homme de loi pour s'enquérir de ce que Tom était devenu. La mort de M. Shelby, arrivée peu après, avait préoccupé les siens pendant toute une saison de deuil, de pressants intérêts, et d'affaires qui ne se pouvaient ajourner.

Le défunt avait montré sa confiance dans la capacité de sa femme, en la désignant pour seule exécutrice testamentaire, et elle se trouva tout à fait absorbée dans une suite de soucis et d'embarras.

Avec l'énergie qui la caractérisait, elle s'appliqua à démêler le chaos. Elle et George furent quelque temps occupés à réunir et à examiner les comptes, à vendre des propriétés, à acquitter des dettes; madame Shelby était déterminée à tout éclaircir, à tout mettre à jour, quelles que pussent en être les conséquences pour son aisance personnelle. Sur ces entrefaites, la réponse de l'homme de loi, que miss Ophélia leur avait désigné, arriva. Il annonçait que Tom avait été vendu aux enchères, et que, hors le prix du paiement reçu au nom de ses clients, il ne s'était mêlé en rien de cette affaire.

Ni George, ni sa mère ne se pouvaient contenter d'un tel résultat ; en conséquence, environ six mois après, quelques intérêts appelant George Shelby vers la Basse-Rivière, il se résolut à descendre à la Nouvelle-Orléans, et à poursuivre ses enquêtes jusqu'à ce qu'il eût découvert Tom et l'eût racheté.

Après quelques mois de recherches infructueuses, George rencontra, par hasard, un homme qui lui donna les informations qu'il désirait. L'argent en poche, il prit le bateau à vapeur pour la rivière Rouge, décidé à retrouver et à ramener son vieil ami.

Il fut bientôt introduit près du planteur qu'il trouva dans son vestibule.

Legris reçut le visiteur avec une sorte de hargneuse hospitalité.

« J'ai appris, dit le jeune homme, que vous aviez acheté à la Nouvelle-Orléans un nègre nommé Tom. Il a demeuré sur l'habitation de mon père, et je suis venu dans l'espérance de le pouvoir racheter. »

Le front de Legris se rembrunit, et sa colère éclata en virulentes paroles : « Oui, j'ai acheté un drôle de ce nom ; un s.... marché que j'ai fait là ! Le plus insubordonné, le plus récalcitrant, le plus impudent chien ! Il a poussé mes nèg's à s'enfuir, m'a fait sauver deux filles qui valaient bien de huit cents à mille dollars pièce. Il l'a avoué ; et quand je lui ai commandé de dire où elles étaient, ne s'est-il pas redressé, le chien, pour répondre qu'il le savait, mais qu'il ne le dirait pas ! il a tenu parole, quoiqu'il ait reçu la plus sévère correction, le plus damné fouet dont j'aie encore régalé un nèg'. — Je crois qu'il est en train de crever quelque part. Je ne sais s'il en viendra à bout.

— Où est-il ? dit George avec impétuosité. Où est-il ? que je le voie. » Les joues du jeune homme étaient devenues pourpres, ses yeux lançaient des flammes, mais, prudemment, il se retint et n'ajouta rien de plus.

« Lui été par là, sous l'hangar, » dit un petit esclave qui tenait le cheval de George.

Legris donna un coup de pied au négrillon en jurant; George, sans dire un mot, marcha droit au hangar.

Tom était resté étendu deux jours depuis la fatale nuit; sans douleur aucune, chaque nerf ayant été émoussé, détruit. Presque tout le temps il demeura dans une sorte de tranquille torpeur; le corps vigoureux et fortement constitué avait peine à relâcher l'âme qu'il emprisonnait. Dans l'obscurité de la nuit, de pauvres créatures désolées dérobaient quelques heures à leur insuffisant repos, pour lui venir rendre les services d'affection dont il avait été si libéral durant son temps d'épreuve. Les malheureux disciples avaient certes peu à offrir : — le verre d'eau froide, — mais donné, le cœur plein d'amour et les yeux ruisselants de larmes.

Ces larmes tombaient sur l'honnête et insensible visage, témoignages du regret tardif des pauvres ignorants païens que sa patience et son amour durant son martyre avaient soudain éveillés au repentir, et qui versaient d'amères prières au pied d'un Rédempteur, dont ils connaissaient à peine le nom, mais que jamais cœur fervent et simple n'invoqua en vain.

Cassy, qui se glissant hors de son refuge, avait écouté en cachette, et appris le sacrifice fait pour elle et pour Emmeline, s'était, la nuit d'avant, au risque d'être découverte, faufilée au chevet de Tom. Le peu de mots que l'âme aimante du martyr laissa tomber de ses mourantes lèvres, avait dissipé ce long hiver, fondu cette épaisse glace, que le désespoir et les souffrances de tant d'années avaient accumulée dans le sein de Cassy, et la pauvre femme attendrie avait pleuré et prié!

Quand George entra sous le hangar, il fut pris de vertige; son cœur se serra, ses genoux fléchirent.

« Est-il possible ! — est-il possible ! dit-il ; et il tomba à genoux près de l'agoni ant. — Oncle Tom. — Mon pauvre ami, mon cher, mon vieil ami ! »

Quelque chose du son de la voix pénétra l'oreille du mourant ; il remua un peu et très-doucement la tête, sourit et murmura :

> « Si Jésus touche le chevet,
> Le lit entier n'est que duvet. »

Des larmes, qui faisaient honneur à son cœur viril, tombèrent des yeux du jeune homme, penché sur son vieil ami

« O cher oncle Tom, éveillez-vous ! — parlez encore une fois, — ouvrez les yeux, — c'est votre petit Georgie, votre massa Georgie, — ne me reconnaissez-vous plus !

— Massa Georgie ! dit la faible voix ; et Tom rouvrit les yeux. — Massa Georgie ! » — et il parut troublé.

L'idée, le souvenir, se firent jour lentement dans son âme. Le vague regard devint fixe, l'œil s'éclaira, une lueur illumina les traits, les faibles et rudes mains se rapprochèrent, se joignirent, et deux larmes coulèrent le long des joues.

« Béni soit le Seigneur ! — c'est — ah ! c'est — c'est — tout ce qui me manquait ! Ils ne m'avaient pas oublié ! Ah ! cela rechauffe l'âme, — ça fait bien au pauvre vieux cœur ! A présent, oh ! je meurs content ! Bénis le Sei- ô mon âme !

— Non, vous ne mourrez pas ! Il ne faut pas que vous mourriez ! Ne pensez pas à nous quitter : je viens vous racheter, je vous remmène ! s'écria George avec une impétueuse véhémence.

— O massa Georgie ! venu trop tard ; — c'est le Seigneur Jésus qui m'a acheté ; il m'appelle à sa demeure. — J'ai hâte d'y aller. Mieux vaut le ciel que le Kintuck !

— Oh ! il ne faut pas mourir, cela me tuerait ! — Je

me briserai le cœur de penser à ce que vous avez souffert, — et vous voir étendu là! sous ce misérable hangar! ô pauvre, pauvre cher ami!

— M'appelez pas pauvre, reprit Tom d'un ton solennel; — *j'ai été* un pauvre misérable, mais autrefois. C'est passé, passé. Maintenant, je suis aux portes de gloire. O massa Georgie, le *ciel est proche!* j'ai gagné la victoire! — le Seigneur Jésus me l'a donnée! — gloire soit à son nom! »

George, frappé de l'énergie avec laquelle ces phrases interrompues étaient prononcées, demeurait, plein de respect et silencieux, à contempler son vieil ami.

Tom lui serra la main et poursuivit, reprenant haleine presqu'à chaque mot :

« Faut pas le dire à Chloé. Pauvre âme! trop terrible pour elle. Seulement lui dire que vous m'avez trouvé près d'entrer dans la gloire, et que je pouvais pas rester pour personne. — Dites-lui le Seigneur être avec moi, toujours, partout; il a tout fait léger, tout facile. Et... oh! les pauv's enfants! et la petite! Mon vieux cœur presque se fendre pour eux bien des fois! Dites à tous qu'il faut me suivre, — me suivre! — A maître, à bonne maîtresse, dites que je les aime toujours. Tous dans la vieille chère maison aussi. — Vous savez pas? j'aime eux tous, — j'aime tout, — toutes les créatures, partout; — n'y a plus *rien* qu'amour! — Oh! massa Georgie, quelle grande chose c'est d'être chrétien! »

A ce moment, Legris, qui errait d'un air insouciant au dehors de la porte, lança à l'intérieur un coup d'œil hargneux, et s'éloigna.

« Vieux Satan! s'écria George indigné; ma consolation est de penser que le diable le lui revaudra un de ces jours!

— Oh non! — faut pas, reprit Tom s'accrochant à la main qu'il tenait. Pauvre malheureux! c'est pitié de penser à lui! Oh! s'il se repentait seulement, le Seigneur lui pardonnerait; j'ai tant peur qu'il se repente pas!

— J'espère bien que non, dit George. Dieu me préserve de le rencontrer là-haut!

— Chut! massa Georgie, paix! — ça me chagrine, faut pas penser comme ça; — il m'a pas fait réellement mal, — seulement ouvert pour moi les portes du royaume. C'est tout. »

Le mourant, que la joie de revoir son jeune maître avait rempli d'une force éphémère, s'affaissa tout à coup. Les ressorts se détendirent, les yeux se fermèrent; et sur son visage apparut ce mystérieux, ce sublime changement qui parle d'une autre vie.

Il commença à respirer par longues et profondes aspirations; sa large poitrine se soulevait et s'abaissait pesamment; mais l'expression des traits était celle du triomphe.

« Oh! qui nous séparera — jamais — de l'amour — du Christ! » Il dit, d'une voix à peine murmurée, et avec un sourire s'endormit dans le Seigneur.

George demeurait frappé de respect : il lui semblait être dans un lieu consacré; et lorsqu'il se releva, après avoir fermé les yeux sans vie, il n'avait plus qu'une pensée, — celle que son vieil ami avait exprimée : « Quelle grande chose que d'être chrétien ! »

Il se détourna : Legris, l'air sombre, était debout derrière lui.

La sérénité de cette scène de mort réprima l'impétuosité des passions de la jeunesse. La présence de l'homme n'excita plus chez George qu'un sentiment de profond dégoût, et l'impatient désir de s'en délivrer le plus vite et avec le moins de paroles possible.

Fixant ses yeux noirs et perçants sur Legris, du doigt il montra le mort, et dit simplement : « Vous avez tiré de lui tout ce que vous en pouviez jamais avoir. Combien voulez-vous du corps? je désire l'emporter et le faire enterrer décemment.

— Je ne vends pas des nègres morts, repartit Legris d'un ton bourru; enterrez-le où et comme il vous plaira.

— Garçons, dit George avec autorité à deux ou trois nègres qui restaient là à regarder le corps, aidez-moi à le soulever et à le porter dans ma voiture, et donnez-moi une bêche. »

Un d'eux courut en chercher une; les deux autres aidèrent George à transporter le cadavre.

Le jeune homme n'adressa ni une parole ni un regard à Legris qui, sans contremander ses ordres, demeurait là debout, sifflant avec une insouciance affectée. Il les suivit, d'un air de mauvaise humeur, jusqu'à la voiture qui était arrêtée devant la porte de la maison.

George étendit son manteau, fit placer soigneusement le corps dessus, — dérangeant le siége pour faire place. Enfin il se retourna, regarda fixement Legris, et lui dit avec un sang-froid contraint :

« Je ne vous ai pas déclaré ma pensée sur toute cette atroce affaire; — ce n'est ni l'heure ni le moment. Mais, monsieur, ce sang innocent obtiendra justice. Je proclamerai ce meurtre sur les toits, s'il le faut! et je vous accuse devant le premier magistrat que je pourrai trouver.

— Allez! dit Legris faisant claquer dédaigneusement ses doigts. J'aurai plaisir à vous voir vous démener. Où comptez-vous prendre vos témoins, s'il vous plait? — Où sont vos preuves? Allez! bon courage! »

George vit toute la portée de ce défi. Il n'y avait pas un blanc sur l'habitation; or, dans tous les tribunaux du Sud, le témoignage des gens de couleur n'est pas admis. Il lui sembla dans ce moment que le cri d'indignation qu'il refoulait au fond de son cœur pouvait pénétrer la voûte des cieux pour en faire descendre la justice; vain espoir!

« Après tout, que d'embarras pour un nègre mort!» dit Legris.

Ce mot fut une étincelle dans une poudrière. La prudence n'est pas la vertu des jeunes gens du Kentucky. George se retourna, et d'un coup violemment asséné, terrassa Legris. Debout sur le misérable tombé la face contre terre, il ressemblait à son patron triomphant de l'esprit du mal.

Il est certains hommes qui n'en valent décidément que mieux pour être bien rossés ; ils respectent tout de suite l'homme qui les a roulés dans la poussière. Legris était de ces natures-là. Lorsqu'il se fut relevé, et qu'il eut secoué un peu ses habits, il suivit des yeux, avec une sorte de considération, la voiture qui s'éloignait lentement ; et il ne rouvrit la bouche que lorsqu'elle fut hors de vue.

Au delà des limites de la plantation, George avait remarqué, en venant, un petit tertre sec, sablonneux et ombragé de quelques arbres. C'est là qu'ils creusèrent la fosse.

« Faut-il ôter le manteau, massa ? demandèrent les nègres lorsque la fosse fut prête.

— Non, non ; — enterrez-le avec lui. C'est tout ce que je puis te donner maintenant, mon pauvre ami, cher oncle Tom ! et tu l'auras. »

Ils le déposèrent enveloppé du manteau, et les hommes rejetèrent la terre, pelletée à pelletée, en silence. La fosse comblée, ils la recouvrirent de gazon.

« Vous pouvez vous en aller, mes enfants, dit George glissant une pièce d'argent dans la main de chacun, mais ils demeurèrent là, hésitant.

— Si jeune maître voulait nous acheter ?... dit enfin l'un d'eux.

— Nous, servir lui fidèlement, ajouta l'autre.

— Les temps si durs, ici ! jeune maître, dit le premier. Oh ! maître, par grâce, achetez-nous ! s'il vous plaît !

— Je ne puis ! — je ne le puis pas ! dit George avec

tristesse, et leur faisant de la main signe de s'éloigner. C'est impossible. »

Les pauvres gens désolés se retirèrent en silence et la tête basse.

« Sois moi témoin, Dieu éternel! dit George s'agenouillant sur la tombe de son pauvre ami; oh! je te prends à témoin, qa'à partir de cette heure je ferai tout ce qu'un homme peut faire pour chasser de mon pays la malédiction de l'esclavage. »

Il n'y a pas une pierre pour marquer le lieu où repose notre ami. Qu'a-t-il besoin de monument! Le Seigneur sait où le trouver pour le relever immortel au jour où il apparaîtra dans sa gloire.

Ne le plaignez pas. Une telle vie, une telle mort ne demandent pas de larmes. Ce n'est ni dans la richesse, ni dans la puissance qu'éclate la gloire de Dieu, mais dans l'amour souffrant et dévoué. Bénis sont ceux qu'il appelle à le suivre et à porter sa croix après lui avec patience! C'est d'eux qu'il est écrit : « Bienheureux ceux qui pleurent, parce qu'ils seront consolés. »

CHAPITRE XLIII

Une histoire de revenants authentique.

Les légendes sépulcrales circulaient plus que jamais dans la maison de Legris.

On affirmait tout bas avoir entendu, au profond de la nuit, des pas descendre l'escalier du grenier et rôder dans les corridors. En vain avait-on fermé la porte du dernier étage, le revenant avait en poche une double clef, ou, usant du privilége acquis de temps immémorial aux fantômes, passait par le trou de la serrure, et paradait comme devant, avec une audace tout à fait alarmante.

Quant aux formes extérieures du spectre, les rapports

variaient beaucoup, grâce à une coutume fort répandue parmi les noirs — et aussi parmi les blancs — de fermer les yeux en pareille occasion, et de se cacher la tête sous des couvertures, des jupons, ou tout autre voile à proximité de la main. Or, qui ne sait que quand les yeux du corps donnent leur démission, les yeux de l'esprit n'en sont que plus éveillés et plus perçants. Il y avait donc bon nombre de portraits en pied du fantôme, tous attestés et garantis ressemblants, bien que, comme il arrive souvent des portraits, il n'y eût entre eux d'autre analogie que le costume classique des revenants, le grand *drap blanc*. Les pauvres esclaves, peu versés dans l'histoire ancienne, ne savaient pas que Shakespeare eût consacré ce détail pittoresque, en disant :

« Les morts enveloppés de draps parcouraient les rues de Rome, poussant des gémissements et des cris inarticulés[1]. »

Cette rencontre est un fait curieux de pneumalogie, que nous signalons à l'étude des spiritualistes.

Quoi qu'il en soit, nous savons, à n'en pas douter, qu'une grande figure, couverte d'un drap blanc, se promenait à des heures indues par toute la maison de Legris, franchissait les portes, glissait comme une ombre dans les pièces désertes, disparaissait par intervalles, et se montrait en haut du mystérieux escalier qui conduisait au fatal grenier ; et cependant le lendemain tout était clos et aussi solidement verrouillé que la veille.

Legris ne pouvait fermer tout à fait l'oreille à ces bruits, d'autant plus fatigants qu'on s'efforçait de les lui cacher. Il but encore plus que de coutume, leva la tête plus haut, et jura plus que jamais le jour ; mais la nuit il faisait de mauvais rêves, et les visions qui hantaient son chevet n'étaient rien moins que riantes. Le soir du lendemain de l'enterrement de Tom, il se rendit à che-

---

[1] *Jules César*, de Shakespeare.

val à la ville voisine pour y faire une orgie : il la fit complète. Il rentra tard et fatigué, ferma sa porte en dedans, en prit la clef, et se coucha.

Quelque peine qu'on puisse prendre à étouffer une âme, elle est pour le méchant un hôte incommode, inquiétant, redoutable. Qui peut assigner des limites à son activité? qui connaît tous ses mystérieux *peut-être*, — ses frissons, ses tremblements, qu'elle ne saurait pas plus surmonter qu'elle ne peut s'affranchir de son éternité? N'est-il pas insensé l'homme qui ferme sa porte aux esprits, quand il en a un au dedans de lui-même qu'il n'ose rencontrer face à face? — dont la voix, quelque enfouie sous des montagnes, résonne encore comme la trompette du jugement dernier!

Legris s'était barricadé, avait mis une chaise contre sa porte, avait allumé une veilleuse, et placé ses pistolets à portée de sa main. Il avait examiné les espagnolettes des fenêtres, et jurant qu'il ne craignait ni le diable ni sa suite, il s'était endormi.

Il dormit profondément, car il était las; mais à la fin, une ombre ténébreuse, un sentiment d'horreur, une vague appréhension d'un danger planant sur lui, se glissèrent dans son sommeil. Il vit le linceul de sa mère: Cassy le tenait déployé devant lui. Il entendit un bruit confus de cris de douleur et de gémissements. Il savait qu'il dormait, et luttait pour s'éveiller. Il y parvint à demi. Cette fois, il en était sûr, quelque chose entrait dans sa chambre. Sa porte s'ouvrait; il n'en pouvait douter, mais la peur le paralysait. Enfin il se retourna en sursaut : la porte *était* ouverte; et une main éteignit sa lumière.

Il faisait un clair de lune trouble et voilé; — pourtant il voyait — là — une chose blanche glisser, au lieu de marcher — il entendait le frôlement du linceul sur le parquet. — *Elle* était là, debout, immobile, près de son lit. Une main glacée toucha la sienne; une voix basse, étranglée, murmura trois fois à son oreille : « Viens!

viens! viens! » Et tandis qu'il gisait couvert d'une sueur froide, l'apparition disparut, sans qu'il sût quand et comment. Il sauta hors du lit, et courut à la porte; elle était fermée à double tour : il tomba évanoui.

A dater de cette nuit, Legris s'abandonna à l'ivresse: il but, non plus comme autrefois avec une certaine prudence, mais outre mesure et sans arrêt.

Bientôt le bruit qu'il se mourait se répandit aux environs ; ses excès avaient développé l'effroyable maladie[1] qui semble projeter sur la vie présente les ombres livides de la réprobation future. Personne ne pouvait supporter les horreurs de cette chambre funèbre, où il délirait, se débattait, hurlait, et parlait de visions qui glaçaient le sang de ceux qui l'entendaient : debout, près de son lit de mort, il voyait se dresser une figure blême, terrible, inexorable, qui lui répétait : « Viens! viens! viens! »

Par une bizarre coïncidence, le matin qui suivit la nuit où le fantôme apparut pour la première fois à Legris, on trouva la porte de la maison ouverte, et quelques nègres aperçurent deux ombres blanchâtres, glissant le long de l'avenue qui conduisait au grand chemin.

Un peu avant le lever du soleil, Emmeline et Cassy firent une halte dans un bouquet d'arbres près de la ville.

Cassy, vêtue de noir, portait le costume des créoles espagnoles. Un voile, jeté par-dessus son chapeau et surchargé de broderies, lui cachait le visage. Il avait été convenu qu'elle passerait pour une dame créole, et Emmeline pour sa femme de chambre.

Élevée dès son enfance au milieu de gens distingués, Cassy se trouvait en parfait rapport de langage, de manières, d'aspect, avec le rôle qu'elle avait pris. Ce qui lui restait encore de joyaux et de riches vêtements lui permit de compléter son personnage.

Elle s'arrêta dans le faubourg de la ville, à un maga-

---

[1] Le delirium tremens.

sin où elle avait remarqué des malles à vendre. Elle en
acheta une, et pria le marchand de la lui faire porter.
Ainsi, escortée d'un domestique qui voiturait son bagage
sur une brouette, d'Emmeline qui la suivait chargée de
son sac de nuit et de divers paquets, elle fit son entrée
dans la petite auberge en femme de qualité.

La première personne qu'elle y rencontra fut George
Shelby; il attendait le passage du bateau.

De la lucarne du grenier, Cassy avait observé le jeune
homme; elle l'avait vu enlever le corps de Tom, et avait
assisté de loin, non sans une certaine satisfaction, à sa
lutte avec Legris. Plus tard, pendant ses excursions noc-
turnes, et en rapprochant les bribes de conversations
qu'elle avait surprises parmi les noirs, elle sut qui il
était, et comprit ses relations avec Tom. En le voyant
comme elle attendre le bateau, elle se sentit rassurée.

L'air, les manières, et surtout la prodigalité de Cassy,
écartèrent dans l'hôtel jusqu'à l'ombre d'un soupçon.
Les gens sont, d'ordinaire, peu disposés à chercher querelle à quiconque paye bien; c'est ce qu'avait prévu
Cassy lorsqu'elle s'était munie d'argent.

Entre chien et loup on entendit approcher le bateau.
George Shelby, avec la politesse naturelle à tout Kentuckien, offrit le bras à Cassy pour la conduire à bord,
et s'occupa de l'y installer convenablement.

Tant que dura la traversée de la rivière Rouge elle
garda la chambre et le lit, sous prétexte d'indisposition,
et son officieuse compagne se montra des plus empressées
à la soigner.

En atteignant le Mississipi, George, qui savait que la
dame étrangère se dirigeait comme lui vers le haut pays,
lui proposa de louer un salon en commun dans le même
bateau. Il la plaignait de sa faible santé, et désirait faire
de son mieux pour lui venir en aide.

Voilà donc nos voyageuses saines et sauves, établies à

bord du bon bateau le *Cincinnati*, et remontant le fleuve à toute vapeur.

La santé de Cassy s'était singulièrement améliorée; elle se promenait sur le pont, s'y asseyait, dînait à table; tous remarquaient en elle des traces d'une rare beauté.

Dès que George l'entrevit, il fut frappé d'une de ces vagues et insaisissables ressemblances que presque tous nous avons rencontrées et qui nous troublent. Il ne pouvait s'empêcher de la regarder, de l'observer constamment. A table ou au salon, les yeux du jeune homme se fixaient sur elle, et ne s'en détournaient que lorsqu'elle se montrait fatiguée de cette persistance.

Cassy s'inquiéta; elle pensa qu'il soupçonnait quelque chose, et, résolue de s'en remettre à sa générosité, elle lui conta son histoire.

George était tout disposé à la sympathie pour quiconque avait fui de la plantation *Legris*, de ce lieu haïssable, dont il ne pouvait parler sans indignation. Avec ce courageux mépris des suites, apanage de son âge et de son caractère, il assura Emmeline et Cassy qu'il ferait tout au monde pour les protéger et les seconder dans leur dessein.

La chambre voisine était occupée par une Française, madame de Thoux, qui avait avec elle une jolie petite fille d'environ douze ans.

Cette dame ayant ouï dire à George qu'il était du Kentucky, se montra empressée de rechercher sa connaissance; elle y fut aidée par les grâces de l'enfant qui l'accompagnait; c'était le plus gentil petit être qui ait jamais charmé l'ennui d'un séjour d'une quinzaine à bord d'un bateau à vapeur.

George s'asseyait souvent à la porte de la chambre de madame de Thoux, et Cassy pouvait, de la galerie, entendre leur conversation.

L'étrangère faisait mille questions sur le Kentucky, où elle avait, disait-elle, séjourné dans sa jeunesse. George découvrit, avec surprise, qu'elle avait habité dans le voisinage immédiat de sa famille : elle montrait du pays et des habitants une connaissance qui le confondait.

« N'avez-vous pas dans vos environs, lui demanda-t-elle un jour, un homme nommé Harris?

— Il y a, en effet, un vieux planteur de ce nom, qui habite à peu de distance de chez mon père, répondit George; mais nous n'avons jamais eu beaucoup de relations avec lui.

— C'est un grand propriétaire d'esclaves, je crois, reprit madame de Thoux d'un ton qui trahissait plus d'intérêt qu'elle n'en voulait montrer.

— Oui, répliqua George, remarquant son trouble avec surprise.

— Peut-être saviez-vous... peut-être avez vous ouï dire qu'il avait... un mulâtre nommé Georges.

— Oh! certainement. — Georges Harris. Je le connaissais bien. Il avait épousé une des femmes de ma mère; il s'est enfui, et doit être maintenant au Canada.

— Enfui! Dieu soit loué! » s'écria madame de Thoux.

George, de plus en plus surpris, la regarda avec curiosité, mais ne dit rien.

Madame de Thoux fondit en larmes. « C'est mon frère! dit-elle.

— Madame! se récria George.

— Oui, monsieur Shelby. Et elle releva la tête avec un sentiment d'orgueil; Georges Harris est mon frère!

— Est-il possible? dit George se reculant et la considérant d'un air ébahi.

— Je fus vendue dans le Sud, qu'il n'était encore qu'un enfant, poursuivit-elle. Un homme bon et généreux m'acheta· il m'emmena aux colonies françaises, m'affranchit et m'épousa. J'ai eu récemment le chagrin de le perdre, et je me rendais au Kentucky dans l'espoir d'y retrouver mon frère et de le racheter.

« — Je lui ai, en effet, entendu parler d'une sœur Émilie, qui avait été vendue dans le Sud.

— Je suis cette sœur, reprit madame de Thoux. Mais, dites-moi, je vous prie, ce qu'il était, lui?

— Un beau jeune homme, répliqua George; et malgré la malédiction de l'esclavage, il s'était fait une excellente renommée, comme intelligence et comme principes. Je suis d'autant plus au fait, qu'il s'est marié dans notre maison.

— Et qu'était sa femme? demanda madame de Thoux avec anxiété.

— Un trésor, dit George, une intelligente, pieuse et belle jeune fille. Ma mère l'avait élevée presque comme son enfant. Elle savait lire, écrire; elle cousait et brodait à merveille. Elle avait de plus une voix remarquable et chantait fort bien.

— Était-elle née chez vous?

— Non; mon père l'avait achetée dans un de ses voyages à la Nouvelle-Orléans, et l'offrit à ma mère en cadeau. Elle avait alors de huit à neuf ans. Il ne voulut jamais dire ce qu'il l'avait payée; mais l'autre jour, en classant de vieux papiers, nous avons retrouvé le contrat de vente. Elle lui avait coûté une somme exorbitante, sans doute à cause de sa rare beauté. »

George, tandis qu'il donnait ces détails, tournait le dos à Cassy, et ne pouvait voir l'expression de sa figure.

A cet endroit du récit elle lui toucha le bras, et pâle d'émotion, elle dit : « Savez-vous le nom des gens qui l'ont vendue?

— Un certain Simmons était, je crois, le principal propriétaire; — du moins ce nom, si je ne me trompe, figurait en tête du contrat.

— Oh! mon Dieu! » s'écria Cassy, et elle tomba sans connaissance sur le plancher.

George et madame de Thoux s'empressèrent autour d'elle; quoiqu'ils ne comprissent rien à cet évanouissement, ils en étaient troublés, et firent en conséquence toutes les gaucheries ordinaires en pareil cas. Dans son zèle George renversa un pot à l'eau et cassa deux verres. Les dames rassemblées au salon, apprenant que quelqu'un s'était évanoui, obstruèrent les portes, interceptèrent l'air autant que possible; bref, tout ce qui n'aurait pas dû se faire se fit.

La pauvre Cassy n'en revint pas moins à elle; détournant son visage, elle pleura et sanglota comme un enfant. — Peut-être, vous mères, pourriez-vous dire à quoi elle pensait; peut-être ne le pourriez-vous pas. Mais en ce moment, elle se sentit sûre que Dieu l'avait prise en pitié, et qu'elle reverrait sa fille. — Et, en effet, plus tard... — Mais nous anticipons.

CHAPITRE XLIV

Résultats.

Il nous reste peu de choses à ajouter. Ému comme le devait être un jeune homme des espérances et des anxiétés de la pauvre mère, et rempli de sentiments d'humanité, George Shelby ne perdit pas un moment pour rechercher l'acte de vente et le lui faire passer. Noms, date, tout correspondait juste avec les souvenirs de Cassy. Le doute n'était plus possible quant à l'identité de l'enfant. Il ne s'agissait désormais que de retrouver les traces des fugitifs.

Madame de Thoux et Cassy, réunies par la singulière coïncidence de leurs destinées, se rendirent immédiatement au Canada, et commencèrent leur enquête dans toutes les stations où s'établissent les nombreux esclaves fugitifs. A Amherstberg, elles découvrirent le missionnaire qui avait recueilli le jeune ménage à son débarquement, et apprirent de lui que toute la famille était allée s'établir à Montréal.

Georges et Éliza y jouissaient de leur liberté depuis environ cinq ans. Le mari avait trouvé une occupation stable dans les ateliers d'un honnête ingénieur-mécanicien, et ses gains étaient suffisants pour maintenir dans l'aisance sa famille, qui s'était accrue d'une petite fille.

Henri, devenu un beau et vif jeune garçon, fréquentait assidûment une bonne école où ses progrès étaient rapides.

Le digne pasteur de la station d'Amherstberg fut tellement touché de ce que madame de Thoux et Cassy lui racontèrent qu'il céda aux sollicitations de la première, et consentit à les accompagner dans leur recherche, la fortune de madame de Thoux lui permettant de se charger de tous les frais.

Voyez-vous, au fond d'un des faubourgs de Montréal, cette petite maison proprette? Là, vers la nuit, un feu joyeux égaye le foyer; la table à thé, avec sa nappe d'une blancheur de neige, est préparée pour le repas du soir. Dans un coin de la chambre, sur une autre table couverte d'un drap vert, se trouve le pupitre à écrire, les plumes, le papier; au-dessus une tablette étroite est garnie d'un petit assortiment de livres de choix; c'est là le cabinet de Georges; car cette même activité d'intelligence qui l'a rendu capable d'apprendre à la dérobée l'art de lire et d'écrire, au milieu de tous les obstacles, des fatigues, des travaux de sa première vie, le porte encore à dévouer ses heures de loisir à la culture de son esprit.

A ce moment il est devant sa table à prendre quelques notes d'un volume de la *Bibliothèque de famille* qu'il achève de lire.

« Allons, Georges, dit Éliza, tu as travaillé dehors tout le jour, veux-tu bien poser ce livre à présent et nous accorder quelque peu de causerie pendant que je prépare le thé? — Sois bon! »

La petite Éliza seconde les efforts de sa mère; elle trottine vers le lecteur, et tâche de s'installer sur ses genoux à la place du volume qu'elle s'efforce de lui enlever.

« O petite friponne! dit Georges cédant comme font tous les pères.

— A la bonne heure! » reprend Éliza qui coupe les tartines de pain. Un peu moins jeune, un peu moins svelte, elle a dans la figure quelque chose de plus maternel, de moins jeune fille que jadis; mais elle semble aussi heureuse qu'une femme puisse l'être.

« Henri, mon garçon, comment t'y es-tu pris pour faire cette addition? » demande Georges posant sa main sur la tête de son fils.

Ce n'est plus l'enfant aux longues boucles soyeuses; mais il a conservé les yeux brillants, les cils épais et longs, le front haut et hardi qui se colore d'orgueil comme il répond : « Je l'ai faite tout seul, papa, tout seul : *personne* ne m'a aidé.

— C'est bien, mon garçon; appuie-toi sur toi-même, mon fils, tu as pour cela meilleure chance que ne l'avait ton pauvre père. »

En ce moment on frappe à la porte; Éliza va ouvrir. A son cri de joie : « Quoi, c'est vous! » son mari s'est levé, et le bon pasteur d'Amherstberg est accueilli. Deux dames l'accompagnent, Éliza les engage à s'asseoir.

S'il faut tout dire, le bon missionnaire avait fait son petit programme à l'avance. Toute l'affaire devait se dérouler d'elle-même progressivement; et, en route, il avait bien prémuni ses compagnes contre une découverte trop soudaine.

Quelle fut donc la consternation du brave homme lorsque, juste au moment où, après avoir, d'un geste, indiqué aux deux dames leurs siéges, il tirait son mouchoir, afin de préluder au discours avec la gravité voulue, soudain madame de Thoux renverse tous ses plans, et jetant ses deux bras autour du cou de Georges : « O Georges! s'écrie-t-elle, ne me reconnais-tu pas? Je suis ta sœur Émilie! »

Cassy, demeurée assise avec plus de tenue et de calme, se préparait à jouer de son mieux son personnage, lorsque la petite Éliza lui apparut sous les traits, la taille, toute l'apparence de sa fille si longtemps perdue et pleurée, et secouant sur sa petite tête ronde les mêmes boucles flottantes. La petite espiègle épiait la figure de la dame avec de grands yeux curieux. Cassy n'y tint pas, elle la saisit, l'enleva et la pressa contre sa poitrine en criant, ce qui, dans l'émotion du moment, lui semblait réel : « Ma chérie, je suis ta mère! »

C'était en vérité chose difficile que de remettre tout en ordre et de tranquilliser chacun. Ce ne fut pas sans peine que le digne pasteur y arriva. Enfin, il put débiter le discours qui devait ouvrir la séance, et réussit de façon à satisfaire tout orateur ancien ou moderne, car l'auditoire entier fondit en larmes.

Tous s'agenouillèrent, et l'excellent homme prononça la prière pour tous. — Il est des sentiments si agités, si tumultueux qu'ils ne peuvent trouver de repos qu'en s'épanchant au sein de l'Éternel, source de tout amour. — En se relevant, frère, sœur, mère et fille si inopinément retrouvés, s'embrassèrent avec des élans de reconnaissance pour ce Dieu qui, au travers de tant de souffrances, de tant de périls, et par de si obscures voies, les réunissait enfin.

Les notes recueillies par un missionnaire du Canada abondent en histoires plus merveilleuses que les fictions les plus romanesques. En peut-il être autrement sous un état de choses qui lance les familles dans toutes les directions, comme un vent d'orage disperse les feuilles d'automne? Semblable aux rives éternelles, ce pays de

refuge réunit souvent, dans une commune allégresse,
ceux qui, durant de longues années, se sont pleurés l'un
l'autre, se croyant à jamais perdus. Rien de plus touchant que l'ardeur inquiète avec laquelle on accueille
chaque arrivant qui peut apporter quelques nouvelles de
mères, de sœurs, d'enfants, de femmes perdus encore
dans les sombres limbes de l'esclavage.

Il se fait des actes d'héroïsme au-dessus de toutes les
fictions romanesques, lorsque, défiant les tortures et
bravant la mort, le fugitif, sauvé une première fois, retourne volontairement s'exposer à tous les périls de ces
lieux de ténèbres, pour en arracher une mère, une sœur,
une épouse!

Un jeune homme, dont un missionnaire nous racontait
l'histoire, deux fois repris, déchiré de honteux coups de
fouet pour son héroïsme, s'est échappé de nouveau, et,
dans une lettre que nous entendions lire, parle de retourner à tout risque pour tenter de délivrer sa sœur.
Cet homme est-il, à votre avis, un criminel ou un héros?
Pour sauver votre sœur n'en feriez-vous pas autant? et
le pouvez-vous blâmer?

Revenons aux amis que nous avons laissés essuyant
leurs larmes et cherchant à reprendre haleine au milieu
des transports d'une joie trop vive et trop inattendue.
Les voilà réunis autour d'un riant couvert, et devenus
vraiment sociables et de bonne compagnie. Cassy seulement, la petite Éliza sur ses genoux, ne se peut modérer
et la serre souvent avec transport. La petite espiègle
étonnée la regarde, et ne comprend pas que la dame refuse de se laisser étouffer à force de gâteaux, que l'enfant
persiste à lui fourrer dans la bouche! et lorsque Cassy
affirme avoir enfin trouvé ce qu'elle aime mieux que
tous les gâteaux et bonbons, la petite fixe sur elle de
grands yeux tout surpris.

Deux ou trois jours ont rendu Cassy méconnaissable.
Son expression de farouche désespoir a fait place à l'air

d'une douce et tendre confiance; elle semble se fondre tout doucement dans la famille et s'empare des enfants comme d'un bien longtemps convoité. Son affection déborde sur la petite, plus que sur sa propre fille. Dans l'enfant, elle voit l'image si parfaite de celle qu'elle avait perdue. La petite créature, entre sa grand'mère et sa mère, est comme une chaîne fleurie, un lien de sympathie et d'affection. La ferme et solide piété d'Éliza, que la lecture constante de la sainte parole a nourrie, la rend un excellent guide pour l'esprit inquiet et fatigué de sa pauvre mère, et bientôt, soumise à tant de salutaires influences, Cassy devient une pieuse et tendre chrétienne.

Il s'était à peine passé deux jours, que madame de Thoux, mettant son frère au fait de ses affaires personnelles, offrait de partager avec la famille de Georges la fortune considérable et indépendante que lui avait laissée son mari.

« Oh! chère Émilie, lui répondit son frère, donne-moi ce que j'ai toujours désiré par-dessus tout, une bonne et complète éducation, et je me charge du reste. »

Après mûre délibération, il fut décidé que la famille tout entière se rendrait en France. Ils partirent, emmenant avec eux Emmeline. Celle-ci ayant, dans la traversée, gagné le cœur du second du navire, devint sa femme peu après leur arrivée au Havre.

Georges suivit quatre ans à Paris les cours de l'université avec un zèle assidu. Il prit des maîtres, et son éducation se compléta de façon à faire de lui un homme tout à fait supérieur. Les troubles politiques survenus en France à cette époque décidèrent le retour de la famille en Amérique. Ce que l'instruction et la fréquentation des hommes lettrés apportèrent de maturité dans les sentiments et les vues de Georges se fera mieux comprendre par les fragments d'une lettre qu'il écrivit à cette époque à un de ses amis :

« Je me sens fort combattu quant à mes plans d'avenir. Il est vrai que je puis, comme vous m'y engagez, faire partie de la société des blancs de ce pays. Le mélange de couleur, chez moi à peine perceptible, disparaît tout à fait pour ma femme et mes enfants. Il ne tient donc qu'à moi de me faire passer pour un blanc; mais, à vous parler vrai, je ne le souhaite point.

« Mes sympathies ne sont pas pour la race de mon père. Qu'étais-je pour lui? Ce qu'est un beau chien, un beau cheval, peut-être. Pour ma pauvre chère mère, j'étais un fils, et sa race est la mienne. Jamais je ne l'ai revue depuis la cruelle vente qui nous sépara : elle est morte sans m'embrasser; mais je sais, je le sais par mon propre cœur, jusqu'au bout elle m'a chèrement aimé. Quand je songe à ce qu'elle a souffert, aux angoisses de mon enfance et de ma première jeunesse, au désespoir, aux luttes de mon héroïque femme, de ma sœur vendue dans un marché d'esclaves à la Nouvelle-Orléans, — sans manquer de charité chrétienne, je l'espère, je puis dire que je ne souhaite nullement passer pour être Américain, et que je n'adopte point l'Amérique pour patrie.

« C'est à la race opprimée, réduite en esclavage, c'est à la race africaine que je me rallie de toute l'énergie de mes affections. Loin de désirer m'en éloigner en perdant toute trace de couleur, je me souhaiterais d'une teinte plus sombre, afin de me rapprocher d'elle.

« Toutes mes sympathies, toutes les ardeurs de mon âme sont pour une *nationalité* africaine. Je veux rentrer dans un peuple ostensiblement séparé des autres peuples. Où le chercher? Pas dans Haïti. Partis de bas, ces hommes ne sauraient s'élever. Le fleuve ne remonte pas au-dessus du niveau de sa source. La race qui forma le peuple haïtien était molle, efféminée, et pour que ceux qu'elle tenait assujettis se régénèrent, il faudra des siècles.

« Où regarder alors? Sur les rives de l'Afrique, je vois

une république formée d'hommes choisis partout, élevés
pour la plupart au-dessus de la condition d'esclave à
force d'énergie individuelle, dont l'intelligence s'est formée, s'est éclairée, toujours grâce à des efforts personnels. Cette république a traversé des temps de faiblesse
et d'épreuve; elle est arrivée à se faire reconnaître sur la
surface du globe. — Elle est avouée par la France, par
l'Angleterre. — Là j'irai, là est mon peuple.

« N'allez pas tous vous récrier, attendez; avant de me
jeter la pierre, écoutez-moi. Durant mon séjour en France,
j'ai étudié avec un intérêt profond l'histoire de ma race
captive en Amérique; j'ai suivi les opinions, observé les
débats entre les colonisationnistes et les abolitionnistes [1].
Spectateur à distance, j'ai pu me former une opinion qui
serait peut-être autre si j'avais pris part à la lutte.

« Je ne nierai pas que la colonie de Libéria n'ait servi
d'instrument à toute sorte de desseins contre nous;
qu'elle n'ait été une arme dans les mains de nos oppresseurs; qu'elle n'entre dans les moyens employés
pour retarder, sinon pour empêcher à jamais notre
émancipation. Mais, pour moi, la question est autre.
N'y a-t-il pas au-dessus des plans faits par les hommes
un Dieu qui, renversant leurs projets, a peut-être, par
leurs mains, et malgré eux, créé pour nous une nation?

« De nos temps il n'y faut qu'un jour. Un peuple se
dresse-t-il tout à coup, il trouve tous les grands problèmes de la vie sociale, de la vie politique et de la civilisation déjà préparés, résolus pour lui. — Il n'a rien à
découvrir, il lui suffit d'appliquer. Laissez-nous donc,
nous serrant les uns contre les autres, réunir nos forces,
marcher tous ensemble, et voir ce que nous pourrons accomplir, ayant le splendide continent de l'Afrique ouvert

---

[1] Ceux-ci, sans se préoccuper de l'avenir des esclaves libérés, ne veulent que
leur droit. L'affranchissement immédiat et sans restriction est pour eux un devoir, une religion. Les autres parlent d'affranchir successivement, et d'exporter
les esclaves sur les rives de l'Afrique, à Libéria.

devant nous et nos enfants. Notre race puissante roulera les flots de la civilisation et du christianisme le long de ces magnifiques rivages, et plantera des républiques vigoureuses qui, croissant avec la rapidité des végétations tropicales, éblouiront les siècles futurs.

« Direz-vous que j'abandonne mes frères captifs? Je ne le pense pas. Ah! si jamais je les oubliais une heure, un moment, puisse à son tour Dieu m'oublier! Mais ici que ferais-je pour eux? Puis-je briser leurs chaînes? non; comme individu. Faisant partie d'une nation ayant voix parmi les nations, c'est autre chose. Alors nous nous ferons écouter. Un peuple peut discuter, remontrer, implorer, exiger même et soutenir la cause de sa race : un individu ne peut rien.

« Si jamais l'Europe devient un grand conseil de nations éclairées et libres, — et j'ai foi en Dieu que ce temps arrivera, — si tout servage, toute injuste et oppressive inégalité disparaissent, si tous les peuples, comme l'ont fait Français et Anglais, reconnaissent notre indépendance; alors nous en appellerons à ce congrès suprême, et nous plaiderons devant lui la cause de notre race opprimée et souffrante. Il est impossible qu'alors l'Amérique détrompée ne s'empresse pas d'effacer elle-même la barre sinistre qui souille son écusson, la dégrade au milieu des peuples, et devient pour elle une malédiction pire que pour ceux mêmes qu'elle opprime.

« Vous me dites que notre race a, pour se fondre dans la république américaine, les mêmes droits que les Irlandais, les Allemands, les Suédois? Je vous l'accorde; elle en a même de plus légitimes. Nous *devrions* être libres de nous associer, de nous mêler aux Américains, — de nous élever parmi eux, selon le mérite personnel, sans considération de caste ou de couleur. Ceux qui nous dénient ce droit mentent aux principes mêmes d'égalité humaine qu'ils professent. *Ici* nos droits de-

vraient dépasser ceux de tous les autres hommes; car à nous, race injuriée, est due une réparation; mais *je n'en veux pas.* Je demande une patrie, une nation qui soit mienne. Je crois que la race africaine a des vertus, des facultés qui doivent s'épanouir aux clartés de la civilisation et du christianisme, et qui, autres que celles des Anglo-Saxons, peuvent être moralement d'un ordre supérieur.

« Les destinées du monde ont été confiées à cette race du Nord, ferme et entreprenante, durant une première période, toute de lutte et de conflit. Ses éléments rigides, énergiques, inflexibles, la préparaient à cette mission. Mais, comme chrétien, j'attends une ère moins âpre, et je crois y toucher. Les douleurs qui, de nos jours, agitent, ébranlent les nations, ne sont, à mes yeux, que les transes, les angoisses de l'enfantement de cette heure prospère de paix et de fraternité universelle que j'espère.

« J'ai la conviction la plus ferme que le développement de la race africaine sera essentiellement chrétien. Si elle n'est ni dominante, ni impérieuse, ni énergique, elle est affectueuse, tendre, pleine de magnanimité et de clémence. Éprouvée dans la fournaise de l'injustice et de l'oppression, il lui a fallu embrasser, avec une foi plus intime et plus ardente, la doctrine d'amour et de pardon qu'elle est appelée à répandre et à faire régner sur tout le continent africain.

« Moi-même, je le confesse, je sens mon insuffisance sous ce point de vue. Le sang impétueux et bouillant du Saxon est pour moitié dans celui qui échauffe mes veines; mais j'ai sans cesse à mes côtés celle dont la voix persuasive me prêche l'Évangile avec une si pénétrante onction; j'ai ma belle, ma charmante femme. Si je m'égare et m'irrite, son doux et tendre esprit vient me calmer, et me remettre sous les yeux la vocation et la mission de notre race. Comme patriote chrétien, comme prédicateur chrétien, je vais dans la patrie que j'ai choisio, dans ma glorieuse Afrique. C'est à ma nation que, du plus profond de mon cœur, j'applique souvent les magnifiques promesses du prophète : « Au lieu que tu as été abandonnée et haïe, tellement qu'il n'y avait personne qui passât vers toi, je te mettrai dans une élévation éternelle et dans une joie qui durera de génération en génération [1] »

« Vous me traiterez d'enthousiaste; vous me direz que je n'ai pas assez considéré et pesé ce que j'entreprends. J'ai tout examiné, mon ami, je sais à quoi je m'expose et connais mes enjeux. — Je vais à Libéria, non comme à une terre de romanesques espérances, j'y vais comme au *champ du labour.* — J'y vais pour y travailler des deux bras, — pour y travailler *vigoureusement;* y travailler contre toute espèce de difficulté, de découragement, y travailler enfin jusqu'à ce que je meure. C'est là pourquoi j'y vais. Sur ce point, je pense, vous m'accorderez que je ne cours nul risque d'être désappointé.

« Quoi que vous puissiez penser de ma résolution, ne me retirez pas votre confiance, votre amitié, et soyez sûr que, quoi que je fasse, j'agis dévoué de cœur et d'âme, — tout entier à mon peuple.   GEORGES HARRIS. »

Quelques semaines après, l'auteur de cette lettre, sa femme, ses enfants, sa sœur et sa belle-mère s'embarquaient pour l'Afrique; et si nous ne sommes trompés, le monde aura plus tard de leurs nouvelles.

Nous n'avons rien de particulier à dire des autres personnes dont nous avons entretenu le lecteur. Un mot seulement sur Topsy et miss Ophélia; et un chapitre d'adieu à notre ami George Shelby.

Miss Ophélia emmena Topsy avec elle dans l'État de Vermont, à l'inexprimable surprise du corps réfléchi solennel, des gens sérieux qui, à la Nouvelle-Angleterre, s'appellent exclusivement *notre monde*. Cette addition à l'établissement si bien ordonné jusqu'alors de la famille, parut «à notre monde» des plus inopportunes et tout à fait bizarre. Mais les efforts de miss Ophélia pour remplir *son devoir* envers son élève étaient trop zélés, trop persévérants, pour ne pas devenir efficaces. Bientôt l'enfant, qui croissait rapidement en grâce et en sagesse, se fit bien venir, et dans la maison, et dans les familles du voisinage. Devenue une intelligente jeune fille, elle demanda et obtint le baptême, et, comme membre de l'Église chrétienne, montra tant d'activité, de zèle, d'ardeur, à se rendre utile, de désir de faire un peu de bien en ce monde, qu'enfin, recommandée, choisie, approuvée, elle fut envoyée comme missionnaire à l'une des stations d'Afrique. Là, comme nous l'avons appris, l'activité turbulente, l'intelligence désordonnée qui avaient rendu son enfance à elle-même si fatigante, ne lui sont point inutiles maintenant. Elle applique ces facultés régularisées, de la façon la plus heureuse et la plus salutaire, à l'éducation des enfants de sa race.

P. S. Quelques mères apprendront avec plaisir que les recherches provoquées par madame de Thoux, pour découvrir le fils de Cassy, ont eu un résultat favorable. Ce jeune homme, doué d'une nature énergique, était parvenu, quelques années avant sa mère, à s'échapper; il fut reçu et élevé dans le Nord, par les amis des opprimés, et il est allé rejoindre sa famille en Afrique.

CHAPITRE XLV

Le libérateur.

George Shelby écrivit quelques lignes à sa mère pour lui annoncer son retour. Il n'y parlait point de la mort de son pauvre vieil ami, car le cœur lui défaillait dès qu'il abordait ce triste sujet. Il s'y était repris à plusieurs fois, mais, étouffé par ses sanglots, il déchirait le papier, s'essuyait les yeux, et courait chercher ailleurs un peu de calme.

Toute la « grande maison » était en rumeur ce jour-là : on attendait massa Georgie. Madame Shelby s'établit au salon, où un pétillant feu de bois dissipait les froides brumes d'un soir d'automne. Le couvert, resplendissant d'argenterie et de cristaux, avait été mis pour le souper sous l'inspection de notre ancienne amie, tante Chloé.

Parée d'une robe de cotonnade neuve, d'un tablier blanc, et d'un haut turban bien empesé, sa face noire et luisante rayonnant de satisfaction, Chloé mettait la dernière main aux arrangements de la table, avec une minutieuse ponctualité, qui lui servait aussi de prétexte pour rester et causer un peu avec « maîtresse. »

« Là! à présent que tout est en place, dit-elle, semblera-t-il pas à massa Georgie avoir pas bougé? voilà son assiette juste où il la lui faut, — pas loin du feu, massa Georgie aimer bien toujours une bonne place chaude. Oh! y a qu'à me laisser faire! Pourquoi donc que Sally a pas tiré la belle théière, — la neuve, que massa Georgie a donnée à maîtresse, pour Noël? m'en vais la chercher, moi. — Maîtresse a eu des nouvelles de massa? dit-elle d'un ton interrogateur.

— Oui, Chloé, une ligne ou deux, rien que pour dire qu'il sera ici ce soir, s'il le peut; — c'est tout.

— Et massa pas dire un petit mot de mon vieux? — rien? demanda-t-elle, s'affairant autour des tasses.

— Non, il n'en parle pas, Chloé, et dit seulement qu'il nous racontera tout à son retour.

— Bien pareil à massa Georgie, ça! Petit garçon, lui vouloir toujours dire les choses lui-même. Oh! moi, bien connaître massa Georgie! De fait, je sais pas pourquoi les blancs font comme ça un tas d'écritures; — c'est une façon de besogne si longue et si malaisée! »

Madame Shelby sourit.

« Bien sûr, mon vieux reconnaîtra pas les garçons, ni la petite mignonne non plus. — Seigneur! Polly est une grande fille à présent, et une bonne fille, point trop manchotte. Elle est restée à la case pour veiller au gâteau, tout juste le pareil de celui que mon vieux aimait tant! le même que je lui avais fait le jour qu'on l'a emmené! Le Seigneur nous bénisse! je savais pas où j'en étais ce matin-là! »

Madame Shelby soupira : ce souvenir lui tombait comme un poids sur le cœur. Depuis qu'elle avait reçu la lettre de son fils, elle éprouvait une inquiétude vague; elle craignait que son silence ne cachât quelque mauvaise nouvelle.

« Maîtresse a bien les billets? demanda Chloé avec anxiété.

— Oui, Chloé.

— C'est que je voudrais faire voir à mon vieux les vrais billets que ce *confesseur* de là-bas m'a donnés. « Chloé, qu'i' m'a dit, je suis fâché que vous restiez pas plus longtemps. » — Merci, maît', que je lui réponds; c'est pas possib', parc' que mon vieux va revenir, et que maîtresse peut pas se passer de moi davantage. Voilà tout juste comme j'ai dit. Un homme bien juste et très comme il faut, M. Jones. »

Chloé avait demandé avec instance que les mêmes billets de banque, qui lui avaient été payés comme gages, fussent conservés pour être montrés à son mari, en preuve de sa capacité, et madame Shelby y avait consenti de grand cœur.

« Oh! il ne pourra jamais reconnaître Polly, mon vieux! il la reconnaîtra pas, c'est sûr. — Seigneur! dire qu'il y a cinq ans qu'ils l'ont emmené! La petiote pouvait quasiment pas se tenir sur ses pieds. Je me rappelle comme il était toujours en sursaut, de peur qu'elle tombât, quand elle commençait à marcher! i semble que ce soit hier. »

Le bruit des roues se fit entendre.

« Massa Georgie! » dit Chloé, se précipitant à la fenêtre.

Madame Shelby courut à la porte d'entrée, où son fils la serra dans ses bras. Tante Chloé demeurait immobile, s'efforçant de toute la puissance de ses yeux de découvrir quelqu'un dans l'obscurité.

« Oh! *pauvre* tante Chloé! dit George avec émotion, en s'arrêtant près d'elle, et serrant sa main rude et noire entre les siennes, j'aurais donné tout — tout ce que je possède pour le ramener avec moi; mais il est parti, — il est allé dans un meilleur monde. »

Madame Shelby poussa une exclamation de douleur, mais Chloé ne dit rien.

Ils entrèrent au salon. L'argent dont Chloé était si fière était étalé sur la table.

Elle le réunit, le tendit d'une main tremblante à sa maîtresse. « Là, dit-elle, je veux plus jamais le voir, ni en entendre parler. Je savais comment ça finirait : — vendu et assassiné là-bas sur ces abominables plantations! »

Chloé se détourna, et se dirigea orgueilleusement vers la porte. Madame Shelby la suivit, prit une de ses mains, l'attira doucement sur une chaise, et s'assit près d'elle:

« Ma pauvre bonne Chloé! »

La fidèle créature pencha sa tête sur l'épaule de sa maîtresse et sanglota : « Oh! excusez, maîtresse, pauv' cœur à moi est fendu! —C'est tout!

— Je le sais, dit madame Shelby, dont les larmes tombaient pressées. Je ne puis le guérir, mais Jésus le peut, lui : il cicatrise les cœurs brisés et panse leurs plaies. »

Il y eut un long silence; tous pleuraient ensemble. Enfin, George, assis près de la pauvre affligée, lui conta, avec une émouvante simplicité, la glorieuse mort de son mari, et lui répéta ses tendres et dernières paroles.

Environ un mois après, tous les esclaves de la plantation Shelby furent convoqués, un matin, dans le grand vestibule pour y entendre ce que le jeune maître avait à leur dire.

Il parut au milieu d'eux, une liasse de papiers à la main : à leur grande surprise, c'étaient des lettres d'affranchissement; il les lut, et les leur distribua, au milieu des pleurs et des exclamations de toute l'assemblée. Cependant, plusieurs se pressèrent autour de lui, le conjurant de ne les point congédier, et de reprendre les papiers, qu'ils lui tendaient avec une figure inquiète.

« Nous n'avons que faire de plus de liberté, disaient-ils. — Rien ne nous a manqué ici. — Nous ne voulons pas laisser la vieille maison, ni maître, ni maîtresse, ni tout !

— Mes bons amis, dit George, dès qu'il put obtenir un moment de silence, vous n'aurez pas à me laisser. L'habitation a besoin d'autant de mains qu'elle en a jamais occupé. Nous conservons dans la maison le même nombre de domestiques. Seulement, à dater de ce jour, vous êtes libres. Je vous payerai pour votre travail un salaire convenu. Le grand avantage, c'est que si je venais à m'endetter ou à mourir, — choses qui peuvent arriver, — vous ne pourriez être, maintenant, ni saisis, ni vendus. Je continuerai à faire valoir la terre, et tâcherai de vous enseigner, ce qui ne s'apprend pas en un jour, à bien user des droits que je vous donne. J'attends de vous de la douceur, de la bonne volonté pour apprendre, et, avec l'aide de Dieu, je serai loyal et fidèle à enseigner. Maintenant, mes amis, levez les yeux là-haut, et remerciez Dieu du bienfait de la liberté. »

Un vieux patriarche nègre, qui avait blanchi sur la plantation, et qui était devenu aveugle, se leva, et, joignant ses mains tremblantes, dit : « Enfants, rendons grâces au Seigneur! » Tous s'agenouillèrent à la fois.

Jamais *Te Deum*, avec les pompes de l'orgue, des cloches
et du canon, ne fut moitié si émouvant et ne monta
plus droit au ciel, que le simple chant de triomphe parti
de ces cœurs pieux et naïfs.

Comme ils se relevaient, un autre entonna un hymne
méthodiste qui avait pour refrain :

« O jubilé, jubilé, c'est l'année
Où le ciel s'ouvre à l'âme pardonnée. »

« Un mot encore ! dit George, coupant court aux re-
merciments de la foule, vous vous rappelez tous notre
cher, notre bon oncle Tom ? »

Il fit alors un court récit de sa mort, et parla de ses souvenirs affectueux pour tous ses anciens compagnons :
« C'est sur sa tombe, mes amis, que j'ai pris, devant Dieu,
la résolution de ne jamais plus posséder un esclave, tant
qu'il me sera possible de l'affranchir. J'ai juré que personne, du moins par ma faute, ne courrait désormais le
risque d'être arraché à sa maison, aux siens, et d'aller
mourir, comme il est mort, seul sur une plantation
isolée. Ainsi, en vous réjouissant de votre liberté, pensez
que vous la devez à cette bonne et belle âme, et acquittez-
vous envers elle à force de tendresse pour sa femme et
ses enfants. Songez à la joie d'être libres chaque fois que
vous verrez LA CASE DE L'ONCLE TOM, et qu'elle réveille
en vous tous l'envie de suivre ses traces, d'être comme
lui un honnête, un fidèle, un vaillant chrétien. »

CHAPITRE XLVI

Conclusion.

Des correspondants de plusieurs parties de ce pays
ont fréquemment demandé à l'auteur si le précédent

49.

récit était une fiction ou une réalité; voici sa réponse à ces diverses enquêtes.

Les incidents détachés de cette narration sont généralement authentiques. La plupart ont eu lieu sous l'observation immédiate, soit de l'auteur, soit de ses intimes amis. Les caractères ont été étudiés sur nature, et des phrases entières sont rendues mot pour mot, telles qu'elles ont frappé l'oreille de l'auteur, ou celle d'amis dignes de foi qui les lui ont rapportées.

La figure et tout le caractère d'Éliza ne sont que l'esquisse d'un portrait réel. L'auteur connait de nombreux exemples de l'incorruptible fidélité, de la piété tendre et sincère, de l'inflexible loyauté qui caractérisent l'oncle Tom. Parmi les événements du récit, les plus profondément tragiques, ceux qui offrent l'intérêt le plus romanesque, le plus saisissant, ne sont qu'un reflet exact de ce qui s'est passé dans la vie réelle. Entre autres, l'histoire de la mère traversant l'Ohio sur les glaces flottantes est un fait bien connu. La tragique mort de « la vieille Prue » eut lieu à la connaissance personnelle d'un frère de l'auteur, alors principal commis-receveur d'une des grandes maisons de commerce de la Nouvelle-Orléans. C'est lui qui a connu le planteur présenté sous le nom de Legris. En parlant de ce misérable, que dans sa tournée de recettes il venait de visiter, il m'écrivait : « Il m'a fait tâter son poing, tout semblable à un marteau de forge ou à une masse de fer, en se vantant *qu'il l'avait endurci à terrasser des nègres.* En quittant sa plantation j'ai respiré à pleine poitrine, comme si je venais d'échapper de l'antre d'un ogre. »

Il n'y a que trop de témoins vivants dans notre pays qui peuvent certifier que le tragique sort de Tom n'est pas une fiction. Les exemples de ce genre ne sont malheureusement point choses rares. Il suffira de rappeler qu'un des principes fondamentaux de la jurisprudence des États du Sud rejette, si un blanc est en cause, tout témoignage d'homme de couleur. L'on comprendra que, dans mainte occasion, la passion du maître peut l'aveugler sur son intérêt d'argent, et que l'esclave peut avoir en lui assez d'énergie virile, assez de fermeté de principes, pour résister jusqu'à la mort. Dans l'état de choses actuel la vie de l'esclave n'a de protection que celle que lui peut donner le *caractère* individuel du maître. Des faits, trop pénibles pour que l'on veuille s'y arrêter, parviennent accidentellement à la connaissance du public, et les commentaires qui s'ensuivent sont à peine moins révoltants que les événements qui les provoquent. « Ces cas, dit-on, sont rares; ils n'ont lieu, selon toute probabilité, que de temps à autre : il serait donc injuste d'en rien déduire quant à la pratique générale. » Si les lois de la Nouvelle-Angleterre étaient arrangées de telle sorte qu'un patron pût, de *temps à autre,* torturer jusqu'à la mort un de ses apprentis, sans qu'il fût possible de traduire le coupable en justice, prendrait-on la chose avec cette étrange tranquillité? dirait-on : « Ces cas sont rares; il serait injuste d'en rien déduire quant à la pratique générale?» Non; ce déni de justice, inhérent au système de l'esclavage, ne peut subsister que dans les États à esclaves.

Les incidents qui ont suivi la capture du navire *la Perle* ont fait connaître partout l'impudeur scandaleuse des ventes publiques de belles mulâtresses et de quarteronnes. Nous donnerons ici un extrait du discours de l'honorable Horace Mann, un des avocats de la défense : « Au nombre des soixante-seize personnes, dit-il, qui tentèrent en 1848 de s'échapper du district de Colombie sur le shooner *la Perle,* dont les officiers m'ont pris pour défenseur, se trouvaient plusieurs florissantes jeunes filles, pourvues de ces charmes, de ces séduisants attraits que les connaisseurs prisent si haut. Élisabeth Russel, l'une d'elles, tomba dans les serres d'un marchand d'esclaves, et fut destinée aussitôt à être vendue au marché de la Nouvelle-Orléans. Les cœurs de tous ceux qui virent la pauvre jeune fille furent si vivement touchés, qu'on offrit jusqu'à dix-huit cents dollars de rançon. Plusieurs souscrivirent pour tout ce qu'ils possédaient d'argent, à peu de chose près. Le trafiquant fut inexorable; Élisabeth, envoyée à la Nouvelle-Orléans, fut dérobée, par la miséricorde divine, au sort funeste qui lui était réservé; elle mourut à mi-chemin. Deux autres quarteronnes, toutes jeunes, nommées Edmundson, faisaient partie de la capture. Une sœur, plus âgée qu'elles, alla se jeter aux pieds du marchand qui les expédiait aussi à la Nouvelle-Orléans, et le supplia, pour l'amour de Dieu, d'épargner ces jeunes victimes. Le misérable eut l'impudence de la plaisanter, en énumérant les beaux habits, les riches toilettes que ses sœurs auraient sous peu. « Oui, dit-elle, cela peut réussir en cette vie, mais que deviendront-elles dans l'autre! » Les deux jeunes quarteronnes partirent donc pour être vendues au grand marché. Plus tard elles y ont été rachetées à des prix énormes et ramenées dans le Nord. » N'est-il pas évident, après cela, que l'histoire d'Emmeline et de Cassy rentrent dans le cours ordinaire des choses ?

Par un sentiment de justice, l'auteur tient à déclarer que la loyauté d'âme, la chaleureuse générosité de Saint-Clair ne sont pas des qualités étrangères aux habitants du Sud. Une anecdote viendra à l'appui. Il y a peu d'années qu'un habitant du Sud se trouvait à Cincinnati avec un esclave favori qui le servait depuis l'enfance. Ce dernier profita de l'occasion, s'enfuit, et se réfugia chez un quaker, connu par des services rendus aux noirs en pareille occurrence. Le maître fulmina; il avait traité son esclave avec une si constante indulgence, lui avait montré une confiance telle, qu'il était convaincu que, pour s'enfuir ainsi, le jeune homme avait dû être influencé. Le gentleman se rendit chez le quaker dans le premier feu d'une indignation, qui ne dura pas néan-

moins, car la candeur et la bonne foi étaient grandes
chez lui. Un point de la question qu'il n'avait jamais
envisagé lui fut mis sous les yeux, et il déclara immédiatement que si l'esclave exprimait en sa présence le
désir d'être libre, il promettait de l'affranchir. L'entrevue eut lieu en conséquence, et Nathan fut interrogé
par son jeune maître, qui lui demanda si jamais, en quoi
que ce fût, il avait eu à se plaindre de la façon dont il
était traité?

« Non, maître, dit Nathan, vous avez toujours été bon
pour moi.

— Eh bien, pourquoi me veux-tu quitter?

— Maître peut mourir. Alors, à qui tomberais-je? —
Non, je préfère avoir ma liberté. »

Après un moment de réflexion, le maître répliqua :
« A ta place, Nathan, je penserais probablement de
même; — tu es libre. »

Et sans retard il dressa l'acte d'affranchissement, le
remit aux mains du quaker, avec une somme d'argent
destinée à aider le jeune homme dans sa nouvelle voie,
et il y joignit une lettre remplie de sages et affectueux
conseils adressés à son ancien esclave. Cette lettre a été
quelque temps entre les mains de l'auteur de ce livre.

Elle espère avoir rendu justice à la noblesse, à la générosité, à l'humanité qui distinguent parfois les habitants du Sud. Mais si de tels exemples empêchent de
désespérer de notre race, nous le demandons à tous ceux
qui connaissent un peu le monde, des caractères de ce
genre ne sont-ils pas toujours, et partout, des exceptions?

Durant la plus grande partie de sa vie, l'auteur a
évité toute lecture, toute allusion qui eussent trait à la
question de l'esclavage. Le sujet lui semblait trop pénible, et elle comptait sur l'accroissement des lumières et
de la civilisation pour faire justice de ce reste de barbarie. Mais, depuis l'acte de la législature, en 1850, quand, à

son inexprimable surprise et à sa profonde consternation, elle a entendu des chrétiens, des hommes jouissant
d'une réputation d'humanité, recommander, comme un
devoir de bon citoyen, de rendre à leurs chaînes les malheureux esclaves fugitifs, — quand, de toutes parts, dans
les États libres du Nord, se sont multipliées, entre gens
tendres, compatissants, estimables, des discussions sur
le devoir du chrétien en pareille circonstance; — elle
s'est dit : Ces hommes, ces chrétiens ne savent pas ce
que c'est que l'esclavage; s'ils s'en doutaient seulement,
une telle question ne pourrait être soulevée. C'est alors
qu'elle a désiré représenter au *vif et au vrai*, dans une
narration dramatique, l'esclavage tel qu'il est. Elle s'est
efforcée de rendre pleine justice au côté le plus favorable; quant à l'autre! ah! qui peindra jamais sous ses
véritables couleurs ce qui ne saurait être révélé, ce qui
se cache enfoui dans la vallée obscure, qui, sous l'ombre
de la mort, s'étend de l'autre côté!

A vous, habitants du Sud, hommes, femmes au cœur
généreux, — à vous dont la vertu, la magnanimité, la
pureté de caractère, éclatent d'autant plus qu'elles ont
résisté à de sévères luttes, — c'est à vous que l'auteur
en appelle! N'avez-vous pas senti, au profond de votre
âme, et dans l'intimité de vos relations, que ce système
exécrable engendre des infamies, des plaies, des ulcères,
qui dépassent de bien loin ce que nous avons faiblement
esquissé dans ce livre, ce que même l'on n'oserait pas
indiquer? En peut-il être autrement? Est-ce à l'*homme*
qu'un pouvoir tout à fait irresponsable peut être confié?
et la loi qui enlève à l'esclave sa voix, comme témoin légal, ne fait-elle pas de chaque maître un despote dont le
pouvoir est complétement arbitraire? La conclusion pratique doit être claire à tous les yeux. Si, parmi vous,
hommes d'honneur et d'humanité, règne, comme nous
le reconnaissons, une opinion publique dont l'appréciation loyale est un frein, ne règne-t-il pas une opinion

publique d'une autre sorte chez les misérables, les bandits, les hommes vils, violents, grossiers? Ceux-ci n'ont-ils pas le droit légal de posséder autant d'esclaves que les premiers? et les hommes justes et bons sont-ils en majorité dans ce monde?

La traite des noirs est assimilée aujourd'hui à la piraterie par la loi américaine; mais un commerce d'esclaves, aussi régulièrement organisé que celui de la côte d'Afrique, est l'inévitable suite de l'esclavage américain; et, qui peut en énumérer et les misères et les horreurs!

L'écrivain n'a donné qu'une esquisse effacée, une faible ébauche des angoisses désespérées qui, à ce moment même, déchirent des milliers de cœurs, dispersent des milliers de familles, et poussent à la frénésie et au désespoir une race sensitive et sans défense. Ils vivent, ceux qui connaissent des mères que ce trafic odieux a contraintes à égorger leurs enfants, par amour maternel. Elles cherchaient dans la mort un abri à des maux pires que la mort. Rien de tragique, rien d'affreux ne peut être rêvé, raconté, conçu, que ne dépasse l'effroyable réalité de scènes qui, tous les jours, à toute heure, ont lieu sur nos rivages, sous la protection des lois américaines, à l'ombre de la croix du Christ..

Et maintenant, ô mes concitoyens! hommes et femmes de mon pays, est-ce là une chose frivole qui se puisse excuser et passer sous silence? Fermiers du Massachusetts, du New Hampshire, du Vermont, du Connecticut, qui lisez ce livre à la vive clarté de vos foyers d'hiver, —vaillants marins au cœur chaud, courageux armateurs du Maine, —est-ce là ce que vous prétendez protéger et encourager? généreux habitants de New-York, fermiers du fertile et riant Ohio, et vous, pionniers des larges États de l'Ouest aux prairies sans limites, — répondez : est-ce là ce que vos lois viennent défendre et garantir? Et vous, mères américaines, — vous qui, sur le berceau de vos

enfants, avez ouvert vos cœurs à la sympathie humaine
dans tout ce qu'elle a de plus ardent et de plus pur; —
au nom du saint amour que vous portez au cher petit
nourrisson; au nom des joies célestes que vous donne sa
belle enfance, innocente et folâtre; au nom de cette piété
maternelle et dévouée qui va le guider à mesure qu'il
grandira; au nom des tendres sollicitudes qui accompagnent ses premiers pas dans la vie; au nom des ardentes prières poussées au ciel pour l'éternel salut de son
âme, je vous adjure, je vous supplie, songez à la mère
qui, pénétrée de toutes vos anxiétés, brûlant du même
amour, n'a pas le moindre droit légal à protéger, à garder, à élever l'enfant de ses entrailles! Au nom de l'heure
fatale où votre petit bien-aimé commença à languir
sur votre sein, par ces regards mourants que vous n'ou-
blierez plus, par ces derniers cris, qui torturaient votre
cœur quand vous ne pouviez plus soulager ni sauver, par
la désolation de ce berceau vide, de cette chambre
muette, oh! je vous en supplie, ayez pitié de ces mères
privées de l'enfant de leur sein par le commerce légal de
l'Amérique! Et dites, ô mères! sont-ce là des choses à
soutenir, à encourager, ou à passer sous silence?

Les habitants des États du Nord se laveront-ils les
mains, comme au temps jadis, « du sang de ce juste; »
diront-ils qu'ils n'ont rien à y voir, rien à y faire? Plût à
Dieu qu'il en fût ainsi! mais cela n'est point vrai. Les
citoyens des États libres ont défendu et encouragé le système: plus coupables devant le divin tribunal pour cette
participation que ne le sont leurs frères du Sud; car eux,
ils n'ont à alléguer ni l'excuse de l'éducation, ni celle de
l'habitude.

Si toutes les mères des États libres s'étaient émues dès
l'origine, si elles avaient été touchées comme elles auraient dû l'être, leurs fils n'eussent jamais été détenteurs
d'esclaves, et ne passeraient pas proverbialement pour
être les maîtres les plus durs; leurs fils n'eussent pas

participé à l'extension de l'esclavage dans notre nation; ils n'eussent pas trafiqué d'âmes et de corps humains comme de toute autre denrée. Il y a des multitudes d'esclaves temporairement possédés et revendus, par des négociants des villes du Nord. Après cela rejettera-t-on le crime et l'opprobre de l'esclavage à la charge seulement du Sud?

Les hommes du Nord, les mères du Nord, les chrétiens du Nord ont quelque chose de plus à faire qu'à dénoncer leurs frères du Sud, ils ont à sonder leur propre ulcère.

Mais que peut un individu dans son isolement? Sa conscience le lui dira. Il est une chose du moins à la portée de chacun, — c'est de voir avec justesse et de se pénétrer d'un *sentiment droit*. Une atmosphère magnétique environne chaque être humain, et celui qui pense avec justesse, avec énergie et droiture sur les grands intérêts de l'humanité, est, par cela même, un des bienfaiteurs de sa race; il a respiré, et il exhale la vérité. Étudiez donc vos sympathies sur ce sujet; sont-elles en harmonie avec celles du Christ, ou se laissent-elles influencer et pervertir par les sophismes d'une politique mondaine?

Allons plus loin. — Vous avez quelque chose de plus à faire, chrétiens et chrétiennes du Nord; vous pouvez *prier!* Croyez-vous à l'efficacité de la prière? ou ne serait-elle plus pour vous qu'une obscure tradition apostolique? Vous priez pour les païens des rives lointaines, priez pour ceux qui habitent chez vous. Priez aussi pour ces chrétiens infortunés, dont la foi doit courir les chances du commerce, dont la persévérance religieuse et morale devient souvent impossible, à moins que d'en haut ne leur viennent l'énergie et la grâce du martyre.

De plus encore : sur les limites de nos États libres, surgissent çà et là les restes épars de familles brisées, hommes, femmes, échappés, grâce à des miracles de la Providence, aux terribles houles de l'esclavage; — inférieurs comme science, souvent infimes dans leur constitu-

tion morale, grâce au système qui renverse et pervertit
tous les principes du christianisme et de la moralité, ils
viennent chercher refuge parmi vous, et demandent :
éducation, instruction, religion.

Que devez-vous à ces infortunés, ô chrétiens? Quoi ! ne
leur devez-vous pas ce que tout Américain doit à la race
africaine, en réparation des maux entassés sur elle par
l'Amérique même? Les portes de vos églises et de vos
écoles leur resteront-elles fermées? Chaque État se sou-
lèvera-t-il pour les secouer loin de lui? L'Église chrétienne laissera-t-elle jeter l'injure et l'opprobre à la face
des humbles et des souffrants? Se reculera-t-elle devant
la faible main qui l'implore, et son silence encoura-
gera-t-il la cruauté qui les chasse de nos frontières? S'il
en est ainsi, c'est la désolation de la désolation! S'il en
est ainsi, l'Amérique doit frémir; car le destin des nations est dans les mains de celui qui n'est que miséricorde et tendre pitié.

« Nous n'avons que faire d'eux, dites-vous, qu'ils
aillent en Afrique! »

Que la Providence divine ait préparé un refuge à cette
race opprimée, c'est un fait certes des plus remarquables
et d'une immense portée. Mais est-ce un motif pour que
l'Église du Christ refuse à des proscrits les garanties
qu'elle fait profession d'accorder à quiconque les réclame?

Inonder tout à coup Libéria d'une population igno-
rante, inexpérimentée, à demi barbare, à peine échappée
aux fers, ce serait prolonger indéfiniment cette période
de luttes et d'épreuves inhérentes aux commencements
des grandes entreprises. Non; mais que l'Église du Nord
accueille ces pauvres souffrants avec l'esprit de l'Évangile; qu'elle les admette aux avantages de l'éducation
religieuse de notre société républicaine; qu'elle leur
ouvre nos écoles jusqu'à ce qu'ils soient parvenus à quelque maturité intellectuelle et morale; qu'alors elle les

assiste dans leur passage vers ces rives où ils pourront pratiquer les leçons que l'Amérique leur aura données.

Il est, dans le Nord, une réunion d'Américains, peu nombreux comparativement, qui ont agi ainsi, et vu, en résultat, des hommes, d'abord esclaves, acquérir rapidement un état, une réputation, une éducation. Des talents fort remarquables, si l'on tient compte des circonstances, se sont développés; et quant aux traits de probité, d'humanité, de tendresse, — quant aux dévouements héroïques, aux sacrifices sublimes faits pour arracher à l'esclavage des amis, des frères, — ils sont hors ligne, surtout si l'on songe à l'influence funeste sous laquelle tant de vertus se sont fait jour.

Celle qui a écrit ces pages a vécu durant plusieurs années sur les frontières des États à esclaves; elle a eu par conséquent de nombreuses occasions d'observer ceux qui échappaient à leurs chaînes; plusieurs d'entre eux ont vécu chez elle comme domestiques, et, à défaut d'autre institution qui les voulût recevoir, elle les accueillit plus d'une fois dans son école de famille avec ses propres enfants. D'après son expérience personnelle, d'après le témoignage des missionnaires, vivant parmi les esclaves fugitifs au Canada, elle peut affirmer que la capacité et l'intelligence de cette race promettent infiniment.

La première aspiration de l'esclave émancipé est pour l'*éducation*. Il n'est rien qu'il ne fasse, rien qu'il ne soit prêt à donner pour l'instruction de ses enfants. D'après ce que l'auteur a observé elle-même, d'après le témoignage des professeurs qui ont enseigné de jeunes nègres, leur intelligence est vive, et ils apprennent à merveille. Le succès des écoles fondées pour eux à Cincinnati, par de bienveillants individus, en fait foi.

Les faits suivants, donnés sur l'autorité du professeur C. E.° Stowe, à *Lane-Seminary*, dans l'Ohio, ont trait à des esclaves émancipés, et prouvent la capacité de la race nègre, même lorsque les individus n'ont rencontré aucun encouragement ou assistance particulière.

Nous ne donnons ici que l'initiale des noms; tous ceux dont il s'agit habitent Cincinnati :

B., — fabricant de meubles; depuis vingt ans dans la ville; riche de dix mille dollars, fruits de son travail; anabaptiste.

C., — pure race noire; enlevé en Afrique, vendu à la Nouvelle-Orléans; libre depuis quinze ans, a payé, pour se racheter, six cents dollars. Il est fermier et possède plusieurs fermes dans l'État d'Indiana. Presbytérien. Riche, probablement, de quinze à vingt mille dollars gagnés par son industrie.

K., — également noir; spéculateur en terrains; possède bien trente mille dollars; peut avoir quarante ans; libre depuis six ans; a payé dix-huit cents dollars pour racheter sa famille; membre de l'Église des anabaptistes; a reçu un legs de son maître, qu'il a fait valoir.

G., — pure race noire; marchand de charbon, âgé d'environ trente ans; s'est racheté deux fois, ayant été fraudé d'abord d'une somme de seize cents dollars; il a gagné tout cet argent par ses efforts personnels, — une bonne partie tandis qu'il était encore esclave, louant et payant à son maître ses journées, qu'il employait ensuite à faire ses propres affaires. C'est un garçon beau et vraiment distingué.

W., — aux trois quarts nègre, barbier et garçon d'hôtel; élevé au Kentucky; libre depuis dix-huit ans, a payé, pour se racheter, lui et sa famille, plus de trois mille dollars, — est riche d'environ vingt mille, tout de ses gains; il est diacre de l'Église des anabaptistes.

G. D., — aux trois quarts noir; badigeonneur; du Kentucky; libre depuis neuf ans, a payé quinze cents dollars pour se racheter, lui et sa famille; mort depuis peu, âgé de soixante ans, et riche de six mille dollars.

Le professeur Stowe ajoute : « Excepté G., tous ces noirs m'ont été personnellement connus plusieurs années.

et je puis garantir l'exactitude de mes renseignements. »

L'auteur se rappelle à merveille une femme de couleur âgée, blanchisseuse dans la famille de son père; la fille de cette femme épousa un esclave. Intelligente et fort active, elle parvint, à force d'industrie, d'économie, et en se privant de tout, à ramasser neuf cents dollars pour racheter son mari, argent versé à mesure entre les mains du maître. Il ne manquait plus que cent dollars pour compléter la rançon, lorsque le mari mourut; jamais sa veuve n'est rentrée dans cet argent.

Il n'y a là qu'une bien petite part de la multitude d'exemples qui pourraient être produits de l'abnégation, du dévouement, de l'énergie, de la patience, de la probité que déploie l'esclave parvenu à s'affranchir.

Qu'il soit tenu compte aussi, à ceux qui sont arrivés à conquérir une position sociale et quelque aisance, des difficultés, des découragements qu'il leur a fallu surmonter et combattre. L'homme de couleur, d'après la loi de l'Ohio, n'est pas même admis à voter, et, jusqu'à ces derniers temps, ne pouvait pas, dans un procès, témoigner contre un blanc. Ce n'est pas dans l'Ohio seulement, c'est dans tous les États de l'Union que nous voyons des hommes qui n'ont brisé leurs fers que de la veille, et qui, grâce à une énergie que l'on ne saurait trop admirer, ont fait eux-mêmes leur éducation, s'élever à des positions sociales hautement respectées. Nous citerons, comme exemples très-connus, Pennington parmi les ecclésiastiques, Douglas et Ward parmi les écrivains.

Si tant de causes de découragement et de souffrances n'ont pu annuler cette race, à quoi n'arrivera-t-elle pas, lorsque l'Église chrétienne l'accueillera avec l'esprit de charité du Sauveur!

Nous sommes dans un temps où les nations s'agitent ébranlées; un souffle puissant est au dehors; il remue et soulève le monde comme en un tremblement de terre. L'Amérique est-elle en sûreté? Toute nation qui recèle en ses flancs une grande et flagrante injustice, ne porte-t-elle pas en elle les éléments d'une terrible et suprême convulsion?

Pourquoi cette puissante influence éveille-t-elle ainsi en toute nation et en toute langue ces gémissements inarticulés vers la liberté et l'égalité de l'homme?

Église du Christ, lis les signes des temps! ce souffle puissant, n'est-ce pas l'esprit de CELUI dont le royaume est encore à venir? CELUI dont la volonté sera faite sur la terre comme elle l'est dans le ciel?

« Mais qui pourra soutenir le jour de sa venue? — car ce jour vient embrasé comme une fournaise. Il se hâtera d'être témoin contre ceux qui retiennent le salaire du mercenaire, de la veuve et de l'orphelin, *et qui font tort à l'étranger* [1] et il brisera en pièces l'oppresseur. »

Ces mots ne s'adressent-ils pas à la nation qui porte et recèle en ses flancs une si criante injustice? Chrétiens, lorsque vous dites chaque jour: « Que ton règne nous arrive! » pouvez-vous oublier que la redoutable prophétie associe l'heure de la vengeance à l'heure du rachat?

Le jour de grâce nous est encore accordé. Le Nord et le Sud sont également coupables devant DIEU, et l'*Église chrétienne* a un pesant compte à rendre. Ce n'est point en s'unissant pour protéger l'injustice et la cruauté, pour mettre en commun l'amas de ses péchés que l'Union sera sauvée. C'est par le repentir, la justice, la miséricorde; car l'éternelle loi, qui fait que la pierre de meule s'enfonce dans l'Océan, est moins infaillible encore que la loi plus haute qui fait descendre la colère du Tout-Puissant sur les nations coupables d'injustice et de cruauté.

[1] Malachie, ch. III, verset 2, 5; ch. IV, verset 1.

FIN DE LA CASE DE L'ONCLE TOM.

TABLE DES MATIÈRES

Avant-Propos de l'Éditeur. v

Madame Harriet Beecher Stowe. VII

Préface de l'Auteur. XVII

CHAPITRES

   I. Dans lequel on présente au lecteur un homme qui se
       pique d'humanité. 1

   II. La mère. 14

   III. Mari et père. 18

   IV. Une soirée dans la case de l'oncle Tom. 25

   V. Sensation de la propriété vivante lorsqu'elle change
      de propriétaire. 40

   VI. La découverte. 51

   VII. La lutte de la mère. 62

   VIII. Les traqueurs d'hommes. 70

   IX. L'évasion. 92

   X. D'où il appert qu'un sénateur n'est qu'un homme. . 99

   XI. Prise de possession. 120

   XII. La propriété prend des licences. 133

   XIII. Incidents d'un commerce légal 151

   XIV. Intérieur d'une famille quaker. 173

   XV. Évangeline 185

   XVI. D'un nouveau maître et de son entourage. 197

   XVII. La maîtresse de Tom et ses opinions. 217

   XVIII. Défense d'un homme libre. 242

   XIX. Expériences et opinions de miss Ophélia. 264

   XX. Suite des expériences et opinions de miss Ophélia. . 285

CHAPITRES

XXI. Topsy 312
XXII. Au Kentucky 332
XXIII. L'herbe se flétrit, la fleur se fane. 339
XXIV. Henrique. 348
XXV. Sinistres présages. 359
XXVI. La petite évangéliste. 368
XXVII. Mort. 374
XXVIII. Voici la fin de ce qui est terrestre. 392
XXIX. Réunion. 401
XXX. Les délaissés. 420
XXXI. Le dépôt d'esclaves. 430
XXXII. La traversée. 443
XXXIII. Les ténèbres extérieures. 451
XXXIV. Cassy. 463
XXXV. Histoire de la quarteronne. 473
XXXVI. Les souvenirs 487
XXXVII. Emmeline et Cassy. 495
XXXVIII. La liberté. 504
XXXIX. Victoire. 513
XL. Le stratagème. 527
XLI. Le martyr. 539
XLII. Le jeune maître 548
XLIII. Une histoire de revenants authentique. 557
XLIV. Résultats. 565
XLV. Le libérateur. 576
XLVI. Conclusion 581

FIN DE LA TABLE DES MATIÈRES.